HAROLD ELLIS
VISHY MAHADEVAN

临床解剖学

第 14 版

学生和初级医生的应用解剖学

FOURTEENTH EDITION

Clinical Anatomy

APPLIED ANATOMY FOR STUDENTS AND JUNIOR DOCTORS

编 著 〔英〕 哈罗德 · 埃利斯
维希 · 马哈德万
主 译 李 哲 李国华

天津出版传媒集团
天津科技翻译出版有限公司

著作权合同登记号:图字:02-2019-202

图书在版编目(CIP)数据

临床解剖学：学生和初级医生的应用解剖学 / （英）哈罗德·埃利斯（Harold Ellis），（英）维希·马哈德万（Vishy Mahadevan）编著；李哲，李国华主译. 天津：天津科技翻译出版有限公司，2025. 6. — ISBN 978-7-5433-4663-5

Ⅰ. R322

中国国家版本馆 CIP 数据核字第 2025N7374T 号

授权单位:John Wiley & Sons Limited
出　　版:天津科技翻译出版有限公司
出 版 人:方　艳
地　　址:天津市和平区西康路 35 号
邮政编码:300051
电　　话:(022)87894896
传　　真:(022)87893237
网　　址:www.tsttpc.com
印　　刷:北京捷迅佳彩印刷有限公司
发　　行:全国新华书店
版本记录:710mm×1000mm　16 开本　27.5 印张　300 千字
2025 年 6 月第 1 版　2025 年 6 月第 1 次印刷
定价:188.00 元

（如发现印装问题,可与出版社调换）

译 者 名 单

主　译　李　哲　李国华

译　者（按姓氏汉语拼音排序）

陈　东　陈晓佳　程　吟　樊　平　范　瑾
付　媛　李　健　李太良　林　莉　刘　晔
宋子凡　王　彬　王志勇　夏丽晨　余　瑛
张海英

编者简介

HAROLD ELLIS
CBE, MA, DM, MCh, FRCS, FRCP, FRCOG, FACS (Hon)
Clinical Anatomist, Guy's, King's and St Thomas' School of Biomedical Sciences;
Emeritus Professor of Surgery, Charing Cross
and Westminster Medical School, London;
Formerly Examiner in Anatomy, Primary FRCS (Eng)

VISHY MAHADEVAN
MBBS, PhD, FRCSEd, FDSRCSEng (Hon), FRCS
Barbers' Company Professor of Anatomy & Professor of Surgical Anatomy
The Royal College of Surgeons of England
Lincoln's Inn Fields
London;
Member of the Court of Examiners, RCS England

中文版前言

解剖学是医学的基石，是每一位医学生和临床医生开启医学之门的钥匙。在当今医学教育中，尽管解剖学课程的时间有所缩减，但其在临床实践中的核心地位从未动摇。从理解器官的精确位置到掌握手术入路的关键标志，从解读影像学图像到处理急症创伤，解剖学知识始终是临床决策的依托。正因如此，该书自首版问世以来，历经半个多世纪的淬炼与更新，始终致力于弥合基础解剖教学与临床实践之间的鸿沟，成为全球医学生与青年医师不可或缺的经典之作。

本书由国际知名解剖学家哈罗德·埃利斯教授与外科解剖学权威维希·马哈德万教授联袂撰写，凝聚了两位学者数十年的教学与临床经验。第 14 版在传承经典的基础上，结合现代医学进展，对内容进行了全面修订与增补。书中不仅系统梳理了人体各部位的解剖结构，更以临床为导向，强调“应用”二字：体表标志如何指引深部结构的定位？手术切口的选择如何平衡暴露与损伤？常见疾病的解剖基础如何解释临床症状？这些问题在书中均以清晰的逻辑与生动的插图一一解答。新增的 CT 与 MRI 图像，更将解剖学与影像学无缝衔接，助力读者构建多维度的临床思维。

全书内容涵盖胸部、腹部和骨盆、四肢、头颈部，以及神经系统，每一章节均以“表面解剖和体表标记”开篇，逐步深入骨骼、肌肉、血管、神经的细节，辅以“临床特征”专栏，将解剖知识转化为诊断要点与手术技巧。例如，在“腹股沟管”一节中，不仅解析了疝气的解剖分型，更通过示意图对比斜疝与直疝的鉴别要点；在“心脏传导系统”部分，结合心电图原理阐释解剖结构的功能意义。这种“从解剖到临床”的编写思路，使得本书既可作为医学院校的优质教材，亦是住院医师规范化培训的实用指南。

本次中文版的推出，在精准传达原著精髓的同时，兼顾中文表达的流畅性与医学术语的规范性，并针对中国读者的学习习惯进行了优化。此外，书中保留了原版丰富的插图与图表，确保复杂结构的可视化呈现。我们衷心希望，这本书能成为广大医学生与临床医生案头常备的工具书，帮助他们在解剖学的海洋中找到航向，在临床实践中自信前行。

医学之路道阻且长，而解剖学恰似一盏明灯，照亮每一个探索的脚印。愿读者们以本书为伴，在理论与实践的往复中夯实基础，在生命的奥秘与医学的艺术之间，走出属于自己的精进之路。

第 14 版前言

作为医学生和外科实习生的教师，我知道很多临床检查和诊断都依赖于足够的解剖学知识。无论医生的沟通技巧和患者的同理心有多好，除非医生知道在其手指下或听诊器下隐藏着什么，否则他们在解释临床症状时会有很大的困难。理解和解释现代放射成像的精致细节也需要对人体结构有很好的了解。

55 年前，我开始写本书的第 1 版，这一决定是正确的。今天，当医学院学生的课程中有关解剖学知识的内容大大减少时，本书的价值进一步得到了肯定。

多年来，我在 5 所医学院教授本科生和研究生，并在 8 个国家和 16 所大学对他们进行了考核，这一过程坚定了我的信念，即充分掌握解剖学知识对于临床培训的重要性。

在筹备第 12 版和随后的两个版本（包括本版）时，我真的很幸运，能够聘请到英国皇家外科学院（Royal College of Surgeons）的解剖学教授维希・马哈德万（Vishy Mahadevan）作为合著者。他是一位著名的且受人尊敬的外科培训教师，同时也是英国皇家外科医师学会会员和海外医学院的现任评审员。在这个新版本中，我们一起对文本和图表进行了仔细的修订和更新。

我们希望本书将继续帮助医学生和初级医生。

哈罗德・埃利斯

第 1 版前言

在 3 所医学院教授临床学生的经验使我相信，学生在临床前几年所学到的解剖学知识与其后来在病房和手术室中遇到的解剖学知识之间仍然存在着一定差距。

本书试图弥补这一差距。它通过强调解剖学中对临床实践至关重要的特点来达到这一目的，这些特点在医学、助产学，以及外科手术中都具有重要的临床意义。它呈现了一个事实，即学生在实习期间，通过期末考试，并进入他们的研究生阶段可能需要记住的事实；它是为临床学生设计的。

解剖学是一门庞大的学科，因此，为了实现这一目标，我特意对材料进行了严格的筛选，以便只涵盖那些我认为对临床医生必要的解剖学知识。在本书篇幅有限的范围内，我尽可能地指出了临床实际应用中的解剖学知识，它们不可能详尽无遗，但我希望它们能成为学生的路标，并指出有多少临床现象可以基于简单的解剖学原理来理解和记忆。

哈罗德·埃利斯

第 14 版致谢

我们要感谢多次向我们提出建设性建议的学生们，其中许多建议已被纳入这个新版本。

我们要感谢 Jane Fallows，她娴熟地制作了我们在这个版本中继续使用的插图；感谢盖伊医院放射科的 Sheila Rankin 博士、Jeremy Rabouhans 博士和剑桥大学的 Adrian Dixon 教授，他们提供了 CT 和 MRI 图像。

我们要感谢 Ruth Swan 在本书后期对文本的仔细审读和编辑，并感谢她宝贵的编辑意见和帮助。

感谢以下作者允许我们复制插图：已故 Brock 勋爵所做的图 20 和图 21［来自《肺脓肿》（*Lung Abscess*）］，R. G. Harrison 教授所做的图 12、图 32 和图 67［来自《人类胚胎学教科书》（*A Textbook of Human Embryology*）］。

最后，我们谨向 Nick Morgan、James Watson、Jennifer Seward、Loan Ngugen 和 Wiley Blackwell 公司的工作人员表示深切的谢意，感谢他们给予我们慷慨无私的帮助、指导和支持。

哈罗德 · 埃利斯

维希 · 马哈德万

第 1 版致谢

我要感谢牛津大学解剖系的 Max Cowan 博士，他在编写本书的过程中提供了大量的意见和建议。

我的同事，拉德克利夫基础医学学院的注册医生和外科医生，已经仔细阅读并对文本进行了评论，而且在校对方面也提供了宝贵的意见。

大部分插图由 Margaret McLarty 和 Audrey Arnott 绘制，我衷心地感谢她们。

感谢以下作者允许我引用他们的插图：图 15 由 Russell Brock 爵士提供（引自 *Lung Abscess*）；图 10、图 23、图 53、图 67 和图 155（引自 *A Textbook of Human Embryology*）；图 69、图 92、图 95、图 97、图 100、图 105、图 107、图 114、图 126、图 132、图 137、图 139、图 177 和图 181（引自 *An Introduction to Functional Anatomy*），以及由 Sheila Sherlock 教授提供的图 55（引自 *Diseases of the Liver and Biliary System*）。

解剖学教科书的插图不可避免地是一项昂贵的项目，但我担心本书是否在其主要目标学生的预算之内。我感谢英国 Upjohn 有限公司对本书的慷慨捐助——他们的姿态将受到广泛赞赏。

我的妹妹 L.Witte 女士，请接受我对你的谢意。最后，我要感谢 Per Saugman 先生和 Blackwell scientific Publications 的工作人员，感谢他们对初学者踌躇不前的步伐给予的指导。

哈罗德 · 埃利斯

目　录

第 3 部分　上肢

第 4 部分　下肢

第 5 部分　头和颈部

第 1 部分

胸　部

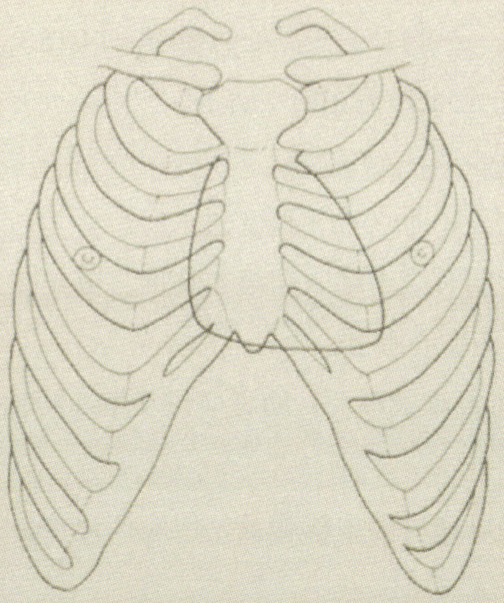

引言

胸部的临床解剖学，以及胸部的影像学和其他影像学技术每天都会在临床上应用。对患者胸部的常规临床检查并不是将胸部的深层结构与胸壁联系起来的一种练习。此外，一些常用的手术，如胸部抽吸、胸引流管或锁骨下静脉的插入、心脏起搏器的放置，都需要以良好的解剖学知识为基础，才能安全操作。

表面解剖和体表标记

经验丰富的临床医生将大部分工作时间用于研究患者的表面解剖与深部结构的联系（图 1；另见图 11 和图 22）。

通常可以触及活体受试者的以下骨性突起（括号内给出相应的椎体水平）。

- 肩胛骨上角（T2）。
- 胸骨柄上缘，胸骨上切迹（T2/T3）。
- 肩胛冈（T3）。
- 胸骨角（Louis 角）——胸骨柄交界处的横嵴（T4/T5）。
- 肩胛骨下角（T8）；它也覆盖在第 7 肋上。
- 剑突胸骨关节（T9）。
- 肋缘最低部位——第 10 肋（肋下线穿过 L3）。

从图 1 中看到，胸骨柄对应于第 3 和第 4 胸椎，覆盖在主动脉弓上，胸骨体对应于第 5~8 胸椎，整齐地覆盖在心脏上。

由于第 1 和第 12 肋骨很难被触及，肋骨应该从第 2 肋软骨开始计数，第 2 肋软骨与胸骨在胸骨角处连接。

所有胸椎的棘突都可以在后部中线触及，但应该记住，第一个可以感觉到的棘突是 C7（椎体突起）。

女性乳头的位置变化很大，但男性乳头通常位于第 4 肋间，距中线约 10cm。心尖冲动标志着可触及的心脏搏动的最低点和最远点，通常位于距中线 9cm（3.5 英寸）的第 5 肋间的锁骨中线内侧（这与男性乳头的正下方和内侧相对应，但最好使用骨性参照点，而不是软组织参照点）。

气管可在两个锁骨头之间的胸骨上切迹处触及。

气管（图 1 和图 2）

从颈部环状软骨（C6）下缘水平开始，垂直向下延伸至 Louis 胸骨角水平（T4/T5）以下，正好在中线右侧，分离形成左右主支气管。在直立位置和完全吸气时，气管杈在 T6 水平。

胸膜（图 2 和图 3）

颈部胸膜可以通过从胸锁关节到锁骨内侧和中间 1/3 交界处的一条曲线在表面上标出；胸膜的顶端大约在锁骨上方 2.5cm。这一事实很容易用第 1 肋的斜率来解释。这一点很重要，因为胸膜可能会因刺伤（继发气胸）而受伤，这包括外科医生的刀和麻醉医生的针，即在锁骨上方时，或者在锁骨下方尝试锁骨下静脉插管时。胸膜反射线从两侧胸锁关节后方第 2 肋软骨的中线处汇合（胸骨角）。

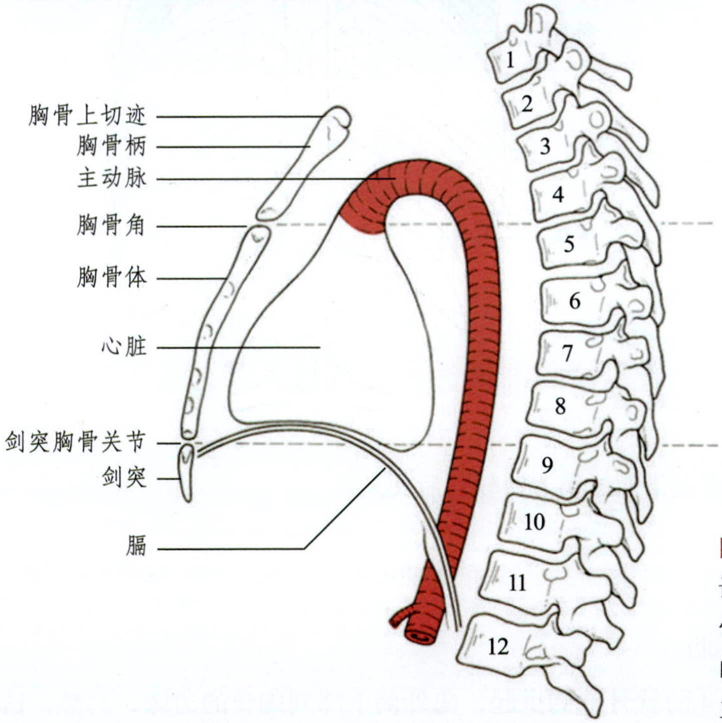

图 1 胸部侧视图（其表面标记和椎体水平）。请注意，胸骨角（T4/T5）划分了上纵隔的下界、心脏的上缘，以及主动脉弓的起点和终点。

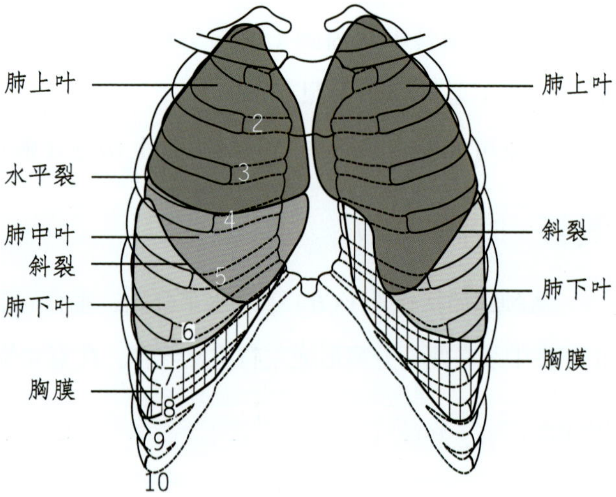

图 2 肺和胸膜的表面标记（前面观）。

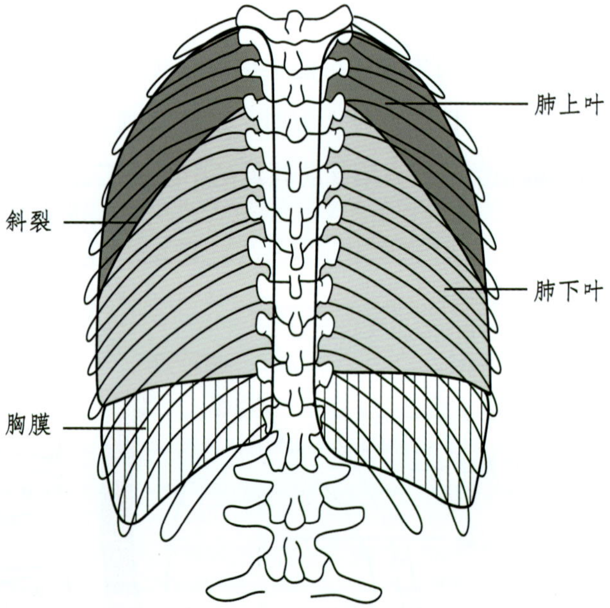

图 3 肺和胸膜的表面标记（后面观）。

然后，右侧胸膜边缘垂直向下通过第 6 肋软骨后交叉。

- 锁骨中线的第 8 肋。
- 腋中线的第 10 肋。
- 竖脊肌外侧缘的第 12 肋。

在左侧，胸膜边缘在第 4 肋软骨外侧拱起，向外侧下降到胸骨的边缘，当然，这是由于它被心脏侧移；除此之外，它与右侧相关。

胸膜实际上在它的内侧末端下降到第 12 肋骨边缘的正下方，如果第 12 肋骨异常短，甚至在第 11 肋骨边缘以下；显然，在这种情况下，胸膜可能会在腰部切口以暴露肾脏、肾上腺切除或引流膈下脓肿时意外打开。

肺（图 2 和图 3）

肺的体表投影比前文概述的部分胸膜的体表投影要小一些。此外，它随呼吸相的改变而发生相当大的变化。肺尖紧贴颈部胸膜的边缘，右肺前缘的表面标记与右纵隔胸膜的表面标记相对应。然而，其在左侧前缘有一个明显的切迹（心脏切迹），通过第 5 和第 6 肋软骨后面。肺的下缘在呼吸极限时有 5~8cm 的偏移，但在中立位（吸气和呼气之间），它在锁骨中线与第 6 肋骨相交，在腋中线与第 8 肋骨相交，后方到达与脊柱相邻的第 10 肋。

将肺分为上叶和下叶的斜裂在体表由一条线表示，从第 3 胸椎外侧 2.5cm 沿第 5 肋间隙向外斜画至中线约 4cm。这可以通过将肩部最大限度地外展来表示；斜裂的线则对应于肩胛骨内侧边缘的位置。

水平裂的体表标记（分隔右肺中叶和上叶）是一条沿第 4 肋软骨水平画出的线，与跨过第 5 肋的斜裂相交。

心脏（图 4）

心脏的轮廓可以在体表用一个不规则的四边形表示，以下面 4 个点（图 4）为界。

- 距胸骨边缘 1.25cm 的左第 2 肋软骨。
- 距胸骨边缘 1.25cm 的右第 3 肋软骨。
- 距胸骨 1.25cm 的右第 6 肋软骨。
- 距中线 9cm 的左第 5 肋间（对应于心尖冲动）。

心脏的左边界（由连接点 1 和 4 的曲线表示）几乎完全由左心室（左房的耳状附件向上看这一边界）形成，下边界（连接点 3 和 4 的水平线）对应于右心室和左心室的尖部；右边界（由连接点 2 和 3 的线标记）由右心房形成（见图 24a）。

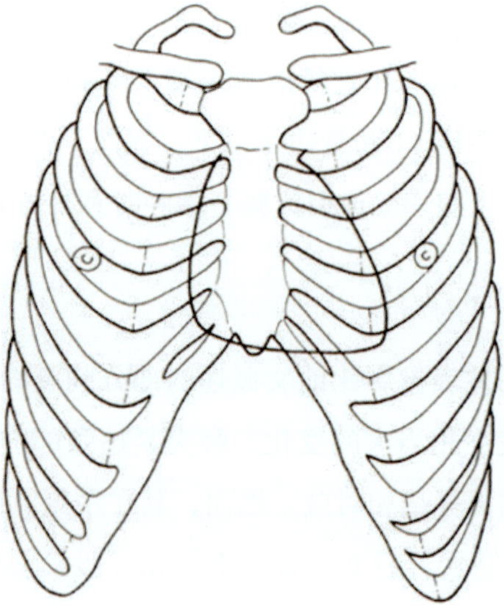

图 4　心脏的体表标记（见正文）。

将紧握的右手向内紧靠在胸骨柄连接处的下方，可以很好地指示你心脏的大小和位置。请注意，心脏的大小约为受试者拳头的大小，位于胸骨体的后面（因此，在胸椎 5~8 之前），并向左侧隆起。

胸壁血管的体表标记是非常重要的，如果在进行胸腔抽吸时要避免这些结构。胸廓内（乳房内）血管在距胸骨外侧缘 1.25cm 肋软骨的后面，垂直向下走行。肋间血管位于其相应肋骨的正下方（静脉在动脉上方），因此，在肋骨正上方进针是安全的，但直接在肋骨正下方进针则是危险的（见图 8）。

胸廓

胸廓由后面的脊柱、两侧的肋骨和肋间隙，以及前面的胸骨和肋软骨构成。在上面，它通过胸廓上口与颈根相通；下面为横膈膜将其与腹腔分离（图 1）。有趣的是，解剖学家把胸廓上口称为“胸廓入口”，而临床医生（尤其是血管外科医生、神经外科医生和放射科医生）则把这个口称为“胸廓出口”。

胸椎

见“脊柱”。

肋骨

胸廓的大部分由 12 对肋骨组成。其中，前 7 根肋骨通过肋软骨与胸骨相连，第 8、第 9 和第 10 肋软骨与上一肋骨的肋软骨相连，最后两根肋骨是自由的前肋骨（“浮肋”）。

每根典型肋骨（图 5）都有一个头部，头部有两个关节面，一个与数值相对应的胸椎体侧的上半侧关节面相连；另一个与上述椎体的下半侧关节面相连（图 228）。因此，第 3 肋骨的头部与它自己的第 3 椎体和上面的椎体相连。头继续作为一个粗壮的颈部，与肋横突韧带相附着，一个结节的一面是粗糙的非关节面；另一面是一个平滑的关节面，与相应椎体的横突关节相对应，以及一根从一边到另一边变平的长轴，被肋骨角分成两部分。这个角限定了竖脊肌附着的侧限。

以下是“非典型”肋骨的显著特征。

第 1 肋（图 6）从上向下变平。它不仅是最平的，而且是所有肋骨中最短和最弯曲的。在上表面的内边缘有一个突出的结节，用于前斜角肌的插入。在结节前面，锁骨下静脉穿过肋骨；结节后面是锁骨下沟，锁骨下动脉和臂丛的最低干与骨相连。这是麻醉师可以用局部麻醉渗入神经丛的部位之一。

在颈部前方垂直穿过第 1 肋骨，从内侧到外侧依次是交感神经干、肋间上动脉（来

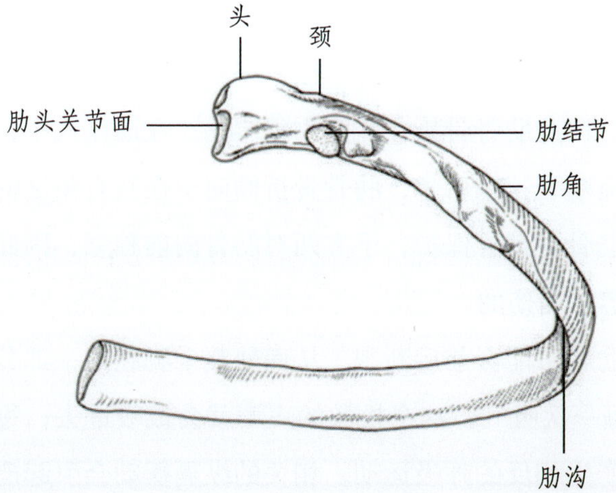

图 5　一根典型的肋骨。

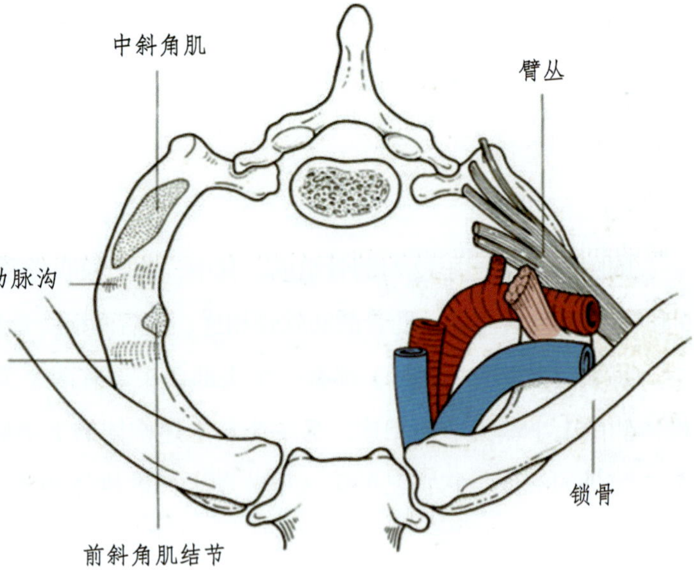

图 6 穿过第 1 肋的结构。

自颈动脉干）和 T1 神经到臂丛的大分支。

第 2 肋比第 1 肋的弯曲要小得多，长度大约是第 1 肋的 2 倍。

第 10 肋在头部只有一个关节突。

第 11 和第 12 肋（“浮肋”）很短，没有结节，头部只有一个小关节。第 11 肋有轻微倾斜和浅的肋下沟；第 12 肋没有这两个特征。

临床特征

肋骨骨折

儿童的胸壁是有高度弹性的，因此肋骨骨折在儿童中很罕见。在成年人中，肋骨可能因直接暴力或间接挤压伤而断裂；在后者，肋骨骨折倾向于在其有角度的薄弱部分。通常情况下，上方两对肋骨受锁骨保护，下方两对肋骨向前独立，因此可以自由摆动，这两处肋骨是最不容易受伤的。

在胸部严重挤压伤中，几根肋骨可能会前后断裂，从而使整个胸腔的一部分被撕裂（“胸腔内的火炉”）。随着每一次吸气，这个松散的皮瓣就会被吸进去；每一次呼气，它就会被吹出来，从而产生相反的呼吸运动。相关的纵隔摆动会引起严重的休克，这种损伤需要紧急治疗，方法是插入带有水下密封的胸腔引流管，然后进行气管内插管或气管造口术，同时进行正压呼吸。

主动脉缩窄（见图 34b）

在主动脉缩窄时，来自主动脉的肋间动脉接收来自上肋间动脉（来自锁骨下动脉的肋颈干）、胸动脉的前肋间分支（来自锁骨下动脉）和肩胛骨周围吻合动脉的血液。连同胸廓内动脉和腹壁下动脉之间的交通，它们提供了主动脉之间的主要侧支。因此，肋间动脉经历扩张和曲折，侵袭相应肋骨的下缘，形成特征性的肋骨不规则切迹，这在影像学上对此病变确诊是非常有用的。

颈肋

颈肋（图 7）出现在 0.5% 的受试者中，其中一半是双侧的。它附着在第 7 颈椎的横突上，并与第 1（胸椎）肋骨连接，如果较短，则具有游离的远端，通常由纤维束附着在（正常的）第 1 肋上。这种肋骨对臂丛最低干的压力呈拱形分布，可能沿前臂尺侧边界产生感觉异常和手部小肌肉萎缩（T1）。不太常见的血管改变，甚至坏疽，可能是由于肋骨压迫上覆的锁骨下动脉引起的。这些原因导致肋骨远端血管狭窄后扩张，并在其中形成血栓，从中抛出栓子。

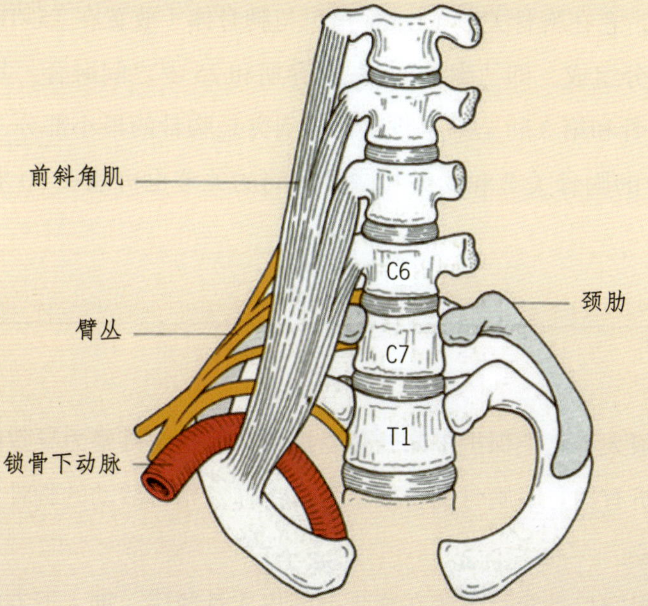

图 7　双侧颈肋。右侧可以看到臂丛神经在肋骨上方拱起，并沿最低干伸展。锁骨下动脉也可能被下方的颈肋压迫。

肋软骨

这些透明软骨将上 7 根肋骨直接连接到胸骨一侧，并将第 8、第 9 和第 10 肋直接依次连接于上位肋软骨。第 11 和第 12 肋的肋软骨仅仅连接这些肋骨的锥形末端，并游离于腹部肌肉中。

临床特征

1. 肋软骨为胸椎增加了相当大的弹性，并保护胸骨和肋骨免受更频繁的骨折。

2. 在老年（有时在年轻人中也是如此）患者中，肋软骨逐渐骨化；然后，它们变得不透明，在检查老年患者的胸部 X 线片时可能会引起一些混淆。

胸骨

这个匕首状的骨，构成胸廓的前部，其由 3 部分组成。胸骨柄轮廓大致呈三角形，为锁骨和两侧第 2 肋软骨的第 1 部分和上部提供联结，并平对第 3 和第 4 胸椎。与 T4 和 T5 之间的椎间盘相对，它在胸骨关节（Louis 角）与胸骨体（放置在 T5~T8 的对面）以斜角连接。其由 4 部分组成，即“胸骨”，在青春期和 25 岁之间融合。其外侧缘切开以接收部分第 2 肋软骨和第 3 肋至第 7 肋软骨。剑突是胸骨的最小部分，通常在成年后仍呈软骨状。软骨的胸骨关节和剑突与胸骨之间的关节也可能在 30 岁后骨化。

临床特征

1. 弹性肋软骨的附着在很大程度上保护了胸骨免受损伤，但是间接暴力导致的胸椎骨折移位可能与胸骨骨折有关。对胸骨的直接暴力可能导致相对活动的胸骨体与相对固定的胸骨柄向后移位。

2. 在胸骨穿刺中，将一根宽口针穿过覆盖在胸骨上的皮质骨薄层，推入下方的高度血管性海绵状骨，然后用注射器抽吸骨髓样本。

3. 在胸腺的手术中，有时在胸骨后甲状腺肿的手术中，有必要在中线处切开胸骨柄以进入上纵隔。整个胸骨的垂直分割是现代心脏手术中使用的心脏和大血管的标准入路之一。

肋间隙

不同的肋间隙之间存在细微差异，但通常每个间隙包含 3 块与腹壁相当的肌肉，以及相关的神经血管束（图 8）。这些肌肉是：

- 肋间外肌，其纤维从上方的肋骨向下并向前穿过，至下方的肋骨，并从后面的椎骨到达前方的肋软骨交界处，此后肌肉被前肋间膜所取代。
- 肋间内肌，沿胸骨向下和向后延伸到肋骨角，成为肋间后膜。
- 肋间最内肌，通过神经血管束将其与肋间内部肌肉不完全分开。该肌的纤维跨越一个以上的肋间隙，并且可能不完整。它的前部有一个更明显的部分，呈扇形，称为横胸（或胸肋），从下胸骨的后侧向上扩散，插入第 2 至第 6 肋软骨的内表面。

就像在腹部一样，胸壁的神经和血管位于肌肉的中层和最内层之间。该神经血管束由上至下由静脉、动脉和神经组成，静脉位于相应肋骨下表面的凹槽中。

血管包括前后肋间动脉和静脉。

位于肋间隙的下 9 对肋间后动脉是胸主动脉的直接分支，而上 2 对则来自肋颈干的肋间上分支，是锁骨下动脉第 2 部分的唯一分支。每个都在肋下沟中向前延伸，与前肋间动脉吻合。每个都有许多分支，分别连接到相邻的肌肉、皮肤和脊髓。相应的静脉主要是奇静脉和半奇静脉的属支。第 1 肋间后静脉注入头臂静脉或椎静脉。在左侧，第 2 和第 3 静脉经常汇合形成肋间上静脉，该静脉穿过主动脉弓并注入左头臂静脉。

肋间前动脉是胸廓内动脉的分支（第 1 至第 6 间隙）或其肌支的分支（第 7 至第 9 间隙）。最后两个肋间隙只有肋间后动脉。前穿支穿过上部的 5~6 个肋间隙；女性的第 2 至第 4 肋间隙比较宽，并为乳房供血。

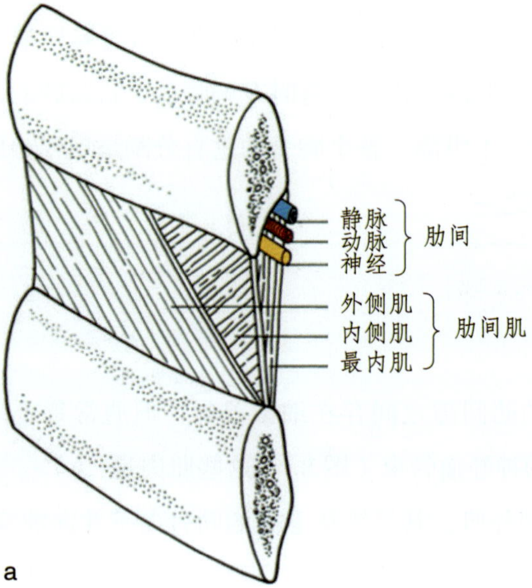

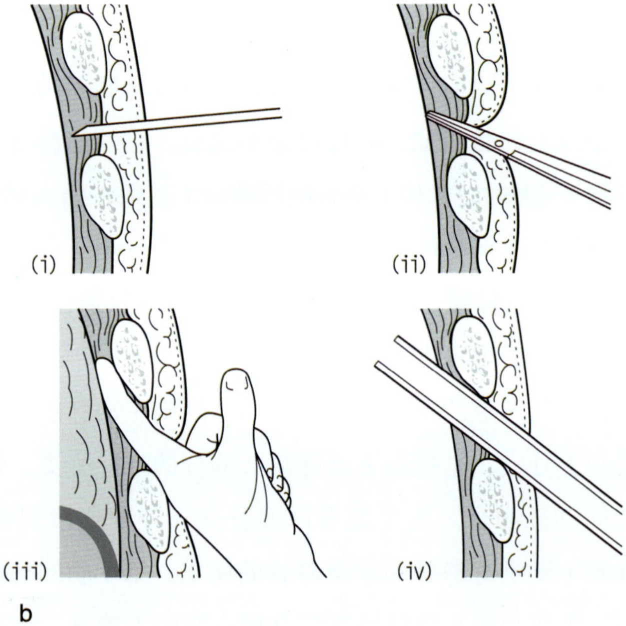

图 8 （a）肋间的空间关系。（请注意，将一根针刺入肋骨正上方的胸部会避开神经血管束。）（b）插入胸骨的步骤。（i）局部麻醉药渗入肋间隙。（ii）切开后再钝性解剖，可进入胸膜。（iii）将手指穿过切口以清除肺部。（iv）胸管进入胸膜腔。

肋间神经是胸神经的前支，每根胸神经发出肌支，以及外侧皮支和前皮支，以支配胸壁和腹壁（图 9）。

临床特征

1. 胸椎 Pott 病（肺结核）等病症对肋间神经的局部刺激可能会引起疼痛，这种疼痛在神经末梢区域指的是胸部或腹部的前部。

2. 肋间隙的局部麻醉很容易通过肋间神经干及其侧支的浸润而产生，该过程称为肋间神经阻滞。

3. 紧急胸腔引流，例如，用于创伤性血气胸的插管，是在腋中线上的第 5 肋间隙进行的。在局部麻醉下，通过皮肤和皮下组织切开一个切口。其余步骤在下部肋骨的上边缘钝性切开下进行。这样，避免了对肋下沟中肋间束的伤害（图 8a）。将手指伸入胸膜腔，以确保附近没有肺部粘连，并确认进入胸膜腔。然后，将插管放入胸膜腔，连接至引流管并牢固地缝合到位（图 8b）。

4. 在传统的后外侧开胸手术中（如肺叶切除术），沿第 5 或第 6 肋骨线切开；肋骨部分的骨膜升高，从而保护了神经血管束，并切除肋骨。然后通过肋间隙进入肺或纵隔，由于胸腔具有弹性，肋间隙可以大大地打开。

膈肌

膈肌是圆顶状的隔膜，将胸腔和腹腔分开，仅存在于哺乳动物中。它包括两部分：由胸廓下口的边缘产生（被解剖学家称为“胸廓出口”）的周围的肌肉部分，以及中心的腱膜（图 10）。

其肌肉纤维分为 3 个部分。

- 发自膈脚和弓状韧带的椎骨部分。右膈脚来自上 3 个腰椎椎体和椎间盘的前部；左膈脚只与前 2 个椎骨相连。弓状韧带是一系列纤维弓，内侧是覆盖腰大肌的筋膜增厚形成的，外侧是覆盖腰方肌的筋膜。两个膈脚的腱内侧缘在主动脉前相互连接，形成正中弓状韧带。
- 肋部附着在下 6 根肋骨及其肋软骨的内侧。
- 胸骨部分由剑突深面的 2 个小滑块组成。

中心腱呈三叶状，有肌纤维插入，部分与心包下表面融合。膈的整个运动供应来

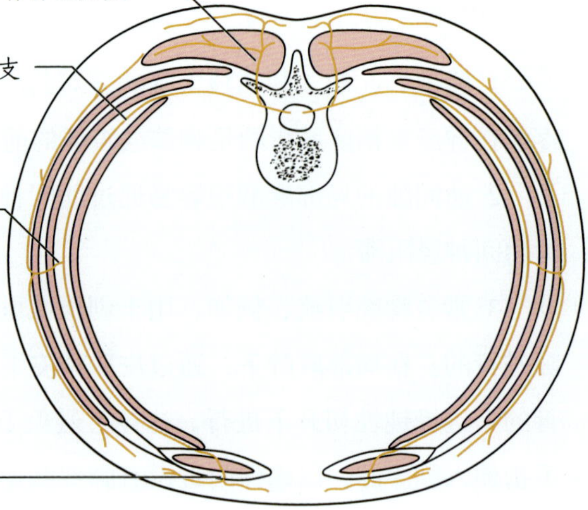

图 9　典型的脊神经及其与体壁的关系。

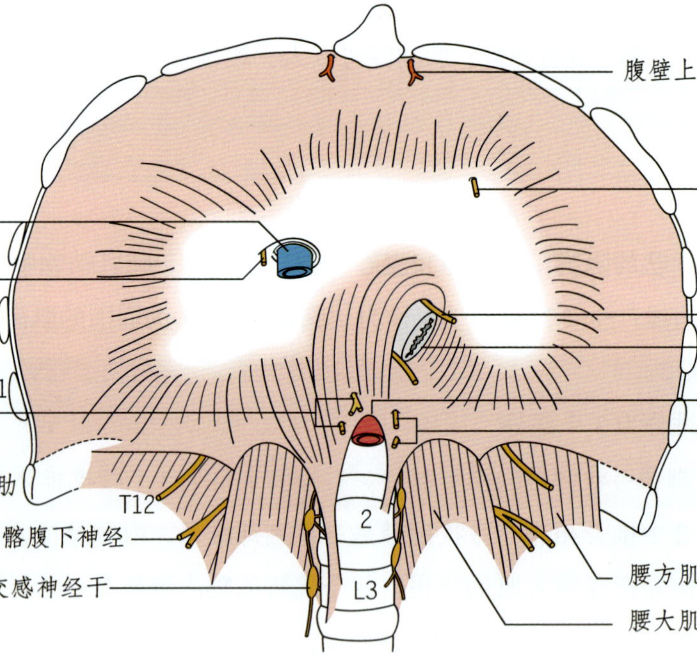

图 10　膈肌下侧面。其 3 个主要开口从上到下分别是下腔静脉、食管裂孔和主动脉。

自膈神经（C3、C4、C5），膈神经从颈部开始的漫长走行遵循了膈从颈部区域的胚胎迁移（见“膈的发育和膈疝的解剖”）。该神经的损伤或手术横断可导致同侧膈肌的麻痹和永久性抬高。

在放射学上，膈肌的麻痹是通过它的抬高和相对运动来识别的；它不是在吸气时下降，而是由来自腹部内脏的压力被迫上升。

来自膈肌中心部分的感觉神经纤维也来自膈神经；因此，膈胸膜（在胸膜炎中）或膈下积聚的脓液或血液对膈下腹膜的刺激会在相应的皮肤区域，即肩端产生牵涉痛。

膈肌的周边部分，包括膈脚，接收来自下肋间神经的感觉（本体感觉）纤维。

膈肌的裂孔

膈肌有 3 个主要裂孔（图 10 和图 11），分别是：

- 主动脉裂孔（在 T12 水平），主要是腹主动脉和胸导管通过，有时还有奇静脉通过。主动脉裂孔位于中线上。
- 食管裂孔（T10），位于左膈脚和右膈脚的肌纤维内，除食管外，还有胃左动静脉和两个迷走神经的分支通过。食管裂孔位于中线的左侧。

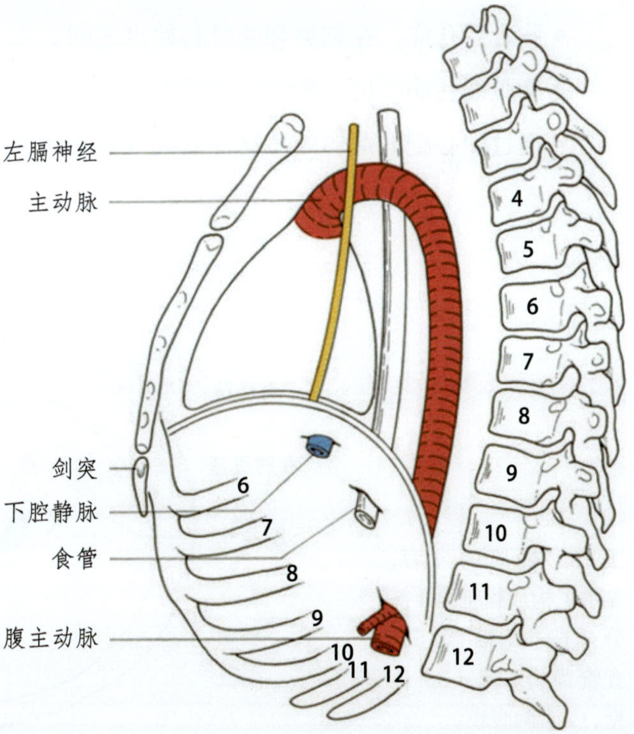

图 11　膈肌的侧面观，显示主要结构穿过的位置。

- 腔静脉孔（T8），位于肌中心腱内，有右膈神经通过。腔静脉孔位于中线右侧。

除这些结构外，内脏大神经和内脏小神经穿过膈脚，交感神经干在膈肌后面深入内侧弓状韧带，到达腹后壁。

膈肌的发育与膈疝的解剖

膈肌是在胚胎中融合形成的（图 12）。

- 横膈（形成中心腱）。
- 食管背侧系膜。
- 来自体壁的外周边缘。
- 胸腹膜，关闭胎儿胸膜和腹膜之间的交通。

横膈是中胚层，在早期发育中，位于胚胎头端的前面。随着头部的折叠，这一中胚层包块从腹侧和尾侧被提起，位于膈肌前部的确定位置。在这个迁移过程中，颈部肌和神经分别提供肌肉和神经支配，因此占据了膈神经（C3、C4 和 C5）从颈部到膈肌的漫长走行。

尽管这种胚胎学描述较复杂，但人们可能会惊讶地发现膈肌的先天性异常并不常见。

然而，也可能会发生一些缺陷，通过膈肌产生各种先天性疝气。这些可能是：

- 胸骨后孔疝，在剑突和肋骨起始点之间。
- 胸腹裂孔疝，位于胸腹膜管后方。
- 通过中心腱的薄弱处（这样的疝气可能起源于创伤）。

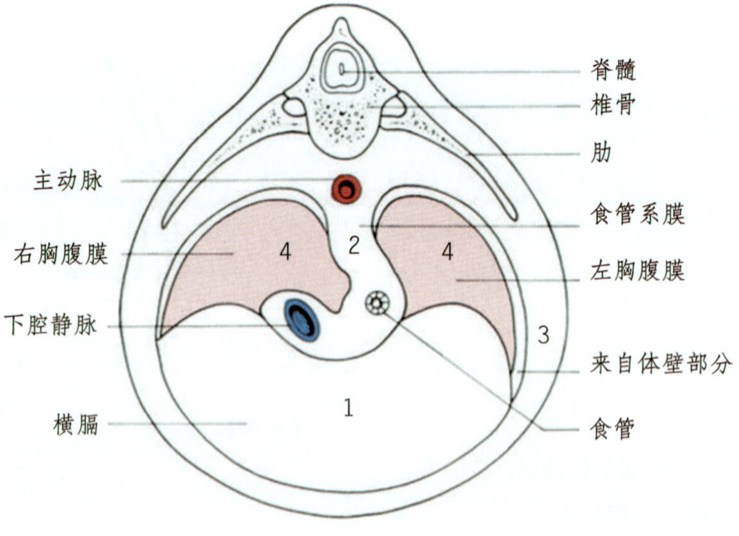

图 12 膈肌的发育，显示了构成膈肌的 4 部分：（1）横膈膜，（2）食管背侧系膜，（3）体壁，（4）胸腹膜。

- 先天性食管裂孔疝。

更常见的是获得性裂孔疝（细分为滑动型和滚动型）。这些都是在中年患者中发现的，他们的食管裂孔发生了弱化和加宽（图 13）。

在“滑疝”中，当患者躺下或弯腰时，胃的上部和食管下端可通过松弛的裂孔向上滑入胸腔；贲门的能力经常受到干扰，因此胃液可以在躺下或弯曲时回流到食管内。随后可能会出现食管炎，继而出现胃灼热、出血，并最终形成狭窄。

在“滚疝”中（很少见），贲门保持在其正常位置，并且贲门 – 食管交界处完好无损，但胃底通过食管前面的裂孔卷起；因此，它是食管旁疝的另一种说法。在这种情况下，可能会有上腹部不适、胀气，甚至吞咽困难，但没有反流，因为心脏机制是不受干扰的。

呼吸运动

在吸气过程中，胸壁和膈肌的运动导致胸廓所有直径的增加。这反过来造成胸腔内负压的增加和肺组织的扩张。相反，在呼气时，呼吸肌的松弛和肺的弹性回缩降低了胸腔容量，并迫使空气从肺中排出。

平静时吸气几乎完全是由膈肌的主动收缩引起的，胸部几乎不运动。自己就可以确认这一点；当静静地呼吸时，放在胸前的手会感觉出很轻微的胸部运动。随着呼吸运动的加深，肋间肌的收缩抬高了肋骨。第 1 个肋骨保持相对静止，第 2~6 肋骨主要增加胸腔的前后直径（泵柄运动），而下肋骨的相应动作是增加胸腔的横径（桶柄运动）。深呼吸时，再次在自己的胸部确认这一点。在逐渐加深的吸气中，越来越多的膈

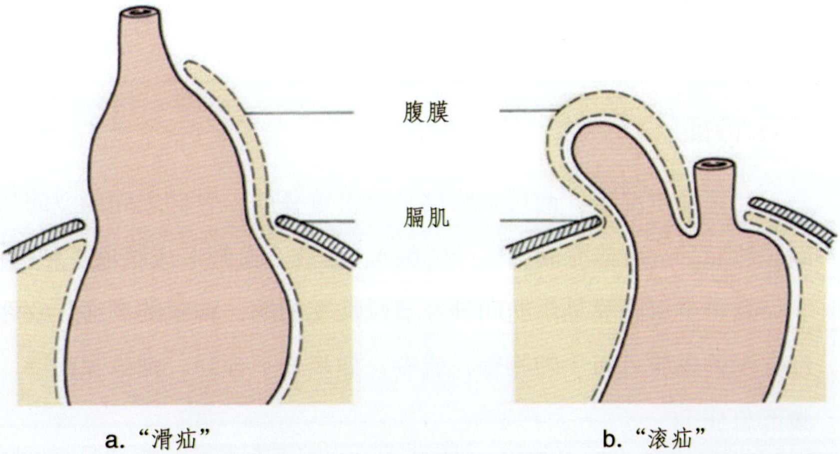

图 13 （a）滑动裂孔疝。（b）滚动裂孔疝。

肌被调用。胸部放射检查时，在平静吸气状态下，膈肌可以移动约 2.5cm，而在深吸气时，膈肌可以移动达 6~10cm。

正常的平静呼气是由抬高肋骨弹性回缩的膈肌被动松弛引起的。在深呼气中，腹肌起着重要的作用，它们有力地收缩，压缩腹部内脏，提高腹内压力，迫使放松的膈肌向上。事实上，膈肌运动约占空气交换的 65%，而胸部运动占剩下的 35%。

在深而被迫的吸气中，额外的“呼吸辅助肌”被要求发挥作用。这些是附着于胸部的肌肉，通常用于手臂和头部的运动。观察跑步结束时的运动员，或严重的呼吸困难患者，他抱紧大腿或将手臂撑在桌子上保持不动，将其头部固定，使用胸大肌、前锯肌、背阔肌和胸锁乳突肌“从止点到起点”来增加胸腔的容量。还可以观察到，妊娠晚期妇女的膈肌被增大的胎儿顶起并固定，她依靠胸部的运动来呼吸，即使当她坐在产前诊所休息时也是如此。

胸膜

两个胸膜腔是完全分开的（见图 2）。每个胸膜有两层：脏胸膜，即与肺表面密切相贴；另一层在内侧胸壁、膈肌上表面及心包和纵隔两侧的壁胸膜。脏胸膜牢固地附着在其下面的肺上。相反，壁胸膜通过一层松散、薄薄的结缔组织，即胸膜外筋膜与其覆盖的结构分开，这使得外科医生可以很容易地从胸壁上剥离壁胸膜。这两层在肺根的前面和后面是连续的，但下面的胸膜在松散的褶皱中垂下，即肺韧带，形成了肺静脉扩张的“无效腔”。胸膜和肺的表面标记已经在体表解剖学一节中描述过。

注意，即使在用力吸气时，在胸膜腔内肺也不能占据所有空间。

临床特征

1. 正常情况下，两层胸膜层是紧密重叠的，它们之间的空间只是一个潜在的空间。然而，它可能充满空气（气胸）、血液（血胸）或脓液（脓胸）。

2. 由于壁胸膜是由肋间神经节段性支配的，胸膜的炎症导致疼痛指的是这些神经支配的皮肤分布（即胸壁，或者，如果是下神经，则是腹前壁，这可能模拟急性腹部急症）。

下呼吸道

气管（图 14 和图 15）

气管长度约为 11.5cm，直径约 2.5cm。它始于环状软骨（C6）的下缘，在胸骨角水平（T4/5）分叉而终止，形成左右主支气管。（在活体中，分杈水平随呼吸相略有变化；在深吸气时下降到 T6，在呼气时上升到 T4。）

毗邻

部分位于颈部，部分位于胸部（上纵隔），其关系如下。

颈部

- 前面，甲状腺峡部、甲状腺下静脉、胸骨舌骨和胸骨甲状肌。
- 侧面，甲状腺的侧叶和两侧的颈总动脉。
- 后面，食管，喉返神经位于食管和气管之间的沟槽内（图 16）。

胸部

- 前面，起始于头臂动脉和左颈动脉起始，二者均产生于主动脉弓、左头臂静脉和胸腺。
- 后面，食管和左喉返神经。

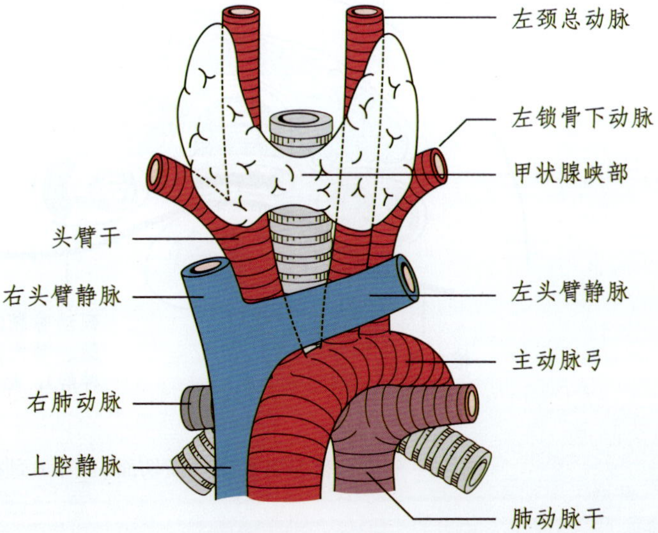

图 14 气管及其前面的关系。

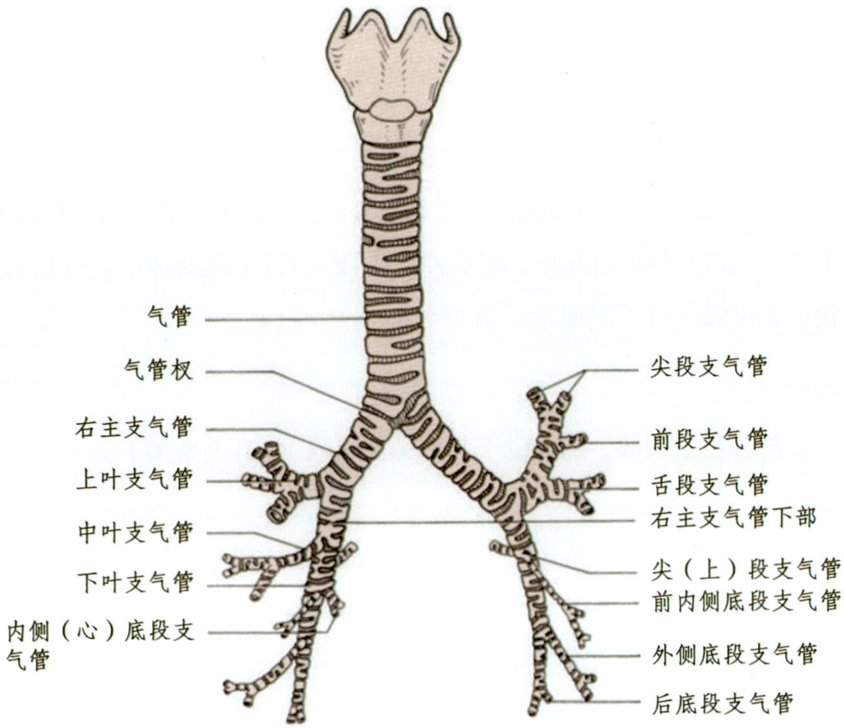

图 15　气管和主支气管前面观。

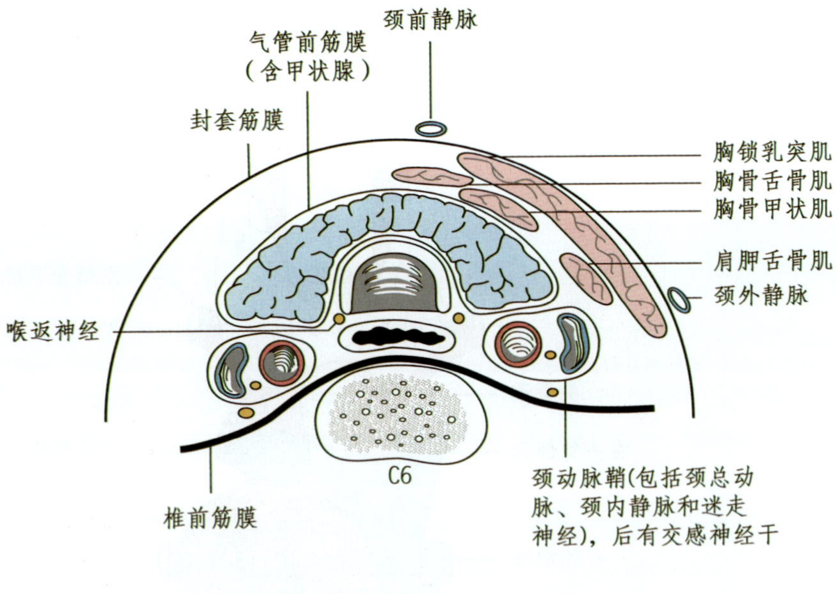

图 16　气管颈部及其周围的横切面（经第 6 颈椎）（下面观）。

- 左侧，主动脉弓、左颈总动脉和左锁骨下动脉、左喉返神经和胸膜。
- 右侧，迷走神经、奇静脉和胸膜（图 17）。

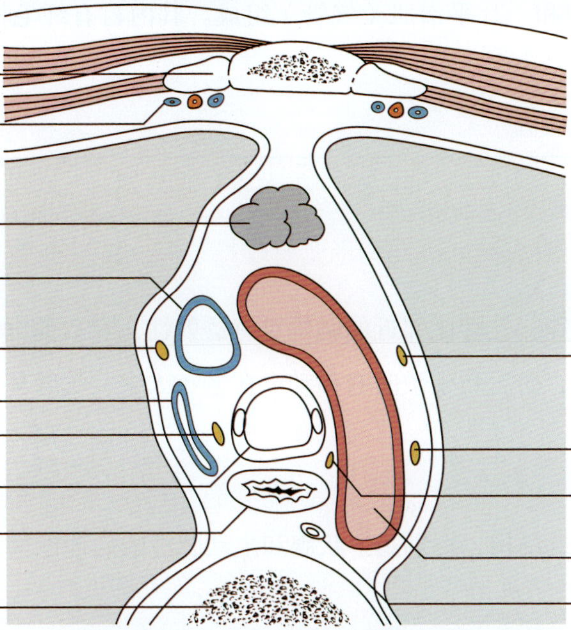

a

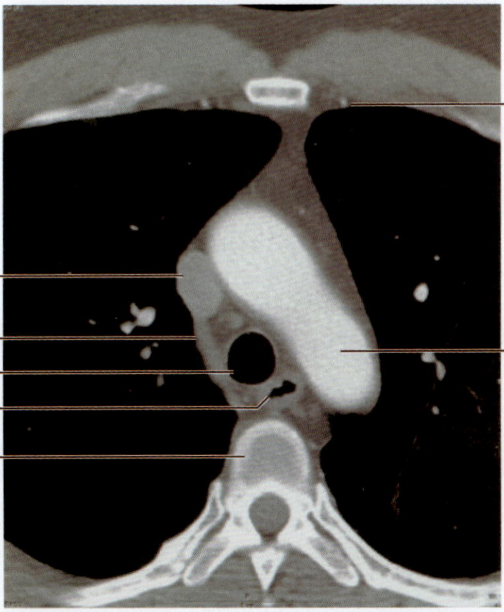

b

图 17 （a）气管的胸段及其周围的横切面（经第 4 胸椎）（下面观）。（b）上纵隔的 CT（轴位图），其水平与（a）中的水平相对应。

结构

气管的通畅是由 15~20 个“U”形软骨维持的。在后面软骨缺乏的地方，气管被压扁，其壁由纤维组织和一片平滑肌（气管）组成。其内衬有纤毛柱状上皮，内有许多杯状细胞。

临床特征

放射学

因为它含有空气，气管比邻近的结构更有透射性，在后前方和侧位片上可以看到黑暗的区域向下、向后和稍微向右移动。在老年人中，气管环的钙化可能是放射学混淆的根源。

移位

气管可能因邻近结构，特别是甲状腺和主动脉弓的病理性增大而受压或移位。

气管牵引

主动脉弓和气管之间的密切关系，以及左支气管被称为“气管牵引”的物理标志，都是主动脉弓动脉瘤的特征。

气管切开术

喉部阻塞（白喉、肿瘤、吸入性异物）、排泄过多分泌物（体力太弱以致无法充分咳嗽的患者术后严重感染）和长时间持续人工呼吸（小儿麻痹症、严重胸部损伤）可能需要气管切开术。值得注意的是，呼吸作用的进一步辅助是通过大量减少无效腔空气来实现的。

助手将患者的颈部伸展，头部恰好保持在中线。从环状软骨垂直切口向下通过颈前静脉。另一种方法是，使用更美观的横向皮肤折痕切口，放置在环状软骨和胸骨上切迹之间。在环状软骨的下缘插入一个钩子，以稳定气管并将其向前拉。气管前筋膜纵向分裂，甲状腺峡部向上推进或夹在夹子之间，气管软骨明显暴露。然后在气管上开一个圆形小口，进行气管插管。

儿童的颈部相对较短，左头臂静脉可能出现在胸骨上切迹之上，因此解剖相当困难和危险。这种困难变得更大，是因为儿童的气管比成人的气管更柔软、更灵活，因此不那么容易识别和分离。它的柔软意味着在切开孩子的气管时必须小心，不要让手术刀刺穿并损伤后面的食管。

相反，老年人的气管可能会骨化，可能需要用小骨剪刀将其打开。

完全基于解剖学考虑的气管切开术的黄金法则是紧贴在中线上。如果不这样做，主要的血管就处于危险之中，尽管学生可能不相信，但也有可能完全错过气管。

环甲状腺穿刺现在经常用于治疗紧急上呼吸道阻塞。

支气管（图 15）

右主支气管比左主支气管粗、短、陡直。它的长度约为 2.5cm，在 T5 胸椎水平上直接进入肺根部。在连接肺之前，它发出上叶分支，然后通过肺动脉下方进入肺门。它有两个重要的毗邻关系：奇静脉，它从后面注入上腔静脉，肺动脉，它先在右主支气管下面，然后在前面。

左主支气管长约 5cm，在主动脉弓下方，食管和降主动脉前方向下和向外传递。与右侧不同的是，它在进入肺门之前不发出任何分支，直到到达 T6 胸椎水平。肺动脉位于左主支气管上方，先前后上。

临床特征

1. 右主支气管越粗，越陡直，异物和吸入物越容易进入右主支气管（尤其是右肺中下叶），而不是左主支气管。请注意，这也适用于气管插管，如果对于患者来讲管子太长，很容易将管子插入右主支气管。这一点必须牢记，尤其是在给婴儿或儿童插管时。

2. 在支气管镜下可以看到整个气管、主支气管和肺叶支气管的内部，以及第一肺段的开始。

3. 支气管镜下如果可见支气管（隆嵴）间夹角的扩大和不平整，则提示一个严重的预后指征，因为它通常表明气管分叉周围的气管、支气管淋巴结癌性病变。

肺（图 18 和图 19）

每侧肺都是圆锥形的，向上为到达第 1 肋胸骨端上方的肺尖，向下为覆盖在横膈膜上的向上凹陷的肺底，外侧面是覆盖在肋骨表面、胸壁形状的肋面，内侧面是为容纳心包而向肺内凹的纵隔面。

右肺的高度比左肺稍低，这是因为它是被较高的膈肌右穹隆向上推的，而膈肌的

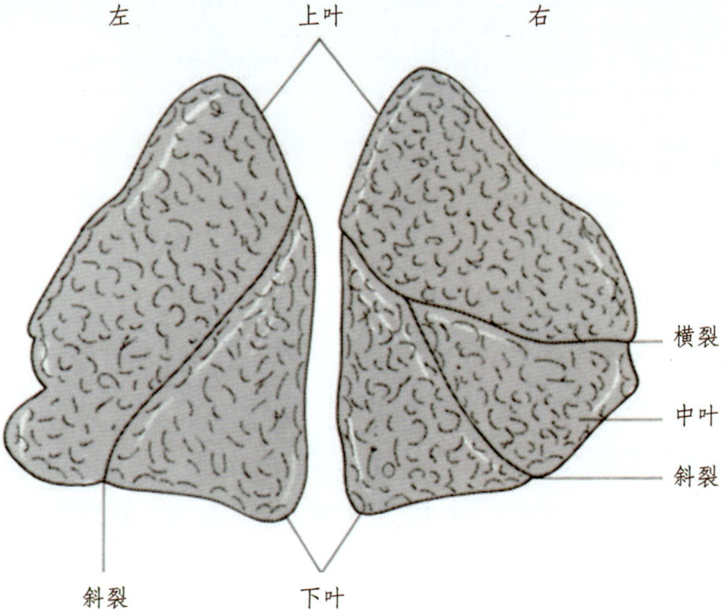

图 18　肺的外侧面观。

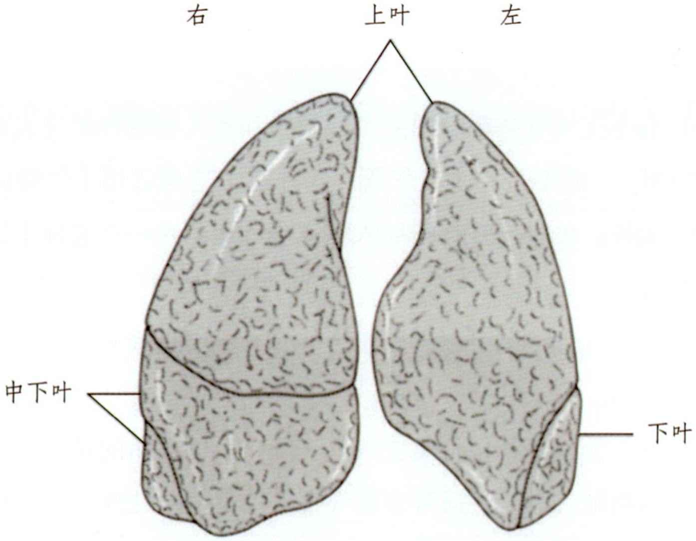

图 19　肺的前面观。

右穹隆本身是由下面的肝脏向上推的。然而，右肺虽然比左肺短，但实际上是两肺中体积更大、重量更重的，因为左肺的大小因心脏在其内侧产生相当大的凹痕而减小。

右肺被斜裂和水平裂分成上、中、下三个肺叶。左肺只有一个斜裂，因此只有两个肺叶——左肺上叶和左肺下叶。肺分肺叶，这似乎没有生理上的好处。然而，肺叶是相当有趣的：

1. 肺炎链球菌引起的“大叶性肺炎”累及单个肺叶。

2. 痰液阻塞、肿瘤或吸入的异物可阻塞单个肺叶支气管并导致肺叶塌陷，因为被阻塞的肺叶内的残余空气被逐渐吸收。

3. 当每个肺叶有其自身的支气管和血液供应时，外科医生可以在适当的情况下进行肺叶切除术。

学习图 2、图 3、图 18 和图 19，并注意当前术语中的一个重要错误，所谓的“上叶”在每侧实际上是向前上方的，而下叶更准确地描述为后下方。当你检查患者前胸部时，你在左侧听诊，几乎完全是肺的上叶。你检查右侧，上叶至第四肋间水平，其下方是中叶。下叶只有一小部分可以从前面评估。为了检查下叶——术后肺部塌陷的常见部位，例如，在胸部后侧从第 3 肋间向下检查。还要注意的是，穿过胸后部的刺伤，穿过第 4 肋间，很可能会损伤下叶，而不是上叶！

血供

混合静脉血通过肺动脉回流到肺；支气管是由支气管动脉供应的，支气管动脉是降胸主动脉的小分支。支气管动脉虽小，但具有重要的临床意义。它们维持肺栓塞后肺实质的血液供应，因此，如果患者恢复血供，肺功能才能恢复正常。

上、下肺静脉向左心房输入有氧血，支气管静脉流入奇静脉系统。

淋巴回流

肺的淋巴管从胸膜向肺门呈向心方向回流。从肺门支气管肺淋巴结传出的淋巴液，经传出淋巴管传到气管分叉处的气管支气管淋巴结，再传到气管淋巴结和纵隔淋巴干，最后通常直接引流到头臂静脉，少部分通过胸导管或右淋巴导管间接回流。

神经支配

肺的神经支配是通过肺门的肺丛。它传递交感神经（T2~T5 或 T6）和副交感神经

（迷走神经）纤维。交感神经纤维是支气管肌肉的支气管扩张剂，因此在哮喘中使用了拟交感神经药物。迷走神经纤维传递来自肺部牵拉感受器的信号，并向黏液腺提供分泌运动纤维。

肺的支气管肺段（图 20 和图 21）

了解支气管树的精细排列是掌握肺放射学的必要前提，以理解支气管镜检查及肺段切除术。肺的每一叶被细分成若干支气管肺段，每一段由节段支气管、动脉和静脉供给。这些节段呈楔形，顶端在肺门，基底部在肺表面。如果沿其边界精确切除

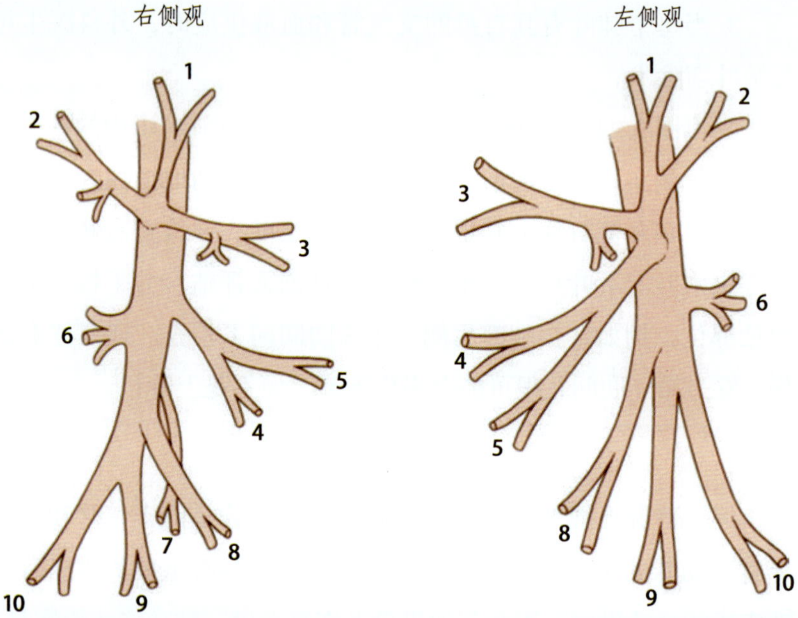

右
上叶
1 尖段支气管
2 后段支气管
3 前段支气管

中叶
4 外段支气管
5 内段支气管

下叶
6 尖段支气管
7 内基底（心脏）段支气管
8 前基底段支气管
9 外基底段支气管
10 后基底段支气管

左
上叶
1
2 }尖后段支气管
3 前段支气管

舌
4 舌上段支气管
5 舌下段支气管

下叶
6 尖段支气管
8 前基底段支气管
9 外基底段支气管
10 后基底段支气管

图 20 主支气管的分支命名。

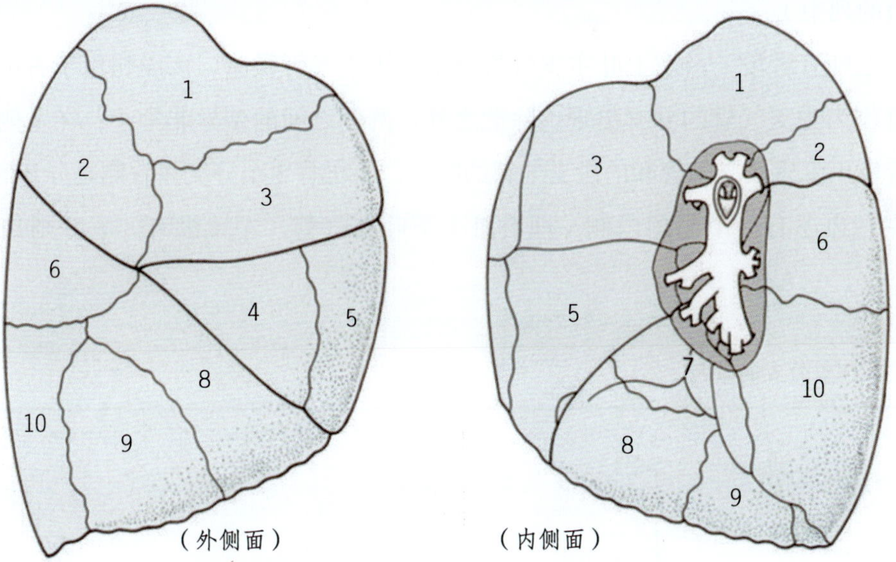

a

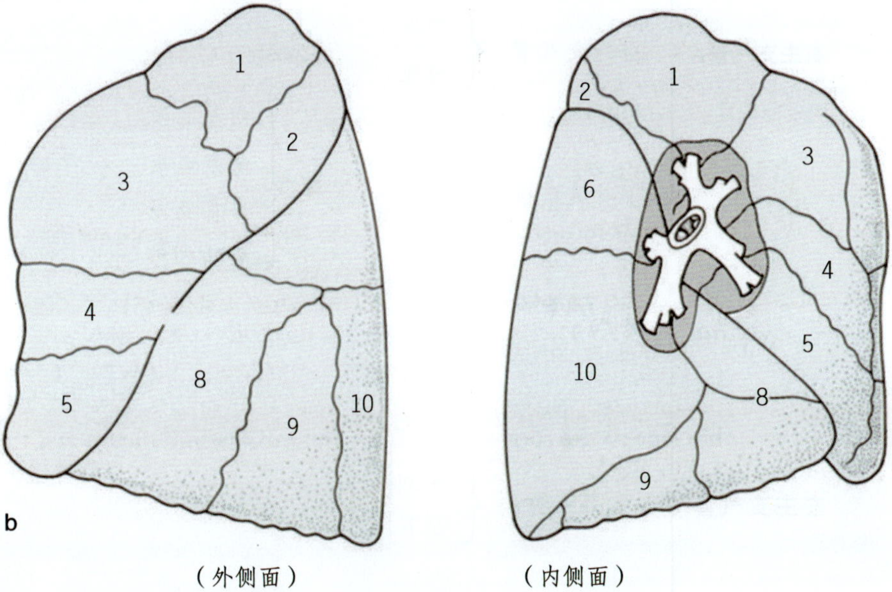

b

图 21 （a）右肺各段。（b）左肺各段。

（以节段静脉为标志），未手术的肺表面几乎没有出血或肺泡漏气。

支气管的名称和排列如表1所示。每个支气管肺段的命名取自其供应的支气管（列在右边的列中）。

左上叶有舌段，由左上叶主支气管分出的舌支气管供应。该段相当于右中叶，其支气管作为主支气管的分支出现。除此之外，两侧之间的差异非常小；在左侧，上叶支气管发出尖后段支气管和前段支气管的联合，而所有3个分支在右侧是分开的。

在右边还有一个小的内侧（即心脏）下叶支气管，左边没有，下叶则是彼此的镜像。

表1　主支气管分支的命名

- **右主支气管**
  - 上叶支气管
    - 尖段
    - 前段
    - 后段
  - 中叶支气管
    - 外段
    - 内段
  - 下叶支气管
    - 尖段
    - 基底段 →
      - 内基底段
      - 前基底段
      - 外基底段
      - 后基底段
- **左主支气管**
  - 上叶支气管
    - 尖后段
    - 前段
  - ↓ 舌支气管
    - 舌上段
    - 舌下段
  - 下叶支气管
    - 尖段
    - 基底段 →
      - 前基底段
      - 外基底段
      - 后基底段

纵隔

纵隔被定义为“夹在两个胸膜腔之间的空间”。为了便于描述，纵隔被一条从胸骨角到 T4 胸椎下缘（Louis 角）的水平线分割成上、下纵隔。下纵隔进一步被细分为前纵隔（纤维心包前部）、内有心包和大血管的中纵隔、心包和下 8 块胸椎之间的后纵隔（图 22）。

心包

心脏和大血管的根部包含在锥形纤维心包内，心包的顶端与大血管外膜融合，底部与膈肌中心腱融合。在前面，它与胸骨体有关，胸骨体由胸骨心包韧带、第 3~6 肋软骨和肺前缘连接。在后面，它与食管、降主动脉和胸椎椎体 T5~T8 有关，并且它的

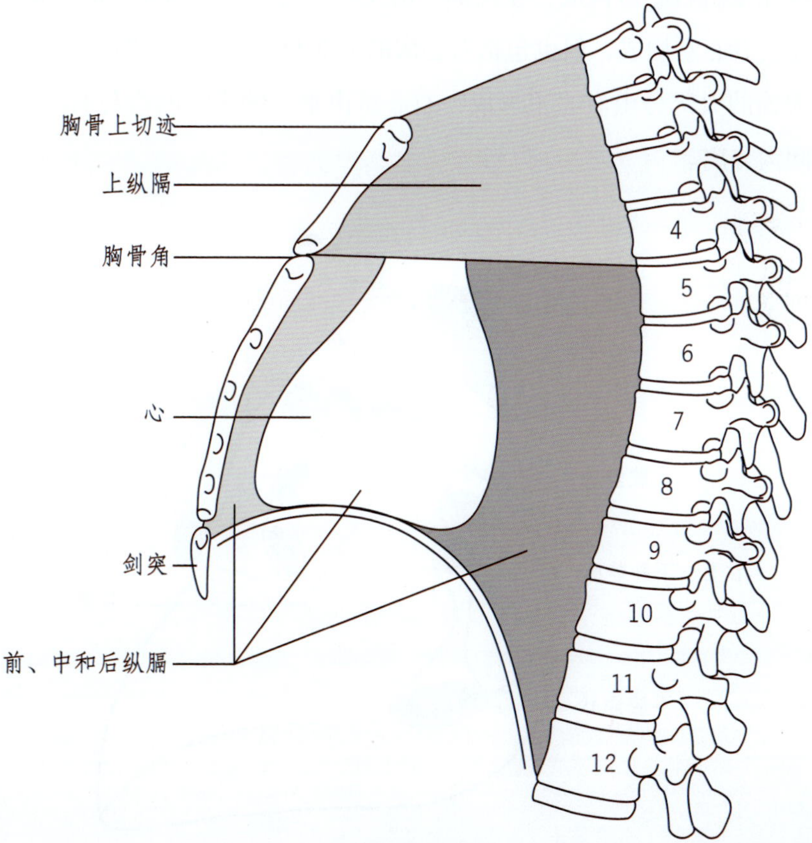

图 22 纵隔的分部。

两侧是肺的根部、纵隔胸膜和膈神经。

心包腔是心包的脏层和壁层之间的潜在空腔。就像胸膜腔和腹膜腔一样，它由一些浆膜液润滑。外伤后会充血（心包积液）。

纤维心包的内层由浆膜心包的壁层所衬。这反过来说明，大血管的根部与心包脏层相连。心包反射线在心脏的后表面（图 23）由斜窦标记，由下腔静脉和 4 个肺静脉相连，在左心房和心包之间形成凹陷。上腔静脉与左心房之间的横窦在后，肺动脉干与主动脉在前。

心脏（图 24）

它的重要性意味着在处理心脏的细节上不需要任何借口。

心脏呈不规则锥形，斜置于纵隔中部。从前面看，可以看到所有心腔的一部分。心脏右缘完全由右心房构成，左缘部分由左心房的左心耳构成，但主要由左心室构成。下缘主要由右心室构成，但也包括右心房的下部和左心室的尖端。

前表面的大部分由右心室形成，右心室由垂直的房室间沟与右心房分离，左心室由前室间沟分离。

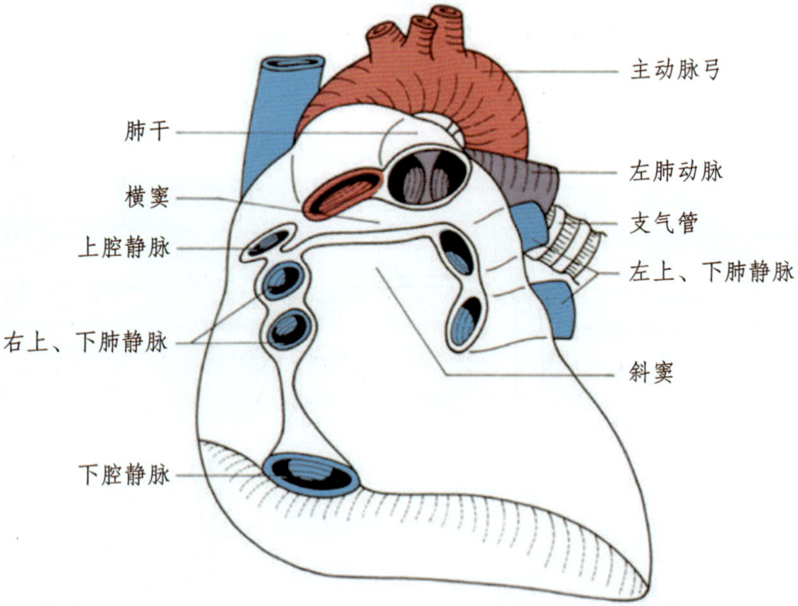

图 23　心包横窦和斜窦。心脏已经从心包中取出，在前面可以看到。

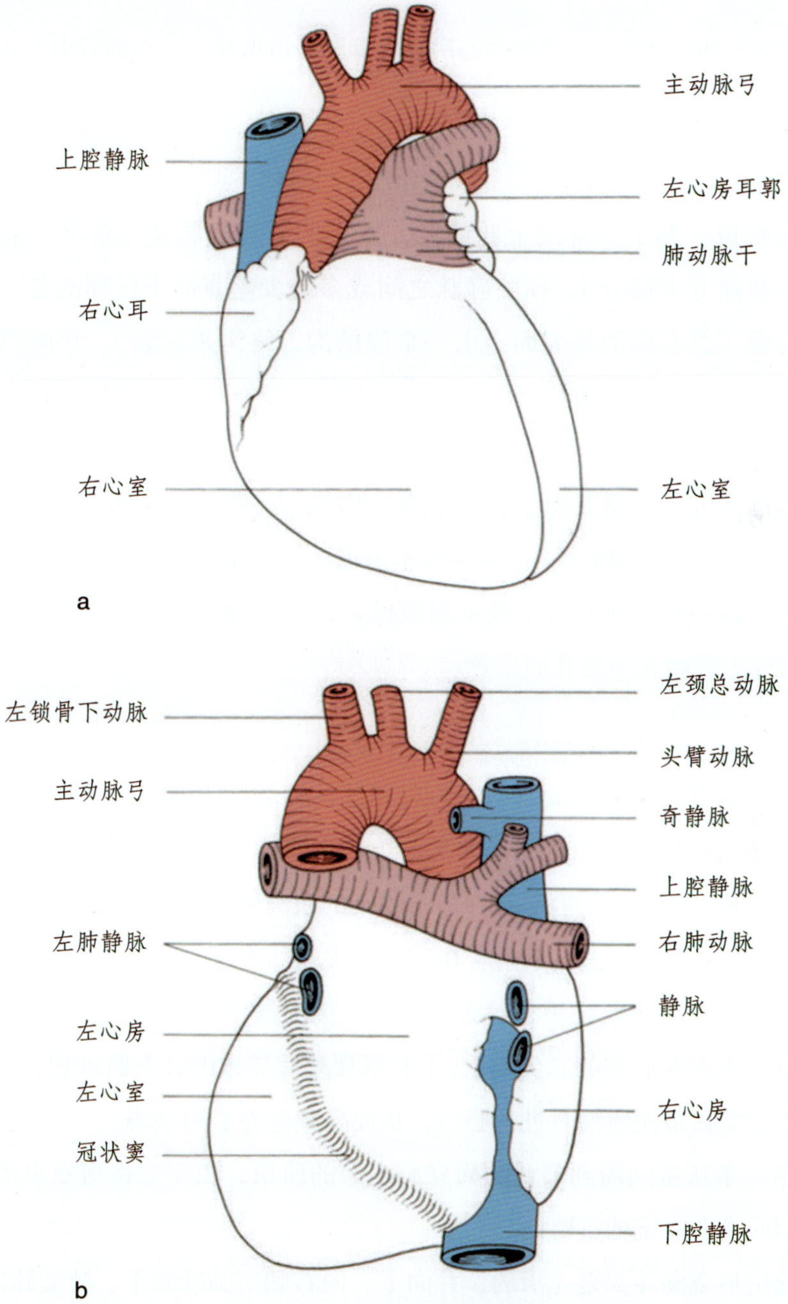

图 24 心脏。(a)前面观和(b)后面观。

下方或膈面由右心室和左心室组成，由后室间沟和下腔静脉进入右心室的一部分来分隔。

基底或后表面为四边形，主要由左心房和肺静脉开口形成，一小部分由右心房形成。

心腔

右心房（图 25a）

右心房接收位于其上后部的上腔静脉，下方的下腔静脉及冠状窦，前方的心前静脉（回流心脏前方大部分）。在腔静脉之间或多或少垂直向下延伸的是一个明显的肌肉嵴，即终嵴（在心房的外表面上由一个浅的沟，终沟来标志）。该嵴将起源于静脉窦的心房后部的光滑壁与延伸至心耳的粗糙壁前部分开，后者起源于真正的胎儿心房。

心房壁粗糙部分的小梁是由平行的肌肉柱构成的，称为果胶肌（梳状肌）；“梳状肌”来自拉丁语，意为“像梳子”。同样的术语也适用于左心耳的肌柱。

下腔静脉开口和冠状窦开口由基本瓣膜保护；下腔静脉与卵圆窝在房间隔浅凹处相连，卵圆窝标志着胎儿卵圆孔的位置。

右心室（图 25）

右心室通过垂直排列的三尖瓣与右心房相连，肺动脉干通过肺动脉瓣与右心房相连。房室口和肺动脉口之间的肌嵴，即漏斗－房室嵴（室上嵴），将心室的“流入道”和“流出道”分开。流入道的内部有许多不规则的肌肉隆起（肉柱），有一些来自乳头肌，乳头肌伸入心室腔，通过腱索附着在三尖瓣尖端的边缘。

当心室收缩时，乳头肌变短，腱索被拉起，三尖瓣不会反向进入右心房。（当然，同样的机制也发生在左心室的二尖瓣上。）心肌梗死后导致的乳头肌破裂，可使受影响的三尖瓣瓣膜尖端在每次收缩时进入心房，从而导致急性心力衰竭。

节制索是一条从室间隔到前壁的横穿心室腔的肌束，由于它将房室束的右支传递到心室肌，因此具有一定的重要性。

右心室流出道或漏斗部是光滑的，并向上、向右朝向肺动脉干。肺动脉口由包括 3 个半月尖的肺动脉瓣保护。

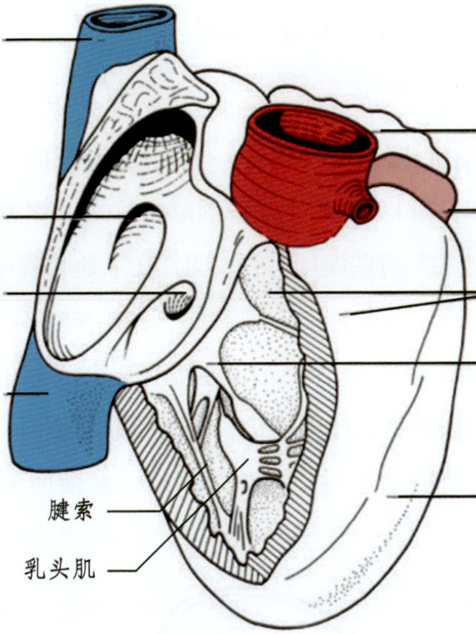

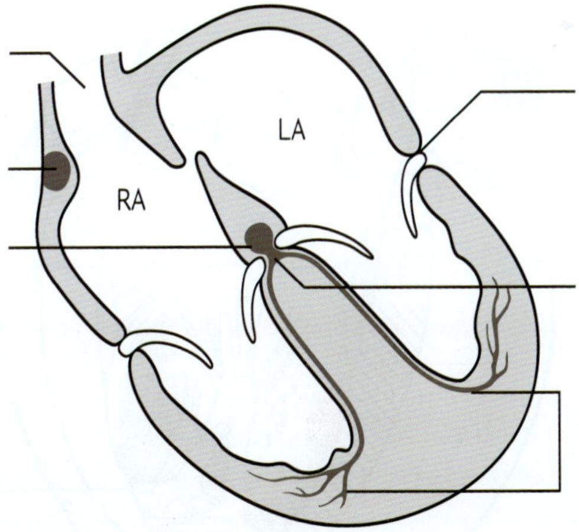

图 25 （a）右心房和心室的内部。（b）心脏的传导系统。LA，左心房；RA，右心房。

左心房

左心房比右心房小，但壁厚一些。在它的后壁上部有4条肺静脉的开口，房间隔表面有一个浅凹，对应右心房卵圆窝。与右侧一样，左心耳的主要部分是光滑的，但是由于下面的梳状肌，左心耳的表面有许多隆起。

左心室（图26）

左心室通过二尖瓣与左心房相通，它有一个大的前瓣和一个小的后瓣，通过腱索附着在乳头肌上。除了主动脉口下方的主动脉前庭外，左心室壁充满了较厚的肉柱。

三尖瓣和二尖瓣中的“尖”有些误导。它表明，在主动脉瓣和肺动脉瓣中，它们是独立的结构，彼此分离（图26）。事实上，三尖瓣和二尖瓣与挂在每个房室口处的圆形“窗帘”相似，它们进入心室腔，右边有3个帘，左边有2个帘，并由腱索固定。

主动脉口由主动脉瓣的3个半月尖保护，其上是扩张的主动脉窦。右冠状动脉口和左冠状动脉口分别位于前窦和左后窦。在舒张期，血液回流到主动脉窦形成湍流，

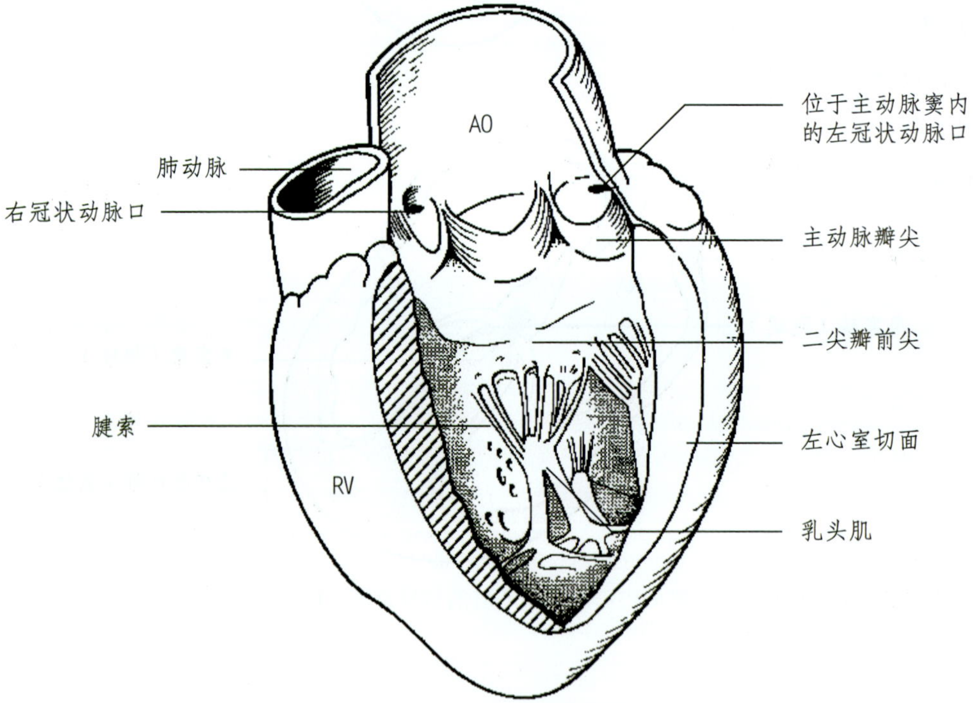

图26 左心室内部。AO，主动脉；RV，右心室。

这有助于关闭瓣膜。同样的机制也适用于肺动脉瓣。此外，在左侧，血液在舒张期回流进入两个位于主动脉窦内的冠状动脉口，所以心脏灌注发生在心脏周期的心室舒张期。这是一项巧妙的设计，因为在没有这种安排的情况下，当心室肌在收缩期紧紧收缩时，心室肌灌注几乎不可能发生。

心脏传导系统（图 25b）

这包括在窦房结和房室结及房室束中发现的特殊心肌。心跳开始于窦房结（心脏的起搏器），位于界沟的上部，即右侧上腔静脉向右心房的开口处。从那里开始，心脏脉冲在整个心房肌群中传播，到达位于冠状窦开口上方的房间隔的房室结。然后通过房室束（His 束）的特殊组织将冲动传导到心室。这个束在室间隔的膜部和肌部的交界处分裂成左右束支，这些束支直接在心内膜下运行，激活心室肌组织的所有部分。His 束是由特殊的粗的、浅色的、横纹肌纤维（浦肯野细胞）组成。

心脏供血（图 27）

心脏的血液供应来自左冠状动脉和右冠状动脉，其主要分支位于每个室间隔和房室沟。

右冠状动脉起源于主动脉前窦，在肺动脉干和右心房之间向前走行，在房室沟的右侧下降。在心脏下缘，它继续沿着房室沟与左冠状动脉在后室间沟处吻合。它沿着心脏下缘发出一条右缘支，后室间支在心脏表面的后室间沟中向前延伸，在心尖附近

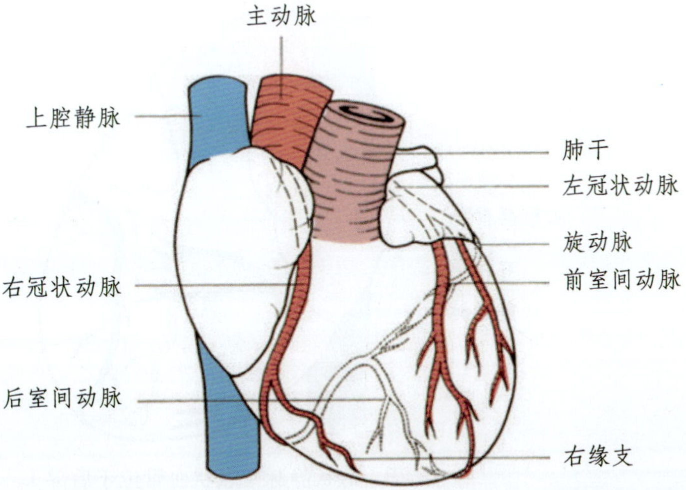

图 27　冠状动脉（点状血管位于后部）。

与左冠状动脉的相应分支相吻合。

左冠状动脉比右冠状动脉粗，它起源于主动脉左后窦。先经过肺动脉干的后面，再到肺动脉干的左侧，到达房室间沟的左侧，在房室间沟中，它以旋支的形式绕心脏左缘横向走行，到达后室间沟。它最重要的分支，离它的起源不到2.5cm，是前室间支。它为两个心室的前部供血，并环绕心尖与右冠状动脉的后室间支吻合。注意，窦房结通常由右冠状动脉供血，不过在约1/3的受试者由左冠状动脉供血。

尽管右冠状动脉和左冠状动脉末端之间有吻合，但这些吻合通常是无效的。这些血管中的一条或另一条血栓形成导致相应供血区心肌死亡（心肌梗死）。

心脏静脉回流（图28）

心脏的大部分静脉回流是通过冠状动脉周围的静脉和通向右心房的静脉实现的。其余的血液通过小静脉直接流入心腔。

冠状窦位于后房室间沟，在下腔静脉口的左侧进入右心房。

它接收：

- 前室间沟的心大静脉。
- 后室间沟的心中静脉。
- 心小静脉，伴随心脏下缘的右缘支。
- 斜静脉，在左心房后部斜下。

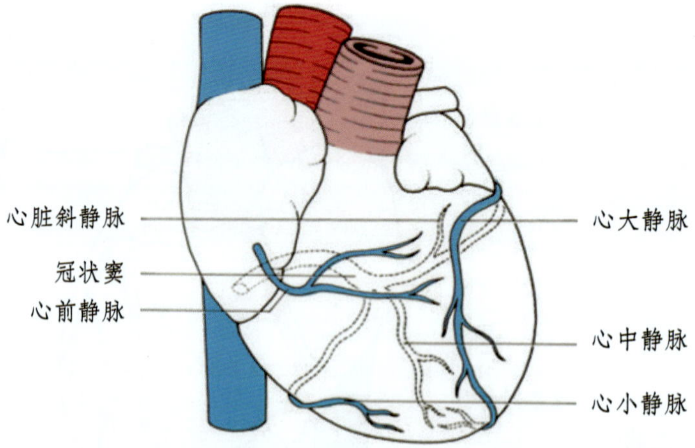

图28 冠状静脉（点状血管位于后部）。

心前静脉（最多 4 条）穿过房室间沟，引流心脏前表面的大部分并直接进入右心房。

神经支配

心脏的神经支配来自迷走神经（副交感神经心脏抑制剂）和颈至胸 5 的交感神经节（心脏加速器），通过浅部和深部心脏神经丛。心脏疼痛（如冠状动脉血栓形成）可能发生在胸部的中央，但通常可通过 T1~T5 交感传入神经传导至颈部（“心绞痛”）、左臂和上腹部。

心脏的发育

原始心脏是一个单管，很快就会发育为从后向前划分静脉窦、心房、心室和心球的凹槽。当这根管子扩大时，它会弯曲，这样接受静脉血的尾端，会随着动脉出现在它的头端后面（图 29）。

静脉窦后来被吸收到心房，而球部被并入心室，因此，在发育完全的心脏中，心

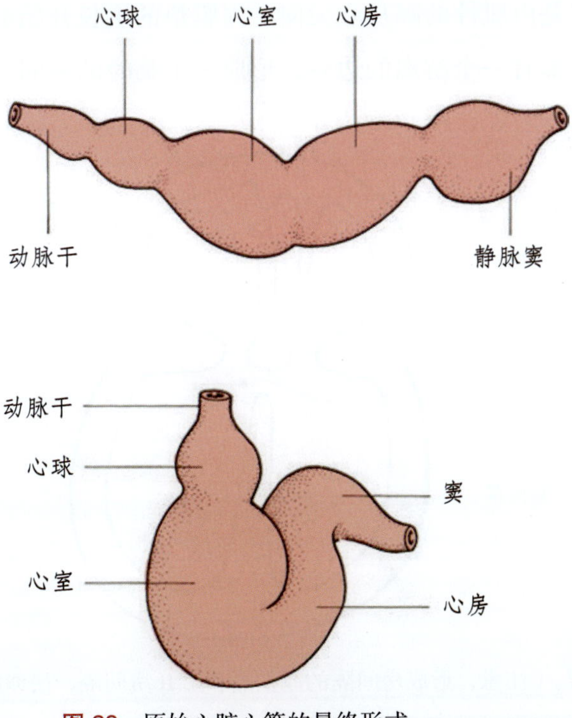

图 29　原始心脏心管的最终形式。

房和大静脉就位于心室和大动脉根部的后面。

原始单心房和单心室之间的边界组织在中线处形成一个背和腹心内膜垫，从而将共同房室口分为右（三尖瓣）和左（二尖瓣）口。

将原始心房分成两个部分是一个复杂的过程，但对于理解先天性间隔缺损是重要的（图 30）。一个隔板，即原发隔，从原始的共同心房的后壁和上壁向下生长，与心内膜垫融合。然而，在融合完成之前，隔上部出现了一个洞，称为原发隔的第Ⅱ房间孔。

第二个膜，即第Ⅱ房间隔，然后发育到原发隔的右侧，但这还远远没有完成；它有一个游离的下缘，然而，它确实延伸到足够低的地方，使这个新的隔膜与原发隔的第Ⅱ房间孔重叠，从而关闭它。

隔膜上的两个缺陷重叠形成瓣膜状卵圆孔，将血液从胎儿的右心分流到左心。出生后，这些孔通常完全融合，只留下右房间隔上的卵圆窝作为遗迹。然而，在约 10% 的成年受试者中，探针仍然可以通过解剖性结构来暗示孔的存在，不过功能上是密封的。

心室的分裂是由肌性的隔从心尖向心内膜垫的生长开始的。这样不能完全分开心室，因此它在上部有一个游离的边界，形成一个临时的室间孔。同时，单个动脉干被

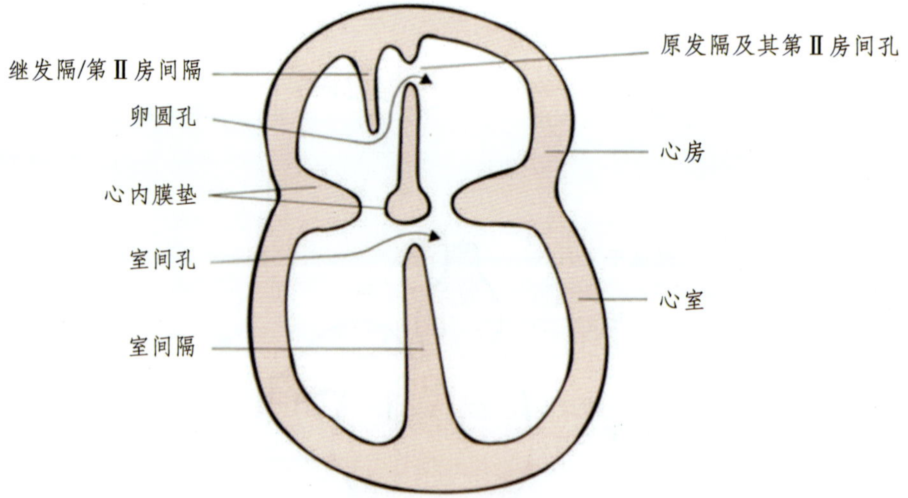

图 30　心腔的发育。（注意，形成房间隔的原发隔和第Ⅱ房间隔，使卵圆孔在它们之间形成瓣膜状开口。）

一个螺旋间隔（这两个血管的螺旋关系）分成主动脉和肺动脉干，螺旋间隔向下生长到心室，并与室间隔的上游离边界精确融合。这有助于完成心室分离的小的隔，使隔左侧的血液流入主动脉，右侧的血液流入肺动脉干。

原始的静脉窦将血液吸到右心房，这样被引流到窦的腔静脉就可以单独进入这个心房。成人心房壁光滑的部分代表静脉窦的作用；梳妆肌代表来自原始心房的部分，称为右心耳或右心耳附属物（图 24a）。

类似的，成年人左心房有一个双重起源。最初进入左心房的单肺静脉干被吸收，并贡献该腔的光滑壁部分，肺静脉作为 4 个独立的开口进入；最终左心房的小梁部分是原始心房壁的残余。这形成左心耳或左心耳附属物（图 24a）。

主动脉弓及其衍生物的发育（图 31）

从心球部衍生出来的是一个被称为动脉干的公共动脉干，动脉干上有 6 对主动脉弓，相当于鱼类鳃裂的动脉。这些动脉在咽部两侧背向弯曲，并汇合形成两个纵向放置的背主动脉，与降主动脉远端汇合。

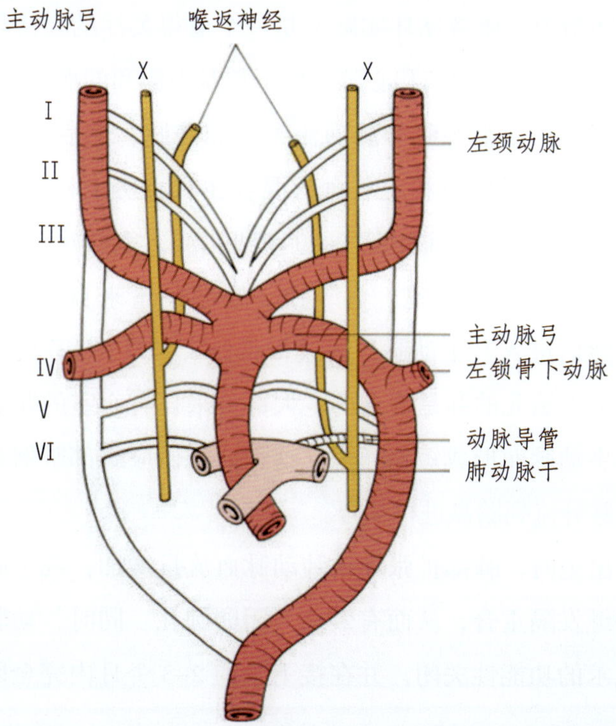

图 31 主动脉弓及其衍生物。这张图解释了右喉返神经与右锁骨下动脉的关系，以及左侧神经与主动脉弓和动脉韧带（或与动脉导管未闭）的关系。

第 1 和第 2 动脉弓消失；第 3 动脉弓变成了颈动脉。右侧第 4 动脉弓为头臂动脉和右锁骨下动脉；在左侧，它分化成最终的主动脉弓，发出左锁骨下动脉，并与降主动脉远端相连。

第 5 动脉弓动脉发育不全并消失。

当动脉干纵裂形成升主动脉和肺动脉干时，与其他动脉不同的是，第 6 动脉弓仍与后者相连，形成左右肺动脉。在左侧，这个动脉弓与背主动脉仍相连，形成动脉导管（成年人解剖学上的动脉韧带）。

主动脉弓的不对称发育说明每侧喉返神经走行不同。在早期胎儿中，迷走神经位于原始咽的外侧，由主动脉弓将其分离。喉返神经从内侧、尾端到主动脉弓，供应发育中的喉。随着颈部的延长和心脏向尾部侧移，喉返神经被下降的主动脉弓牵拉。在右侧，第 5 动脉弓和第 6 动脉弓的远端被吸收，留下神经钩住第 4 动脉弓（即右锁骨下动脉）。在左侧，神经仍绕在第 6 动脉弓永存的远端（动脉韧带），与主动脉弓重叠但较小（图 31）。

胎儿循环（图 32）

胚胎中的血液循环实际上是一个值得关注的经济学例证，其结果是氧合良好的血液从胎盘分流到大脑和心脏，留下相对不饱和的血液用于不太重要的结构。

血液从胎盘经脐静脉回流到下腔静脉，然后进入右心房，大部分绕过静脉导管中的肝脏。含氧血和脱氧血的混合在右心房中相对较少，因为上腔静脉口上的瓣膜用于引导含氧血从该血管通过卵圆孔流入左心房，而来自上腔静脉的脱氧血流则通过三尖瓣进入右心室。含氧血（连同少量来自肺部的脱氧血）从左心房进入左心室，然后进入升主动脉，通过椎动脉、颈动脉和冠状动脉供应大脑和心脏。

由于胎儿的肺是静息的，大部分来自右心室的脱氧血通过动脉导管从肺动脉干进入降主动脉而形成短路通道。这种血液供应腹部脏器和下肢，并沿髂内动脉所产生的脐动脉分流到胎盘进行氧合。

出生时，肺部扩张导致肺动脉血流量增加；两个心房的压力变化导致重叠的原发隔和继发隔重合，从而有效地关闭卵圆孔。同时，动脉导管肌壁的主动收缩导致动脉分流术的功能性关闭，并在接下来的 2~3 个月内完全闭塞。同样，脐带结扎后会形成

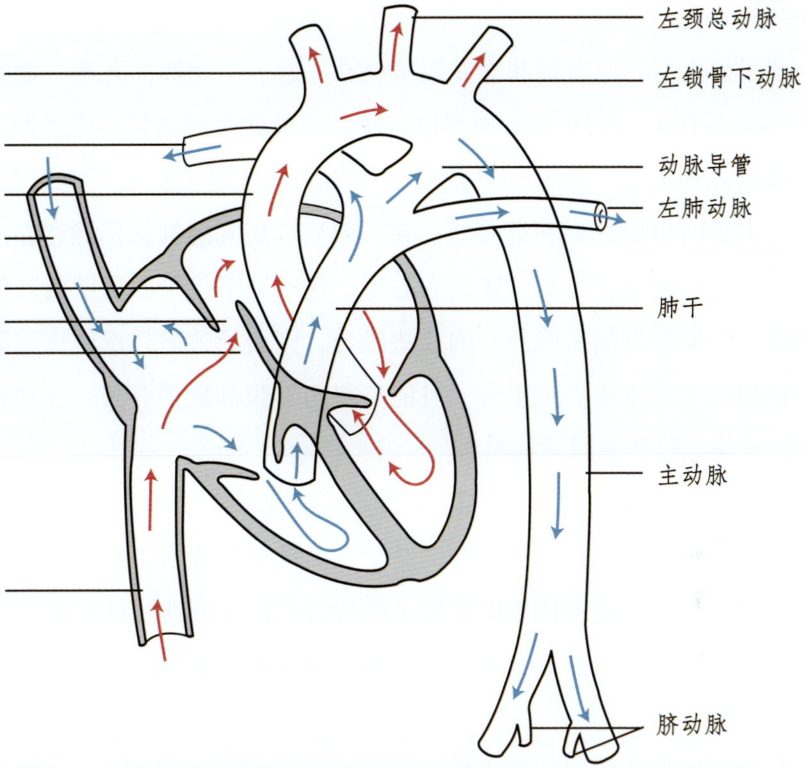

图 32 胎儿循环。红色箭头表示含氧血液。

血栓和脐血管闭塞。

闭塞的脐动脉以脐内侧韧带为代表，从两侧髂内动脉膀胱上支开始，穿过腹壁下前深部至脐。闭塞的脐静脉成为圆韧带，它在镰状韧带的前缘延伸到肝脏（见图 69）。

先天性心脏和大血管畸形

心脏和大动脉的复杂发育导致了许多先天性异常，这些异常可能单独或联合累及这些结构。

心脏右旋意味着这个器官和它出现的血管是正常解剖结构的镜像。它可能与所有腹腔器官的逆转有关；其中一位作者（H.E.）看到一名学生正确诊断急性阑尾炎是导致患者左髂窝剧痛的原因，因为他发现心脏的心尖冲动在右侧！

间隔缺损

孩子出生时，原发隔和继发隔被挤在一起，关闭卵圆孔瓣。融合通常发生在孩子出生后约 3 个月。在约 10% 的受试者中，这种融合可能是不完整的。然而，两个隔重叠和卵圆孔的通畅没有任何功能意义。如果继发隔太短而不能覆盖原发隔的第 2 孔，那么在出生时将原发隔和继发隔压在一起后，房间隔缺损仍然存在。这导致第 2 房间孔缺损，使血液从左心房分流到右心房。这一缺陷位于心房壁的高处，相对容易行手术闭合。如果原发隔未能与心内膜垫融合，则会导致更严重的房间隔缺损。原发性房室口缺损位于房室边界正上方，可能与室间隔膜部缺损有关。在这种情况下，孩子出生时就有房间隔和室间隔缺损。

有时，室间隔缺损十分严重，以至于心室形成一个单一的腔，即三腔心。

先天性肺动脉狭窄可累及肺动脉干、肺动脉瓣或右心室漏斗部。如果狭窄与间隔缺损同时发生，右心室代偿性肥大（进展为迫使血液通过肺梗阻）会产生足够高的压力，使血液通过缺损分流到左心；这种脱氧的右心血与含氧的左心血混合导致孩子在出生时发绀。

最常见的导致发绀的先天性畸形是法洛四联症（图 33）。这是由于动脉干被螺旋隔不等分，导致肺动脉干狭窄，主动脉宽，因而骑跨了两个心室的开口。移位的隔无法闭合室间隔，导致室间隔缺损。右心室肥厚是肺动脉狭窄的结果。发绀是由于大量

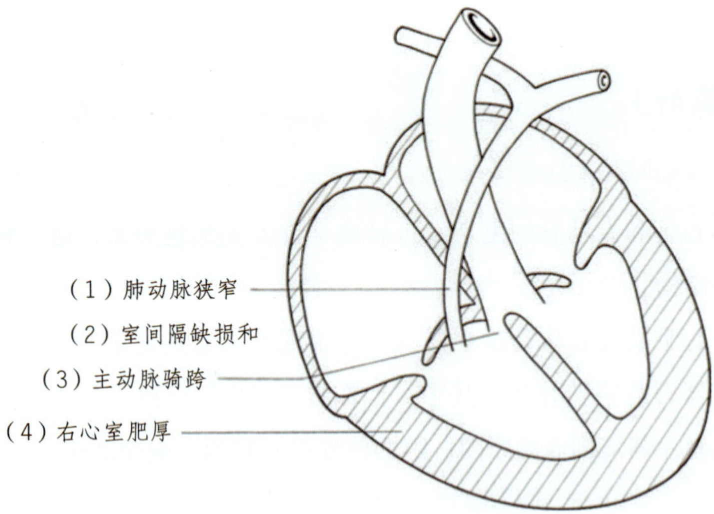

图 33　法洛四联症。

氧不饱和血液从右心室经室间隔缺损分流到左心室，也直接进入主动脉。

动脉导管未闭（图 34a）是一种相对常见的先天性缺陷。如果左心未矫正，会导致左心进行性肥大和肺动脉高压。

主动脉狭窄（图 34b）被认为是由于闭塞动脉导管的过程异常所致。一般可能是主动脉从左锁骨下动脉到动脉导管的广泛阻塞，然而动脉导管却通畅，并维持身体下部的循环；通常，这种患儿还有许多其他的缺陷，他们常常在很小的时候就去世了。更常见的是，患儿只有一小段在动脉韧带区出现问题或未闭。在这些病例中，通过肩胛骨周围与肋间动脉吻合的侧支，以及通过上腹部上动脉（胸内动脉的终支）和位于直肠后鞘的下腹部上动脉（髂外动脉的分支）之间的连接，维持下肢的循环。

临床上，这种循环可以通过肩胛骨周围可见的扩大的血管表现出来；放射学上，扩张的肋间动脉导致肋骨下缘的切迹。

原始主动脉弓的异常发育可能导致主动脉弓位于右侧或实际上是双重的。异常的右锁骨下动脉可能来源于背主动脉，并从食管后面经过，这是吞咽困难的罕见原因。

很少见的情况是，主动脉干和肺动脉的分离是不完全的，留下主动脉 - 肺窗，这是心脏两侧最罕见的先天性瘘。

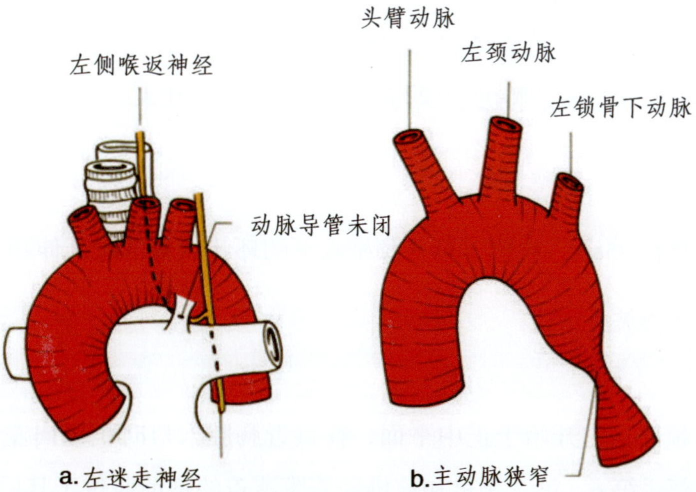

图 34 （a）动脉导管未闭，显示其与左喉返神经的密切关系。（b）主动脉狭窄。

上纵隔

上纵隔的边界前方是胸骨柄，后方是第 4 胸椎（图 22）。在上方，它与颈椎根部直接相连，下方与下纵隔 3 个分部相续。其主要内容物包括大血管、气管、食管、胸腺、胸导管、迷走神经、左喉返神经和膈神经（图 17）。

主动脉弓的方向是前后走行的；它的 3 个大分支，即头臂动脉、左颈总动脉和左锁骨下动脉，上升到胸腔入口，前两个在气管周围形成“V”形。头臂静脉位于动脉前，左侧几乎横穿上纵隔，右侧垂直向下；二者联合形成上腔静脉。食管在气管的后部，紧靠脊柱。

胸腺（图 17）

虽然早期的解剖学家对胸腺有较好的认识，但有趣的是，只有在医学界前辈的记忆中，胸腺在机体免疫防御中的重要作用，即通过产生胸腺加工过的淋巴细胞（T 淋巴细胞）才被认识到。

胸腺是位于上纵隔的一个柔软的双叶器官，与左头臂静脉密切相关，向下延伸至下纵隔前部。

胎儿和幼童的甲状腺很大，甚至可以向上延伸到颈部，直至甲状腺的下极。儿童期后，它在大小上并没有增加很多，因此在成人期变得相对较小。此外，尽管它在胎儿和儿童中呈粉红色腺体状，但随着年龄的增长，它越来越多地被脂肪浸润；在成年人中，它仅通过其独特的包膜与周围的脂肪区别开来。

食管

食管长 25cm，从位于第 6 颈椎水平的环状软骨下缘延伸到胃的贲门口（图 35）。

分部与毗邻关系

颈部

在颈部，它开始于正中平面，在接近胸腔入口时稍微向左倾斜。气管和甲状腺位于其前部，第 6、第 7 颈椎和被椎前筋膜覆盖的椎前肌位于其后方，两侧与颈总动脉和喉返神经有关。其左侧还与锁骨下动脉和胸导管末端有关（图 16）。

胸部

胸段先经上纵隔，后经后纵隔。从稍微偏左起，它在 T5 水平处返回中线，然后向下、向前和向左移动，到达膈的食管裂口（T10）。为方便起见，本部分的关系由上往下依次给出。

前面（图 35），它穿过气管、左主支气管（压住它）、心包（将它与左心房分开）和膈。

后面，有胸椎、胸导管、奇静脉及其支流，靠近膈处的降主动脉。

左侧（见图 38），与左锁骨下动脉、主动脉弓末端、左喉返神经、胸导管和左侧胸膜有关。在后纵隔中，它与胸降主动脉相关，然后在膈上方的食管后方通过。

右侧（见图 39），有胸膜和奇静脉。

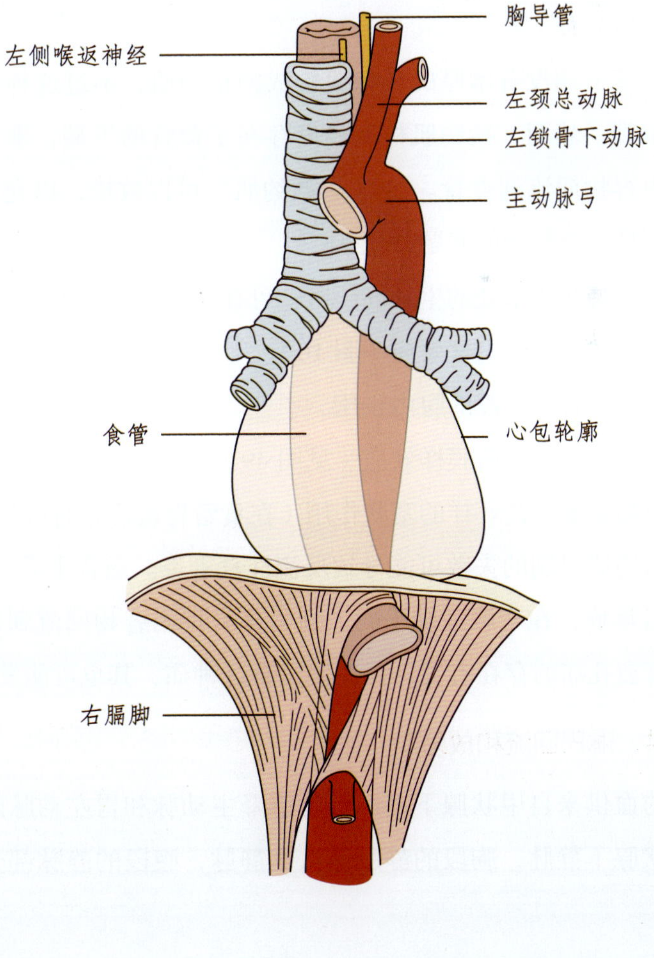

图 35 食管及其关系。

在肺根下，迷走神经在食管上形成一个丛，左迷走神经向前，右迷走神经向后。

在腹部，食管通过右膈脚的开口向前，位于肝左叶后表面的食管沟中，在其左、前两个面被腹膜覆盖。它的后面是左膈脚。它在进入胃之前到达幽门处有大约 3cm 的短行程（见图 49）。

结构

食管由以下部分组成。

- 蜂窝组织构成的外层结缔组织鞘。
- 食管肌层由内环和外纵肌纤维两层构成，上部 2/3 为横纹肌，下部 1/3 为平滑肌。
- 含有黏液腺的黏膜下层。
- 黏膜的复合体扁平上皮，突然进入胃变成柱状上皮。

下食管括约肌机制

人类食管下端没有增厚的环状肌构成的括约肌，不过这种括约肌在许多动物物种中都可以看到。然而，括约肌机制显然存在于食管的下端，事实证明，躺下或弯腰不会导致胃内容物回流到食管。然而，“括约肌”可以放松，以允许呕吐和打嗝。下食管括约肌机制是一个复杂的问题，包括：

- 食管末端几厘米处的生理高压区，可在食管测压仪上显示。
- 牵拉膈的膈脚的夹塞效应（图 10）。
- 作用于食管短腹段的腹内正压。
- 食管胃角倾斜的瓣膜样效应（见图 49）。
- 贲门黏膜皱襞花环样的塞状作用（在食管胃镜检查时可见）。

这种括约肌机制的失败可能导致反流性食管炎。患者主诉“烧心”，不愉快的灼烧感使胸骨后疼痛，在弯腰或躺下时，通常伴有胃内容物回流到口腔。这种情况通常与滑动性食管裂孔疝的存在有关，但即使没有这种疝，其也可能发生。

食管的血供、淋巴回流和放射学

食管的血供来自甲状腺下动脉、胸部降主动脉和胃左动脉的分支。食管颈段的静脉流入甲状腺下静脉，胸段的静脉流入奇静脉，腹段的静脉部分流入奇静脉，部分流入胃左静脉。到目前为止，这是最重要的门静脉吻合。

淋巴回流是从食管周围淋巴丛进入纵隔后淋巴结，纵隔后淋巴结同时流入锁骨上淋巴结和胃左血管周围淋巴结。在晚期食管癌患者中，能够触诊到坚硬、固定的锁骨上淋巴结并不少见。

在放射学上，食管可以在吞钡餐后拍摄的胶片上进行研究。这些胶片显示食管位于脊柱前方的心脏后间隙。从前面看，正常的食管由上而下是由 3 个最重要的结构覆盖的：主动脉弓、左主支气管和左心房。

临床特征

1. 对于食管镜检查，测量从上切牙开始；3 个重要的水平分别为 17cm、28cm 和 43cm，分别对应于食管开始、左主支气管交叉点和终止点。

2. 这三点也表明食管最狭窄的部分：如预期的，是吞咽异物最有可能受到影响的部位，吞咽受阻最有可能发生在吞咽腐蚀性液体后。

3. 食管静脉奇静脉（全身）与胃左静脉（门静脉）之间的吻合非常重要。在门静脉高压时，这些静脉扩张成大的侧支通道，食管静脉曲张，然后可能破裂并伴有严重出血（可能是由于黏膜上皮的消化性溃疡）。

4. 利用食管与左心房的密切关系，判断二尖瓣狭窄时左心房扩大的程度；吞钡餐后可显示扩张心房引起食管明显后移。

5. 食管仅从右侧的奇静脉末端穿过。因此，这是手术入路胸腔内食管的选择。

食管的发育

食管由原始肠管的前肠远端发育而来。从前肠的底部也可以分出喉和气管，首先是一个凹槽（喉气管凹槽），然后转化为一根管子，管子两侧的一个芽发育并分支成肺。

食管和气管的起源之间的这种密切关系解释了相对常见的畸形，即食管上部盲端，而下部在 T4（食管闭锁伴气管食管瘘）水平下进入气管下部。不太常见的情况是，食

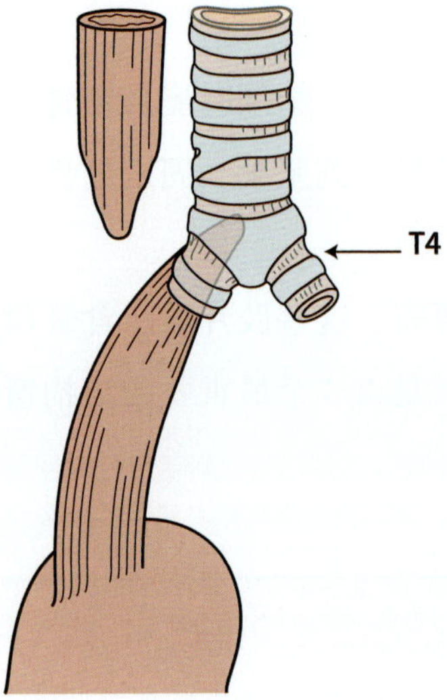

图 36 食管狭窄的常见形式。食管上段盲端；食管下段与 T4 水平的气管相交。

管上部向气管开放，或食管闭锁发生时没有并发气管瘘。没有闭锁的气管食管瘘很少见（图 36）。

胸导管（图 37 和图 213）

乳糜池位于腹主动脉和右膈脚之间。它回流腹部和下肢淋巴管，然后向上通过主动脉口成为胸导管。它在食管后面上升，在 T5 水平向食管左侧倾斜，然后在颈动脉鞘后面向上，在锁骨下动脉上方下降，并流入左头臂静脉的起始处（见图 213）。

左颈干、左锁骨下干和左纵隔淋巴干，分别引流左侧的头部和颈部、左上肢和左胸部，通常注入胸导管，不过它们可能直接开口到颈部根部相邻的大静脉。

胸导管通常会回流膈下的整个淋巴管和膈上的左半部分淋巴管。

在右侧，右锁骨下干、右颈干和右纵隔干可独立进入大静脉。通常右锁骨下干和右颈干首先汇入右淋巴导管；这可能是由于纵隔干的加入，这样 3 个干都有一个共同的开口进入右头臂静脉的始发处。

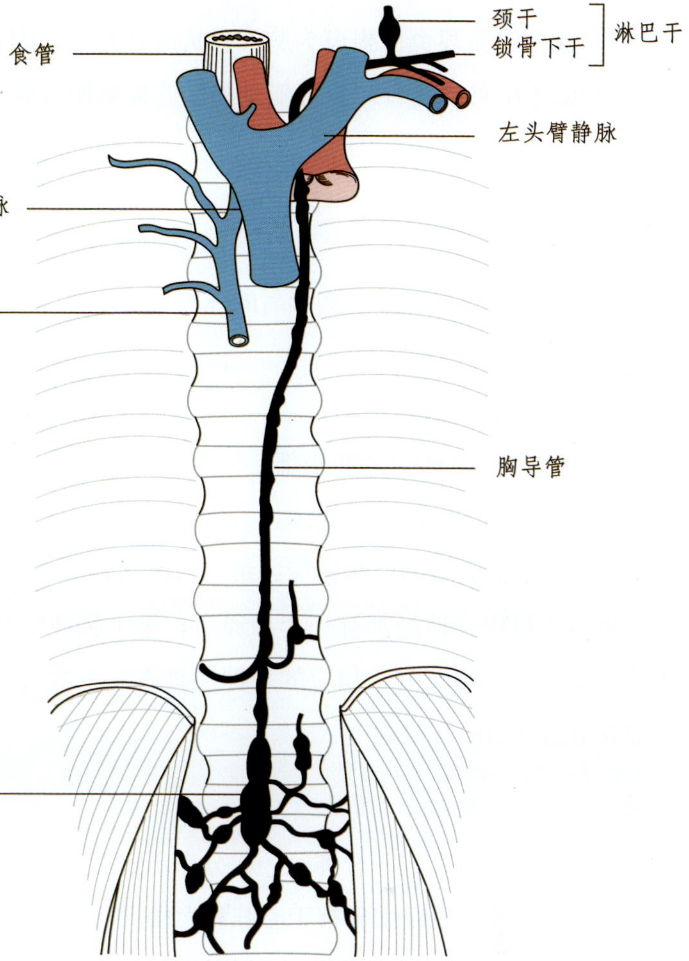

图 37 胸导管的走行。

临床特征

1. 由于班氏微丝蚴，淋巴管可能会因为感染和纤维化发生阻塞。这通常会导致腿部和阴囊的淋巴水肿，但偶尔累及躯干和胸部的主要淋巴通道，这些部位受累会产生乳糜性腹水、乳糜尿和乳糜性胸腔积液。

2. 颈部包块切除术可能导致胸导管受损。术中发现损伤的胸导管应结扎；然后淋巴会自行找到吻合通道进入静脉系统。如果错过了这个机会，颈部就会出现令人不舒服的乳糜瘘。

3. 胸导管撕裂也被报道为胸椎骨折的并发症，因其下部与胸导管紧密相连。在食管切除术中移动食管时也可能受损。这种损伤后会产生乳糜胸。

胸交感干（图 38a，b）

交感神经链直接位于壁胸膜后的纵隔外侧。

从颈链下降，穿过：

- 第 1 肋骨的颈部。
- 第 2 至第 10 肋骨的肋头部。
- 第 11 和第 12 胸椎的椎体。

然后经过膈肌内侧弓状韧带，延续为腰交感干。

胸链为每根脊神经都有一个神经节；第 1 胸神经节常与颈下神经节相连，形成星状神经节。每个神经节从相应的脊神经接收一个含有节前纤维的白交通支，并回赠一个带有节后纤维的灰交通支。

分支

1. 交感神经纤维与胸脊神经一起分布于皮肤。

2. T1~T5 的节后纤维分布于心脏和大血管、肺和食管等胸腔脏器。

3. 主要来自 T5~T12 的节前纤维形成内脏神经，穿过膈脚，进入腹腔、肠系膜上、肠系膜下和肾等神经节，发出节后纤维传递到腹腔内脏。这些内脏神经通常分为：

- 内脏大神经（T5~T10）。
- 内脏小神经（T10~T11）。
- 内脏最小神经（T12）。

然而，尽管这些纤维确实起源于 T5~T12 神经节，但它们的确切排列是非常不稳定的。

内脏神经位于胸交感干的内侧，很容易透过壁胸膜看到。

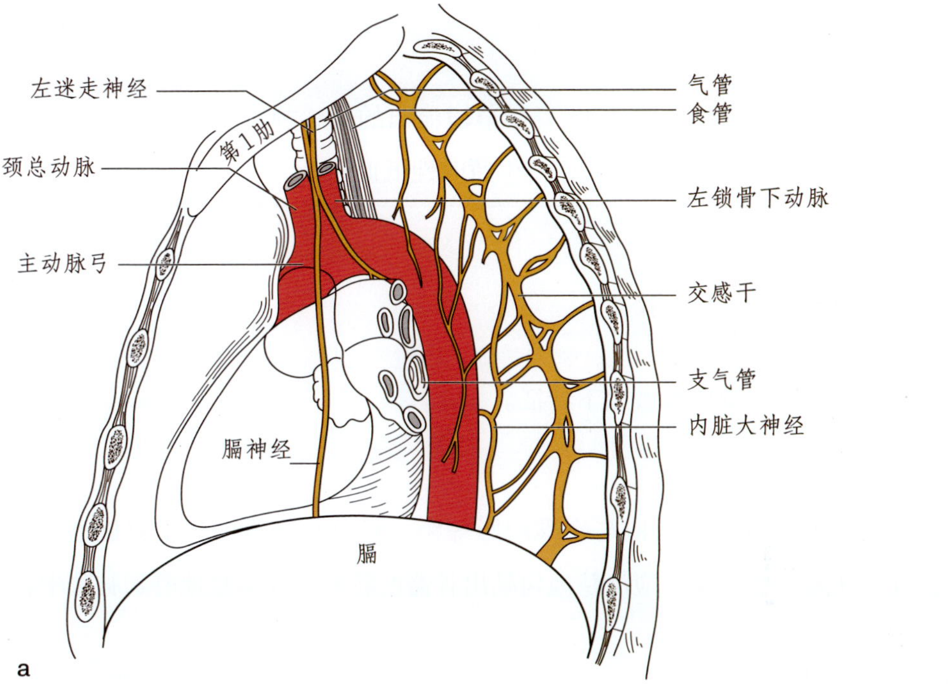

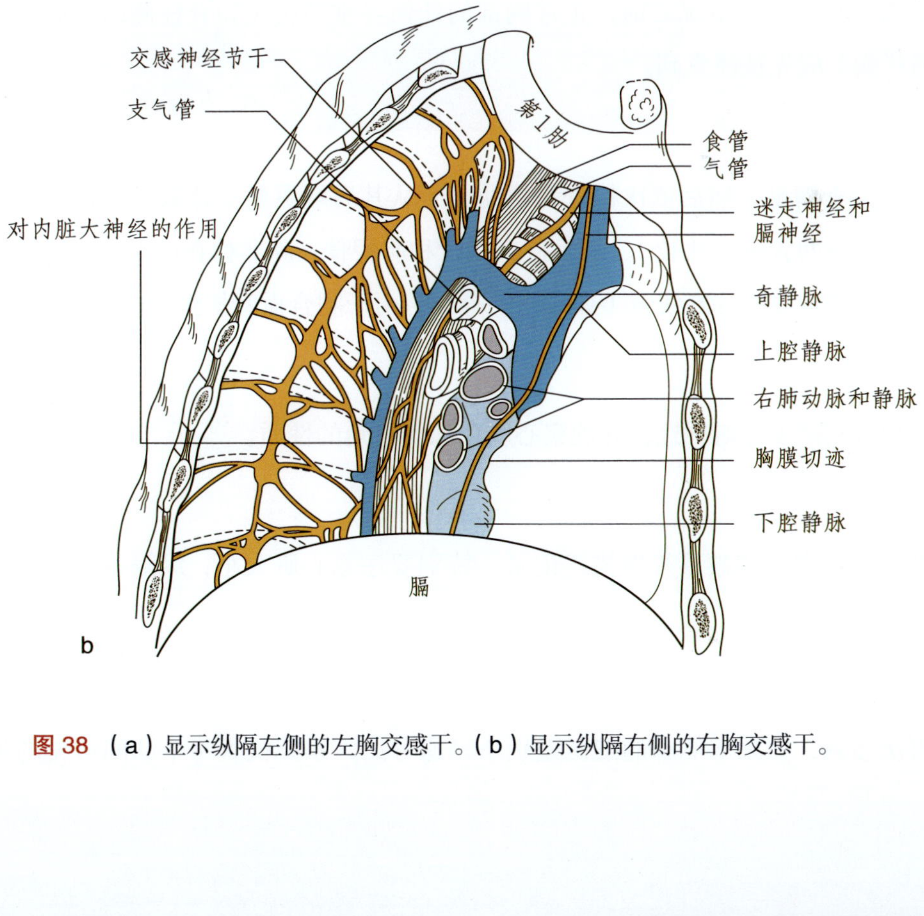

图 38　(a) 显示纵隔左侧的左胸交感干。(b) 显示纵隔右侧的右胸交感干。

临床特征

高位脊髓麻醉会使从T5脊髓节段流出的交感神经（血管收缩剂）节前纤维向下麻痹，进入腹腔脏器，从而产生暂时性低血压。

胸片X线片检查

每一张胸片都应检查以下特征。

“中心位”和胶片密度

两个锁骨的胸骨端应与脊椎阴影等距。对胶片密度的评估只能通过经验来了解，但在“正常”胶片中，应清楚地勾勒出骨骼的轮廓，并清楚地看到肺野中较大的血管。

正常形状

在描述其他异常情况之前，正常胸部的任何异常情况（如脊柱侧凸、后凸和肺气肿的桶状胸）应先被注意到。

骨性胸廓

首先检查胸椎，然后依次检查每根肋骨（从其后端更便于计数，并将每根肋骨与另一侧的对应肋骨进行比较），最后检查锁骨和肩胛骨。除非检查过程是系统性的，否则很容易遗漏重要的诊断线索（如颈肋的存在，由于吻合血管扩张造成的肋切迹）。

膈的穹隆

应检查其高度和对称性，并观察心膈角和肋膈角的性质。

纵隔

纵隔的轮廓应该被系统地描述记录。特别要注意心脏大小，纵隔移位，肺门的血管和淋巴结。

肺野

再次强调，如果双侧肺的细微差别不轻易可见，系统检查每个肋间可见的肺野是必要的。

异常

如果按方案仔细执行，骨骼、纵隔或肺野的任何异常情况现在都应该是明显的。然后，应尽可能准确地在解剖学上对其进行定义，并在必要时参考从不同角度拍摄的胶片进行检查。

心脏的放射影像学表现

对于透视所见的心脏外观，应参考放射学或心脏病学的标准进行检查。在现有的论述中，只有心脏和大血管的极其重要的特征可以在标准的胸部后前位片中看到，并在 CT 和 MR 图像中被描述。

心脏和大血管的正位片（图 39）

胸部正位片上的“纵隔阴影”的大部分是由心脏和大血管形成的，应按如下方式检查。

心脏的大小和形状

正常情况下，心脏横径不应超过胸廓宽度的一半，但由于心脏横径随体形和心脏位置的变化发生很大变化，因此也必须评估这些因素。心脏阴影的形状也随着心脏的位置而变化，在垂直排列的心脏中长而窄，在所谓的水平心脏中宽而圆。

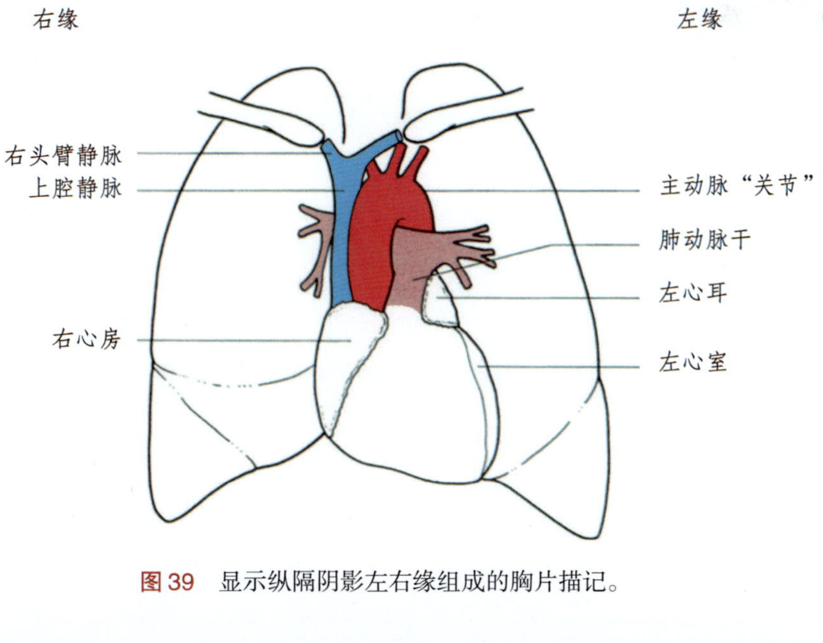

图 39 显示纵隔阴影左右缘组成的胸片描记。

心脏轮廓

应依次检查心脏阴影的每个“缘”。纵隔影右缘由上向下依次由右头臂静脉、上腔静脉和右心房形成。在心脏正上方，纵隔阴影的左缘呈现一个明显的投影，即主动脉“关节”，它代表主动脉弓的末端。下面依次是肺动脉干（或右心室漏斗）、左心房耳郭（左心耳）和左心室的阴影。心脏下缘的阴影与膈的阴影在中央融合，但在两侧，两个阴影被清晰的心膈角隔开。

第 2 部分

腹部和骨盆

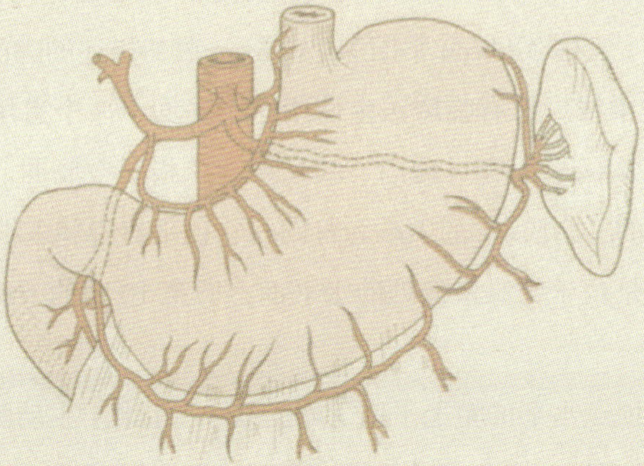

表面解剖和体表标记

患者腹部检查不仅需要相应检查技能和彬彬有礼的态度，还需要详细的解剖知识。

绷紧腹部肌肉，在镜子里看自己的腹部，或者检查肌肉发达的患者时，能明显地看见中间的腹白线，两侧的半月线更明显（见图 41）。在发育良好的个体，绷紧腹部的时候看见的 6 块腹肌实际上是脐与剑突之间的腹直肌的腱划形成的。

在自己或患者身上识别下列体表标志（图 40）。

剑突。肋缘从剑突处的第 7 肋软骨延伸至第 12 肋端（不过后者通常难以扪及）；在第 9 肋软骨的尖端处该肋缘有明显的阶梯感。

髂嵴。前端止于髂前上棘，腹股沟韧带（Poupart 韧带）从髂前上棘向下内连于耻骨结节。可以直接触诊，也可以用手指沿着长收肌肌腱（弯曲、外展和外旋大腿时紧张）位于结节下方的附着点来识别耻骨结节。

输精管。在男性阴囊颈部触诊，能感觉到在手指和拇指之间的精索内有质感坚实的输精管。可以将指尖陷入阴囊皮肤感知并向上追踪输精管，它经过耻骨结节内侧，进入腹股沟浅环。

椎体平面（图 40a）

- T9，剑突。
- L1，幽门平面（又称 Addison 平面），Addison 最初描述的幽门平面位于胸骨上切迹和耻骨顶部之间的中线。没有临床医生使用这个平面，一个有用的近似平面是低于剑突一个手的宽度。幽门平面穿过幽门、胰颈、十二指肠空肠曲、胆囊底、第 9 肋软骨（感觉是一个明显的“台阶”）的尖端和肾门。它也平对脊髓末端。
- L3，肋下平面是位于肋缘最低处的水平面，即第 10 肋的下缘。该平面经过肠系膜下动脉的起点。
- L4，位于髂嵴顶点水平的嵴上平面（嵴上线），相当于主动脉分叉处。由于它远低于约在 L1 处的脊髓末端，因此它是行腰椎穿刺的有用标志。
- 脐是一个不恒定的标志。在健康成人中，它位于 L3 和 L4 椎体的交界处。婴儿

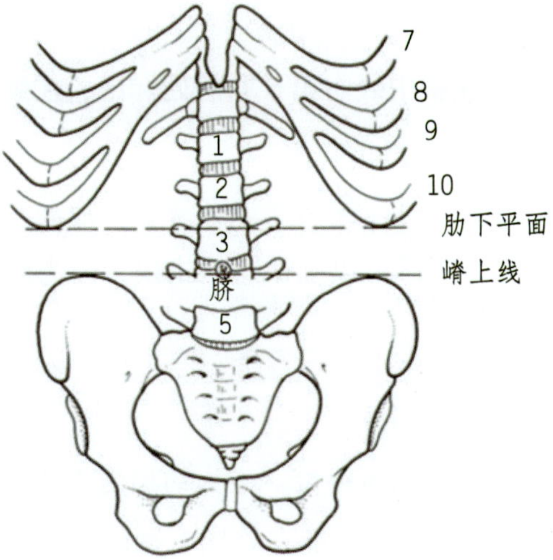

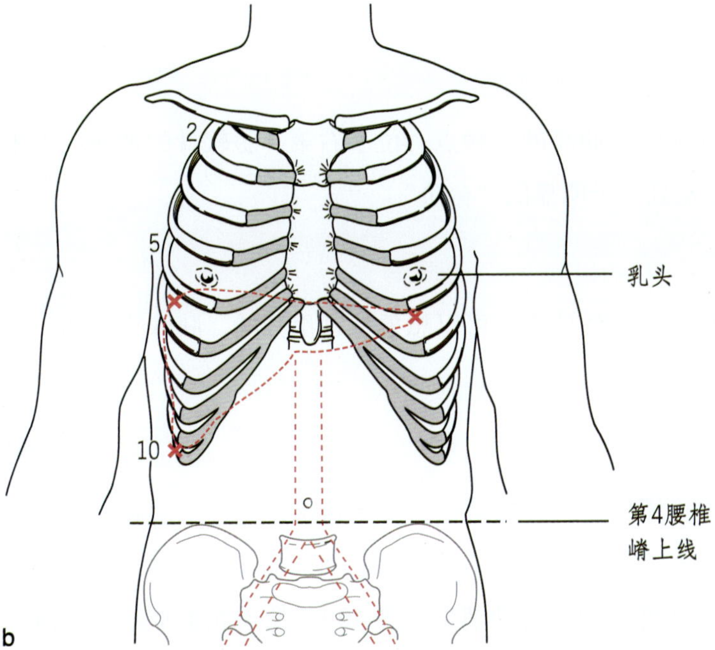

图 40 （a）腹部边界、骨性标志和椎体平面。（b）肝和主动脉的体表标记。X 为肝的轮廓：从右腋中线的第 5 肋间到左锁骨中线的第 5 肋间，再到右第 10 肋的下缘。主动脉平 L4 处分叉，平髂嵴最高点。

时期和腹部下垂者较低，妊娠后期较高。

单个脏器的体表标记（图 40b）

腹部脏器的位置不固定，但下列结构的表面标记仍具有临床价值。

肝

在腋中线右第 10 肋（肋缘）处标记；在腋中线右第 5 肋间处标记；在锁骨中线左第 5 肋处标记。把这三点连起来，就勾勒出正常肝的位置。

肝在正常受试者身上不能触及，尤其是在肌肉发达受试者身上，检查者的手指卷起腹前部收紧的肌肉经常被误认为是肝缘。叩诊可以确认这一错误，因为肝会与叩击共振！

脾

位于左侧第 9、10 和 11 肋的前方，中线左侧 5cm 处。它大约相当于被测试者的手握成杯状大小。脾至少须肿大到正常大小的 3 倍，才能在临床上触诊到，所以一个很容易触诊到的脾脏必定是巨大的！

胆囊

胆囊底对应于右腹直肌外侧缘与肋缘的接触点；位于右第 9 肋软骨的顶端，当手指沿着肋缘移动时，很容易感觉到一个明显的“台阶”。

胰腺

经幽门平面为胰颈，胰腺位于脊柱前方。可以想象从这里开始，胰腺头部朝向右下，胰体和胰尾朝向左上。

主动脉

在腹部中线用力向下触诊可感受主动脉的搏动。由于腰椎前凸，主动脉下部被向前推，因此比其上部更容易触诊。主动脉在 L4 高度分叉，可以嵴上线（由连接左右髂嵴顶点的线）作为标志，在此高度主动脉搏动消失（图 40）。低于此水平触诊的搏动性肿胀可能是髂骨，但不会是主动脉瘤、动脉瘤。（也应考虑经盆腔肿块传递的搏动。）

肾脏

身体苗条的人在深吸气的情况下有时会触诊到正常右肾下极。在前面，肾门位于幽门平面，中线旁四指宽处。在后面，肾的上极位于第 12 肋的深处。右肾通常比左肾低约 2.5cm。通过这些体表标记，肾脏轮廓可以投射到腹前壁或腹后壁。

在有些体型瘦小的健康人，特别是女性，有可能触诊到右肾下极和有粪便的乙状结肠；在我们大多数人中，只有主动脉是可以触及的。

腹壁筋膜和肌肉

腹壁筋膜

躯干没有深筋膜，只有浅筋膜（如果有，我们大概无法深呼吸或享受一顿大餐）。浅筋膜在下腹部分成浅层的脂肪层（Camper 层）和深层膜性层（Scarpa 层）。脂肪层与身体其余部分的浅层脂肪相连，但膜性层与大腿上部的深筋膜融合，延伸至阴茎和阴囊（或大阴唇），进入会阴，称为 Colles 筋膜。在会阴后方附着于会阴体和会阴筋膜后缘，外侧附着于耻骨支和坐骨支。正是因为筋膜与大腿上部的深筋膜融合，尿道球部破裂后，血液和尿液可外渗至阴囊、会阴和阴茎，然后进入下腹部膜性层平面深处，而不是向下外渗至下肢。

神经支配

腹肌及其被覆皮肤的神经支配来自 T7~L1，属于节段性分布。只要记住脐平面由 T10 支配，腹股沟和阴囊由 L1（通过髂腹股沟神经和髂腹下神经，见图 137）支配，则可以大致绘出该区域神经分布图。

腹前壁的肌

腹前壁的肌具有相当大的临床意义，因为它们是腹部切口的解剖基础。

腹直肌（图 41）起于第 5、第 6 和第 7 肋软骨的水平线上，约 7.5cm 宽，止于耻骨顶部，宽约 2.5cm。在剑突尖，在脐部和两者中间，有 3 个恒定的横向腱划；在脐以下平面有时出现第 4 个。这些腱划只出现在肌肉的前面，此处它们黏附在腹直肌前鞘上。在后面则不明显，因此，腹直肌后面是完全游离的。在腱划处有腹壁上动脉和静脉的血管穿过腹直肌。

腹直肌鞘主要是由腹外斜肌的腱膜延伸形成的（图 42）。

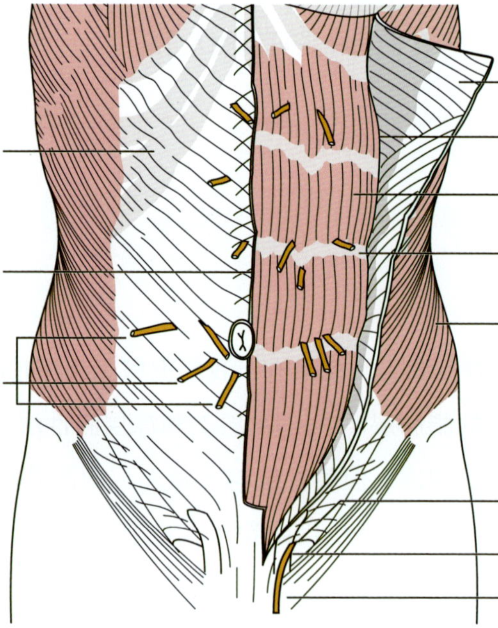

图 41　腹前壁。可见左侧的腹直肌鞘前层。

（a）在肋弓下缘以上，腹直肌鞘前层仅来自腹外斜肌腱膜；腹直肌鞘后层覆盖在肋软骨上。

（b）从肋弓下缘到脐，以及脐与耻骨之间的中点平面，腹内斜肌腱膜分为前、后两层，腹直肌鞘前层由腹外斜肌肌腱、腹内斜肌肌腱的前层形成，腹直肌鞘后层由腹内斜肌腱膜后层和腹横肌腱膜形成。

（c）在脐和耻骨连线中点以下，所有的筋膜都在腹直肌前面通过，因此，此处的腹直肌鞘前层包括所有 3 块腹部扁肌的腱膜，并融合在一起。该处的后层由其他可用结构组成，腹横筋膜（下腹壁腹膜外筋膜加厚形成）和腹膜。

腹直肌鞘的后层的下边界就是（b）和（c）之间的后连接点，称为弓状线。腹壁下动脉和静脉（来自髂外血管）在这里进入腹直肌鞘，向上走行，并与腹壁上血管吻合，腹壁上血管是胸廓内动脉和静脉的末支。腹直肌鞘在中线融合，形成腹白线，从剑突延伸到耻骨联合。

腹壁外侧肌群包括腹外斜肌、腹内斜肌和腹横肌。它们对应胸壁的三层肌，即肋间外肌、肋间内肌和肋间最内肌，和胸部一样，它们的神经血管束位于第 2 层和第 3

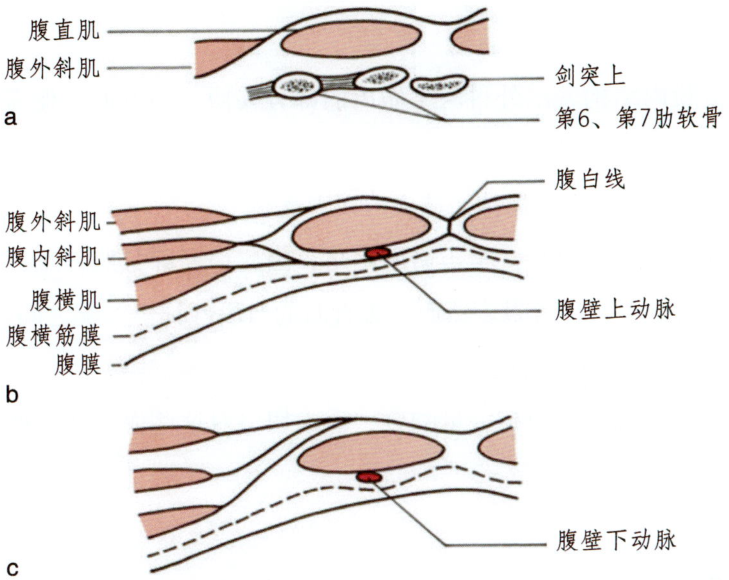

图 42 横截面示腹直肌鞘的组成。(a) 肋弓下缘以上。(b) 弓状线以上。(c) 弓状线以下。

层之间。这具有重要的临床意义，如修复腹直肌鞘和腹股沟管时，进行腹侧壁切口时须分开肌层。

这些肌的附着点可以这样记忆，它们填充于上起于肋缘、下至髂嵴和后面被胸腰筋膜包裹的腰肌之间的空隙。如前文所述，它们在内侧构成腹直肌鞘，然后从剑突到耻骨顶形成腹白线。

腹外斜肌（外斜肌）起于下 8 个肋的外面，呈扇形延伸至剑突、腹白线、耻骨嵴、耻骨结节和髂嵴前半部分。

从耻骨结节到髂前上棘，腹外斜肌下缘形成耻骨部腹股沟韧带。

腹内斜肌（内斜肌）来自胸腰筋膜、髂嵴前 2/3 和腹股沟韧带外侧 2/3，止于下 6 个肋软骨、腹白线和耻骨顶。

腹横肌起源于下 6 个肋软骨（与膈肌指状交叉）、胸腰筋膜、髂嵴前 2/3 和腹股沟韧带外侧 1/3；它止于腹白线和耻骨嵴。

注意，腹外斜肌肌纤维朝向前下，腹外斜肌肌纤维斜向上内，腹横肌横向。还要注意，腹外斜肌的后界是游离的，较深的两块肌均起于胸腰筋膜。

腹部切口的解剖

切开暴露腹膜内结构表示外科医生做出的部分妥协。一方面，他需要最大限度地扩大视野；另一方面，他希望留下一个小疤痕，如果可能的话，最好是一个不显眼的折痕，同时对腹壁的肌及支配的神经造成的损害最小。

腹外侧肌群的神经支配是一个丰富的网络，因此切断部分肌纤维，分割一两根神经，在临床上不会产生不良后果。然而，腹直肌的节段性神经支配之间几乎没有吻合，应尽量避免对这些神经造成损害。

供应腹部肌群的血管之间有大量吻合，手术切口对这些血管造成的损害，并不具有实际意义。

中线切口

中线切开是通过腹白线做切口。腹直肌鞘的上端是一个相对较宽的纤维结构，但在脐以下，它几乎细如发丝，外科医生可能难以在这里找到腹直肌间隙。它只由纤维组织构成，几乎没有血供，沿着这条线，可以迅速打开腹腔，必要时，可以从一端切到另一端。

旁正中切口

旁正中切口是一个与中线平行，在中线外侧 2.5~4cm 的垂直切口；打开腹直肌鞘前层，横向拉开腹直肌，与腹直肌鞘后层和腹膜一起切开。这种切口的优点是，在缝合腹膜时，腹直肌会滑回原位，覆盖和保护腹膜瘢痕。

腹直肌鞘前层在其腱划处与腹直肌附着，意味着腹直肌鞘必须在这些部位从肌肉上剥离，而在每个附着处，其节段性血管也需要游离。这样做完，腹直肌很容易从腹直肌鞘中侧拉出来，腹直肌与腹直肌鞘后层是完全游离的。腹直肌鞘后层和腹膜在弓状线以下形成一层坚硬的膜，但在这层膜更薄，脂肪更多，正如我们所见，它失去了腱膜成分，只由腹横筋膜和腹膜组成。腹壁下血管在弓状线以下穿过腹直肌鞘后层，在低位旁正中切口通常需要进行分离。

经腹直肌切口

有时，在旁正中切口处切开腹直肌。由于腹直肌从侧面接受神经支配，因此，切口内侧的那部分肌肉由于失去神经支配而发生萎缩；最好避免经腹直肌切口。

肋下切口

胆道手术使用右侧肋下（Kocher）切口，暴露脾脏使用左侧皮下（Kocher）切口。皮肤切口开始于中线，在肋弓下方 2.5cm 并与肋弓平行。

打开腹直肌鞘前层，切开腹直肌和后鞘及其粘连的腹膜。切断第 8 肋间神经到腹直肌小的分支，但保留更大、更重要的第 9 肋间神经，它位于切口的外侧。分离的腹直肌由于上下腱划的牵拉，回缩很小，随后由纤维组织愈合。此切口适用于宽肋下角（胸骨下角）的患者。如果此角度较窄，则首选旁正中切口。

分离肌肉或格栅方法寻找阑尾

比起以 Mcburney 点（从脐到右髂前上棘的外 2/3）为中心的斜切口，在髂前上棘上方 2.5cm 沿皮肤皱褶线近水平切口更受欢迎。

将腹外斜肌腱膜沿其纤维方向切开（斜向内下）；沿肌纤维方向分离腹内斜肌和腹横肌，无须切断，向两侧拉开。关闭切口，复原肌肉，留下一个几乎没有损坏的腹壁。

横切口和斜切口

经腹外侧肌群的切口，不会损伤其丰富的吻合神经支配，愈合后不会出现腹壁变弱。这一点非常有用，比如在暴露腹膜内结构，如乙状结肠或盲肠时，或腹膜外结构，如输尿管、交感链和髂外血管时。

Pfannenstiel 切口

这种有用的切口用于妇科手术、剖宫产、耻骨后间隙前列腺和膀胱腹膜外暴露。在耻骨联合处上方约 5cm 处做一个弧形的横向切口。切口下，打开任意一侧的腹直肌鞘前层，切开腹直肌及可能存在的小的三角形锥状肌，切开腹直肌鞘后层，向侧面牵拉，在中线处打开腹膜腔。注意不要损伤膀胱；首先，在术前导尿排空膀胱，其次，在打开的腹腔上端开始切开腹膜。伤口愈合后埋于耻骨阴毛下的皮肤皱褶内，是看不见的。

胸腹联合切口

上腹部的旁正中切口或腹外斜切口可延伸至第 8 或第 9 肋间隙，切开膈，可广泛暴露上腹部和胸部器官。例如，左侧使用这种切口切除胃上部或下食管的赘生物时，右侧使用这种切口切除肝右叶。

腹腔穿刺术

腹腔积液可通过插入腹壁的套管排出。首先用导管排空膀胱，套管通过中线（其中腹白线处血管相对少）或侧方至 McBurney 点（不会损伤腹壁下血管）引入套管。在这个过程中，肠管没有危险，因为它们是可移动的，被套管针的尖端推开。这两个标志物也用于腹腔镜手术插管。

腹股沟管（图 43）

腹股沟管是睾丸和精索（女性子宫圆韧带）穿过下腹壁的斜通道。

由于在诊断和治疗疝气中的重要性，检查中该部位的解剖可能比其他任何部位更容易被提问。

腹股沟管长 4cm。它从腹股沟管深环向内下至腹股沟浅环，位于腹股沟韧带的正上方，并与腹股沟韧带平行。

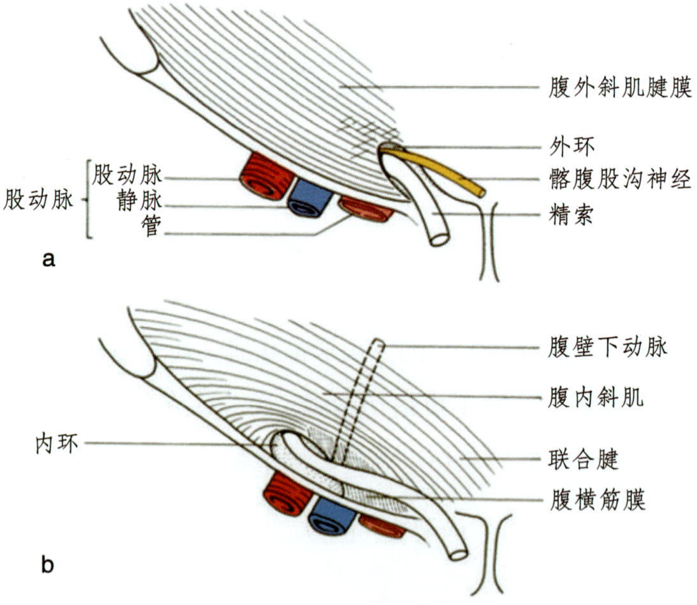

图 43　右腹股沟管。(a) 完整的腹外斜肌腱膜。(b) 移除腹外斜肌腱膜。

毗邻

- 前面，皮肤、浅筋膜和腹外斜肌腱膜覆盖整个腹股沟管；腹内斜肌覆盖其外侧 1/3。
- 后面，后内侧壁是联合腱，后外侧壁是腹横筋膜。（联合腱是由腹内斜肌和腹横肌共同止于耻骨嵴和耻骨肌线形成的。腹横筋膜是由腹膜外筋膜在下腹部增厚形成的。）
- 上面，腹内斜肌和腹横肌的最低纤维呈弧形跨越形成。
- 下面，腹股沟韧带。

内环（或深环）是精索推挤腹横筋膜后通过的部位，并从横筋膜上拖出形成的被膜，即精索内筋膜。这个环的内侧边界是腹壁下血管，它们从髂外动脉和静脉分出（汇入）并向上走行。

外环（或浅环）是腹外斜肌腱膜的 V 形缺损，位于耻骨结节的上内方。当精索穿过这个开口时，它携带的精索外筋膜构成了环的边缘。

在男性，腹股沟管通过精索和髂腹股沟神经。女性腹股沟管是一个相当小的结构，它仍然由下文中所描述的 3 层筋膜组成，但仅通过子宫圆韧带（与男性胚胎时睾丸同源）和髂腹股沟神经。

精索包括（图 44）：

- 3 层筋膜，来自腹外斜肌腱膜的精索外筋膜；来自腹内斜肌腱膜的提睾肌筋膜（包含称为提睾肌的肌肉纤维）；来自腹横筋膜的精索内筋膜。
- 3 条动脉，睾丸动脉（来自主动脉）；提睾肌动脉（来自腹壁下动脉）；输精管动脉（来自膀胱下动脉）。

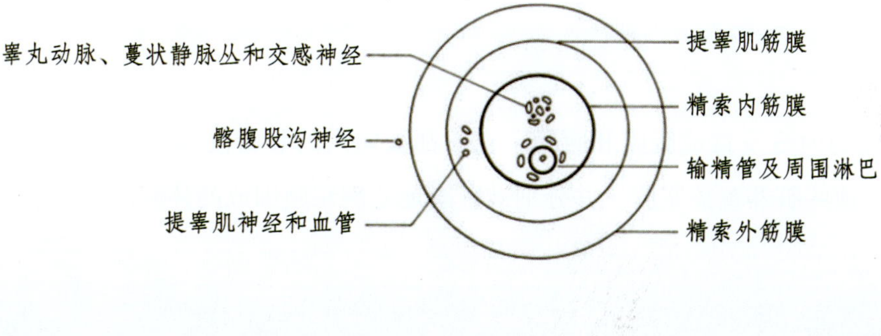

图 44 精索及其内容物横截面示意图。

- 3 条静脉，蔓状静脉丛（将右侧睾丸静脉血引流到下腔静脉，左侧睾丸静脉血引流到左肾静脉），以及伴随其相应动脉的提睾肌静脉和输精管静脉。
- 3 条神经，到提睾肌神经（来自生殖股神经）；来自 T10 和 T11 节段的交感纤维；髂腹股沟神经（更确切的是在腹股沟管表面，不在腹股沟管内）。
- 3 个其他结构，输精管；睾丸的淋巴管，汇入主动脉旁淋巴结；病理状态下出现的第 3 个结构，腹股沟斜疝患者未闭的鞘突！

临床特征

腹股沟斜疝通过内环，沿腹股沟管突出，如果太大，则通过浅环突出，并下降到阴囊。如果可以还纳，这种疝气可以通过指尖用力封闭内环而被完全控制，内环位于股动脉穿过腹股沟韧带的搏动点上方 1.2cm 处。该搏动可以在腹股沟韧带中点感觉到，即在髂前上棘和耻骨联合的中点（见图 152）。

如果疝气从浅环突出，可以感觉到它位于耻骨结节的上内方，从而与位于作为标记物的耻骨结节下外侧的股疝相区别（见图 175）。

腹股沟直疝是将腹股沟管后壁向前推穿过腹股沟管。因为它位于内环的内侧，所以不能将手指在股脉搏动点上方用力而封闭。有时，腹股沟直疝太大，可以通过浅环进入阴囊颈部。这是非常罕见的，人们通常可以假定阴囊疝是腹股沟斜疝。

确定这个问题的唯一方法是手术；腹壁下血管位于内环的内侧缘，因此疝囊从血管的突出为腹股沟斜疝，而从内侧的突出为腹股沟直疝。通常腹股沟直疝和斜疝并存；它们在腹壁下血管的两侧膨胀，就像马裤的两条裤腿一样。

腹膜腔

胚胎原始体腔的内皮发育成胸膜和腹膜。它们都被向内的脏器侵入，浆膜相应地分为脏层和壁层。这些脏器覆盖浆膜，并分别被紧凑地塞满浆膜围成的体腔。

男性腹膜腔是完全封闭的，而女性腹膜腔借输卵管口与外界相通，这就形成了一个外部感染的途径。

为了更好地描述复杂的腹膜附着物，最好在图 45 和图 46 的辅助下，想象从一个点开始，在腹腔中追踪腹膜一周。一个方便的出发点是脐以下腹前壁的壁腹膜。这部分的腹膜大部分是光滑的，形成以下皱襞：脐正中襞（从膀胱到脐的胎儿脐尿管闭索形成）、脐内侧襞（从髂内动脉到脐的脐动脉闭索形成）和脐外侧襞（腹膜覆盖腹壁下血管形成）。

腹部瘢痕在脐后面很容易感觉到和看到，镰状韧带由脐向上连于肝中线并略靠右。在该韧带的游离缘可见圆韧带（胎儿左脐静脉闭索）进入肝方叶和左叶之间的凹槽（见图 69）。

在其他地方，腹膜覆盖在膈的下面，反折到肝（留下由肝的冠状韧带前后层划分的肝裸区）和食管腹部的右缘。包裹肝后，腹膜从肝门下降，分两层到达胃小弯，即小网膜。从这里开始，它再次分开以包裹这个器官，到达胃大弯，然后向下再向上反折，连接横结肠，形成围裙状的大网膜。

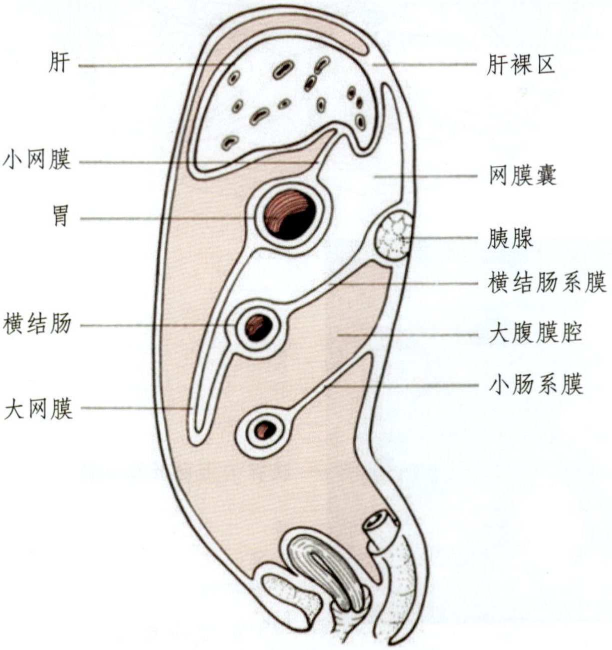

图 45　腹膜腔纵（矢状）切面（女性）。

横结肠被包围在腹膜内，然后作为横结肠系膜向上和向后到达腹后壁，附着在胰腺的前面。

在横结肠系膜根部，双层腹膜再次分开，上层向上反折到肝（到肝裸区），下层覆盖腹后壁的其余部分，一直到盆腔脏器，再次向上连于腹前壁腹膜。

然而，腹后壁腹膜被一条自左上十二指肠空肠曲到右下回盲肠连接处的小肠系膜中断。

小肠系膜、大网膜、小网膜和横结肠系膜均携带其所含内脏的血管和淋巴管。

小网膜囊（图 46）是位于小网膜和胃后面的向下突出的大隐窝（尽管通常在大网

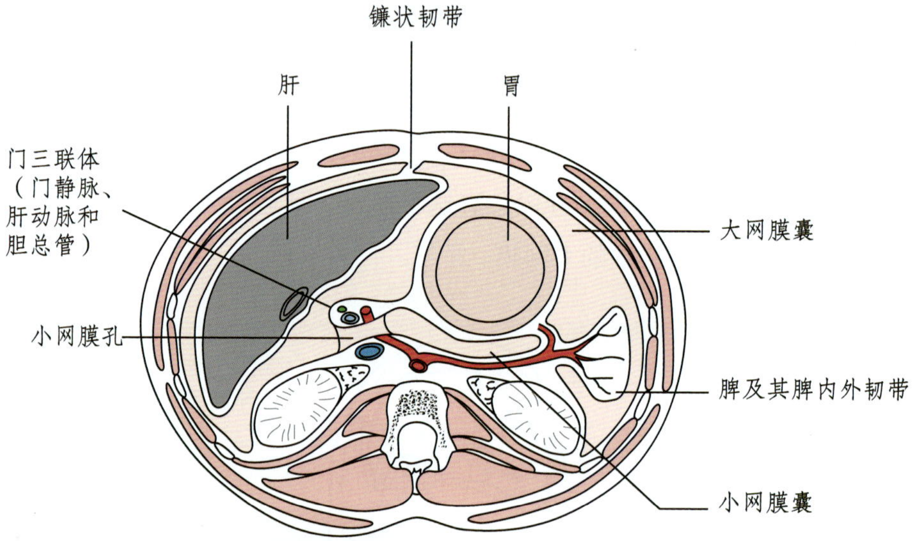

a

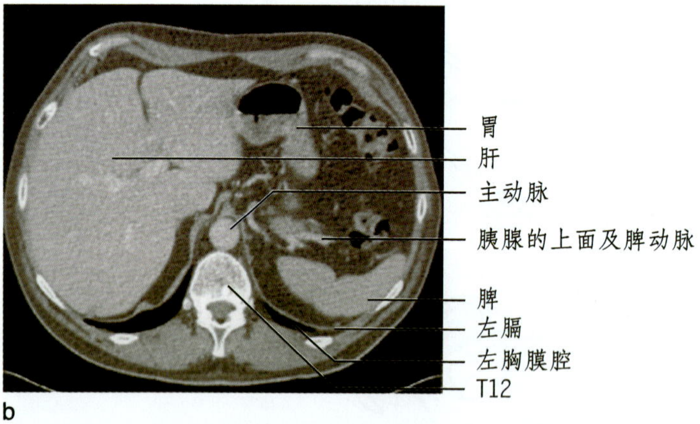

b

图 46 （a）腹腔横切面（通过网膜孔）（下面观）。（b）T12 平面的 CT 扫描。

膜的反折层之间的空间是闭塞的)。网膜囊左壁由脾和它连接的胃脾韧带及脾肾韧带形成。网膜囊的右端通过网膜孔或小网膜孔开口进入大腹膜腔(图 47),网膜孔边界如下。

- 前界,小网膜的游离缘,包含右侧的胆总管、左侧的肝动脉及后面的门静脉。
- 后界,下腔静脉。
- 下界,十二指肠上部及其前面走行,进入网膜孔前壁之前的肝动脉。
- 上界,突起的肝尾状叶。

临床特征

1. 偶尔有一段肠袢穿过网膜孔进入网膜囊,并被孔的边缘勒束。注意,所有这些边界的重要结构都不能切开以释放绞窄;必须用针将肠道减压以利于还纳。

2. 对外科医生来说,重要的一点是,可以用他的示指(放在网膜孔内)和拇指(放在前壁)之间压迫肝动脉。如果胆囊切除术中胆囊动脉撕裂,可以通过这种操作(以 James Pringle 命名)来控制出血,这样便于识别并结扎受损血管。

腹膜内隐窝

腹膜腔内有许多隐窝,肠袢可能被卡住并被勒束。重要的隐窝包括:

- 经小网膜孔的小网膜囊,如前文所述。
- 十二指肠旁窝,位于十二指肠空肠曲和肠系膜下血管之间的隐窝。

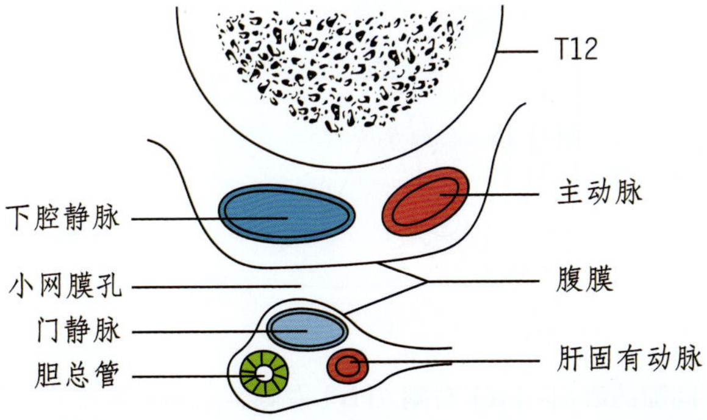

图 47　网膜孔的横切面(上面观)。

- 盲肠后隐窝，位于阑尾通常所在的隐窝。
- 乙状结肠间隐窝，由乙状结肠系膜附着处形成的倒“V”形隐窝。

膈下间隙（图 48）

膈下面由于肝的附着形成的一些潜在间隙。这些间隙中的一个或几个可能被脓液阻隔。它们在临床上细分为 5 部分。

左、右膈下间隙位于膈肌和肝脏之间，由镰状韧带分开。

左、右肝下间隙位于肝脏下方。右侧为肝肾隐窝，它由腹后壁和上面的肝脏围成。它与肝右叶前缘周围的右膈下间隙在正前方相通，并在其下方开放，进入大腹膜腔，阑尾穿孔或消化性溃疡穿孔时，感染可沿此交通关系蔓延。左肝下间隙是一个较小的腔隙，它通过小网膜孔与右肝下间隙相通。胃后壁穿孔或胰腺发炎时左肝下间隙可能充满液体，形成胰腺假性囊肿。

右腹膜外隙位于肝裸区和膈肌之间。腹膜后感染或肝脓肿可蔓延至此间隙。

靠后的膈下脓肿可通过沿第 12 肋的切口进行引流。然后将手指在肝脏和膈肌之间的间隙上下移动，找到脓腔。经平行于肋骨下缘的切口引流脓液。如今，在超声或 CT

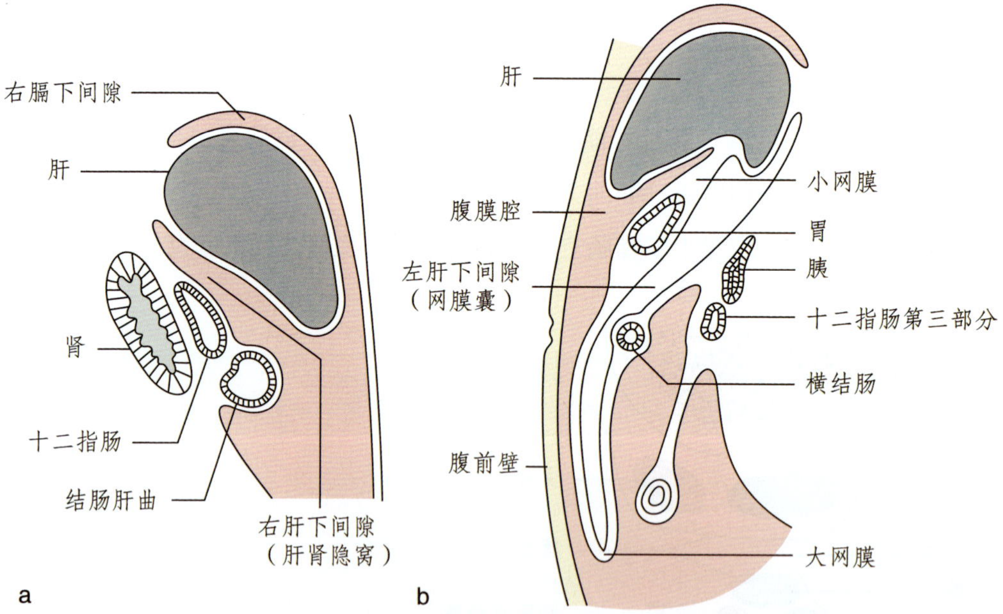

图 48 矢状面的膈下间隙的解剖。(a) 右侧。(b) 左侧。

的辅助下，腹腔积液通常可以经皮肤直接穿刺引流。

胃肠道

胃

胃的大小和形状差别很大，但大致呈 J 形。在肥胖的矮小人群中，它多数为横向高位，在瘦弱人群中，多数为长条形；即使同一个人，它的形状取决于是否充盈，也取决于身体的位置和呼吸的变化。胃有两个表面，即前面和后面；两个弯曲，分别为大弯和小弯；两个口，即贲门和幽门（图 49）。

胃的左侧向上突出，高于贲门的水平面，形成穹隆状的胃底。胃小弯处有一个明显的切迹，称为角切迹。贲门和角切迹之间是胃体，角切迹和幽门之间是幽门部。幽门和十二指肠的交界处有一个缩窄的部分，也有一个跨过它的较恒定的静脉，即 Mayo 静脉（幽门静脉）。

胃体中有着可分泌 HCl 的壁细胞。胃窦可分泌呈碱性的胃泌素。

环绕着幽门管腔增厚的幽门括约肌较容易辨认。幽门括约肌不仅是一种解剖结构，也有一定的生理功能。此外，贲门也有一种作用（当你倒立时，胃内容物不会从口中流出），但它并没有一个解剖学意义上的括约肌。贲门的括约作用的确切机制尚不完全清楚，但已提出以下几种机制，每一种都有一些实验和临床证据支持。

- 食管与胃交界处的黏膜皱褶起到瓣膜的作用。
- 食管连接胃的锐角会产生阀式效应。
- 食管下部的环状肌是生理性括约肌，与解剖学上的括约肌不同。

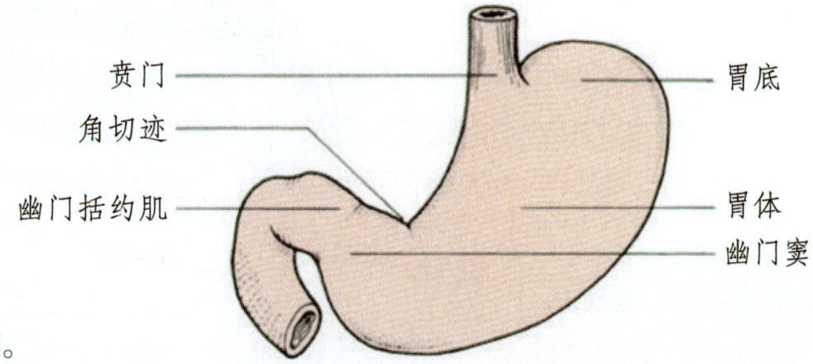

图 49　胃及其分部。

- 胃的肌纤维在贲门周围的排列，可能起到了括约肌的作用，或维持食管连接胃的锐角。
- 食管下部在穿过膈肌时的夹闭作用。
- 腹内压压迫食管腹部。

毗邻（图 50）

- 前面，腹壁、左肋缘、膈肌和肝左叶。
- 后面，网膜囊，它将胃与胰腺、横结肠、左肾、左肾上腺、脾和脾动脉分开。
- 上面，左膈肌穹隆。

小网膜附着于胃小弯；大网膜附着于胃大弯。网膜内含胃的血管和淋巴。

胃的血脉供应非常丰富（图 51），包括：

- 胃左动脉，来自腹腔干。
- 胃右动脉，来自肝动脉。
- 胃网膜右动脉，来自肝动脉发出的胃十二指肠支。
- 胃网膜左动脉，来自脾动脉。
- 胃短动脉，来自脾动脉。

相应的静脉流入肝门静脉系。

胃的淋巴引流伴随其血管。胃可分为 3 个引流区（图 52）。

- Ⅰ区，胃的上 2/3 沿着胃左、右血管引流到主动脉淋巴结。

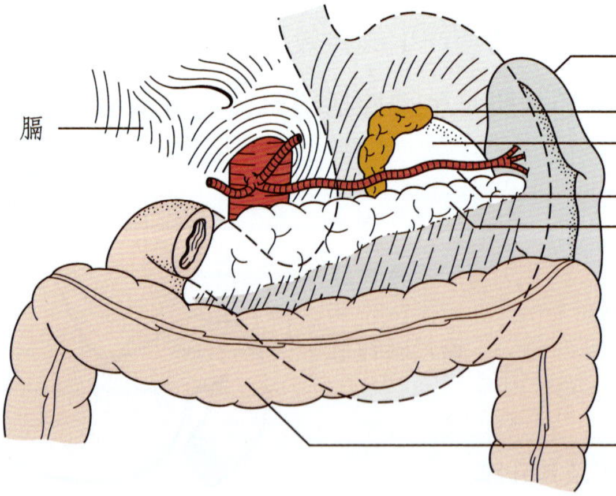

图 50 胃后部的胃床（虚线表示胃）。

- Ⅱ区，胃下 1/3 的右 2/3 沿着胃网膜右血管引流至幽门下淋巴结节，然后再引流至主动脉淋巴结。
- Ⅲ区，胃大弯的左侧 1/3 沿位于胃脾韧带和脾肾韧带中的胃短血管和脾血管引流，然后通过胰上淋巴结，到达主动脉淋巴结。

这种广泛的淋巴交通可能是胃癌不能被完全根治的原因。脾血管周围的淋巴结受累可通过切除脾脏、胃脾韧带和脾肾韧带、胰体和胰尾，以及切除大网膜和胃网膜血管间的淋巴结来处理。然而，累及主动脉淋巴结和胰头周围的淋巴结则可能无法处理，导致其预后不良。

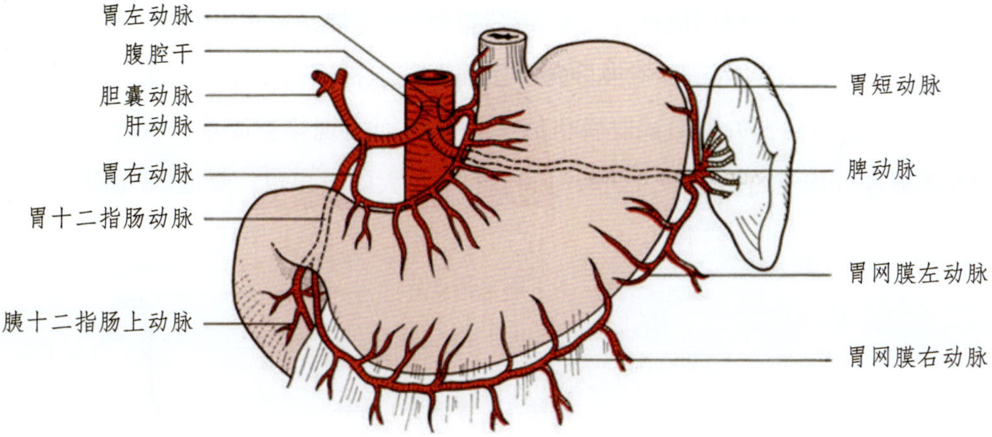

图 51　胃的动脉血供。

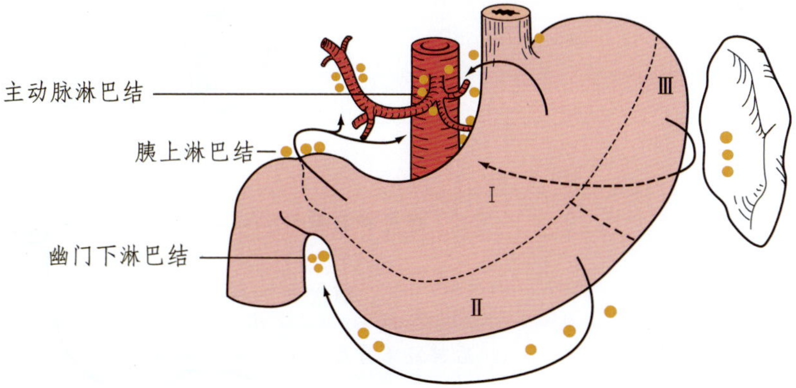

图 52　胃的淋巴引流。

- Ⅰ区沿胃左、右血管引流至主动脉淋巴结（腹腔淋巴结）。
- Ⅱ区沿胃网膜右血管经淋巴管引流至幽门下淋巴结再引流至主动脉淋巴结。
- Ⅲ区沿脾血管经淋巴管引流至胰上淋巴结，再经淋巴管引流至主动脉淋巴结。

迷走神经在胃的供应（图 53）

迷走神经的前后干通过食管裂孔进入腹部。前干靠近胃壁，后干距离胃壁稍远。迷走神经前干向贲门和胃小弯分别发出较小的胃前支和较大的肝支。迷走神经的后干向胃体的前部和后部发出分支，其中大部分形成腹腔支。腹腔支沿胃左动脉到达腹腔神经节，然后分布到肠管，直至横结肠和胰。

迷走神经纤维分布到胃的确切走行对外科医生具有非常重要的实际意义。迷走神经前、后干在贲门处开始发出分支分布于胃，沿小网膜随胃小弯下降（即前、后 Latarjet 神经）。胃由胃前支和胃后支的终末支支配，因此，可以将那些支配胃酸分泌的分支切断，同时保留幽门的神经支配（高选择性迷走神经切断术）。

迷走神经支配胃的运动和胃液分泌。然而在迷走神经切断术中，虽然神经源性的（反射性）胃酸分泌丧失，但同时胃也因失去张力而出现排空困难；因此，迷走神经全切术必须进行相应的引流术，如幽门成形术（扩大幽门出口，降低幽门括约肌张力）

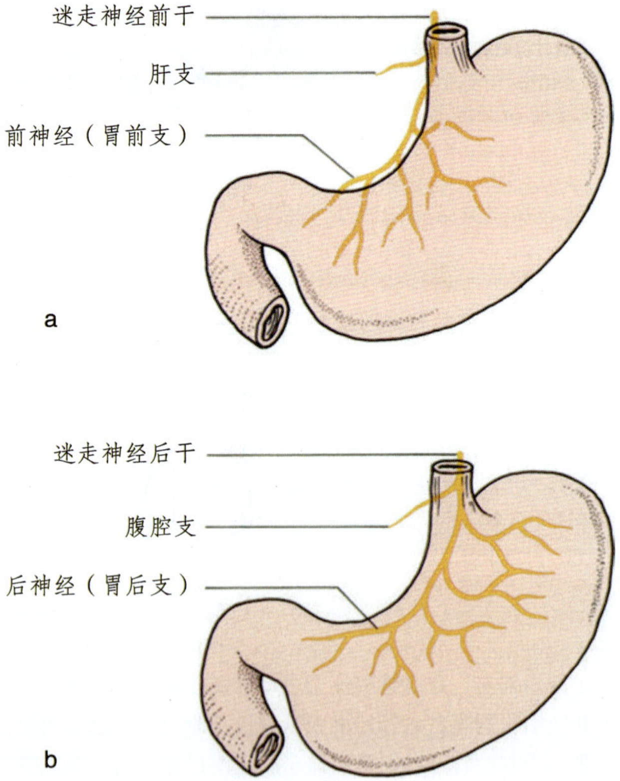

图 53　胃的迷走神经支配。(a) 迷走神经前干。(b) 迷走神经后干。

或胃空肠吻合术（将胃内容物引流至近端小肠）。若保留 Latarjet 神经，则可避免这种情况，从而维持幽门窦的神经支配并保留其功能（高选择性迷走神经切断术）。

临床特征

1. 胃后壁溃疡或癌可侵犯胰腺，引起背部疼痛。若侵犯脾脏动脉则可能导致大出血。

2. 小网膜囊与横结肠系膜，以及胃或大网膜的位置关系密切，如果小网膜囊发生粘连，会增加胃切除术时中结肠血管损伤的风险。

3. 胃的影像学表现（图 54）。腹部平片显示左膈下有一个气泡，这是胃底的气体。受试者吞下不透明造影剂（如硫酸钡）后，可以看到胃的位置、运动和轮廓。我们之前已经提到的胃在位置和形状上的变化主要是由于这项检查而被发现的。

将受试者倒立，不透明的造影剂可以压迫贲门；贲门括约肌机制的不完善性可通过观察钡餐反流进入食管而被证实。

4. 胃镜检查。对胃进行充气检查胃黏膜。用现代的纤维镜仪器可以看到整个胃黏膜，以及十二指肠，也可通过逆行造影来观察胆总管和胰管。

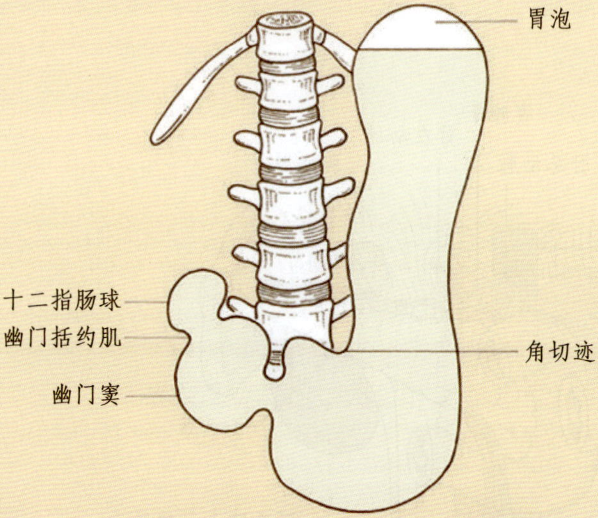

图54　胃的钡餐造影。

十二指肠

十二指肠在胰头周围呈“C”字形，长 25cm。从幽门开始，它完全被腹膜覆盖的长度约为 2.5cm，但随后变成腹膜外位器官，仅小部分被腹膜覆盖。

毗邻（图 55 和图 56）

为了便于描述，十二指肠被分成 4 个部分。

第 1 部分（5cm）从胃十二指肠交界处上升，前面与肝和胆囊相贴。紧靠其后的是门静脉、胆总管和胃十二指肠动脉，上述结构将十二指肠的第 1 部分与下腔静脉隔开。

第 2 部分（7.5cm）围绕胰头呈曲线形下降。其在前面跨过横结肠，后面毗邻右肾和输尿管。它的中部的后面有胆总管和主胰管的共同开口，称为十二指肠乳头，其开口周围环绕着 Oddi 括约肌。副胰管在十二指肠乳头上方开口于十二指肠。

第 3 部分（10cm）横行向左，在前方跨越下腔静脉、主动脉和第 3 腰椎。它在肠系膜根部与肠系膜上血管交叉。第 3 部分的上界包绕胰头。

第 4 部分（2.5cm）向左上方止于十二指肠－空肠交界。如果外科医生将其与回盲肠的连接混淆，这可能是一个灾难性的错误。Treitz 韧带（十二指肠悬韧带）是十二指肠的末梢的标志。这是一个明显的腹膜皱襞，从右膈脚降至十二指肠末梢，可以发现位于胰腺后面的肠系膜下静脉位于十二指肠－空肠交界处的左侧。

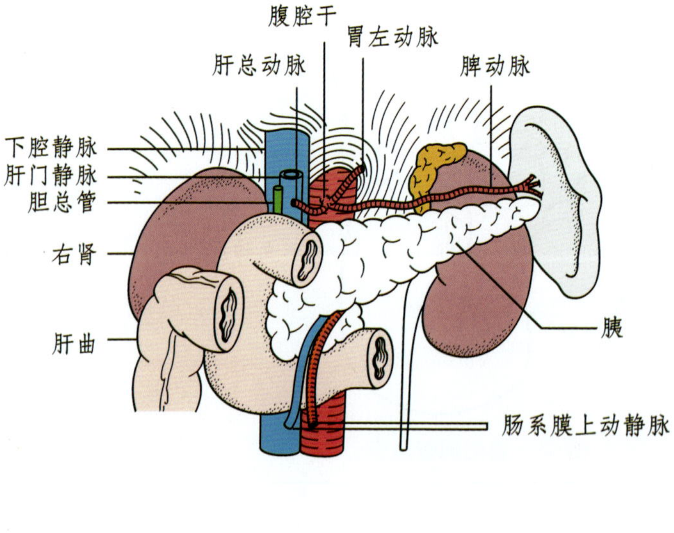

图 55　十二指肠的毗邻。

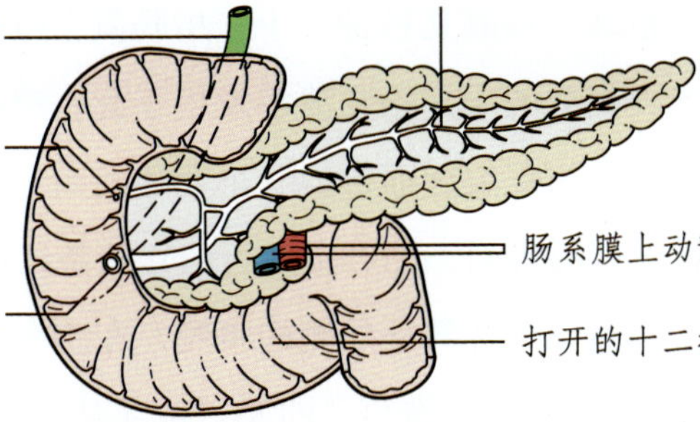

图 56　切开十二指肠和胰展示胰管及其开口。

血供

胰十二指肠上动脉起源于胃十二指肠动脉，胰十二指肠下动脉起源于肠系膜上动脉的第 1 支。这些血管都位于十二指肠包绕胰头处，为十二指肠和胰供血。有趣的是，它们的吻合处恰好位于前肠（由腹主动脉供应）和中肠（由肠系膜上动脉供应）在十二指肠乳头水平的结合部位（图 56）。

临床特征

1. 十二指肠的第 1 部分与肝和胆囊毗邻，十二指肠溃疡时，可能会蔓延至肝和胆囊。此外，在慢性胆囊炎，胆结石可能会从胆囊被挤压到十二指肠。当胆结石穿过肠道产生肠梗阻（胆结石性肠梗阻）时，其可能会到达回肠下部。

2. 胰腺作为与十二指肠位置关系最密切的器官，很容易被十二指肠后壁溃疡侵犯；可能造成患者的疼痛扩散至腰背区。这种溃疡若侵犯胃十二指肠动脉则可能会导致严重出血。

3. 十二指肠广泛切除术，或严重溃疡的瘢痕，都可能损伤从十二指肠第 1 部分后面经过的距幽门约 2.5cm 的胆总管。

4. 结肠肝曲跨过十二指肠的第 2 部分，右半结肠切除术中可能损伤十二指肠的第 2 部分。同样，由于右肾位于十二指肠的正后方，在右肾切除术中十二指肠也可能会受到损伤。

5. 十二指肠影像学表现。在吞咽钡餐后的几分钟内，十二指肠的第 1 部分变成一个三角形的阴影，称为十二指球。每隔几秒钟，十二指肠就会收缩 1 次，清空这个阴影，接着又开始填充。绝大部分的十二指肠溃疡发生于此；溃疡的凹陷内因充满硫酸钡，是可见的，或是由瘢痕组织突起而形成一个明显的畸形阴影。十二指肠的其余部分也可见，由于黏膜皱襞的排列，阴影呈平行的絮状条纹样。

6. 游离十二指肠，切开十二指肠第 2 部分外侧的腹膜，在胰头及胆总管末端和后腹壁之间的无血管间隙来完成十二指肠的游离；即 Kocher 手法。

小肠

不同受试者的小肠长度从 3m 到 10m 不等，平均约为 6.5m。切除超过 1/3 甚至一半的小肠不影响正常生活，据报道，仅保留 45cm 的小肠就可以使患者存活。

小肠系膜起源于腹后壁 15cm，从第 2 腰椎左侧的十二指肠 – 空肠交界处开始，斜向下跨过右侧骶髂关节；其内包含肠系膜上血管、小肠淋巴结和一些自主神经纤维。

小肠的上半部分称为空肠，其余部分称为回肠（图 57）。两者在外形上没有明显的区别。然而，肠道确实会从上到下改变其特征，以下几点可使外科医生能够在手术中确定空回肠。

1. 空肠壁较厚，因为黏膜上的环形皱褶（环状皱襞）较大且近端更厚。

2. 小肠近端的管径大于远端。

3. 空肠多位于脐部；回肠多位于耻骨上区和骨盆。

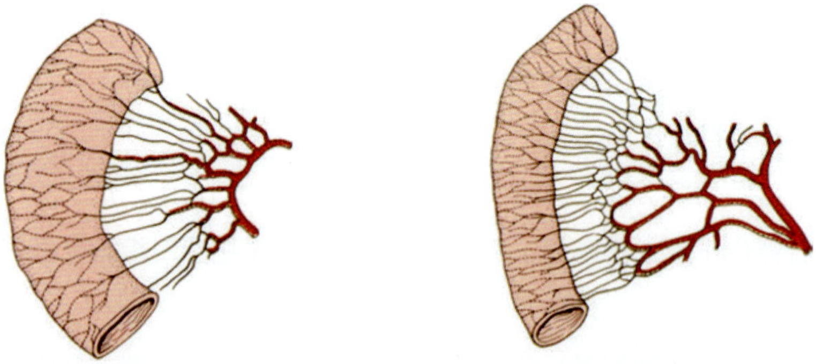

a. 空肠　　b. 回肠

图 57　空肠的简单血管弓（a）与回肠的复杂血管弓（b）的比较。

4. 肠系膜从上到下逐渐增厚，脂肪含量增加。

5. 肠系膜血管在空肠仅形成 1~2 个血管弓，末端分支长而少。供应回肠的血管通常有 3~5 个血管弓，其末端分支短而多。

大肠

为了便于描述，大肠被细分为：

- 盲肠和阑尾。
- 升结肠（12~20cm）。
- 肝曲。
- 横结肠（45cm）。
- 脾曲。
- 降结肠（22~30cm）。
- 乙状结肠（12~76cm，平均为 38cm）。
- 直肠（12cm）。
- 肛管（4cm）。

不同受试者的大肠长度差异很大；平均长度约为 1.5m。

结肠（阑尾、盲肠和直肠除外）的腹膜表面有典型的脂肪充盈的特征，称为肠脂垂。它们在乙状结肠内特别多。乙状结肠的功能并不十分明确，但它可能发生扭转而造成剧烈腹痛。

结肠和盲肠（阑尾和直肠除外）的特征是有结肠带。它们是 3 条扁平的带状结构，从阑尾底部沿着大肠的长轴一直延伸到直肠和乙状结肠的交界处。它们是大肠的纵行肌形成的；由于结肠带比其附着的肠管短约 30cm，结肠会收缩成典型的囊袋状。这些囊袋可以在腹部的平片上看到，当大肠充气膨胀时，表现为肠壁投影的间断。相反，扩张的小肠由于其黏膜皱褶被拉平，在 X 线片上，其肠壁的投影是完整的线条状。

腹膜附件

横结肠和乙状结肠完全被腹膜包裹（前者因被覆大网膜而易于识别）。升结肠和降结肠没有结肠系膜，而是直接附着在后腹壁上（尽管升结肠可能有结肠系膜）。盲肠可能完全或不完全被腹膜包裹，阑尾虽然在其系膜内，但通常是游离的，阑尾偶尔也可位于盲肠和升结肠的腹膜以外，或附着其后壁上。

直肠的上 1/3 位于腹膜后方，中 1/3 位于腹膜后外侧；下 1/3 的直肠因其已下降到盆膜以下，因此是完全位于腹膜以外的。

阑尾

阑尾在回盲瓣下约 2.5cm 起源于盲肠的后内侧；其长度从 1.25cm 到 22cm 不等。在胎儿时期，它是平行于盲肠长轴的出口，但由于外侧盲肠壁生长较快导致其向内侧移位。

阑尾比其他任何器官的位置变化都大（图 58）。最常见的（75%）阑尾位于盲肠后面。尽管它偶尔位于盲肠腹膜的被覆下，但此时的阑尾位置变化也很大。如果阑尾很长，则可能延伸到升结肠后面，紧靠右肾或十二指肠；在这些情况下，它的远端是位于腹膜以外的。

约 20% 的病例中，阑尾位于盲肠的正下方，或者下垂到骨盆。比较罕见的情况是它位于回肠末端的前面或后面，或位于盲肠前面或右侧结肠旁沟。

一个较长的阑尾发生溃疡时可能造成十二指肠穿孔或蔓延至左结肠旁沟。可以说“阑尾是人体内唯一不能用解剖学定义其位置的器官”。

阑尾系膜在回肠后呈三角形折叠下降，其内包裹着回肠结肠动脉发出的阑尾动脉（图 59）。另一部分被称为回盲襞的腹膜，它从回肠前部到达阑尾或盲肠底部。回盲襞

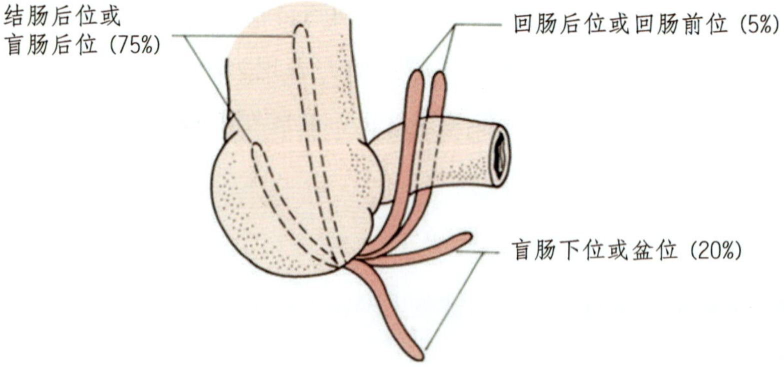

图 58 阑尾可能的位置及其所占比例。

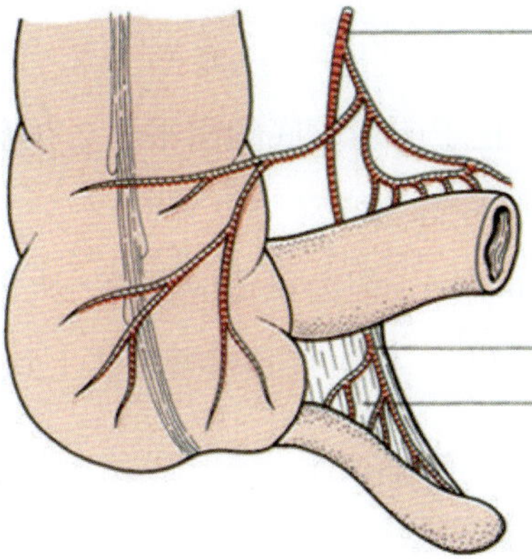

图 59 阑尾的血供。

被称为无血 Treves 皱襞，但实际上，它通常包含一个血管，我们将其切开后也能证实这一点。

临床特征

1. 婴儿阑尾腔较宽，老年人阑尾腔常完全消失。而肠梗阻是急性阑尾炎的常见诱因，所以阑尾炎通常不会发生于婴儿和老年人。

2. 阑尾动脉负责整个阑尾的血供。它首先走行于阑尾系膜的边缘，然后到达阑尾的远端。急性阑尾炎可导致该动脉血栓形成，并迅速进展为阑尾坏疽和穿孔。这与急性胆囊炎形成鲜明对比，在急性胆囊炎中，来自肝床的丰富的侧支血管供应确保了即使胆囊动脉血栓形成，胆囊也很少发生坏疽。

3. 阑尾切除术通常通过切开右侧髂窝处的肌肉的切口来进行。切口暴露盲肠，如果不能立即看到阑尾，则应通过追踪结肠带来确认阑尾根部的位置，它们在阑尾根部融合。当盲肠位于腹膜外位时，通过切口暴露阑尾则较为困难；这种情况需要先切开沿着盲肠的外侧和下缘的几乎无血管的回盲襞来游离盲肠，从而使阑尾可以从切口处暴露。

阑尾系膜，包括阑尾血管，应被分别牢固结扎，切除阑尾后，将其残端埋到盲肠内进行结扎。

直肠

直肠长 12cm。它起于第 3 骶骨的前面，止于前列腺底的水平面。在女性，直肠止于阴道下端的水平面，并在此平面穿过肛提肌移行为肛管。

在低等哺乳动物中，直肠是直的（因此得名），但为了适应骶骨，人的直肠实际上是弯曲的。此外，它的肠壁内有 3 个横行的皱襞，称为直肠横襞，从上到下分别向左、右和左突出。

毗邻（图 60 和图 61）

直肠的位置关系很重要。在进行直肠检查时，必须牢记这一点。它们是直肠局部结构的关键，在直肠外科切除术中具有重要意义。

直肠后面有骶骨、尾骨和骶中动脉，并由腹膜外结缔组织（包括直肠的血管和淋巴管）与之分离。从骶前孔出来的骶神经前支，可能被直肠后部的肿瘤所压迫而导致严重的坐骨神经痛。

从前面看，直肠的上 2/3 被腹膜覆盖，在女性，这部分腹膜缠绕于位于直肠和子宫之间的道格拉斯腔。直肠下 1/3 的前面是男性的前列腺、膀胱底和精囊，或女性的阴道。一层筋膜（邓氏筋膜）将直肠与前部结构分离，它是在直肠切除术中必须找到的解剖结构。

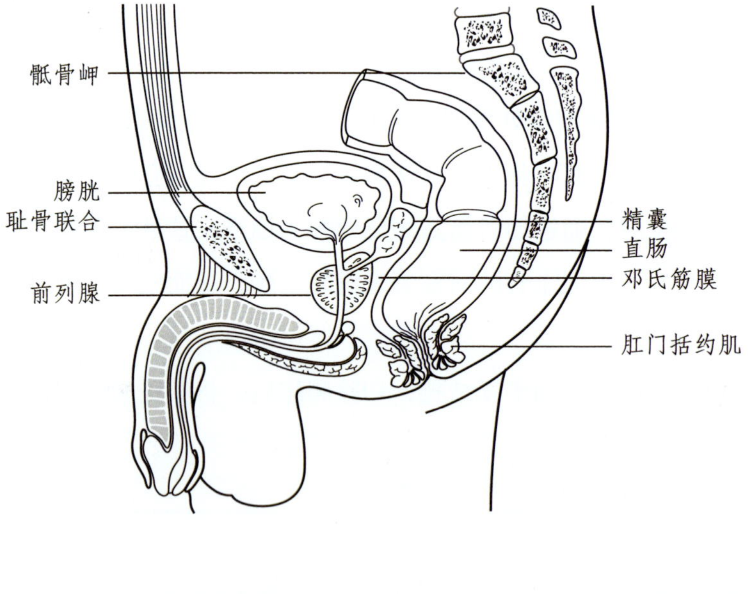

图 60 男性直肠及其相关脏器的矢状切面。

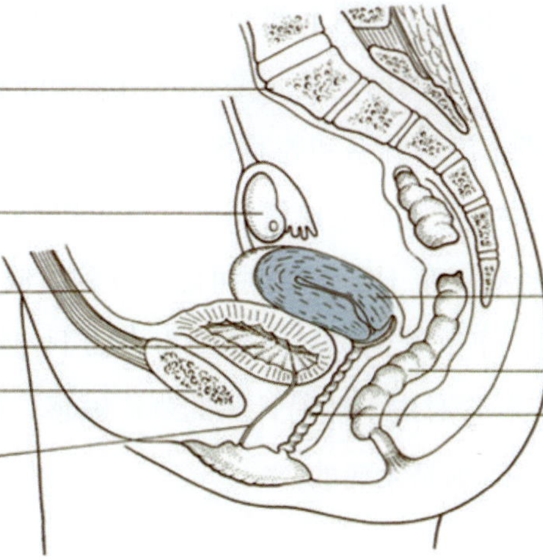

图 61　女性直肠及其相关脏器的矢状切面。

从侧面看，直肠由肛提肌支撑。

肛管（图 62）

肛管长 4cm，从直肠向后下延伸至肛门。肛管中部是由后肠内胚层和外胚层形成的皮肤内陷之间的连接形成的，称为肛道。若二者分离失败，则导致肛门闭锁。

1. 肛管的下半部分为鳞状上皮，上半部分为柱状上皮；后者为纵行的黏膜皱襞（肛柱），它们通过瓣膜状褶皱（肛瓣）连接。因此，上肛管癌是腺癌，而下肛管癌是鳞癌。

2. 肛管上半部分的血供来自直肠上动脉，回流至相应的直肠上静脉，直肠上动脉来源于肠系膜下动脉（见图 64），直肠上静脉回流入肠系膜下静脉；再回流至脾静脉，

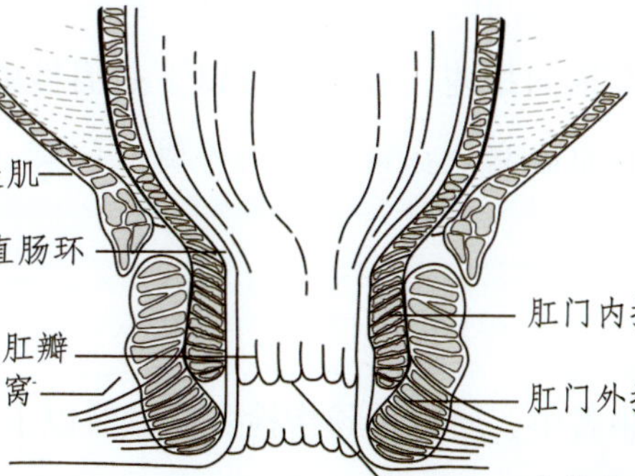

图 62　肛门括约肌。

然后回流入门静脉（见图 65）。相比之下，肛管的下部和肛周皮肤的血供来自下直肠下血管，直肠下血管来源于阴部内血管，阴部内动静脉是髂内动脉和静脉的分支和属支。这两个静脉系相互连通，因此形成了门静脉系和腔静脉系之间的一个吻合。

3. 黏膜和皮肤交界处以上的淋巴管沿着直肠上血管引流至腰淋巴结，而交界处以下的淋巴则引流至腹股沟淋巴结。直肠癌侵犯下肛管时则可能转移到腹股沟淋巴结。

4. 上肛管的神经支配为自主神经；下肛管的神经支配则为直肠下神经（阴部神经的末端分支）（见图 97B）。（因此，下肛管对皮下注射针头的刺痛敏感，而通过注射针头穿过上肛管黏膜注射硬化剂治疗内痔时则是无痛的。）

肛门括约肌

构成肛管壁的肛门括约肌是一种相当复杂的肌肉组织，它形成了强大的括约肌机制（图 62）。

它包括：

- 肛门内括约肌，由非随意肌构成，其上方为直肠的环形肌的延续。
- 肛门外括约肌，由随意肌构成，包绕肛门内括约肌并进一步向下弯曲延伸，靠近肛门内括约肌稍外侧的下方，止于肛门周缘的皮肤。肛门外括约肌的最下部被直肠纵行肌和肛提肌的纤维穿过。该肌的肌纤维与直肠壁的纵行肌在上方继续延伸。肛门外括约肌与肛提肌纤维在上端融合。

在进行直肠指检时，弯曲手指可触及距肛门边缘 2.5cm 多一点的环状肌隆起就是肛直肠环。它是肛门外括约肌的深部，它与肛门内括约肌和肛提肌融合在一起，是肛管和直肠之间的交界。

肛管与尾骨之间的纤维组织（肛尾韧带）的后部与两侧在会阴体前方的富含脂肪的坐骨肛门窝横向相连，肛尾韧带以下是男性的尿道球部或女性的阴道下部。值得注意的是，坐骨直肠窝现在常被称为坐骨肛门窝，更准确地说，它与肛管而不是直肠有关。

直肠检查

在正常患者中，通过直肠指检可以触及以下结构。

1. 男女一样，肛直肠环（见上一节）、尾骨和骶骨、坐骨肛窝、坐骨棘。

2. 男性，前列腺，正常的精囊则很少能够触及。

3. 女性，会阴体、子宫颈，偶尔可触及卵巢。

可检测到的异常包括：

1. 腔内，粪块嵌塞、异物。

2. 壁内，直肠肿瘤、狭窄、肉芽肿等，但痔疮除外，除非已有血栓形成。

3. 壁外，盆腔肿瘤、前列腺或精囊异常、扩张的膀胱，肿大的子宫或卵巢，道格拉斯腔积液或占位性病变。

不要被放置在阴道内的异物所误导。最常见的情况是卫生棉条或阴道栓剂。

在分娩过程中，因为通过直肠壁很容易触及子宫颈部，所以可通过直肠指检来评估宫颈口的扩张程度。

临床特征

痔疮

痔疮（痔）是持续性的肛管的上半部分黏膜下血管垫的病理性充血。最初只在肛管内（1 度），然后逐渐增大，直到在排便时脱垂（2 度），最后通过肛门脱垂（3 度）。从解剖学上讲，痔包括引流到直肠上静脉的静脉丛，相应直肠上动脉的终末支，以及肛管的黏膜层和黏膜下层。血管之间有动静脉吻合，所以痔疮出血是典型的鲜红色。所谓的“血栓性外痔”实际上是一种由皮下静脉破裂引起的肛缘的低张力性血肿，更确切地说是肛周血肿。

肛周脓肿（图 63）

这些脓肿可能位于肛黏膜下（黏膜下）、肛周皮肤下（皮下）或位于坐骨肛门窝。有时，脓肿可位于腹膜外，在肛提肌上方沿直肠分布的骨盆直肠间隙内。

瘘管（图 63）

肛瘘通常由肛周脓肿破裂引起。在解剖结构上它们可能位于：

- 黏膜下，局限于肛门黏膜下的组织。
- 皮下，局限于肛周皮肤。
- 低位，通过肛门括约肌的浅层（最常见）。

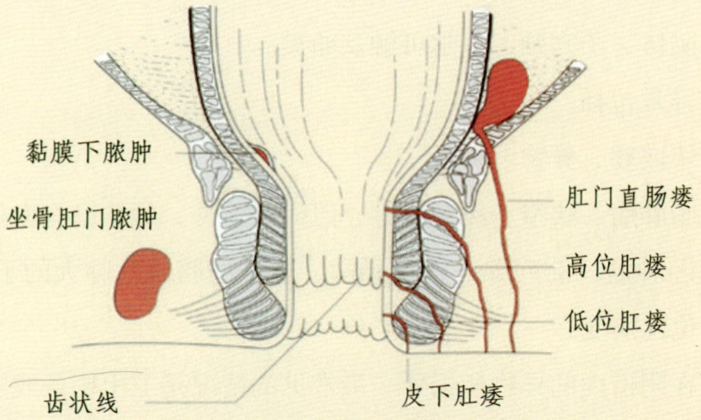

图 63　肛周瘘和肛周脓肿的解剖。

- 高位，通过肛门括约肌的深层。
- 肛管直肠，穿过肛直肠环上方，可进入直肠，也可不进入直肠。

在肛门内打开瘘管时，如果要避免大便失禁，就必须保留肛直肠环。另一方面，肛门括约肌的下半部也可以安全地游离，而不会有造成大便失禁的风险。

肛裂

它是指肛门黏膜的撕裂，超过 90% 的肛裂发生在肛门的后正中线上。其解剖学基础可能在于肛门外括约肌浅层附着于尾骨这部分位于无组织支持的“V”形薄弱区，因此该区域可能被干燥的粪便撕裂。

肠的动脉供应

消化道由前肠、中肠和后肠发育而来；每个消化道的动脉供应是相对独立的，尽管与相邻动脉之间有吻合。前肠分化为胃和十二指肠，一直延伸到胆管入口，由腹腔干分支提供营养，腹腔干平对第 12 胸椎，起于腹主动脉（图 51）。中肠分化为从十二指肠中部至远端的横结肠，由平对第 1 腰椎高度起自于腹主动脉的肠系膜上动脉提供营养（图 64）。其分支有：

- 胰十二指肠下动脉。
- 空肠动脉和回肠动脉，分支供应大部分小肠。

- 回结肠动脉，供应回肠末端、盲肠和升结肠的起始部，并发出阑尾动脉供应阑尾；阑尾动脉是最常见的腹腔内结扎动脉。
- 右结肠动脉，供应升结肠。
- 中结肠动脉，供应横结肠。

后肠接受来自肠系膜下动脉的供应（图 64），在第 3 腰椎高度起于腹主动脉，并发出以下分支。

- 左结肠动脉，供应降结肠。
- 乙状结肠动脉，供应乙状结肠。
- 直肠上动脉，供应直肠。

肠系膜上动脉和肠系膜下动脉的分支与其邻近的血管之间存在吻合。事实上，整个胃肠道上都存在延续的弓状动脉吻合。

门静脉系

门静脉系收集来自腹部消化道（肛管除外）、脾、胰和胆囊及其导管的血液。

门静脉系的属支在远端大多与腹腔干、肠系膜上动脉和肠系膜下动脉的分支相伴行；仅在近端分布不同（图 65）。

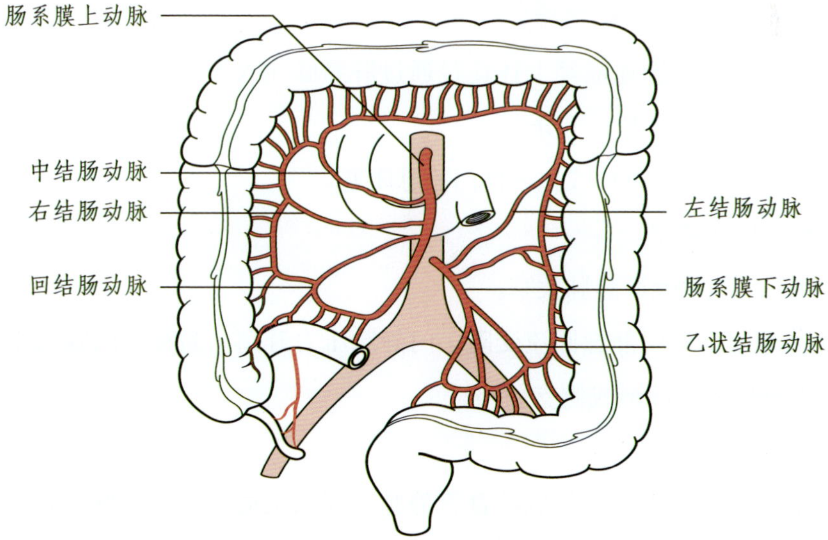

图 64　肠系膜上动脉、下动脉及其分支。

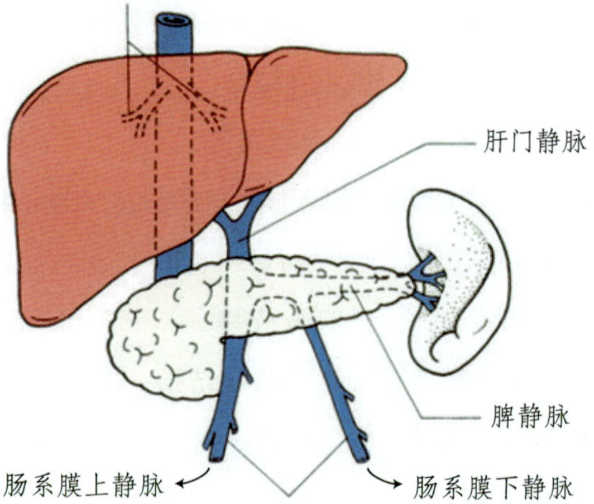

图 65 门脉系统的组成。

肠系膜下静脉上行至肠系膜下动脉的起始部以上，注入位于胰腺后方的脾静脉。

门静脉由肠系膜上静脉和脾静脉在平对幽门平面于胰颈后方汇合而成，在十二指肠上部后方上升至小网膜孔（Winslow 孔）的前方进入肝门，分为左、右两支并在肝内反复分支形成毛细血管，分别进入肝左叶和肝右叶，最终经肝静脉注入下腔静脉。

门静脉和上下腔静脉系之间的交通

正常情况下，门静脉血液经上述途径通过肝静脉注入下腔静脉，进入体循环。该途径可能被多种原因所阻断，可分为：

- 肝前型，如门静脉血栓或先天性门静脉闭塞。
- 肝内型，如肝硬化。
- 肝后型，如先天性肝静脉狭窄。

如果这些原因引起门静脉回流受阻，门静脉压力升高（简称“门脉高压”），门静脉和上、下腔静脉系之间形成侧支循环。

这些交通是：

1. 胃左静脉的食管支与奇静脉的食管静脉之间的交通（食管静脉曲张是门脉高压产生严重呕血的原因）。

2. 肠系膜下静脉的属支，直肠上静脉与髂内静脉的属支，直肠下静脉和阴部内静脉之间的交通。

3. 小肠系膜、结肠系膜和腹膜后的静脉与肾静脉、腰静脉及膈的静脉相交通。

4. 肝门静脉的属支通过从脐部经镰状韧带的静脉和腹壁静脉相交通（这可能导致脐周呈放射状静脉曲张，即“海蛇头”的形成）。

5. 肝门静脉的属支经过肝裸区和横膈膜静脉相交通。

由于门静脉高压，门静脉系和上、下腔静脉系之间的交通支异常扩张。因此，门静脉高压患者手术既烦琐又易出血。

肠的淋巴引流（图 66）

整个肠道的淋巴结排列相对均匀。许多较小的淋巴结位于肠壁附近或贴附于肠壁上，淋巴沿着肠系膜和结肠血管注入中间部位较大的淋巴结，然后汇入肠系膜上、下动脉分布区域的淋巴结，最终引流至乳糜池。

肠各段的淋巴引流与其血液供应相对一致。高位结扎血管，切除大段结肠，例如，结扎中结肠动脉，楔形切除横结肠同时要切除该引流区域的淋巴结，以促进横结肠的生长。

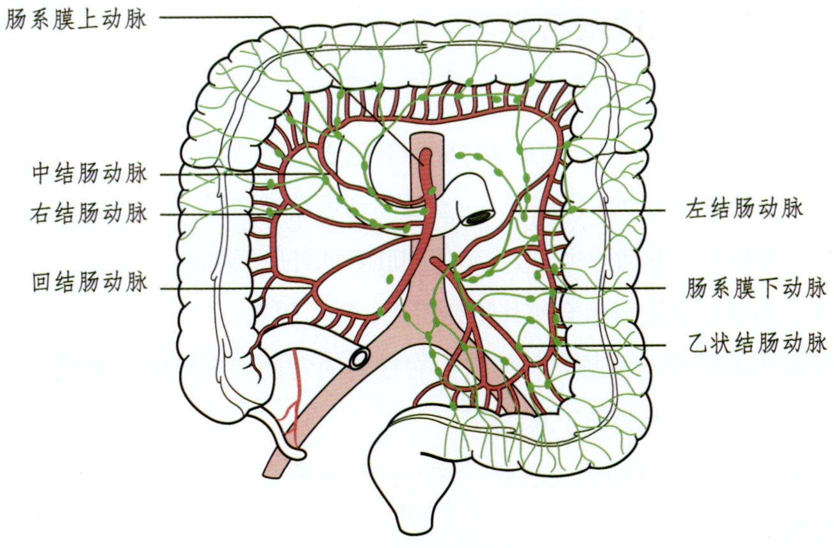

图 66　大肠淋巴结。

消化道的结构

消化道由黏膜层、黏膜下层、肌层和浆膜组成，浆膜位于消化管壁外。

食管和肛管下部黏膜为复层鳞状上皮，其余部位为单层柱状上皮。在食管与贲门交界处，这种转变非常明显，不过在食管下段偶尔排列单层柱状上皮。

胃黏膜有单一的隐窝样腺体，向下延伸到黏膜肌层。

幽门窦分泌碱性黏液和胃泌素。胃体分泌胃蛋白酶和盐酸，盐酸是由夹在表面上皮细胞之间的泌酸细胞分泌。胃黏膜也分泌内因子。

十二指肠和空、回肠的黏膜具有肠隐窝，表面的肠绒毛状突入肠腔，扩大了肠腔的表面积。十二指肠的特点是其肠隐窝深入黏膜肌层，并在黏膜下层形成广泛的腺泡系统，称为十二指肠腺，即布鲁纳腺。

大肠黏膜没有绒毛，排列分泌黏液的杯状细胞。

消化道的肌层分为内环和外纵两层。食管上 2/3 和肛门周缘的肌肉是随意肌；其他部位是非随意肌。胃壁最内面由一层斜行肌加强，结肠的特点是纵向肌增厚形成 3 条结肠带。

黏膜下神经丛（麦氏神经丛）和肌间神经丛（欧式神经丛）的自主神经丛分别位于黏膜下层和环状及纵向肌层之间。

肠的发育及其先天性发育异常（图 67）

肠道的原始内胚层管分为：

- 前肠（由腹腔干供应），一直延伸到胆管进入十二指肠。
- 中肠（由肠系膜上动脉供应），一直延伸到远端横结肠。
- 后肠（由肠系膜下动脉供应），延伸到肛管的外胚层部分。

在早期，肠壁的快速增殖会使其管腔闭塞，随后再通。

前肠随着小囊的发育而旋转，使胃的右壁转向背侧，左壁转向腹侧，迷走神经随着胃的旋转在食管裂孔处紧贴于其前后。

这种旋转使十二指肠固定在右侧，该器官的肠系膜与腹后壁的腹膜融合，这种融合过程称为接合。

在胚胎第 5 周，中肠迅速生长，变得太大而不能容纳在腹部，致使肠袢突入脐带中的胚外体腔。肠袢的顶端连接于卵黄管和卵黄囊，即使在胚胎早期，这种连接也已退化为纤维束。

肠袢是以肠系膜上动脉为轴，划分为头支和尾支。头支发育为小肠近端；尾支演化为回肠末端、盲肠至结肠末端 62cm，一直到横结肠的左、中 1/3 交界处。

尾支发育的盲肠突为盲肠的原基；很可能在随后的肠袢复位过程中，盲肠突延迟了尾支而有利于前肠的复位。

在第 10 周时，肠袢从脐腔返回腹腔。中肠袢逆时针旋转 90°　。

头支首先退回腹腔，向上并向左进入大块肝脏剩余空间。这样中肠从肠系膜上动脉（穿过十二指肠的第 3 部分）后方通过，同时将后肠（最后的远端结肠）推向左侧。

当尾支返回时，它位于小肠表面和上面唯一的空间，盲肠位于肝脏正下方。

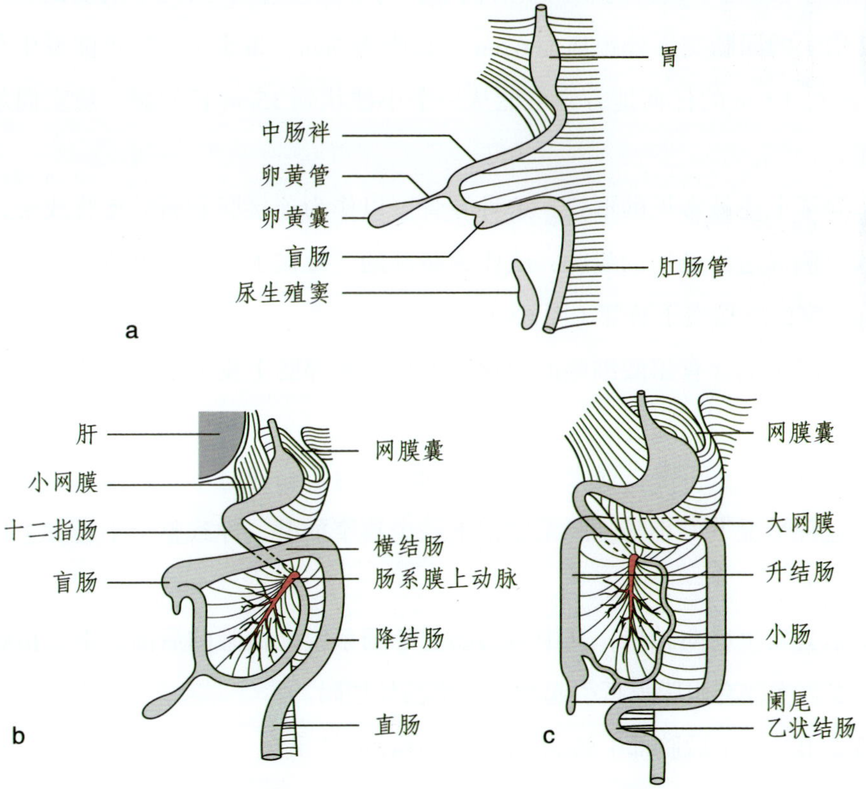

图 67　肠旋转的阶段。(a) 从侧面看，中肠袢突出。(b) 中肠回到腹部。(c) 盲肠下降到其固定位置。注意胃旋转完成后形成小囊（网膜囊）。

然后盲肠降至右髂窝，并拖带结肠。因此，横结肠位于肠系膜上血管和小肠的前面。

最后，升结肠、降结肠的肠系膜通过接合与腹后壁腹膜融合。腹膜表面的胚胎融合具有重要的外科意义。因此，在游离右或左结肠的过程中，沿着这条位于肠侧的无血管接合处的切口，能够随结肠和血液供应一起被游离。同样的，十二指肠、胰头和胆总管的末端也可以通过沿着十二指肠右边界切开腹膜无出血性游离，称为科赫操作。十二指肠第 3 部分及其第 2 部分和胰腺的进一步转动使腹主动脉尽可能靠近左肾静脉交叉处的水平。

在高度复杂的发育过程中，可能会出现许多异常。

1. 肠闭锁或狭窄可由管腔再通失败引起。另一个原因可能是胎儿脐疝内的肠道供血受损，随后出现缺血改变。

2. 麦克尔憩室（Meckel 憩室）代表胚胎卵黄管的残余（原始中肠和卵黄囊之间的通道），因此始终位于回肠的肠系膜对侧缘。与事实接近的是，2% 的受试者（男性为女性的 2 倍）的回肠交界处距离为 62cm，长度为 5cm。事实上，它可能发生在离回肠末端 15cm 到 3.5 m 的任何地方，可能从一个小柱状到 15cm 长的囊。憩室偶尔以鞭状形式存在。

憩室除了上述最常见的形式，这种导管可以作为连接肠和脐的瘘管或带，在回肠的肠系膜对侧缘边界悬吊的囊肿，或作为脐部的“覆盆子肿瘤”由持续存在的红色黏膜形成。憩室的脐端连于脐部（图 68）。

憩室黏膜可能含有泌酸细胞的消化道上皮。相邻肠上皮的消化性溃疡可能随后发生出血或穿孔。

3. 盲肠可能无法下降；通常在右髂窝的腹膜返折会通过十二指肠，导致新生儿肠梗阻。在这种情况下，小肠的肠系膜留下一个狭窄的蒂，导致整个小肠发生扭转（新生儿肠扭转）。

4. 偶尔会发生反向转位，其中横结肠位于肠系膜上血管的后面，十二指肠在其前面；这可能再次伴有腹膜返折引起的十二指肠外梗阻。

5. 脐膨出是出生后脐部中肠疝气的持续存在的结果。

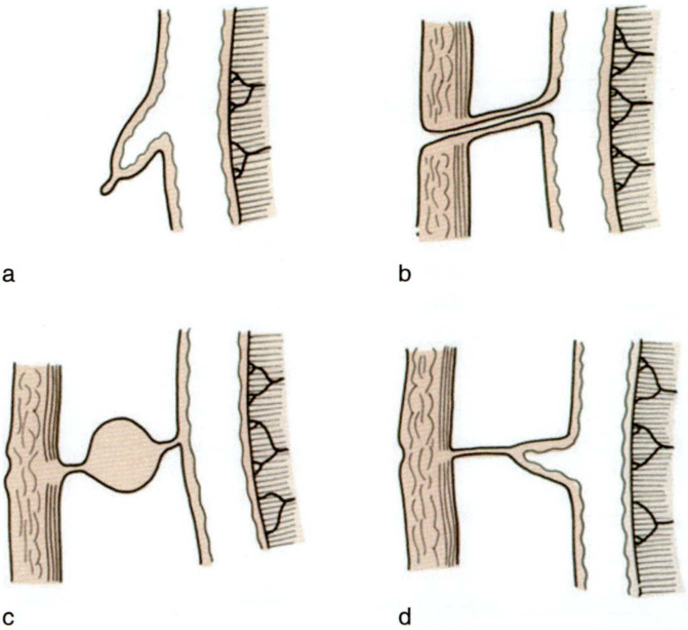

图 68　与卵黄管持续存在相关的异常。(a) 麦克尔憩室。(b) 卵黄管未退化。(c) 纤维索内的囊肿，从肠的肠系膜对侧缘至脐。(d) 麦克尔憩室，其末端以丝状经过脐带。

胃肠道附件：肝脏、胆囊及其导管、胰腺和脾脏

肝脏（图 69）

这是人体最大的器官。它的穹隆面与隔膜毗邻，隔膜将它与胸膜、肺、心包和心脏分开。它的后下（即内脏）表面除胆囊外与腹部食管、胃和十二指肠、结肠的肝曲、右肾和肾上腺部分毗邻。

肝脏分为较大的右叶和较小的左叶，上部由镰状韧带划分，后下部由“H”形沟划分（图 69b，c）。

- 右前方，胆囊窝。
- 右后方，腔静脉沟。
- 左前方，肝圆韧带裂。
- 左后方，静脉韧带裂。

“H”形的横沟是肝门。两个副叶在肝脏的脏面“H”形纵沟之间，前方是方叶，后

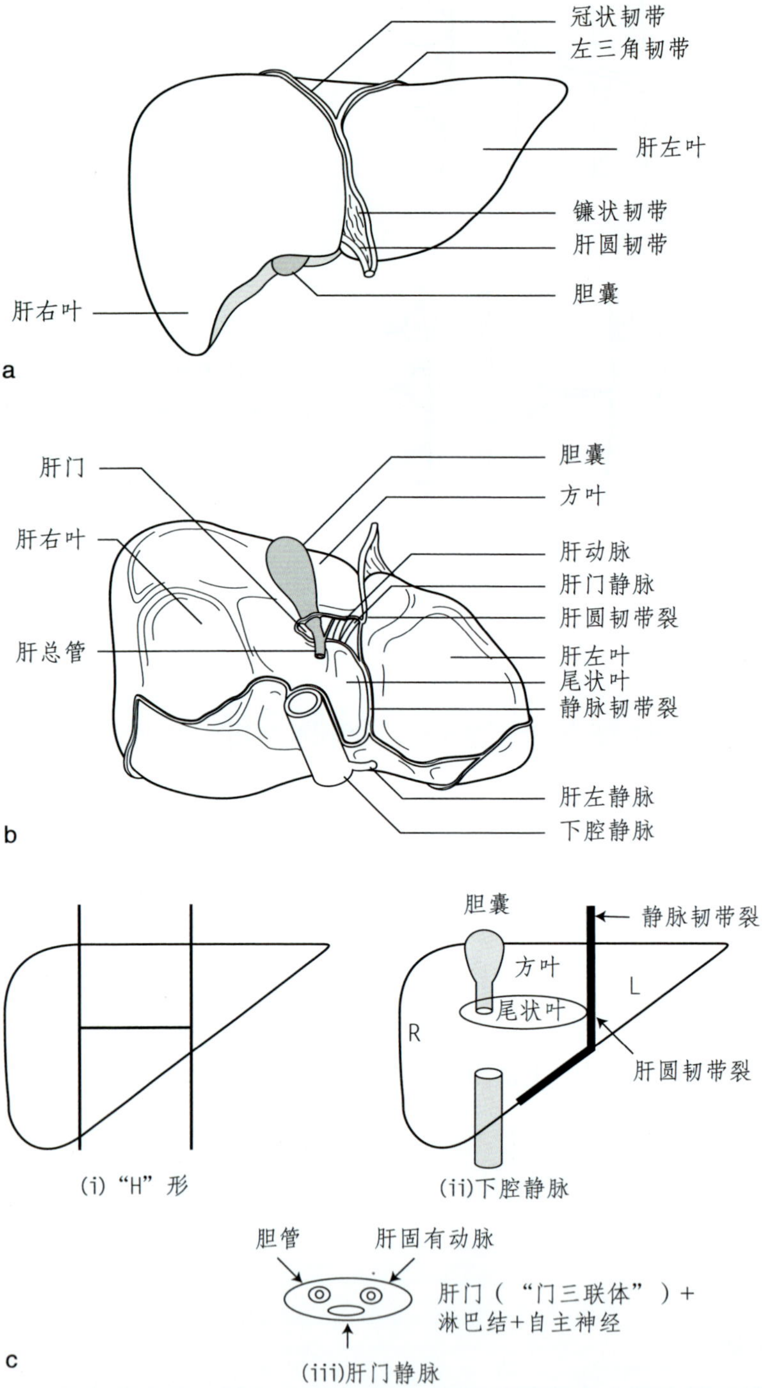

图 69　肝脏及其分叶。(a) 前部。(b) 下部。(c)“H”形。

方是尾状叶。

肝圆韧带是脐静脉闭索后的遗迹，在子宫内，它将胎盘中的血液送回胎儿体内。静脉韧带是胎儿时期静脉导管闭锁后的遗迹，它将含氧血液从左脐静脉流入下腔静脉，绕过肝脏。很容易识别肝圆韧带裂、静脉韧带裂和腔静脉沟，它们代表着胎儿静脉主要通路，在成人是连续的。

位于肝门（长 5cm）处：

- 肝总管，右前方。
- 肝动脉，左前方。
- 肝门静脉，后方。

除此之外，还发现了分布于肝脏的自主神经纤维（位于腹腔干的交感神经和迷走神经的副交感神经）、淋巴管和淋巴结。

腹膜附着物

除后部一小块裸露区域外，肝脏大部被腹膜包绕。以腹膜与横膈膜分界，横膈膜返折到肝上形成冠状韧带的上、下两层。在右侧，两层韧带融合形成右三角韧带。

镰状韧带从脐部向上，沿正中线偏右侧，其游离缘有肝圆韧带。肝圆韧带进入肝下面的肝圆韧带裂，镰状韧带穿过肝穹隆，然后分支。其右支与冠状韧带上层相连，左支沿狭长的左三角韧带向外延伸，后向右延伸与静脉韧带裂上端小网膜相连。

小网膜起源于肝门和静脉韧带裂，呈片状附着于胃小弯。

结构

肝脏由肝小叶组成，每个肝小叶都有一个独立的中央静脉，它是肝静脉的一个分支，最终注入下腔静脉。小叶之间的间隙称为门管区，有肝固有动脉（运送全身血液）和门静脉的分支，这些分支都通过进入肝小叶的肝血窦汇入中央静脉。

肝管的分支也位于门管区，接收来自小叶间胆管的胆汁。

节段解剖学

肝的大体解剖分为左右叶，由连于前表面镰状韧带至后表面肝圆韧带和静脉韧带裂的划分，这只是一个大体的解剖描述，无形态意义上的划分。对肝血管和导管分布的研究表明，肝脏真正的形态和生理上划分是由通过胆囊和腔静脉沟划分为左右两叶。

尽管这两个叶在肝穹隆上没有任何明显的分界线，但每个叶分别有各自的动脉和肝门静脉提供血供，并有单独的胆道引流。此形态结构的划分位于大体解剖平面的右侧，在这一区域中，方叶划分为肝左叶的一部分，而尾状叶一部分位于左叶，一部分位于右叶（图 70）。

肝的左右叶可进一步细分为若干节段，每个叶有 4 个节段（图 70c）。学生不需要了解这些细节，但对肝脏外科医生来说，进行肝部分切除，了解这些结构，以及它们各自的血液供应和胆道引流是非常重要的。

肝门处肝固有动脉、门静脉、肝管各分为左右支，分支间几乎无吻合（图 71）。从肝门起始，分支从两侧向上和向下分布在整个肝实质内，定义为形态上的肝左叶和肝右叶。

肝静脉（图 70 和图 72）

这些静脉粗壮，其分布与前文描述的门静脉、肝动脉和胆管系统有所不同。肝脏有 3 条主要静脉，分别为肝右静脉、肝中静脉和肝左静脉。它们向上和向后，注入肝脏上缘的下腔静脉。它们的注入部位有些不同，但中央静脉通常注入肝左静脉，它也可能直接注入腔静脉。此外，小的肝静脉直接从肝实质向后注入下腔静脉，更远端进入肝主静脉。尽管这些在功能上并不重要，但在肝右叶切除术中，它们会影响外科医生的手术操作。

3 条主要肝静脉有 3 个引流区，大致对应肝脏的右、中、左的 1/3。镰状韧带所界定的平面对应肝左、中静脉引流区的边界。不幸的是，对于外科医生来说，肝中静脉正好位于肝主平面的左右两个形态叶之间，这使得右或左肝切除手术更加复杂（图 72）。

胆道系统（图 73）

左右肝管在肝门处融合形成共同的肝总管（4cm）。其与胆囊连接的胆囊管（4cm）形成胆总管（10cm）。胆总管于十二指肠上方约 2.5cm 处起始，然后在十二指肠第 2 部分内侧的十二指肠大乳头处穿过。在这一过程中，胆总管常位于胰头后部的凹槽中或在胰腺实质中。

通常情况下，胆总管与主胰管的末端汇合在一起形成一个公共的膨大通道，即肝

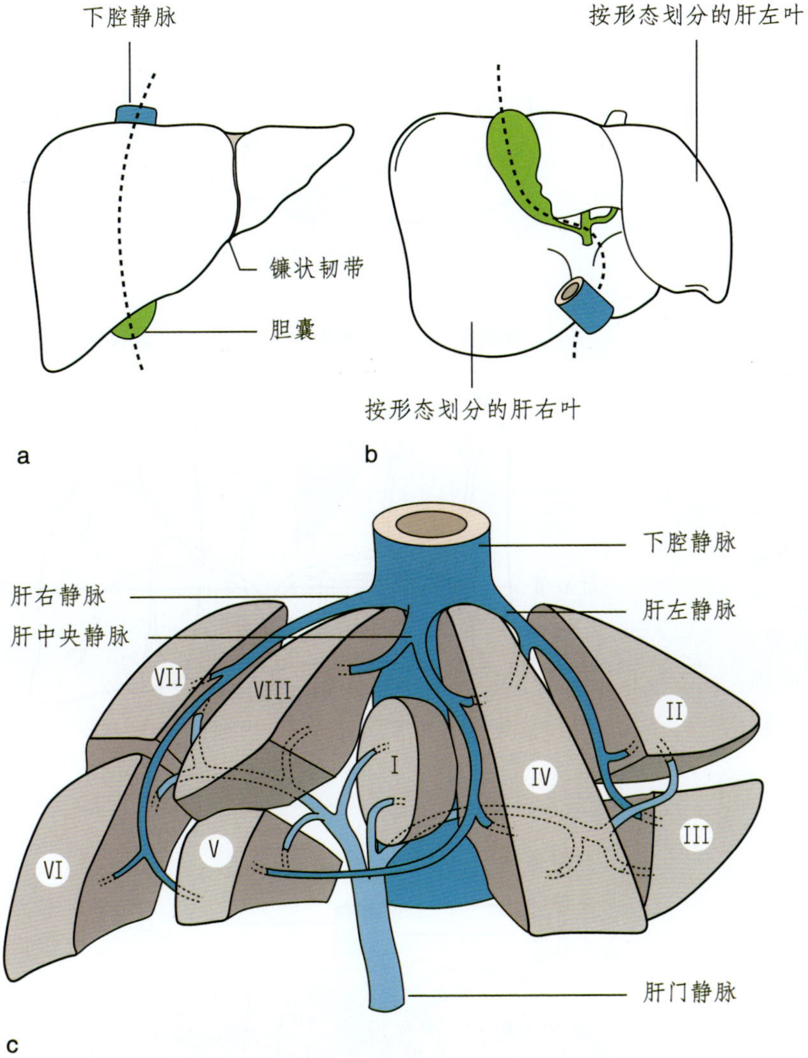

图 70　以虚线分隔的肝脏左右叶。(a) 前叶和 (b) 下叶。注意，方叶在形态上是左叶的一部分，而尾状叶同时属于右叶和左叶。(c) 肝脏的节段性划分。

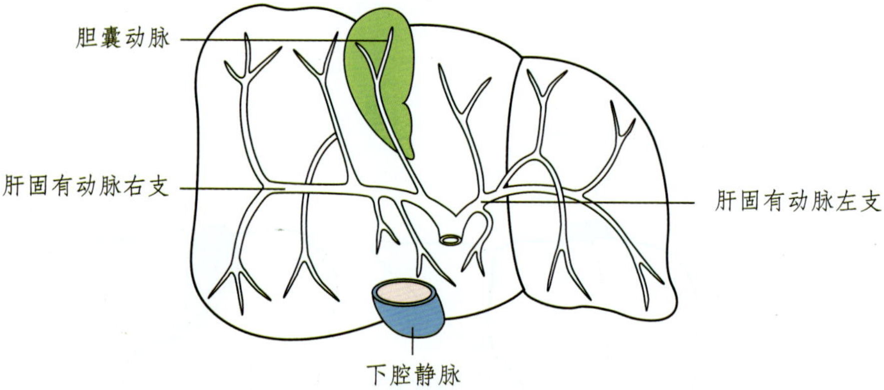

a

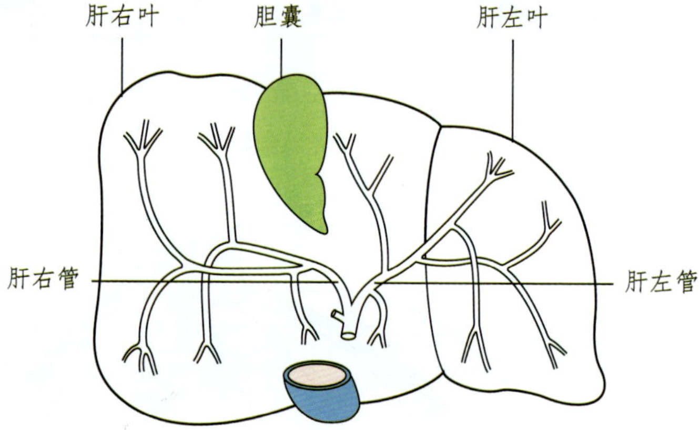

b

图 71 （a）肝固有动脉分布。（b）肝管分布。注意，方叶仅由肝固有动脉左支供应，由肝左管引流。尾状叶由肝固有动脉的左右两支供应。

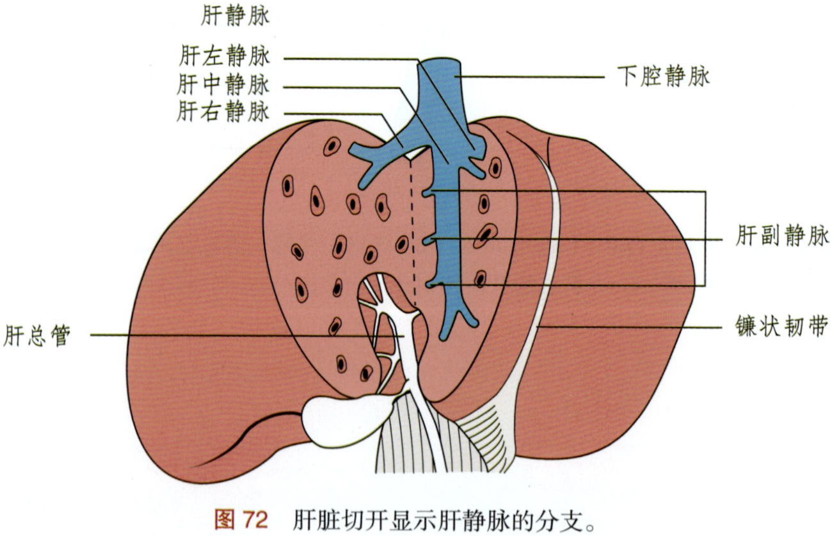

图 72 肝脏切开显示肝静脉的分支。

胰壶腹，周围有 Oddi 括约肌环绕，开口于十二指肠。有时，胆汁和胰腺导管会分别开口于十二指肠。

肝总管和胆总管在十二指肠上部，位于小网膜的游离缘，其毗邻关系如下（图 47）。

- 胆管，右前方。
- 肝固有动脉，左前方。
- 门静脉，后方。
- 下腔静脉，位于最后方，由网膜孔与肝门静脉分离。

胆囊（图 73）

胆囊大约容纳 50mL 的胆汁，是浓缩和贮存胆汁的器官。它也由杯状细胞壁分泌黏液。它位于肝右叶和方叶之间的胆囊窝内，在十二指肠和横结肠的下方。（胆囊炎溃疡有时会累及这两个结构。）

为了便于描述，胆囊分为底、体和颈三部分，胆囊颈开口进入胆囊管。在扩张的

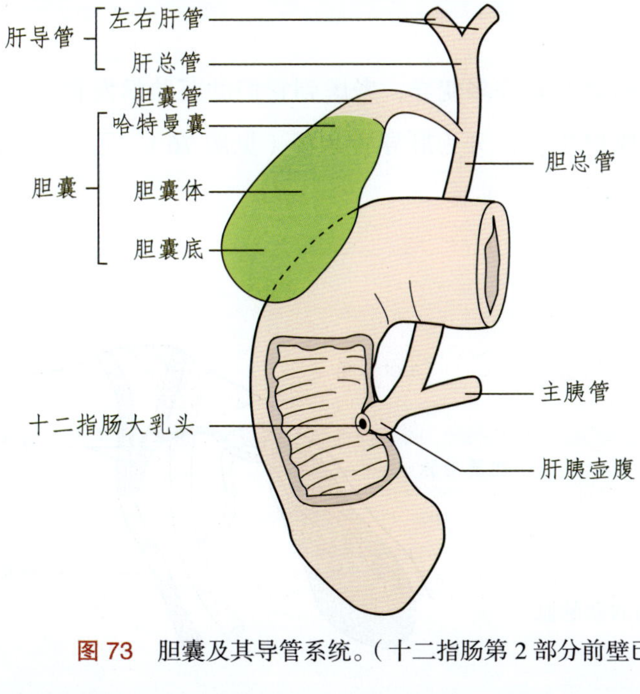

图 73 胆囊及其导管系统。（十二指肠第 2 部分前壁已切开。）

和病理性的胆囊中，腹部常有一个小袋，靠近颈部，称为哈特曼（Hartmann）囊，胆囊结石可能会嵌顿在里面。

血供（图 74）

胆囊由胆囊动脉（通常是肝固有动脉的右支）供应，位于肝、胆囊管和肝总管构成的三角形（Calot 三角）内。其他来自肝固有动脉的血管从其在肝内的胆囊床通过。有趣的是，胆囊动脉很少有伴行静脉。小静脉从胆囊通过其胆囊床直接进入门静脉右侧的分支。

神经支配

胆囊及其导管由来自 T7 的传入交感（感觉）纤维通过内脏神经支配。胆囊疼痛发生在右上腹，通常在右肩胛骨的下方。运动纤维在迷走神经（第 10 对脑神经）前干的肝支中传导。食物的视觉、气味和味道刺激迷走神经，导致胆囊收缩。

结构

胆囊壁和 Oddi 括约肌含有平滑肌，但其余胆管系统中只有少量肌纤维。黏膜由柱状细胞排列，并有黏液腺。

发育

胆囊和胆管在解剖学上有许多变异，考虑到它们的胚胎学发育，这是最容易理解的。憩室从十二指肠腹壁生长，分为肝导管和肝（见图 76）。另一个从肝管芽侧引出的憩室形成胆囊和胆囊管。

一些变异如图 75 所示。

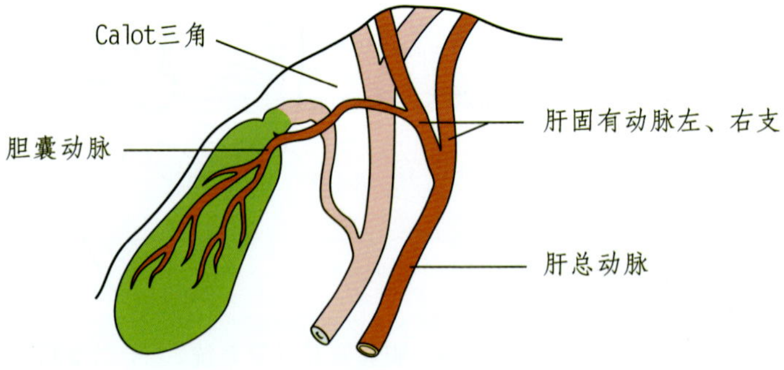

图 74　胆囊和 Calot 三角的动脉血供。

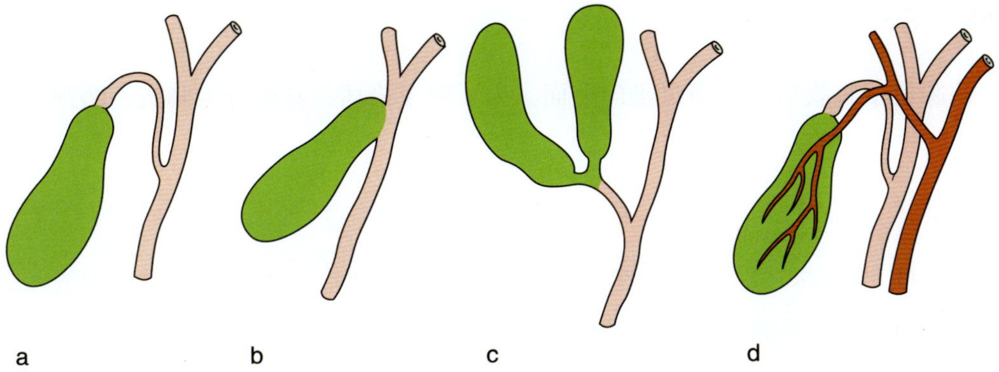

图 75　胆道解剖的一些变异。(a) 一条长的囊状导管，连接肝导管，位于十二指肠后下方。(b) 胆囊管缺失，胆囊直接进入肝总管。(c) 双胆囊，来自肝管的罕见双歧胚胎憩室的结果。(d) 肝固有动脉右支在肝总管前横穿；25% 的病例出现这种情况。

临床特征

1. 胆囊手术中的失误通常是由于未能认识到胆道系统解剖结构的变化；因此，在划分任何结构并切除胆囊之前，必须清楚地识别 3 个胆道，以及胆囊动脉和肝固有动脉。胆囊动脉常位于 Calot 三角区（图 74），由胆囊管、肝总管和肝的下面构成。

2. 胆囊切除术中的出血可通过示指和拇指挤压位于网膜孔前壁的肝固有动脉（它发出胆囊动脉）来控制（普式操作）(图 47)。

3. 胆囊坏疽是罕见的，因为即使在急性胆囊炎中胆囊动脉血栓形成，也有丰富的继发性血液供应从肝床进入。坏疽可能发生在一个异常长的肠系膜上，在胆囊发生扭转这个罕见事件时，这将破坏肠系膜的两个血供来源。

4. 在切开 Oddi 括约肌后，通常可以通过内镜用 Dormia 取石篮取出胆总管的结石。有时，通过十二指肠上部的切口探查胆总管。有时，必须通过十二指肠第 2 部分的切口接近冲击肝胰壶腹的结石。当需要分割 Oddi 括约肌或切除胆总管末端的肿瘤时，也可以使用最后一种方法。

胰腺（图 55 和图 56）

胰腺位于腹膜后方，横过幽门平面。为了便于描述，其被分为胰头、胰颈、胰体和胰尾。

毗邻

胰头被十二指肠呈“C”形围绕，胰头膨大，发出钩突，钩突从胰腺后面进入肠系膜根部，钩突在肠系膜上血管的后面。

胰头后方与下腔静脉、门静脉起始处、主动脉、肠系膜上血管、膈肌脚、腹腔神经丛、左肾和肾上腺相邻。脾动脉沿着胰腺上缘走行。脾静脉在腺体后面，接收肠系膜下静脉，与肠系膜上静脉相连，在胰颈后面形成门静脉（图 65）。

胰头为圆盘状，卧于十二指肠形成的凹部，胆总管从凹槽通过或嵌入胰腺实质，开口于十二指肠降部。

胰体的前部分隔网膜囊，与胃的后壁相隔。在左边，胰尾向左靠近脾门。

血供

胰腺血供来自脾动脉和胰十二指肠动脉，与动脉相对应的静脉流入门静脉。

淋巴引流

输出管汇入肠系膜上血管根部的肠系膜上淋巴结，最终汇入腹腔淋巴结。

结构

从大体上看，胰腺是分叶状的，胰腺表面覆有结缔组织被膜；这些小叶由浆液性分泌细胞的腺泡组成，通过小叶的导管引流到主导管中。

胰管（图 56）贯穿于胰的全长，胰管与胆总管汇合形成肝胰壶腹，开口于十二指肠大乳头。其偶尔开口于十二指肠腔。

副胰管（Santorini）细而短，从胰管前面及胰头下方穿过，副胰管与胰管两者之间有吻合交通支，开口于十二指肠小乳头。临床上副胰管往往是缺如的。

发育（图 76）

胰腺由十二指肠较大的背侧憩室和胆总管侧较小的腹侧出口发育而来。腹袋向后

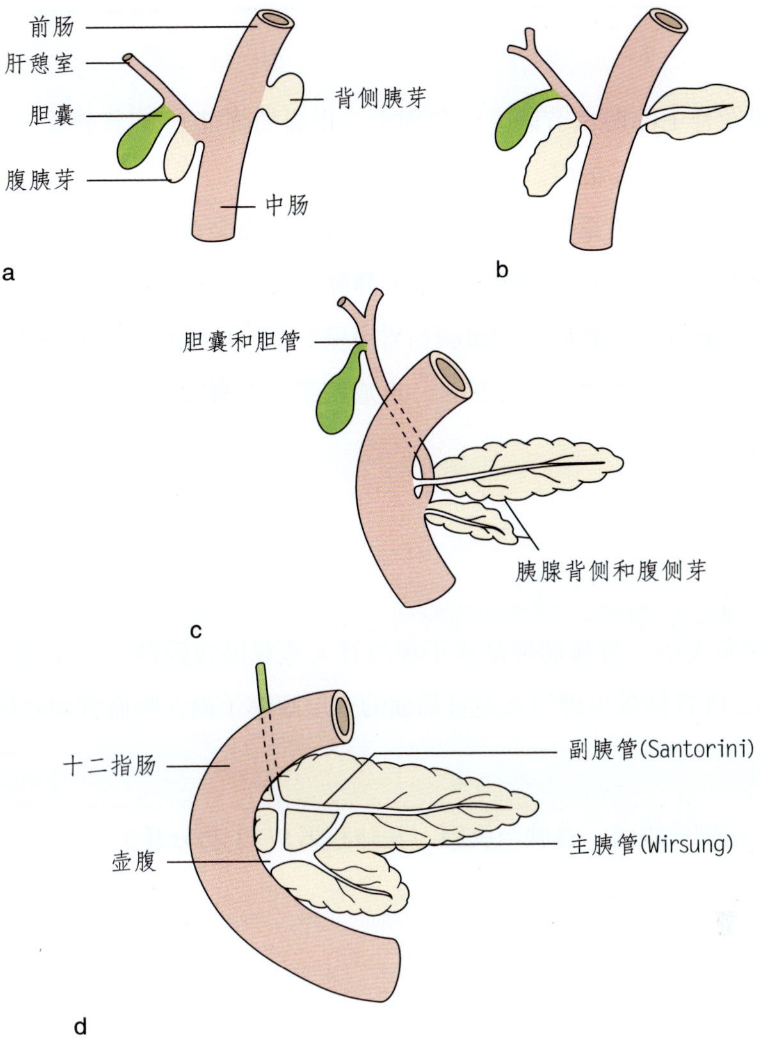

图76　肠附件的发育。

摆动，与背憩室下部融合，将肠系膜上血管夹在两部分之间。

胰腺的两个形成部分的导管随后连通；较小部分的导管接管主胰管，形成主胰管，留下腺体较大部分的原始导管作为副胰管。

临床特征

1. 胰腺发育中的两个节段完全包围十二指肠的降部（“环状胰腺”），这种情况少见，易发生十二指肠梗阻。

2. 从胰腺的后缘关系可以看出，胰腺头部的肿瘤会通过压迫胆总管而产生梗阻性黄疸。腺体的增生可引起门静脉或下腔静脉阻塞。

3. 胰腺前面隔网膜囊后壁的腹膜与胃后壁分开。急性胰腺炎时，由于胃溃疡穿孔或液体外溢可使胰腺囊关闭并扩张，形成胰腺假性囊肿。这样的积滞不断增长几乎可以填满腹腔。

脾

脾约一握拳大小。胃脾韧带是连于脾与胃大弯双层腹膜结构（穿过胃短血管和胃网膜左血管）。脾肾韧带为脾门至左肾前面的双层腹膜（内含脾血管和胰尾）。

毗邻（图 77）

- 后方，左侧横膈膜，将脾与胸膜、左肺和第 9~11 肋分开。
- 前方，胃。
- 下方，结肠脾曲。
- 中位，左肾。

胰腺的尾部与脾脏的门相连，脾门有血管和神经通过。

血供

脾动脉是腹腔干的三大分支之一。脾动脉在低等动物及人类婴儿身上都是笔直的，而在成年人身上却是迂曲的，动脉的此特征只有在体腔中显示。因此，脾脏在主动脉造影或增强 CT 上很容易被识别，因为它是腹部唯一可见的迂曲动脉。其原因或意义尚不清楚。脾静脉与肠系膜上静脉相连形成门静脉（值得注意的是，脾血管也是胰腺供血的主要来源。这是不争的事实，但容易忽略。胰十二指肠切除术中，如果这些血管被更准确地命名为“胰脾动脉和胰静脉”，对手术者来说将会更容易理解）。

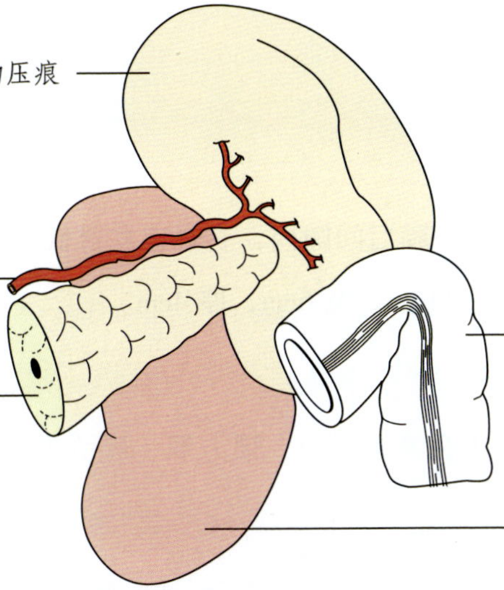

图 77　脾脏的毗邻。

结构

脾脏是体内最大量的网状内皮组织。腹膜与脾脏表面被薄层的纤维囊紧密包裹，称为被膜。从被膜的纤维组织伸入脾脏，形成一系列小梁，小梁之间是脾髓。

临床特征

1. 在进行脾切除术时，切记胰尾与门和脾蒂之间的密切关系，它很容易被误伤。

2. 注意第 12 肋与左肺最低部分（肋膈隐窝）、胸膜腔、左膈肌、左肾和脾脏接近；左上腹的损伤可造成这些结构的联合伤。同样，左胸后部的刺伤可能穿透肋膈隐窝并撕裂脾脏。由于脾的包膜薄且紧，因此腹部内脏钝性损伤破裂最常发生在脾脏。

3. 副脾（一个或多个）最常见于脾门附近，也可出现在胰腺尾部、脾脏肠系膜、大网膜、小肠肠系膜、卵巢，甚至睾丸。副脾的出现率约为 10 %，如果副脾留下，可能会导致先天性无血黄疸或血小板减少性紫癜。脾切除术后，可防止疾病症状的复发。

泌尿道

肾脏

肾脏位于腹后壁腹膜后间隙内，右肾比左肾低 1.2cm，这可能是由于其被肝脏向下移位所致。每侧长约 11cm，宽 6cm，厚 4cm。

毗邻（图 78 和图 79）

- 后面，膈肌（分离胸膜）、腰方肌、腰大肌、腹横肌、第 12 肋骨和肋下神经

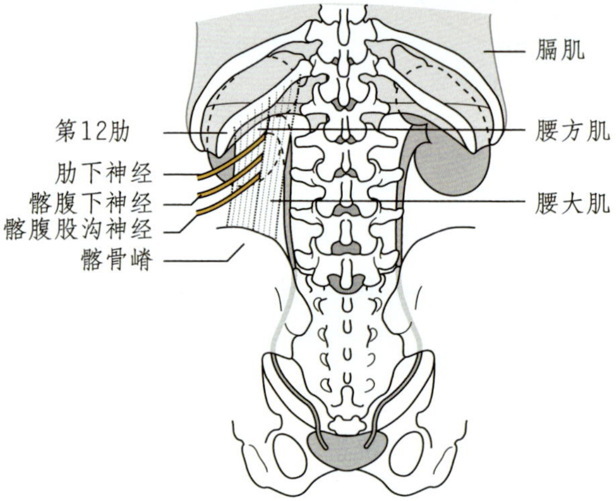

图 78　肾脏后部的关系。

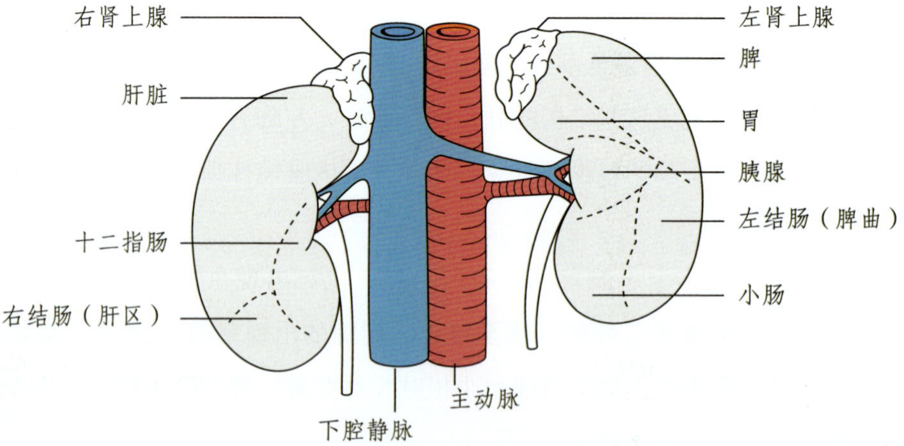

图 79　肾脏前部的关系。

（T12）、髂腹下神经和髂腹股沟神经（L1）。

• 前面，右肾与肝脏、十二指肠降部相邻（右肾切除时可能会损伤）、结肠右曲相邻。左肾前面是胃、胰腺及其血管、脾脏和降结肠。肾上腺位于肾的两侧，就像肾上极戴着一顶帽子。

肾脏的内侧有一个深的垂直的裂隙，称为肾门，从前向后依次为肾静脉、肾动脉、肾盂，通常还有肾动脉的一个分支。淋巴和神经也进入肾门，神经是交感神经，主要是收缩血管纤维。

肾盂在解剖学上有很大的变异（图 80）；它可能完全位于肾实质之外（甚至在肾外有部分主要肾盏的范围内），或者可能几乎埋在肾门内。所有的等级都存在于这两个极端之间。如果结石在肾盂内，当结石位于肾外时，清除结石就相对简单，当肾盂隐藏在肾实质内时，清除结石就相对困难。

2~3 个肾小盏组成肾大盏，几个肾大盏组成肾盂。肾组织集合管通过肾乳头将尿液排入肾小盏，最后将尿液沿尿道排出体外。

肾脏位于肾筋膜内丰富的脂肪垫（肾周脂肪）中（图 81）。肾筋膜上面与横膈膜下表面的筋膜融合，为肾上腺留下一个单独的腔室（因此在进行肾切除术时很容易分离）。内侧，肾浅筋膜与主动脉鞘和下腔静脉鞘融为一体。从侧面看，肾筋膜与横筋膜是连续的。向下位置较低是开放的，肾筋膜沿着输尿管进入骨盆。

事实上，肾脏有 3 个包膜。

1. 筋膜（肾筋膜）。

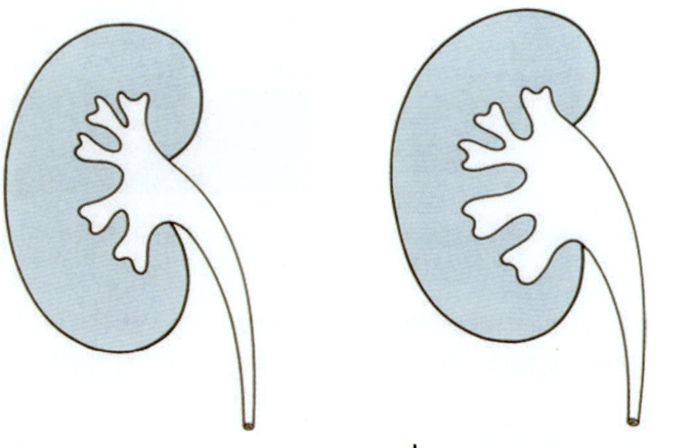

图 80 肾盂的变异。(a) 盆腔内肾实质内，肾盂切开取石术困难。(b) 肾盂明显突出，肾盂切开取石术容易。

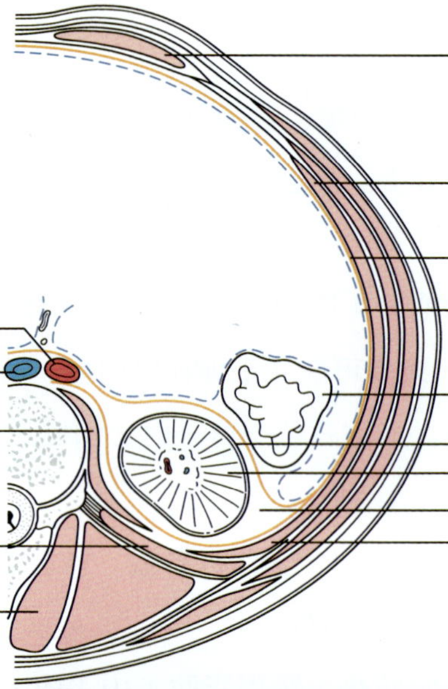

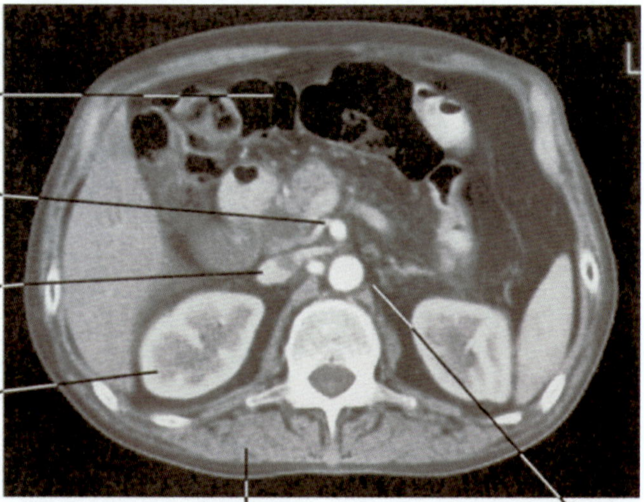

图 81 （a）肾脏筋膜室的横切面（从下向上看）。（b）同一区域的 CT 扫描。注意，按照惯例，CT 是从下面看的，例如主动脉就在右侧。静脉注射造影剂使血管强化。

2. 脂肪（肾周脂肪）。

3. 纤维囊，正常情况下很容易从肾表面剥离，炎症时会发生粘连。

血供

肾动脉直接来自主动脉。肾静脉直接流入下腔静脉。左肾静脉经过主动脉前面，在肠系膜上动脉的正下方。右肾动脉经过下腔静脉后方。

淋巴引流

淋巴管直接引流到主动脉旁淋巴结。

临床特征

1. 肾的血管丰富，常因闭合性创伤而破裂出血，如腰部被踢伤。纤维囊被撕裂，血液外渗到肾脂肪囊。这通常是由肾筋膜填塞，出血得到控制。只有肾筋膜层撕裂时出血会持续，肾筋膜附着中线防止对侧血液外渗。必须采用肾切除术。

2. 在肾的过度运动（“浮动肾”）中，肾可以在肾筋膜间隔上下移动，但不能左右移动。在较小程度上，正常肾脏在呼吸过程中是在这个平面上运动的。

3. 经过腰部暴露肾脏。斜切口通常倾向于在第 12 肋骨和髂嵴之间的中间位置，从竖脊肌外侧缘向外侧延伸。将背阔肌和后下锯肌分开，确定腹外斜肌的后缘，使该肌沿其纤维分开。然后腹内斜肌和腹横肌分开，暴露出向前推进的腹膜。然后清楚地看到肾筋膜，筋膜被打开。肋下神经和血管通常出现在切口的上部并被保留。如果需要更大的空间，可以分开腰方的外侧缘，同时切除第 12 肋骨，小心向上推，胸膜穿过肋骨的内侧，但不要打开胸膜。

输尿管

输尿管长 25cm，包括腹部、盆部和壁内部。

输尿管腹部位于腰大肌内侧缘（从 L2~L5 横突的尖端分开），然后在骶髂关节前的髂总动脉分杈处进入盆腔。在前面，右输尿管沿下腔静脉的外侧和后腹膜后部下行，上部的前方被十二指肠的降部覆盖，下部输尿管前与睾丸血管（女性为卵巢血管）交叉，在右结肠血管和回肠结肠血管前跨过。然后输尿管下行至骨盆边缘上方、乙状结肠系膜和乙状结肠后面，在髂总动脉分杈处前方进入小骨盆。

输尿管盆部沿髂内动脉前方骨盆外侧壁上行，一直延伸到坐骨棘前方，然后转向内前方。在男性，输尿管盆部在输精管后外侧交叉，然后至输精管的下内方，经过精囊上端的前方（见图 85）进入膀胱。在女性中，输尿管位于子宫阔韧带和子宫血管下方（见图 102），在阴道外侧穹隆上方，位于子宫颈和阴道穹隆两侧，距子宫颈约 1.25cm。

输尿管壁内部斜穿膀胱壁 2cm, 输尿管终端口有括约肌 , 可防止尿液逆流。

血供

输尿管有丰富的节段性血供，血供动脉有主动脉、肾动脉、睾丸动脉（或卵巢动脉）、髂内动脉和膀胱下动脉。

临床特征

1. 正常情况下，输尿管平滑肌收缩与舒张，使尿液能由上向下流动，这种肌肉运动像蠕虫活动，称为蠕动，特别是在轻轻地抚摸或挤压时，蠕动加强。

2. 输尿管穿过腹部和盆部先行于小骨盆外侧壁的上部，在腹后壁的上方腹膜覆盖在输尿管前方（通过薄的腹膜可以看到输尿管），当向上切开壁腹膜时，可以看到粘在后方的输尿管。

3. 输尿管在 3 个部位相对狭窄。

- 肾盂和输尿管的移行处（肾盂 – 输尿管交界处）。
- 小骨盆上口，输尿管跨过髂血管处。
- 输尿管壁内部（最窄处）。

4. 输尿管结石易在输尿管 3 个狭窄处滞留。

5. 在腹部平片上寻找输尿管结石时，要了解输尿管与骨的关系（图 82）。其在腰椎横突上方走行，在骶髂关节前交叉，向外伸展至坐骨棘，然后向内进入膀胱。

这一不透明的线条阴影是寻找结石的线索。通过放射性检查 X 线片很容易地显示不透明输尿管导管病变位置。

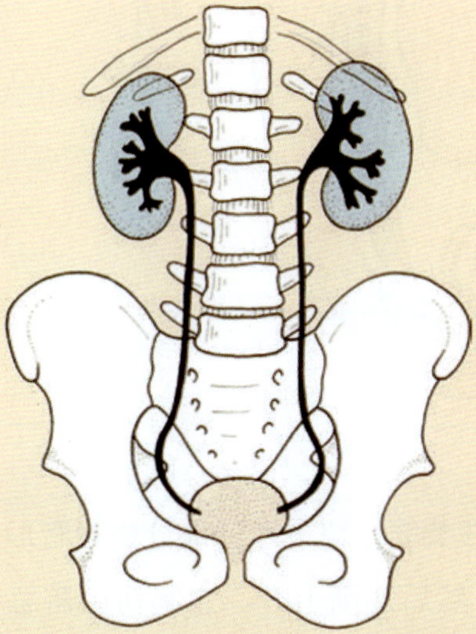

图 82　静脉肾盂造影显示输尿管与骨标志物的关系。

肾脏和输尿管的胚胎学与先天性畸形（图 83）

肾脏和输尿管起源于中胚层，解剖学家对这种不寻常的发育方式比较感兴趣。

原肾在低等脊椎动物中很重要，前肾在人类存在时间是短暂的，但其导管的远端接受下一个肾器官中肾小管的发育，现在成为中肾或 Wolffian 管。中肾小管大部分后期已退化，部分中肾小管形成睾丸的输出小管，中肾自身随后消失。

在中肾管的下端出现一个憩室，然后发育为后肾管；在后肾管的顶端，开始时后肾组织呈帽状覆盖于输尿管的末端，随后分化形成最终的肾或后肾。后肾管发育成输尿管、肾盂、肾盏和集合管；后肾发育成肾小球和肾管系统的近端。

中肾管是先后发生又先后退化的连续过程，在女性中肾管逐渐退化（只剩下卵

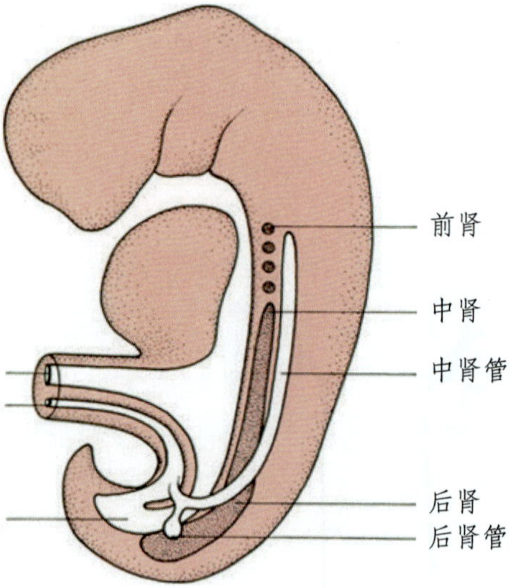

图 83 前、中、后肾系统的发育。

巢），而在男性中肾管持续性萎缩，留下来的部分中肾管形成附睾和输精管。

肾脏首先在骨盆发育，然后逐渐上升。它起初由髂总动脉提供血供，但在迁移过程中，会形成一系列血管，也会为其提供血供，只有当肾脏的血供由肾动脉提供时，其他的血管才会再次退化。

发育畸形（图 84）

- 一条或多条远端动脉（异常肾动脉）持续存在是很常见的，甚至可以从髂总动脉到达肾脏。
- 有时肾脏无法向头端迁移，导致滞留盆腔的盆腔肾。
- 两个后肾肿块可能在发育过程下端愈合，成为一个马蹄形的肾，称为“马蹄肾”。
- 每 2400 个新生儿中就有一个新生儿一个肾（先天性肾缺如）。
- 先天性多囊肾（几乎都是双侧的）被认为是由于后肾组织集合小管与肾小管不相连；因此，肾小管尿液积聚而扩张，渐渐形成膨胀的流体囊肿。这种理论渊源并不能解释多囊肾与肝脏、胰腺、肺和卵巢的多个囊肿偶尔的关联。
- 中肾导管可发出双后肾芽，使一侧或两侧发育为两个输尿管，形成双输尿管。这些输尿管可独立成为一个管道，两输尿管分别开口膀胱或者合并开口膀胱。

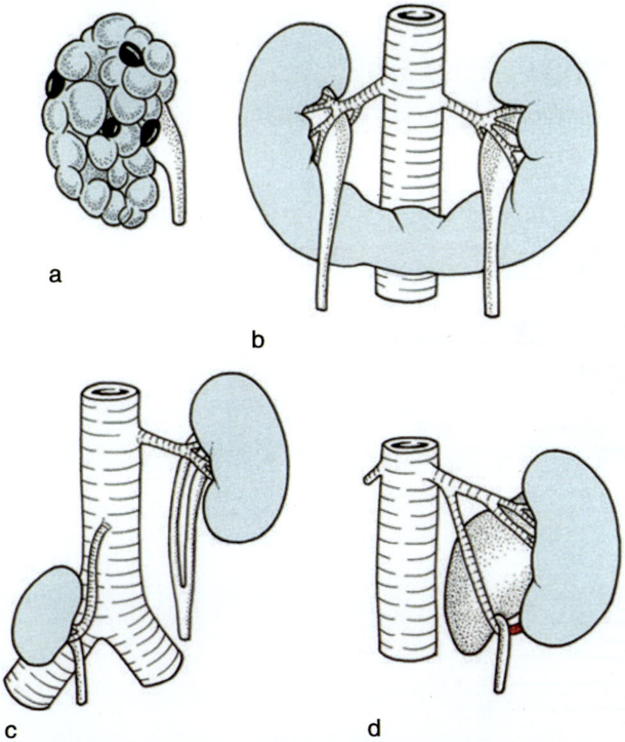

图 84 肾脏畸形。(a) 多囊肾。(b) 马蹄肾。(c) 盆腔肾（右）和双输尿管（左）。(d) 异常肾动脉和相关肾积水。

极少数情况下，输尿管开口到阴道或尿道，导致尿失禁。

膀胱（图 60、图 61 和图 85）

正常成年人膀胱形态是可变的，随膀胱内尿量的容量多少而不同，平均约为 300mL。在尿潴留的情况下，成年人膀胱从盆腔向腹部倾斜，从前腹壁向上剥离腹膜。外科医生利用这个情况进行腹膜外切口或耻骨上穿刺进入膀胱。在 3 岁左右的儿童中，骨盆相对较小，膀胱实际上是腹腔内的，但仍然是腹膜外的。

毗邻

- 前方，前耻骨联合。
- 上部，膀胱上部被腹膜覆盖，小肠和乙状结肠盘绕横卧在膀胱上。在女性，子宫体伏于膀胱上面。
- 后部，男性膀胱后部是直肠、输精管和精囊的末端；女性膀胱后部为阴道和子宫颈阴道上部。

- 两侧，提肛肌和闭孔内肌。

膀胱颈在男性与前列腺融合；在女性则与尿生殖膈相邻。

膀胱的肌层是由纵横交错排列的肌束形成的；肌的慢性增生（如前列腺肥大）会

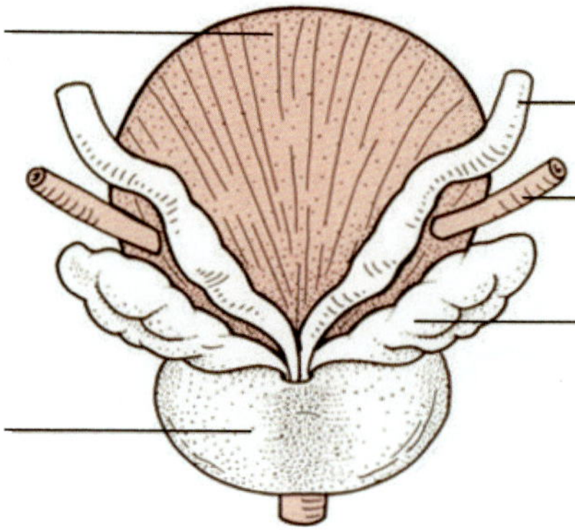

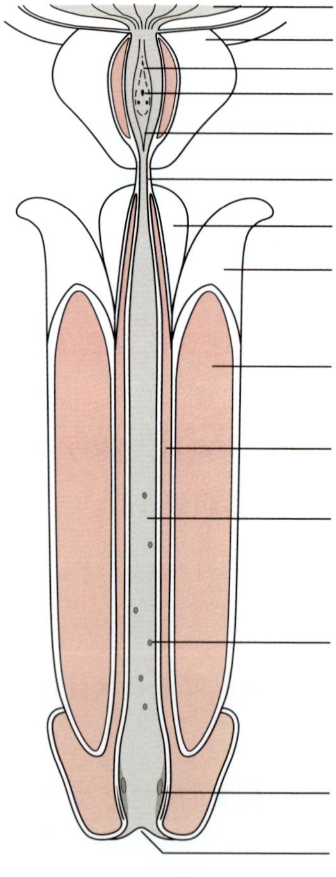

图 85　（a）膀胱后部的前列腺、精囊和血管。（b）前列腺和尿道冠状切面。

导致尿道梗阻，很容易通过膀胱镜看到膀胱壁肌的纤维，呈“编织口袋”的外观。

围绕尿道周围是尿道环形括约肌（随意肌），外科手术要保护此肌的完整性（如前列腺切除术），可以在非尿失禁的情况下将其破坏。

膀胱镜检查

通过膀胱镜检查可观察到膀胱的内部及其 3 个孔（1 个尿道内道和 2 个输尿管口）。在膀胱空虚状态下，两输尿管口间距约 2.5cm，但当膀胱扩张时膀胱镜检查，两输尿管口间距离增加到 5cm。大多数膀胱的黏膜层和黏膜下层仅与肌层松散黏附，当膀胱为空虚时黏膜被折叠成皱襞，膀胱充盈时黏膜变薄平滑。在膀胱三角上，输尿管口和尿道内口之间的三角形区域，无论膀胱充盈与否，黏膜层始终平滑无褶皱。

在输尿管之间可见一隆起的黏膜皱褶，称为输尿管间襞，输尿管间襞是由其下方平滑肌产生的。

血供

血液由髂内动脉发出分支的膀胱上动脉、膀胱下动脉供应。膀胱静脉形成膀胱静脉丛汇入髂内静脉。

淋巴引流

淋巴管沿着膀胱血管流入髂动脉和主动脉旁淋巴结。

神经供应

从 S2 到 S4 传出的副交感神经纤维伴随膀胱腔进入膀胱。副交感纤维支配舒张膀胱壁肌肉和抑制内括约肌。交感传出纤维作用是抑制膀胱肌肉和运动到括约肌，不过交感神经和副交感神经主要功能是舒缩血管。因此，膀胱的正常填充和排空可能完全由膀胱的副交感神经支配。外括约肌由横纹肌组成。它还与控制排尿有关，由阴部神经支配（S2~S4）。膀胱的感觉纤维受刺激而扩张，在交感神经和副交感神经中传递，后者更为重要。

尿道

男性尿道（图 85b）

男性尿道长 20cm，分为前列腺部、膜部和海绵状部。

尿道前列腺部长 3cm，顾名思义，其穿过前列腺。它的后壁呈纵行隆起，称为尿道嵴，嵴的中间大约有一个突起，称为精阜，其两侧各有一个浅凹处，称为前列腺窦，15~20 条前列腺导管在其中排空。打开前列腺囊，这是一条盲端，长约 0.5cm，从前列腺正中向下延伸。它被认为是男性的阴道，是男性副肾管的残余物。在前列腺小囊口的两侧开口于射精管，射精管由精囊管和输精管末端联合形成。

膜性尿道长 2cm，穿过尿道外括约肌（膀胱随意括约肌）和覆盖肛门括约肌表面的会阴浅筋膜。

尿道海绵体部长约 15cm，穿过尿道海绵体。它先向上向前延伸到耻骨联合前下方（耻骨下弯），然后在其放松状态下向下向前弯曲（耻骨前弯）。

临床特征

1. 尿道破裂常见于骑跨姿势时，会造成耻骨下方尿道受撞击。尿道膜部是最容易受损伤而发生破裂之处。

2. 尿道外口是尿道最狭窄的部位，尿道结石易在此处嵌顿。尿道内尿道外口向内就有一膨大，称为舟状窝，其顶部有一个黏膜皱褶（大腔隙），插尿管或膀胱镜时器械始终从尿道口下部抓住导管尖端插入输尿管。

女性尿道

女性尿道长 4cm，横穿尿道括约肌，后方与阴道相邻，实际上嵌入阴道壁。尿道外口开口于阴蒂后 2.5cm 处。女性尿道是一个细长的结构，主要由膀胱括约肌环绕和尿道括约肌支配。

泌尿道黏膜

肾盂和肾盏系统、输尿管、膀胱和尿道在射精管进入前列腺尿道时被一层过渡上皮所覆盖，并有相同的尿道上皮和膀胱上皮相延续，病理过程相同，如乳头状瘤的发生、发展。尿道内膜为柱状上皮，但尿道末端柱状上皮移行为鳞状上皮。

尿道放射学

肾脏轮廓通常可以在腹部软组织 X 线片上确定。静脉注射含碘化合物由肾脏排出至肾盏和输尿管的轮廓（静脉尿路造影）。注射介质进入膀胱拍摄的影像称为膀胱造影（图 82）。

进一步可以通过膀胱镜从导管注射不透明的液体送入输尿管，以及在骨盆和肾盏系统（逆行肾盂造影）使这些结构显影。同样，将这种液体注入尿道或膀胱可用于这些脏器的放射学研究。

肾脏的横切面在 CT 中被完美地描绘出来（图 81b，见图 110 和图 111）。

男性生殖器官

前列腺（图 85）

它是一个锥形的纤维肌质和腺体器官，长 3cm，形状像栗子。其包围前列腺尿道部。

毗邻（图 60）

- 上缘，前列腺和膀胱颈是连续的。尿道在靠近前列腺前缘处进入前列腺上部。
- 下缘，前列腺的顶端位于膀胱的尿道外括约肌上，它位于会阴深横肌上面的筋膜内。
- 前部，耻骨联合由 Retzius 洞或耻骨后间隙的腹膜外脂肪分离。前列腺静脉丛将前列腺和耻骨联合隔开。在前列腺尖端附近，耻骨前列腺韧带（纤维组织的缩合）向前传到耻骨。
- 后部，借肛管筋膜被直肠分隔开。
- 两侧，肛提肌。

射精管进入腺体的上后部，开口于前列腺尿道在精丘或精阜处，前列腺小囊的两侧各有一个射精管，两个射精管和尿道前列腺部分隔前列腺正中叶。在良性前列腺肥大（但不是在正常前列腺），较浅的后正中沟（直肠检查时可以感觉到）进一步分为左叶和右叶。在尿道前方，前列腺仅由狭窄的峡部组成。

前列腺囊（图 86）

前列腺囊通常有 2 个，病理学上是 3 个。

- 真正的囊，围绕腺体的薄纤维鞘。
- 假囊，被压的腹膜外筋膜伸入膀胱周围筋膜和 Denonvilliers 筋膜后方。在第 1 层

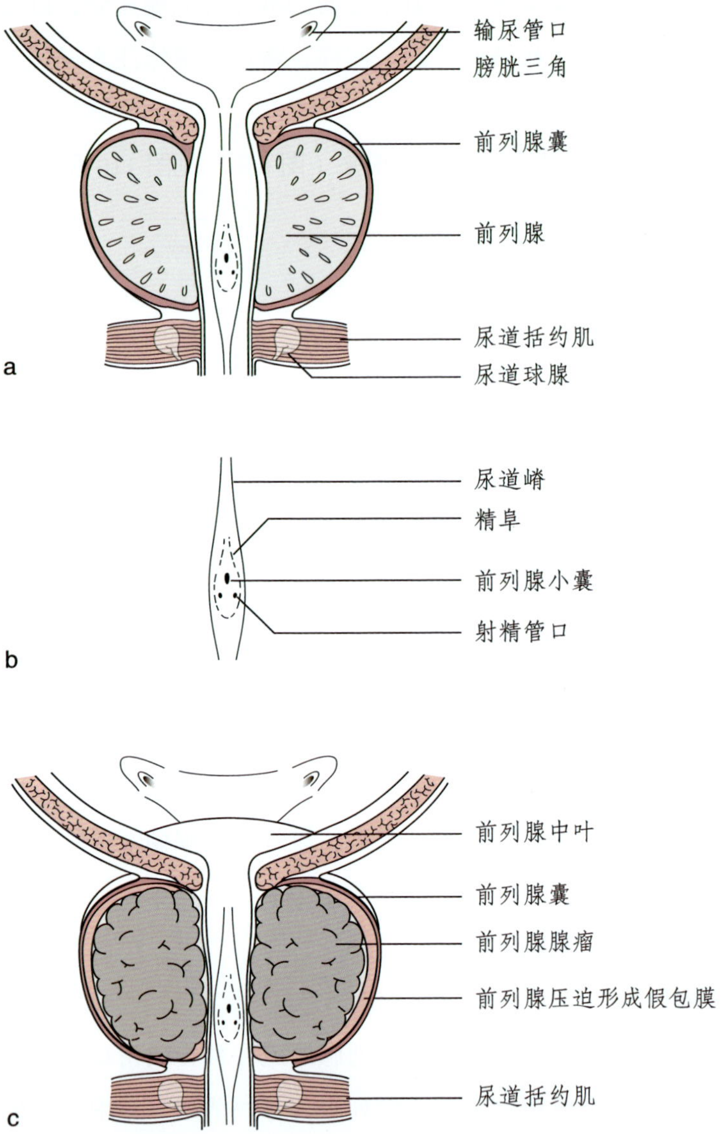

图 86 前列腺切除术的外科解剖。(a) 正常前列腺冠状切面。(b) 尿道前列腺部。(c) 前列腺腺瘤（良性肥大）将正常前列腺组织压缩成假包膜。

和第 2 层之间是前列腺静脉丛。

- 病理性包膜，当前列腺发生良性“腺瘤性”肥大时，正常的腺体周围组织在肿块周围被压缩成包膜（图 86）。在前列腺摘除术中，进入腺瘤肿块和压缩周围组织之间的平面，摘除“肿瘤”和紧包的前列腺组织边缘，保留深处真正的囊。前列腺静脉丛位于其外部，不受干扰。

血供

动脉供应来源于膀胱下动脉（髂内动脉分支），其侧支发出前列腺分支。

前列腺静脉丛接受阴茎背静脉，并注入两侧髂内静脉。一部分静脉注入椎体静脉丛和神经管内的静脉丛。这些静脉无瓣膜，形成 Batson 无瓣膜椎静脉。这种交通可以解释前列腺癌向盆骨和椎骨扩散的情况。

临床特征

1. 良性前列腺增生的腺组织被压缩成一个薄边缘，周围形成假包膜（图 86），前列腺切除术时需要切除周围正常前列腺增生组织，这通常是通过带切割透热环的膀胱镜手术进行的。在手术过程中，精阜是一个重要的标记。外科医生进行切除术时保留这个结构，以免损伤尿道括约肌。如果前列腺重度肿大，则需要进行开放性前列腺切除术。在耻骨后找到腺体，横切包膜，腺体增生肿块摘除。

2. 45 岁后，某种程度的前列腺增生是不可逆的，这是衰老的标志，就像头发变白一样。增生通常发生在侧叶，直肠指检很容易发现这种增生。中叶也可能增生肿大而不影响侧叶。在这种情况下，可能会出现前列腺梗阻的症状（由于增生使尿道内口肥大形成瓣膜效应），这种前列腺肿大，直肠指检无法检测到。

尿道前方的前列腺由一个狭窄的纤维肌群构成，几乎没有腺体组织，因此，前列腺的良性肥大从不影响这部分器官。

3. Denonvilliers 筋膜在外科手术中很重要。在切除直肠时，它是在不破坏这些结构的情况下分离前列腺和尿道所需要的平面。前列腺癌很少穿透筋膜屏障，因此肿瘤组织侵入直肠是非常罕见的。

阴囊

阴囊是睾丸及其覆盖物周围的囊袋状结构。隐睾症，此囊袋发育不好，是不明显的。

阴囊皮肤很薄，有色素、皱纹、阴囊缝，还有丰富的皮脂腺，因此，易形成多发性皮脂囊肿。皮下组织不含脂肪，但含有肉膜平滑肌。

临床特征

阴囊皮下组织与腹壁和会阴的筋膜相连，因此，渗出的尿液或血液到这个平面会被引流到阴囊。阴囊被隔膜分为左、右两个腔，隔膜上部不完全，所以液体外渗到阴囊总是双侧的。

阴囊的位置和其松弛的皮下组织使其在心脏或肾衰竭时容易发生阴囊水肿。这种情况必须仔细鉴别是外渗、疝气，还是积液引起的阴囊肿胀。

睾丸和附睾（图 87 和图 88）

睾丸位于阴囊内，一般左侧低于右侧，这种排列很少发生睾丸扭转。睾丸有一层纤维性膜称为白膜，其外有双重浆膜覆盖物，即睾丸鞘膜，就像肠管进入腹膜一样。

附睾紧贴睾丸的后缘，分为膨大的头、体和尾。在内侧，它和睾丸之间有一个明显的沟，即附睾窦。附睾被睾丸鞘膜覆盖，其后缘游离，没有鞘膜覆盖，因此，附睾是“腹膜外”器官。

睾丸和附睾在末端各有一个小的柄体，分别称为附睾（睾丸附件）和附睾附件。附睾是副肾（Müllerian 管）管上端的残存；附睾附件是中肾的残存。

这些附属结构容易受到扭转。

血供

睾丸动脉起自肾血管水平的腹主动脉。它与来自髂内动脉分支膀胱下支的血管吻合，供应输精管和附睾。这是睾丸动脉结扎后不会出现睾丸萎缩的原因。

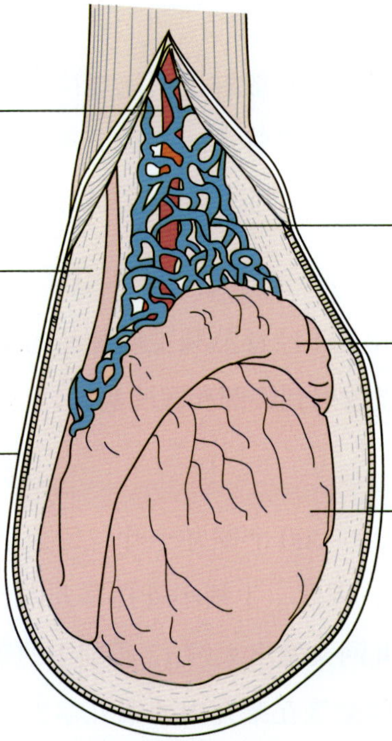

图 87 睾丸和附睾。

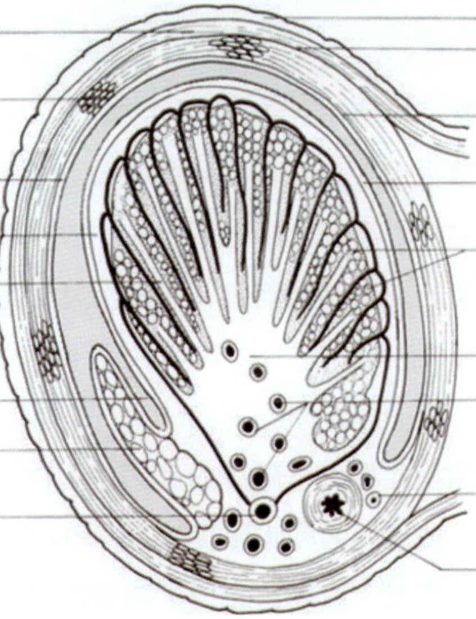

图 88 睾丸横切面。

睾丸静脉是精索的蔓状静脉丛在腹股沟管内环汇合而成。右侧注入下腔静脉；左侧注入肾静脉。

淋巴引流

睾丸的淋巴引流遵循一般淋巴引流规律，随着静脉引流，在肾血管的水平处注入主动脉旁淋巴结。两侧淋巴管之间存在交通，与胸主动脉旁淋巴结和颈淋巴结之间也有大量的吻合，因此从睾丸到颈端根部淋巴结的恶性疾病传播并不罕见。

神经供应

神经来自 T10 和 T11 经肾丛和主动脉丛的交感神经。一些感觉（疼痛）纤维的传入使睾丸的疼痛可以放射到腰部和腹股沟区。

结构

睾丸被分隔成 200~300 个睾丸小叶，每个睾丸小叶含有 1~3 条生精小管。每根小管展开后长约 62cm，因此，生精小管在睾丸内卷曲和缠绕很明显。生精小管在后部吻合形成睾丸网，睾丸网又发出大约 12 条细小的睾丸输出管，经睾丸上部的白膜进入附睾头，附睾是由这些缠绕在睾丸内的睾丸输出管组成。而后其汇合成一条附睾管，形成附睾的体和尾；展开后相当于一个板球场的长度。

睾丸发育

这一点很重要，并具有重要的临床意义。

睾丸起源于腹后壁中胚层的生殖嵴，位于中肾内侧（图 83），与附睾和输精管相连，与中肾管不同，随着睾丸的发育，它会按照以下时间表进行下降。

第 3 个月（胎儿期）到达髂窝；第 7 个月穿过腹股沟管；第 8 个月到达腹股沟管外环；第 9 个月降入阴囊。

睾丸引带是一条间充质链，它从发育中的睾丸的尾端沿着下降的过程延伸到阴囊筋膜中。这种结构在睾丸下降中的确切作用尚不清楚；理论上认为它起着引导作用（引带 = 方向舵），或者它的肿胀使腹股沟管和阴囊扩张。

在胎儿期第 3 个月，腹膜延长侵入阴囊间质形成腹膜鞘突。睾丸进入阴囊内，因此睾丸前面和侧面都有腹膜覆盖。大约在出生时，鞘突包绕睾丸形成睾丸鞘膜。极少数情况下，相邻发育器官的碎片（脾或肾上腺）与睾丸一起进入阴囊。

临床特征

1. 睾丸起源于 L2~L3 椎骨的中肾水平，并从该区域拖拽其血管、淋巴和神经。因此，肾脏疼痛通常会累及阴囊，相反，睾丸痛可辐射到腰部。

2. 当寻找来自睾丸肿瘤的次级淋巴结扩散时，必须仔细触诊上腹部是否有肿大的主动脉旁淋巴结；由于左右两侧存在交通，这些淋巴结可能存在于两侧。纵隔和颈淋巴结也可能受累。初学者感觉到腹股沟淋巴结是错误的，只有当肿瘤浸润阴囊皮肤使其溃烂，侵入阴囊淋巴管，并引流到腹股沟淋巴结时，才会侵入这些淋巴结。

3. 极少数情况下，进展迅速的精索静脉曲张（扩张的旁静脉丛）是左肾肿瘤的一种表现，通过侵入肾静脉阻塞左睾丸静脉的引流。精索静脉曲张的病例大多都是特发性的；为什么绝大多数在左侧尚不清楚，但理论上认为左侧睾丸静脉被乙状结肠压迫，致使其汇入肾静脉时受阻。富含肾上腺素的血液从肾上腺静脉进入肾静脉，肾上腺素也可使其痉挛。

4. 睾丸可能无法下降，并可能沿着其路径在腹股沟内、腹股沟管内、外环或阴囊的高处停留。睾丸没有下降到阴囊必须与睾丸收缩仔细区分。在儿童中，提睾肌将睾丸向上拉入腹股沟浅环是很常见的，这是外环上浅筋膜的潜在空间。在这种情况下，来自上方的压力或是热水浴的放松效果将睾丸引回到阴囊。睾丸下降有时会进入一个异常位置，最常见的是睾丸通过腹股沟外环降入腹股沟韧带表面，耻骨前、会阴或大腿上部。这些病例中（与隐睾不同），脐带很长，在没有张力的情况下进入阴囊并不困难。

5. 睾丸鞘膜闭塞的异常导致了许多常见的外科疾病，其中腹股沟斜疝最为常见。

这种类型的疝气可能在出生时出现，也可能在以后的生活中出现；在后一种情况下，睾丸鞘膜可能作为一个狭窄的空腔而持续存在，疝气可能是由于咳嗽、用力排尿或排便，迫使腹部内容物进入腹膜隐窝。

在婴儿中，胚囊的睾丸经常位于其壁上（先天性腹股沟疝），但这在老年患者中是不常见的。

封闭的睾丸鞘膜可能因液体膨胀而形成积液，积液可能是原发性或继发于睾丸的疾病。积液的解剖分类如下（图 89）。

- 鞘膜，局限于阴囊，因阴囊肿胀而得名。
- 先天性，与腹腔相通。
- 婴儿期，向上延伸至腹股沟内环。
- 脐带积液，局限于脐带。

注意，从解剖学的角度，鞘膜与睾丸有这种关系，鞘膜（除了其中一根脐带）必须环绕在睾丸的前面和两侧。相反，附睾囊肿来自附睾的输出管，因此必须位于睾丸的上方和后方。这一点使两种常见阴囊囊肿的鉴别诊断更加明确。

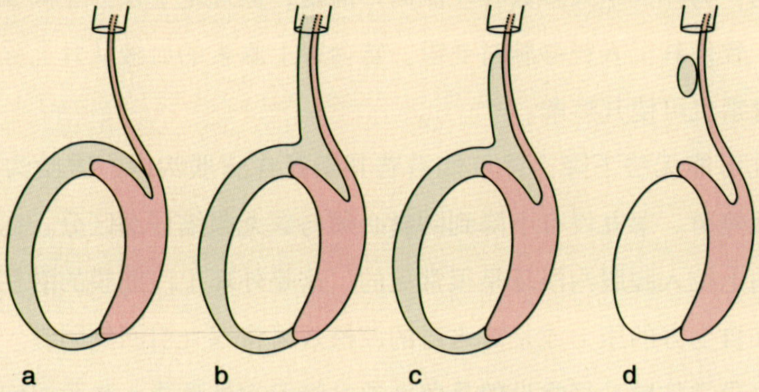

图 89 阴囊积液的类型。(a) 阴囊积液。(b) 先天性鞘膜积液。(c) 小儿阴囊积液。(d) 脐带积液。(每张图上端的管子代表腹股沟内环。黄色，积液；棕色，血管和附睾。)

输精管（图 85）

输精管长 45cm（这个长度是胸导管、脊髓和股骨的长度，以及从门牙到胃的心端的距离）。

输精管从附睾尾穿过阴囊和腹股沟管，走行在骨盆侧壁腹膜的正下方，几乎延伸到坐骨结节，然后在内侧转向膀胱底部，在这里与其内侧的精囊汇合成射精管，射精管穿过前列腺实质，开口于两侧的尿道前列腺的精阜部。

临床特征

感染可以从膀胱和尿道沿着输精管到达附睾（急性附睾炎）。

双侧输精管结扎术是一种常见的男性绝育手术。输精管硬如鞭绳，现在，更贴切地说，它更像细塑料管。

精囊

精囊是由 5cm 长的囊状管盘绕而成，展开是该长度的 3 倍。左右各一个，分别位于膀胱底部腹膜外、输精管末端的外侧，与输精管汇合成射精管（图 85）。不管它们的名字如何，它们均不能作为精液的容器，不过其分泌物是精液的主要成分。

临床特征

直肠指检如果感觉到膀胱肿大，这通常是发生了结核性感染。

骨盆的骨和韧带

骨盆由髋骨、骶骨和尾骨组成，通过密集的韧带相互连接。

髋骨（图 90）

检查骨骼并复习以下结构。

髂骨，其髂嵴位于髂前上棘和髂后上棘之间；每侧髂骨下面都有相应的下棘。髋骨外侧面清晰隆起的嵴是臀大肌的附着点，内侧面的耳状面与骶骨相连。髂耻线从耳状面顶点向前延伸将骨盆分为真、假骨盆。

耻骨由耻骨体和上下支组成。

坐骨有一个垂直位的坐骨体，其后缘上有坐骨棘，坐骨棘上下分别为坐骨小切迹

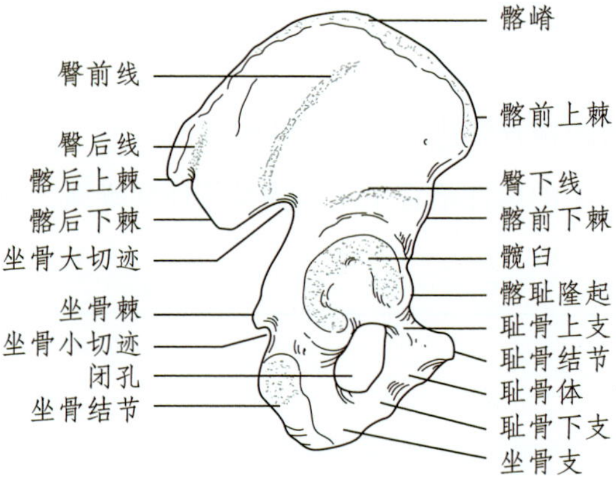

图 90　髋骨的外侧观。

和坐骨大切迹。坐骨体的下极为坐骨结节，然后向前形成几乎直角的坐骨支与耻骨下支融合。

闭孔以耻骨体、耻骨支、坐骨体、坐骨支为界。

所有 3 块骨在髋臼处融合形成股骨头的关节窝，窝内有宽阔的新月形关节面。

人体直立位时，骨盆向前倾斜，骨盆上口平面与水平面成 60° 角。（将骨盆靠在墙上，这样髂前上棘和耻骨联合的上面都会碰到墙。）

骶骨（图 91）

骶骨由 5 块骶椎融合而成，大致呈三角形。其上缘的前面称为骶骨岬，在剖腹手术时容易感觉到。

骶骨前部中央隆起，两侧分别有 4 个骶前孔（有骶神经通过），骶骨的外侧隆起呈扇形，称为翼面。

注意，中央隆起部大致呈矩形，骶骨的三角形是由于骶骨侧块的大小从上到下迅速缩小所致。

骶管位于骶骨后方与椎管相连，以短椎弓根、强壮的椎板和小的棘突为界。每侧有 4 个骶后孔与骶管相通。骶管下端为骶管裂孔，第 5 骶神经从此通过。在骶管裂孔下面两侧有骶角，在臀沟上面很容易用手指触及。

在骶骨侧面，耳状面与髂骨的耳状面构成关节。

第 5 腰椎有时可与骶骨完全或部分融合（L5 骶骨化）；或者，第 1 骶骨可部分或

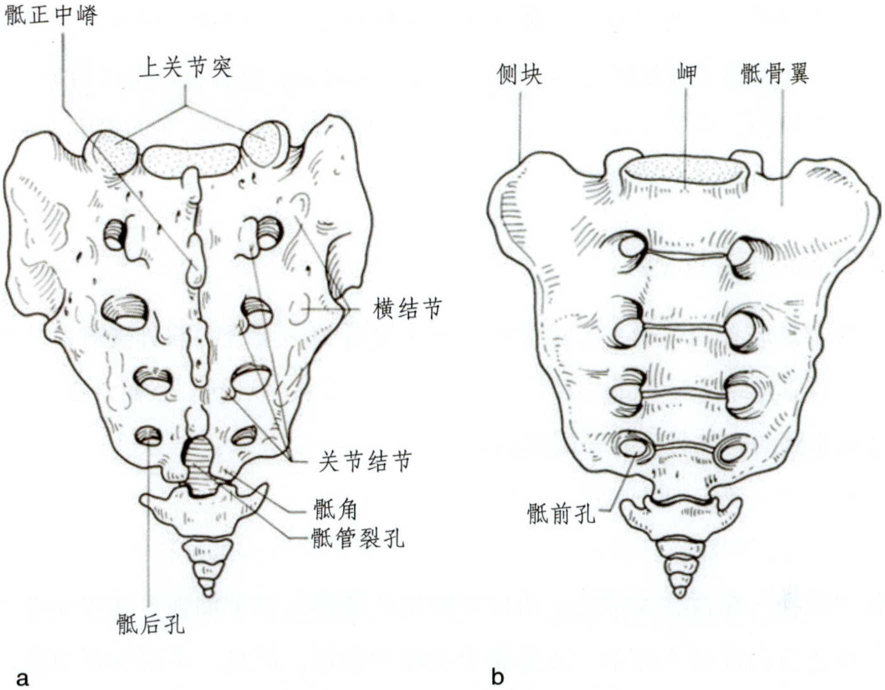

图 91　骶骨。(a) 后面和 (b) 前面。

完全与骶骨其余部分分离（S1 腰椎化）。骶骨后弓偶尔会裂。

注意：硬膜鞘在 S2 远端终止。除此之外，骶管充满了脂肪组织、硬膜外间隙、马尾和终丝。

尾骨

尾骨由 3~5 块尾椎融合而成，与骶骨相连；偶尔，第 1 节仍保持分离。当然，它代表了更原始动物的尾巴。

骨盆的功能

1. 保护盆腔脏器。

2. 支撑身体重量，人的体重通过椎骨、骶骨经骶髂关节、髋骨传导至股骨，直立位时传导至股骨，坐位时传导至坐骨结节。（骶髂关节起着非常重要的作用，将在下一节介绍。）

3. 在行走过程中，骨盆通过腰骶关节的旋转运动左右摆动，同时发生腰椎间关节的类似运动。即使髋关节是固定的，骨盆的这种摆动也能使患者走得相当好。

4. 就像手和脚，除了几块小骨头以外的所有骨一样，骨盆为肌肉提供了附着点。

5. 在女性体内，它为产道提供骨骼支撑。

骨盆关节和韧带连接

耻骨联合是耻骨间软骨关节的名称。每个耻骨被一层透明软骨覆盖，并通过一层致密的纤维软骨连结。后者的中心形成一个裂隙，可能会活动。然而，在 0~10 岁，这种间隙是看不到的，并且没有一层滑膜。

关节被纤维韧带包围并加强，尤其是上面和下面。

骶髂关节是两侧骶髂耳状面之间的关节，是真正的滑膜内衬和软骨覆盖的关节。

骶骨“悬挂”在这些关节上，由极其密集的骶髂后韧带加强，这些韧带位于耳状面后方，将骶骨向前拉入骨盆，支撑整个身体的重量，而且，不足为奇的是，它们是身体中最强的韧带。

它们的运动是由骶骨和髂骨耳状面之间的凹槽相互连接来辅助的。

骶结节韧带从坐骨结节到骶骨和尾骨侧。

骶棘韧带从坐骨棘到骶骨和尾骨侧。

这两个韧带有助于确定骨盆的两个重要出口。

1. 坐骨大孔，由骶棘韧带和坐骨大切迹形成。

2. 坐骨小孔，由骶结节韧带和坐骨小切口形成。

注意，此区域有一个表面标志，两侧臀部正上方的腰窝，它是：

1. 髂后上棘。

2. 骶髂关节的中心。

3. 第 2 骶节的水平。

4. 硬脊膜鞘终止的水平。

男性和女性骨盆的差异（图 92）

骨盆有显著的性别差异，主要与两个特征有关。第一，男性的体重更大，肌肉更

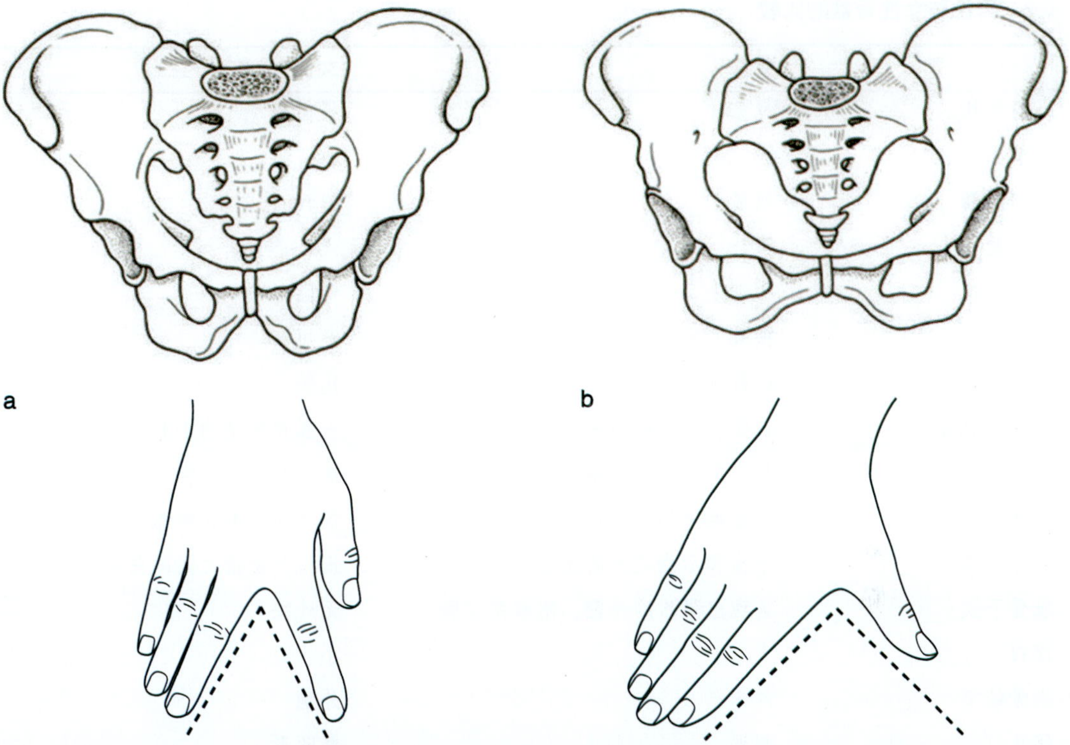

图 92 （a）男性和（b）女性骨盆比较。

强壮，这说明男性的骨骼结构更强，肌肉纹理更清晰；第二，女性骨盆相对较宽、较浅，与其作为产道骨质部分的作用有关。

性别差异总结如表 2 所示。

当观察骨盆的 X 线片时，性别主要由 3 个特征决定。

1. 骨盆入口，男性为心形，女性为椭圆形。

2. 男性耻骨下支的角度较窄，女性较宽，前者相当于示指和中指分开时的夹角；后者相当于完全伸展的拇指和示指之间的角度。这是一个特别可靠的特性。

3. 阴茎和阴囊的软组织阴影通常是可见的，如果看不到，也可以看到用来保护睾丸免受有害辐射的铅屏的致密阴影。

产科骨盆测量（图 93）

真正骨盆入口、骨盆腔和骨盆出口的测量很容易以表 3 所示的形式记录。

表 2 男性和女性骨盆的比较

	男性	女性
一般结构	厚重	轻而薄
关节面	大	小
肌肉附着	明显	模糊
假骨盆	深	浅
骨盆入口	心形	椭圆形
骨盆腔	狭长	宽短
盆腔出口	比较小	比较大
第 1 块骶骨	占骶骨宽度的一半	占骶骨宽度的 1/3
骶骨	长、窄、前面光滑	短、宽、平、在下部向前弯曲
骶髂关节面	一直延伸到第 3 块骶骨	仅延伸到第 3 块骶骨的上边界
耻骨下角	中指和示指之间的角度	拇指和示指之间的角度
耻骨下支	呈现出强烈的外翻，附着阴茎脚	无外翻
髋臼	大	小
坐骨结节	内弯	外翻
闭孔	圆形	椭圆形

临床上通过测量坐骨结节之间的距离来评估出口的横向直径；从耻骨到骶尾部关节测量前后出口直径。然而，临床上最有用的测量方法是从耻骨联合下缘到骶骨岬的对角线。测量值通常为 12.5cm；实际上，在检查阴道时，对于正常骨盆，医生是不会轻易触达骶骨岬部，患者也不可能没有不适。

另一个有用的临床标记是耻骨下弓：检查者的 4 个指节（即握紧的拳头）应能放于耻骨联合下方和坐骨结节之间。

注意，这些测量都是骨性骨盆；实际上，产道的“动态骨盆”是缩窄的，是由骨盆肌、直肠和子宫壁的厚度组成。精确的成像技术目前可以对骨盆进行精确测量。

表 3 产科骨盆测量

	横径	斜颈	前后径
骨盆入口	12.5cm	11.5cm	10cm
骨盆中部	11.5cm	11.5cm	11.5cm
骨盆出口	10cm	11.5cm	12.5cm

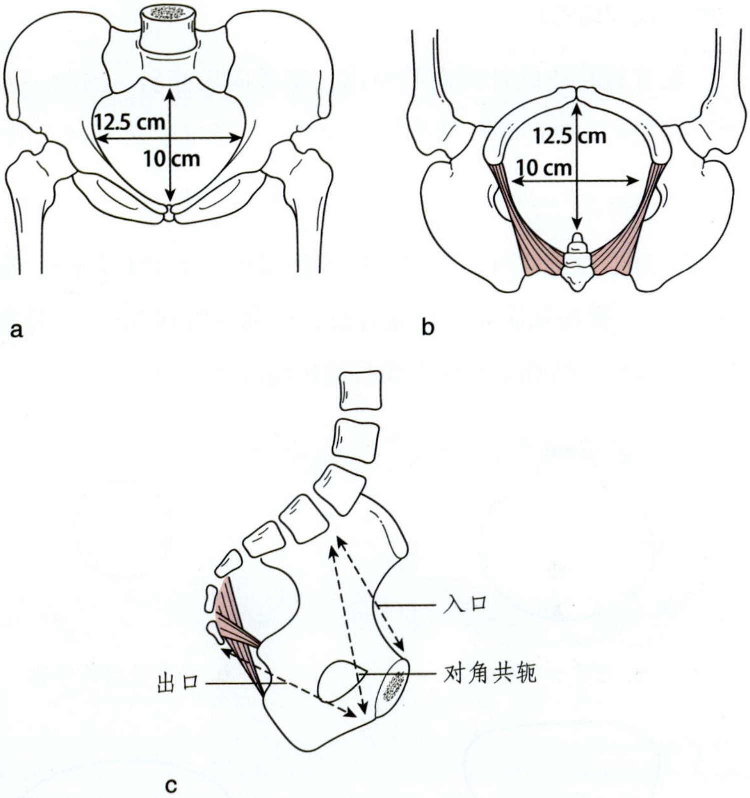

图 93 女性骨盆的测量。(a)入口。(b)出口。(c)对角共轭的侧面观。

骨盆形状的变异(图 94)

女性骨盆的形状可以细分(在 Caldwell and Moloy 之后)为如下几种。

正常及其变异

- 妇科正常骨盆(高加索妇女中最常见的类型)。
- 男性化的骨盆。
- 扁平状骨盆,前后径缩短,横径增大(非佝偻病性扁平骨盆)。
- 类人猿骨盆,类似于类人猿,前后径比较长,横径比较短。

骨盆对称收缩

身材匀称、矮小的女人。

佝偻病扁平骨盆

骶骨旋转使骶骨岬向前突出，尾骨向后倾斜。因此，入口的前后径变窄，出口的前后径变宽。这种畸形是典型的佝偻病，是维生素 D 缺乏的结果。

不对称性骨盆

不对称性骨盆可能是多种原因造成的，如脊柱侧凸、长期的髋关节疾病（如先天性脱位）、脊髓灰质炎、骨盆骨折、沙利度胺和 Naegele 骨盆引起的先天性异常，这是由于先天性的骶骨单翼缺失或其被疾病破坏所致。

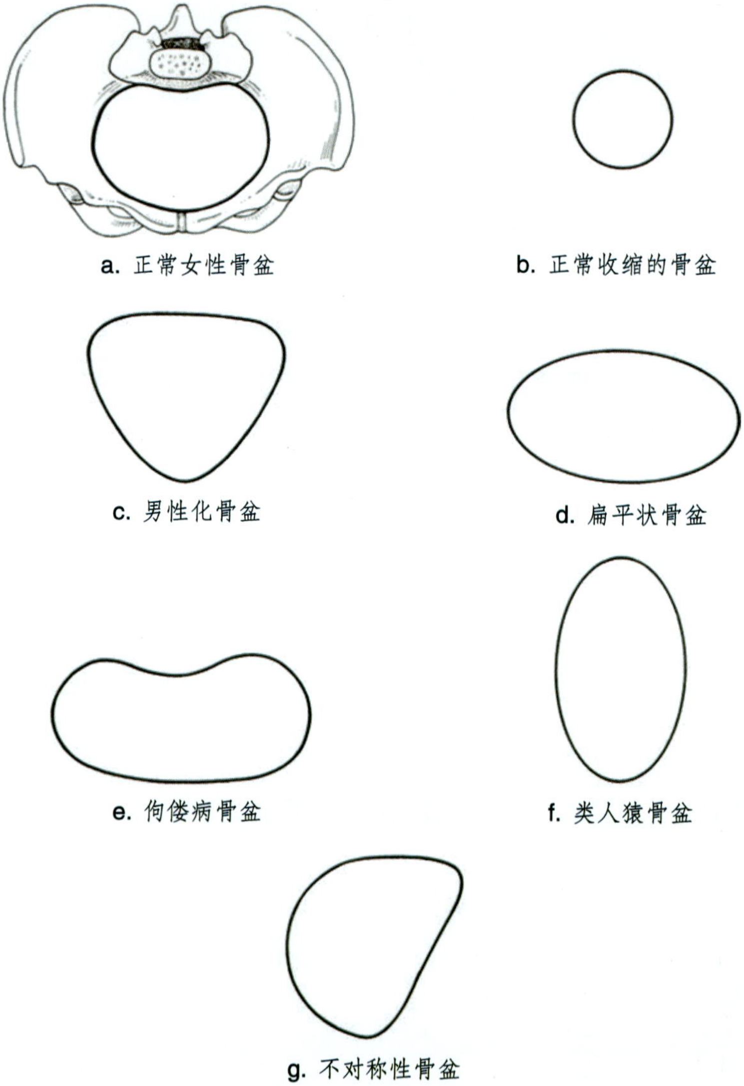

图 94　骨盆变异和异常，骨盆入口的示意图。

临床特征

骨盆骨折

这些可能是由于局部打击造成的孤立性损伤，也可能是由于压缩损伤造成的部分骨盆环移位。侧压通常会导致两侧耻骨支骨折，或一侧两个分支在联合处脱位；前后压缩后可能会出现联合脱位或耻骨支骨折，并伴有骶髂关节脱位。

当然，骨盆环的部分移位意味着骨盆环在两个地方被折断。

腿部骨折会使股骨头穿过髋臼，也就是所谓的“髋关节中央脱位”。孤立性骨折可能由局部创伤引起，尤其是髂翼、骶骨和耻骨。

骨盆骨折时，必须考虑膀胱、尿道和直肠的软组织损伤，这些损伤可能被骨针穿透或被骨盆碎片的广泛移位而撕裂。

在这些骨盆移位中，髂内动脉的髂腰支在穿过骶髂关节上方时偶尔会破裂；随后可能发生严重的甚至致命的腹膜外出血。

骶尾麻醉

骶管裂孔位于骶骨和尾骨之间，可以用针刺穿皮肤、筋膜和坚硬的骶尾部韧带进入骶管。可以通过触诊臀沟正上方两侧的骶角（图 91）来定位骶管裂孔位置。

在此处的麻醉药液很容易在半液态的硬膜外脂肪内扩散，已充满起自硬膜鞘、止于第 2 骶骨段的脊髓根。会阴神经阻滞麻醉可用于低位产钳分娩、会阴切开术和会阴撕裂的修复。

盆底和会阴的肌肉

由骨和韧带构成的骨盆，其下口由肌肉和筋膜组成的横膈膜封闭，直肠、尿道和女性阴道穿过横膈膜到达外部。肌肉分为①盆膈，由肛提肌和尾肌构成；②（a）前（泌尿生殖区）会阴肌和（b）后（肛门区）会阴肌。

肛提肌（图 95）是盆底最大、最重要的肌肉。它起自耻骨体的后部，骨盆侧壁的

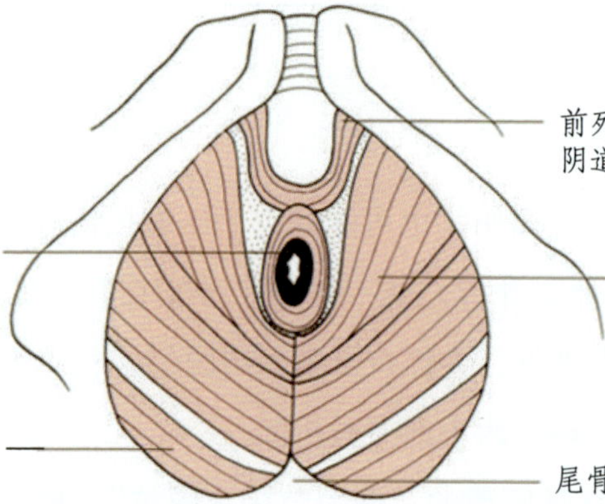

图 95 肛提肌下面观，形成“盆膈”。

筋膜（覆盖闭孔内肌）和坐骨棘。从这些广阔的起点开始，向下汇合成漏斗状。

- 在前列腺（前列腺提肌）或阴道（括约肌阴道）周围形成吊带，汇入会阴体。
- 在直肠周围形成吊带，汇入并加强肛直肠环中的肛门外括约肌的深部。
- 后部纤维附着在尾骨侧面和中央纤维缝上，延伸至尾骨尖和肛肠交界处。

（注意：尾骨肌与肛提肌在同一组织平面上，几乎完全覆盖在骶棘韧带上，后者通常被认为是肌肉的退化部分。那些尾巴活动的哺乳动物，该肌肉发达，而韧带经常缺失。）

肌肉是盆底的主要支撑物，对直肠和阴道起到括约肌作用，通过增加腹内压协助排便、排尿和分娩。

其深部与盆腔脏器有关，会阴部形成坐骨直肠窝的内壁［见“后（肛门）会阴”］。

会阴前部（泌尿生殖系统）（图 96 和图 97）

两侧坐骨结节的连线从肛门前面穿过。在这条连线和坐骨下支之间的区域是会阴的泌尿生殖部或称泌尿生殖三角。

在这个三角形的外侧附着一层坚韧的筋膜，称为会阴膜，在男性有尿道穿过，在女性有尿道和阴道穿过。尿道外括约肌位于会阴膜的深处，由围绕尿道膜部的随意肌纤维组成；即使内括约肌完全损伤，这些肌纤维也能发挥括约功能。在女性，浅括约肌还围绕阴道。

包裹外括约肌深部的是第二个筋膜鞘（包括肛提肌深面的网状组织），因此该肌实际上包含在称为会阴深袋的筋膜囊内。此外，会阴深袋内还包含会阴深横肌，男性则

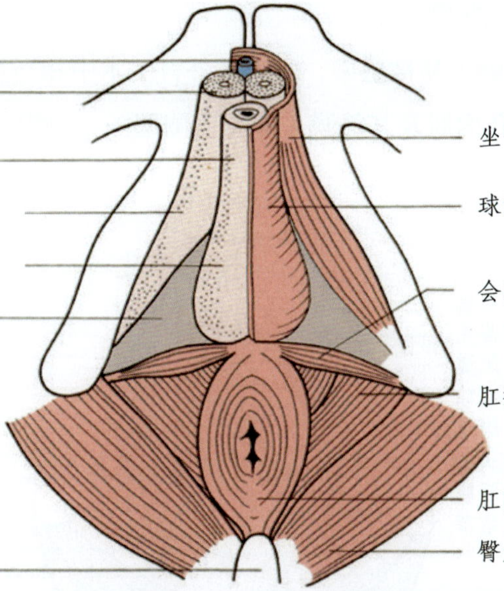

图 96 男性会阴——右侧前部会阴肌已被剥离。

含有两个尿道球腺（Cowper 腺），其导管向前进入尿道球部。

会阴膜即会阴浅袋，在男性中包含：

1. 球海绵体肌，覆盖海绵体的球部，向下围绕尿道（远端海绵体延伸至阴茎头）。

2. 两侧的坐骨海绵体肌，起自坐骨支，覆盖海绵体。因此，尿道被一个海绵状的鞘所围绕，鞘内两侧各有一个阴茎海绵体，海绵体内有薄壁静脉窦，静脉窦充血时阴茎即勃起。

3. 会阴浅横肌，起自会阴体，横行至坐骨支。它在功能上不重要，但在直肠会阴切除术中可见到。

女性也有这些肌肉，但不发达，阴道也穿过球海绵体肌。

会阴体（会阴中心腱）

会阴体位于会阴前后部交界处的中点。它是肛门括约肌、球海绵体肌、会阴横肌和肛提肌纤维的附着点。

会阴后部（肛门）（图 97 和图 98）

会阴后部位于两侧坐骨结节和尾骨之间的三角形区域。它包括肛管及其外括约肌、肛提肌和两侧的坐骨直肠窝。

坐骨直肠窝（图 98）易被感染，所以在外科手术中相当重要。它的界限是：

- 外侧壁，为闭孔内肌及其筋膜（即骨盆侧壁）；该侧壁内含一个由筋膜围成的管

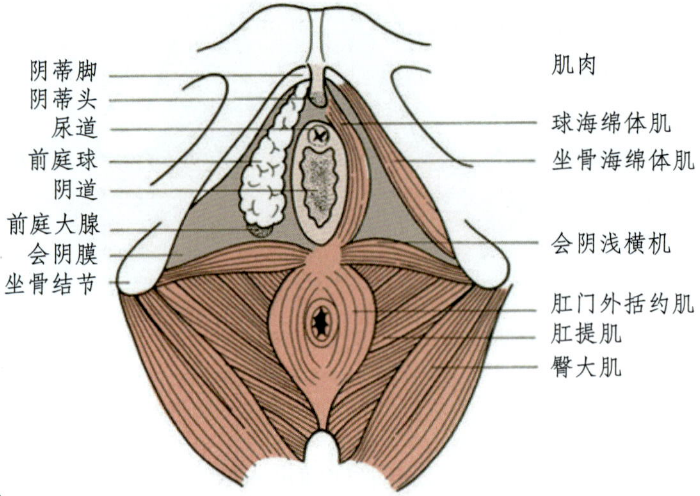

a

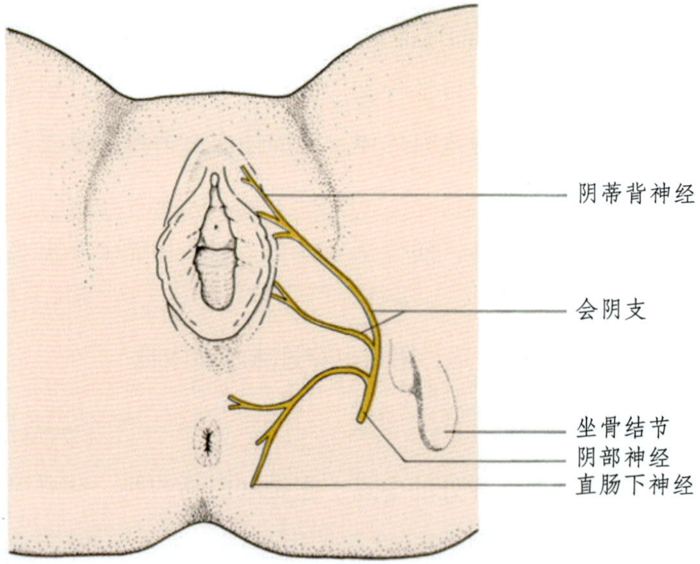

b

图 97 （a）女性会阴——右侧前部会阴肌被剥离。（b）阴部神经在女性会阴部的分布。

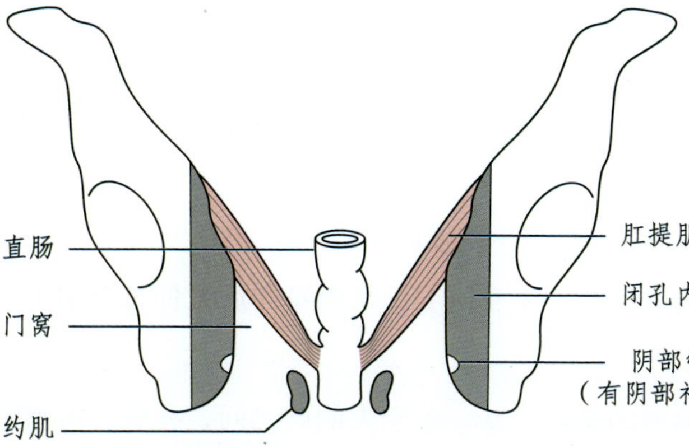

图 98　坐骨直肠窝（更准确的叫法应为坐骨肛门窝）。

道，称为阴部管或 Alcock 管，管内有阴部内血管和阴部神经通过，它们分别发出直肠下血管和神经，分布到外括约肌和肛周皮肤，然后向前移行，供应会阴组织。

- 内侧壁，为肛提肌及覆盖它的筋膜和肛门外括约肌。
- 后壁，为被后面臀大肌覆盖的骶结节韧带。
- 前壁，为泌尿生殖膈。
- 底，为皮肤和皮下脂肪。

临床特征

1. 坐骨肛门窝内富含粗叶状脂肪组织。需要注意的是，坐骨肛门窝在肛管后面相互交通，因此其中一侧感染可能会蔓延至另一侧。

感染可能来自肛周皮肤的疖子或擦伤，或直肠和肛管内的病变，特别是肛门腺分支的感染；肛门腺约有 6 个，位于肛瓣正上方（图 62）。偶尔也可能通过肛提肌由骨盆感染蔓延引起，或极少通过血液扩散感染。窝内没有重要的结构，因此在感染时可以大胆切开。

2. 阴部神经可以在两侧的阴部管中被阻断，在产钳分娩中可以发挥很好的局部麻醉效果（图 97）。

女性生殖器官

外阴

女阴（或阴部）是描述女性外生殖器的术语。

大阴唇是隆起的皮肤皱襞，生有阴毛，从阴阜向后延伸至会阴中线后方。它们相当于男性的阴囊。

小阴唇是类似于嘴唇的柔软皮肤，位于大阴唇之间，在后方两侧阴唇汇合成一尖锐的褶皱，即阴唇系带。在前面，它们左右分开包围阴蒂，形成前系带和后系带。

前庭是由小阴唇包围的区域，包含尿道口（位于阴蒂后面）和阴道口。

在处女的阴道口由薄黏膜褶皱附着，即处女膜，其上的孔是排出月经血的出口，孔外观呈环形、半月形，隔膜或筛状。很少人的处女膜是闭锁的，月经血会充填扩张阴道（阴道积血）。初次性交时处女膜会撕裂，通常是在后部或后外侧，分娩后残缺不全，只留下几个残存的小突起，称为处女膜痕。

前庭大腺（Bartholin 腺体）是一对分叶状、大小如豌豆、可分泌黏液的腺体，位于大阴唇后部深面。正常时触摸不到，但在发炎或肿胀时变得很明显。每侧腺导管长 2.5cm，开口于处女膜和阴唇后部之间的区域。

在前面，每侧腺体都被前庭球所覆盖——由海绵状勃起组织构成，相当于男性的尿道海绵体。

前庭球在尿道海绵体肌的覆盖下，围绕阴道两侧向前移行，至阴蒂根部。

临床特征

分娩时，可行会阴切开以扩大阴道口（会阴切开术）。切口自阴唇系带开始，在右后外侧延伸 3cm。依次切开皮肤、阴道上皮、皮下脂肪、会阴体和会阴浅横肌。分娩后，要仔细地逐层缝合。

阴道（图 99）

阴道包绕子宫颈，向下、向前通过盆底开口于前庭。

子宫颈突入阴道穹隆的前部，使围绕子宫颈的环形凹陷在前方较浅（阴道壁长 7.5cm），在后方较深（阴道壁长 10cm）。为了便于描述，将这个环形凹陷分为阴道穹隆前部、后部和外侧部。

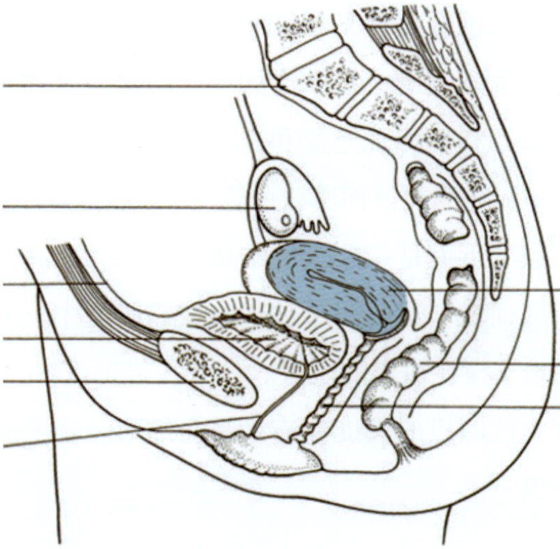

图 99　子宫矢状面及其毗邻。

毗邻

- 前面，膀胱底和尿道后部（嵌于阴道前壁内）。
- 后面，自下往上为肛管（由会阴体分开）、直肠，然后是覆盖阴道后壁上 1/4 形成 Douglas 腔的腹膜。
- 外侧面，肛提肌、盆腔筋膜和输尿管，它们位于阴道穹隆外侧部正上方。

不具备解剖学知识的业余人工流产者（或缺乏经验的妇科医生），无法认识到子宫从阴道向上和向前移行；在推动器械或 IUCD（宫内避孕装置）时直接向后，试图将装置插入宫颈，却插入阴道穹隆后部。更糟糕的是，这是阴道被腹膜覆盖的唯一部分，因此进入了腹膜腔，导致腹膜炎。

血供

动脉供应来自髂内动脉，其分支有阴道动脉、子宫动脉、阴部内动脉和直肠中动脉。

阴道周围的静脉丛经阴道静脉引流至髂内静脉。

淋巴引流（图 103）

- 上 1/3 回流至髂外和髂内淋巴结。
- 中间 1/3 回流至髂内淋巴结。
- 下 1/3 回流至腹股沟浅淋巴结。

结构

阴道和宫颈覆盖有复层鳞状上皮，不含腺体，部分由宫颈黏液润滑，部分由脱落的阴道上皮细胞润滑。在未产妇中，阴道壁呈褶皱，但在分娩后变得更光滑。前壁褶皱是横向的，利于膀胱充盈和性交。相反，后壁上的褶皱是纵向的，这利于阴道侧向伸展，以适应充满粪便而膨胀的直肠和胎头的通过。

上皮被层下面是一层薄的结缔组织层，将其与肌层分开，肌层由不随意肌纤维纵横交错排列而成。这一肌层被包裹在筋膜囊中，与相邻的盆腔结缔组织融合，因此阴道被牢固地支撑在适当的位置。

老年女性阴道的长度和直径都会缩小。宫颈向里面的突出幅度减少，所以阴道穹隆几乎消失。

子宫（图 99 和图 100）

子宫为一梨形器官，长 7.5cm，由底、体和颈组成。输卵管（子宫口）从每侧子宫的上外侧角（子宫角）进入子宫，两侧输卵管子宫口连线上方即子宫底。

子宫体缩小变狭窄的部位称子宫峡，一直延伸到子宫颈，子宫颈的中部被阴道所包围，将其分为子宫颈阴道上部和子宫颈阴道部。

子宫峡宽 1.5 mm。解剖学子宫内口与子宫体相接，但在组织学上其黏膜与子宫内膜相似。子宫峡是子宫的一部分，在妊娠时形成子宫下段。

在冠状面上子宫体腔呈三角形，但在矢状面上只不过是一个狭缝。该腔通过子宫内口与子宫颈管相通，后者又通过子宫外口通入阴道。

未产妇的子宫内口呈圆形，而分娩后变成一个有前后唇的横缝。

未妊娠的子宫颈与鼻子的硬度一致；妊娠的子宫颈与嘴唇的硬度一致。

在胎儿时期，子宫颈比子宫体大很多；在儿童时期（婴儿子宫），子宫颈仍然是子宫体的两倍大，但在青春期，子宫随着身体的发育而扩大到成人的大小和比例。成年子宫在子宫内口水平处向前弯曲，形成 170° 角；称为子宫前屈。此外，子宫颈的轴线与阴道的轴线呈 90° 角，即子宫的前倾角。因此，子宫几乎位于水平面上。

子宫后倾时，使子宫颈的轴线向上和向后。通常，在阴道检查时，最易触及的是子宫颈最下部的前唇；在后倾位子宫可见到子宫外口或后唇。

子宫后屈时，子宫体的轴线相对于子宫颈的轴线向上、向后。

通常这两种情况并存。由于膀胱扩张或单纯的发育异常，子宫可活动，但无任何症状。事实上，在 1/4 的女性人群中出现活动性前倾，可以认为是一种正常的变异。不太常见的是，由于粘连、盆腔感染、子宫内膜异位症或子宫前肿瘤的压迫，子宫被固定（图 101）。

毗邻

- 前面，子宫体与腹膜形成的膀胱子宫陷凹相邻，位于膀胱的上面或小肠的上面。子宫颈阴道上部仅隔结缔组织与膀胱相邻，子宫颈阴道部前方是阴道穹隆前部。
- 后面，与内含小肠袢的直肠子宫陷凹相邻。
- 外侧面，子宫阔韧带及其内容物；输尿管位于子宫颈阴道上部外侧约 1.2cm。

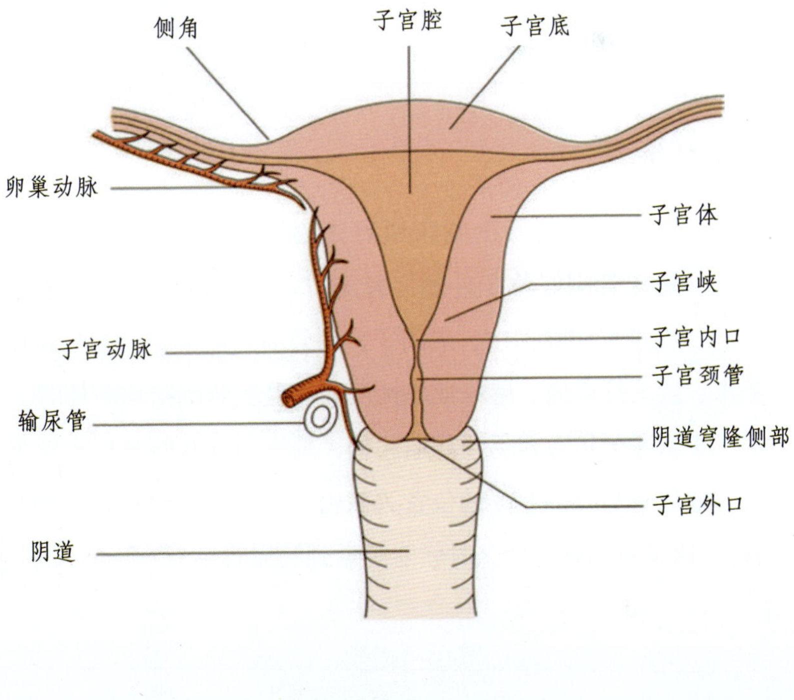

图 100　子宫和阴道的冠状切面。注意输尿管和子宫动脉的重要关系。

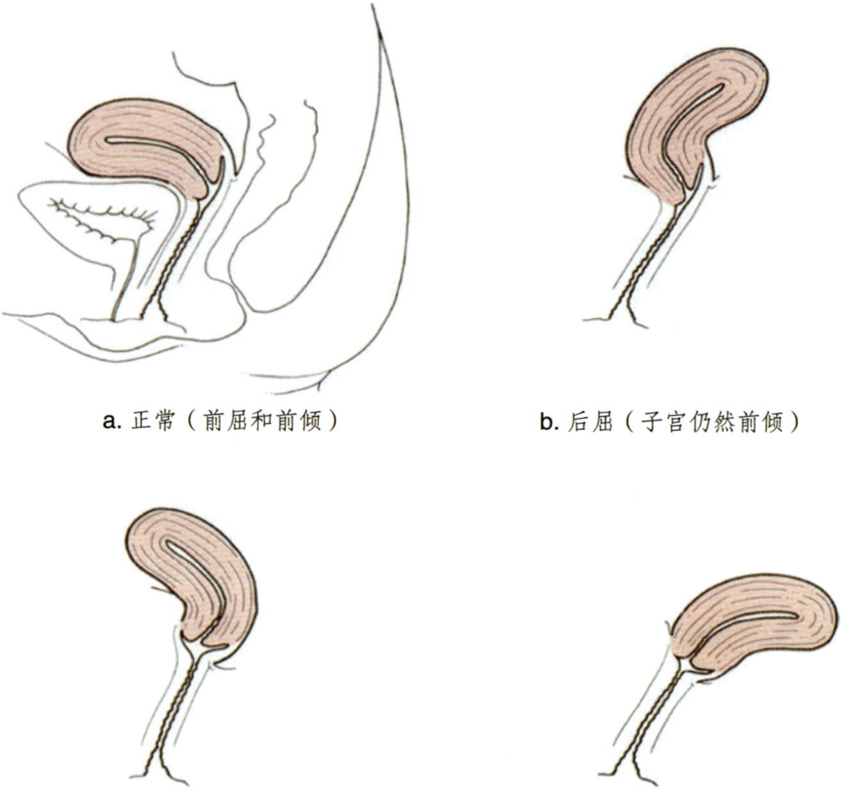

a. 正常（前屈和前倾）

b. 后屈（子宫仍然前倾）

c. 后倾（子宫仍然前屈）

d. 后倾和后屈

图101　子宫位置的变化及其术语。

临床特征

此区最重要的一个临床要点是输尿管与子宫颈阴道上部的关系。在这个位置上，输尿管刚好位于外侧穹隆上方、子宫血管下方，这些血管穿经阔韧带（图102）。在子宫切除术中，夹闭子宫血管时可能会意外损伤输尿管，特别是因先前的手术、巨大纤维瘤、感染或恶性浸润使盆腔解剖结构破坏时。

子宫癌的扩散容易浸润输尿管，最终引起双侧肾积水伴尿毒症。

输尿管与外侧穹隆的位置关系密切，通过阴道检查可触及这个部位的输尿管结石。（这是对问题“什么时候能感觉到输尿管结石？”的回答。）

血供

子宫动脉（从髂内）进入阔韧带的基底部，在输尿管上方与其成直角交叉，到达子宫内口的水平面（图 102）。然后动脉沿着子宫迂曲上行，供应子宫体，而后与卵巢动脉吻合。子宫动脉也发出一个降支供应子宫颈和阴道上部。静脉伴随着动脉走行汇入髂内静脉，但也可通过盆腔静脉丛与阴道和膀胱的静脉相交通。

淋巴引流（图 103）

1. 子宫底（包括卵巢和输卵管）的淋巴管沿卵巢血管注入主动脉旁淋巴结，少数淋巴管沿圆韧带注入腹股沟淋巴结。

2. 子宫体的淋巴管沿阔韧带引流至髂外血管旁的淋巴结。

3. 子宫颈的淋巴回流有 3 个途径：外侧的淋巴管经阔韧带，注入髂外淋巴结；后外侧的淋巴管，沿着子宫血管，注入髂内淋巴结；后部的淋巴管，沿着直肠子宫皱襞，注入骶淋巴结。

怀疑子宫体癌时，通常需检查腹股沟淋巴结，癌细胞可沿着圆韧带扩散至这些淋巴。

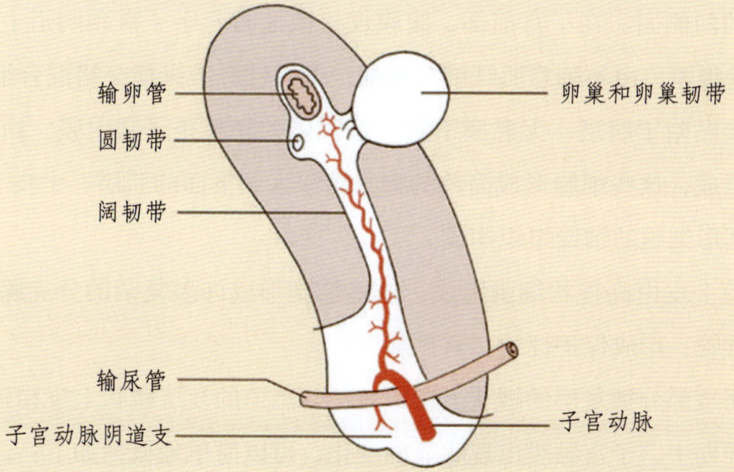

图 102　子宫侧面图（示意图），显示阔韧带的组成、输尿管和子宫动脉的关系，以及子宫腹膜（粉红色）。

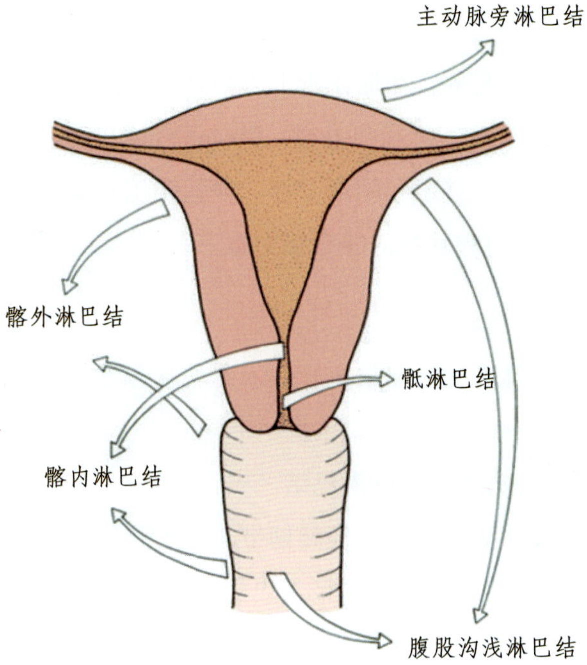

图 103 子宫和阴道的淋巴引流。

结构

子宫体被腹膜覆盖，除了两个部位：在子宫峡部腹膜向前反折至膀胱上；在子宫附着阔韧带的两侧面。在子宫前部，腹膜仅松散地附着于子宫颈阴道上部，以利于膀胱扩张。肌壁很厚，由不随意肌纤维与结缔组织弹性纤维纵横交错混合组成。

黏膜直接贴附于肌层，无黏膜下层。子宫体的黏膜是子宫内膜，由富含纤毛的单层立方细胞组成，这些细胞形成简单的管状腺深入到下面的肌层。上皮下面是固有层，富含血管和圆形细胞的结缔组织构成。

子宫颈管上皮由高柱状细胞组成，这些细胞形成许多复杂的分支腺，可分泌碱性黏液，填充颈管，形成保护性的“宫颈塞”。

宫颈的阴道部分被复层的鳞状上皮覆盖，与阴道的复层鳞状上皮相延续。

在月经周期中，子宫黏膜出现明显的变化，可以简单地概括如下：

1. 前 4 天，伴随着出血 2/3 的黏膜脱落。

2. 随后的第 2~3 天，由腺体深处残留的上皮细胞生长而快速重建原来的黏膜表面；第 3~14 天，子宫内膜已经重塑，增殖期结束。

3. 从第 14 天到月经开始进入分泌期；子宫内膜增厚，腺体加长同时腺腔充满液体，间质变得水肿并充满白细胞。

在此阶段结束时，可划分为 3 层：

（1）致密表面区。

（2）海绵状中间区，有腺体扩张和间质水肿。

（3）由原始非分泌小管构成的基底区。

随着黄体的变性，子宫内膜萎缩，动脉回缩和卷曲，产生中、浅层缺血，然后脱落。基底层的血管痉挛（仍未脱落）很可能是为了防止女性出血致死。

宫颈管黏膜只发生非常轻微的脱落和出血。

输卵管（图 104）

输卵管包括输卵管子宫部，长约 10cm；位于阔韧带的游离缘，在子宫角进入子宫。可分为 4 个部分。

1. 漏斗部，输卵管末端呈漏斗状，延伸到阔韧带之外，通过输卵管腹腔口进入腹膜腔。其游离缘有许多指状突起覆盖在卵巢上，其中一个较大的突起连于卵巢（卵巢伞）。

2. 壶腹部，宽、管壁薄，弯曲。

3. 峡部，窄、直、管壁厚。

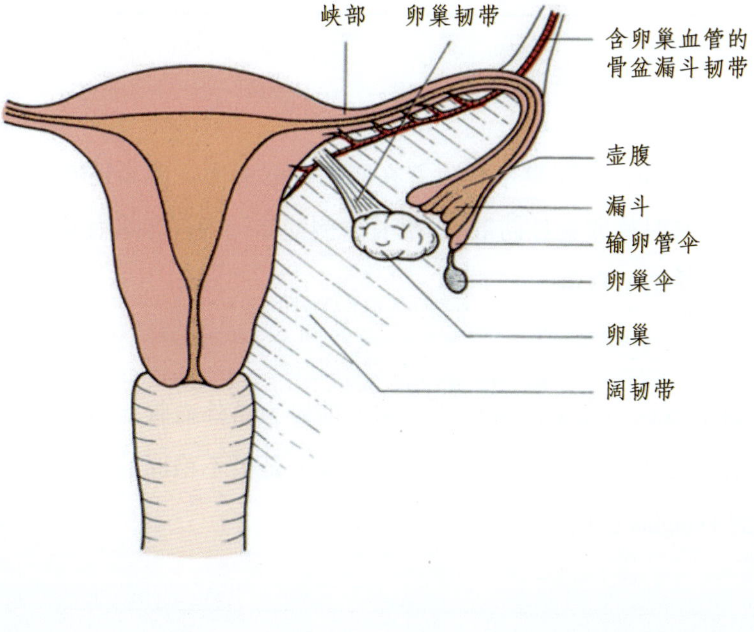

图 104　输卵管、卵巢和阔韧带（后面观）。

4. 间质部，穿经子宫壁。

结构

除输卵管子宫部外，输卵管包裹在腹膜内。深面是由外环、内纵两层肌纤维构成的肌层。

黏膜为柱状上皮，主要由纤毛细胞组成，形成许多纵行而又分支的褶皱。

通过输卵管的蠕动及纤毛的摆动，卵子沿着输卵管腔被推送到子宫。

临床特征

1. 值得注意的是，女性的生殖道是从外部直接进入腹膜的唯一途径，也是感染的潜在途径（如淋病）。

2. 受精卵可以异位着床，即在子宫体内膜以外的部位。当这种情况发生在输卵管中时，可着床于伞部、壶腹部、峡部或间质部，其中壶腹部最常见，间质部很少见。

随着异位胚胎的增大，可能会出现流产，囊胚流入腹腔（在腹腔很少会继续生长，形成继发性腹腔妊娠），否则会使输卵管破裂。第二种情况特别容易发生在狭窄且相对不可扩张的峡部；破裂后囊胚通常进入腹腔，但很少发生在阔韧带处。

卵巢（图 104）

卵巢是杏仁状的器官，长 4cm，由卵巢系膜附着在阔韧带的背面。卵巢还有另外两个附着物：骨盆漏斗韧带（有时称卵巢悬韧带），沿骨盆侧壁移行内含卵巢血管、交感神经和淋巴管；卵巢韧带，连于子宫角。

毗邻

卵巢位于骨盆侧壁上通常被称为卵巢窝的位置，窝的前界为髂外血管，后界为输尿管和髂内血管，其深面有闭孔神经。然而，卵巢在其位置上是极不稳固的，在正常女性中经常发现完全脱垂到 Douglas 腔内。

卵巢和睾丸一样，发育于生殖嵴，然后下降到骨盆。同睾丸相同，其血供的血管和淋巴引流的管道都是沿后腹壁移行。

血供、淋巴引流和神经支配

血供来自卵巢动脉，在肾动脉水平的位置起自主动脉。卵巢静脉在右侧回流至下腔静脉，在左侧回流至左肾静脉，与睾丸静脉回流完全相似。

淋巴管汇入肾血管水平位置的主动脉淋巴结，淋巴引流范围与伴随器官静脉引流的范围相同。

神经支配来自主动脉丛（T10 和 T11）；因此，卵巢疼痛可转移至腰部和腹股沟。这是由交感（疼痛传导）传入纤维引起的。

所有的这些结构都是通过骨盆漏斗韧带进入卵巢。

结构

卵巢无腹膜覆盖，浆膜止于卵巢系膜的附着处。它由结缔组织基质组成，其中含有处于不同发育阶段的 Graafian 泡、黄体和白体（透明化、退化的黄体，需要几个月才能完全吸收）。

幼儿卵巢表面覆盖着称为“生发上皮”的立方细胞。然而，现在已经知道，在胎儿早期卵巢中发育的原始卵泡，并不是由这些细胞分化的。事实上，在成年人卵巢的上皮覆盖物消失了，只留下一个被称为白膜的纤维囊。

绝经后卵巢变小、萎缩，老年后卵泡完全消失。

盆内筋膜和骨盆韧带（图 105）

盆筋膜是覆盖在肛提肌和闭孔内肌的骨盆结缔组织的统称。盆内筋膜是子宫（子宫旁组织）、阴道、膀胱和直肠周围的腹膜外细胞组织。这些盆内筋膜聚集成 3 个重要的结缔组织束，固定盆腔脏器于骨盆壁。

1. 主韧带（子宫颈横韧带或 Mackenrodt 韧带）是由白色纤维结缔组织和一些不随意肌纤维组成，沿着肛提肌的附着线从宫颈和阴道上部横向到骨盆侧壁，其上半部有输尿管穿过。

2. 子宫骶韧带在峡部水平面，从宫颈后外侧向后移行，从阴道穹隆外侧部深处延

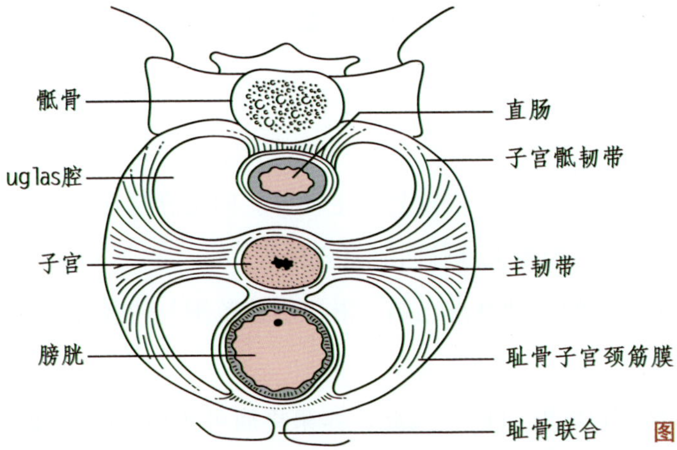

图 105 骨盆韧带上面观。

伸到 Douglas 腔外侧边界的子宫骶骨腹膜皱襞，附着在骶髂关节前面的骨膜和第 3 骶骨的外侧部。

3. 耻骨子宫颈筋膜呈吊带样，从主韧带向前延伸至膀胱两侧的耻骨。

这 3 条韧带联合肛提肌强大的肌承托，起到支撑子宫颈和阴道穹隆的作用。在脱垂时，这些韧带会延长（在完全性子宫脱垂中可延长至 15cm），行修复手术时必须重建这些结构。

另外两对韧带连接附件到子宫。

1. 阔韧带是连接子宫外侧缘与两侧骨盆侧壁的腹膜皱襞。因此，子宫及其宽阔的韧带将盆底分隔开，前腔包含膀胱（子宫膀胱陷凹），后腔包含直肠（Douglas 腔或直肠子宫陷凹）。

阔韧带的内容物或组成（图 102 和图 104）：

- 输卵管（子宫）游离端。
- 卵巢，由系膜附着在其后部。
- 圆韧带。
- 卵巢韧带，从卵巢移行到子宫角（见“卵巢”部分）。
- 子宫血管和卵巢血管的分支。
- 淋巴管和神经纤维。

输尿管在韧带的深面，经阴道穹隆外侧部的正上方，向前横向移行至膀胱。

2. 圆韧带是一条纤维肌束，起于子宫角外侧，在阔韧带前层的覆盖下移行至腹股沟内环，然后穿过腹股沟管到达大阴唇。与卵巢韧带一起，它相当于男性睾丸引带，可以认为是女性性腺下降的途径，但事实上并没有下降到大阴唇（相当于男性阴囊）。试将此过程与睾丸下降过程进行比较。

阴道检查

在进行阴道检查时，必须时刻牢记阴道与其他盆腔器官的关系。

检查时（通过内镜）可以观察阴道壁和宫颈，并进行活检或细胞学涂片。通过压力性实验，在阴道口可检查脱垂和压力性尿失禁。

- 前面，可触及尿道、膀胱和耻骨联合。
- 后面，直肠（在直肠肿瘤这种疾病中，必须检查是否侵犯阴道），可触及 Douglas 腔内积存的液体、恶性肿瘤沉积物、脱垂的输卵管和卵巢或膨胀的肠管。
- 外侧部，卵巢和输卵管，以及骨盆的侧壁。很少能通过阴道穹隆外侧触及输尿管中的结石。让患者收紧会阴来评估会阴肌的力量。
- 顶，可触及从阴道前壁向后突出的子宫颈。在正常的前倾位子宫，可观察到子宫颈的前唇；在后倾位子宫，首先触及的是子宫颈外口或后唇。

宫颈病变时，如可以触及肿瘤，在妊娠时宫颈变软、分娩时宫颈扩张亦是如此。

腹部检查可评估盆腔的大小和子宫的位置，卵巢或输卵管的扩张，以及其他盆腔肿块。

产科医生可以测量骨盆的横径和前后径。特别重要的是从耻骨联合下缘到骶骨岬的距离，称为对角径。如果骨盆大小正常，检查者的手指就不能到达骶骨的岬角。如果很容易触诊到，则存在骨盆狭窄（见“产科骨盆测量”）。

输卵管、子宫和阴道的胚胎发育（图 106）

中肾旁管（或称米勒管）在每侧各有一个，与后盆壁的中肾管（或称沃尔夫管）相邻，起源于中胚层。这 4 根管子尾端相互靠近，伸入泄殖腔的前腔（泌尿生殖腔）。

一套系统在男性身上消失，另一套在女性身上消失，每套系统都留下了一些临床医生感兴趣的先天性残余物。

在男性中，除了睾丸附件和前列腺小囊外，副肾管消失。在女性中，中肾系统

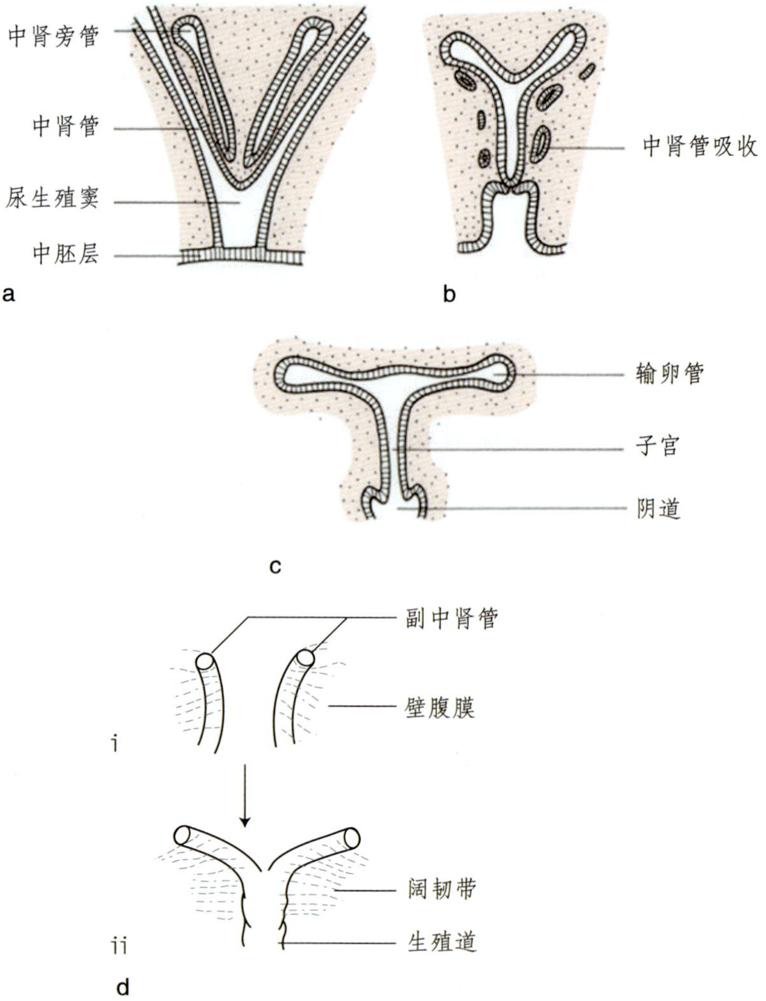

图 106 从副中肾（Mullerian）管、泌尿生殖窦（Hollinhead 后）发育的输卵管、子宫和阴道（a~c）及阔韧带（d）的形成。

（在男性中发展成输精管和附睾管）在阔韧带中有被称为卵巢冠、卵巢旁体和 Gartner 管的残余物。

女性的副中肾管头部形成输卵管。更多的尾部聚集，并在中线处融合（拖动骨盆侧壁的腹膜褶皱，形成阔韧带）。这样形成的中间结构可分化为子宫体的上皮组织（子宫内膜）、宫颈管和阴道上 1/3 的上皮组织，最初是实心的，最后被导管化。其余的阴道上皮组织是由位于泌尿生殖窦后部结实的阴道淋巴结形成的。这解释了上下阴道淋巴引流的差异（图 103）。输卵管、子宫体、子宫颈和阴道的肌肉是由周围的中胚层发育而来的，因此女性的中肾管系统的残余物存在于子宫肌层、子宫颈和阴道壁中。

这个系统的异常发育很容易被推断出来。原始双管分离阶段可能使子宫和阴道的完全加倍而导致双角子宫。导管系统可能在一侧或两侧发生缺失、发育不全或闭锁。

管道系统在发育过程中，原先实心的导管尾端发生差错，会导致青春期后经血积聚阻塞在体内。首先是阴道可能会因血液而肿胀，接着是子宫和输卵管（分别是阴道积血、子宫积血、输卵管血肿）。

腹后壁

后腹壁床由 3 种骨骼和 4 种肌肉结构组成。

骨：腰椎、骶骨、髂骨翼。

肌肉：膈肌（后段）、腰方肌、腰大肌、髂肌。

膈肌已在“胸部”部分进行了介绍。

由于腰大肌鞘参与了脓肿的形成，所以必须对其进行更细致的处理。

腰大肌起源于全部腰椎的横突，以及 T12 到 L5 椎体的两侧和椎间盘。它从骨盆边缘内下，渐渐变窄穿过腹股沟韧带下方髋关节前部的肌腱，附着于髂骨转向股骨小转子内（图 107）。

腰大肌与髂肌一起屈曲髋关节，或者前屈躯干（如仰卧起坐）。受试者中，40% 的人没有腰小肌，腰小肌在腰大肌上部，并与髂耻隆起相连。

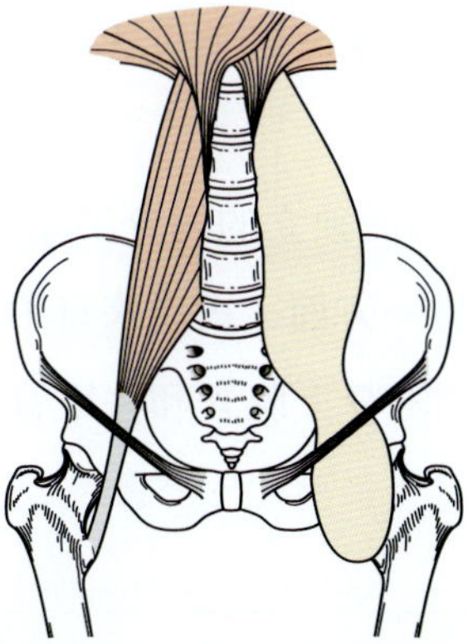

图 107 腰大肌鞘及腰大肌脓肿。右侧是一个正常的腰大肌鞘；左侧是肿胀的腰大肌鞘，它沿着腹股沟韧带下方延伸到腹股沟。

临床特征

1. 股动脉位于腹股沟腰大肌肌腱上，股动脉在腹股沟后方且位置固定，在这里易被识别和被手指压迫。

2. 腰大肌包裹在腰大肌鞘内，腰大肌鞘是腰筋膜的一个隔间。腰椎结核性感染引起的脓液被前纵韧带限制在前部扩散，因此从外侧部进入其鞘层造成腰大肌脓肿，来自胸椎疾病的脓液也可通过后纵隔进入腰大肌鞘。接着，脓液可能在腹股沟韧带下方扩散到股三角，在那里产生软组织肿胀（图 107）。有时，在完全被忽视的病例中，脓液沿着股血管、收肌管滚动，最终出现在腘窝。

腹膜后器官包括胰腺、肾脏和输尿管、肾上腺、主动脉和下腔静脉及其主要分支、主动脉旁淋巴结和腰交感神经链。

肾上腺（图 79）

肾上腺覆盖肾脏的上极，紧靠着膈肌的底部。左侧向前隔网膜囊与胃相毗邻；右侧位于肝右叶的后面，并位于下腔静脉的后内侧。

每个腺体虽然只有 3~4g 重，但有 3 条动脉供应：

1. 主动脉的直接分支。

2. 膈动脉的分支。

3. 肾动脉的分支。

单条主静脉从肾门引流到最近的血管，即右侧的下腔静脉，左侧的肾静脉。粗短的右肾上腺静脉直接来自下腔静脉，是肾上腺切除术中最危险的特征。新手应选择容易操作的左侧，而把右侧留给资深医生。

肾上腺由皮质和髓质组成，代表同一解剖结构内两个发育和功能独立的内分泌腺。髓质来源于神经嵴（神经外胚层），其细胞也产生交感神经节。另一方面，皮质来自中胚层。肾上髓质接收来自大内脏神经的节前交感神经纤维，并分泌肾上腺素和去甲肾上腺素。皮质分泌肾上腺皮质激素。

腹主动脉（图 108）

胸主动脉于第 12 腰椎高度穿膈的主动脉裂孔进入腹部，并在嵴上平面（经胸平面）的第 4 腰椎（L4）水平处结束（图 40）。主动脉此段与椎体相邻，且在中线容易见到。正常的腹主动脉直径为 1~1.5cm。老年人的腹主动脉经常增厚和扩张。如果腹主动脉的直径达到 4cm，就可认为存在早期动脉瘤扩张。

从上到下，它的前面为胰腺（与胃分离）、十二指肠水平部和小肠肠管。左肾静脉跨过腹主动脉。胰腺或胃的大肿瘤、大的主动脉旁淋巴结或大的卵巢囊肿可传递主动脉的搏动，可能会被误认为是动脉瘤。

主动脉的分支有：

1. 3 条从前壁发出的不成对内脏分支

A. 腹腔干——发出。

- 肝动脉。
- 脾动脉。

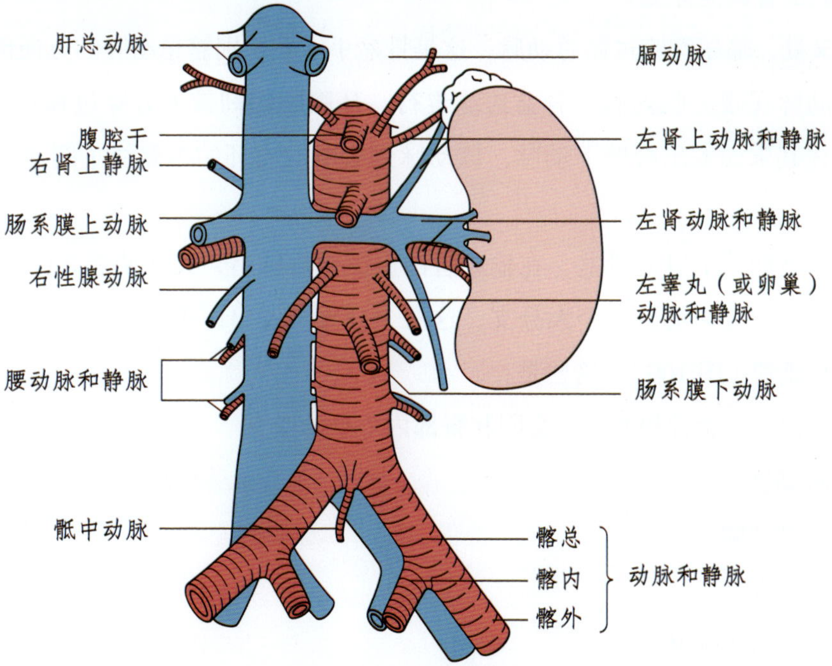

图 108　腹主动脉、下腔静脉及其主要分支。

- 胃左动脉。

B. 肠系膜上动脉。

C. 肠系膜下动脉。

2. 3条从侧壁发出的成对内脏分支

A. 肾上动脉。

B. 肾动脉。

C. 睾丸或卵巢动脉。

3. 5条从侧壁发出到达腹侧壁的分支

A. 膈下动脉。

B. 4条腰动脉分支。

4. 末端分支。

A. 髂总动脉。

B. 骶中动脉。

髂总动脉左右各一，向外下行，在骶髂关节前方、骶岬平面分为髂内动脉和髂外动脉。它们没有其他分支。

在分叉处，输尿管跨过髂总动脉，这是骨盆手术中识别髂总动脉的方便部位。

髂外动脉在腰大肌内侧沿骨盆边缘走行，从腹股沟韧带下方穿过移行为股动脉，髂外动脉在其末端发出腹壁下动脉，该动脉是腹股沟内环的内侧缘（图43），并发出旋髂深动脉。

髂内动脉向后下进入骨盆，在输尿管前、髂内静脉后，夹在两者之间。在坐骨大切迹的上缘，它分为前后两个大分支，这两个分支又发出许多分支供给盆腔器官、会阴、臀部和骶管（图109）。这些是：

1. 到达骨盆、骶骨和骶管、会阴和臀部内外壁的壁支

A. 髂腰动脉。

B. 髂外侧动脉。

C. 闭孔动脉。

D. 臀上和臀下动脉。

E. 阴部内动脉。

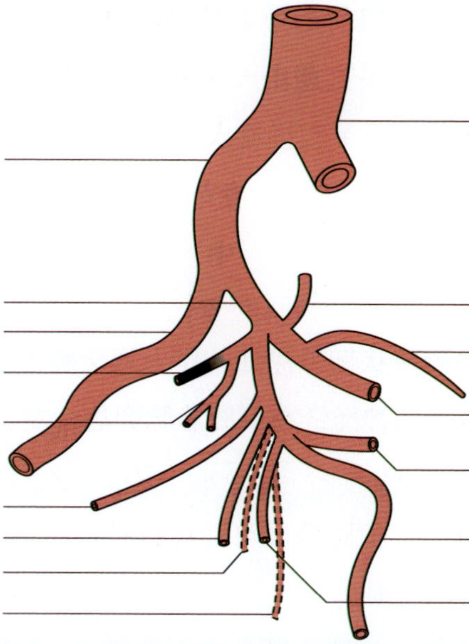

图 109 主动脉分叉和右髂内动脉。髂内动脉分为前、后两支。后支产生臀上动脉，前支则发出所有内脏支。（尽管髂内动脉的分支相当稳定，但这些分支的位置是可变的。）上图显示女性的动脉分支。

2. 延伸至盆腔器官的内脏支

A. 膀胱上动脉。

B. 膀胱下动脉（女性为阴道动脉）。

C. 中直肠动脉。

此外，女性的子宫动脉位于阴道上方。

这些动脉与同名的静脉伴行，并流入髂内静脉。

下腔静脉（图 108）

下腔静脉起始于第 5 腰椎水平（L5），位于右髂总动脉后左、右髂总静脉的汇合处（不像通常的静脉在其相应动脉的浅面）。下腔静脉沿腹主动脉的右侧上行，直到在右膈脚旁穿过膈肌裂孔。下腔静脉在第 8 胸椎（T8）水平穿过膈肌（图 11），接着穿过心包膜注入右心房。

下腔静脉上行时，它的前面为小肠、十二指肠水平部、胰头、胆总管和十二指肠上部。接着从 Winslow 孔的后面通过，在孔的前面是肝门静脉，将其与胆总管和肝动脉分开。最后，下腔静脉在穿膈肌前走行于肝的纵沟中。在肝脏内，它接收左、右肝静脉。有时，这些静脉融合成一条直接流入下腔静脉的主干；在其他情况下，肝中静脉（通常在其末端与肝左静脉合干）直接流入下腔静脉（图 72）。这些不同点很重要，因为可能会切除任一肝叶。

腰交感神经链

腰交感干开始于膈肌内侧弓状韧带深处，作为胸交感神经链的延续（图 271）。它的每一侧都邻着腰椎体，右交感神经链在下腔静脉旁边，左交感神经链在主动脉旁边，相互重叠。

腰动脉位于神经链的深处，但腰静脉可能穿过神经链的表面，这很重要，因为在交感神经切除术中，它们可能受损。

在下面，腰干深入髂血管，延续为骶骨前面的骶干。再往下，神经链在尾骨前聚拢合并，成为不成对的小神经节。

腰交感干通常有 4 个神经节，尽管有时这些神经节会集聚成 3 个。这 4 个神经发出灰交通支到腰椎神经；此外，上两个神经节接受白交通支。

神经链到腹主动脉及其分支周围神经丛的分支，也接收来自内脏神经和迷走神经的神经纤维。其他分支在髂总血管前作为腹下神经丛（“骶前神经”），通过分布在髂内动脉分支的神经丛供应盆腔脏器。

内脏神经也将来自腹部内脏的传入神经传送到大脑。这些神经接受内脏肌肉剧烈收缩（“绞痛”）、局部贫血、炎症、肿胀和牵引的刺激，这解释了病理条件下腹部和盆腔脏器的疼痛感（图 271）。

对盆腔脏器的副交感神经支配来自 S2~S4 的前主支，并通过盆腔丛分布。

计算机轴向断层扫描

计算机轴向断层扫描（CT）揭示了新维度对断层解剖的重要性。现在的临床医生有必要详细了解人体正常的横断面关系，以便鉴别病理异常。图 110 和图 111 分别显

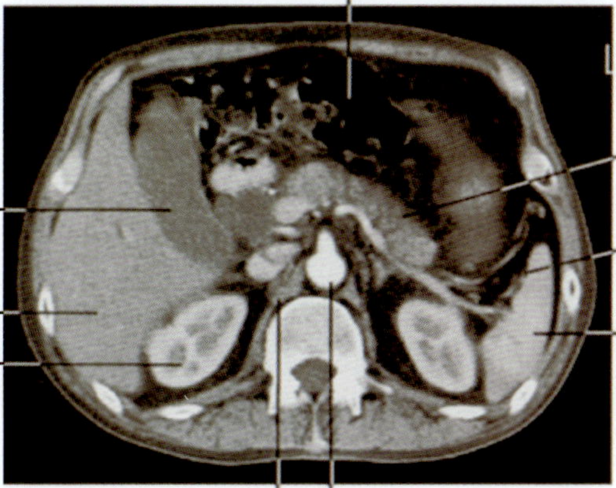

图 110 第 1 腰椎水平的 CT 显示肝脏、胆囊、主动脉和肠系膜上动脉起始处、下腔静脉、膈脚、肾脏、胰腺和脾脏。当脾静脉进入胰体后的脾门时，可以看到脾静脉。腔静脉与右膈脚相邻。静脉注射对比剂增强了血管。

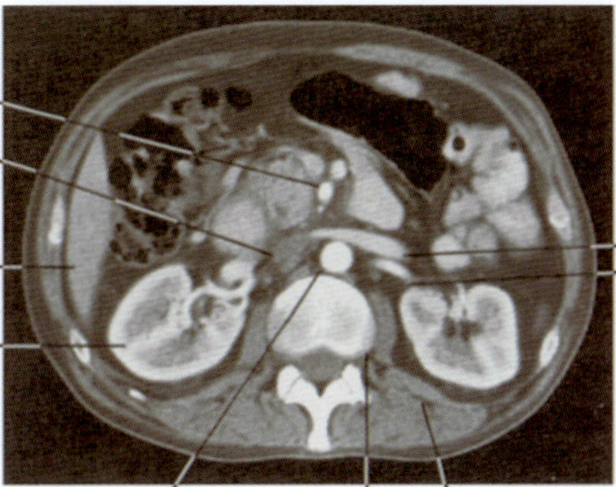

图 111 第 2 腰椎水平的 CT 显示肾脏、主动脉、下腔静脉、肝脏、肾血管和肠系膜上血管，以及腹壁肌。静脉注射对比剂再次增强了血管。

示了第 1 和第 2 腰椎椎体水平的腹部 CT 切口。临床医学生应该在熟练的放射科医生的帮助下，抓住每一个认识正常人体扫描的机会。

第 3 部分
上　肢

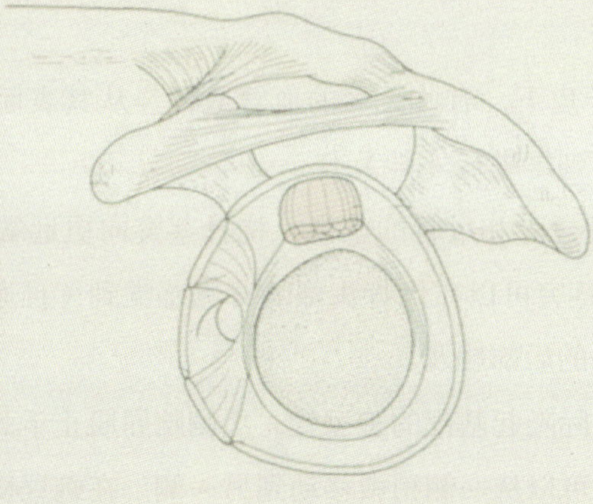

上肢的表面解剖和体表标记

肢体的大部分表面解剖结构可以在自己身上进行学习，也可以在具有合适体重指数的乐于助人的同事身上进行学习！

骨和关节（图 117，图 119 和图 120，图 122）

锁骨的皮下边界可沿其整个长度触及；偶尔可以摸到穿过锁骨表面的锁骨上神经。

肩峰是肩胛冈的外侧端形成明显的骨缘。它位于三角肌覆盖肱骨的大结节所形成的光滑凸起的正上方。较不容易识别的是肩胛骨的喙突，它位于锁骨中和外 1/3 交界处的下方，并被三角肌的前部纤维覆盖。

肩胛骨的内侧缘既可以看到也可以摸到。手臂外展是一个复杂的过程，由肩关节外展、胸锁关节下降和肩胛骨旋转组成；而后两个运动很容易在自己身上摸到。

肩部外展时，可以在腋窝的顶端感觉到肱骨头；随着手臂的旋转可感觉到它的移动。

在肘部，3 个骨性标志是鹰嘴、内上髁和外上髁。髁上骨折发生在这些结构之上，因此三者依然保持三角关系；然而，在肘关节脱位时，鹰嘴大约与肱骨内外上髁在一条线上（图 112）。

注意伸肘时位于肱骨外上髁远端后外侧的凹陷；它位于桡骨的头部，在前臂旋前和旋后时可以感觉到旋转。

尺骨的后缘完全位于皮下，有些无名的血管或神经从其表面穿过；因此，它可以在没有危险的情况下从头到尾进行外科手术。

在手腕处，可触摸到桡骨和尺骨的茎突；桡骨茎突向更远端延伸。桡骨茎突位于“鼻烟窝”的底，而尺骨茎突可以在尺骨头部的背侧感觉到（且通常可以看到）。Lister 的背结节可以在桡骨远端的后部触及。

在手掌侧，触摸小鱼际隆起基部的豌豆骨。尺侧腕屈肌止于此骨，当通过弯曲手腕使此肌腱松弛时，豌豆骨可以从一侧稍微移动到另一侧。在豌豆桡侧远端的深部，可触摸到钩骨钩。在鱼际隆起的基部、鼻烟窝底部可触到手舟骨，当该骨折断时，在此位置有特征性的压痛。在较瘦的受试者中，当腕部伸直时，豌豆骨和手舟骨结节的可到凸起。

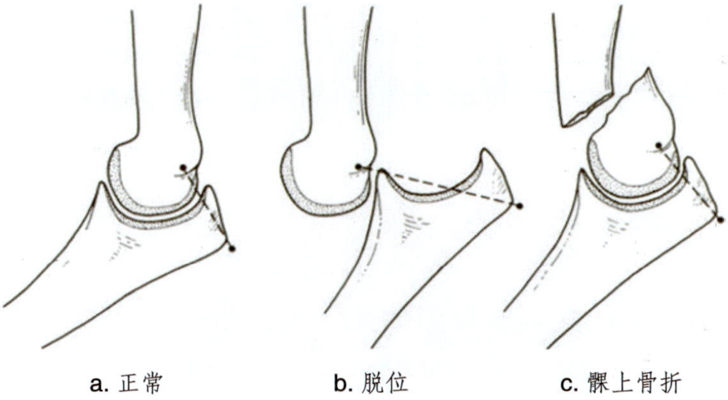

图 112 内上髁、外上髁和鹰嘴（a）的位置关系。在肘关节（b）脱位时位置关系被破坏，但在髁上骨折时（c）保持不变。

肌和肌腱

腋窝的前襞由胸大肌形成，腋窝的后襞由大圆肌和背阔肌形成。在腋窝内侧壁上可看到前锯肌的指状突起。

在上臂，三角肌形成肩部的光滑轮廓。肱二头肌和肱肌构成手臂前部的膨大，肱三头肌位于后部。当肘部屈曲呈直角时，肘部的肱二头肌的肌腱很容易被触摸到，且经常可见。与其相邻的内侧，可触及肱动脉的搏动。在肱动脉紧邻的内侧用力触压，会由于正中神经被压，而在手部产生感觉异常（图 134）。

当前臂抵抗阻力时，可见肱桡肌在前臂的桡侧凸起显现。

在腕部（图 113 至图 115），从桡动脉搏动处开始。其内侧的肌腱是桡侧腕屈肌，然后是掌长肌（有时缺失），接着是指浅屈肌腱的肌腱群。尺侧腕屈肌腱在最内侧，止于豌豆骨；在此肌腱的桡侧可触及尺动脉搏动。

在手腕的背侧（图 114 和图 115），鼻烟窝的外侧界为拇长展肌和拇短伸肌的肌腱形成，内侧界为拇长伸肌（尺侧界）——沿拇长伸肌的肌腱可追踪到伸直位拇指远端指骨的基部。在手伸直时，可以看到指伸肌的肌腱跨过近端指骨的背侧。

血管

感受锁骨下动脉在第 1 肋上的搏动，肱骨上肱动脉、手腕的桡动脉和尺动脉，以及解剖鼻烟窝中的桡动脉的搏动。

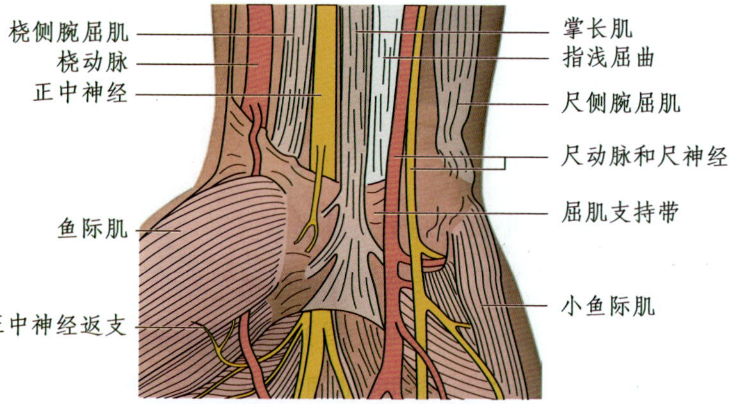

图 113 右手腕前部结构。

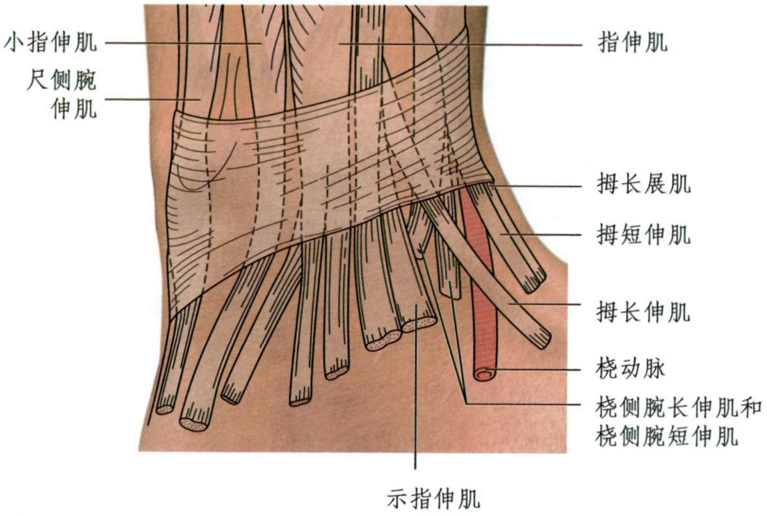

图 114 右手腕后部结构。

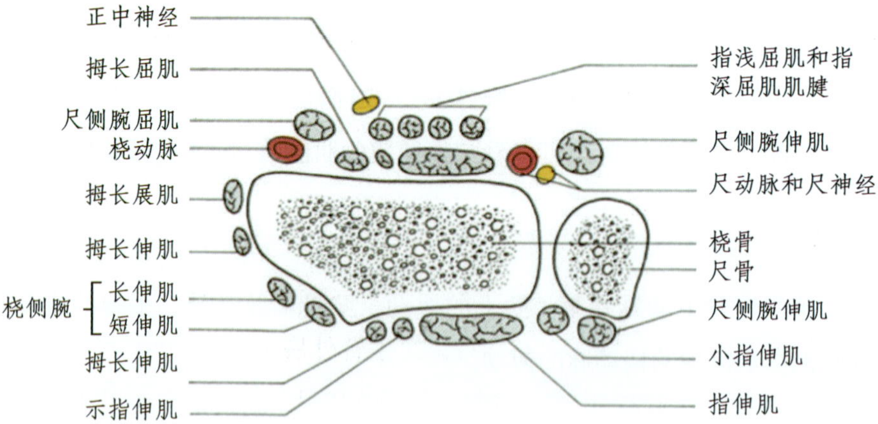

图 115 腕关节正上方部分。

肱动脉在桡骨颈水平处分叉为桡动脉和尺动脉分支，其后桡动脉沿肱桡肌的尺侧缘可见浅沟走行。

上肢静脉（图 116）包括伴行深静脉和浅静脉。伴行深静脉随主要动脉走行，通常成对。而浅静脉，由于其用于静脉穿刺和输血，在大小和实用价值上都更为重要。

可以看到浅静脉在手背上形成的手背静脉网，其汇入外侧的头静脉和内侧的贵要静脉。

头静脉起源于桡骨茎突后的浅筋膜上；即使看不到，也可以在这个位置上进行压迫止血。接着，头静脉沿着前臂的前部向上延伸，沿肱二头肌的外侧沟走行，穿深筋膜后，行于胸大肌和三角肌间沟，在此处易于暴露，也可用于紧急止血。头静脉最终穿过胸锁筋膜汇入腋静脉。

贵要静脉沿着前臂的后内侧走行，行于肘下方的前面，并在上臂中部附近刺穿深筋膜。在腋后襞的边缘处，与肱动脉的伴行静脉汇合形成腋静脉。

将肘前远侧端的头静脉和贵要静脉连接起来的是肘正中静脉，它通常是人体最突出的浅静脉，当其他所有静脉隐藏在脂肪中或在休克时塌陷时，肘正中静脉依然可看见或可触摸到。它通常从头静脉向上内侧行至贵要静脉，呈现出近似于“H”形的外观，并且接受前臂正中静脉。一个常见的变异是前臂正中静脉在肘窝远端分叉——一个分支通向头静脉，另一个分支通向贵要静脉——呈现“M”形图案，取代正中肘静脉。由于这个区域经常用于静脉穿刺，你很快就会熟悉这两种外观（图 116b，c）。在过去，肘前静脉常用于出血或静脉切开手术；而深部的肱动脉有肱二头肌的肌腱膜——跨过肱二头肌的肌腱加厚的深筋膜的保护。

在近代，人们试图避免使用此静脉注射巴比妥酸盐和其他刺激性药物，因为有误入肱动脉的轻微风险，并且还因为刺穿浅位异常尺动脉的危险偶尔发生高位肱动脉分叉。

神经

上肢的许多神经可以触摸到，特别是较瘦的受试者中；这些神经包括越过锁骨的锁骨上神经，越过肱骨头臂丛的各束（手臂外展），臂中上部越过肱动脉的正中神经，位于肱骨内上髁的浅沟中的尺神经，以及在腕部越过拇长伸肌腱的桡神经浅支。

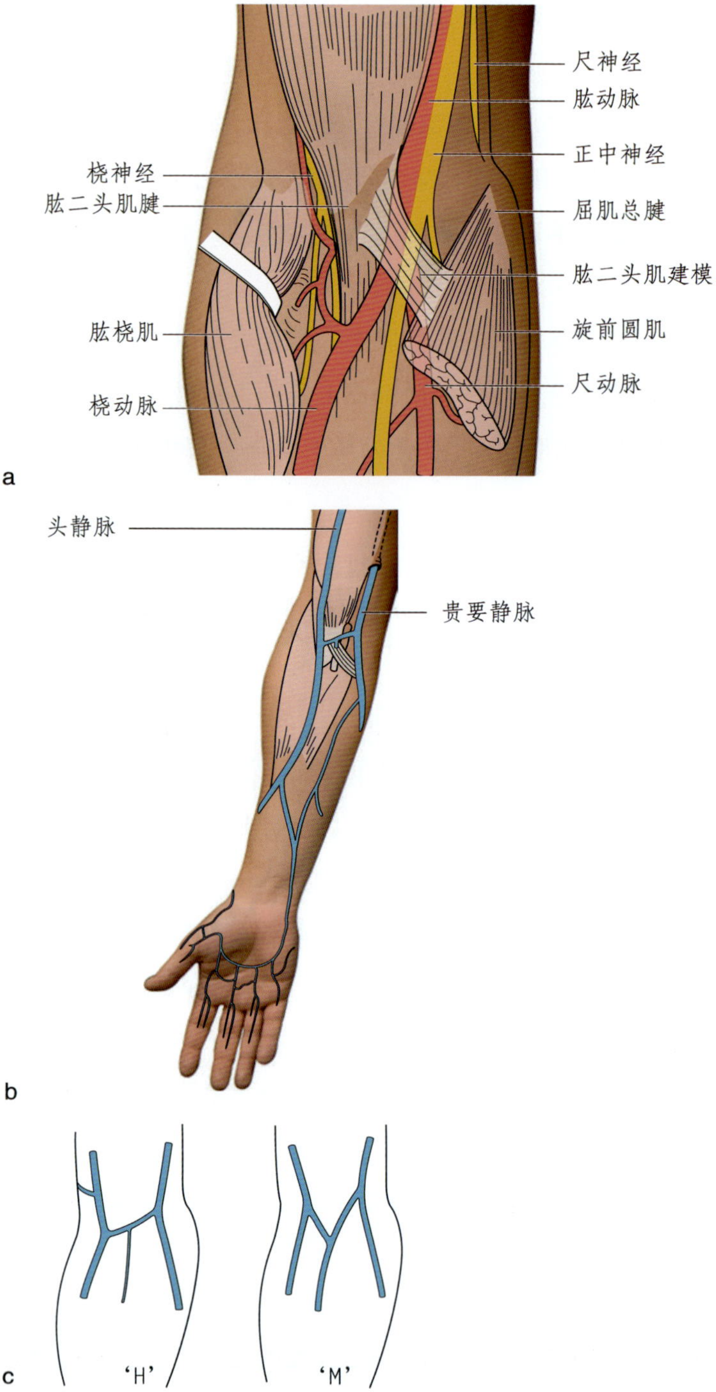

图 116 （a）肱二头肌腱膜及肘窝。（b）上肢浅静脉。（注意位于肘正中静脉和肱动脉之间的肱二头肌肌腱膜。）（c）形成肘中肘静脉形成的两种常见形状。

正中神经开始位于肱动脉外侧，在臂中上部交叉后位于肱动脉内侧，通常表浅但偶尔位置较深。这种密切的关系具有历史意义：尼尔森 [Lord (Viscount) Horatio Nelson (1758—1805)] 是英格兰最伟大的英雄之一；他是指挥英国海军的最鼓舞人心的领导者。他在做手臂的肘上方截肢手术时，正中神经意外地和周围的动脉被一起结扎了。

还有一些对于其他的、不可触及的神经有用的体表标记，列举如下。

1. 腋神经与肩峰下方 5cm 处的肱骨外科颈部密切相关。

2. 桡神经在肱骨干的后部中点越过。

3. 桡神经的骨间后支，围绕桡骨，可通过 Henrey 法定位。沿着桡骨上端的横向放置 3 根手指；最上面的手指位于桡骨头（感受它在前臂旋前和旋后），最下面的手指位于此神经上方。

4. 前臂的正中神经（图 113 和图 115），正如其名称一样，位于中间平面；因此，如果局部麻醉剂正好注射到手腕的中线，那么它在手中的分布区域就会被麻醉。

5. 在腕部，尺神经紧邻尺动脉搏动的内侧（图 113 和图 115）。在手部，尺神经走行于豌豆骨的桡侧，后行于位于钩骨钩上。如果你用指甲按压豌豆骨的外侧，你的尺侧两指会感到刺痛。

上肢的骨和关节

肩胛骨（图 117）

这个三角形骨具有 3 个突出的特征：外侧的关节盂（肩胛骨参与肩关节的部分），肩胛冈位于其后方，末端向外侧向突出为肩峰，另外还有前方的喙突。

肩胛骨有强壮的肌肉覆盖并保护，只有在极少情况下，直接严重的暴力才会发生骨折。

锁骨（图 117）

此长骨有着一些不寻常的特征。

1. 没有骨髓腔。

2. 在胎儿时期第一次发生骨化（第 5~6 周）。

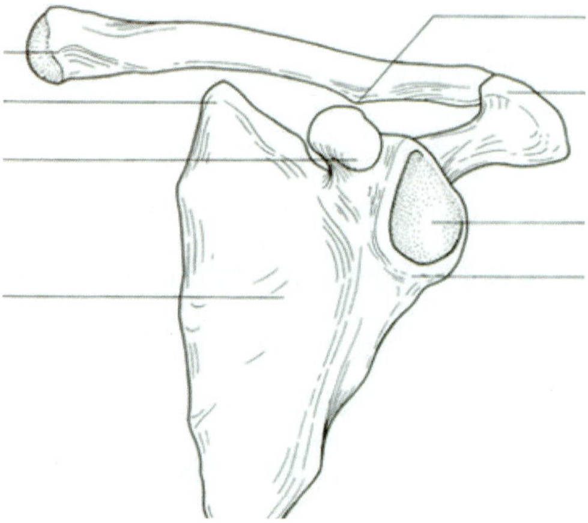

图 117 左肩胛骨和锁骨（前面）。

3. 虽然是长骨，但它的发生是在膜中而不是在软骨中。

4. 它是体内最常见发生骨折的长骨。

锁骨内侧 2/3，其截面呈圆形，向前方凸出，外侧 1/3，其截面呈扁平状，凸向后方。

在内侧，它与胸骨柄连接形成胸锁关节，其包含软骨盘（一种重要且经常被忽视的结构）。它是一种球窝关节，随着肩关节的运动，围绕其支点——肋锁韧带而往复运动。将手指放在锁骨的内侧端；上提肩——胸锁关节下降；肩收回——胸锁关节则前进。有时患者的主诉是“肩膀疼痛”，但实际上是患有胸锁关节的关节炎。

锁骨外侧与肩锁关节（包含不完整关节盘的关节）的肩峰相关联，此外，它还通过坚韧的喙锁韧带附着于喙突。

锁骨下血管的第三段和臂丛的干通过锁骨骨干中 1/3 的后方，仅由薄的锁骨下肌分开。锁骨骨折很常见，但其下方的锁骨下血管的相关损伤（穿透枪伤除外）非常罕见，就是因为这个在功能上不重要的小肌肉提供了保护。极少数情况下，这些血管（受锁骨下保护）被破裂的锁骨碎片撕裂；这也是 Sir Rober（英国首相 1834—1835 年，以及 1841—1846 年）在他从马上摔下来后死亡的原因。

锁骨的胸骨端后方有着重要的解剖结构；胸锁关节后面是左侧颈总动脉，右侧是头臂动脉分叉。颈内静脉位于两侧稍外处。这些血管通过带状肌肉——胸骨舌骨肌和胸骨甲状肌与骨分开。

临床特征

锁骨有 3 个功能：

1. 将力从上肢传递到中轴骨。

2. 充当支撑臂，使手臂脱离躯体，主要由斜方肌悬挂支撑。

3. 为肌肉提供附着点。

锁骨的最弱点是其中、外 1/3 的交会点。肩部或手上传递到中轴骨上的力可能比该部位处的骨骼强度更大，而这种间接力是骨折的常见原因。

当发生骨折时，斜方肌无法支撑手臂的重量，因此锁骨骨折患者的特征性表现是用他的另一只手支撑下垂的上肢。外侧断端不仅下降，而且还由肩内收肌向内侧牵拉，主要包括大圆肌、背阔肌和胸大肌（图 118）。

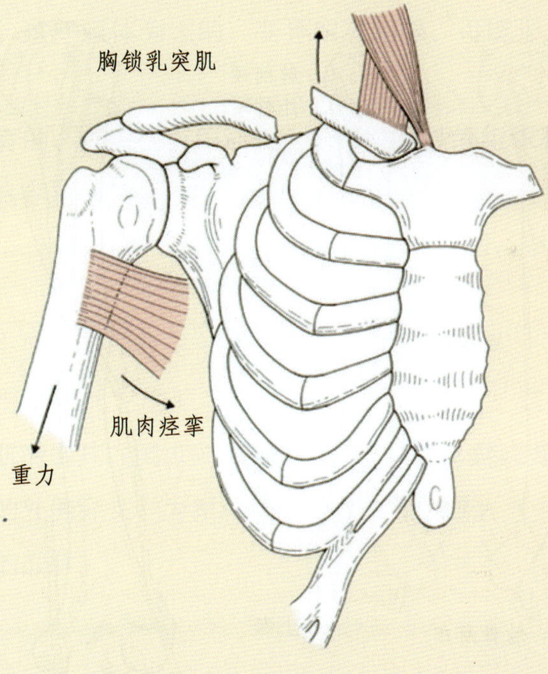

图 118　锁骨骨折的畸形——外侧断端由于重力和肌肉痉挛向下移位和内收；胸锁乳突肌使得内侧断端略微抬高。

肱骨（图 119）

肱骨的上端由面向内、上和后方的头部（球体的 1/3）构成，通过解剖颈与大、小结节分开。而大、小结节是由肱二头肌沟（结节间沟）分开，沿其中走行，从肩关节出来的肱二头肌长头。

在肱骨的上端和骨体相接处，有一个狭窄的外科颈，腋神经和旋肱血管位于其上。肱骨体上部在截面上是圆形的，在其下部是扁平的。骨体的后部有一条螺旋形浅沟，其界定着肱三头肌的内侧和外侧头的起点，桡神经和伴行的深血管绕行其间。

肱骨的下端外侧有圆形的肱骨小头，与桡骨头相连形成关节，内侧有线轴状肱骨滑车，与尺骨的滑车切迹形成关节。

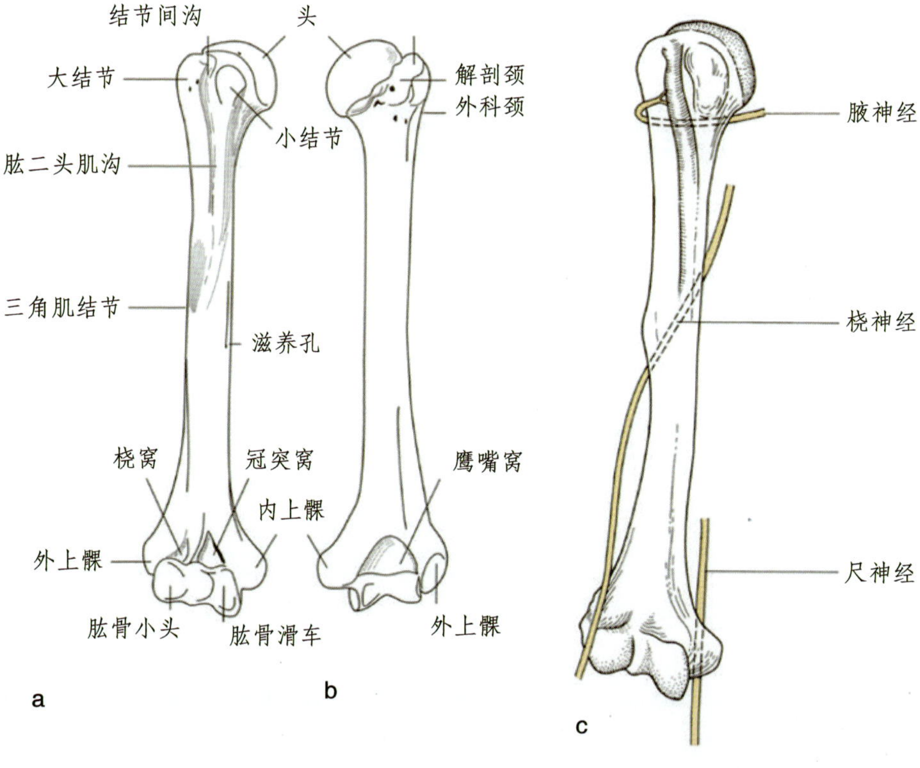

图 119 （a）右肱骨的前面观和（b）后面观。（c）肱骨及其 3 个主要相关神经—— 腋神经、桡神经和尺神经——所有这些都可能由于肱骨骨折而损伤。

肱骨两侧的内、外上髁均位于关节囊外；内上髁是两者中的较大者，更凸向远侧，在其后方为尺神经经过的沟。

因此，3 个重要的神经均与肱骨紧密接触——腋神经、桡神经和尺神经；在肱骨颈、骨干中部和下端不同部位的肱骨骨折时，可损伤相应的神经（图 119）。

值得注意的是，肱骨的下端向前倾斜与骨干形成 45° 角，这是一个重要的临床实用点。通过检查肘部的外侧位 X 线片可以很容易地确认这一点，此时可以看到沿着骨干的前部向下连续的垂直线将肱骨小头一分为二。任何该角度的减小都表明肱骨远端向后移位，并且是髁上骨折良好的放射学依据。

桡骨和尺骨（图 120）

桡骨包括头、颈、体（有桡骨结节）和扩展的远端。尺骨包括鹰嘴、滑车窝、冠突（其上桡切迹与桡骨头相关节）、体和小的远端，其下端与桡骨远端内侧形成桡尺远端关节。

图 120 右侧桡骨和尺骨（前面）。

在前臂旋前和旋后时，桡骨头部沿尺骨的桡切迹旋转，桡骨骨干围绕相对固定的尺骨骨干（两骨通过纤维性骨间韧带连接）和胫骨的远端绕尺骨头旋转。该旋转轴从近端的桡骨头延伸到远端尺骨头。

临床特征

1. 旋前肌止于桡骨骨干的中间位。如果桡骨在此附近骨折，则近侧断端被旋后（通过二头肌的作用）并且远侧断端由旋前圆肌旋前。因此，骨折时必须在前臂旋后的情况下做支具，这样使得远侧断端与旋后的近端对齐。如果骨折位于骨干中部的远端，则肱二头肌和旋前肌的运动或多或少处于平衡，因此，这种情况下应将前臂制动在中间位（图 121）。

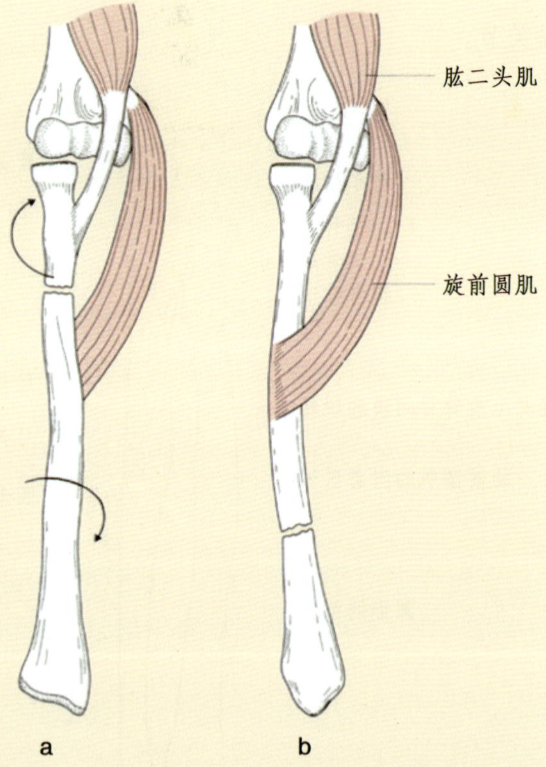

图 121　旋前圆肌在桡骨骨折中的重要作用。（a）在近端骨折发生在旋前圆肌的止点之上，远侧断端是旋前的。这种骨折必须在旋后位置支具固定。（b）当骨折发生在旋前圆肌止点远端时，此肌肉对近侧断端的作用被肱二头肌的旋后作用抵消。因此，这种骨折的固定减少为旋前和旋后的中间位。

2. 在不同年龄组，手撑地摔倒时的力量产生不同的结果：在儿童中，可能会导致远端桡骨骺的后移；在年轻人中，桡骨和尺骨的骨干可能会骨折，或者可能会发生手舟骨骨折；在老年人中，最可能的结果是 Colles 骨折。最后一种情况，桡骨在腕关节近端约 2.5cm 处发生骨折；远侧断端向后移位，并且通常受到挤压。缩短使得桡骨和尺骨的茎突差不多位于同一水平。

另一个前臂损伤是桡骨头的骨折，由手在伸直位撑地摔倒而引起，原因是在肱骨小头对桡骨头的挤压。

3. 鹰嘴可能因直接暴力而骨折，但更常见的原因是止于其上的肱三头肌的强行收缩。在这些情况下，骨端明显移位，手术修复以重建肘关节的完整性变得非常必要。

4. 鹰嘴上通常有皮下滑膜囊，反复创伤时可能会发炎。学生和煤矿工人都面临这种危险，因此鹰嘴滑囊炎又被称作“学生肘”和“矿工肘”。虽然我见到很多矿工有这种损伤，但我还没有看到任何一名医学生有此疾患。

手骨（图 122）

腕骨由两排组成，每排包含 4 块骨。在近侧列，从外侧到内侧是手舟骨、月骨和三角骨，三角骨前面有豌豆骨，尺侧腕屈肌肌腱止于其上。在远侧列，从外侧到内侧是大多角骨、小多角骨、头状骨和钩骨。

整个腕骨横向拱起，手掌凹陷。这由以下结构维持：

1. 每个骨骼的形状，后面比前面更宽（除了月骨，前面更宽）。

2. 坚韧的屈肌支持带，跨外侧的舟状骨和大多角骨的边缘至内侧的豌豆骨和钩骨钩（图 123）。

3. 腕骨的远端是 5 个掌骨，除了拇指，其他骨均相对细长。拇指的掌骨粗壮且与手掌成直角。在这个掌骨头的前面是两个小的籽骨（位于拇长屈肌的止点），在手的 X 线片上很容易看到。在远端，掌骨与指骨相连，其中拇指有两块，另外四指均有 3 块（图 122）。

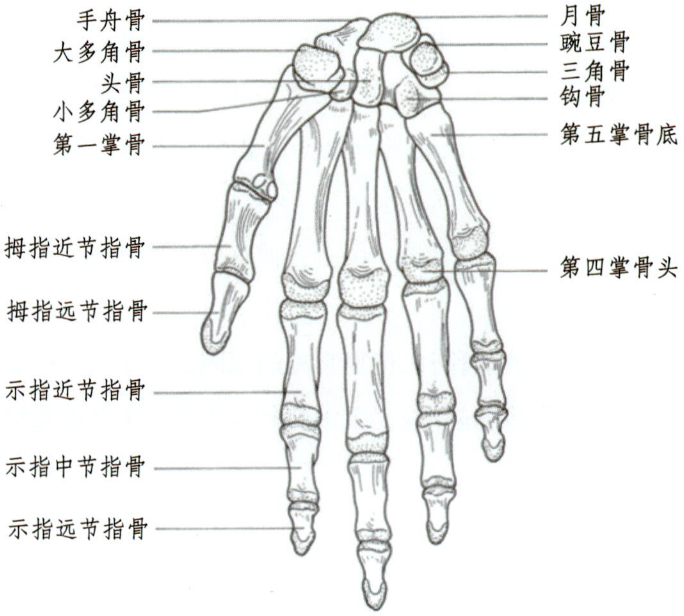

图 122　右腕骨、掌骨和指骨（前面）。

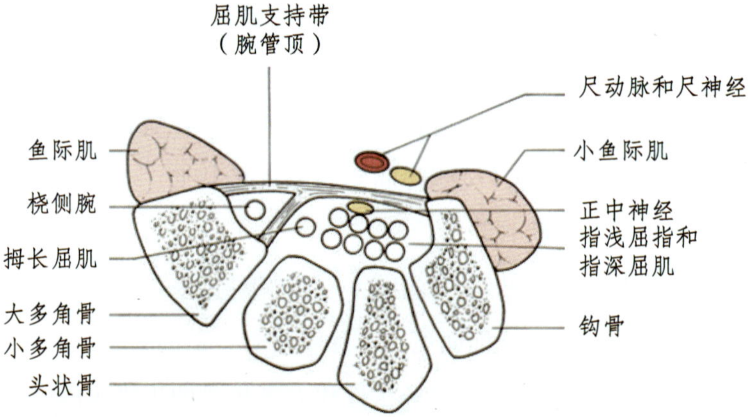

图 123　远侧列腕骨的横截面（右侧，远端观），显示屈肌支持带的止点。注意桡侧腕屈肌腱的单独骨筋膜隔室。另外须注意，在此水平上，尺侧腕屈肌腱已“消失”。它止于近侧列腕骨中的豌豆骨。

临床特征

1. 手撑地摔倒可能使腕骨的其余部分从月骨向后移位，如前所述，其前面是宽的（月骨周围腕骨脱位）。脱臼的腕骨可能会自行复位，只是向前推动月骨并将其倾斜，使其远端关节面向前（月骨脱位）。

2. 手外展时，手掌撑地摔倒可能会发生手舟骨骨折，因为在此位置时，手舟骨直接面向桡骨。在 1/3 的病例中，手舟骨的血供沿其腰部向远侧进入，因此，如果骨折在近端，则可以完全切断这块小近侧断端的血供，从而导致这部分骨的缺血性坏死（图 124）。

3. 腕管综合征。屈肌支持带形成腕管的顶，其底和壁由腕骨的凹面构成。在这个腕管内包裹的是手指和拇指的长屈肌腱及正中神经（图 123）。任何减小隔室大小的病变——例如，旧的骨折或关节炎改变——可能导致正中神经受压，导致其分布区的感觉异常、麻木和运动无力。由于正中神经的掌浅支在支持带近端发出，因此手掌通常没有感觉障碍。

有趣的是，这种综合征也很常见，特别是在老年女性中，没有任何明显的原因，尽管通过纵向打开支持带可缓解症状。

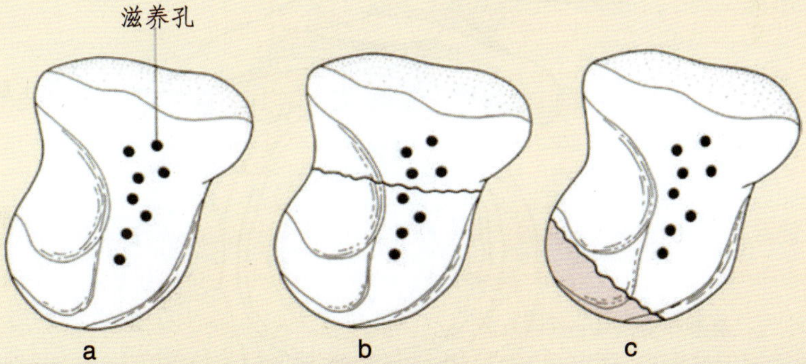

图124　手舟骨的血供。(a) 血管主要在其远端半部分进入骨骼。(b) 穿过腰部的手舟骨骨折——保留近侧断端的血管。(c) 手舟骨近侧断端的骨折——在这种情况下，近侧断端没有血管供应，因此骨骼的无菌性坏死是不可避免的。

肩关节（图 125 和图 126）

肩关节（盂肱关节）是一种典型的球窝滑膜关节，由相对较大的肱骨头和相对较小的浅关节窝组成，尽管后者由于软骨环盂唇的存在有所加深。

关节囊松弛并附着在关节盂和肱骨头的骨骺线周围。但是，它确实延伸了到了肱骨颈内侧的骨干，使得肱骨干上端的骨髓炎可能直接扩散入关节。

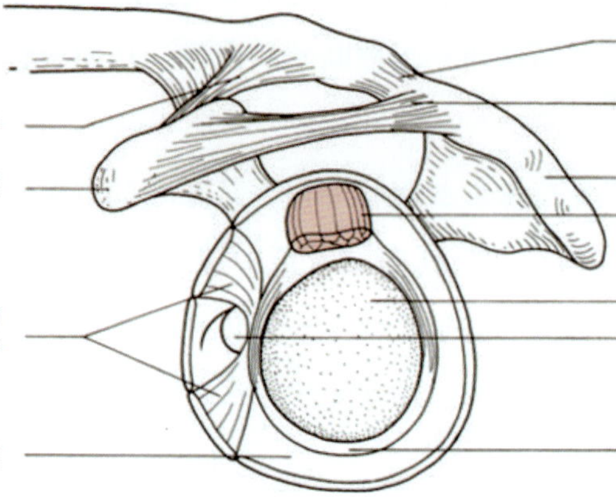

图 125　左肩关节（侧面）——去除肱骨后显示其韧带。

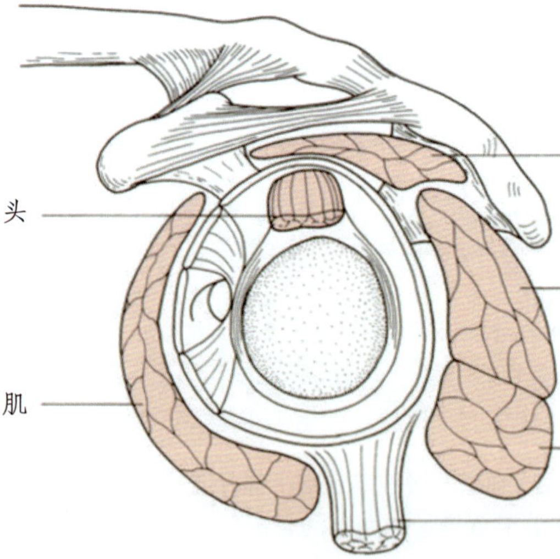

图 126　肩关节——与图 125 相同的视角，但显示了周围的肌肉。

关节囊内层为滑膜，当肱二头肌长头腱穿过关节时，滑膜沿其延伸。滑膜腔还与肩胛下肌腱下面的肩胛下滑膜囊相通。

肩关节的稳定性几乎完全取决于周围肌肉的强度，可分组为：

1. 与“肩袖”的紧密相关的短肌（见下节）。

2. 肱二头肌的长头，起自盂上结节，并跨过肱骨头，因此，它虽然被包在一个滑膜管中，但实际上位于关节内。

3. 距离较远的肩部长肌：三角肌、肱三头肌长头、胸大肌、背阔肌和大圆肌。

肩带的运动

肩关节的运动本身不能与整个上肢带骨的运动分开。即使肩关节是融合的，大范围的上肢运动依然需要肩胛骨的上提、下降、旋转和前进，杠杆发生在胸锁关节处，枢轴是肋锁韧带。

冈上肌引发肩关节外展；三角肌使其外展到 90° 。进一步向 180° （提升）移动，通过斜方肌和前锯肌向上旋转肩胛骨实现。肩部和上肢带骨运动结合成一个平滑的动作。一旦肩关节开始外展，肩胛骨即开始旋转。在自己或同事身上，通过触摸肩胛骨的下角来测试。在开始肩部外展时，可以感觉肩胛骨下角向外摆动。肩胛骨的运动伴随胸锁关节的往复运动。将手指放在这个关节上；上提肩，会感受到此关节下降；向前摆动肩膀，感觉其向后移动，依此类推。

肩袖（图 126 和图 127）是肩部短肌腱鞘的名称，它覆盖并融合了除下方以外的大部分肩关节。这些肌肉是冈上肌、冈下肌和小圆肌，它们从上向下止于肱骨大结节，而肩胛下肌则止于小结节。这些肌肉全部起自肩胛骨。

在这些肌肉中，冈上肌具有最重要的临床意义。它在肩峰和喙肱韧带的下方通过肩顶部，其间由肩峰下滑膜囊隔开。这个滑膜囊与在三角肌下面的三角肌下滑囊相延续，一起形成了体内最大的滑膜囊。

冈上肌引发肱骨对肩胛骨的外展运动；如果肌腱因受伤而撕裂，则不可能开始主动外展，并且患者不得不通过使身体向受伤侧倾斜，以重力使手臂被动地摆动。一旦外展开始，三角肌和肩胛骨旋肌便会发挥作用。

冈上肌腱的炎症（“冈上肌腱炎”）的特征是肩部运动在 60° ~120° 的疼痛弧；在

此范围内，肌腱撞击覆于其上的肩峰和喙肩韧带。磁共振成像（MRI）极大地促进了对肩周围软组织病变的研究，显示了解剖结构精细细节（图 127b）。

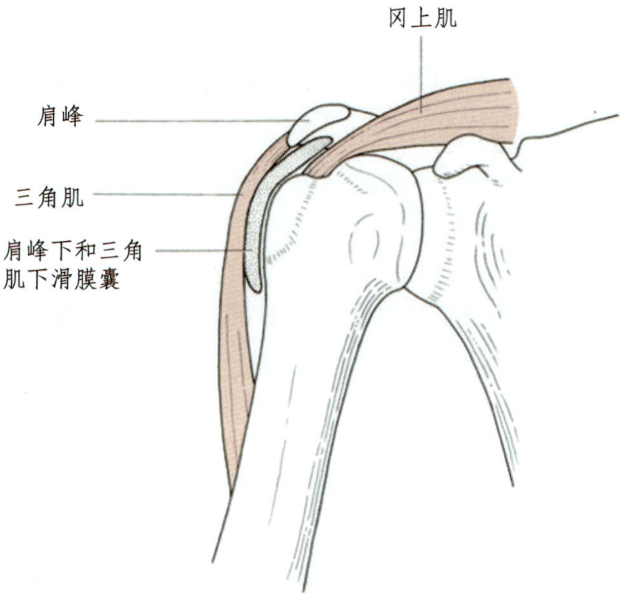

a

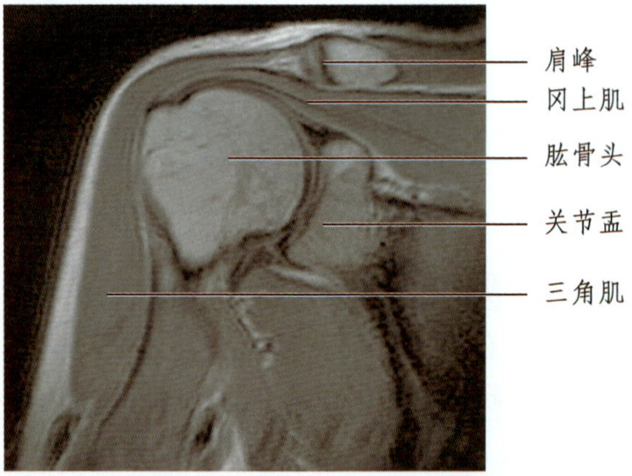

b

图 127 （a）冈上肌和肩峰下－三角肌下滑膜囊。请注意，冈上肌腱靠近肩峰——如果这个肌腱发炎，当肩部从 60° 外展到 120° 时会出现运动的疼痛弧，因为在这个范围内，发炎的肌腱会撞击肩峰。（b）肩部的磁共振成像，通过该技术可显示详细的解剖结构。

主要肌肉作用于肩关节

外展肌

冈上肌（始发）

三角肌

内收肌

胸大肌

背阔肌

肩胛下肌

屈肌

肱二头肌

胸大肌

喙肱肌

三角肌（前纤维）

伸肌

肱三头肌

大圆肌

背阔肌

三角肌（后纤维）

内侧旋肌

胸大肌

背阔肌

大圆肌

三角肌（前纤维）

肩胛下肌

侧向旋肌

冈下肌

小圆肌

三角肌（后纤维）

临床特征

肩关节脱位

只有以牺牲稳定为代价，才能实现肩部可能的大范围运动，因此它是最常见的发生脱位关节。它的下方完全没有肌肉的保护，在猛烈外展时，肱骨头可能会从关节盂向下滑落到位于盂下区域，通常会向前进入喙突下位置（图 128）。

在肱骨外科颈部的腋神经可能在这种情况被撕裂。在复位之前，需要通过检查三角肌表面的皮肤感觉来评估腋神经是否损伤。

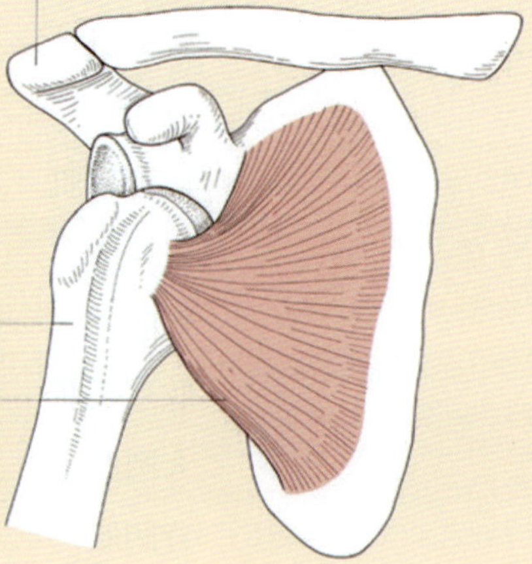

图 128　肩关节脱位的畸形。脱位的肱骨头由上肢带肌拉住，并由肩胛下肌拉至内旋。

可通过对三角肌上皮肤感觉的丧失来对患者进行评估。

肱骨头由肩部强有力的内收肌向内侧牵拉；因此，它的大结节不再是肩部区域最外侧的骨性突起，取而代之的是肩峰。三角肌在大结节上的正常隆起消失了；相反，这种肌肉出现有特征性的扁平化。

通过 Kocher 法进行复位，肘部弯曲，前臂向外旋转；这样会拉伸肩胛下肌，此肌使得肱骨头内旋。然后肘部向内侧摆动越过躯干，从而横向撬动肱骨头，使其滑回原位。

在 Hippocratic 法中，足部用作腋窝的支点，牵引和内收前臂；这种方式可使肱骨头向外斜回到其正常位置。

肘关节（图 129 和图 130）

肘关节虽然是单个滑膜腔，但由 3 个不同的关节组成，它们是：

1. 肱尺关节，位于肱骨滑车和尺骨的滑车切迹之间（屈戌关节）。

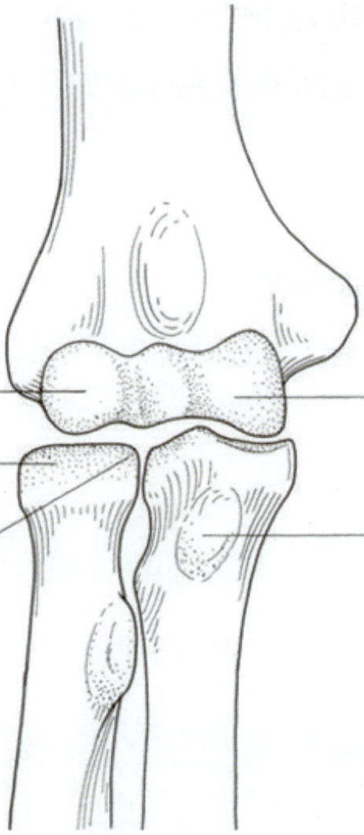

图 129 肘关节的骨性成分（右侧；前面）。注意三组关节面。

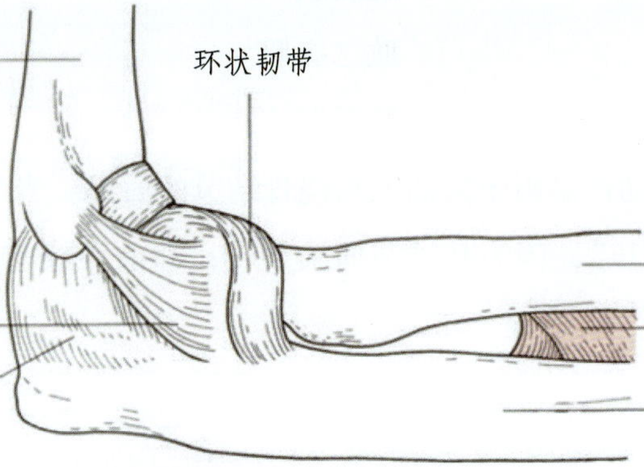

图 130 右肘关节囊（外侧部）。

2. 肱桡关节，肱骨小头与桡骨头上凹面（球窝关节）之间的关节。

3. 桡尺近端关节，桡骨头和尺骨的桡切迹之间的关节，桡骨头由坚韧的环状韧带（枢轴关节）固定。

肘关节囊紧密围绕着这种复杂排列的关节；未参与关节的内上髁和外上髁处于囊外。胶囊薄而松散，向前和向后伸展以允许屈曲和伸展，而在两侧明显增厚，由内侧和外侧副韧带加强。外侧韧带远端连接在桡骨头周围的环状韧带上。为了允许桡骨旋转，环状韧带的下缘是游离的，而且在环状韧带下方，肘部的滑膜向下凸出到桡骨颈上。

肘部可做两组运动：

1. 肱尺和肱桡关节的屈曲和伸展。

2. 桡尺近端的旋前和旋后（与远端桡尺关节的相关运动相结合）。

作用于肘部的肌肉

屈肌	**伸肌**
肱二头肌	肱三头肌
肱肌	肘肌
肱桡肌	
前臂屈肌	

旋前肌	**旋后肌**
旋前圆肌	肱二头肌
旋前方形	旋后肌

肱二头肌的旋后肌动作是由于其插入到桡骨结节的后部。当二头肌收缩时，不仅前臂弯曲，而且桡骨“松开”，因为其结节向前旋转，即前臂旋前（图 131）。肱二头肌

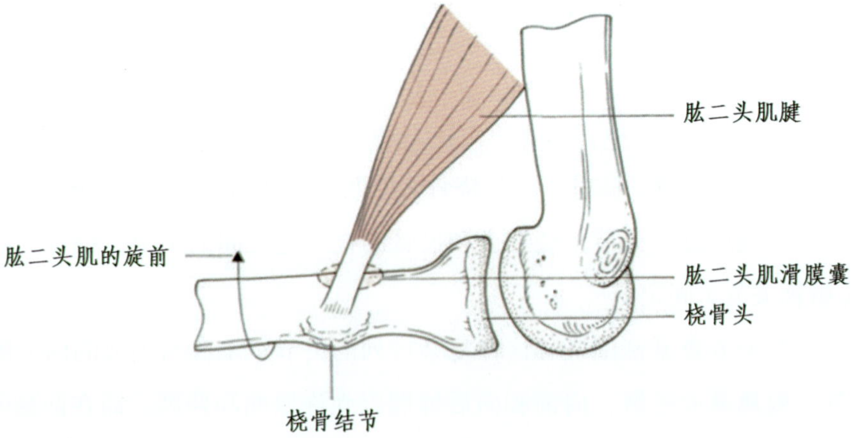

图 131 肱二头肌的旋后动作（从内侧观察右肘，去除尺骨）。

是一块强大的肌肉；因此，旋后比旋前更强大，自己试试。螺丝刀和软木螺钉是为惯用右手的人使用这种旋后动作做拧紧而设计的。

临床特征

1. 通过垂直后切口分开肱三头肌腱可安全地进入肘关节。

2. 由于关节囊在前部和后部相对较弱，积液可通过这些部位扩散，特别是在后部，因为前部被肌肉和致密的深筋膜覆盖。在鹰嘴的一侧或另一侧进行抽积液较容易操作。

3. 环状韧带在成人中呈漏斗状，但在幼儿中其侧面是垂直的。8 岁以下儿童的手臂突然猛拉可能使桡骨头脱出这条韧带形成半脱位（“拉肘”）。可通过肘部的旋后，将桡骨头“拧紧”回原位，从而轻松地进行复位。

4. 由于手撑地摔倒的间接暴力，可能会发生肘关节后脱位。偶尔，尺骨的冠突可在这种损伤中与肱骨滑车相撞发生骨折。特征性地表现，即鹰嘴和两个肱骨外上髁之间的三角关系消失（图 112）。通过牵引来克服作用在关节上的肌肉的保护性痉挛，肘部的弯曲可将肱骨 – 肱尺关节拉回到位，两者结合以实现复位。

腕关节（图 132）

桡尺远端关节的关节盘覆盖尺骨头部，并附着于尺骨茎突的基部。此关节盘与桡骨远端一起形成腕关节的近端关节面，远端关节面是舟骨、月骨和三角的近端表面。

腕关节是一种髁突关节，也就是说，它允许屈曲、伸展、外展、内收和环转运动，后者是前 4 种运动的组合。腕骨间关节通过相对滑动运动可增加腕关节的屈曲和伸展；虽然手腕的屈曲幅度实际上小于伸展幅度，但这些相关运动可使其明显增大。

由于桡骨茎突的远端突出较多，手腕外展幅度远小于内收的幅度。

作用于手腕的肌肉

屈肌，穿过腕关节前方的所有长肌。

伸肌，穿过关节后部的所有长肌。

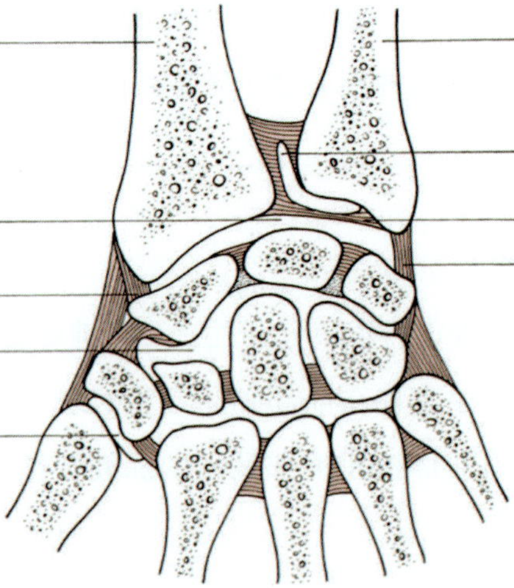

图 132 剖面中的桡腕关节、腕掌关节和腕掌关节。

内收肌，尺侧腕屈肌与尺侧腕伸肌协同作用。

外展肌，桡侧腕屈肌和桡侧腕长伸肌和桡侧腕短伸肌韧带，以及拇指的长外展肌和短伸肌。

手的关节（图 132）

各个腕骨之间的关节允许发生滑动，这增加了伸展范围，更具体地说，使得腕关节得以屈曲。

拇指的腕掌关节是鞍形的，允许屈曲和伸展（在与手掌平行的平面内），外展、内收（在与手掌成直角的平面中）和对掌，即拇指与第五指接触。这个关节的运动范围与其他腕掌关节的有限运动形成对比，这使得第 2 和第 3 掌指关节有一定程度的滑动，第 4 和第 5 掌指关节有小范围的屈伸运动。

在掌指关节处有相反的状态；拇指的掌指关节只能有 60° 的屈曲和伸展范围，而其他 4 个掌指关节可以进行 90° 的屈曲和伸展，以及外展、内收和环转，它们是髁状关节。

注意，当手指的掌指关节屈曲时，外展和内收变得不可能。这是因为每个掌骨头虽然在其末端是圆形的，但是在前面是扁平的；当近端趾骨的基部移动到这个扁平表面上时，侧向运动变得不可能。此外，掌指关节两侧的侧副韧带在屈曲时变得绷紧，从而防止外展和内收。

除拇指外，手指的掌指关节由坚韧的深横韧带连接，防止手掌在紧握时松散。

所有指间关节都具有滑轮形的相对表面，因此是屈戌关节，仅可做屈曲和伸展。在所有掌指关节和指间关节处，韧带的排列是相同的。

1. 后面，关节囊被相应的手指伸肌腱腱膜所取代。

2. 前面，关节囊由密集的纤维软骨板形成。该手掌韧带会和相邻屈肌腱相摩擦。

3. 两侧，关节由侧副韧带加强，侧副韧带伸展时松弛，关节屈曲时拉紧。

临床特征

拇指的腕掌关节被认为是人类上肢最重要的关节。它使拇指尖可以与另一个或另外手指做独特的对指运动，而这仅见于人类。例如，在握笔或手术刀时。因此，第 1 掌骨底部骨折（Bennett 骨折）是一种很危险的伤害。除非通过在手术操作用骨钉外固定骨碎片来实现解剖学复位，否则变形的关节会发生骨关节炎，从而造成该重要关节的运动受限。

手部的肌肉活动

手指的长屈肌是：

1. 指深屈肌，插入 4 个远节指骨的底部。

2. 指浅屈肌，插入 4 个中节指骨的底部两侧。

3. 指深肌腱穿过近节指骨上的指浅肌腱。

深肌屈曲远节指间关节，浅肌则屈曲近节指间关节；它们共同作用，使手指和手腕屈曲（图 133）。

手指长伸肌是：

- 指长伸肌
- 示指伸肌 } 通过加入适当的伸肌腱内侧的趾长肌而增强。
- 小指伸肌 }

指伸肌的肌腱通过伸肌腱膜止于每根手指，并覆盖在近节指骨的背侧和其底部

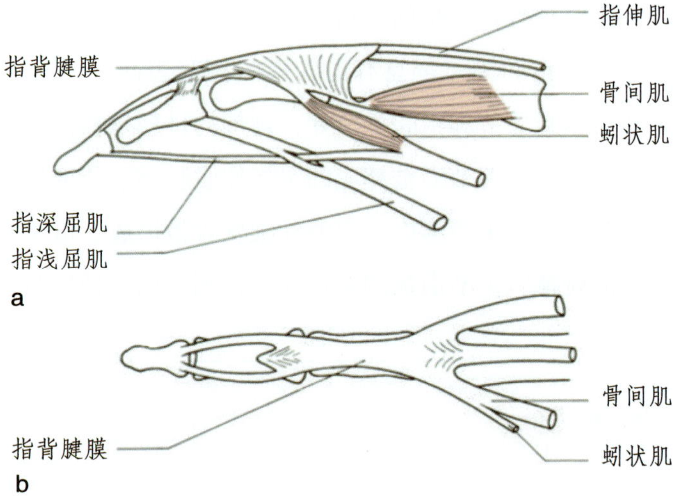

图 133　手指的肌腱。(a) 侧面观。(b) 背面（后面）观。

的侧面。然后它通过中央束连接到中节指骨的底部，并通过两个侧束连接到远端指骨（图 133）。

伸肌腱膜的边缘由手内肌的肌腱加强：

1. 骨间掌侧肌和背侧肌，分别来自掌骨的两侧和前面。

2. 蚓状肌，起于 4 个指深肌腱，并经掌指关节的桡侧，加入指背腱膜。

这些手内肌，起于掌侧止于手指背侧，具有独特的作用，可使掌指关节屈曲，并伸展指间关节。

骨间肌与小指展肌共同作用，使手指外展（骨间背侧肌）和内收（骨间掌侧肌）。手指的完全屈曲包括指伸肌引发弱的外展运动和长屈肌引起的内收运动。但是，如果通过将手平放在桌子上来消除这些伸展和屈曲的运动，那么外展和内收就变成了手内肌群的动作。把卡片夹在手指间并保持这个动作完全依靠手内肌群的作用。

小鱼际中的另外两个手内肌，即小指对掌肌和小指屈肌，止于第 5 指。

作用在拇指上的 8 块肌肉可以分为长肌（从前臂开始）和短肌或手内肌。

- 长肌

拇长屈肌，止于远节。

指长伸肌，止于远节指骨。

拇短伸肌，止于近节指骨。

拇长展肌，止于掌骨。

- 短肌

拇收肌。

拇段屈肌。

拇短展肌。

拇对掌肌，沿掌骨。

（以上四肌）止于近节指骨的底部。

腕部的屈肌和伸肌在手的运动中起着重要的协同作用。注意观察手腕完全屈曲时握力有多弱；必须通过平衡的肌肉动作将其牢固地保持在伸展或中立位置，以使手指和拇指的长屈肌能够在其完全伸展时工作，并由此达到其最大工作效率。

上肢的 3 个重要区域：腋窝、肘窝和腕管

腋窝

腋窝（图 139 和图 142）是颈部和上肢之间的过渡区。它呈不规则且稍微倾斜的椎形。

腋窝的前壁有两层。浅层由胸大肌组成，而深层由胸小肌和锁骨下肌组成，在两块肌肉之间有锁胸筋膜深入其间包围两者。

后壁相对较长，从上向下，依次由肩胛下肌、大圆肌和背阔肌组成。

腋窝的内侧壁由其上 4 个肋间隙的侧面构成，被前锯肌的指状起点覆盖，而它的外侧壁是手臂上部的内侧面。腋窝锥形的底部为深筋膜，其从胸壁的外侧延伸到手臂的内侧。它被称为腋下筋膜，附着于胸大肌和背阔肌的下缘。

腋窝的顶是截头的，实际上是锁骨的中间 1/3 和第 1 肋的外边缘之间的间隙。这个间隙称为颈 – 腋窝开口，锁骨下动脉和臂丛从颈部进入腋窝，腋静脉从腋窝达到颈部。颈 – 腋窝开口还有许多淋巴管穿过。

腋窝的内容物为腋动脉及其分支、腋静脉及其属支、臂丛各束及其分支、腋窝淋巴结和肋间臂神经。所有这些结构被都包在大量的腋窝脂肪中。

臂丛的构成和腋动脉的走向将在后面描述。

肘窝

肘窝（图 134）是手臂和前臂之间的过渡区。肘窝位于肘关节前方，是一个三角形的肌间隙。

它的边界是：

- 近端，肱骨内上髁和外上髁之间的假想线（三角形的底）。
- 外侧，肱桡肌。
- 内侧，旋前圆肌从肱骨内上髁倾斜延伸到桡骨体的外侧（图 121）。 肘窝的顶点

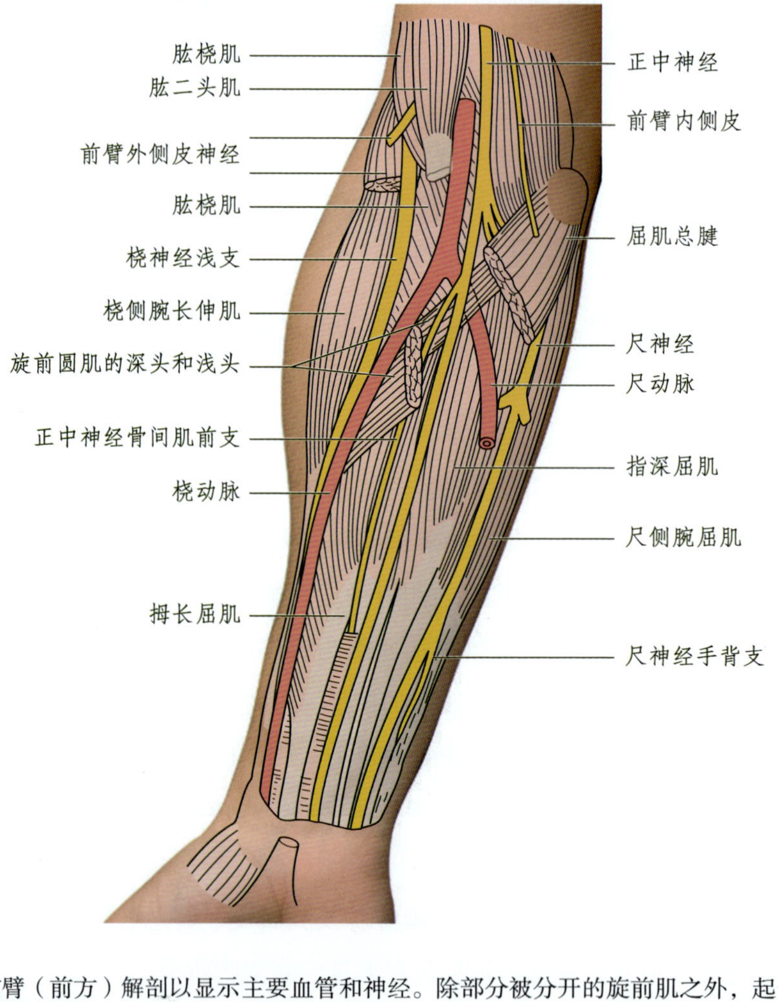

图 134　右前臂（前方）解剖以显示主要血管和神经。除部分被分开的旋前肌之外，起于屈肌总腱的前臂浅表肌肉已经去除。

是肱桡肌与旋前肌的交叉点。

肘窝的顶部是覆盖其上的深筋膜，部分由肱二头肌延伸出腱膜加强，称为肱二头肌腱膜。

肘窝底为肱肌，其下为肘关节的关节囊。

从内侧到外侧，肘窝的内容物为正中神经，肱动脉及其伴行静脉和肱二头肌腱。如果破坏肱桡肌并推向桡侧，则可以看到桡神经。在这些内容物中，肱动脉和肱二头肌的肌腱易于触及。

在肘窝的远端部分，肱动脉分成两个终支——桡动脉和尺动脉（后者通常较大）。

在肱骨髁上骨折中，肘窝的内容物（特别是肱动脉和正中神经）易受损（图 112）。

腕管

腕管（图 113、图 122 和图 123）是一个骨筋膜间隙，其背侧边界是腕关节掌侧的凹面。

腕管的腹侧边界（顶部）是屈肌支持带（也称为腕横韧带）。

屈肌支持带是一块四边形的致密纤维组织，通过其 4 个角连接到如下 4 块腕骨。

在桡侧，其近端附于到手舟骨的结节，远端附于大多角骨的腹侧面的边缘。在尺侧，其近端连于豌豆骨，远端附着在钩骨钩上。在大多数人中，这 4 个骨点很容易触及，这使临床医生能够精确地对屈肌支持带和腕管进行表面标记。

如图所示（图 123），指浅屈指 4 条肌腱、指深屈 4 条肌腱、拇长屈肌肌腱、尺侧腕屈肌肌腱（在腕管内自己的纤维隔室通行）纵向从腕管穿过。正中神经在腕管内运行，附于屈肌支持带的深表面。腕管综合征为腕管内持续的正中神经压迫症状。它是迄今为止人类所有受压性神经病理病变中最常见的。

上肢动脉

腋动脉

腋动脉（图 139）是锁骨下动脉的延续，始于第 1 肋的外侧缘，止于腋窝的下缘

（大圆肌下缘），续为肱动脉。它由上覆的胸小肌分为 3 个部分，除了远侧末端外，它还被胸大肌覆盖。

在胸小肌上方，臂丛位于动脉的上方和后方，但在远端，臂丛各束占据在动脉周围，并以位置命名（外侧、内侧和后侧束）。

腋动脉的分支供应胸壁和肩部；方便的是，第 1、第 2 和第 3 部分分别发出 1 个、2 个和 3 个分支。

第 1 部分：1. 胸上动脉。

第 2 部分：1. 胸肩峰干。

2. 胸外侧动脉。

第 3 部分：1. 肩胛下动脉。

2. 旋肱前动脉。

3. 旋肱后动脉。

在乳房根治术中会见到除旋肱血管之外的所有血管。

肱动脉

肱动脉是腋动脉的直接延续。它始于上臂的背阔肌肌腱下缘水平，止于桡骨颈的水平，并分支为桡动脉和尺动脉。它在整个行程中相对浅表，直接位于深筋膜深处，在肱骨中部水平处，正中神经与其交叉，在其表面从其外侧行至内侧；神经偶尔从动脉深处穿过。在很少的情况下，肱动脉在上臂分成两个末支。

肱动脉的命名分支为：

- 肱深动脉（伴桡神经）。
- 尺侧上副动脉（伴尺神经）。
- 滋养动脉（至肱骨）。
- 尺侧下副动脉。

桡动脉

桡动脉（图 134）始于桡骨颈水平，行于肱二头肌腱上。在其上半部分，它与肱桡肌重叠，让肌肉受试者紧张这块肌肉，在其内侧可以看到浅沟，此为桡动脉的体表标记。在前臂远端，动脉位于肱桡肌和桡侧腕屈肌之间，桡动脉手腕处的触诊部位即在这两个肌腱之间（图 113）。

在前臂的中 1/3 处，桡神经位于动脉的外侧；在此位置的桡神经可因为粗心而和动脉一起被结扎。

在搏动的桡动脉远端，桡动脉发出分支参与形成掌浅弓。然后从拇长展肌和拇短伸肌的肌腱深面进入解剖鼻烟窝（此处可触及），穿过第 1 和第 2 掌骨之间的第 1 骨间背侧肌和拇收肌后，与尺动脉深支形成掌深弓。

尺动脉

尺动脉（图 134）是肱动脉的两个终支中较大的一支。在起点处，它行于起于屈肌总腱的肌肉下方，位于指深屈肌上，并且与尺侧腕屈肌重叠。正中神经行于尺动脉的浅面，仅由一块肌肉的一部分（旋前肌的深头）与其分开。

在前臂的远端半部，尺动脉在尺侧屈肌腱和指浅屈肌腱之间变得表浅；而后穿过屈肌支持带，与桡动脉的浅支形成掌浅弓。

在前臂远端 2/3 的内侧，尺动脉有尺神经伴行于屈肌支持带的内侧（图 113）。

注意。所有主要关节周围都有丰富的动脉吻合。除了记住这个事实，临床学生不需要记住所有涉及的众多命名分支。

臂丛神经

臂丛神经对于外科医生具有重要的临床意义。它可能会在开放、闭合或产科损伤的情况下受损，可被颈肋压迫或因肿瘤受损。因此它会在颈根部的操作中遇到，并处于危险中。

臂丛的形成如下（图 135）：

1.5 个根，来自 C5~C8 和 T1 的前根，续于 2.3 个干，其由以下结构结合组成：

- C5 和 C6（上干）。
- C7（中干）。

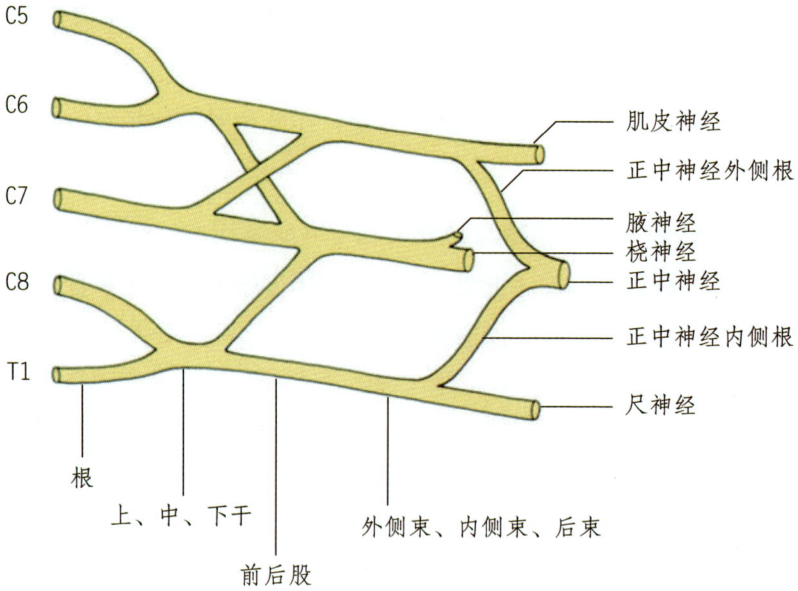

图 135 臂丛神经的分支。

- C8 和 T1（下干）。

后分成：

3.6 股，由每个干分成前后股，再分为：

4. 3 束

- 外侧束：由上和中干的前股融合而成。
- 内侧束：从下干的前股形成。
- 后束：由 3 个干的后股组成。

臂丛根部位于前斜角肌和中斜角肌之间。干位于颈后三角的筋膜底部。6 股在锁骨深面。束位于腋窝。

各束继续向远端形成上肢的主要神经干：

1. 外侧束分支出肌皮神经。
2. 内侧束分支出尺神经。
3. 后束分支出桡神经和腋神经。
4. 外侧和内侧束的交织连通形成了正中神经。

以下可用于参考，臂丛的各部分支如下（图 136）。

- 根

– 菱形肌的神经。

– 锁骨下肌的神经。

– 前锯肌的神经（C5、C6、C7）。

- 干

– 肩胛上神经——来自上干（支配冈上肌和冈下肌）。

- 外侧束

– 肌皮神经。

– 胸外侧神经。

– 正中神经的外侧根。

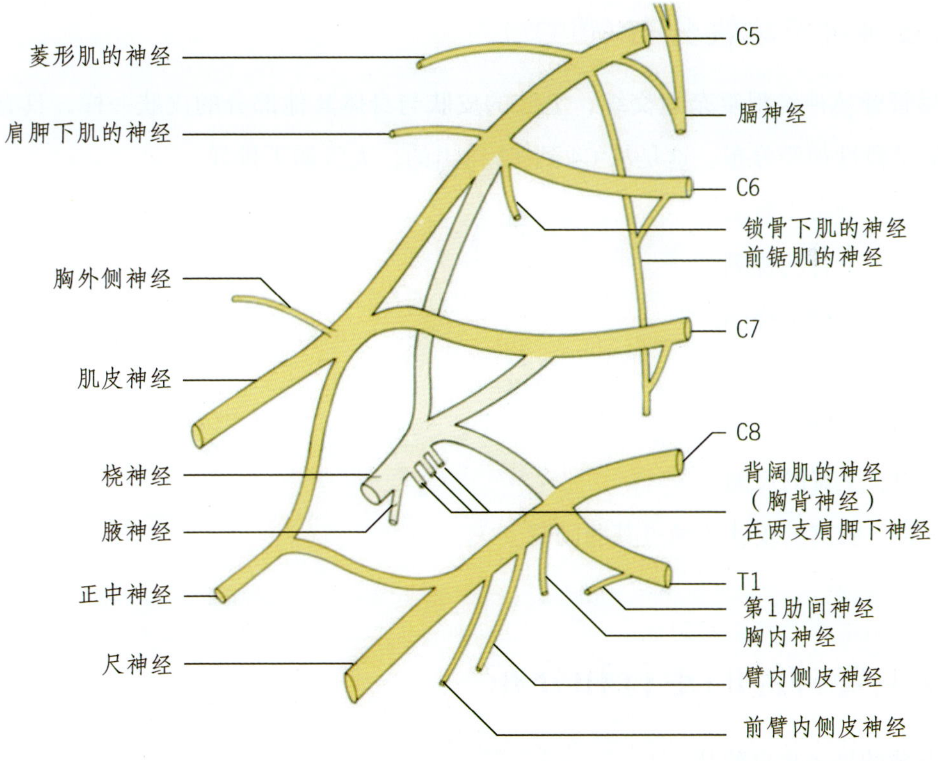

图 136　臂丛神经的分支。浅色区域显示后束。

- 内侧束

– 胸内侧神经。

– 臂和前臂的内侧皮神经。

– 尺神经。

– 正中神经的内侧根。

- 后束

– 肩胛下神经。

– 背阔肌的神经。

– 腋神经。

– 桡神经。

注意，后束分布于肢体后部的皮肤和肌肉，而前面的外侧和内侧束分布于室间隔前室的结构。

上肢皮神经节段性分布（图 137）

尽管臂丛神经根复杂地交织，上肢的皮肤与身体其他部分的皮肤一样，具有完全规则的节段性神经分布。这是从 C4 到 T2 得出的，大致如下排列：

- C4，分布于肩顶。
- C5，上臂的桡侧。
- C6，前臂的桡侧。
- C7，手的皮肤。
- C8，前臂的尺侧。
- T1，上臂的尺侧。
- T2，腋窝的皮肤（通过其肋间臂支）。

上肢主要神经的走行和分布

上肢的神经来自臂丛。

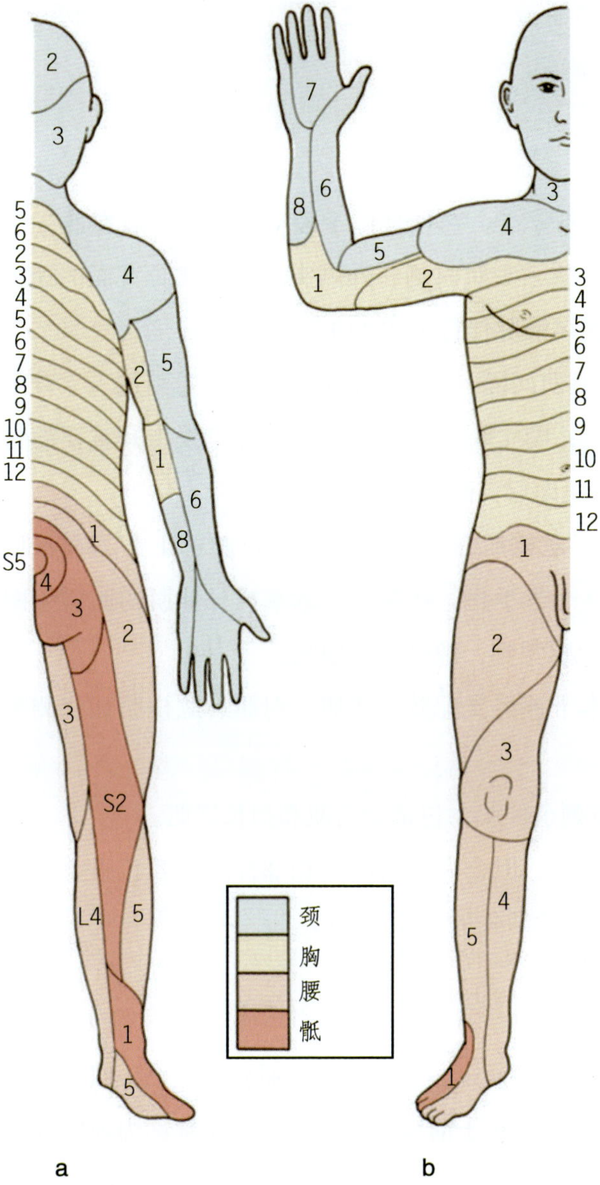

图 137　皮神经节段性支配
身体。(a) 后面。(b) 前面。

腋神经

腋（旋支）神经（C5、C6）起自臂丛后束，且与旋肱骨后血管一起绕过肱骨的外科颈部（图 119 和图 138）。它的分支是：

- 肌支，三角肌和小圆肌。
- 皮支，在三角肌上方的手掌大小的皮肤区域。

腋神经可能在肱骨颈骨折或肩关节脱位时受伤。随之会发生肩部外展运动变弱、三角肌无力和这块肌肉上的一小块皮肤麻痹。

桡神经

桡神经（C5~C8，T1）是后束的主要分支。它先是位于腋动脉后面，后在肱三头肌的长头和中间头之间向后，并走行于肱三头肌内侧和外侧头之间的肱骨背面的螺旋沟内（图 138）。此段有肱深动脉及其同名静脉伴行（图 119）。

在肱骨的下 1/3 处，桡神经穿过外侧肌间隔，在肱肌和肱桡肌之间重新进入手臂的前肌间隔（此处为手术暴露的方便部位；图 134）。在外上髁的水平，发出其重要的骨间后神经，穿过旋后肌绕过桡骨，穿出肌肉后支配前臂的伸肌。

桡神经本干续为桡神经浅支，位于肱桡肌深处（图 134）。在腕部上方，它从该肌肉下方穿出，其终支为分布于桡侧 3 个半手指，在腕关节远端拇长伸肌的肌腱（图 114）上分布于指尖。此神经可在肌腱上感觉到，像轻弹的细绳。

桡神经是支配上肢伸肌的神经。本干神经支配肱三头肌、肘肌、肱桡肌和桡侧腕伸肌。并发出细支到肱肌的外侧部。

桡神经的骨间后支支配前臂的所有剩余伸肌，包括旋后肌和拇长展肌。

皮支分布于手背、前臂和手背的桡侧。但令人惊讶的是相邻神经的互相重叠，只有手背处、拇指和示指间的一小部分是感觉缺失的（图 143a）。

肌皮神经

肌皮神经（C5~C7）由臂丛的外侧束延续而来。它穿过肱桡肌后在肱二头肌和肱肌之间走行（支配这 3 块肌肉），其末端皮支分布于前臂外侧皮肤，此支被称为前臂外侧皮神经。

尺神经

尺神经（C7、C8、T1；图 139）由臂丛内侧束的分支形成。它位于腋动脉和肱动脉的内侧，直至肱骨中部，然后穿过内侧肌间隔（与尺侧上副动脉一起）下行到肱三头肌的前面。经过内上髁后面（此处可以很容易地在骨上触到），进入前臂（图 119）。

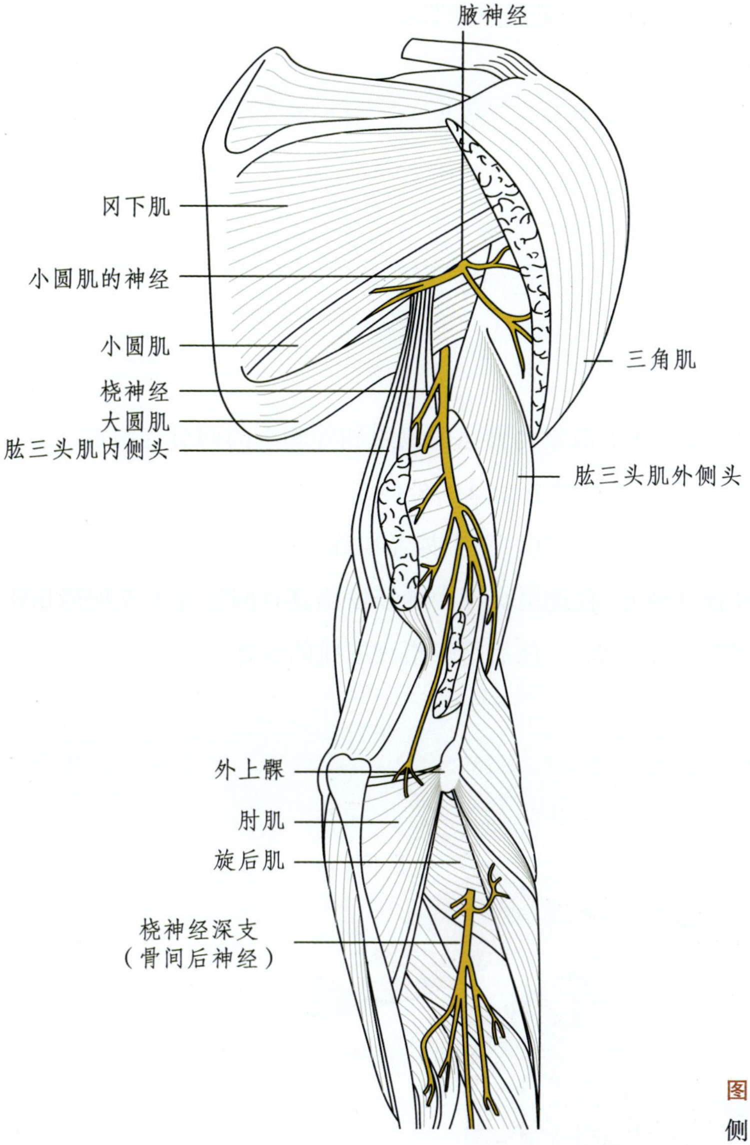

图 138 桡神经（右上肢、背侧）的分布情况。

在这里，它在尺侧腕屈肌深部下行，直至其肌腱，此时尺神经位于其桡侧，位置浅表。在前臂的远端 2/3 处，尺神经与尺动脉伴行，该动脉位于神经的桡侧。在腕部上方约 5cm 处，其背侧皮支行至尺侧腕屈肌深部，分布于尺侧一根半指的背侧、手背或手尺侧（图 140）。

尺神经行经屈肌支持带表面（图 113 和图 115），分为浅支和深支两个终支，浅支分布于尺侧一个半手指，深支支配小鱼际肌和手内肌群。

它的分支是：

- 肌支，尺侧腕屈肌，指深屈肌内侧半、小鱼际肌、骨间肌、第 3 和第 4 个蚓状肌和拇收肌（它支配除鱼际肌和第 1、2 蚓状肌外的所有手内肌，这些肌肉由正中神经支配）。
- 皮支，手的尺侧两面和尺侧一根半指的两面。

正中神经

正中神经（C6~C8，T1；图 139）由发自臂丛内侧束和外侧束的两分支组成，该分支在腋动脉的第 3 部分前面联合。继续沿肱动脉的外侧走行，然后在肱骨中段，从浅面（偶尔在深面）跨过肱动脉，行于其内侧。正中神经在旋前圆肌两头之间进入前臂，其深部将其与尺动脉分开（图 134）。在这里，正中神经发出其骨间前支（支配拇长屈肌、中指和无名指的指深屈肌、旋后肌），然后行于指浅屈肌的深部。

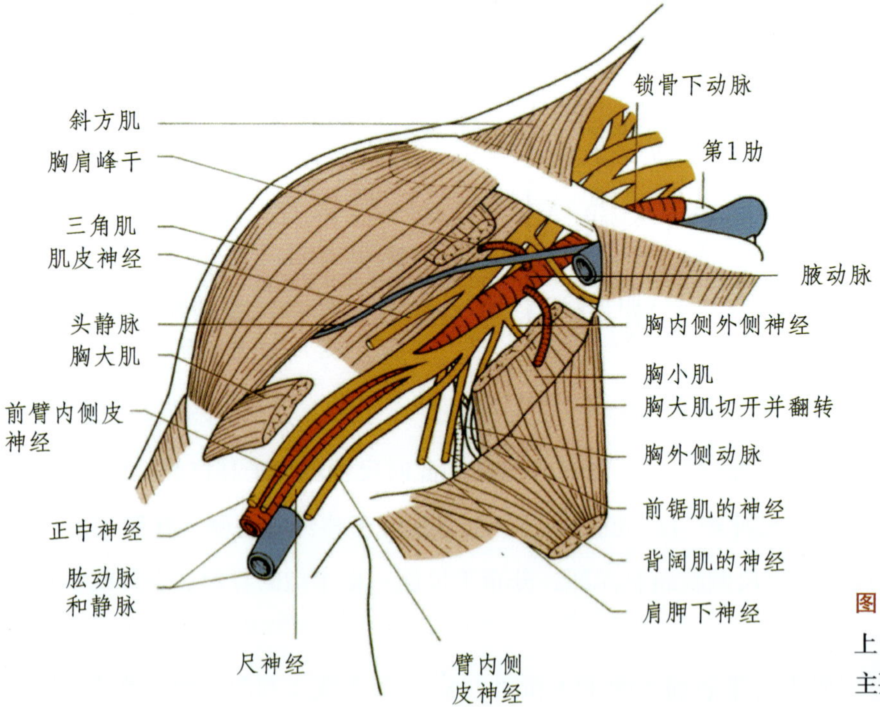

图 139　右腋窝和上臂的解剖图显示主要神经的走行。

在腕部，正中神经在桡侧腕屈肌尺侧位置表浅，且正好位于中线位置（图 113）。在这里，它发出掌皮支，分布于手掌中部。然后行于屈肌支持带深部，在远端皮褶上部发出重要分支至鱼际肌，包括支配桡侧两个蚓状肌的肌支和分布于桡侧 3 根半指掌侧的皮支。

在腕管内，屈肌支持带深处，神经可能被压迫——腕管综合征。

分支包括：

- 肌支，支配前臂除指尺侧腕屈肌和指深屈肌尺侧半的所有屈肌，以及鱼际肌和桡侧两个蚓状肌。
- 皮支，至手掌桡侧的皮肤，手背和桡侧 3 根半指背面的部分区域。请注意，手的神经分布存在相当大的差异；例如，尺神经可能侵占正中区域，并分布至整个第 4 和第 5 指（图 140）。

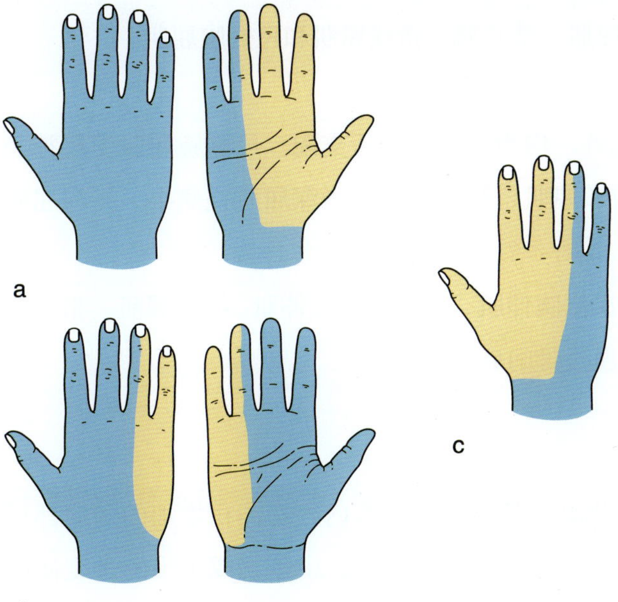

图 140　手部皮神经的通常分布图（黄色所示）。（a）正中神经。（b）尺神经和（c）桡神经（常有变异和重叠）。

上肢的肌间隔室

所有上下肢的骨骼肌，被成群包裹在一层深筋膜中。在肢体的特定区段，从这种长袜状深筋膜包膜的内表面，纤维隔向内伸出并附于骨骼，从而将该肢体区段的肌肉分隔成功能组。因此，上肢和下肢的每个节段内的肌肉可以被想象为位于分开的骨筋膜室中（图 185）。一般情况下，每个隔室都有其完整的神经血管结构，还有支配骨筋膜室所有肌肉运动的神经。

上臂的肌间隔室

上臂包含两个肌间隔室：

1. 前（屈肌）室包含肱二头肌，肱肌和喙肱肌，均由肌皮神经支配。

2. 后（伸肌）室包含肱三头肌，由桡神经支配。

前臂包含两个隔室——前（屈肌）隔室和后（伸肌）隔室，它们通过桡骨、尺骨和骨间膜彼此分开。

1. 前臂前室的肌肉分为两组：

- 浅表组包括旋前圆肌、桡侧腕屈肌、掌长肌、指浅屈肌和尺侧腕屈肌。
- 深部组包括拇长屈肌、指深屈肌和旋前方肌。

2. 在浅表组中，除了尺侧腕屈肌外，均为正中神经所支配。尺侧腕屈肌受尺神经支配。在深部组中，正中神经支配拇长屈肌、旋前方肌和指深屈肌桡侧半。指深屈肌的内侧半受尺神经支配。

3. 前臂后室的肌肉（包括桡侧和尺侧腕伸肌、拇长肌、短伸肌、拇长展肌、指伸肌和旋后肌）受到桡神经的支配（主要通过骨间后神经）。

隔室综合征

骨筋膜室的筋膜边界为非弹性。因此，任何导致隔室内容物体积增加的病症都可能导致室内压力升高。这些病症包括闭合性骨折后的出血，由创伤或不当的过度使用引起的肌肉肿胀和局部感染。如果情况没有及时缓解，增加的压力导致隔室中血管的压缩和对隔室的神经和肌肉的继发性缺血性损伤。这种现象称为隔室综合征。

隔室综合征是一种外科急症，通过筋膜切开术进行治疗；这种手术是通过在覆盖隔室的深筋膜上进行大切口以使隔室减压。

女性乳房

女性乳房覆盖第 2~6 肋；其中 2/3 位于胸大肌，1/3 位于前锯肌上，而其下内侧边缘恰好与腹直肌鞘的上部重叠。

结构

乳房由嵌入脂肪的 15~20 个腺体组织小叶组成；脂肪形成了其光滑的轮廓和大部分体积。这些小叶由从皮下组织延伸到胸壁筋膜（Cooper 韧带）的纤维隔分开。

每个小叶通过其输乳管排到乳头上，乳头被有色乳晕包绕。该区域由乳晕 Montgomery 腺体润滑；这些腺体为大的、变异的皮脂腺，可能形成皮脂腺囊肿，并造成感染。

男性乳房是未发育的，包含没有腺泡的小管，并由纤维组织和脂肪支撑。 虽然其作用微不足道，但仍然容易受到影响女性器官的主要疾病的影响。

血供

1. 来自腋动脉，主要是胸外分支和胸肩峰分支。
2. 来自胸廓内动脉（因此它的原名是乳内动脉）的穿支；这些穿支穿过第 1~4 肋间隙，然后穿过胸大肌沿着其内侧缘到达乳房。第 1 和第 2 穿支是这些分支中最大的。
3. 来自肋间动脉的外侧穿支；为相对不重要的血液来源。

静脉引流到相应的静脉。

淋巴引流

它们对于乳腺肿瘤的转移非常重要。

与其他器官一样，乳房的淋巴引流沿其血供途径走行。

1. 沿腋血管属支到腋窝淋巴结；约占乳房淋巴引流总量的 75%。

2. 沿胸廓内血管的属支引流，穿过胸大肌，并从每个肋间穿过到达沿着胸廓内的淋巴结链；它们还接受随肋间血管的外穿支走行的淋巴管的汇入。

虽然位于乳房小叶之间的淋巴管可自由地连通，但其走行趋势是乳房的外侧部分汇入腋窝和内侧部分排入胸廓内链（图 141）。

在乳头下方的淋巴管（Sappey 丛）和胸筋膜上的另一个深丛，在过去被认为分别是乳房浅表和深部引流汇入主淋巴流出管道之前的中心点。然而，这些丛相对并不重要；来自这些神经丛的血管主要汇入局部淋巴结。

腋窝淋巴结（20~30 个）不仅汇集乳房的淋巴管，而且还收集胸区、上腹壁和上肢的淋巴管，并排列成 5 组（图 142）：

1. 前群，位于胸小肌下缘的胸大肌深处。

2. 后群，沿肩胛下血管排列。

3. 外侧群，沿腋静脉排列。

4. 中央群，位于腋下脂肪内。

5. 尖群（收集所有其他腋窝淋巴结的淋巴），紧邻锁骨后，腋窝顶端，胸小肌上方并沿着腋静脉的内侧排列。

临床医生和病理学家经常将淋巴结转移分为 3 级：

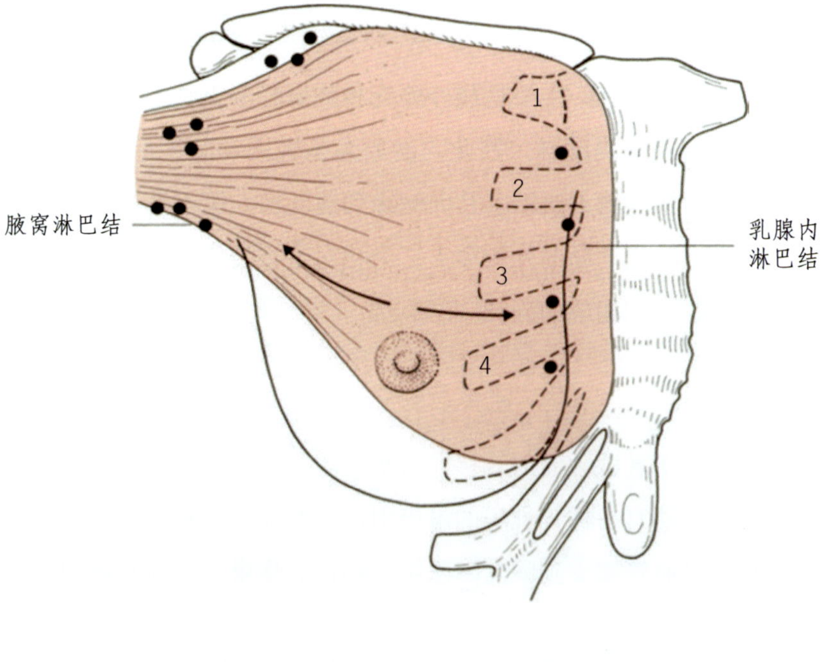

图 141　乳房淋巴引流的主要途径。随乳房的静脉引流到腋窝和乳腺内（胸廓内）链。

- Ⅰ级，胸小肌远端的淋巴结。
- Ⅱ级，胸小肌深部的淋巴结。
- Ⅲ级，胸小肌近端的淋巴结。

从尖群淋巴结引出的锁骨下淋巴干。在右侧，要么直接汇入锁骨下静脉，要么加入右侧颈静脉；在左侧，它通常直接排入胸导管。

胸骨旁的胸廓内（乳腺内）淋巴结汇入纵隔淋巴结，然后排入左侧胸导管和右侧胸导管。不幸的是，它们通过伴随腹壁上血管和腹壁下血管的淋巴管与腹股沟淋巴结进行远距离交通。

当这些正常的引流途径被恶性组织、手术或放射疗法阻断时，乳腺肿瘤生长的淋巴转移可能在更远的地方发生。进而可发生在对侧乳房的淋巴管或对侧的腋窝淋巴结、腹股沟淋巴结（通过躯干壁中的淋巴管）、颈部淋巴结（由于胸导管或颈静脉干阻塞而形成逆行转移）或腹膜淋巴管，由胸廓内下淋巴结逆行扩散至此；当然，也可通过血液播散。

发育

乳房发育源于胸壁外胚层的内陷，其形成一系列分支导管。在出生前不久，这个

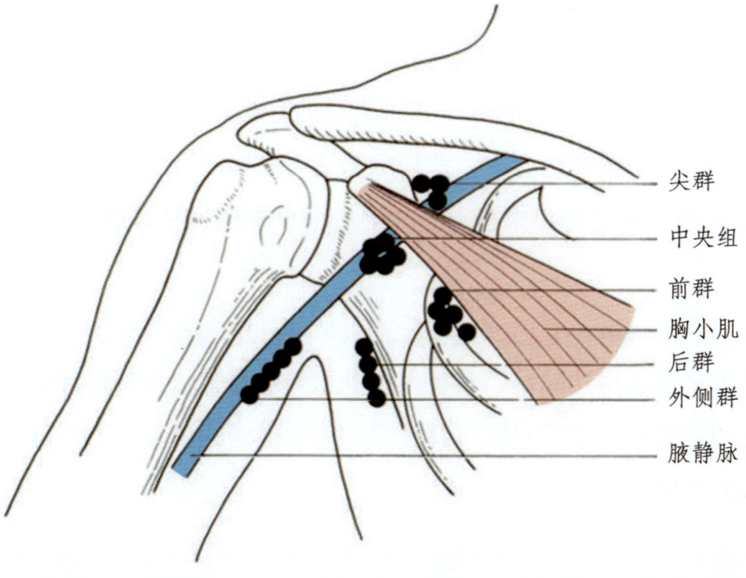

图 142 腋窝淋巴结。

内陷的部位就会形成乳头。在青春期，腺泡从管道发芽，并且发生了乳房组织相当多的脂肪浸润。在妊娠期间，腺泡迅速发育，在哺乳期，它会分泌富含脂肪的乳汁。在更年期，腺体组织萎缩。

临床特征

1. 发育异常并不少见。乳头可能无法外翻，重要的是要知道患者的内陷乳头是最近发生，还是自出生以来一直存在。

多乳头甚至沿着垂直的“乳房线”可能出现多乳房——更原始哺乳动物的“乳房线”痕迹；另一方面，一侧或两侧的乳房可能很小甚至不存在。

2. 应以辐射状切口打开乳房脓肿，以避免切开多个输乳管。这样的脓肿可能从一个筋膜室破裂到其相邻筋膜室中，并且重要的是在操作中打开所有腔室以便提供充分的引流。

3. 乳腺癌的皮肤凹陷是由 Cooper 韧带的恶性浸润和纤维性收缩引起的——这些韧带从乳房连接到皮肤，韧带的缩短导致皮肤被牵拉到下面的肿瘤。然而，这也可能发生在慢性感染、创伤后和极少数的纤维腺病中，因此皮肤固定到乳房肿块不一定是恶性肿瘤的诊断。

4. 乳头的收缩，如果是近期发生的，提示硬肿瘤的纤维收缩涉及乳管。

5. 通过根治性乳房切除术切除乳腺癌包括切除肿瘤周围的大面积皮肤，所有乳房组织，胸大肌（淋巴管通过其进入乳房内链）、胸小肌（位于通往腋窝的通道），以及脂肪组织和含有淋巴结的整个腋窝内容物。此切除术还可以移除沿腋静脉的前部和内侧走行的手臂上的大部分淋巴管。来自上肢的一些淋巴管通过腋静脉上方，并因此得以保存。

现在大多数外科医生对乳腺癌进行非广泛切除手术；例如，单纯乳房切除术只做单侧的乳房移除，或扩大单纯乳房切除术，其将单侧乳房与腋窝脂肪及其包含的淋巴结的一起清除。通过切除肿块，然后对乳房及腋窝和胸廓内链的局部淋巴结进行放射治疗，可获得相似的结果。

乳房切除术后手臂水肿通常只有在感染、恶性浸润或重度照射对这种不稳定的淋巴引流造成进一步损伤时才会发生，另外，在腋静脉结扎或血栓形成后，肢体引流额外增加时也会发生。

上肢畸形的解剖

现在是复习上肢所有可触及神经的好时机。

许多上肢畸形，特别是由神经损伤引起的畸形，很容易从解剖学上解释。

出生时手臂上的牵拉可能会导致臂丛神经损伤。向下牵引力落在 C5 和 C6 上，导致肩部的三角肌和短肌，以及肱肌和肱二头肌的瘫痪，两者都可屈肘。此外，肱二头肌也是前臂的强大旋后肌（图 131）。因此，手臂呈现前臂旋前，手掌朝后无力悬于体侧，就像一个行李工在暗示要小费（Erb– 杜氏瘫痪）。该病变的感觉丧失影响上臂的外侧和前臂的桡侧（C5 和 C6；图 137）。在成人中，这种病变可见于头部和肩部侧面的猛烈跌落，大力迫使头和肩分开，因而撕裂臂丛的上根部。

臂向上牵拉（例如，强制臀位生产时）可以撕裂最低神经根 T1，而 T1 支配手内肌。此时手呈现爪状外观，这是由于手指的长屈肌和伸肌的无对抗作用；止于近节指骨底部的伸肌伸掌指关节，而止于远节和中节指骨的指深屈肌和指浅屈肌则弯曲指间关节（Klumpke 瘫痪）。这种损伤的感觉丧失沿着手臂内侧（T1；图 137）传递。此症常伴有由于颈交感神经干受到牵拉而引起的霍纳综合征（瞳孔下垂和收缩）。

大量恶性锁骨上淋巴结或肺癌直接侵入（Pancoast 综合征）可通过影响臂丛的最低的神经根的参与产生类似的神经学表征。

还有一些不常见的畸形，如臂丛的下干（C8、T1）受到颈肋或由颈肋的末端延伸的纤维束的压迫，可导致沿手臂的尺骨边缘的感觉迟钝和虚弱和手部小肌肉的萎缩。

拐杖在腋窝压力可能会损伤桡神经（“拐杖麻痹”），或者当酒鬼陷入醉酒的睡眠状态时，手臂悬挂在椅背上（“周六夜麻痹”）可能会压迫桡神经。肱骨干骨折可能在大约 12% 的情况下损伤桡神经干，70% 的神经功能可自发恢复。桡神经骨间后支，支配前臂伸肌，可因桡骨头的骨折或脱位受伤。一个超过 3 根手指宽度、位于桡骨头下方、位置不合适的暴露桡骨头的切口，将有可能割到神经，因为它位于旋后肌中。

桡神经主干损伤时，可因所有腕伸肌的瘫痪而导致腕下垂（图 143）。然而，骨间后神经损伤时，桡侧腕伸肌功能完整，因为它是由其分支上方的桡神经支配的；此肌肉足以保持手腕的伸展功能。

垂腕残疾时，手不能牢固地抓握，除非通过伸展手腕拉伸屈肌，否则它们在机械上处于劣势。试着在手腕屈曲时用紧握手并体会一下，通过和腕关节伸展的有效结合，可克服由桡神经麻痹产生的弱点。

神经重叠意味着桡神经的分支仅在手背第 1 掌骨和第 2 掌骨之间产生了小面积的麻痹（图 143a）。

尺神经位于肱骨内上髁后面的脆弱位置，可能在肘部骨折或脱位时受损；它也常常在手腕撕裂时被割断。在后一种情况时，手指的所有手内肌（除了桡侧的两个蚓状肌）都瘫痪，使得手呈现在讲述 Klumpke 麻痹时描述的爪形（图 143d）。由于正中神经支配的蚓状肌功能完整，第 2 指和第 3 指的抓握力相对不那么强烈。在晚期病例，检查手背部时会很容易看到手内肌的萎缩。

如果神经受伤发生在肘部，则第 4 指和第 5 指的指深屈肌瘫痪，使得这两个手指的爪形表现比在手腕部神经损伤时轻微。尺侧腕屈肌瘫痪导致腕部有向桡侧偏离的倾向。

尺神经损伤留下了令人惊讶的有效手部功能。长屈肌可以很好地抓握；拇指功能，除拇收肌外，是完整的，并且保留了大部分手掌的感觉。实际上，可能很难在临床上确定神经受损；一个可靠的测试就是此时手掌向下手指伸平放在桌子上，手指外展和内收的能力丧失；因为这样消除了屈曲和伸展的分别引起的手指内收和外展的“虚假”运动。

任何高于手腕上一掌宽度位置的尺神经高位损伤，将造成手的尺侧及尺侧一根半指的掌侧和背侧的感觉丧失（图 140）。然而，如果神经在手腕上断裂，或者恰好在手腕上方，这是发生这种情况的常见部位，那么感觉丧失局限于手的尺骨侧和尺骨一根半指的手掌方面，手的背部保留。这是因为供给这个区域的尺神经的背侧分支大约在手腕水平以上一掌宽度处分出（图 134），因此未受损伤。

正中神经偶尔会在肱骨髁上骨折中受损，但如果发生腕部撕裂处则是最危险的。

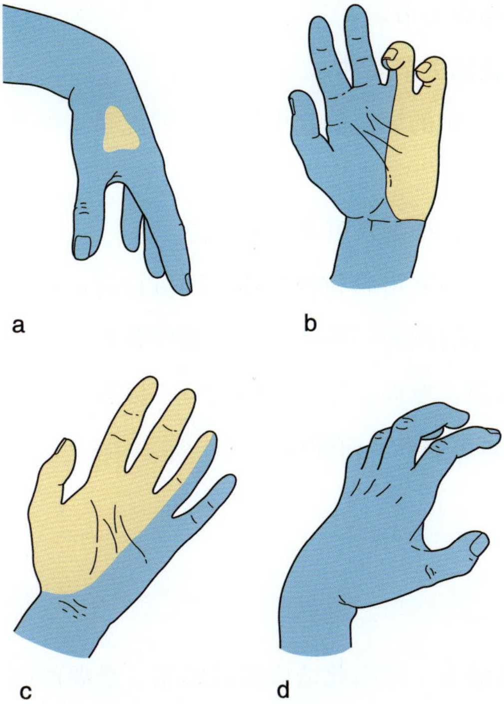

图 143 手的畸形。(a)桡神经麻痹——垂腕。(b)尺神经麻痹——或爪形手。(c)正中神经麻痹——“猴子的手”。(d)Volkmann 挛缩——另一种爪形手畸形。黄色区域代表麻痹的通常分布。

如果在手腕处断开，只有鱼际肌（不包括拇收肌）和桡骨两个蚓状肌瘫痪，并且发生鱼际肌肉的萎缩。对此最好的临床测试是让患者将手掌向上放在桌子上，以触摸拇指上方的铅笔。如无法做到这一点（外展），可以诊断为拇短展肌瘫痪。这种病变可能被认为是相对不重要的，因为唯一的运动缺陷是拇指对其他手指准确对掌运动的丧失。事实上，这种损伤是一种严重的伤害，因为拇指、邻近的两根半指和手掌的桡侧 2/3 的感觉丧失，这阻碍了手对于触觉刺激准确和微妙的调整反应（图 143）。

如果正中神经在肘部截断，则存在严重的肌肉损伤。前臂的旋前消失，并被上臂的旋转移动所替代。手腕屈曲能力减弱并伴有尺侧偏离，因为这时主要依赖于尺侧腕屈肌和指深屈肌的尺侧半。

手部 Volkmann 挛缩伴随着缺血和随后的纤维化，以及前臂的长屈肌和伸肌的挛缩（图 143d）。

畸形可解释如下：

1. 由于腕部的屈肌比伸肌更粗壮，它们的纤维收缩更大，因此腕部屈曲。

2. 手指的长伸肌止于近节指骨；它们的挛缩伸展了掌指关节。

3. 长屈肌止于远节和中节指骨，从而弯曲指间关节。

因此，导致了腕部屈曲、掌指关节伸展、指间关节屈曲。

如果手腕被检查者被动地进一步弯曲，则紧张的屈肌腱稍微松弛，因此手指的爪形会稍微减轻一些。

Dupuytren 挛缩是由掌腱膜纤维性挛缩引起的，特别是第 4 和第 5 指。

掌腱膜仅仅是上肢深筋膜鞘的一部分；它从手掌沿着每根手指的两侧行过，与手指的屈肌纤维鞘融合，并附着在近节和中节指骨的侧面。该筋膜的挛缩导致其在掌侧纵向增厚，以及掌指关节和近节指间关节的屈曲。然而，远节指间关节不涉及，并且事实上，在晚期病例中，通过远侧指骨向后推靠在手掌上而伸展。

手的间隙

手的间隙具有实际意义，因为它们可能被感染，并因此造成脓液扩张。重要的间隙是：

1. 手指的浅表间隙。
2. 第 2、第 3 和第 4 指的滑膜鞘。
3. 尺侧滑膜囊。
4. 桡侧滑膜囊。
5. 掌中间隙。
6. 鱼际间隙。

手指的浅表髓间隙（图 144）

手指的指尖完全由皮下脂肪组成，包裹在纤维隔之间，纤维隔从皮肤向下穿到远节指骨的骨膜。此隔间的紧密包装是造成“脓毒性手指”严重疼痛的原因——发炎和水肿组织扩张的空间很小。

远节指骨体上的血管必须穿过该空间，并且可能在严重的髓内感染时形成血栓，导致指骨的骨干坏死。远节指骨的血供来自从近端穿入其底部的手指中段处的指动脉

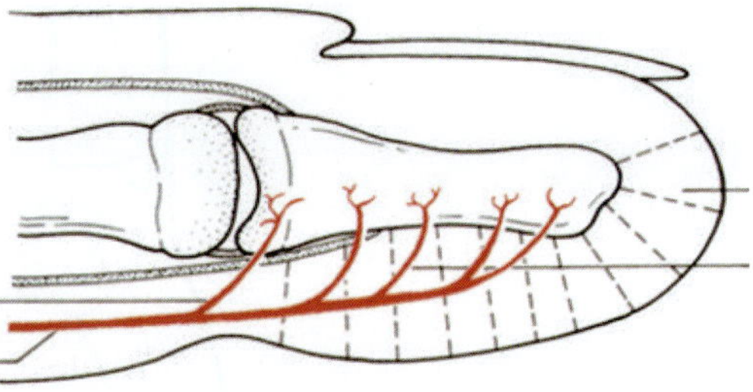

图 144 手指远端的髓间隙；显示至远节指骨动脉供应的分布。

的一个分支，因此得以幸免。在每一个手指的皮肤褶线处，皮肤向下缚于下面的屈肌鞘，使得每个指骨上的髓间隙位于与其邻近区域隔开的单独隔室中。然而，感染可沿着指神经血管束从一个空间扩散到另一个空间。

在手掌上有非常少的皮下组织，皮肤附在下面的手掌腱膜上；相反，手指和手背部的皮肤很松，因此液体可以很容易地积聚在下面。要记住这一点，否则伴随手指或手掌部脓毒症的明显背侧水肿可能导致感染的主要部位被忽视。

手指的尺和桡侧滑膜囊，以及滑膜腱鞘（图 145）

屈肌腱穿过每根手指的纤维骨质隧道。这个隧道后部由掌骨头、指骨和指间关节的前部组成。前部纤维部分由连接到每个指骨的前外锐缘的增厚的深筋膜组成，并且被称为纤维屈肌鞘。此鞘在指骨部很坚韧，但在每个关节的前部松动；因此，它可以将屈肌腱保持在适当的位置，而不会在手指弯曲时形成“弓弦现象”，同时不妨碍关节的运动。

在远端，纤维鞘在远节指骨的底部处止于深腱肌腱（或拇指的拇长屈肌腱）。

这些纤维鞘由滑膜衬里，滑膜在每个肌腱周围反折。第 2 指、第 3 指和第 4 指的肌腱具有滑膜鞘，其在掌骨头处向近端封闭，但拇指和小指的滑膜鞘向近侧延伸到手掌中。

拇指的长屈肌腱鞘延伸穿过手掌，行于屈肌支持带深面，至手腕近端约 2.5cm 处，称为桡侧滑膜囊。第 5 指的滑膜鞘继续作为尺侧滑膜囊，它是一个扩张的滑膜鞘，其包绕手掌中的所有手指肌腱，并且在屈肌支持带下方向近侧延伸至手腕上方 2.5cm。在大约 50%的情况下，桡侧和尺侧滑膜囊相通。

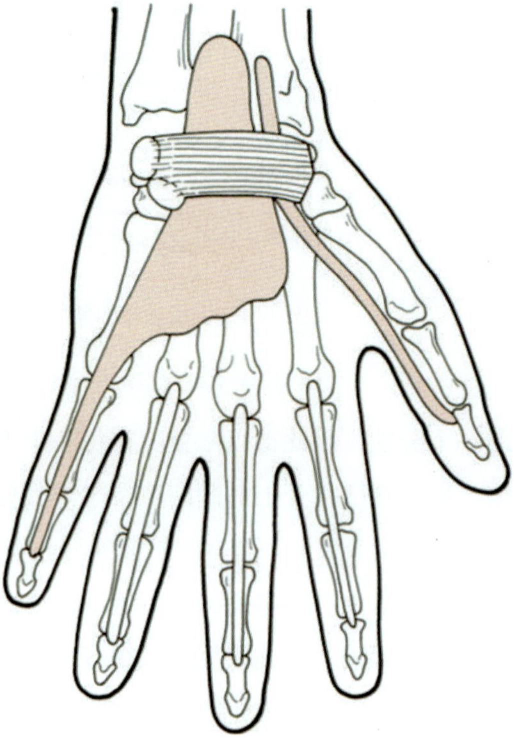

图 145　手部屈肌腱的滑膜鞘（左侧）——屈肌支持带近端深处的桡骨和尺侧滑膜囊，为前臂提供了潜在的感染途径。在许多情况下，这些囊互相交通。

这些滑膜鞘可能被直接感染——例如，在刺入尖碎片后——或者可能是被忽视的髓间隙感染后的继发感染。第 2、第 3 和第 4 滑膜鞘的感染局限于手指，但第 1 和第 5 鞘中的脓毒血症可分别通过桡侧和尺侧滑膜囊向近端扩散到手掌中，并可通过两者之间的频繁交通从一个囊传递到另一个囊。

由于这些滑囊都向近端延伸超出腕部，因此感染有时会扩散到前臂。

手掌深部的两个间隙，掌中和鱼际间隙则很少会被脓液扩散进入（图 146）。

掌中部间隙位于手掌屈肌腱和尺侧滑膜囊深部，第 3、第 4 和第 5 掌骨及骨间肌的前面。而第 1 和第 2 掌骨部，被拇收肌隔开，此肌起于第 3 掌骨体，并呈三角形片通过拇指近节指骨的底部。

鱼际间隙位于第 2 和第 3 掌骨，以及内收肌的浅部。它通过纤维隔与掌中间隙隔开。

这两个空间的感染有时是由穿透性伤引起，或者可能是由长期忽视的腱鞘感染引起的继发感染。如今，由于抗生素治疗和脓液的早期外科引流已非常罕见。

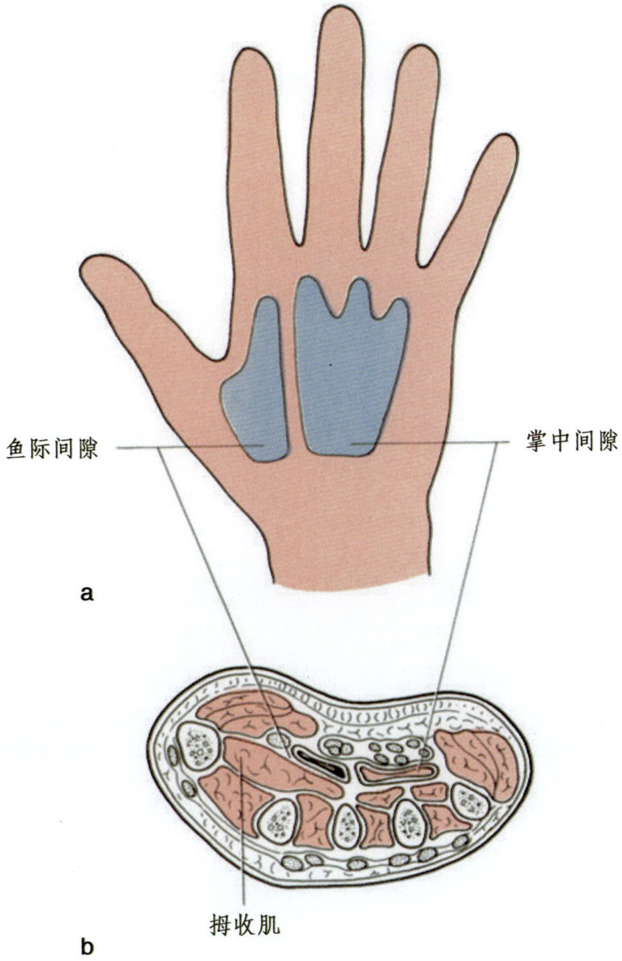

图 146　掌中和鱼际间隙（左手）。（a）投影到手的表面。（b）横截面（从近端方向看）。

第 4 部分

下肢

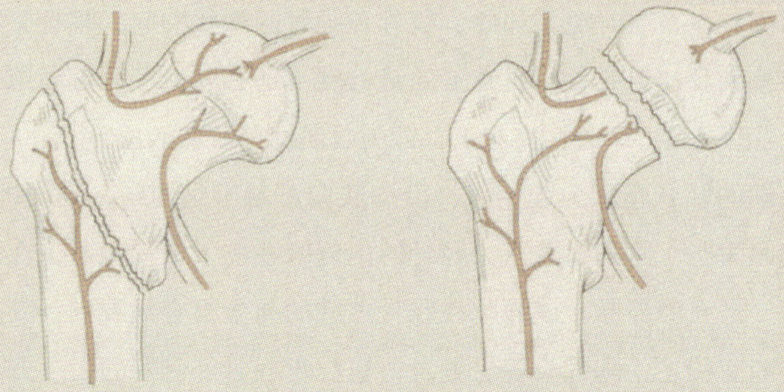

下肢的表面解剖和表面标记

在解剖学上，上肢和下肢在骨的组成、关节的运动、主要肌肉群，以及血管和神经的分布上可进行相互比较。然而，与上肢中的手通过改变位置发挥不同运动功能，特别是拇指和其余四指间的复杂程度相比，下肢的功能却要简单许多。首先，下肢犹如坚实的柱子在人体站立时保持直立。其次，在人体行走或奔跑时，它又发挥出杠杆作用以完成力的运动。与上肢一样，下肢上也有一些重要的临床解剖标记，可在你自己、你的同事或患者身上触及。

骨和关节

髂前上棘的凸起处较易触及，在比较瘦的个体上甚至可以看到。股骨大转子位于髂嵴下一手宽的位置。此时最好采用被动外展髋部来进行触诊，以放松其上覆盖的髋外展肌（阔筋膜张肌、臀中肌和臀小肌）。在非常瘦的患者中，大转子可视为隆起的标志，其上覆盖的皮肤为压疮的好发部位。

坐骨结节在站立时可被臀大肌覆盖。然而，在坐位时，臀大肌会被推移至侧面，此时身体重量将直接压于坐骨之上。因此，如要触摸坐骨结节，只需调整臀部至弯曲位置，使覆盖其上的臀大肌移开即可。

在膝盖处，髌骨形成了一个显著的标志。当股四头肌放松时，髌骨可自由地从一侧移动到另一侧，在直立时也是如此。股骨和胫骨的髁状突起、腓骨头和膝关节的关节线都很容易被触及；但股骨收肌结节的触诊就不那么明显了，可利用手指沿大腿内侧向下触摸，当触及第一个骨性突起点，即为收肌结节所在的位置。

以胫骨上端的胫骨粗隆为起始点，沿皮肤向下触至足内踝，其间即为胫骨全长，胫骨粗隆是股四头肌肌腱的附着点。胫骨的内侧缘在皮下极易触及，在其表面有两个结构穿行，其一是大隐静脉，该静脉在胫骨内踝的前方很容易看到；其二是与静脉伴行的隐神经。如前所述，腓骨头较易触及，它位于胫骨外侧髁的后下方。而腓骨颈的远端因被腓骨肌肌群所包裹而不易触及。而在腓骨末端可于皮下触及，即位于外踝上方约 7cm 处，腓骨末端超过胫骨内侧粗隆水平长度。

在踝的正前方可触及距骨头，当踝关节做背屈和趾屈运动时，距骨头可上下移动。

足舟骨粗隆是位于内踝前方 2.5cm 处的突起结构，也是胫骨后肌的附着点。第 5 跖骨的底部在足外侧易触及，是腓骨短肌附着部位。

在仔细触诊跟骨过程中，在外踝尖以下 2.5cm 为腓骨结节，内踝下 2.5cm 为跟骨载距突，两者所具有的滑轮样的结构分别是腓骨长肌和拇长屈肌的附着处。

下肢的关节囊

前述的一些骨性突起与其上覆盖的关节囊关系密切，这些覆盖的关节囊会出现增生和炎症。那些长期坐位工作的人（编织工），坐骨结节比正常人大；而需要屈膝工作的人群（女仆或矿工），在长期擦洗地板或凿煤的过程中，因常常使用到膝盖，他们髌骨上的关节囊就会出现增生，长期采取直立跪姿（祈祷时的姿势）的牧师也是如此。穿时髦但紧绷鞋子的年轻女性易发生跟腱滑囊炎，也可能在足舟骨粗隆和趾骨背侧形成滑囊炎。

“拇趾囊肿”是指第 1 跖骨头内侧增厚的囊，常出现拇趾外翻畸形。值得注意的是，在跟骨、舟状骨、趾骨和第 1 跖骨头可发展为（并发炎症）外膜囊炎。上述情况在正常解剖结构中不会出现，仅发生在这些病理情况下。这些结构不同于髌前囊和髌下囊，髌前囊和髌下囊是正常的解剖结构，当其受到长期而反复的损伤后，便会发生关节囊内液体增加，进而出现关节囊增生。

下肢测量

下肢测量是下肢临床检查的重要组成部分。不幸的是，学生们很难准确地完成这项工作，而且在解释他们所测数据的过程中也遇到了很大的困难，然而这只是一个简单的应用解剖学操作。

首先，我们要区分出下肢实际缩短和明显缩短的区别。实际缩短是指由骨骼实际长度因损伤而导致的缩短，如当股骨骨折，两断端的结合引起的长度缩短；明显缩短是指由肢体的固定畸形所造成的（图 147）。站起来，弯曲一侧膝盖和臀部。想象一下它们都呈 90° 弯曲，需注意的是，尽管这侧下肢没有骨组织缺损，但明显比对侧短了 60cm。

如果一侧下肢出现骨盆倾斜或固定位置上的关节畸形，两下肢肢体长度就可能存在明显差异。通过自己所做的试验，你会发现内收明显缩短了肢体长度，而外展明显延长了肢体长度。

为了准确测量肢体长度（图 148），需将双下肢完全置于同一位置，以消除固定位置上的畸形所导致的差异；当关节没有被固定时，患者骨盆会呈现“方形”。将下肢对称外展并平躺在沙发上，如一侧髋部处于固定弯曲 60° 位置上，那么另一侧髋部也必须置于相同位置，这样才能利用从髂前上棘到内踝的距离恒定双侧下肢的长度。为了在两侧寻找相同起点，需沿着 Poupart 腹股沟韧带向上滑动手指，当手指最先触及的骨性结构即为髂前上棘。同样，从踝关节的远端向上滑动手指，以此确定为终点。

为了确定是否属于明显缩短，嘱患者双腿平行伸直（就像他直立时一样），测量脐到双侧内踝的距离（图 147）。

现在假设我们已发现该患者下肢存在 10cm 的明显缩短和 5cm 的实际缩短；我们将其解释为 5cm 的缩短是由下肢肢体的损伤所致，而另外的 5cm 是由于固定畸形所引起。

如果测得明显缩短值比实际缩短值要小，表明髋关节在外展位上出现强直，其长度被显著拉长。

这一点需引起注意：骨科医生将结核性髋关节固定在外展位置上的原因是，当髋

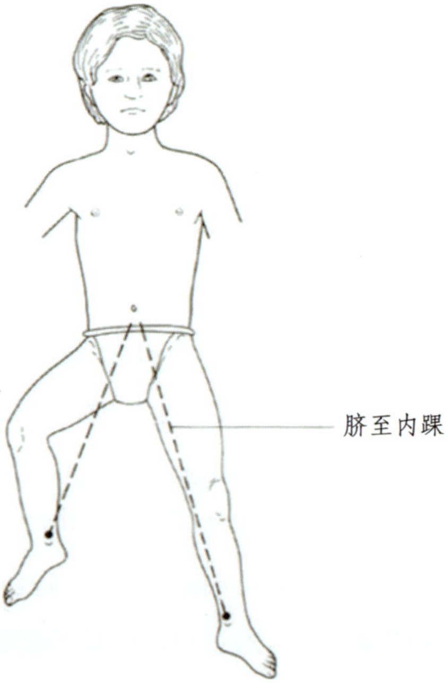

图 147　由于固定畸形，明显缩短的一侧肢体可能短于另一侧肢体；本图中的腿实际上长度相等，但由于右侧臀部出现严重的弯曲挛缩，造成该侧肢体明显短于另一侧。该结果是通过测量脐到一侧内踝间的距离所得出。

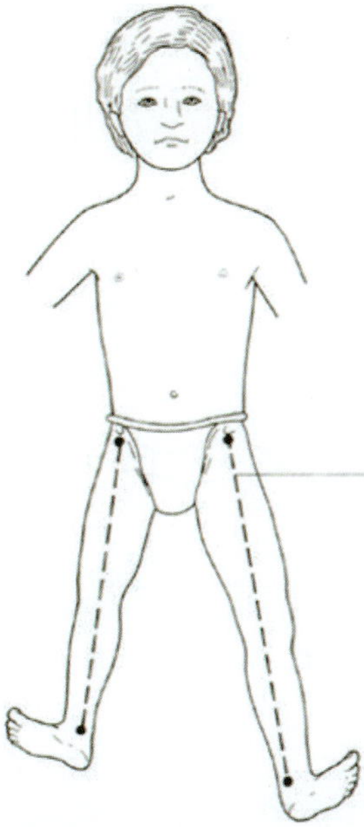

图 148 测量实际缩短值——患者取仰卧位，骨盆贴紧床面，双腿对称放置。测量同侧髂前上棘至内踝的距离。

关节变得僵硬时，由于髋关节的实际破坏而导致的短缩（真正的短缩）将在很大程度上通过固定的外展位所造成的明显延长得到补偿。

在确定存在真正的缩短后，检查者必须确定这是发生在髋部、股骨或胫骨处，还是在这些部位的结合处。

髋部

双手拇指放在同侧髂前上棘，示指放于股骨大转子，目测判断两边是否存在差异。

目前临床上已很少测量尼拉顿线和布莱恩特三角。然而，一些考官仍然关注这两个知识点（图 149）。

尼拉顿线为髂前上棘至坐骨结节间的连线，通常位于股骨大转子上方，如果该线经过或低于转子水平，则提示股骨头或股骨颈存在缩短。

布莱恩特三角也许更适合被称为“布莱恩特 T”，因为这个特定结构的形成并不需要三条边。当患者仰卧时，先沿两侧髂前上棘向后做一条垂线，再将其髂前上棘和大转子顶点连成一直线，最后以股骨大转子为顶点画一水平线垂直于第一条线，即构成一个三角形。（三角形的第三面实为大转子和髂前上棘间的连线，实际上不需要完成。）

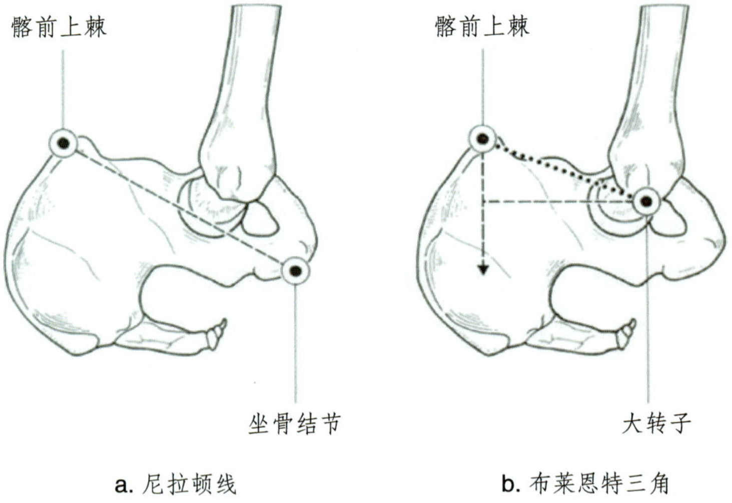

图 149 （a）尼拉顿线为连接髂前上棘和坐骨结节间的线段——通常在大转子上方通过。（b）布莱恩特三角——在仰卧位，从每侧髂前上棘做垂直线，比较这条线到同侧侧股骨大转子间的垂直距离。（不需要完成三角形的第三面。）

股骨

测量髂前上棘（排除髋关节疾病）或股骨大转子到膝关节间的距离（而不是到髌骨，因为髌骨的位置可随股四头肌的收缩发生改变）。在胫骨处可比较膝关节线到同侧内踝间的距离。

胫骨

比较膝关节线到同侧内踝的距离。

肌肉和肌腱

股四头肌在大腿前侧面形成突出的肌肉块，其插入髌骨的内侧群肌肉比外侧群肌肉走行要长。在股四头肌发育良好的受试者中，当髋关节做弯曲和抗阻力外旋动作时，可清楚地看到缝匠肌，它可从髂前上棘延伸到胫骨上端的内侧，形成股三角的外侧边界，这可作为一个重要的标志。

臀大肌构成了臀部的主要部分，在臀部做伸展运动时可感觉到该肌肉的收缩。

臀中肌、小肌和内收肌在抵抗髋关节外展和内收的过程中，可感到其肌肉的收缩。

当关节在舒适状态下呈 90° 弯曲时定义膝关节周围的肌腱：

- 外侧，肱二头肌肌腱越过腓骨头，髂胫束位于肌腱前方约 1.25cm 处，并通过胫骨外侧髁前部的结节。

● 内侧，我们感觉到的隆起是半膜肌所插入的两个肌腱，一个是股薄肌的肌腱，位于中间和稍前方，另一个是半腱肌的肌腱，位于侧面和稍后方，较易触及。

● 后侧，在肱二头肌和半腱肌之间可触及腓肠肌的起点。该肌和比目鱼肌一起形成小腿后部隆起的大部分；两块肌的末端位于跟腱（跟腱）的远端。

在踝关节前部（图 150），胫骨前肌腱位于最内侧，经第 1 跖骨和内侧楔骨的底部插入。从侧面看，跗长伸肌和趾长伸肌的肌腱在足呈背屈位时易看到。腓骨长肌腱和短肌腱越过外踝后方。第 3 腓骨肌腱通过第 5 跖骨的底部时，可以在脚背外侧触及。这不仅引起学术上的兴趣（图 150）。第 3 腓骨肌腱只出现在人类。只有人类可以双脚直立，低等哺乳动物则踮脚走路。据推测，第 3 腓骨肌腱是从趾长伸肌外侧分离出来的，以适应人类足的发育。在内踝后部，从内侧到外侧，依次排列着胫骨后肌腱和趾长屈肌、胫骨后动脉及其静脉、胫神经和跗长屈肌（图 151）。

血管

股动脉（图 152）可以在腹股沟中点触及，即髂前上棘和耻骨联合连线的中点。当髋关节微曲并呈外展外旋位时，在腹股沟中点至内收肌结节连线的上 2/3，可确定股动脉的体表投影点。股动脉搏动位于股骨头上方，紧靠股静脉外侧（大隐静脉终止处），距离股神经内侧一横指宽度。

腘动脉的脉搏往往不易察觉，当受试者俯卧，膝盖弯曲，肌肉放松，在腘窝处呈向下和向前的按压可触及该动脉的搏动。

足背脉搏（图 150）可在足背的跗长伸肌的肌腱和趾长伸肌的肌腱之间触及，大约 2% 的正常人没有。胫后动脉（图 151）可在内踝后侧的下方一横指处触及。

但在大约 1% 的健康受试者中，腓动脉取代了该动脉。

因此，如果在踝关节没有触及脉管搏动，并不能诊断患有血管疾病。

小(短)隐静脉起于足背静脉弓的外侧，经外踝后方上升，最后注入膝后的腘静脉。大隐静脉起于足背静脉弓的内侧，经内踝前方，沿隐神经上行，进入腹股沟处的股静脉，在腹股沟韧带下 2.5cm 处，直接汇入股静脉。

这些静脉在下肢大面积静脉曲张患者体表易见，在直立的瘦的正常人身上也是可见的（“隐静脉”来源于希腊语，意思是“清晰的”）。

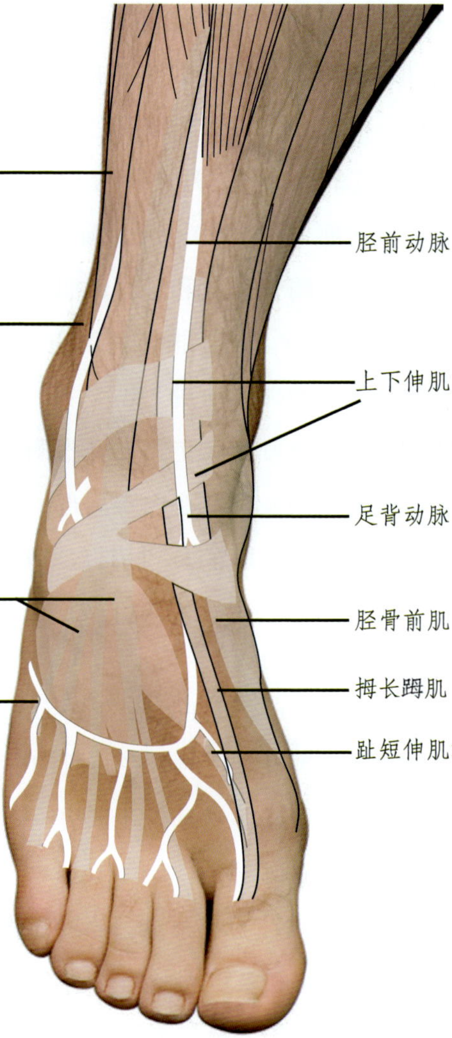

图 150　穿过脚踝背部的结构（右脚踝前面观）。

从临床工作中发现，隐静脉位于内踝前方这个重要的解剖关系；无论患者消瘦或肥胖，还是年轻或弱小。当需要紧急输血时，这个解剖结构尤为重要（图 153）。

神经

下肢只有腓总（腓骨）神经易被触及；该神经绕行腓骨颈处时位置表浅（图 154）。在某些非正常状态下，可能出现该处损伤所致的膝内收障碍或由石膏所致的压伤或绷带包扎过紧导致的脚下垂和倒转（马蹄内翻足）。

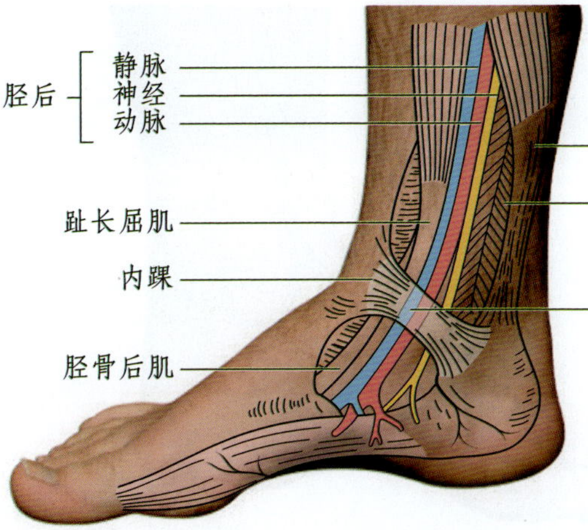

图 151 内踝后方的结构（右脚踝，内侧）。

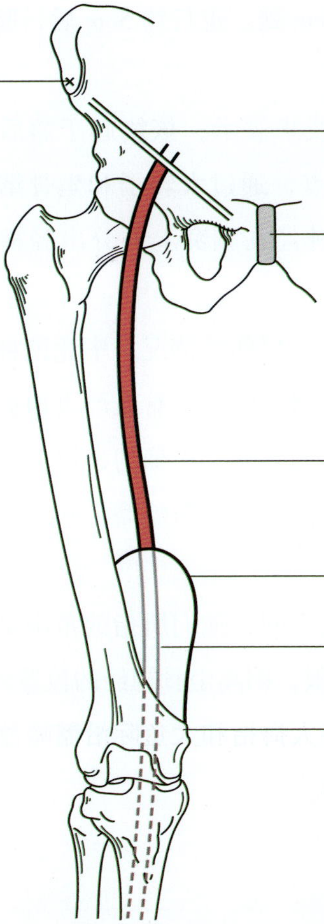

图 152 股动脉的表面标记；腹股沟中点（髂前上棘和耻骨联合之间）和收肌结节连线的上 2/3 处。

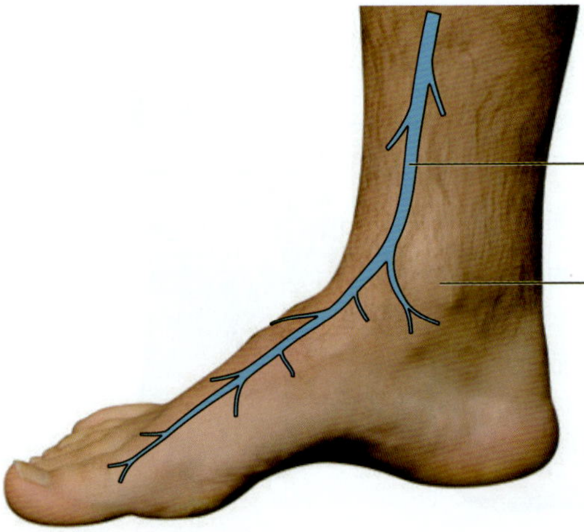

图 153 大(长)隐静脉与内踝(右)的关系。

股神经位于股动脉外侧，腹股沟韧带下方 1.25cm 处。走行约 5cm 后，股神经发出分支。

坐骨神经的表面标记（图 155）可以用一条线来表示，该线起于髂后上棘（可通过其上覆的腰骶窝识别）与坐骨结节连续的中点，通过大转子和坐骨结节连续的中点后，沿大腿后方的中线垂直向下走行。坐骨神经在腘窝上方分出胫神经和腓总神经后终止。

似乎无法想象，在肌内注射时，会出现坐骨神经损伤的情况。毕竟该神经的体表标记是恒定和清晰的，然而这种情况却发生得很频繁，以至于有人严肃地提出禁止在该处进行肌内注射。我们相信，这只是一种心理上的安抚。正确的建议应该是选择臀部的外上象限进行注射，即将臀部的整个解剖范围向上延伸至髂嵴，向外延伸至大转子，这样的建议是完全合理和安全的。

然而，医疗保健专业人员对臀部的描述却完全不同，他们所指的范围更小，也更具审美意义。如注射点位于这个微小结构的外上象限，则离坐骨神经的位置较近。

臀部注射“安全区”更便捷的标记方法是，将大拇指和大鱼际沿髂嵴放置，拇指尖贴于髂前上棘，位于手其间的区域即是（图 156）。

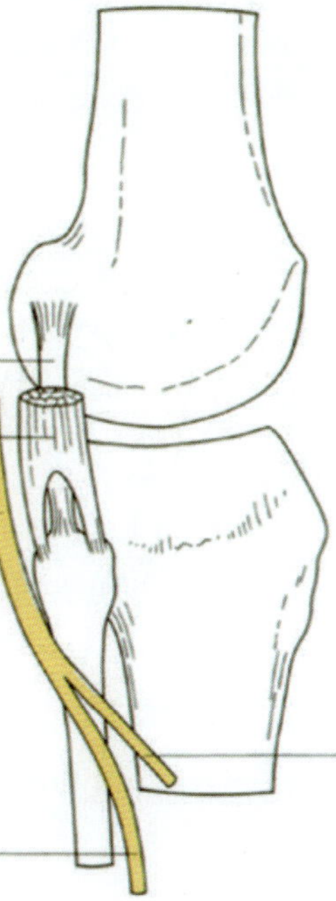

图 154 用绷带或皮筋固定时腓总神经和腓骨颈，以显示两者的位置关系（右膝侧面观）。

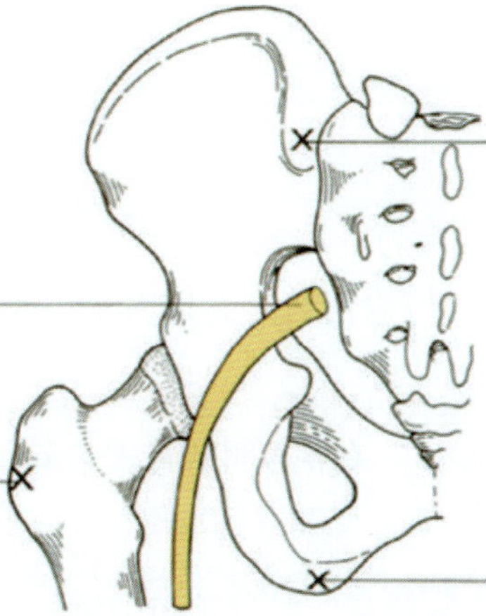

图 155 坐骨神经的表面标记（左臀区）。将坐骨结节和髂后上棘之间的中点与坐骨结节和大转子之间的中点用曲线连接起来；沿着腿的垂直方向继续画这条线，即坐骨神经的走行方向。

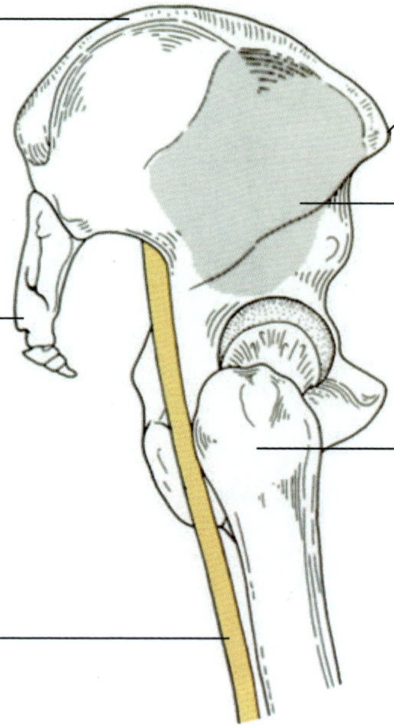

图 156 臀部注射的“安全区”。

下肢的骨和关节

髋骨

参见“骨盆”部分。

股骨（图 157 和图 158）

股骨是人体中最长的骨头。它长 45cm，长度与输精管、脊髓和胸导管的长度接近，和牙齿到胃贲门的距离也比较接近。

股骨头呈 2/3 大小的球状，朝向中、上，偏前方。关节透明软骨覆盖除中央凹之外的区域，中央凹与圆韧带相连。

股骨颈长约 5cm，与中轴成 135° 角。女性骨盆较宽，股骨颈与中轴的夹角较小。

股骨颈与轴的连接处在前面以转子间线为标记，在外侧有大转子标记，在内侧稍向后方有小转子标记，后面以转子间嵴为标记，连接两个转子。

股骨头的血供主要来自干骺血管，囊外动脉及圆韧带动脉，当通过骺线，在股骨

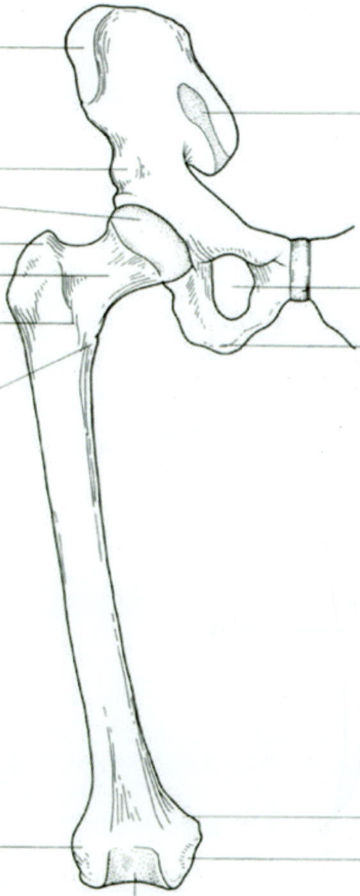

图 157 右侧股骨前面观。

头和股骨颈处分离时，第三条动脉在成人中可忽略，但在儿童中是必要的（图 159）。

股骨体在中段大致呈圆形，两端前后略扁。体后面有丛行骨嵴，称为粗线。粗线的下端分为内、外侧髁上线，两线间的骨面为腘面。内侧髁上线远端终止于收肌结节。

股骨下端两个突出的膨大为髁，两髁在后方被髁间窝分隔，在前方关节面彼此相连，形成髌面。外侧髁在水平位上高于内侧髁，可起到支撑作用，防止髌骨向外侧移位。

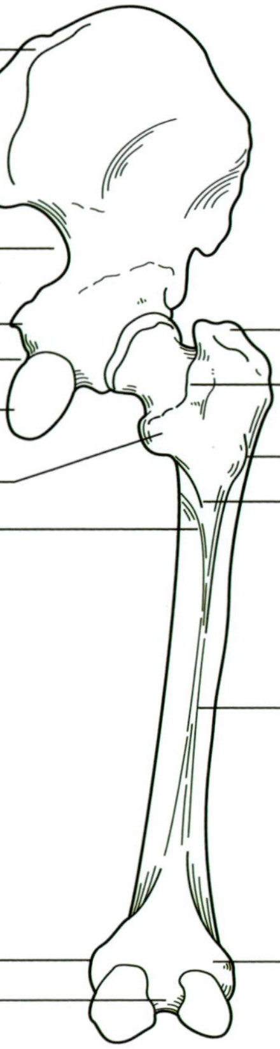

图 158　右侧股骨后面观。

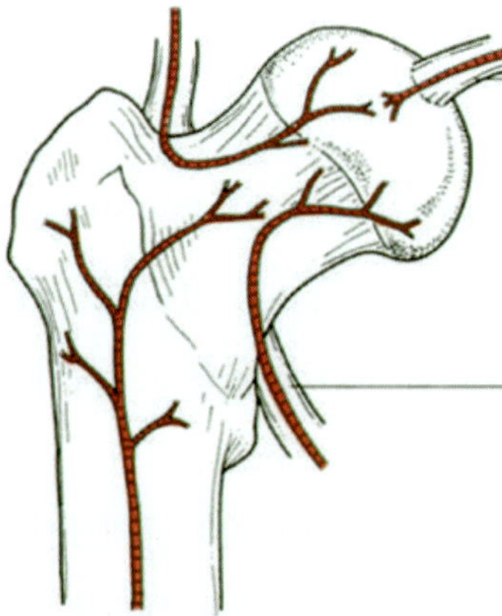

图 159　股骨头血供来源于圆韧带动脉，通过支持带穿过股骨体。

临床特征

1. 股骨上端是老年人常见的骨折部位，股骨颈的骨折发生在股骨头下方（头下型），接近股骨颈的中部（经颈型），或接近于转子（基底型），或骨折线沿着两转子或刚好在转子下方穿过（图 160）。

股骨颈骨折将完全中断股骨体的血供，如果支持带也被撕裂，则股骨头的缺血性坏死是不可避免的。骨折离股骨头越近，支持带血供越脆弱，越容易被破坏。

儿童股骨头缺血性坏死见于 Perthes 病和严重的股骨骨骺滑脱，两者均由圆韧带动脉血栓形成所致。

与之相反，股骨粗隆间骨折位于关节囊外，支持带不受其影响，因此，不会出现缺血性坏死（图 161）。

髋关节损伤中存在着有趣的年龄特征：儿童期可能会出现股骨颈的青枝骨折；学龄期的男生可能发生股骨头移位；成年时期，髋关节脱位；老年时期股骨颈骨折再次成为常见的病变。

2. 股骨体骨折伴随着周围肌肉的纵向收缩而显著缩短。

髂肌和腰肌的收缩使股骨体近端发生屈曲，臀中肌和臀小肌收缩使其外展，而股骨体远端的牵拉则由内收肌收缩完成。骨折复位时需将远端与近端相连，因此需要强大的牵引力以克服短缩，然后远端和近端需保持在同一径线上，因此，肢体必须外展，并用垫子在膝盖后面向前推。

紧靠髁突上方的下段股骨体骨折相对少见，一旦发生，很难治疗，因为远端的骨碎片会被腓肠肌推向后方，而腓肠肌是唯一附着在股骨体上面的肌肉。该远端尖锐的断端可撕裂位于其后方走行的腘动脉（图 162）。

3. 股骨颈与股骨体间的夹角可能减小，导致髋内翻畸形。这可能是由内收骨折、股骨骨骺滑脱或骨软化疾病所致。髋外翻表现为股骨颈与股骨体间的角度增加，这是非常罕见的，但会发生在外展型骨折。然而，应注意的是，儿童股骨与股骨体间的正常角度大约为 160°　。

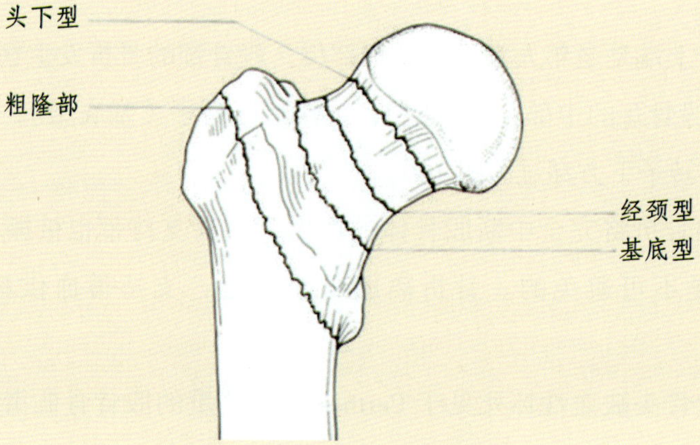

图 160 股骨头和股骨颈常见骨折部位。

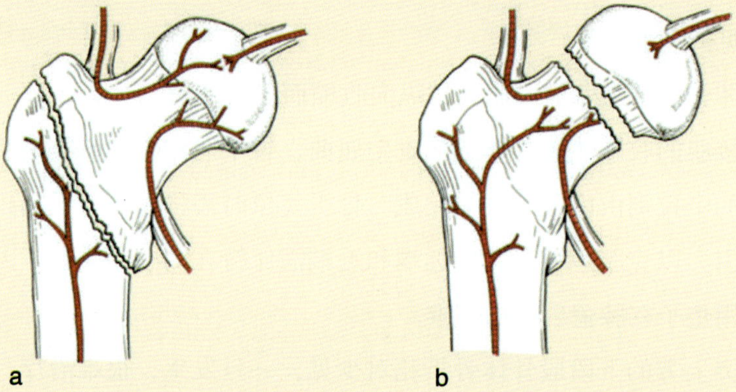

图 161 （a）粗隆部的骨折没有损伤支持带的血供，即不会发生缺血性骨坏死。（b）头下型骨折切断了头部大部分支持带的血供——缺血性骨坏死很常见。需注意的是，在成人，经圆韧带动脉的血供意义不大。

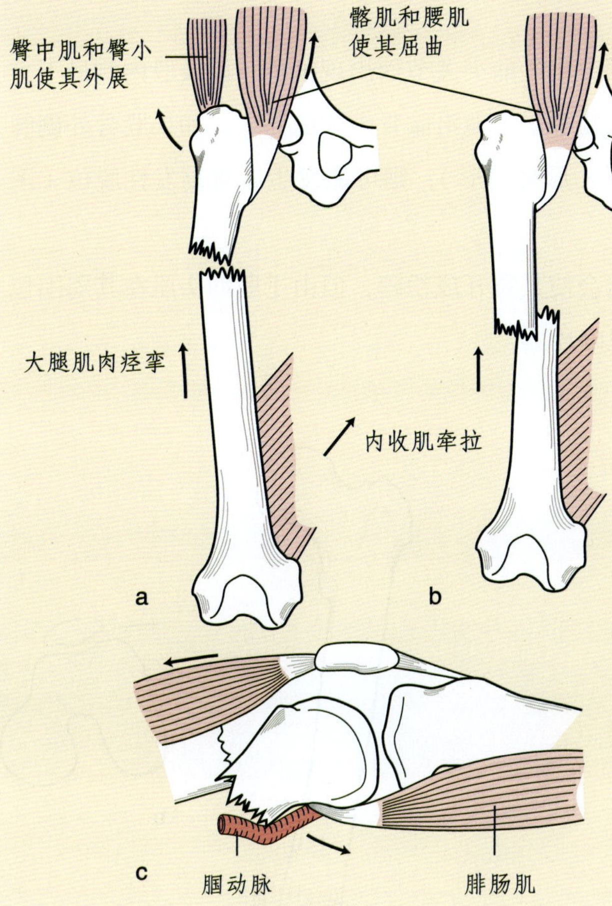

图 162 股骨体骨折畸形。(a)近端骨折——髂肌和腰肌使其屈曲，臀中肌和臀小肌使其外展。(b)中端骨折——髂肌和腰大肌近端屈曲。(c)远端骨折——断端被腓肠肌向后牵拉成角；在这种损伤中可能会撕裂腘动脉。(在所有这些骨折中，骨头末端的改变均由肌肉痉挛所致。)

髌骨

髌骨是人体内最大的籽骨，位于股四头肌腱内。肌腱沿髌骨顶端向下延续为髌韧带。

髌骨后表面覆盖着软骨，通过较大的外侧关节面和较小的内侧关节面与股骨的髌面相接。

髌骨偶尔会出现分裂的情况，在其上外方可见一独立的小块结构。而这种变异多发生在双侧。有时会被缺乏经验的临床医生误认为是髌骨骨折。

临床特征

1. 髌骨外侧脱位由股骨外侧髁突出的前突关节面出现抵抗，以及股内侧最下方纤维向内侧牵拉所致，股内侧纤维几乎水平地沿髌骨内侧缘插入。如果股骨外侧髁发育不良，或者有严重的膝外翻（X 形腿畸形），则可能发生髌骨复发性脱位（图 163）。

2. 对髌骨的直接外力损伤可能会使其裂开或粉碎，但由于股四头肌在其周围包裹，使之保持完整，一般不会出现碎片。

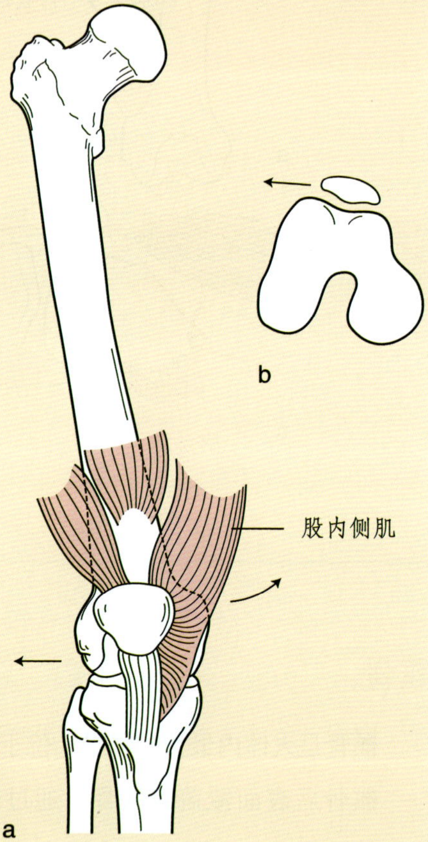

图 163 影响髌骨稳定性的因素。（a）股内侧向内侧的牵拉。（b）股骨外侧髁关节面过高。它们抵抗了由于股骨和胫骨之间外翻成角而引起的髌骨外侧移位。

髌骨也可能因股四头肌的剧烈收缩而发生横向骨折，例如，试图阻止向后摔倒，在这种情况下，撕裂可向外延伸到股四头肌扩张部，髌骨上部的骨碎片被拉向近端；在断端可能会出现超过 5cm 的间隙。闭合手法复位和伸肌扩张的手术修复疗效不佳。

有时，这种股四头肌突然用力收缩会撕裂髌骨上方的股四头肌扩张部，损伤髌韧带或撕裂胫骨粗隆。

有趣的是，髌骨发生粉碎性骨折后行髌骨切除术，术后膝关节的功能和运动可恢复到接近 100%；因此，膝关节的运动与其说是髌骨发挥了作用，不如归功于膝关节处的软组织。

胫骨（图 164）

胫骨上端膨大，形成内侧髁和外侧髁，前者的表面积较大。胫骨上端的表面（胫骨平台）是髁间区，其中央向上突起，形成髁间隆起，它的两侧为内侧髁间结节和外侧髁间结节。

胫骨粗隆为胫骨体上端前面的隆起，也是髌骨韧带的附着点。

除了前面的髌下囊，胫骨粗隆的前方紧贴皮下。

胫骨体在横断面上呈现三角形，前缘和内侧面直接位于皮下。大隐静脉经内踝前方，沿胫骨内侧缘伴隐神经上行（图 153）。

胫骨体后面上分有斜向下内的比目鱼肌线，它不仅标志着比目鱼肌在胫骨上的起点，而且其上方的区域为腘肌的插入点。

胫骨下端稍膨大，呈四方体，其外侧面有腓切迹，与腓骨形成胫腓关节。

内踝为胫骨下端内下方的骨性突起，胫后肌肌腱在其后方穿行。

胫骨下端下方的关节面光滑，外有软骨覆盖，形成踝关节的上关节面。

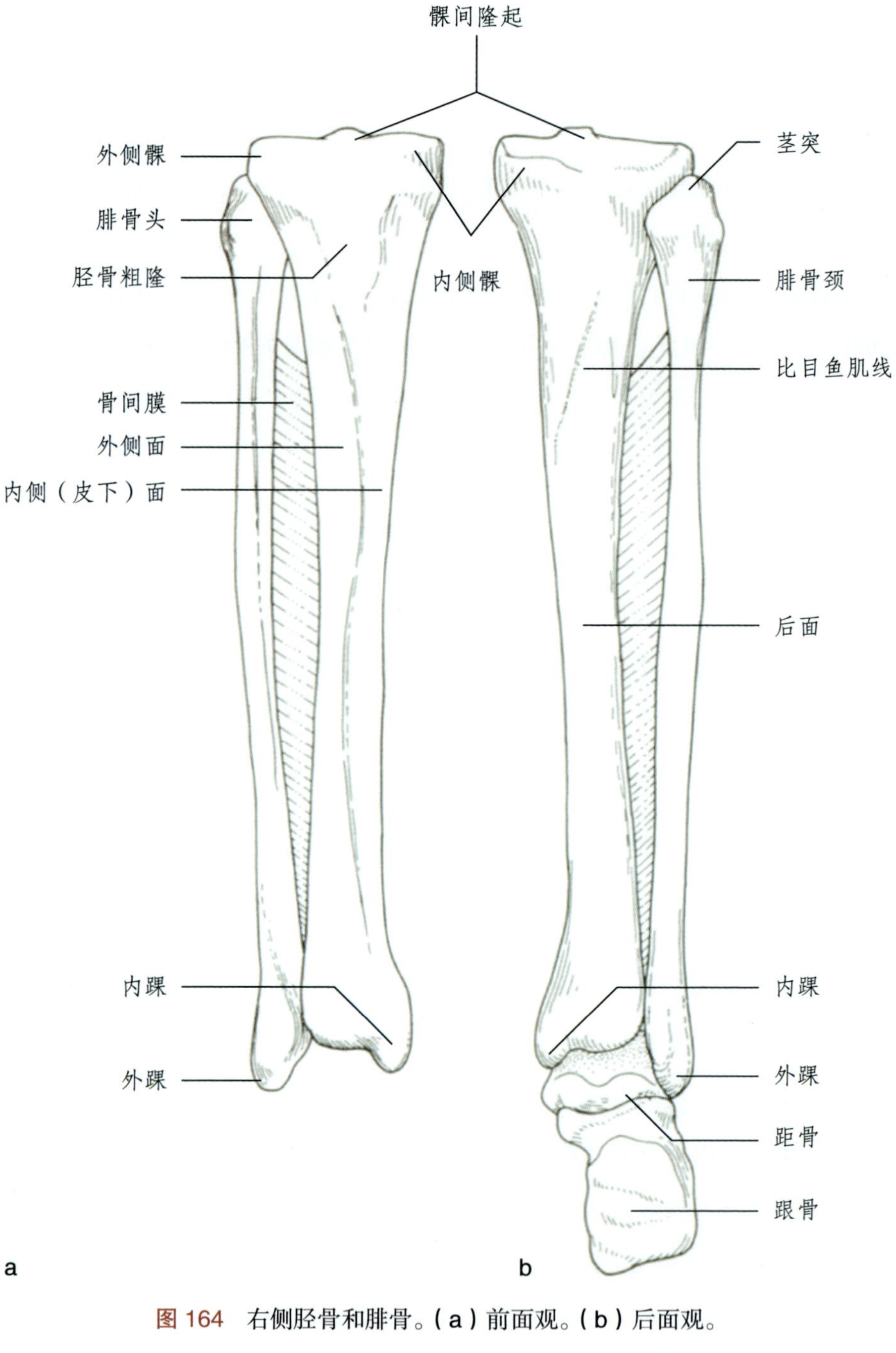

图 164　右侧胫骨和腓骨。(a) 前面观。(b) 后面观。

临床特征

1. 胫骨体上端是急性骨髓炎最常见的部位之一。幸运的是，由于膝关节囊紧密地包绕在关节面的周围，使得胫骨体的上端位于关节囊外；因此，炎症累及膝关节只有在疾病晚期和漏诊的情况下才会发生。

2. 胫骨体位于皮下，其前内侧缺乏保护，下 1/3 尤为纤细。胫骨是最常发生骨折和复合型损伤的长骨。

3. 胫骨广泛位于皮下，是骨移植供体的常见来源。

腓骨（图 164）

腓骨具有 3 个功能：

1. 它是部分肌肉的起点。
2. 它参与踝（距小腿）关节的组成。
3. 它是腓骨长、短肌腱的滑车。

腓骨从近端到远端包括腓骨头（是股二头肌止点）、腓骨颈（有腓总神经绕过，图 154）、腓骨体和外踝。腓骨体远端近外踝处表面粗糙，其内侧面参与胫腓下关节的组成，下面与距骨相关节。外踝后缘有一浅沟，有腓骨长短肌腱通过。

长骨的生长端和滋养孔

每根长骨的骨干上都有一个或多个斜形走向的滋养孔；这种倾斜是上下骨骺不均衡生长的结果。由于动脉明显地被拉向生长更快的骨骺方向，因此滋养孔入口的斜面方向是远离生长更快的骨端。

下肢长骨的生长主要发生在股骨下端和胫骨上端的骨骺。这与上肢相反，上肢的骨骼生长主要发生在肱骨上端和桡骨与尺骨的下端。

长骨的生长方向可通过一个口诀加强记忆：

“上远肘，

下向膝。”

长骨生长端的骨骺出现最早，与骨干融合最晚。但有一个例外，即腓骨上端的骨骺，它的出现晚于腓骨下端的骨骺，并且是在下端骨骺与骨干融合后，上端骨骺才与骨干融合。

长骨生长端的位置具有相当重要的临床意义；例如，如果一名儿童必须接受肘部以上截肢，由于肱骨近段骨骺持续生长发育致肱骨逐渐延长，因此可能需要重新截肢。

足骨

足骨是一个功能单位，因此要作为整体从“足弓”的角度来理解和学习。

髋关节（图 165 和图 166）

髋关节是人体中最大的关节。对于外科医生、检查者或学生而言，髋关节也是最重要的关节。

髋关节属于典型的球窝关节。它由股骨头和马蹄形的髋臼所组成，后者被纤维软骨的髋臼唇加深。髋臼的下部缺失，称为髋臼切迹，被髋臼横韧带封闭。从髋臼切迹处发出圆索状的股骨头韧带，与股骨头凹相连。

髋关节囊的近端附着于髋臼周缘和髋臼横韧带。在远端，关节囊的前部沿转子间线附着于大、小转子的基底部，后部则附着于转子间嵴上方约 1.25cm 处的股骨颈。从远端附着处，关节囊的纤维反折至股骨颈形成支持带，成为股骨头血供的一个通路（见“股骨”）。

请注意，股骨上部干骺端的急性骨髓炎会累及股骨颈的囊内部分，因此会迅速引起继发性化脓性髋关节炎。

髋关节囊由 3 条韧带加强：

1. 髂股韧带（Bigelow Y 形韧带），起于髂前下棘，向下分叉后止于转子间线两端（图 166）。

2. 耻股韧带，起于髂耻联合，与关节囊内侧部融合。

3. 坐股韧带，起于坐骨，止于股骨大转子的基底部。

其中，髂股韧带最为强大，可防止髋关节过伸。髋关节后脱位时，此韧带通常保持完整。

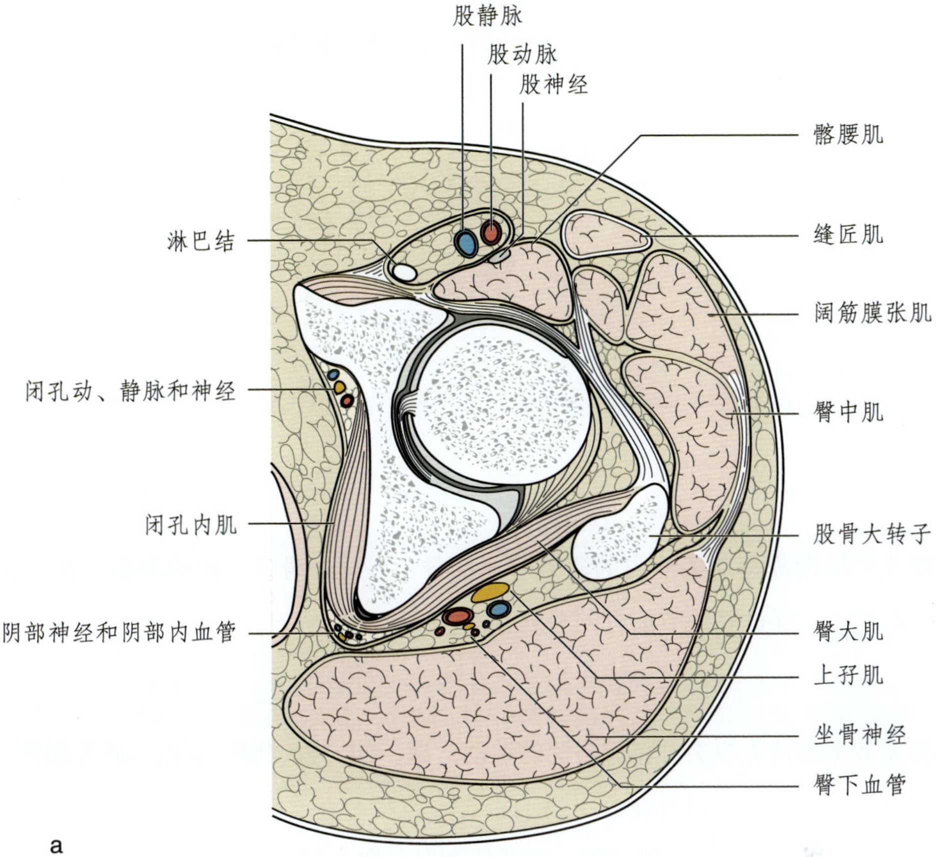

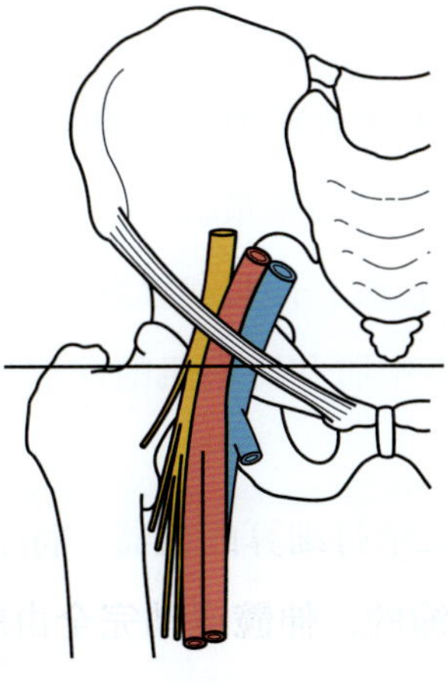

图 165　（a）右侧髋关节的横切面（上面观）。（b）横切层面示意图。

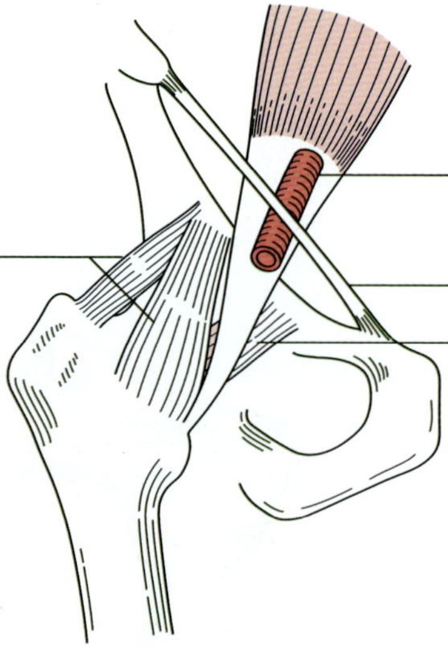

图 166　右髋前面观。请注意腰大肌肌腱和股动脉在髋关节前方的位置关系。

髋关节的滑膜覆盖关节内的非关节面部分，有时，滑膜会向前突出，在腰大肌肌腱下方形成一个穿过髋关节前方的滑膜囊。

运动

髋关节（球窝关节）可完成广泛的运动：屈、伸、收、展、旋内、旋外和环转。

作用于关节的主要肌肉有：

- 屈肌，髂腰肌为主，股直肌、缝匠肌和耻骨肌为辅。
- 伸肌，臀大肌和腘绳肌。
- 内收肌，长收肌、短收肌和大收肌为主，辅以股薄肌和耻骨肌。
- 外展肌，臀中肌、臀小肌和阔筋膜张肌。
- 旋外肌，臀大肌为主，闭孔肌、孖肌和股方肌为辅。
- 旋内肌，阔筋膜张肌及臀中肌和臀小肌的前部。因此，旋内的运动幅度要比旋外小得多。

人体是一个令人惊讶的擅长精打细算的机器。将手放在一侧臀部上，在室内安静行走时，会发现臀大肌是不收缩的，伸髋运动完全由腘绳肌完成；现在，用力伸髋，感受同侧臀大肌在剧烈伸髋时的强力收缩吧。

毗邻（图 165）

髋关节周围被肌肉包绕：

- 前部，髂肌、腰大肌和耻骨肌，以及股动脉、股静脉和股神经。
- 外侧部，阔筋膜张肌、臀中肌和臀小肌。
- 后部，梨状肌肌腱、闭孔内肌、孖肌、股方肌、坐骨神经及其表面的臀大肌。
- 上部，股直肌的反折头与关节囊相接触。
- 下部，闭孔外肌，从关节后方走行，止于转子窝。

因此，髋关节的外科手术暴露不可避免地需要大量的深部解剖。

外侧入路：沿阔筋膜张肌后缘向下分开阔筋膜，继而切断股外侧肌近侧端。纵行切开深层的臀中肌和臀小肌以显露股骨颈。进一步操作可能需要切断股骨大转子，以及附着于其上的臀肌。

前侧入路：浅层从内侧的缝匠肌与外侧的阔筋膜张肌之间进入，深层在内侧的股直肌和外侧的臀中肌、臀小肌之间通过。分离股直肌的反折头以暴露髋关节前部。进一步扩大暴露需要从髂骨的外侧面分离臀肌。

后侧入路：从髂后上棘起始处做斜形切口至股骨大转子，然后垂直向下延伸。将臀大肌按其肌纤维走向钝性分开，继而将其沿肌腱附着处切开。在臀大肌深面，股骨大转子内侧几厘米处分离附着于此的外旋短肌。将分离后的外旋短肌残端翻向内侧以保护坐骨神经。这样可以充分暴露髋关节囊的后部。

神经支配

希尔顿定律表明，穿过关节的神经可支配作用在关节上的肌肉、关节表面的皮肤和关节本身。髋关节也不例外，它接受来自股神经、坐骨神经和闭孔神经的支配。值得注意的是，这些神经同时支配膝关节，这导致经常有一些患者，尤其是儿童，因抱怨膝关节的疼痛而忽略了导致疼痛发生的髋关节本身。

临床特征

单腿站立试验

站立时髋关节的稳定性依赖于两个因素：周围肌肉的强度和整个髋关节内股骨颈和股骨头杠杆系统的完整性。单腿站立时，同侧髋关节的外展肌（臀中肌、臀小肌和阔筋膜张肌）强力收缩以保持髋关节的稳定，实际上此时对侧骨盆也轻微上提。如果髋关节周围肌肉或杠杆系统有任何损伤，单腿站立时身体的重量则会迫使对侧骨盆下降。

单腿站立试验阳性发生在髋部外展肌瘫痪（如脊髓灰质炎）、陈旧性未复位或先天性脱位髋关节、股骨头因病或手术切除（假性关节炎）而受损、股骨颈骨折未愈合或非常严重的髋内翻等情况下。

单腿站立试验阳性提示髋关节的骨与肌肉的稳定性存在缺陷。

患有上述任何一种疾病的患者走路时都具有“倾斜步态”的特征。

髋关节脱位（图 167）

髋关节通常多向后方脱位，这是由外力在髋关节屈曲时沿股骨体作用于髋关节所致（例如，当火车撞向减震器时膝关节撞击到对面的座位，或者轿车在正面碰撞时膝关节撞到汽车的仪表盘上）。如果髋关节同时处于内收状态，股骨头的后方没有髋臼支持，那么此时的脱位不合并髋臼骨折。如果髋关节是外展状态，那么脱位一定伴有髋臼唇后侧的骨折。

坐骨神经由于与髋关节后部关系密切，在髋关节后脱位或合并骨折时有受损的危险（图 155）。

使用深度麻醉松弛髋周围肌后，髋关节的复位就非常简单：屈曲髋关节，旋转至中立位，抬起向后送回髋臼即可。个别情况下，过度外展的髋关节可导致髋关节前脱位。强大暴力下（如高空坠落）股骨头可能会穿过髋臼底部，造成髋关节中心脱位。

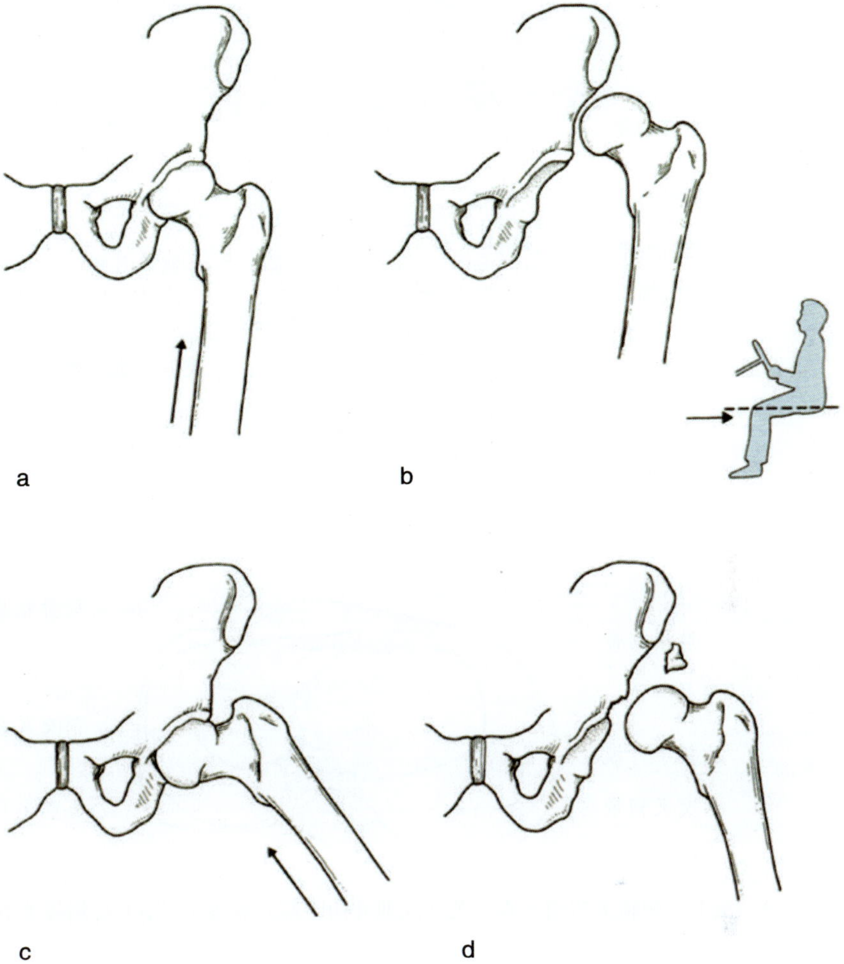

图 167 髋关节脱位。髋关节脱位前处于内收状态（a），后脱位时不合并髋臼唇后部的骨折（b）；髋关节脱位前处于外展状态（c），脱位时将合并髋臼骨折（d）。

膝关节（图 168 和图 169）

膝关节是一个屈戌关节，由股骨髁和胫骨髁之间、髌骨和股骨腘面之间的连接共同组成。

膝关节囊附着于这些关节面的周缘，向上与髌上囊（位于股骨体下段与股四头肌之间）相通，向后与腓肠肌内侧头深面的滑膜囊相通，并通过此滑膜囊与半膜肌深面的滑膜囊相通。膝关节囊也可能与腓肠肌外侧头深面的滑膜囊相通。与肱二头肌长头腱穿出肩关节类似，腘肌肌腱以同样的方式从关节囊后方穿出膝关节。

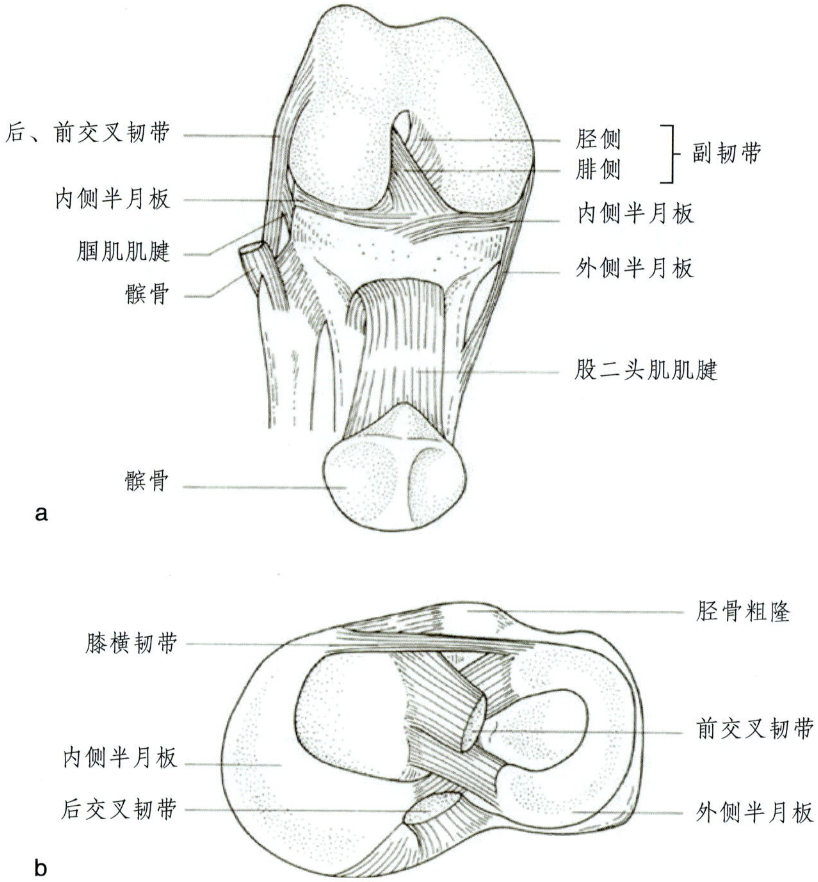

图 168 （a）右侧膝关节前面观（关节屈曲并向下翻起髌骨）。（b）右侧膝关节横切面。

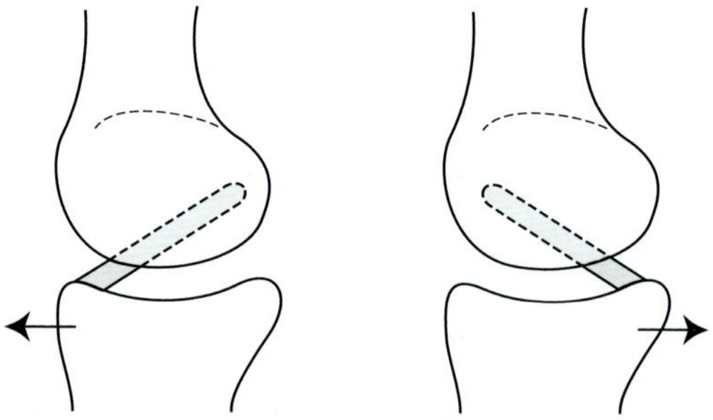

图 169 交叉韧带的作用。（a）前交叉韧带，防止胫骨沿股骨向前移位。（b）后交叉韧带，防止胫骨沿股骨向后移位。

膝关节囊在两侧被胫侧副韧带和腓侧副韧带分别加强，后者延伸至腓骨头，与关节囊不相连。

在膝关节前方，关节囊被髌韧带和髌骨两侧的髌内、外侧支持带显著加强。髌内、外侧支持带是股内、外侧肌的腱膜。

在膝关节后方，坚韧的（Winslow）腘斜韧带从半膜肌止点的突出部分发出，与关节囊相融合，从后方加强关节囊。

临床特征

股骨体下段与股四头肌之间的髌上囊有助于股四头肌在伸膝时收缩。髌上囊在髌骨上缘上方扩展为一个手掌的宽度。当膝关节损伤时，如果出现血液渗出（关节积血）或浆液性渗出，患侧会出现一个明显高于髌骨的隆起，因此通过视诊很容易就能做出诊断。

囊内结构（图 168 和图 169）

膝关节内有许多重要的结构。

交叉韧带是位于胫骨和股骨之间的强力连接。它们起自胫骨上面髁间隆起的前方和后方，并据此命名，向斜上附着于股骨的髁间切迹。

前交叉韧带防止胫骨沿股骨向前移位，在膝关节过伸时紧张。它还可以防止膝关节旋转。后交叉韧带防止胫骨向前移位，在膝关节过屈时紧张。

半月形软骨（半月板）呈新月状，在横断面上呈三角形，内侧半月板比外侧半月板大，但曲度较小。半月板的两端附着在胫骨髁间隆起，边缘附着于膝关节的关节囊。虽然外侧半月板与关节囊仅仅是松散附着，但腘肌肌腱却将它和腓侧副韧带隔开。

半月板稍微加深了胫骨髁突与股骨髁突之间的关节面，并起到类似于减震器的作用。有趣的是，如果双侧半月板被切除，膝关节的功能在术后是可以完全恢复的。这是因为切除半月板的结缔组织边缘发生了纤维 – 软骨周缘再生。

髌下脂体填充了髌韧带和股骨髁间切迹之间的空隙。覆盖在脂肪垫上的滑膜突入关节腔内形成两个皱襞，称为翼状襞。

膝关节的运动

膝关节的主要运动形式是屈和伸，但在屈膝时可轻度旋转。在完全伸直的情况下，即站立时，膝关节是非常稳固的。因为胫骨内侧髁的关节面远大于外侧髁，使得胫骨内侧髁向前包裹股骨内侧髁，从而将关节“拧紧”在一起。完全伸直的膝关节在屈膝时的第一步是“拧松”或内旋。这个过程是由腘肌完成的。腘肌起自股骨外侧髁的外侧面，从关节囊后部发出，止于胫骨上端背侧。

作用于膝关节的主要肌肉有：

- 伸肌，股四头肌。
- 屈肌，腘绳肌，同时辅以股薄肌、腓肠肌和缝匠肌。
- 旋内肌，腘肌（拧松膝关节）。

临床特征

1. 膝关节的稳定性依赖于韧带和周围肌肉的强度。其中，肌肉是最重要的。得益于股四头肌的强大力量，膝关节即使出现严重的韧带损伤，也能正常工作。相反，如果没有强大的肌肉，即便拥有最精湛的技能，撕裂韧带的外科修复也注定会失败。离开肌肉的支持，重建的韧带对拉伸的承受能力将变得非常微弱。

2. 膝关节出现软组织损伤时，请考虑可能会累及的 3 个“C”：侧副韧带（collateral ligaments）、交叉韧带（cruciates）和软骨（cartilages）。

侧副韧带在膝关节完全伸直，处于绷紧状态，因此仅在膝关节处于伸直位时，侧副韧带才容易受伤。当膝关节出现强力外展拉伤时，胫侧副韧带可能部分或完全撕裂；而强力内收则可能会损伤腓侧副韧带。如果一侧或其他侧副韧带出现完全撕裂，膝关节可在伸直位时从撕裂侧脱位。

膝关节出现重度外展或内收损伤时，交叉韧带（连同侧副韧带）都可能被撕裂。前交叉韧带（在膝关节伸直时拉紧），在膝关节暴力过伸或出现胫骨前脱位时可能被撕裂。前交叉韧带还可防止膝关节旋转，因此当膝关节出现剧烈扭曲损伤时，该韧带也可能被撕裂。后交叉韧带在膝关节后脱位时可被撕裂（图 169）。

如果前后交叉韧带都被撕裂，膝关节会出现不正常的前后移动度改变。

如果只是向前的移动度增加，说明前交叉韧带已被撕裂或变得松弛。向后的移动度性增加则意味着后交叉韧带受损。

半月板只有在膝关节屈曲并旋转的时候才会撕裂。如果将手指放在髌韧带两侧的关节线上，屈曲膝关节，先向内旋转，然后再向外旋转，你将会感受到内、外侧半月板是如何分别被吸入膝关节的。如果屈曲的膝关节被强制外展外旋，内侧半月板就会被拉到股骨和胫骨内侧髁的摩擦面之间，然后被撕裂。当奔跑中的足球运动员扭转屈膝或狭窄巷道中的挖煤矿工以屈膝的姿势摔倒时，这种损伤就会发生。严重的内收内旋同样会撕裂外侧半月板，但这种损伤并不常见。

发生这种类型的损伤时，膝关节发生“扣锁”的原因是撕裂和移位的软骨片会滞留在髁间，阻止膝关节完全伸直。

胫腓关节

胫骨与腓骨的连接方式：

1. 胫腓骨上关节，是位于腓骨头与胫骨外侧髁之间的滑膜关节。

2. 骨间膜，其上部和下部分别有胫前血管和腓动脉的穿支经过。

3. 胫腓下关节，是位于踝关节正上方，各骨三角形关节面之间的纤维连接。实际上，该连接是骨间膜纤维组织在胫腓骨远端的加强。

踝关节（图 170）

踝关节（距小腿关节）由内、外踝和胫骨下端组成的榫眼与距骨体构成，为屈戌关节。

踝关节的关节囊紧密附着于各关节面的周围。与其他屈戌关节一样，关节囊的前、后部松弛，但内侧和外侧有侧副韧带加强。

内侧韧带（又称三角韧带）比外侧韧带强健。该韧带起自内踝尖，向下呈放射状展开，止于舟骨粗隆、弹性韧带、载距突和距骨内侧粗隆（图 170b）。外侧韧带是由起自外踝呈放射状的3条纤维束（或韧带）组成的复合体。这3条韧带是距腓前韧带（自外踝向前延伸止于距骨颈）、跟腓韧带（向后下方延伸止于跟骨）和距腓后韧带（向后内延伸止于距骨）（图170c）。第一眼看上去，距腓前韧带的走向似乎不合逻辑。但是，当足跖屈且内翻时，你会发现此时这个韧带正好处于应力线上。

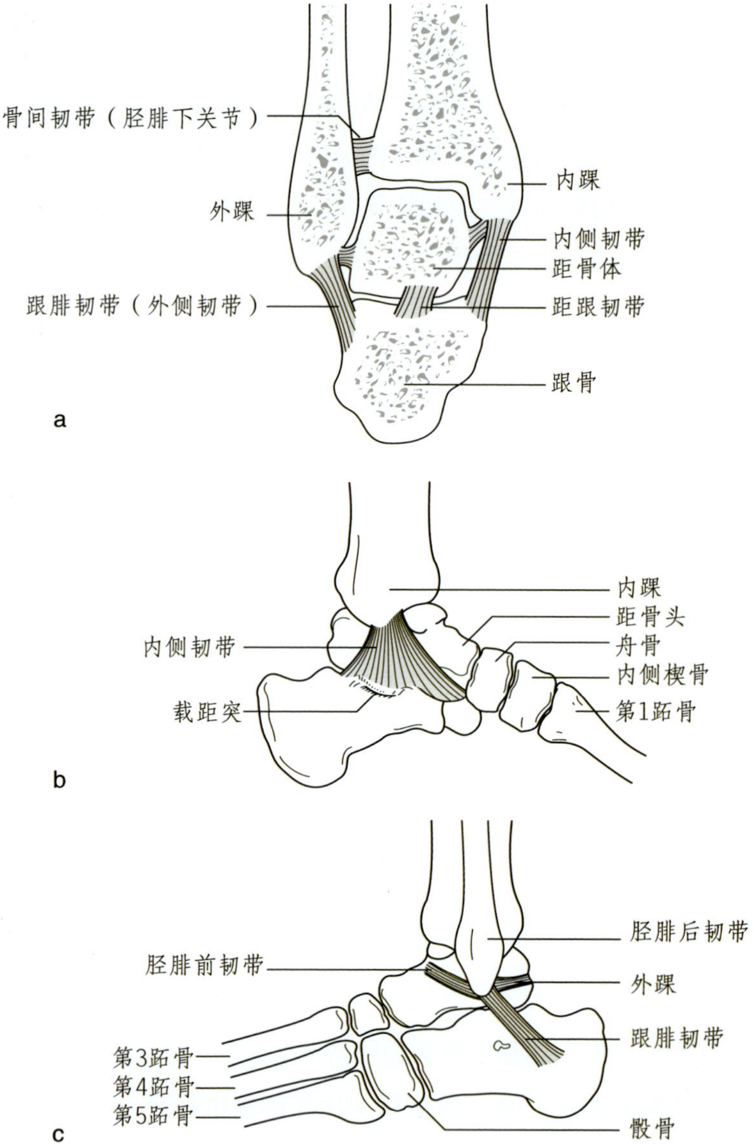

图170　左侧踝关节。（a）冠状面（后面观）。（b）内侧面观。（c）外侧面观。

踝关节的运动

踝关节属于屈戌关节，能做屈（跖屈）和伸（背屈）运动。

距骨体的前部略宽，当伸踝（背屈）时，前部嵌入内外踝之间的关节窝，踝关节变得稳定；反之，当屈踝（跖屈）时，关节略松弛，足能做轻微的侧方运动：快在自己身上试试吧。

作用于脚踝的主要肌肉：

背屈肌，由趾长伸肌、踇长伸肌和腓骨第三伸肌辅助的胫前肌。

跖屈肌，由胫骨后肌、踇长屈肌和趾长屈肌辅助的腓肠肌和比目鱼肌。

临床特征

1. 踝关节强力外展或内收时，会扭伤或完全撕裂侧副韧带，尤以外侧韧带最常见。这是因为，首先，内侧韧带比外侧韧带更加强大坚韧；其次，你可以自己测试，踝关节损伤更容易发生在强制内翻而不是外翻的情况下。外侧韧带在应力作用下首当其冲的是距腓前韧带，正是这条韧带在外侧韧带部分断裂时发生撕裂。如果外侧韧带完全断裂，距骨就会在其榫部倾斜；这在临床上很难诊断，最好的办法是将踝关节强制内翻，拍摄前后位的 X 线片进行确认。

2. 最常见的踝关节骨折是外展—外旋损伤导致的。例如，患者的足部卡在兔子洞中，由于足部被牢牢固定，他的身体和胫骨向内旋转。此时，首先出现外踝旋转骨折，接着是内侧韧带撕脱，伴有或不伴有内踝片状撕脱，最终因胫骨被牵拉向前，胫骨下端后缘与距骨分离。根据受伤程度不同分为 1 度、2 度和 3 度的 Pott 骨折。需要注意的是，随着关节间隙的扩大，会发生沿距骨的胫骨前脱位，这种损伤将导致特有的足跟凸出现象。

足关节

足的内翻和外翻发生在距跟关节和跗横关节，后者包括跟骨与骰骨之间和距骨与舟骨之间的跗骨间关节。其中，距跟关节更为重要。在自己身上测试一下：如果用手将跟骨固定，足的内翻和外翻会受到很大的限制。

足部旋转运动的丧失，如受伤后或关节炎时，会导致相当严重的残疾。这是因为足无法适应在不平坦、粗糙或倾斜的地面上行走。

内翻是胫骨前肌和胫骨后肌辅以拇长伸、屈肌腱共同作用的结果；外翻是腓骨长肌和腓骨短肌辅以第 3 腓骨肌（伸肌之一）共同作用的结果。

其他跗骨之间只可做轻微的滑动，且不具有临床意义。跖趾关节和趾骨间关节的组成和排布和上肢类似。

足弓（图 171）

站立时，足跟和跖骨头是主要的承重点，但对浴室地板上湿脚印的研究表明，足的外侧缘和趾尖也与地面相接触。

足骨形成两个纵弓。内侧纵弓由跟骨、距骨、舟骨、3 块楔骨和内侧的 3 块跖骨联结构成，弓的最高点是距骨。外侧纵弓的位置较低，由跟骨、骰骨和外侧的 2 块跖骨

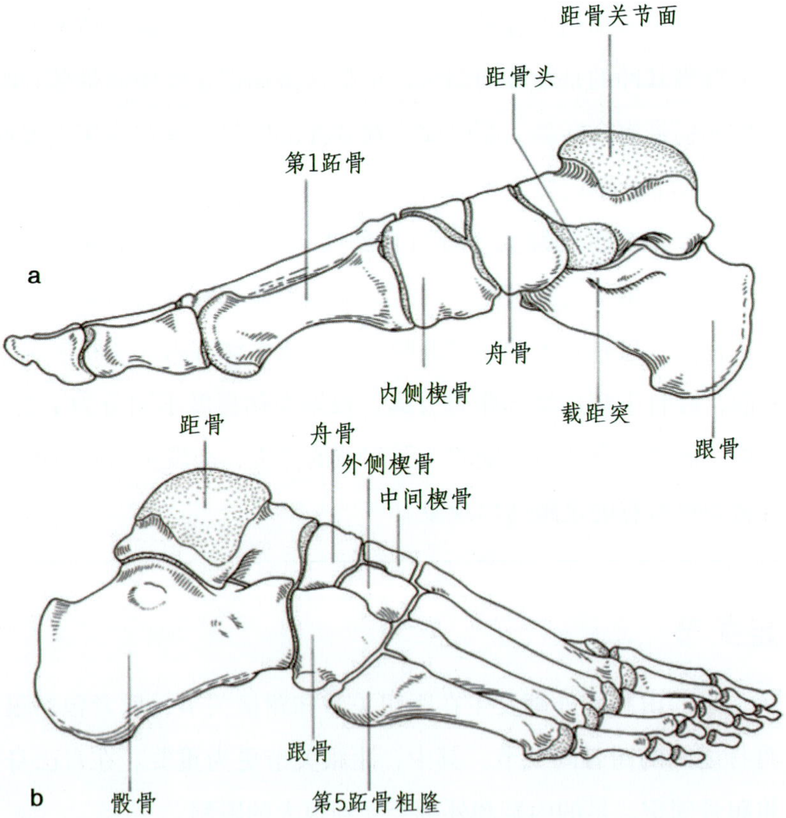

图 171　右足的纵弓。(a) 内侧面观；(b) 外侧面观。

联结构成。

足具有双重功能。它既能在站立时稳固地支撑体重，也能在行走和奔跑时起着移动跳板的作用。

站立时，由于体重的压迫，足弓略有下沉，各足骨彼此锁定，联结各骨的韧带处于最大张力，足就变成了一个固定的基座。当行走时，身体的重量从足弓释放，足弓解锁并在弹簧样运动中变成移动的杠杆系统。

维持足弓的主要结构：

1. 互相连接的各骨的形状。

2. 韧带。

3. 肌肉。

涉及的韧带（图 172）：

1. 足前部各骨之间的背侧、跖侧和骨间韧带。

2. 弹簧韧带，起自跟骨的载距突，向前止于舟骨粗隆，有支持距骨头下面的作用。

3. 跖短韧带，起自跟骨跖面，止于骰骨。

4. 跖长韧带，起自跟骨跖面的后侧粗隆，覆盖跖短韧带，与骰骨围成供腓骨长肌腱通过的腱管，止于第 2、3 和 4 跖骨底。

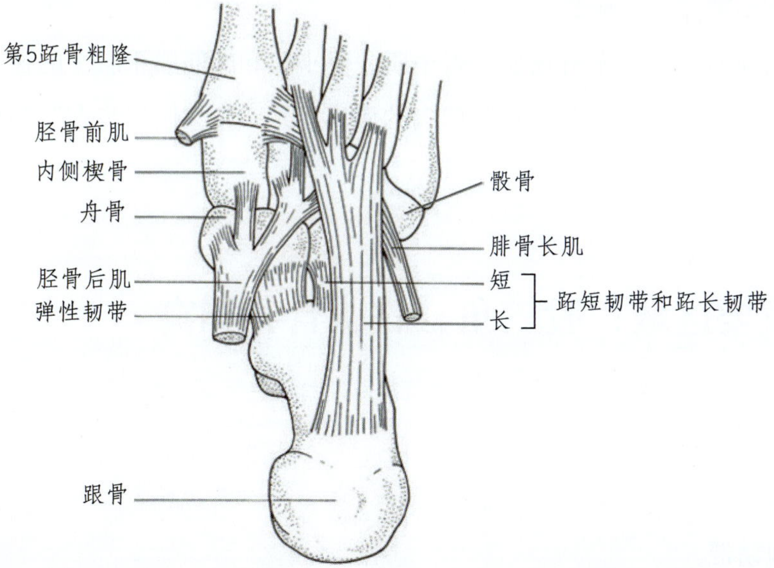

图 172　左足底跖侧面观显示重要韧带和长肌腱的附着处。（位于弹性韧带深面的距骨头被遮挡。）

这些韧带被致密的足底深筋膜——足底腱膜加强。足底腱膜起自跟骨跖面，附着在连接跖骨头的跖横韧带；它向前延伸至每个脚趾，形成屈肌纤维鞘，以类似于手部掌腱膜的方式排布。跟掌腱膜一样，足底腱膜也可发生 Dupuytren 挛缩。

与足弓原理有关的肌肉主要是腓骨长肌，胫骨前、后肌，拇长屈肌和足固有肌。

腓骨长肌腱经骰骨下面的浅沟斜穿足底，止于第 1 跖骨底和内侧楔骨的外侧面。胫骨前肌腱则止于这两块骨的内侧面。两个肌腱之间实际上形成一个马镫状的腱环，维持足弓的功能。

内侧纵弓由被拇长屈肌进一步加强，其屈肌腱从跟骨载距突下面经过；胫骨后肌也对内侧纵弓进行加固，2/3 的肌纤维止于舟骨粗隆，并支撑弹性韧带。

纵行排布的足固有肌也有助于纵弓的维持。

行走的解剖学

行走时，足跟从地面抬起，跖趾关节屈曲，产生“推开”运动；接着足部完全离开地面，同时背屈使足尖离地。

就在一侧足尖离地之前，另一侧的足跟着地。

前进的力量一部分来自脚趾的“推开”，一部分来自踝关节的强力跖屈，还有一部分来自被骨盆摆动所增强的髋关节的向前摆动。截瘫患者完全可以借助这种骨盆摆动动作学习走路，即使是腰部以下瘫痪。

当一侧足尖离开地面，髋关节外展肌（臀中肌、臀小肌和阔筋膜张肌）的强烈收缩可防止未负重侧的骨盆向地面倾斜。这些肌肉的瘫痪，是产生“倾斜步态”和单腿站立试验阳性的原因之一。

下肢的 3 个重要区域：股三角、收肌管和腘窝

股三角（图 173）

股三角的边界：

- 上侧，腹股沟韧带。

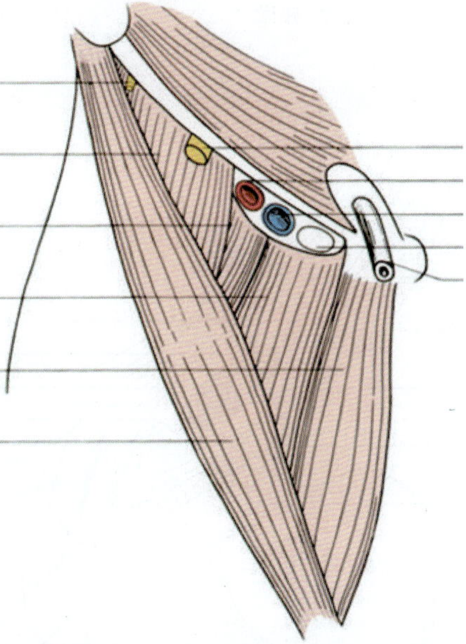

图 173 右侧股三角及其内容物。

- 内侧，长收肌内侧缘。
- 外侧，缝匠肌内侧缘。

股三角的底由髂肌、腰大肌肌腱、耻骨肌和长收肌组成。

股三角的顶由浅筋膜和深筋膜（阔筋膜）构成；浅筋膜内有腹股沟浅淋巴结和大隐静脉及其属支；大隐静脉从深筋膜（阔筋膜）的隐静脉裂孔处穿入。

股三角的内容物包括股静脉、股动脉和股神经，以及腹股沟深淋巴结。

部分结构详述如下。

阔筋膜

股部深筋膜，又称阔筋膜，向下延伸包裹整个下肢，但是胫骨皮下表面（阔筋膜附着在其周缘）和隐静脉裂孔除外。向上，阔筋膜环绕附着于下肢根部，即腹股沟韧带、耻骨、坐骨、骶结节韧带、骶骨、尾骨和髂嵴。阔筋膜在大腿外侧部特别致密（髂胫束），在这里阔筋膜接受阔筋膜张肌的加入；在后部，臀大肌的大部分纤维也止于髂胫束。髂胫束受到附着在其上的肌肉牵拉时变得紧张，有助于站立时髋关节和伸直位膝关节的稳定。

臀大肌（下肢最大肌肉）的大量纤维止于髂胫束，说明了髂胫束的重要性。当长

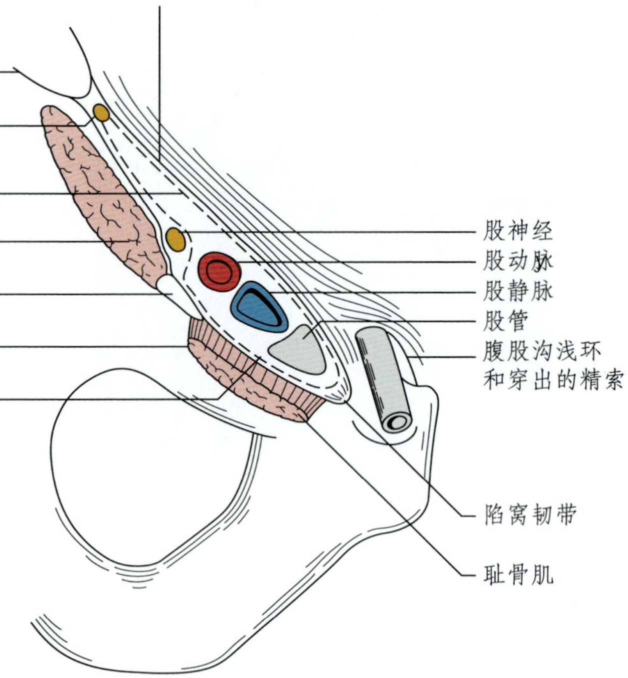

图 174 股管及其周围结构（右腹股沟区）。

时间站立时，如在手术室中，你从一条腿换到另一条腿并维持站立姿势，都是通过髂胫束的紧张来实现的。

大腿外侧部的强韧筋膜是疝气和硬脑膜修补材料的一个绝佳来源。

股鞘和股管（图 174）

股动脉和股静脉从腹股沟韧带下方进入股三角，位于一个称为股鞘的筋膜管内。股鞘起源于腹膜外的腹内筋膜，它的前壁来自腹横筋膜，后壁来自覆盖髂肌的筋膜。

股鞘的内侧部包含一个小的、几乎垂直的间隙，即股管，长约 1.25cm，仅能容纳小指尖。女性骨盆宽大意味着女性股管较大，因此股疝多发于女性。

股管的界限：

- 前界，为腹股沟韧带。
- 内侧界，为腹股沟韧带耻骨部的锐利游离缘，称为陷窝韧带（Gimbernat 韧带）。
- 外侧界，为股静脉。
- 后界，为耻骨梳韧带，该韧带是耻骨上支的耻骨边缘增厚的骨膜，与腹股沟韧带的耻骨部相延续。

股管容纳少量脂肪和一个恒定的淋巴结——股管淋巴结或 Cloquet 淋巴结。

股管有两个功能：一是扩张的股静脉在膨胀时的无效腔；二是下肢到髂外淋巴结的淋巴通道。

股疝

股管的重要意义在于它是腹壁的一个潜在薄弱区域，通过此处可形成股疝。与腹股沟斜疝不同，股疝绝非由先天性囊腔所致，尽管儿童确实不常发生股疝，但却从未在新生儿中发现过。

随着疝囊的扩大，疝囊经隐静脉裂孔穿出，然后沿着腹壁浅血管和旋髂浅血管向上，从而凸出在腹股沟韧带上方。区分不可复位的股疝和腹股沟疝是很容易的。前者的疝颈一定总是位于耻骨结节的下方和外侧，而后者的疝囊则延伸至耻骨结节的上方和内侧（图 175）。

股管颈部狭窄，内侧缘特别锐利。因此，这个部位不可复位和绞窄的发生率比其他部位更常见。绞窄性股疝手术时，为了扩大股管开口，可能需要切开陷窝韧带的锐利边缘。这个操作有损伤异常闭孔动脉的轻微风险。在韧带上做几个小缺口以增大开

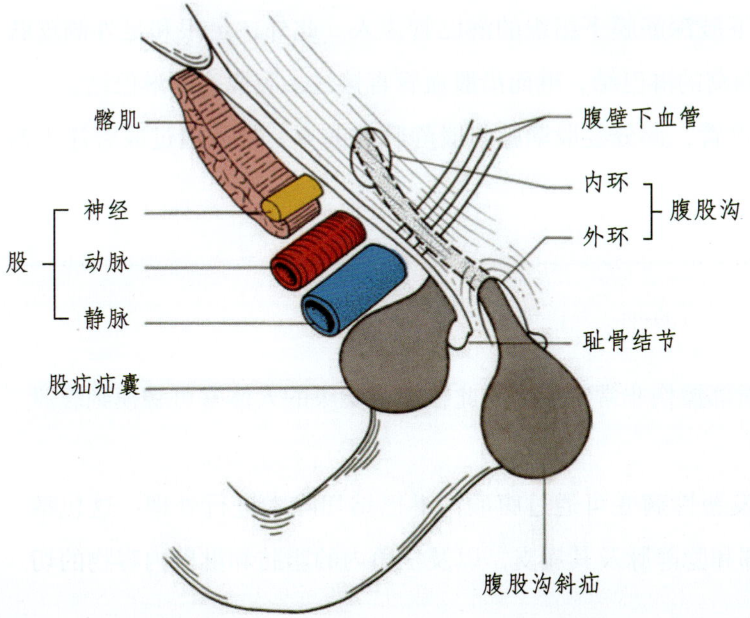

图 175 腹股沟斜疝和股疝与耻骨结节的关系（右侧腹股沟区）。腹股沟斜疝从耻骨结节的上方和内侧膨出；股疝则位于耻骨结节的下方和外侧。

口会更安全。安全的方法是切开腹股沟韧带，该韧带随后可被修复。

注意，正常情况下，腹壁下动脉的耻骨支与闭孔动脉的耻骨支之间存在吻合。闭孔动脉有时会被腹壁下动脉的耻骨支完全取代，即异常闭孔动脉。这条异常血管常从外侧进入股管且不会受到损伤；更为罕见的是，该血管有时会从陷窝韧带后方经过，从而使手术变得危险。

腹股沟淋巴结和下肢的淋巴引流

腹股沟淋巴结分为浅、深两群。腹股沟浅淋巴结又分两群，下群沿大隐静脉排列，接受下肢大部分浅层淋巴管的注入；上群则位于腹股沟韧带的远侧。上群淋巴结接受来自皮肤和浅层组织的淋巴管注入，包括：

1. 躯干和背部脐平面以下的部位。
2. 臀部。
3. 会阴、阴囊、阴茎（或者阴道下部和外阴）和黏膜皮肤交界区以下的肛门。

除此之外，还有一些来自子宫底的淋巴管经子宫圆韧带注入这些淋巴结。

（当患者出现腹股沟淋巴结病变时，所有这些部位连同整个下肢都必须仔细检查。）

腹股沟的两群浅淋巴结经阔筋膜上的隐静脉裂孔注入位于股静脉内侧的腹股沟深淋巴结，后者也接受来自下肢深筋膜下组织的淋巴管注入。此外，足跟和足外侧皮肤的淋巴管沿小隐静脉注入腘窝的淋巴结，继而沿股血管直接注入腹股沟深淋巴结。

腹股沟深淋巴结的淋巴管，部分经股动脉与股静脉的前方，部分通过股管注入髂外淋巴结。

临床特征

1. 轻微的脓毒症和腿部擦伤非常常见，因此在完全健康的人体常可触摸到腹股沟淋巴结。

2. 腹股沟淋巴结继发恶性病变可通过腹股沟淋巴结切除术进行处理。这包括股三角浅、深筋膜的顶部和隐静脉及其属支，以及三角内的脂肪和淋巴内容物的切除，仅保留股动脉、股静脉和股神经。此外，由于腹股沟韧带的分离，还可以进行腹膜外切除髂外淋巴结。

3. 对股三角区肿块进行鉴别诊断时，要考虑到股三角内的每个解剖结构及其可能引起的病理状况，包括如下几种。

- 皮肤和软组织：脂肪瘤、皮脂囊肿、肉瘤。
- 动脉：股动脉瘤。
- 静脉：大隐静脉曲张。
- 神经：股神经或其分支神经瘤。
- 股管：股疝。
- 腰大肌鞘：腰大肌脓肿。
- 淋巴结：淋巴结病变的任何原因。

收肌管（Hunter 管；缝匠肌下管）（图 176）

收肌管从股三角尖端起始。边界如下。

- 后壁：长收肌和大收肌。
- 前外侧壁：股内侧肌。
- 前内侧壁：缝匠肌，形成收肌管的顶。

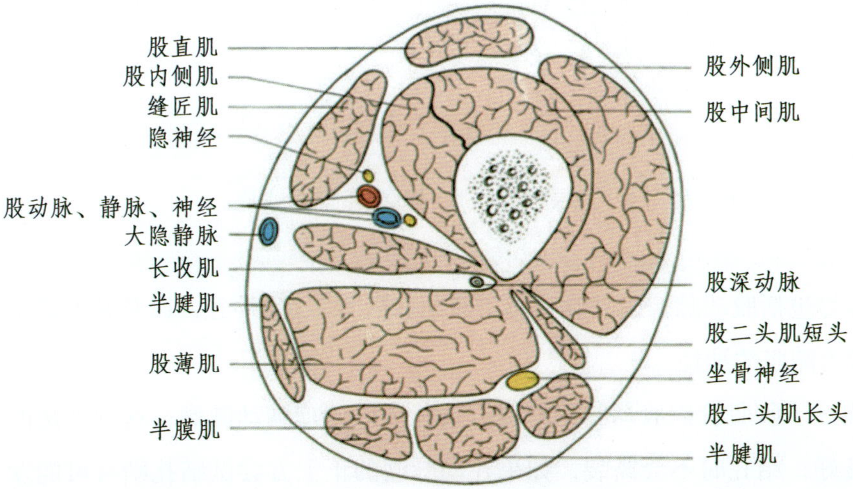

图 176 经右侧大腿收肌管（缝匠肌下管；Hunter 管）的横切面（上面观）。

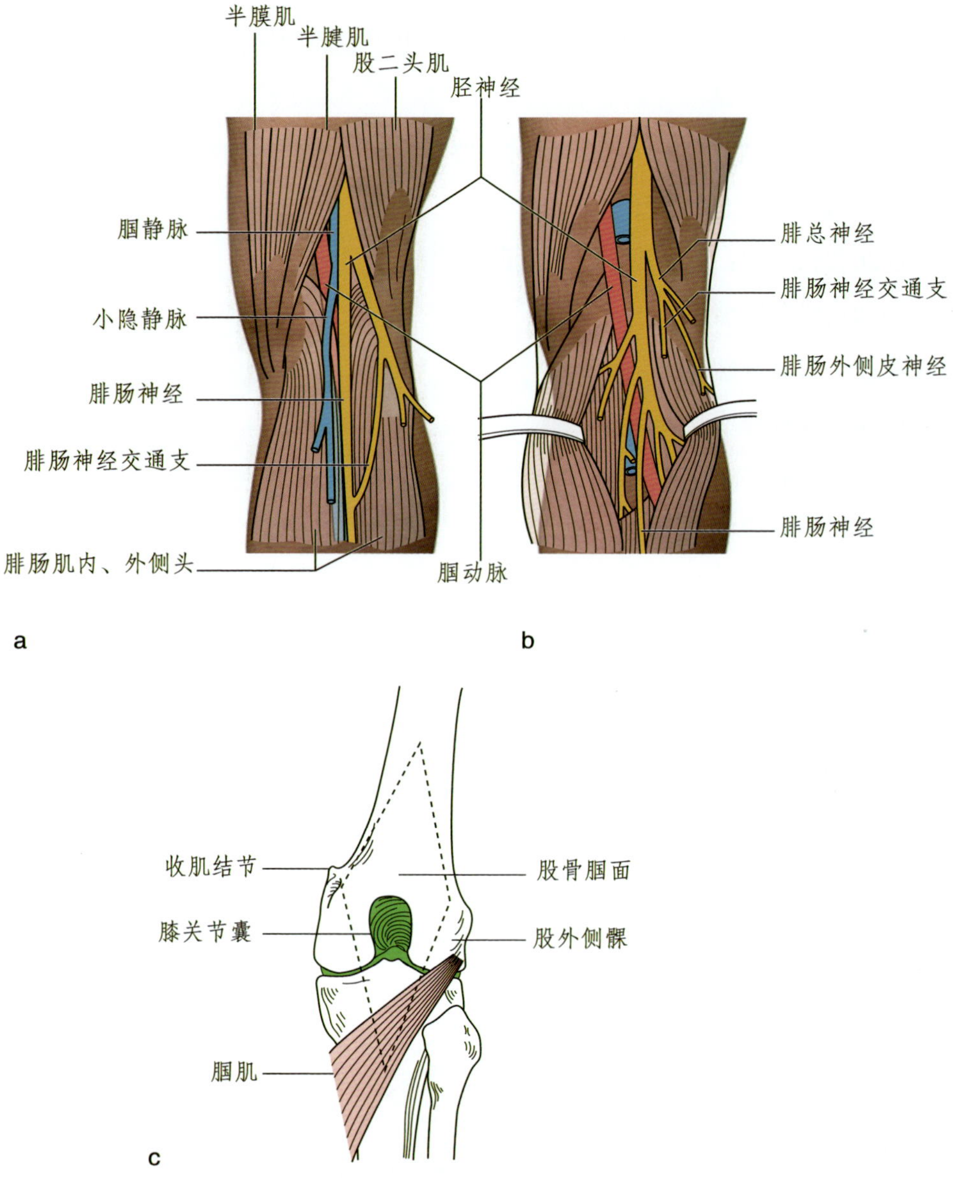

图 177　右侧腘窝。(a) 浅层解剖。(b) 深层解剖。(c) 底。

收肌管的内容物包括股动脉、股静脉（位于股动脉后方）、隐神经，以及其上部来自股神经的支配股内侧肌的神经。

John Hunter 描述了收肌管内股动脉的暴露与结扎用以治疗腘动脉瘤；这种方法的优点是此处动脉良好，结扎时不会撕裂，如果在动脉瘤的正上方尝试结扎则有可能发生动脉撕裂。

腘窝（图 177）

腘窝是收肌管的远端延续。腘窝实际上是一个封闭的筋膜间隙，只有在手术或解剖打开时才会呈现出解剖图中的菱形空间。

腘窝的边界如下。

- 上外侧界：股二头肌肌腱。
- 上内侧界：半膜肌和半腱肌。
- 下内和下外界：分别为腓肠肌内、外侧头。

窝顶为深筋膜，小隐静脉在此处注入腘静脉。

窝底自上而下为：

- 股骨腘面。
- 膝关节后部。
- 覆盖在胫骨上后表面的腘肌。

腘窝内容物由浅入深依次为神经、静脉和动脉。

腓总神经沿股二头肌腱内侧缘离开腘窝；胫神经先在腘血管的外侧下行，继而跨过血管表面行于其内侧。

腘静脉位于腘动脉表面；腘动脉在腘窝内位置最深。

腘窝内除了这些重要的结构外，还包含脂肪、腘淋巴结和许多滑膜囊。

临床特征

腘窝是另一个对特定解剖区域的肿块进行鉴别诊断时具有解剖思维价值的好例子。

当检查腘窝肿块时，要考虑到这些可能性。

- 皮肤和软组织：皮脂腺囊肿、脂肪瘤、肉瘤。
- 静脉：腘窝顶部的小隐静脉曲张。
- 动脉：腘动脉瘤。
- 淋巴结：足部化脓引起的继发性感染。

- 膝关节：关节积液。
- 肌腱：扩大的滑膜囊，尤其是位于半膜肌和腓肠肌两头深面的滑膜囊。
- 骨：股骨下端或胫骨上端的肿瘤。

下肢的动脉

股动脉

股动脉是髂外动脉穿过腹股沟韧带后的远端延续。它经过股三角和收肌管，在收肌结节上方一横掌处，经收肌腱裂孔至腘窝，移行为腘动脉（图 152）。

在走行的过程中，股动脉与股静脉伴行，后者先位于股动脉内侧，继而在股三角的尖端转至股动脉后方。

分支

在腹股沟区，股动脉发出：

1. 旋髂浅动脉。
2. 腹壁浅动脉。
3. 阴部外浅动脉。
4. 阴部外深动脉。

前 3 条血管在腹股沟疝修补术的切口时会遇到。其伴行静脉回流至大隐静脉（图 179）。

股深动脉于腹股沟韧带下方 5cm 处起于股动脉的后外侧壁。通常把这个分支以上的股动脉称为股总动脉，这个分支以下的股动脉称为股浅动脉。

股深动脉行于长收肌深部，发出旋股内、外侧动脉和 4 条穿动脉。这些动脉都非常重要，它们既是股部大型肌肉血供的来源，也是连接髋关节和膝关节周围丰动脉吻合的侧支通道。

临床特征

1. 股动脉的体表投影——在髋关节微屈并外旋的状态下，腹股沟韧带中点和收肌结节连线的上 2/3 段，即为股动脉的体表投影（图 152）。

股动脉在其行程的上 10cm 段位于股三角内，在该处它位置相对较浅，因此很容易受伤。该部位的股动脉撕裂伤是屠夫和斗牛士的职业风险。

2. 腹股沟处的股动脉很容易被皮下注射针头刺穿，是获取动脉血样最方便的部位。在该部位，下肢外周血管的动脉造影也较易进行。Seldinger 导管可用于通过股动脉穿刺进行主动脉造影或选择性肾、腹腔和肠系膜血管造影。

3. 动脉硬化改变及随之而来的血栓性动脉阻塞，通常开始于股动脉的远端，这可能是由收肌腱裂孔边缘压迫病变血管所致。此时，经股深动脉分支与腘动脉之间的吻合来维持侧支循环。如果动脉造影显示在阻塞处远端有一明显的动脉树，可以通过股总动脉和腘动脉之间的人工血管旁路移植绕过闭塞段。

腘动脉

腘动脉于收肌腱裂孔处续于股动脉，止于腘肌下缘。腘动脉位于腘窝深部（见“腘窝”），其浅面有腘静脉，更浅面还有胫神经与之交叉。

腘动脉发出肌支、膝支（至膝关节）和终支——胫前动脉和胫后动脉。

临床特征

1. 腘动脉瘤从前较为常见，而现在很少见。该病从前的发病率与骑马和穿高筒靴造成的反复创伤有关。

邻近静脉的动脉瘤压迫可引起静脉血栓形成和周围组织水肿；胫神经受压可引起腿部剧烈疼痛。

2. 在腘窝中线深层解剖暴露腘动脉时，注意不要损伤较浅的静脉和神经。其也可以通过内侧入路暴露腘动脉，该手术入路分离大收肌的插入部分，并将腓肠肌内侧头部分地从股骨上分离。

胫后动脉

胫后动脉是腘动脉的两个终支中较大的一支。它下行于比目鱼肌深面，此处在中线分离腓肠肌和比目鱼肌可以暴露胫后动脉，而后在小腿的下 1/3 段变浅，在内踝后方行于趾长屈肌腱和足拇长屈肌腱之间。胫后动脉与同名静脉和胫神经伴行（图 178）。

在踝关节以下，胫后动脉分为足底内、外侧动脉，构成对足部的主要血供。

除了发出肌支、皮支及一支滋养胫骨的较大分支外，胫后动脉自起点约 4cm 处发出腓动脉。腓动脉沿着腓骨的后部，靠近腓骨内侧缘走行，营养邻近的肌肉，并发出一支滋养动脉至腓骨。在踝关节上方，它发出穿支，穿骨间膜，从外踝下降，并与足背动脉吻合。

胫前动脉

胫前动脉起自腘动脉分叉处。它向前穿过胫、腓骨之间，在腘肌下缘，越过骨间膜上缘，并在小腿前骨筋膜室内贴着骨间膜的前面下行。

起初，它位置较深，在踝关节上方，足拇长伸肌腱和胫骨前肌腱之间变浅，在踝部它被足拇长伸肌腱从外侧越过其浅面。

到足背，该动脉延续为足背动脉（可以触及其搏动），在此发出弓状动脉，弓状动脉发出皮支分布于脚趾背侧。足背动脉本干向下穿过第 1、2 跖骨之间，与足底外侧动脉吻合形成足底弓，再由足底弓向前发出分支营养各趾的足底部分。

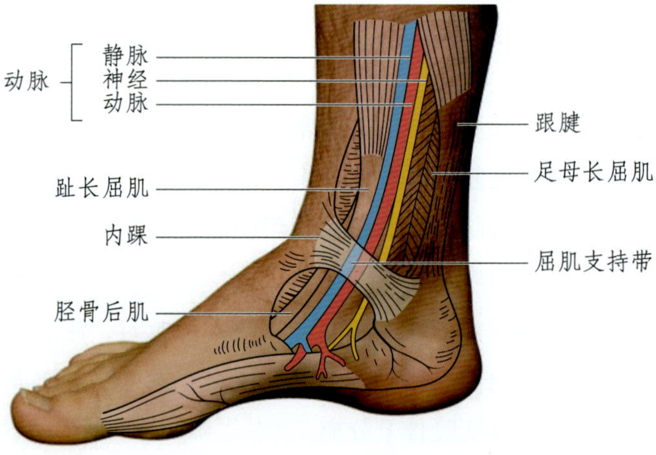

图 178 胫后动脉经过内踝（右）后方的毗邻。

下肢的静脉

根据与下肢深筋膜的关系，下肢的静脉分为深组和浅组。深静脉与同名动脉伴行。浅静脉包括大、小隐静脉及其属支（图 179）。

小（短）隐静脉起于外踝后方，其引流足背静脉丛的外侧部分。它行于小腿后部，穿腘窝处的深筋膜，注入腘静脉。小隐静脉的一个或多个分支向上或内侧延伸，与大隐静脉沟通。

小隐静脉与腓肠神经（胫神经的感觉支）伴行（图 177a），小隐静脉曲张在手术时可能会损伤腓肠神经。

大（长）隐静脉引流足背静脉丛的内侧部分，经内踝前方上行（图 153）；此处，

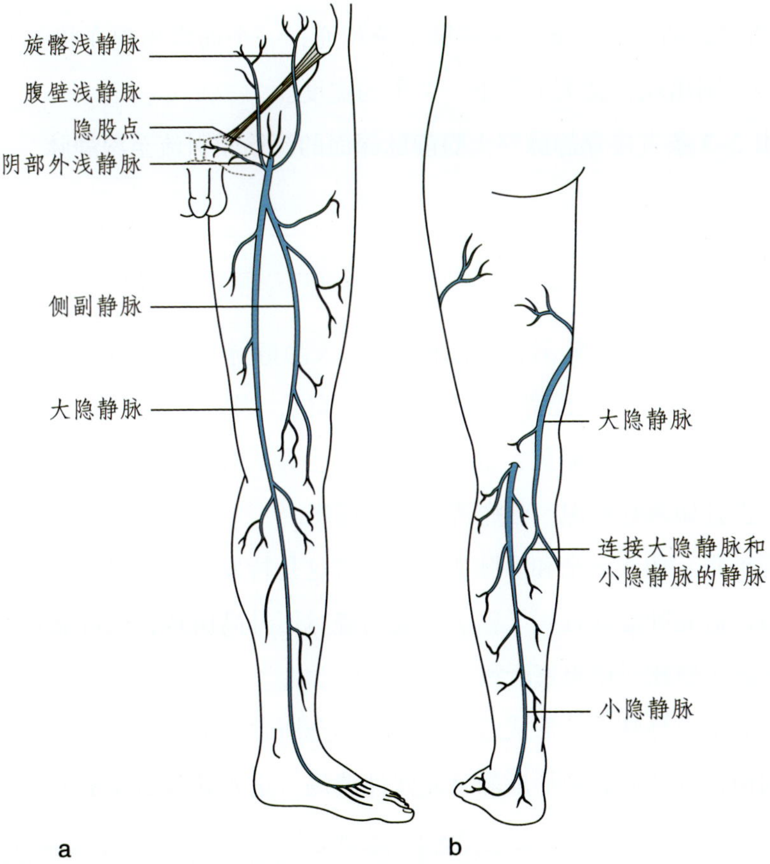

图 179 下肢浅静脉（左侧）。(a) 前内侧观。(b) 后面观。

隐神经的分支位于大隐静脉的前面和后面。而后，大隐静脉从胫骨内侧髁和股骨内侧髁的后面上行至腹股沟，在腹股沟韧带下方 2.5cm 的隐静脉裂孔处穿深筋膜，注入位于股动脉内侧的股静脉。

大隐静脉与小隐静脉的一个或多个分支及侧副静脉相通，侧副静脉通常在大腿中部进入静脉主干，但在到达隐静脉裂孔之前可能不会这样做。

在腹股沟区，腹壁下部、股部和阴囊的一些分支注入大隐静脉；这些分支的数目和分布方式各不相同，但通常包括（图 179）：

1. 腹壁浅静脉。

2. 旋髂浅静脉。

3. 阴部外浅静脉。

腹壁浅静脉通过胸腹壁静脉与腋静脉的属支胸外侧静脉相连。下腔静脉阻塞可导致腹壁静脉曲张（很容易在静脉主干上看到）。大隐静脉不仅在腹股沟处与深静脉系统相连，而且在其行程中的多处通过穿静脉与深静脉系统相通；一个通常出现在膝关节以上一个手的宽度，另一个则出现在膝关节以下一个手的宽度。

小腿内侧部的皮肤由 2~3 条直接穿静脉穿大隐静脉深面的深筋膜引流至深静脉。

临床特征

1. 前面已经提到（“下肢的表面解剖和表面标记”）大隐静脉在内踝前方恒定位置的重要性（图 153）。要知道，大隐静脉一定经过该部位，当需要紧急输血时，即使在肥胖或衰竭的患者身上看不到静脉，也可以挽救其生命。有时在手术中，紧邻的隐神经会被结扎，患者如果有意识，会痛苦地抱怨疼痛。

2. 隐静脉可能出现扩张、功能不全和静脉曲张。通常这是特发性的，但可能是由近端静脉阻塞（例如，盆腔肿瘤或妊娠子宫）引起的静脉压升高所致，也可能是由血栓形成而继发的腿部深静脉通路阻塞所致。

3. 下肢皮肤瘀血可能是由静脉血栓形成或瓣膜功能不全所致；随后，皮肤营养不良，即使受到轻微创伤，也容易破裂形成静脉曲张性溃疡。这尤其容易发生于胫骨前内侧的皮下，该处皮肤的血供最差。

4. 在行静脉曲张手术时，腹股沟的所有分支和大隐静脉主干都要结扎；如果其中一个分支遗漏，它就会扩张，从而导致静脉曲张复发。在腹股沟处，可通过触诊股动脉搏动寻找大隐静脉的近端。股静脉位于股动脉搏动内侧一指的宽度，该部位的纵向或横向切口会落到大隐静脉上，因为大隐静脉在穿深筋膜的裂孔注入股静脉之前是位于浅筋膜内的。大隐静脉与股静脉的区别在于：大隐静脉位于浅筋膜内，而股静脉位于深筋膜；大隐静脉有许多分支，而股静脉仅接受大隐静脉。在静脉曲张手术中，致使股静脉的意外损伤是没有理由的。

下肢主要神经的行程和分布

下肢的神经来源于腰丛和骶丛。

腰丛（图 180）

腰丛起源于 L1~L4 腰神经的前支。

腰丛的主干横穿腰大肌，并从腰大肌外侧缘穿出。有两个例外：闭孔神经从腰大肌内侧缘穿出，生殖股神经从腰大肌前面穿出。

腰丛的主要分支为股神经和闭孔神经。

股神经（L2~L4）穿过腰大肌实质，而后在腹股沟韧带下一横指处位于股动脉外侧，在下肢下行 5cm 后，分成终支。

它的分支包括：

- 肌支，至大腿前骨筋膜室（股四头肌、缝匠肌和耻骨肌）。
- 皮支，股内侧、中间皮神经和隐神经，隐神经穿收肌管分布于小腿内侧面、踝和足内侧缘皮肤及足拇趾。
- 关节支，至髋关节和膝关节。

股神经通过其内侧和中间皮支分布于大腿内侧和前部的皮肤，大腿外侧部的皮

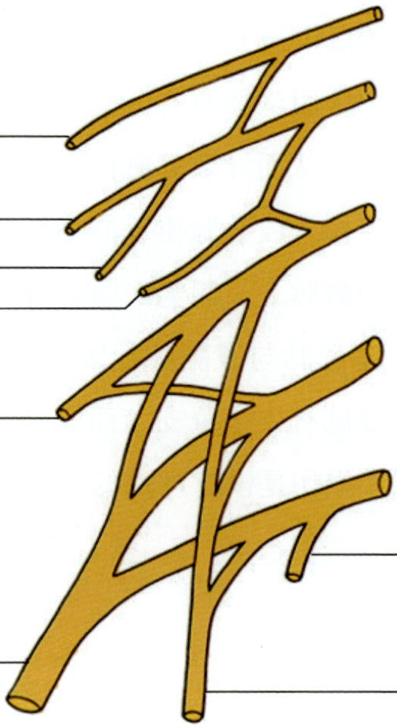

图 180　腰丛平面图（为了清晰起见，省略了肌支）。

肤由股外侧皮神经（L2~L3）分布。该神经直接起自腰丛，经腹股沟韧带深面进入股部。偶尔，股外侧皮神经穿经腹股沟韧带，可被其压迫，从而导致大腿上部外侧的疼痛和麻木（感觉异常性股痛）。这可通过将神经穿经的腹股沟韧带的深层束切断来缓解。

闭孔神经（L2~L4）自腰大肌内侧缘穿出，向前下走行，在髂内血管深面到达闭孔上部。该神经与闭孔血管一起穿闭膜管至股部。

其分支包括：

- 肌支，至闭孔外肌、内收肌和股薄肌。
- 皮支，分布于大腿内侧面皮肤。
- 关节支，至髋关节和膝关节。

临床特征

1. 痉挛性截瘫患者出现的大腿内收肌痉挛，可通过闭孔神经切断术（闭孔神经切除术）来缓解。手术通过下腹部中线切口，在闭孔神经穿经闭孔处，于腹膜外暴露闭孔神经主干。

2. 疝囊经闭孔神经和血管穿经的闭孔管突出形成的闭孔疝较少见。绞窄性闭孔疝卡压闭孔神经可引起闭孔神经分布区域的疼痛，因此伴有大腿内侧区域疼痛的肠梗阻应提示该诊断。

3. 股神经、闭孔神经和坐骨神经及其分支，都有分布至髋关节和膝关节的感觉纤维；髋关节疾病出现膝关节痛并不罕见。

骶丛（图 181）

骶丛起源于 L4~L5 腰神经、S1~S4 骶神经的前支。

注意，腰丛和骶丛共用 L4。事实上，约有一半的 L4 纤维与全部 L5 相连，形成腰

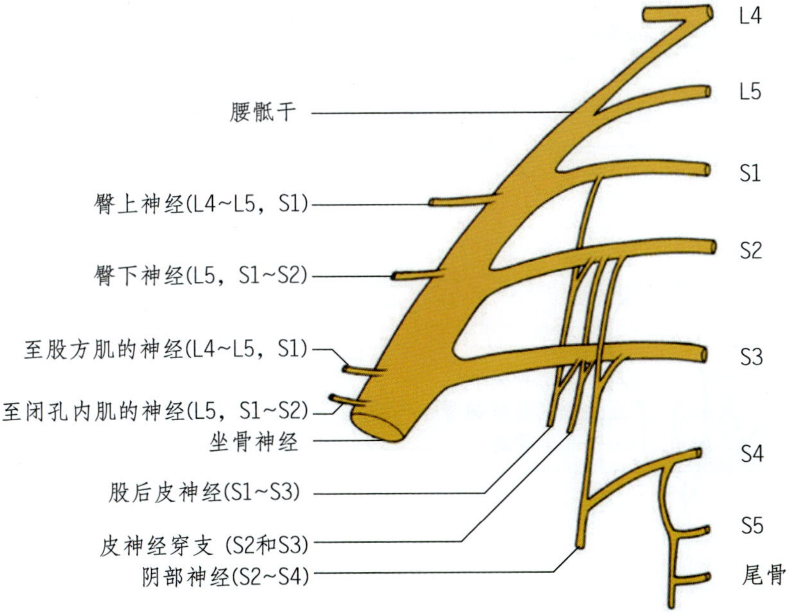

图 181 骶丛平面图。

骶干，其对骶丛的重要贡献约占全部神经纤维输入的一半。因此，该丛命名为“腰骶丛”更为确切。

骶神经从骶前孔穿出，在梨状肌前汇合并与腰骶干相连。

骶丛的分支分布于：

- 骨盆的肌肉。
- 臀部的肌肉。
- 臀区和股后区的皮肤。

该丛的终支是阴部神经和坐骨神经。

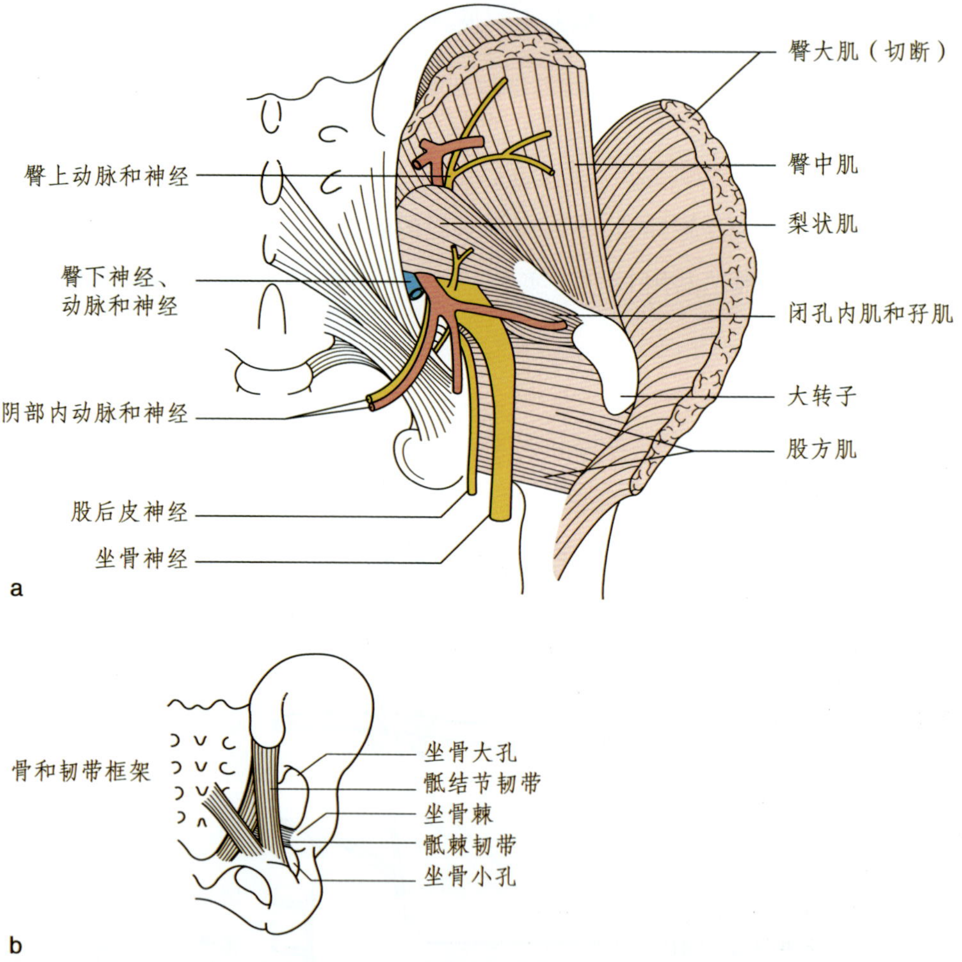

图 182　坐骨孔（右侧）。(a) 内容物和相关肌肉。(b) 边界和结缔组织框架。

阴部神经（S2~S4）是分布于会阴部的主要神经。其行程较为复杂，穿过骨盆并短暂地经过臀区，沿坐骨直肠窝的侧壁，经会阴深袋直至终末，分布于外生殖器的皮肤（图 182）。

尽管与粗大的坐骨神经相形见绌，阴部神经仍然是起自骶丛下部的主要分支。其经梨状肌下孔离开盆腔，绕坐骨棘的背侧，立即穿坐骨小孔进入会阴部。阴部神经和阴部内血管一起穿过坐骨肛门窝的外侧壁，在窝的外侧壁上位于闭孔内肌内侧一个单独的筋膜室内（Alcock 管；图 97）被称为阴部管。在阴部管内，它先发出直肠下神经，该神经穿坐骨直肠窝分布于肛门外括约肌和肛周皮肤，然后分为会阴神经和阴茎（或阴蒂）背神经。

会阴神经是两支中较大的一支。它几乎同时分叉；深支分布于尿道括约肌和会阴前部的其他肌肉（坐骨海绵体肌、球海绵体肌、会阴浅横肌和会阴深横肌）。浅支分布于阴囊或外阴后部的皮肤。

阴茎（或阴蒂）背神经穿会阴深袋，穿会阴膜，而后进入阴茎悬韧带，分布于该结构的背侧。

临床特征

在产科实践中，产钳分娩前可用局部麻醉阻断阴部神经，其方法是经阴道触诊扪及坐骨棘，在手指的引导下，将一根长针插入阴道壁直至坐骨棘。或者，可以将针插入坐骨结节内侧 2.5cm 的深度。双侧进行麻醉时，肛门反射消失（这是成功阻断的有用测试）、盆底肌松弛、外阴和阴道下方 1/3 的感觉丧失（图 97b）。

坐骨神经

坐骨神经（L4、L5、S1~S3）是全身最粗大的神经（图 183）。其起始处宽而平，尽管它的周围变得较圆。

坐骨神经在臀大肌的覆盖下从梨状肌远端的坐骨大孔穿出，依次经坐骨的后面，闭孔内肌、孖肌和股方肌的后面，更远端位于大收肌后方（图 182 和图 183）。在该处，

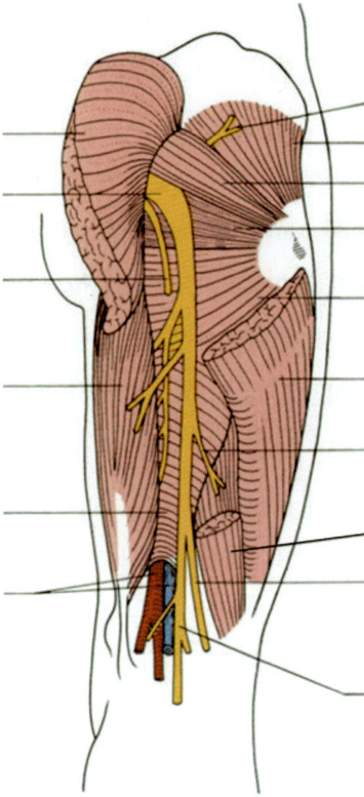

图 183　股部和腘窝（右侧）坐骨神经解剖。臀中肌已被切除，以显示被其覆盖的臀小肌。

它位于腘绳肌的深面，在此处只有股二头肌的长头与之交叉。

坐骨神经分为胫骨神经和腓总神经两个终支（图 177）。其分叉点是可变的，通常在股中部，但这两条神经甚至在起于骶丛时就已经分离了。

分支

坐骨神经干支配腘绳肌（股二头肌、半膜肌和半腱肌）和大收肌，后者也由闭孔神经支配。

除支配股二头肌短头的分支外，坐骨神经的所有肌支均出现在神经的内侧，因此其外侧缘是手术暴露坐骨神经时相对安全的一侧。

临床特征

1. 穿透伤或伴髋臼后唇骨折的髋关节后脱位可致坐骨神经损伤，而髋臼后唇与坐骨神经密切相关（图 167）。

坐骨神经损伤后，腘绳肌及小腿和足的全部肌肉瘫痪（由其分支支配的肌肉）；膝关节以下的下肢所有运动功能均丧失，伴有足下垂畸形。膝关节以下感觉完全丧失，股神经分支隐神经支配的小腿内侧、内踝上方至足拇趾区域除外。

2. 坐骨神经有伴行动脉（来自臀下动脉），在膝上截肢切断坐骨神经时，该动脉会剧烈出血。在手术时必须将该动脉整齐地分离并结扎，结扎时不可牵连任何神经纤维，否则会导致残肢的严重疼痛。

胫神经（图 177a，b）

胫神经（L4、L5、S1~S3）是坐骨神经两个终支中较大的一支，它在腘窝内由外向内从腘静脉和腘动脉的浅面经过。

分支

1. 在腘窝内：

- 肌支，至腓肠肌、比目鱼肌和腘肌。
- 皮支，腓肠神经，在小腿后部下行，从外踝后方到第 5 趾；它接受来自腓总神经的交通支，分布于小腿和足的外侧缘及第 5 趾。
- 关节支，至膝关节。

然后它与胫后血管一起深入比目鱼肌，经内踝后外侧至足底，分为足底内侧神经和足底外侧神经两个终支。

2. 在小腿，胫神经支配足拇长屈肌、趾长屈肌和胫骨后肌。其足底末梢分支分布于足底固有肌肉和皮肤；足底内侧神经与手部正中神经分布相同，足底外侧神经与尺神经相当。

腓总（腓骨）神经

腓总神经（L4、L5、S1、S2）是坐骨神经终支中较小的一支。它进入腘窝上部，沿股二头肌肌腱内侧缘走行，然后弯曲绕过腓骨颈，行于腓骨长肌深面，在此处分为终支——腓深神经和腓浅神经（图 154）。

分支

在腘窝处，腓总神经发出小腿外侧皮神经、腓肠神经交通支和数个小支至膝关节，但没有肌支。

腓深（腓骨）神经

腓深神经穿趾长伸肌，然后伴胫骨前血管下行，越过小腿骨间膜，然后越过踝关节。其内侧有胫骨前肌，外侧有趾长伸肌和足拇长伸肌。

其分支包括：

- 肌支，至小腿前骨筋膜室的肌肉，趾长伸肌、足拇长伸肌、胫骨前肌、第 3 腓骨肌和趾短伸肌。
- 皮支，仅分布于第 1、2 趾相邻缘。

腓浅（腓骨）神经

腓浅神经行于小腿外侧骨筋膜室。

其分支包括：

- 肌支，至外侧骨筋膜室（腓骨长、短肌）。
- 皮支，至小腿外侧 2/3 的远端和足背皮肤（腓深神经支配的第 1、2 趾之间的区域除外）。

临床特征

腓总神经绕腓骨颈处是其较为脆弱的部位。在此处腓总神经易受到较紧的绷带或石膏压迫而受损；或当患者处于“截石”位时，如进行会阴手术时，如果将小腿放在支撑杆内而不是外侧，腓总神经可能会受压而损伤。严重的膝关节内收损伤也可导致腓总神经受损。该神经受损后会出现足下垂（由于踝和足部的伸肌麻痹）和内翻（由于腓骨肌麻痹，失去对足部屈肌和内翻肌的拮抗作用）。这种畸形被称为马蹄内翻足（马蹄指的是足底弯曲，就像马一样；内翻指的是足内翻，即内旋）。小腿和足的前外侧面感觉丧失，内侧部分无感觉障碍，因为该区域是由股神经的分支隐神经分布的。

下肢皮神经的节段性分布（图 184）

下肢的神经根分布如下：

- L1 至 L3，自上而下分布于大腿前面。
- L4，分布于小腿前内侧区。
- L5，分布于小腿前外侧区，但也分布于足的内侧区。
- S1，分布于足和足底的外侧区。
- S2，分布于小腿和股部的后面。
- S3 和 S4，分布于臀部和肛周。

有助于记忆的一点是，L5 分布于第 1 趾，S1 分布于第 5 趾。

注意，S3 分布于阴囊（或外阴）的后部，而 L1 通过髂腹股沟神经分布于这些结构的前部。

下肢的骨筋膜室

四肢的骨骼肌都由一层深筋膜包裹。从袜套状深筋膜筒的内表面向内发出纤维隔，并附着于四肢某特定节段的骨面，从而将四肢各部肌肉分成不同的功能组。因此，上、下肢各部的肌肉可被描绘为位于独立的骨筋膜室内（图 185）。一般来说，每个筋膜室都有自己的神经血管结构，这些神经负责支配该筋膜室内所有肌肉的运动。

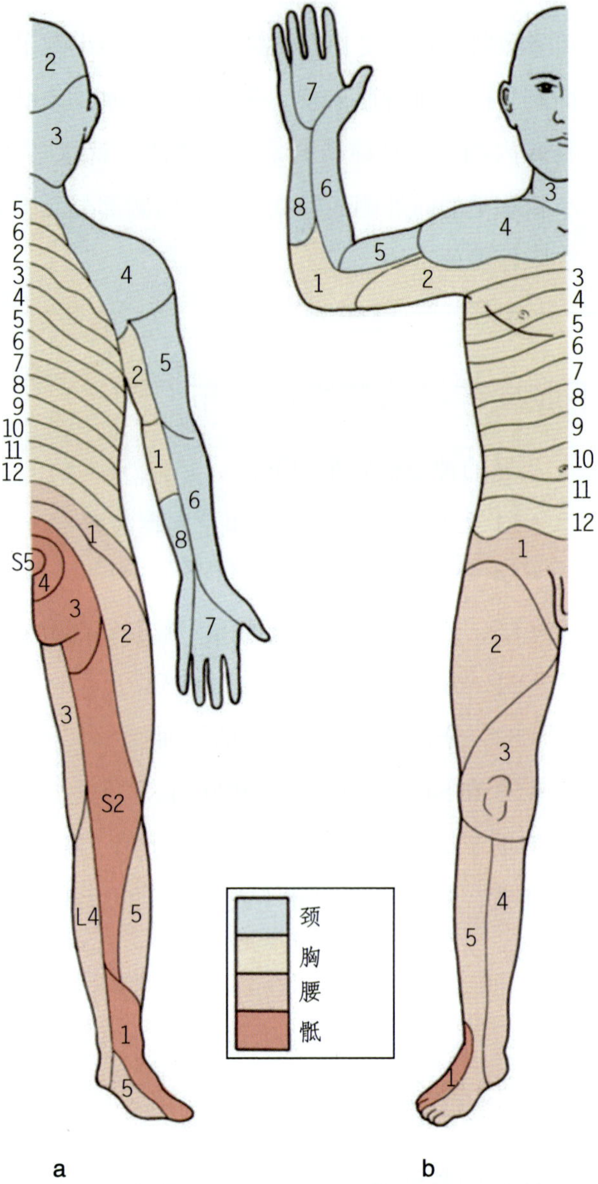

图 184　皮神经的节段性分布。(a) 后面。(b) 前面。

下肢各部的骨筋膜室

股部

股部包含两个明确的筋膜室：

1. 前（伸肌）骨筋膜室内有股四头肌和缝匠肌。该筋膜室内的神经是股神经。

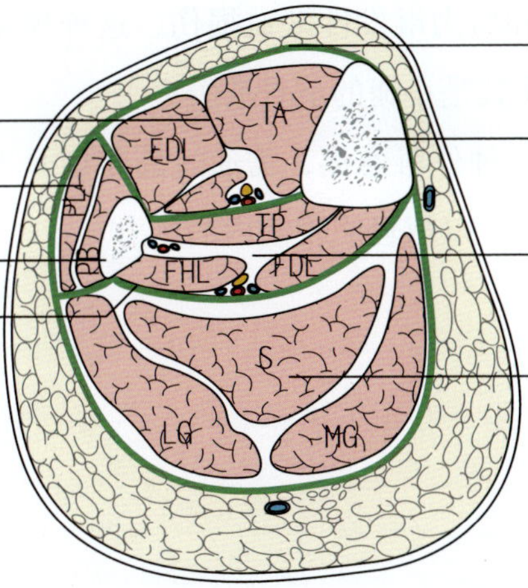

图 185　右侧小腿骨筋膜室的横断面。EDL，趾长伸肌；FDL，趾长屈肌；FHL，足拇长屈肌；LG，腓肠肌外侧头；MG，腓肠肌内侧头；PB，腓肠短肌；PL，腓肠长肌；S，比目鱼肌；TA，胫骨前肌；TP，胫骨后肌。

2. 后骨筋膜室包含两组功能不同的肌肉：由坐骨神经支配的腘绳肌和由闭孔神经支配的大腿内收肌群。

小腿

小腿有非常明确的前（伸肌）、后（屈肌）和外侧（外翻肌）骨筋膜室（图 185）。此外，后骨筋膜室被一层筋膜分为浅、深两部。因此，小腿包含四个不同的骨筋膜室。前骨筋膜室内有胫骨前肌、趾长伸肌、足拇长伸肌和第 3 腓骨肌，由腓深神经支配，由胫前动脉供血。外侧骨筋膜室内有腓骨长、短肌，由腓浅神经支配。后骨筋膜室内的肌肉，浅组有腓肠肌、比目鱼肌和跖肌，深组有趾长屈肌、足拇长屈肌、胫骨后肌和腘肌。后骨筋膜室（浅层和深层）内所有的肌肉都由胫神经支配。（在一些权威人士看来，小腿后骨筋膜室有 3 个而不是 2 个分区。根据这一观点，胫骨后肌单独占据一个骨筋膜室。）

骨筋膜室综合征

构成骨筋膜室室壁的筋膜层缺乏弹性。任何导致骨筋膜室内容物体积增加的情况都可能导致筋膜室内压力升高。这种情况包括闭合性骨折后的出血、外伤或过度使用导致的肌肉肿胀，以及局部感染。若压力不能去除，可导致骨筋膜室内的血管受压，并造成筋膜室内的神经和肌肉继发性缺血损伤。这种现象被称为骨筋膜室综合征，常见于小腿的骨筋膜室（尤其是小腿的前骨筋膜室）。

骨筋膜室综合征是一种外科急症，需通过筋膜切开术进行治疗；在筋膜室浅面的深筋膜上做一个大的切口，以减轻筋膜室内的压力。

第 5 部分

头和颈部

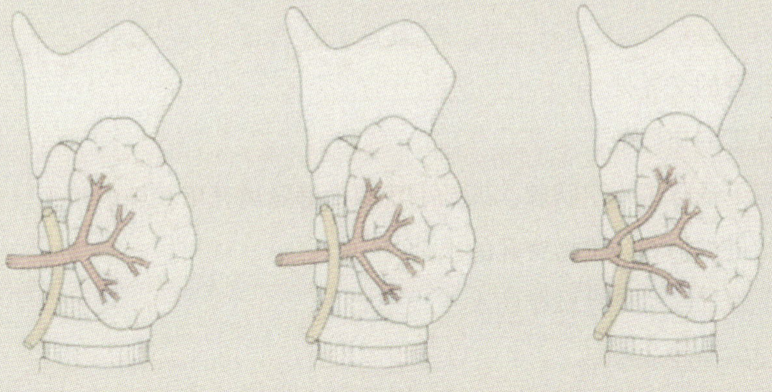

颈部的表面解剖

概述

颈部肿块的鉴别诊断和颈部病理病变的有效临床和手术处理需要对头部和颈部的手术解剖有良好的认识。从实用的角度来看，将颈部描绘为由两部分组成是很有帮助的。

1. 颈后部，包括颈椎、脊髓颈段和椎体后肌肉组织。

2. 颈前部，包括覆盖在椎前筋膜上的椎前肌，在其前面是位于中央的内脏隔室；这部分还包括左右颈动脉鞘、下颌下腺和颈前肌。

在中线，从上到下可以观察到（图 186）：

1. 舌骨，在第 3 颈椎水平。

2. 甲状软骨的切迹，在第 4 颈椎水平。

3. 甲状软骨峡部，在第 4 颈椎和第 5 颈椎水平。

4. 环甲韧带，在环甲膜穿刺中很重要。

5. 环状软骨，第 6 颈椎水平与气管相连。

6. 甲状腺的峡部位于第 2 和第 3 段气管环（有时可触及）。

7. 胸骨上切迹。

请注意，环状软骨的下缘是颈部的一个重要水平；它不仅对应于第 6 颈椎的水平，也对应：

1. 喉与气管的交界处。

2. 咽与食管的交界处。

3. 甲状腺下动脉进入甲状腺，以及甲状腺中静脉离开甲状腺的水平。

4. 椎动脉进入第 6 颈椎横突孔的水平。

5. 舌骨上腹部穿过颈动脉鞘的水平。

6. 颈中交感神经节水平。

7. 颈动脉可被 C6（颈动脉结节）横突压迫的部位。

将下颌侧面压向手部的阻力会导致对侧胸锁乳突肌变得紧张。该肌肉是颈后三角

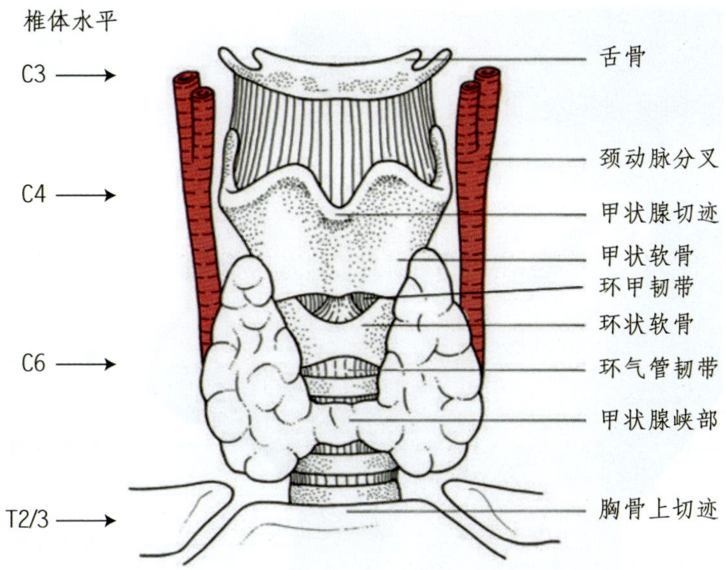

图 186　颈部前侧可触摸到的结构，以及它们相应的椎体水平。

（以胸锁乳突肌、斜方肌和锁骨为界）与颈前三角（以左右两侧胸锁乳突肌和上方的下颌骨为界）的分界（图 187）。

上下颌用力咬紧；随后可将颈阔肌视为一块肌肉，该肌从下颌骨向下走行越过锁骨，位于颈部的浅筋膜内。颈外静脉紧贴颈阔肌深部，穿过胸锁乳突肌表面进入颈后三角，穿过锁骨上方的深筋膜，汇入锁骨下静脉。当表面较薄的颈阔肌进行收缩时，颈外静脉清晰可见，在歌手持续唱高音时，观众可以在其颈部见到颈外静脉；当整形外科医生紧张地忙于减少复杂骨折时也可以在其颈部看到颈外静脉！

通过向后按压第 6 颈椎横突前结节部位，可以感觉到颈总动脉搏动。乳突尖端和下颌角之间的中点与胸锁关节相连所形成的一条线，可以标示出颈动脉鞘线的位置。沿着这条线，在甲状软骨上缘水平，颈总动脉分为颈外动脉和颈内动脉；在这一水平，这些血管位于颈深筋膜套层下方的颈动脉鞘内，其搏动可以触摸到，有时甚至可以看到。

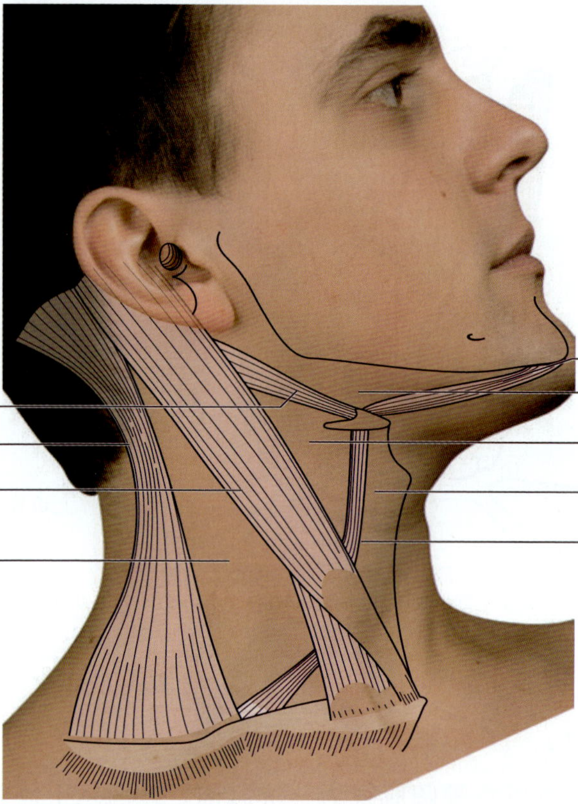

图 187　颈部的三角形。

颈部的筋膜室（图 188）

全面了解颈前部的筋膜和肌肉平面的分布，是颈部肿块临床诊断准确性的基础，也是颈部手术安全性和精确性的必要前提。

颈部的组织平面和筋膜层

深入颈部皮肤，是浅筋膜或脂膜，其实质上是一层皮下脂肪，基本为均质。该层的厚度因个体而异；在某种程度上，该层在同一个体的颈前部和后部也有所不同，通常颈前部比后部略薄。颈阔肌紧贴皮下脂肪下方，位于前中线两侧，是一块相对较薄但较宽的肌肉，该肌位于颈部前外侧，不延伸至颈后部。在舌骨平面以上，左右颈阔肌的内侧边界相接，而在舌骨平面以下，它们之间有 2.5cm 的间隔。深筋膜可分为 4 部分：颈深筋膜套层、气管前筋膜、椎前筋膜和颈动脉鞘（左右两侧）。

贴颈阔肌深面是深颈筋膜套层，为深颈筋膜多层结构当中的最浅层，它像衣领一样包绕颈部。在上缘，其附着部环形包绕下颌骨下缘的全长、乳突和两侧的上项线至后中线的枕外隆突。在下颌角与乳突之间的间隙，颈深筋膜套层包绕腮腺就成为腮腺筋膜。

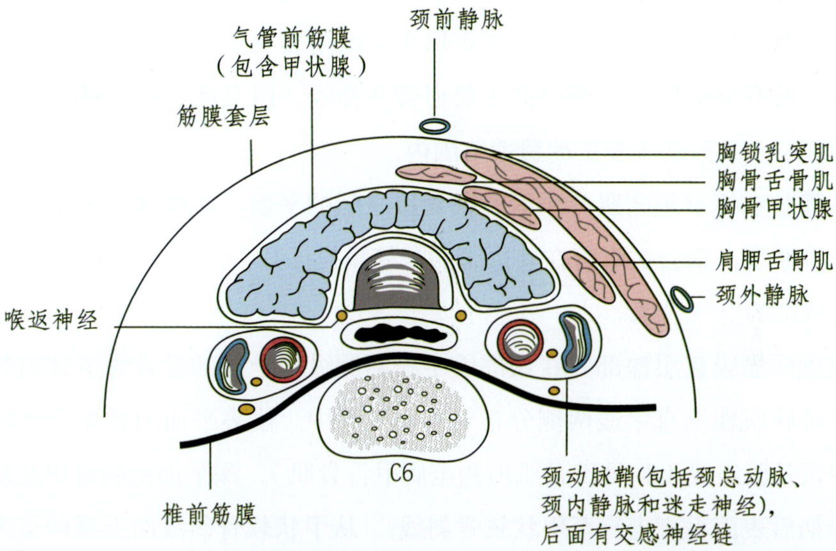

a

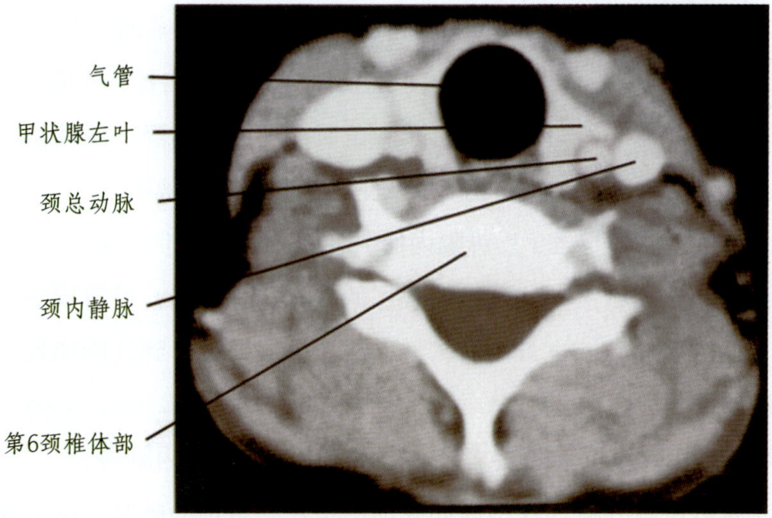

b

图 188　（a）颈部第 6 颈椎的横断面，显示筋膜平面和气管前筋膜（或“颈部内脏隔室”）的内容物。（b）第 6 颈椎水平横断面的计算机断层扫描（CT）；将其与（a）进行比较。

从下面观，颈深筋膜套层呈环状附着在胸骨上切迹（即胸骨柄较厚上缘的切迹），并在两侧连续附着在锁骨上表面、肩峰和肩胛骨相应的脊柱，再连接到后中线。从前中线向两侧探寻，在其上、下附着物之间，颈深筋膜套层在双侧都与相应胸骨锁乳突肌内侧边界相接，之后分开包绕该肌。此后，颈深筋膜套层继续向后侧方走行成为颈后三角的筋膜顶，到达斜方肌的前缘后分开包绕斜方肌。

从下颌骨下缘下行时，颈深筋膜套层牢固地附着在舌骨体的前部和舌骨大角的侧面。因此，所有颈部脏器、颈部的主要血管和神经，以及所有的颈部肌肉（除了颈阔肌以外）都位于颈深筋膜套层的覆盖范围内。

颈外静脉走行于颈阔肌与颈深筋膜套层之间的平面，在锁骨上方穿过套层。如果静脉在这里断裂，就会被附着在其边缘的深筋膜拉扯开，吸气时空气会被吸入静脉腔，可能发生致命的空气栓塞。

紧贴颈深筋膜套层深部并在颈部前中线两侧纵向走行的是舌骨下颈前肌，也称为带状肌。带状肌在垂直中线两侧分布于两个平面中。浅表平面由并排分布的胸骨舌骨肌和肩甲舌骨肌组成（胸骨舌骨肌内侧至肩甲舌骨肌），深平面由胸骨甲状肌组成，该肌从胸骨柄后表面垂直走行至甲状软骨斜线。从甲状软骨斜线向上延伸至舌骨大角的是甲状舌骨肌，该肌通常被看作胸骨甲状肌向上的延续部分。

颈深筋膜最深层是椎前筋膜，该筋膜相对致密，覆盖脊椎前肌组织前部和脊柱颈段（颈椎）。椎前筋膜在食管、咽和大血管后方走行越过椎骨和椎前肌。该筋膜向上附着于颅底，向两侧覆盖斜角肌和走行于斜角肌浅面的膈神经，以及新生臂丛神经和锁骨下动脉。这些结构伴随椎前筋膜形成的鞘，该鞘就成为腋鞘。

在下方，椎前筋膜与位于后纵隔内的上胸椎的前纵韧带相融合。

来自颈椎结核的脓液在此致密筋膜层的后方蓄积膨胀，可造成中线膨隆，进而导致咽后壁向前肿胀。脓液也可侧向扩散，深入椎前筋膜，到达胸锁乳突肌后方。脓液很少沿腋鞘向下蔓延至手臂。

在带状肌深处，椎前筋膜层之前，是位于中央的颈部内脏格。

位于颈椎内脏柱外侧和在椎前筋膜前的是左、右颈动脉鞘。位于双侧颈动脉鞘的后内侧和椎前筋膜的前面是神经节化的颈交感神经链。

颈部内脏格位于左、右颈动脉鞘侧面，其在最后方包括咽部及其远端延续部分——食管。正如前文指出，咽 - 食管交界处通常位于环状软骨下缘水平（对应第 6 颈椎下缘水平）。喉和气管分别位于咽和食管前方；喉气管连接处与咽 - 食管交界处位于同一水平。甲状腺峡部横跨气管上方前部，在中线两侧与相应的甲状腺叶汇合。整个甲状腺被包绕在名为气管前筋膜的另一层颈深筋膜中。气管前筋膜在甲状腺峡部后方牢固附着于气管上方前部，其他部位牢固附着在环状软骨和甲状软骨侧面。实际上，气管前筋膜对甲状腺的包裹，以及其与气管和喉软骨的附着，是在吞咽的第二阶段对所有甲状腺吞咽上移运动进行临床观察的解剖学基础。在此吞咽阶段，喉和气管向上移动。气管前筋膜包绕的甲状腺也因此被动向上移动。

其次，气管前筋膜向下延续为一薄层与纤维心包前表面相融合。

颈部淋巴结可大致分为两组：

1. 颈浅淋巴结（位于颈深筋膜套层表面的淋巴结）。

2. 颈深淋巴结（位于颈深筋膜套层深面的淋巴结）。

这些分类中，每一组都可以根据位置和引流区域进行细分组。

颈部的筋膜平面对外科医生来说相当重要；它们可形成便捷的切割线，在手术分离中，外科医生可通过该切割线切开分离组织。另外，在颈部感染时，筋膜层也可以限制脓液的扩散。

甲状腺

甲状腺由以下部分组成（图 189）：

1.（甲状腺）峡部，覆盖第 2、3 气管环。

2.（甲状腺）侧叶，每侧从甲状软骨侧方向下延伸至第 6 气管环水平。

3. 偶尔存在从甲状腺峡部向上突出的椎体叶，其通常位于左侧，是胚胎时期下降的甲状腺的残余部分。

关系（图 188）

腺体包围在气管前筋膜内，依次被带状肌覆盖，并与胸锁乳突重叠。颈前静脉走行于峡部。当甲状腺增大时，带状肌伸展并附着在腺体上，因此在手术时，它们通常

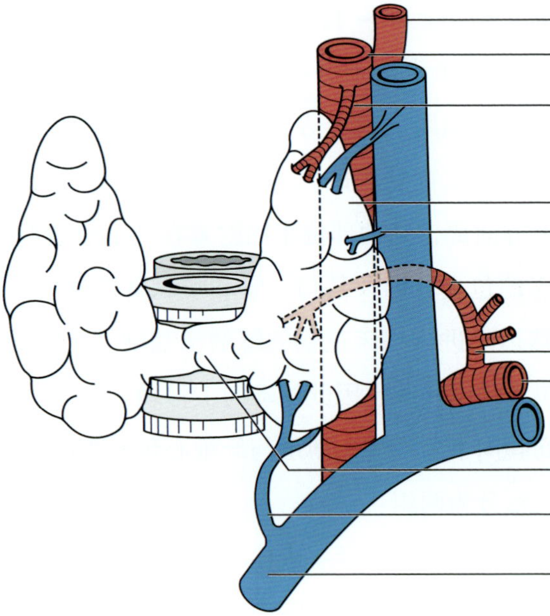

图 189　甲状腺及其血管。

看起来像是薄层的筋膜。

甲状腺深方是喉和气管，后方是咽和食管，两侧是颈动脉鞘。两个神经与甲状腺密切相关；喉返神经位于气管与食管之间的沟槽内，在甲状腺上极的深方，喉上神经的外分支走行进入环甲肌。

血供

内分泌腺，以克（g）为单位，在机体所有组织当中血供最为丰富；甲状腺也不例外。

3 条动脉供血，3 条静脉引流出甲状腺（图 189）：

- 甲状腺上动脉，从颈外动脉向上走行至上极。
- 甲状腺下动脉，从锁骨下动脉第 1 部分的甲状颈干向上，走行于颈动脉鞘后方至甲状腺后部。
- 甲状腺最下动脉，当其存在时有变异，起于主动脉弓或头臂干向上走行至甲状腺下方。
- 甲状腺上静脉，从腺体上极引流至颈内静脉。
- 甲状腺中静脉，从甲状腺侧面向颈内静脉引流。

- 甲状腺下静脉，通常是几条；从腺体下极引流至头臂静脉。

除了这些命名的分支外，许多小血管从咽部和气管进入甲状腺，因此，即使结扎了所有主要血管，在甲状腺部分切除术中进行切割时，腺体仍会出血。

发展

甲状腺由芽发育而来，芽从胎儿舌部向下退行（图 199）。这种突起称为甲状舌管，然后下降到颈部的最终位置。甲状舌管的下端增生成为甲状腺，而甲状舌管的其余部分解体并消失。然而，甲状腺的初始位置是由舌盲孔（舌中和舌后 1/3 交界处的中点），以及峡部上变异较多的锥体叶所记录的（图 190）。

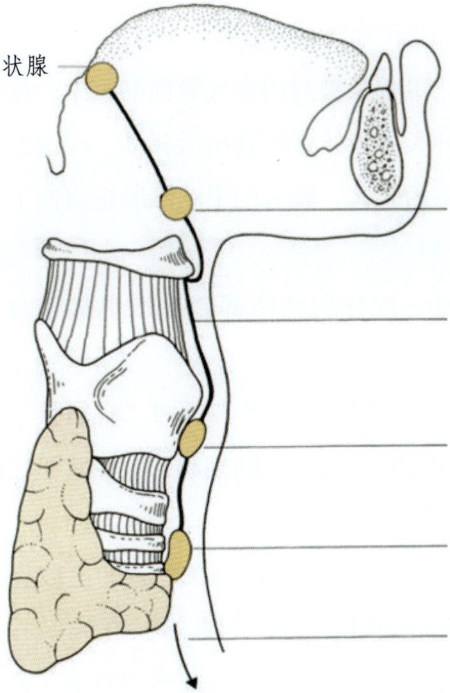

图 190 甲状腺下降，显示异位甲状腺组织或甲状舌管囊肿可能的位置，以及甲状舌管瘘的病程。（箭头显示甲状腺进一步下降，可能发生在胸骨后进入上纵隔。）

临床特征

1. 甲状腺的胚胎学发育解释了整个或部分腺体在舌基（舌甲状腺）上作为肿胀的罕见发生，以及沿下降路径更常见的甲状舌囊或甲状腺窦发生的原因。这样的窦可以从颈部中线沿舌骨前方解剖（与舌骨密切接触，舌骨中心必须在解剖时切除），然后向后通过舌肌到达盲孔（图 190）。

甲状腺的下降可能超出颈部的正常位置，向下进入上纵隔（胸骨后甲状腺肿）。

2. 良性肿大的甲状腺可能会压迫或使其邻近组织移位；可能造成气管和食管狭窄，导致呼吸和吞咽困难，颈动脉也可能向后移位。甲状腺癌是侵袭浸润邻近组织而非使其移位——侵蚀气管或食管，包绕颈动脉鞘，偶尔会引起严重出血。喉返神经和颈交感神经链也可能受累，分别产生声音变化和霍纳综合征。

3. 我们已经注意到，在处理颈部筋膜时，甲状腺被封闭在气管前筋膜中。此甲状腺包膜的密度在前面比后面大得多，因此肿大的腺体往往会向后移动，向深方围绕在气管和食管两侧甚至后部。由于其筋膜室的附着，较大的甲状腺肿也将向下延伸至上纵隔（“游动性甲状腺肿”）。

图 190 中，气管前筋膜与喉部混合，每一次吞咽动作都会导致甲状腺向上运动。

4. 甲状腺切除术要在胸骨上切迹上方两根手指的宽度做横行的“衣领状”切口。该切口应位于颈部天然皮肤皱褶中。将皮瓣和颈阔肌一同翻起，在带状肌之间和颈前静脉之间纵向打开筋膜套层。

如果甲状腺肿大需要更多的空间，皮带肌就会分开；这是在患者的上肢进行的，因为他们的神经支配（ANSA 舌下肌）进入肌肉的下部，因此被保留下来。

之后将气管前筋膜分离，暴露甲状腺；除非能发现筋膜深方此组织平面，否则解剖分离将会是一个困难而血腥的手术过程。

然后移动甲状腺并将其血管逐一结扎。在此手术过程中，喉返神经和喉上神经都处于危险之中，必须小心避免其损伤（图 191）。

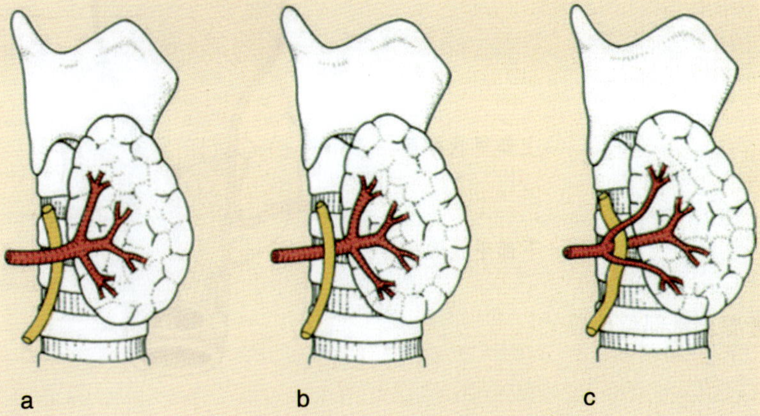

图 191　喉返神经与甲状腺和甲状腺下动脉的关系。（a）神经通常深于动脉，但可能（b）浅于动脉或（c）穿过其分支。在这些图中，甲状腺的侧叶向前拉动，就像在甲状腺切除术中一样。

甲状旁腺（图 192）

甲状旁腺通常有 4 个，两侧上下各 1 个；然而，数量从 2 个到 6 个不等。90% 与甲状腺关系密切，10% 异常，后者最常见的是下腺。

每个腺体大约有一颗豌豆大小，呈黄褐色。上甲状旁腺的位置比下甲状旁腺的位置更稳定。它通常位于甲状腺叶后缘的中间，高于甲状腺下动脉与喉返神经相交的水平。下甲状旁腺通常位于甲状腺下极附近的下动脉下方。下一个最常见的部位是甲状腺下极 1.25cm 内。异常的下甲状旁腺可沿气管前面的甲状腺下静脉下降，甚至可与胸腺组织一起追踪到上纵隔，对此有胚胎学解释（见下一节）。较不常见的是，下腺可能位于甲状腺筋膜鞘的后面和外面，并在食管后面甚至在后纵隔中发现。只有在极其罕见的情况下，腺体才真正完全埋藏在甲状腺组织内（图 193）。

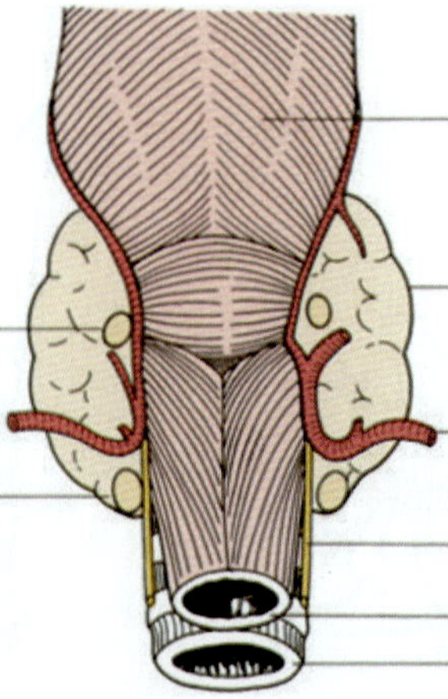

图 192 甲状旁腺正常部位（后侧）。

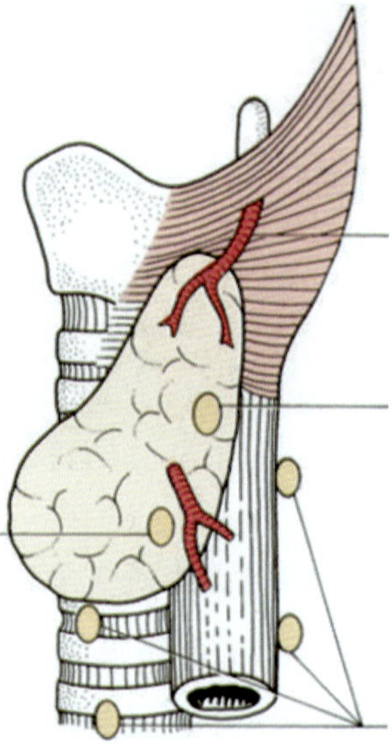

图 193 甲状旁腺正常和异常部位（侧位图）。

发展

上甲状旁腺分化自第 4 咽（鳃）囊。下甲状旁腺与胸腺共同发育自第三咽囊（图 194，表 4）。当胸腺下降时，下甲状旁腺会被其牵拉向下。

因此很容易理解，下甲状旁腺可能会被牵拉越过甲状腺进入纵隔，也就能理解，尽管很少发生，但确实可能在胸腺内发现甲状旁腺组织。

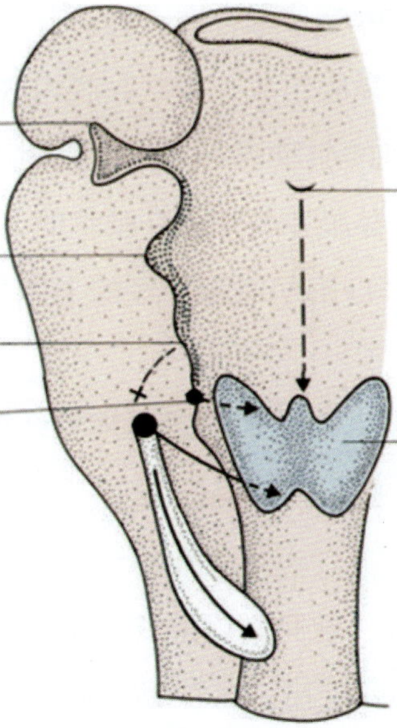

图 194　鳃囊的衍生物。注意，下甲状旁腺从第3咽囊向下迁移，而上甲状旁腺（第4咽囊）保持不变。

临床特征

1. 当然，当在甲状旁腺功能亢进症中寻找甲状旁腺腺瘤时，这些可能的异常部位是非常重要的。

2. 甲状旁腺在甲状腺次全切除术中通常是安全的，因为在此手术中保留了甲状腺的后缘。然而，它们可能在不经意间被移除或损坏，由于血清钙降低而导致手足抽搐。

腭

腭分隔鼻腔和口腔，包括以下部分。

1. 硬腭：是拱形的，由上颌骨的腭板和腭骨的水平板组成；其前面和侧面被牙槽边缘包围，并且向后合并。

2. 软腭：垂挂在鼻咽部和口咽部之间的“帘子”；在中央，其游离的后缘上有悬雍垂；在侧面，其与腭舌弓和腭咽弓融合在一起。

硬腭由骨、骨膜和鳞状黏膜组成，鳞状黏膜内嵌有微小的副唾液腺。

软腭的框架是由腭张肌的肌腱膜形成的，其附着在硬腭的后缘。在这个纤维板上附着着由黏膜覆盖的腭肌，黏膜在其颊面是鳞状的，在其鼻咽面是纤毛柱状的。

腭部的感觉支配主要来自第Ⅴ对脑神经的上颌分支，但第Ⅸ对脑神经的纤维支配其大部分后部区域。

腭肌的运动神经支配来自咽丛中的迷走神经纤维［可以确定迷走神经从第Ⅺ对脑神经（颅副神经）中获取这些运动神经纤维］。腭帆张肌不遵从该规则，由第Ⅴ对脑神经的下颌分支支配。

在说话、吞咽和吹气时，软腭封闭隔开鼻咽和口腔。如果患脑干病变或白喉之后出现腭部瘫痪，就会出现声音受损，在吞咽时液体也会通过鼻部发生反流。

面部、唇部和腭部的发育，特别提到了这些部位的先天性畸形（图195）

在原始口腔周围，有如下结构发育：

1. 额鼻突，从脑颅骨向下突出。两个嗅窝在其中发育，并分裂进入咽部形成鼻孔。最后，形成了鼻、鼻中隔、鼻孔、人中（上唇中线凹陷）和前颌骨，即通常带有四颗切牙的V形前部上颌。

2. 两侧的上颌突与额鼻突融合，形成颊部、上唇（不包括人中）、上颌和腭部（除前颌骨外）。

3. 下颌突，在中线汇合形成下颌。在这种复杂的融合过程中有很多变异，成为最常见先天性畸形的一部分。据估计，在英国每600名儿童中就有一名出生时患有一定程度的唇裂或腭裂（图196）。

通常，这些异常与其他先天性缺陷有关，如脊柱裂或并指（手指或足趾融合）。事实上，对于患有先天性缺陷的患者，这是寻找其他伴发先天性疾病的一种较好的临床实践方法。

以下异常与面部融合缺陷有关：

1. 巨口畸形和小口畸形是气孔闭合过大或过小时出现的症状。

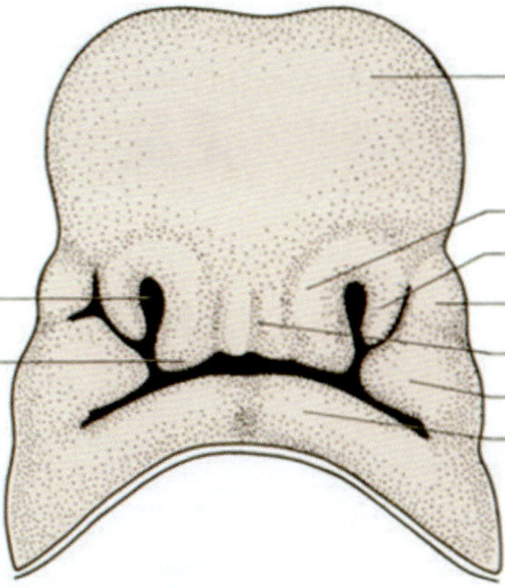

图 195　胎儿头部的腹面显示了 3 个突起，额鼻突、上颌突和下颌突，面部、鼻和下颌来源于这三者。

2. 上唇裂（或"兔唇"）——尽管当额鼻突发育而来的人中发育失败时会出现这一现象，事实上像兔的上唇一样发生中间裂较少见。上唇裂更常见的是位于人中的单侧或双侧，当上颌突和额鼻突融合失败时出现。上唇裂可能是唇部的小缺陷，也可能延伸至鼻孔，使牙槽突裂开，甚至可能沿着鼻侧面延伸至眶部。可能伴发腭裂。

3. 下唇裂极少发生，但可能与舌裂和下颌裂有关。

4 . 腭裂是腭部融合的失败，可能会发生以下阶段（见图 196）：

a. 双裂悬雍垂，无临床意义。

b. 部分腭裂可能只累及软腭，也可能累及硬腭的后部。

c. 完全性腭裂，可能是单侧的，沿着前颌骨的单侧贯穿整个上颌骨；或是双侧腭裂，前颌骨完全分开的前 V 形裂隙。

5. 包涵体皮样可沿面部融合的线形成。其中最常见的是眉毛外侧端的外部角状皮样。偶尔，真皮样延伸穿过颅骨，附着在下方的硬脑膜上。

舌和口腔底

舌

舌由颊部和咽部组成，两部分由其背侧表面一 V 形凹槽分隔开，即界沟。在此凹

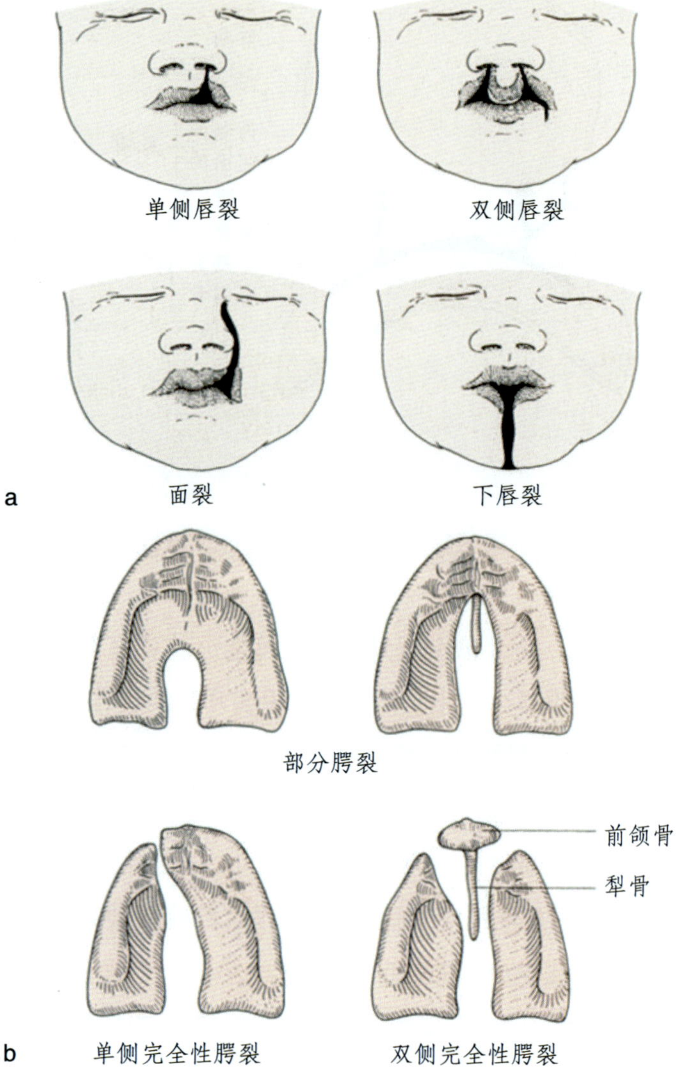

图 196 （a）唇裂和（b）腭裂的类型。

槽的顶部是一浅凹陷，即舌盲孔，标志着甲状腺的胚胎起源（图 194）。紧靠界沟前方有一排大的轮廓乳头。

舌的下部中间有一黏膜皱襞，即舌系带；其表面黏膜很薄，因此，可以在舌系带的两侧看到舌静脉。舌神经和舌动脉位于舌静脉的内侧，但观察不到。再向侧方可以看到一黏膜皱襞，称为伞襞。在舌系带基部双侧可以看到下颌下腺导管在其乳头上的开口。在镜子中可以观察到这一结构，当按压下颌角下方的下颌下腺时要注意唾液的排出。

结构

舌前 2/3 直至界沟，其背部覆有较厚的复层鳞状黏膜，其中分布有舌乳头。这些乳头（特别是轮廓乳头）含有味蕾。舌后 1/3 没有舌乳头，但有许多淋巴结，这些淋巴结与腭扁桃体和腺样体一起，构成 Waldeyer 淋巴环。

小唾液腺散在分布于背部的黏膜下层；其中前部主要是浆液腺，后部主要是黏液腺。

如舌背部一条浅凹所指示出来的那样，舌被中间一垂直纤维隔膜分开。在此隔膜双侧是舌内肌和舌外肌（图 197）。

舌内肌分布于垂直、纵向和横向肌束中，可以改变舌的形状。

舌外肌可使舌整体移动，从下颌骨联合部、舌骨、茎突和软腭走行至舌部；分别构成颏舌肌、舌骨舌肌、茎突舌肌和舌腭肌。个别舌外肌的功能可以从其相对位置推断出来（图 197）。 颏舌肌可使舌伸出，茎突舌肌可使舌缩回，舌骨舌肌可使舌下降。事实上，舌腭肌是一种腭肌，可以在吞咽时帮助缩小口咽。

血供

血液来自颈外动脉的舌支。中缝几乎没有交叉循环，因此，中缝是一个相对无血管的平面。

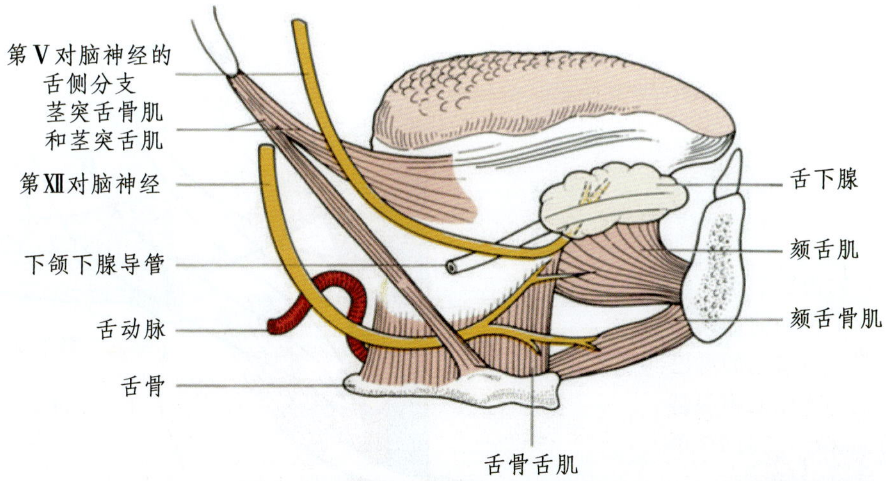

图 197　舌及其外在肌肉和神经的侧面图。

淋巴引流（图 198）

舌黏膜的引流区可分为三组：

1. 舌尖引流至颏下淋巴结。

2. 舌前 2/3 引流至颏下淋巴结和下颌下淋巴结，然后沿着颈动脉鞘引流至颈深链下淋巴结。

3. 舌后 1/3 引流至颈深链上淋巴结，也引流至深部的咽旁淋巴结和咽后淋巴结。

舌后 1/3 淋巴管之间的中线有丰富的吻合口，因此，一侧的肿瘤很容易转移到对侧淋巴结。相反，在舌前 2/3 几乎没有淋巴吻合交通，此处距离中线超过 1.25cm 的肿物直到疾病晚期才可能转移至颈部对侧。

神经支配

舌前 2/3 的感觉支配源于第Ⅴ对脑神经舌支，该支也传递鼓索的味觉纤维。

包括轮廓乳头在内，舌后 1/3 的共同感觉和味觉来自舌咽神经。喉上神经喉内支的一小部分纤维将感觉纤维分布于舌的后方。

除腭舌肌外所有舌部肌肉都由舌下神经支配；腭舌肌是一软腭肌，由迷走神经的咽支支配。

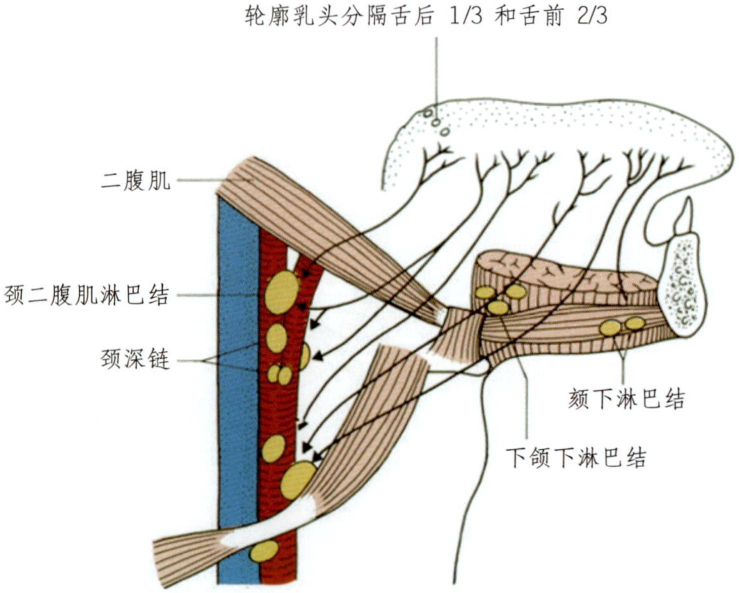

图 198 舌的淋巴引流。注意两点。(1) 舌的前部倾向于向颈深链下方最远的淋巴结排出，而后部则向颈深链上方排出。(2) 舌的前 2/3 单侧引流，后 1/3 双侧引流。

发展（图 199）

奇结节是一个小结节，是在原始咽部平面舌发育的首要证据。其很快就被侧舌隆突所覆盖，侧舌隆突来自第一鳃弓，每侧一个。他们在中线发生融合，形成由舌神经支配并由鼓索强化的最终舌前 2/3 部分。

侧舌隆突向后与联合突相遇（或鳃弓下隆起），联合突即位于咽部平面中央的一个隆起，侧舌隆突是第二、第三和第四鳃弓联合的部分，形成舌后 1/3（神经分布，舌咽神经和迷走神经）。

舌肌发育自枕部肌节，与其支配神经一起向前迁移（舌下神经）。

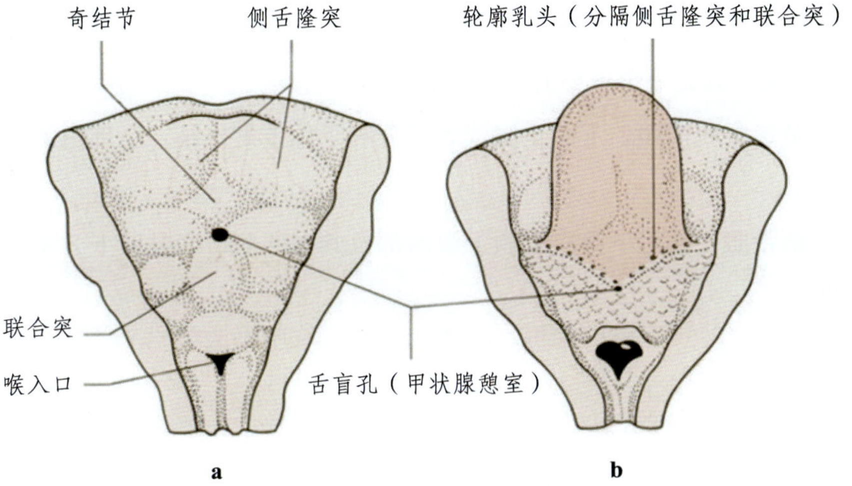

图 199 舌头发育的阶段。

临床特征

1. 临床上可以通过舌瘫痪侧的萎缩及舌部前伸时向瘫痪侧的偏斜来诊断舌下神经损伤。

2. 如果无意识或深度麻醉的患者仰卧，会使舌后部后坠产生喉部阻塞。为预防这种情况，可以使患者侧卧并使头部向下（扁桃体位置），此时，舌在重力作用下前伸；或可以按压双侧下颌角推下颌前移；由于附着在下颌联合部的颏舌肌会将下颌与舌一同牵引向前，所以，此方法有效。

3. 尽管淋巴管穿过口底（即下颌舌骨肌）到达颏下淋巴结和下颌下淋巴结，但有趣的是，这些组织不受恶性细胞淋巴扩散的影响（尽管这些组织可能被肿物的直接扩张所侵袭）。似乎淋巴结与淋巴栓塞而不是淋巴通道的渗透有关。

舌后 1/3 生长的双侧淋巴扩散是导致该部位肿瘤预后不良的因素之一。

口腔底

口腔底主要由下颌舌骨肌形成。该肌伸展如一层隔膜，从起始部位沿着双侧下颌骨体部内侧面的下颌舌骨肌线，沿中缝至其插入部并到达舌骨。因此，左右双侧的下颌舌骨肌一同形成支撑舌部的弧形的片状吊索（图 200）。下颌舌骨肌构成颈部和口腔区域之间的分界线，因此，其是一个重要的手术标志。

此膈膜下方双侧是二腹肌前腹，下颌下腺浅表部分和下颌下淋巴结，全部由深颈筋膜套层和颈阔肌覆盖。

下颌舌骨肌上方是舌肌，与舌下腺、下颌下腺深部及其在两侧口底黏膜下方走行的导管一同位于中央。

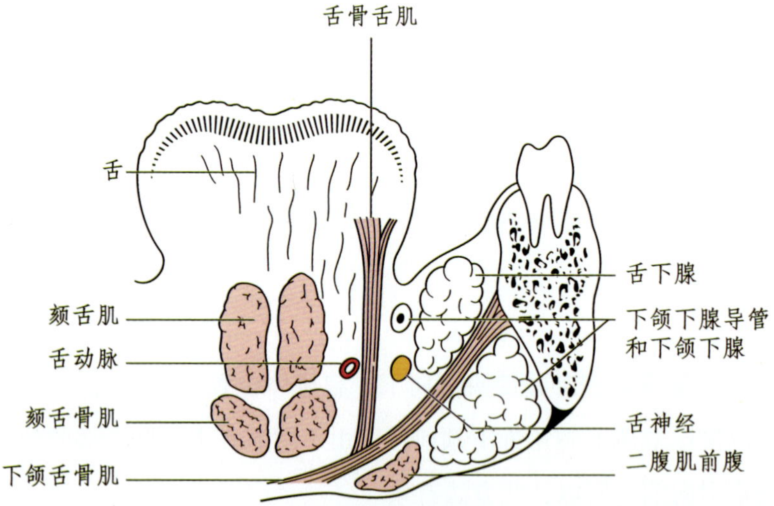

图 200　口腔底冠状面。

临床特征

Ludwig 咽峡炎是口底蜂窝织炎，通常源于龋坏磨牙。感染扩散至下颌舌骨肌上方；水肿迫使舌部上抬；并且向下推动下颌舌骨肌本身，使得颏下和口腔内都有肿胀。感染向后扩散伴有声门水肿和窒息时，相当危险。

可以通过下颌骨下方的深切口进行引流，切口必须分离下颌舌骨肌。

咽

咽部是一个肌筋膜管，前壁不完全，从颅底延伸至食管，是呼吸道和消化道的共同入口。从上到下由三部分组成（图 201）：

1. 鼻咽——位于鼻腔后方和软腭上方，其垂直范围是从上方的枕底到下方的悬雍垂。
2. 口咽——位于腭舌弓（前凸柱）后方，从上方的悬雍垂尖端到下方的会厌上缘。
3. 喉咽——位于喉后方，从上方会厌上缘到下方食管起始处。

鼻咽

鼻咽位于软腭上方，在吞咽过程中软腭切断了其与咽部其他部分的连接，从而防止食物通过鼻部反流。

鼻咽包括两个重要结构。

咽扁桃体（腺样体）由顶部上皮和该区域后壁下方的淋巴组织组成。其与腭扁桃体和舌背上的淋巴结形成一个连续的淋巴环（Waldeyer 淋巴环）。

咽鼓管或听管的咽口位于鼻咽侧壁，与鼻底齐平。由于咽鼓管的软骨，此开口的后唇突出，称为咽鼓管圆枕，位于其后方的是狭缝状咽隐窝。

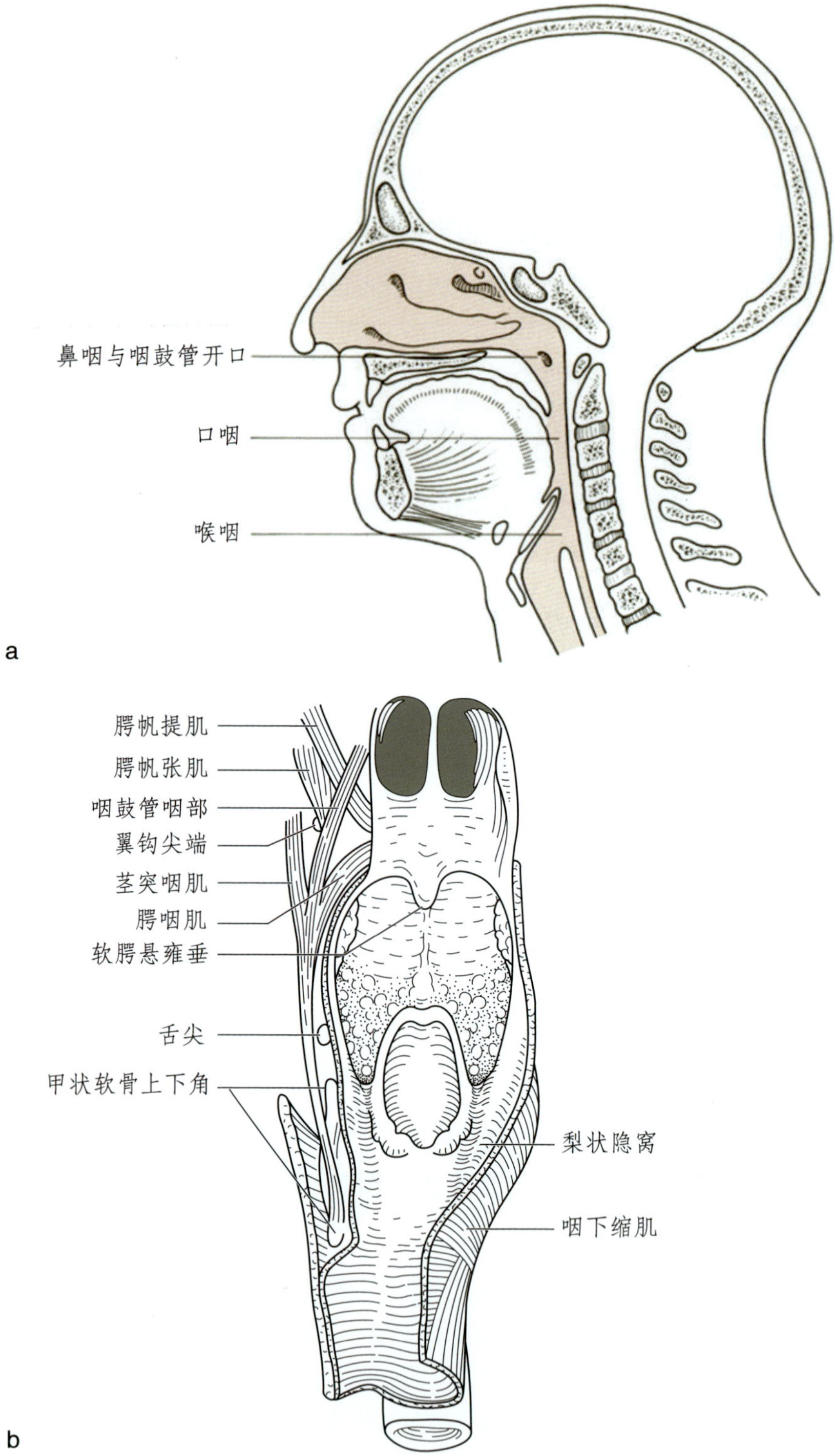

图 201 （a）头部和颈部的矢状面示意图，以显示咽部的细分。（b）在切除咽后壁后，从后面看咽部内部。

临床特征

1. 鼻咽可通过口腔镜（后鼻镜）间接检查，或通过沿鼻底纤镜进行研究。在麻醉下，可以用手指在软腭后方触摸到鼻咽。

2. 咽扁桃体（腺样体）在儿童中很明显，但通常在青春期后萎缩。当有慢性炎症时，其可能会填满鼻咽，引起张口呼吸，堵住咽鼓管咽口，引起耳聋和中耳炎。

3. 咽鼓管为从咽部到中耳的脓毒症提供了现成的通道，这是中耳炎使咽喉感染复杂化的原因。

4. 中耳可以通过插入咽鼓管的导管进行插管。导管沿着鼻底进入鼻咽后壁。然后将其弯曲的尖端横向旋转，使其位于咽隐窝；然后拉到咽鼓管圆枕上，进入咽鼓管咽口。

口咽

口咽位于口腔和舌后方。口咽的前边界是左、右腭舌弓（前凸柱），从软腭上方的悬雍垂延伸到下方的会厌尖端。其最重要的内容物是腭扁桃体，位于两侧侧壁。

腭扁桃体

腭扁桃体位于腭舌弓和腭咽弓之间的扁桃体窝（分别为前柱和后柱）。前柱，即腭舌弓，构成了颊腔和口咽之间的边界；其与舌侧壁融合，包含了腭舌肌。后柱或腭咽弓与咽壁融合，包含腭咽（图 202）。

扁桃体窝的底部是咽上缩肌形成的，通过扁桃体囊与扁桃体隔开，扁桃体囊是咽黏膜下层（咽基底筋膜）增厚而形成的。这种包膜本身通过疏松的蜂窝组织膜与咽上缩肌分离。腭扁桃体由一组淋巴组织组成，淋巴组织被鳞状上皮覆盖，这是一种独特的组织学组合，便于在检查中“定位”。

上皮上有隐窝，在数量上多达 20 个，并且通常在其上部有一个很深的扁桃体内裂隙。

淋巴组织可向上延伸至软腭，向下延伸至舌或腭舌弓。从青春期晚期开始，这种淋巴组织会发生进行性萎缩。

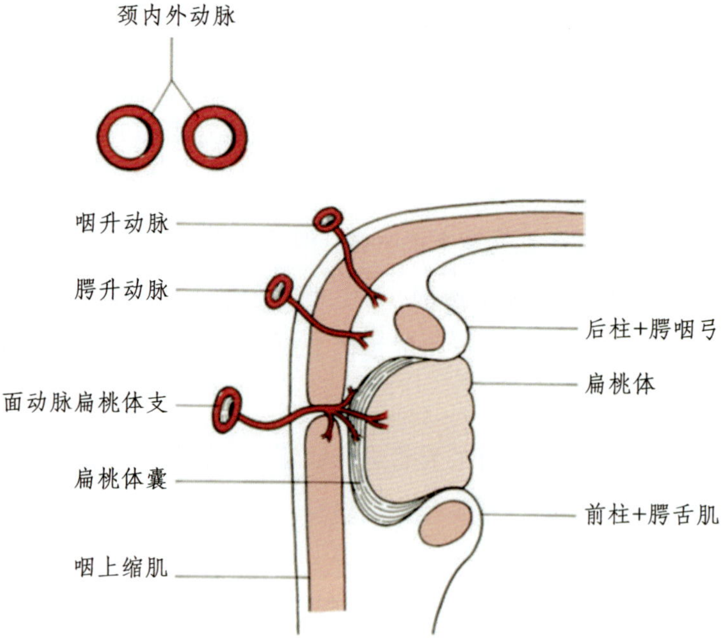

图 202　水平段腭扁桃体及其关系图。

血供主要来自进入扁桃体下方的面动脉的扁桃体分支，也有来自舌动脉、腭升动脉和咽升动脉的末梢分支。

静脉回流进入咽丛。扁桃体旁静脉是一条重要的恒定静脉，从软腭向下穿过扁桃体囊的外侧。扁桃体切除术中该静脉总是被破坏，并可能引起不可控的出血。

淋巴引流是通过淋巴管穿过咽上缩肌，并沿着颈内静脉旁淋巴结传递，特别是在颌角处的扁桃体或颈内静脉二腹肌淋巴结。由于这个淋巴结常在扁桃体炎中受到影响，所以，其是身体中最常见的病理性肿大的淋巴结。

胚胎学上，扁桃体来自第二鳃囊（见图 194）。

临床特征

1. 扁桃体切除术可通过解剖或挤切刀方法进行；两者均依赖于从扁桃体窝底部包裹着上缩肌的疏松结缔组织中取出淋巴组织和底部的扁桃体囊。在剥离时，在扁桃体前柱的黏膜上做一个切口；然后钝性剥离出腺体，直到其仅靠其下极附近的血管蒂附着。然后用金属丝圈断离网将这个蒂压碎并分开。

在第二种方法中，应用挤切刀使扁桃体凸出通过仪器中的环，然后通过关闭挤切刀的刀片来移除扁桃体。

除非反复感染，否则咽上缩肌与腭扁桃体及其包膜之间应保留疏松结缔组织将其隔开，从而防止咽壁在扁桃体切除术中受损。

同样，颈内动脉虽然距离扁桃体后方只有 2.5cm，但在手术中从未受损，因为其被颈动脉鞘周围的脂肪组织安全地从咽部隔开。

2. 扁桃体炎继发于扁桃体周围组织的化脓。应在脓肿最突出且可触及波动感的部位进行切开引流。

喉咽

喉咽从会厌尖端延伸至 C6 平面食管咽部终止。

喉的入口，由会厌、杓会厌襞和杓状软骨围成，位于喉口的前方。喉部本身突出到咽部的部分，在两侧有深的前外侧凹陷，称为梨状隐窝，吞入的尖锐异物（如鱼骨）可能会阻塞在此处。

咽的结构

咽部由黏膜组成，黏膜含有分泌黏液的杯状细胞、黏膜下层、肌肉和疏松结缔组织。鼻咽部黏膜为纤毛柱状上皮，但在其他部位为复层鳞状上皮。在其下方，黏膜下层是厚的和纤维状的（咽基底筋膜），正是这一层形成扁桃体囊。

三个咽缩肌（上、中、下）像花盆一样排列，一个在另一个里面，但在鼻腔、颊腔和喉腔的入口处前方是开放的。

每条括约肌前方附着于这些腔体的侧壁，并向外呈扇形，沿咽部后方汇集于正中缝，从颅底延伸至食管（图 203）。

覆盖这些肌肉的薄层结缔组织与覆盖颊肌的蜂窝组织相连续，因此，被称为颊咽筋膜。

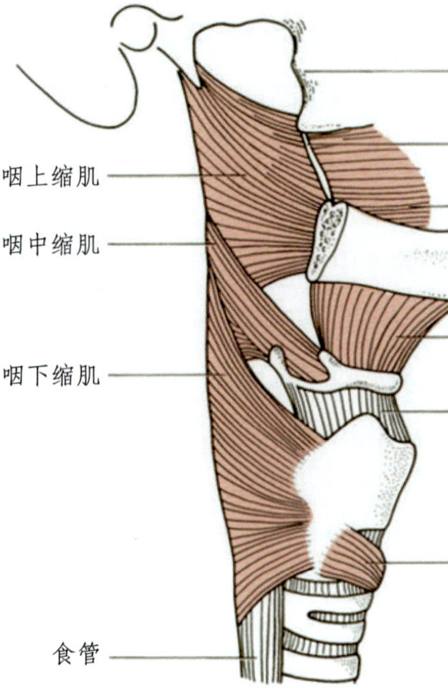

图 203　咽部括约肌。

血供

咽部的动脉供应主要来自外颈动脉的甲状腺上动脉和咽升动脉。

咽静脉丛位于覆盖咽部蜂窝组织中，汇入颈内静脉。

神经支配

第Ⅸ对脑神经和第Ⅹ对脑神经的咽支分别构成咽部的主要感觉和运动神经。第Ⅴ对脑神经的上颌神经构成鼻咽部感觉的神经。

吞咽机制

吞咽的行为不仅将食物输送到食管，而且还会从呼吸道排出装满灰尘和细菌的黏液。此外，在吞咽过程中，咽鼓管被打开，从而平衡鼓膜两侧的压力。

吞咽是一系列复杂有序的反射。其是自主发起的，但是通过刺激咽部而建立的非自主反射动作来完成。如果咽部被麻醉，那么，正常的吞咽就不能发生。这些反射由延髓内的吞咽中枢协调，该中枢位于迷走神经核和呼吸中枢附近。

食物首先被咀嚼压碎，被唾液润滑。这是一种常见的经历，当喉咙干燥时，几乎不可能吞下食团。然后，通过舌对腭部的压力，在口底肌肉的辅助下，将食团推入口咽峡部。

在吞咽过程中，必须关闭口腔、鼻腔和喉部开口，以防止食物或液体反流；每个开口都由高效的括约肌机制保护。

鼻咽部通过软腭的抬高而闭合，软腭与咽上缩肌收缩形成嵴（Passavant 脊），一起闭合。同时，腭帆张肌张开咽鼓管开口。两侧腭舌肌的收缩阻断了部分咽峡部，使腭舌弓之间的空间变窄。余下的间隙通过舌背楔入其中而闭合。

喉部的保护是一件复杂的事情，不仅通过关闭喉的括约肌机制，而且还通过将喉口压到舌根突出部的后方，并利用会厌引导食团离开喉部入口处，从而实现对喉部的保护。当吞咽反射的中枢神经成分受到麻醉和脑创伤的抑制。这时异物容易被吸入气管，特别是当患者仰卧或头朝上时，这是患者常见的死亡原因。

喉括约肌处于三个水平：

1. 杓会厌襞，定义为喉入口，由杓会厌肌和杓斜肌构成。

2. 喉前庭的壁，与甲状会厌肌接近。

3. 声带，由环杓侧肌和杓横肌闭合。

喉在甲状舌骨肌、茎突舌骨肌、茎突咽肌、二腹肌和下颌舌骨肌的作用下，喉部被抬高并向前拉，使其与舌根部相适应，舌根部在此阶段向后突出。当喉部抬高并且入口关闭时，存在呼吸的反射性抑制。

会厌的作用一直被广泛研究。当食团的头部到达会厌时，会厌首先向后倾斜到咽壁上，暂时支撑起食团的前进通道。然后喉部被抬高并向前拉，使会厌直立起来，引导食团沿着梨状窝进入食管，远离喉口，就像一块岩石挺立在瀑布。最后，会厌确实可以被看作是喉部入口处的盖子向后翻动，但这只发生在大部分食团已经经过之后。会厌在这一阶段起到喉盖的作用，以防止在重新建立气道期间食物残渣在喉部入口上方的沉积。

然后环咽肌放松，允许食团穿过咽喉 – 食管连接处。液体在舌的初始动力下可能被动地向下进入食管；半固体或固体食团通过蠕动被带下。通过食管的时间约为 15 秒，在蠕动波到达贲门之前，就发生了松弛。重力对食团的通过几乎没有影响，食团在卧位和直立位时通过的速度一样快。当然，倒立时吞下液体或固体食物是相当容易的，这是众所周知的聚会把戏；在这里，食管运输必然是一个活跃的肌肉收缩过程。

临床特征

咽囊

咽下缩肌由上斜肌和下横肌组成，前者起自甲状软骨的一侧（甲咽肌），后者起自环状软骨（环咽肌）。

向后，在中线上，这两个肌束之间有一个潜在的间隙，称为咽窝或 Killian 裂。咽部的黏膜和黏膜下层可能通过这一薄弱区域而隆起形成咽囊（图 204），可能是肌肉不协调或环咽肌痉挛导致的。这个憩室首先向后突出，随着其扩大，向后伸展被椎前筋膜阻挡。

因此，咽囊会伸出到咽部的一侧——通常是更偏向左侧。

随着进一步扩大，咽囊将食管推到一侧，直接与咽部对齐；大多数食团随后进入咽囊，导致严重的吞咽困难和恶病质。咽囊内容物溢出到喉部，非常容易造成食团吸入支气管，可能导致呼吸道感染和肺脓肿等后果。

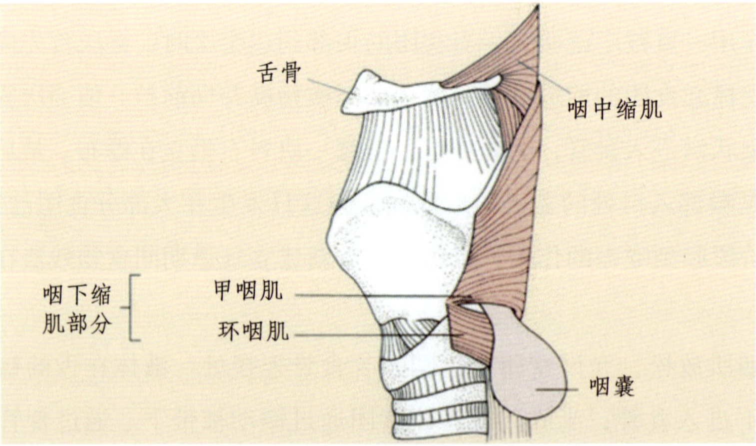

图 204　在咽下缩肌的两个组成部分之间出现的咽囊。

喉

喉具有三重功能：呼吸中的开瓣，在发音时喉口可通过部分闭合而调节发音，以及在吞咽过程中关闭喉口保护气管和支气管。只有当喉口能有效闭合时，才有可能咳嗽。

其骨架结构有会厌软骨、甲状软骨、环状软骨和杓状软骨（图 205）。

喉由甲状舌骨膜和甲状舌骨肌从 U 形舌骨上伸出。舌骨通过舌骨舌肌、下颌舌骨肌、颏舌肌和二腹肌附着于下颌骨和舌骨，通过茎突舌骨韧带和肌肉附着于茎突，并通过咽中缩肌附着于咽部，颈部四条带状肌肉中的三条，即肩胛舌骨肌、胸骨舌骨肌和甲状舌骨肌，依附于它，只有胸骨甲状肌没有依附于它。

会厌软骨是位于舌根后面的叶状弹性软骨。其通过舌骨会厌韧带向前附着在舌骨体，并在下方通过声带上方的甲状会厌韧带附着于甲状软骨的背面。

会厌的两侧通过杓会厌壁连接到杓状软骨，这些皱壁向后延伸形成喉的入口或附着部的边缘。

会厌的上前表面突出于舌骨上方；会厌黏膜向前延伸到舌根，向上升起形成正中的舌会厌壁和外侧的咽 – 会厌壁。这些壁之间两侧的凹陷称为会厌谷（图 207）。

甲状软骨呈“盾牌”状，由两个侧板组成，在“喉结”的突出“V”中线相交，这是在青春期后的男性很容易看到的喉部突起。

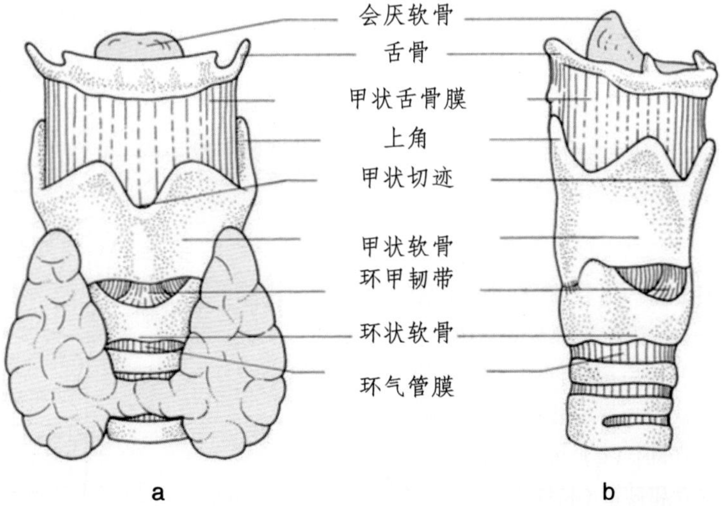

图 205　喉的外部视图。（a）前面观。（b）前外侧（切除甲状腺）。

环状软骨为“戒指”形状，最深处在后方。其是整个呼吸道唯一完整的软骨环。在下方，其通过环气管膜附着在气管上。

杓状软骨在环状软骨的后方两侧各有一个。

此外，在喉部入口处有两个软骨小结节：小角结节，是位于杓状软骨顶端的结节；楔状结节，是杓会厌壁边缘内的一片软骨。两者在功能上并不重要，然而，当通过喉镜检查喉部时可以看到两个结节（见图 207），对于外行人来说，两者可能被混淆为病理性结节。

环甲膜（弹性圆锥）连接甲状软骨、环状软骨和杓状软骨，主要由黄色弹性组织组成。其上缘向前附着于甲状软骨的后表面，后方附着于杓状软骨的声带突。在两种结构之间，膜的上缘略增厚形成声韧带。在前面，膜增厚，称环甲正中韧带；其在皮下容易被触摸，在喉部梗阻时可进行紧急环甲膜穿刺。

在杓状软骨正下方的甲状软骨背面，有两层黏膜。上部为前庭襞，含有少量纤维组织，并在两侧形成假声带。而下部的褶皱（声襞）包含声韧带（图 206）。

黏膜牢固地附着在声韧带上，无任何黏膜下层介入。所以，喉镜所见声带如珍珠般白而无血管。喉部水肿不会累及真声带，因为声襞没有黏膜下组织。声带之间的空隙是声门裂。这些皱襞将喉划分为三个区域：

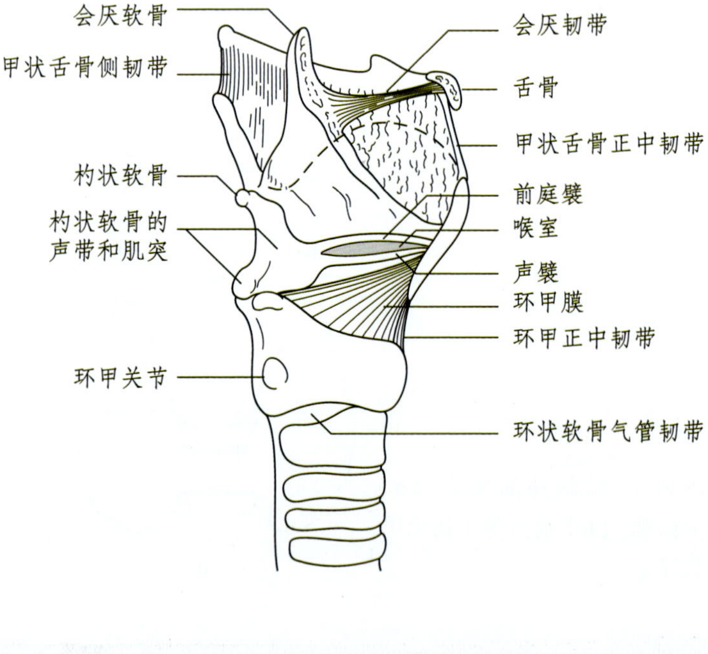

图 206 （a）喉的内部结构——甲状软骨一侧被切除。（b）从后面解剖喉，分离环状软骨，暴露真假声带与喉室之间。（c）从后面看喉的软骨和韧带（待续）。

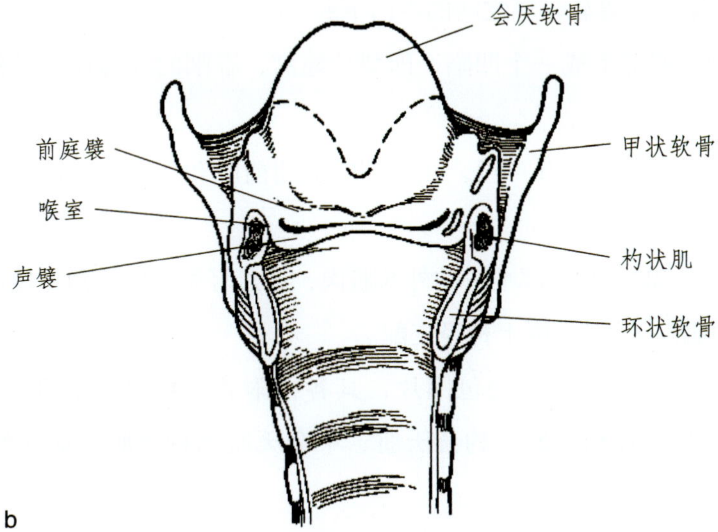

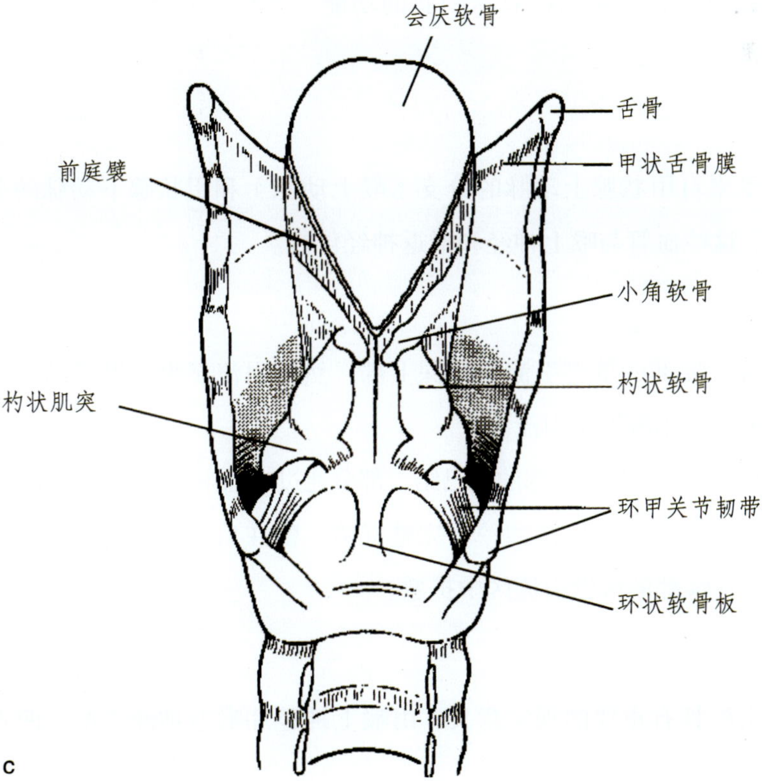

图 206 (续)。

1. 假声带上方的声门上腔（喉前庭）。

2. 假声带和真声带之间的喉中间腔。

3. 真声带与第一气管软骨环之间的声门下腔。

在喉部两侧，咽部形成一个凹陷，即梨状隐窝，吞咽的异物往往沉积在其中（见图 201b）。

喉部的肌肉在吸气时打开声门，在吞咽时关闭前庭和声门，在发声时改变真声带的音调。

环甲肌（见图 203）是喉部唯一的外部肌肉，通过轻微的倾斜动作使声带绷紧（唯一有这一功能的肌肉）。其由喉上神经支配。

其余的肌肉组成一个单独的包围片，其各种附着物由其独立部分的名称表示：甲杓肌、环杓侧肌、环杓后肌、杓会厌肌、甲会厌肌和杓间肌。这些都是由喉返神经支配的。

除了环杓后肌，其余肌肉都有括约肌的功能。环杓后肌通过向外旋转杓状软骨，从而分离声带。

血供

喉分别接受来自甲状腺上动脉的分支（喉上动脉）和甲状腺下动脉的分支（喉下动脉）的血液。这些血管与喉上神经和喉返神经伴行。

淋巴引流

在声带上方，喉部的淋巴引流至颈深上部，然后引流至纵隔淋巴结，一些淋巴管通过甲状舌骨膜上的小淋巴结引流。

在声带下方，引流至颈深下部的淋巴结，部分通过喉前淋巴结和气管前淋巴结引流。

声带本身是分隔两个淋巴区的一个完整屏障，但在后方，两者是自由联系的；因此，喉癌可能会在喉部的淋巴引流区中扩散。

神经支配

喉的神经支配具有重要的现实意义，由喉上神经和喉返神经支配，两者均为迷走神经的分支。

喉上神经从颈内、外动脉分叉处的深部通过；其内支与喉上血管一起穿过甲状舌骨膜，支配喉黏膜至声带的区域。外支在甲状腺上动脉深部通过，并支配环甲肌。

喉返神经在两侧各有不同的路径。右侧起源于迷走神经，穿过锁骨下动脉的前部，位于血管深部，然后从颈总动脉的后部上升到气管 – 食管沟，与喉下血管伴行。然后神经深入到咽下缩肌，进入环甲关节后方的喉部。

左侧喉返神经出现在主动脉弓上，在其下方弯曲，深入动脉韧带，并上升到气管。然后，位于气管 – 食管沟内，分布在右侧。

喉返神经支配除环甲肌（由喉上神经的外支支配）外的所有喉内肌，并提供声带以下黏膜的感觉神经支配。

临床特征

1. 喉神经与甲状腺动脉有联系，甲状腺动脉在甲状腺切除术中具有相当重要的实用价值。喉上神经的外支位于甲状腺上动脉的深处，在结扎此血管时可能会受到损伤。

喉返神经位于气管 – 食管沟中，通常位于甲状腺下动脉终末支的后方。然而，神经偶尔位于这些血管的前方或在血管之间通过（图 191）。此外，在甲状腺切除术中，当甲状腺被向前拉时，神经也被拖着向前，因此，处于进一步的危险之中。因此，在甲状腺手术中，为了避免喉返神经损伤，小心处理是必要的。

2. 由于环甲肌对声带的收紧作用丧失，喉上神经损伤会导致发音减弱。

3. 喉返神经的完全分离使患侧的声带在外展和内收之间占据中立位（或副位）。通常，另一根声带能够以一种显著的方式进行补偿，语言不会受到很大的影响；然而，如果两条神经都被分开，声音就会完全丧失，呼吸也会因为只有部分打开的声门而变得困难。

4. 如果喉返神经仅有挫伤或部分损伤，则外展肌（环杓后肌）比内收肌受到的影响更大，这被称为 Semon 定律。受影响的声带位于中线内收位置。因此，在双侧不完全性麻痹中，声带会聚在一起，震颤强烈，气管切开可能变得至关重要。

5. 左喉返神经在其胸段可被支气管癌或食管癌，或大量扩大的纵隔淋巴结，或主动脉弓的动脉瘤等累及。晚期二尖瓣狭窄时扩大的左心房可通过向上推压左肺动脉压迫喉返神经而导致喉返神经麻痹。

颈部的任何一条神经都可能被扩散的甲状腺癌或恶性淋巴结所侵蚀。因此，失声必须始终被重视。

6. 喉部可以通过硬性喉镜或纤维喉镜直接检查，还可以通过喉镜间接检查。观察舌根、会厌谷、会厌、杓会厌壁和梨状隐窝；然后观察红色且相距很远的假声带；然后在这些之间看到珍珠白色的真声带（见图 207）。

对于硬性喉镜、气管插管或支气管镜的通过，必须知道使口腔、口咽部和喉部入口的轴线成直线的位置；这是通过将颈部向前伸展，同时在寰枕关节完全伸展头部的方式来实现的。这是一个人在手术室里呆了一整天后，仰头闻一闻新鲜空气的姿势。

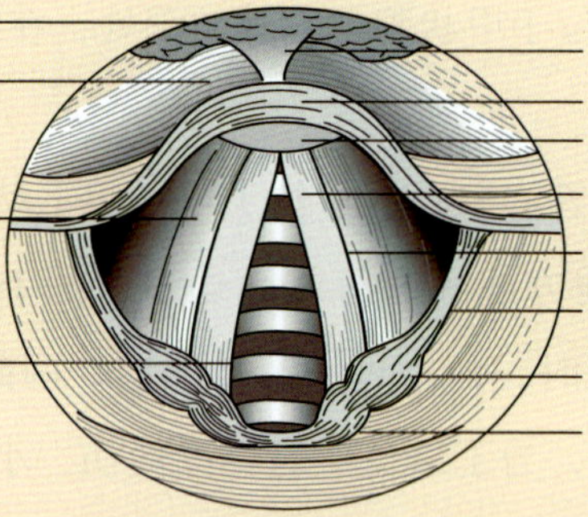

图 207　喉镜检查所见的喉部。

唾液腺

腮腺

腮腺是最大的唾液腺，夹在下颌和胸锁乳突之间，并超出这两个结构的边界（图 208）。

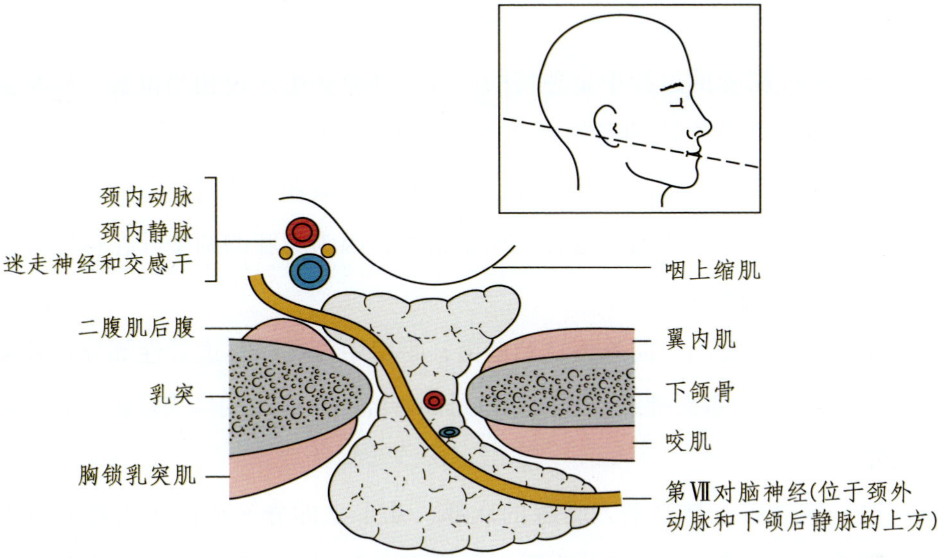

图 208 腮腺及其周围在一个示意性水平截面中——面神经是横穿腺体的结构中最浅的结构。(剖面线如插图所示)

关系

- 上方——紧邻外耳道和颞下颌关节。
- 下方——与二腹肌的后腹部重叠。
- 前侧——与下颌支表面的咬肌重叠。
- 内侧——茎突及其肌肉，将腮腺与颈内静脉、颈内动脉、最后四条脑神经和咽部外侧壁分开。

腺体被包裹在筋膜所形成的鞘中，位于腮腺淋巴结的上方和内部。在前下方，腮腺筋膜增厚，是将腮腺与下颌下腺（茎突下颌韧带）分离的唯一结构。

横穿腺体（从内部）的有：

1. 面神经。
2. 下颌后静脉，由颞浅静脉和上颌静脉汇合而成（图 216）。
3. 颈外动脉，在下颌颈水平分成颞浅支和上颌终支。

腮腺导管长 5cm，起源于腺体的前部，在颧弓下方的咬肌上延伸一指宽，向内倾斜以刺穿颊肌，并在与上颌第二磨牙相对的面颊黏膜中开口。对镜自查时，如果咬肌因咬紧牙齿而绷紧，那么，用手指在咬肌上触摸，就可以较容易地感觉到导管。

面神经与腮腺的关系

面神经在穿经腮腺的过程中是独特的，这对外科医生来说相当重要。从胚胎学上解释了这种共存；腮腺在面神经的两个主要分支形成的交叉处发育。当腺体扩大时，它与这些神经干重叠，浅部和深部融合，神经开始埋藏在腺体内。将面神经和两个腮腺叶以两片面包之间的三明治馅进行类比是错的，因为腮腺的两个叶在神经分支周围和分支之间彼此紧密融合。

面神经从茎乳孔发出，向外缠绕到茎突，手术中可在外耳道骨性部分和乳突之间的倒置“V”形位置暴露面神经。耳间切口是面神经一个有用的体表标记，其直接位于面神经上方。

就在这一点之后，神经潜入腮腺的后部，几乎立即分叉成两个主要的分支（偶尔在进入腮腺之前分支）。上部分为颞支和颧支；下部分为颊支、下颌支和颈支（图209）。

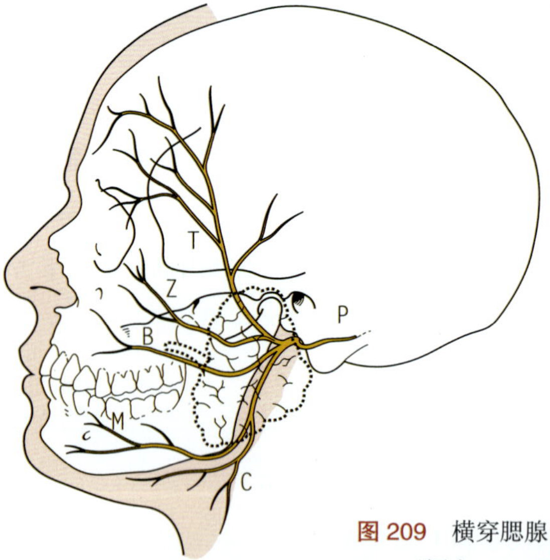

图 209　横穿腮腺的面神经的名称。B，颊支；C，颈支；M，下颌支；P，耳后支；T，颞支；Z，颧支。

这两个分支可以在腮腺内保持完全分开，也可以形成混合连接的丛，最常见的是两者之间形成有多条交通支，这些交通支在手术过程中可以被安全的分离，不造成危险。

神经的分支下行至腮腺的前部和咬肌的浅面，后穿过面肌。神经在腮腺表面没有分支，因此，腮腺可被完全暴露而不损伤神经。

临床特征

1. 腮腺的恶性肿瘤可能会侵袭面神经而造成面瘫，良性肿瘤则不会。

2. 在切除腮腺的良性混合涎腺肿瘤（多形性腺瘤）时，面神经暴露在外耳道骨管和乳突之间的楔形空间的后方。追踪到腺体，确定其主要分支，切除肿瘤与正常腺体的大部分边缘，小心地保留暴露的神经。

有趣的是，巨大的混合肿瘤从面神经中挤出来，甚至在没有看到面神经的情况下，就可以切除足够的边缘。

3. 腮腺导管及其分支可以通过向放置在导管口中的插管注射不透明放射造影剂来显示。（腮腺导管造影片）

下颌下腺

下颌下腺由一个大的浅叶和一个小的深叶组成，两者在舌骨的后缘相互连接。

腺体的浅叶位于下颌角，在下颌骨与下颌舌骨肌之间，与二腹肌重叠（见图 200）。向后与腮腺接触，仅由其筋膜鞘（茎突下颌韧带）包裹分隔。

下颌下腺表面被颈阔肌及其深筋膜囊所覆盖，内面与面神经的颈支、下颌缘支、面静脉相交。其深层大部分毗邻下颌舌骨肌，腺体的后缘毗邻舌骨舌肌，并在此处与舌神经和舌下神经毗邻，这两条神经都向前行至舌部（见图 197）。

面动脉也与腺体关系密切，在深面接近腺体，然后在其上方（凹槽）处拱起，在咬肌前缘绕过下颌骨体下缘入面部。深部分支在腺体浅部内侧沿舌骨舌肌走行。

下颌下腺导管（Wharton 管）由腺体深部发出，沿着舌侧口底黏膜下方向前延伸，在舌系带外侧开口（图 197）。开口在舌下阜的乳头顶端清晰可见，唾液通过此处流出。

舌下腺位于下颌下腺导管的外侧。

舌神经分别依次从导管的外侧下方和内侧入舌，因此，与导管双重交叉。

下颌下淋巴结部分嵌入腺体内，部分位于腺体与下颌骨之间。

临床特征

1. 因结石或肿瘤而切除腺体的情况并不少见，所以，此腺体的重要程度不言而喻。这个手术是通过下颌角下方的皮肤皱褶切口进行的。

面神经的下颌缘支在下颌角后方经过，距下颌角不到 2.5cm，然后在下颌骨体上方上行，以支配唇部的感受器。因此，切口必须距离下颌角 2.5cm 以上，以保护面神经。

2. 因腺体实质内的小淋巴结的存在使得腺体的切除成为颈部块状切除清扫术的必要部分。

3. 在区分下颌下腺肿大和下颌下淋巴结肿大时，应牢记腺体不仅位于下颌骨以下，还延伸到口腔底部；因此，可以用手指在口腔和下颌角下进行双指触诊。淋巴结肿大仅见于后者。

4. 可以在口底感受到两侧下颌下导管的开口膨大，甚至肉眼可见。

舌下腺

如“杏仁”状的唾液腺，位于口腔底舌下襞深面，紧靠下颌下腺深部浅面。在侧面，紧靠在下颌骨的舌下沟上，在内侧，其与舌根被下颌下导管和舌神经分开（见图 197）。

腺体通过一系列导管开口于舌下襞和舌下阜。

舌下腺分泌黏液性分泌物，腮腺分泌浆液性分泌物，下颌下腺则分泌混合性分泌物。

除了这些主要的唾液腺，小的附属腺也散在分布在腭部、唇部、面部、扁桃体和舌部。这些腺体偶尔会发展成混合性涎腺肿瘤。

头部和颈部的主要动脉

颈总动脉

左颈总动脉起自主动脉弓，位于左锁骨下动脉起始处右侧。其上行经过左侧胸锁关节的后方，先位于胸椎前方，后到达气管的左侧，与左肺胸膜、迷走神经和膈神经相伴行。

右颈总动脉起始于右胸锁关节后的头臂干分叉处。

在颈部，两种常见的颈动脉具有本质上相似的走行和关系；两者都在颈动脉筋膜鞘中上升，其中还包括外侧的颈内静脉及位于动脉和静脉之间的迷走神经。颈交感神经链紧贴在颈动脉鞘后方上升。这些结构组成了一个四重奏，应始终以这种不可分割的方式加以考虑；任何一个都与其他三个相关联（图 188 和图 210）。

在颈部，每条颈总动脉位于颈横突上，由椎前肌与颈横突隔开。中间是喉部和气管，以及喉返神经、咽部、食管及甲状腺，甲状腺与颈动脉的前部重叠。从表面上看，该动脉被胸锁乳突肌覆盖，在其下部被带状肌覆盖，并被舌骨中间肌腱交叉。

颈总动脉通常不发出侧支，但终止于甲状腺软骨上边界的水平（在脊椎水平 C4 处），进入大小大致相等的颈外动脉和颈内动脉。

颈外动脉

这条动脉首先上行于胸锁乳突肌前缘的深部，然后位于颈部前三角的浅部，在此处其搏动通常是可见的和可触摸的。自分叉处首先在颈内动脉稍内侧，后经过颈内动脉的前方再转至外侧。颈内静脉先在颈外动脉的外侧，再至颈外动脉后，与颈内动脉形成水平外侧关系。咽喉位于颈部中央。

颈外动脉上行至第十二神经下和二腹肌后腹进入腮腺，位于面神经和下颌后静脉的深面（图 198，图 208 和图 210）。

该动脉穿过腮腺至下颌颈部水平结束，分为颞浅动脉和上颌内动脉。

分支（图 210）

由下至上依次为：

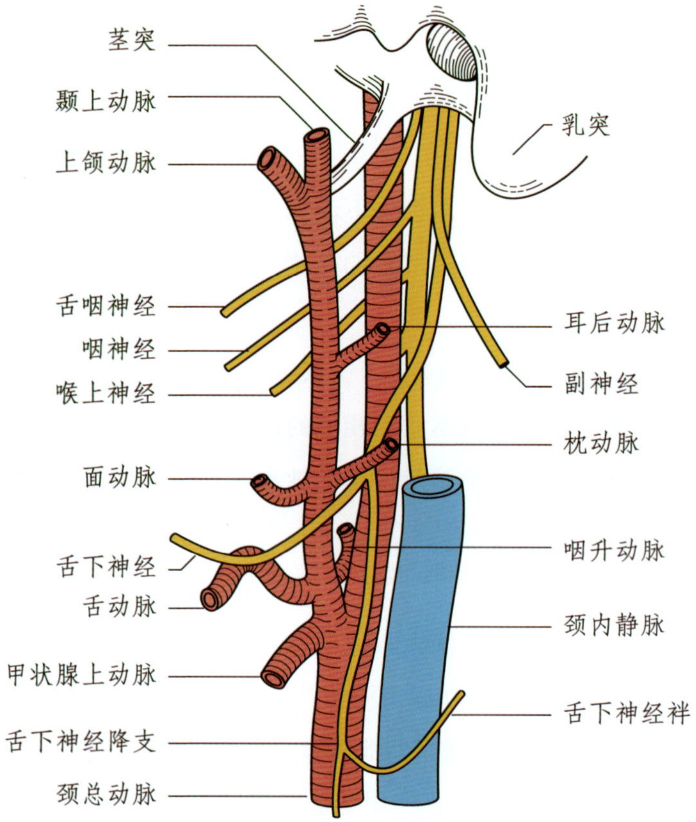

图 210 颈动脉分支及其相关神经。

1. 甲状腺上动脉（发出喉上动脉）。

2. 舌动脉，经舌骨舌肌深面向舌部供血。

3. 面动脉向腭扁桃体发出重要分支，其围绕在下颌下腺上，围绕下颌骨的下缘（在此处可触及脉搏跳动），并向上延伸至面部。

4. 枕动脉，发出后沿二腹肌后腹下缘走行，至颞骨的下方，一直延伸到头皮的后部，在此处可以触摸到其搏动。

5. 耳后动脉，向耳后的皮肤供血。

6. 咽升动脉是最小的分支，在颈内动脉和咽之间上升，供应咽部。其末端分支为：

- 颞浅动脉，在颧骨颧弓处可触及。
- 上颌动脉，供应上颌、下颌、鼻腔、口腔和咀嚼肌，伴随三叉神经上颌分支的不同分支，并发出脑膜中动脉。这些小血管通过棘突孔上升进入颅腔，帮助供应脑膜。其在外科实践中的重要性在于，其可能在颅骨骨折中被撕裂，导致形成硬膜外血肿。

颈内动脉

这条动脉始于颈总动脉的分叉处，在其起始部扩张形成颈动脉窦。颈动脉窦从舌咽神经获得丰富的神经支配，并充当压力感受器；通过这一机制，当动脉血压升高时，将反射性引起心率降低和外周血管舒张。深嵌在颈总动脉分叉处的是小的、黄色的颈动脉体，也由舌咽神经供应。这是一种化学感受器，当血二氧化碳分压升高或氧分压降低时，其将反射性地促进呼吸加深、加快。

颈内动脉首先位于颈外动脉外侧，但很快地穿过颈外动脉的内侧和后部，沿着咽侧壁向上。其与颈内静脉、迷走神经和颈交感神经链的关系与颈总动脉的关系相同。动脉最初仅被胸锁乳突肌、舌下神经和共同的面静脉所覆盖；然后穿过二腹肌后腹和腮腺后到达颅底。其不仅通过腮腺，而且通过茎突和由此产生的肌肉，通过舌咽神经和迷走神经的咽支与颈外动脉分离（图 208 和图 210）。

在颅底，颈内动脉进入颞骨岩部的颈动脉管。只有在颅底，颈内静脉才会失去与颈内动脉的紧密横向关系，从动脉后方进入颈静脉孔。此时，两条血管被出现的最后的四条颅神经分开。

颈内动脉在颈部没有分支。

颈内动脉一进入颅骨，就开始了一个异常扭曲的过程。其向前穿过颞骨，向上进入海绵窦，在此向前向上穿过海绵窦窦顶，位于前床突内侧，然后再次通过海绵窦的上方，再向上穿过海绵窦，位于视交叉的外侧，至最后分成大脑前动脉和大脑中动脉。因此，这条动脉的颅内过程中有六个弯曲（通过研究颈动脉造影图很容易发现），这些弯曲被认为可以减轻动脉收缩压对脆弱的脑组织的压力。

眼动脉起源于颈内动脉刚出海绵窦处，通过视神经下方和外侧的视孔进入眼眶，供给眼眶内容物和眉上方的皮肤（通过滑车上支和眶上支）。然而，其最重要的分支是视网膜的中央动脉，这是视网膜的唯一血供。

颈内动脉的两条末端分支分布如下（图 211）。

大脑前动脉围绕胼胝体膝，供应大脑半球的内侧和外侧。

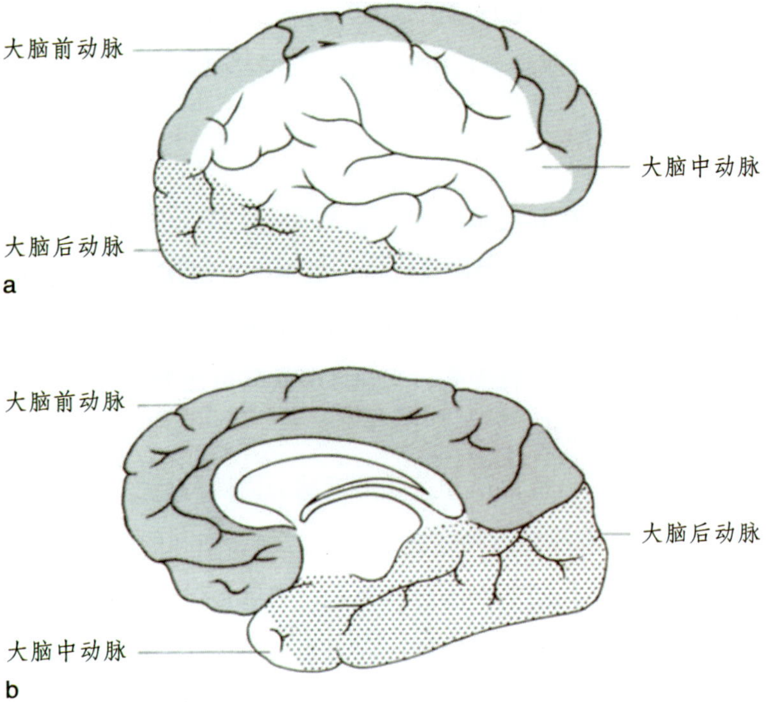

图 211　大脑皮层的动脉供应，右大脑半球。图（a）为外侧面，图（b）为内侧面。

大脑中动脉进入大脑外侧沟，发出中央分支供给内囊（脑溢血动脉），并供给大脑皮层外侧的大部分。

Willis 动脉环（图 212）前部由前交通动脉完成，其连接两条大脑前动脉，后侧各有一条后交通动脉，从颈内动脉向后经过，与大脑后动脉吻合，大脑后动脉是基底动脉的一个分支，后部是由两条椎动脉交界处形成。

临床特征

颈总动脉可以通过胸锁乳突肌起点的横切口直接暴露在胸锁关节上方。颈动脉鞘位于胸锁乳突肌的胸骨和锁骨头之间的连接处的深部，颈动脉鞘是通过向外侧收缩这块肌肉或在头之间切开而显露出来的。打开鞘，然后可以看到该动脉位于颈内静脉内侧。

颈总动脉结扎术可用于治疗颈内动脉上发生的颅内动脉瘤。这种手术是有效

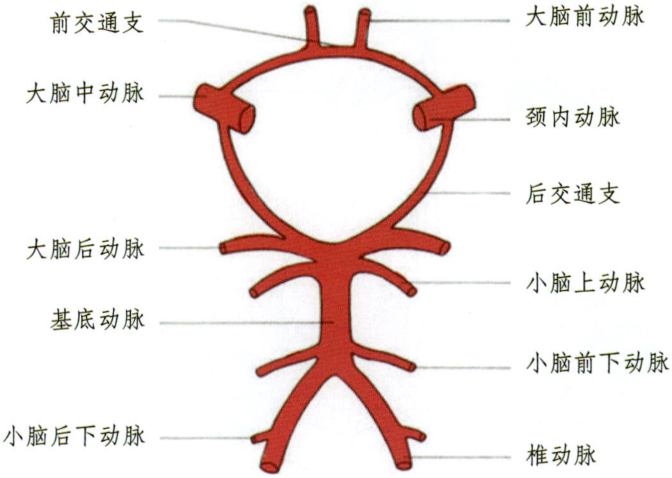

图 212　Willis 环。

的，因为其降低了流经动脉瘤的血液流量，从而导致血栓形成。受累一侧大脑的充足血供是由两侧颈外动脉分支之间的自由流通提供的。在颅内，通过 Willis 环发生交叉循环。

颈内动脉、颈外动脉及颈总动脉的末端，均可从下颌角向下沿着胸锁乳突肌前边界切开显露出来。切开后，胸锁乳突肌回缩，同侧的面静脉被分开，舌下神经及穿过二腹肌后腹下方的颈内动脉和颈外动脉，被小心地保存下来。

手术时，要区分颈外动脉和颈内动脉是非常困难的；前者是位于起始部前内侧的血管，而且是颈动脉中唯一的分支。

锁骨下动脉（图 213）

左锁骨下动脉起源于左颈总动脉发出后的主动脉弓。其沿着左肺纵隔表面和侧胸膜及气管和食管内侧向上，位于胸锁关节后方。

右锁骨下动脉起源于右胸锁关节后，由头臂动脉分叉形成；经过胸锁关节后，左右两条锁骨下动脉走行大致相同。

锁骨下动脉的颈段由前斜角肌分为三部分。

第一部分在胸膜的圆顶上拱起，深埋在胸锁乳突肌和肩带肌下方。其由颈动脉鞘

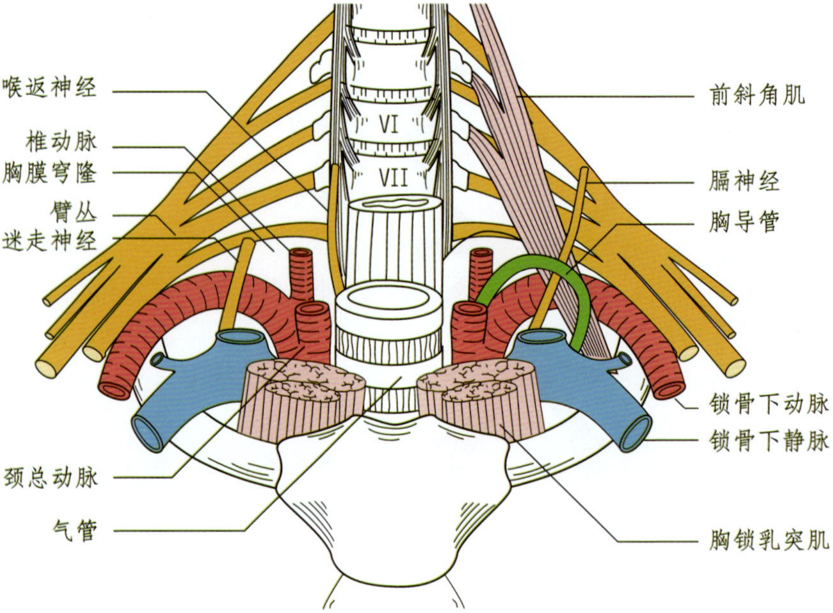

图 213 颈部的根部。为了清楚起见，只显示右侧迷走神经，只显示左侧膈神经，因为两者都在前斜角肌前面。

起始处和与颈动脉鞘呈纵向的膈神经及迷走神经交叉而成。在右侧，迷走神经发出喉返神经，钩绕住主动脉。

在左侧，胸导管通过左锁骨下动脉的第一段注入左侧头臂静脉的起始处。

锁骨下动脉的第二部分位于前斜角肌的后方，前斜角肌将其与锁骨下静脉分离。中斜角肌和臂丛的中、上干都在其后方。

第三部分延伸至第 1 肋的外侧边缘，在此处该段动脉可能被压迫，在纤细的颈部上其脉搏有时很容易被触摸到。紧靠在动脉后方的是臂丛的下干，事实上，其位于第 1 肋上的锁骨下沟。

锁骨下动脉其分支结构是：

- 第 1 部分

1. 椎动脉。
2. 甲状颈干：①甲状腺下动脉；②颈横动脉；③肩胛上动脉。
3. 胸廓内动脉（乳内动脉）。

• 第 2 部分——肋颈干（通过颈深支供应颈部深部结构，并且通过肋间上动脉发出第 1 肋和第 2 肋间后动脉）。

• 从第 3 部分开始，无固定的分支。

椎动脉

这是锁骨下动脉最重要的分支。其穿过胸膜的穹顶，上行穿过 6 个颈椎的横突孔，然后在寰椎的后弓上向后内弯曲通过穿透硬脑膜进入大孔处的颅腔。然后走行在延髓的前外侧，与对侧椎动脉在桥脑前形成基底动脉（图 212）。

以下是椎动脉的重要分支：

1. 脊髓前动脉和脊髓后动脉。

2. 小脑后下动脉。

从基底动脉：

3. 小脑前下动脉。

4. 小脑上动脉。

5. 大脑后动脉（提供枕叶和颞叶内侧的血供；图 211）。

此外，在颈部，椎动脉向颈髓、脊椎及肌肉发出脊髓分支。在横突孔内伴随着椎静脉和交感神经丛，交感神经丛与颈动脉丛一起向颅骨内容物提供交感神经纤维。

临床特征

1. 将右侧锁骨下动脉移植入右侧肺动脉，缩短法洛四联症的肺动脉狭窄（Blalock 手术）（图 33）。因此，值得注意的是，右锁骨下动脉的起源发生了变化，这可能直接产生于主动脉弓作为其第一支或最后一支分支。在后一种情况下，右锁骨下动脉经过气管和食管后到达颈部；这支血管随时可能会压迫食管，造成吞咽困难（食管受压性吞咽困难）。偶尔，左锁骨下动脉与左颈总动脉在主动脉弓上有共同的起源。

2. 锁骨下动脉瘤并不少见，但其从来不发生在锁骨下动脉的胸段，其好发部位是锁骨下动脉的第三部分。锁骨下动脉与臂丛的密切关系是伴随此病变的出现手臂疼痛、无力和麻木的原因。手臂水肿可能是由锁骨下静脉受压所致。

3. 颈肋骨可抬高锁骨下动脉，使其无法被触及；在这种情况下，其可能类似动脉瘤，事实上，在颈肋边缘的远端，可能存在动脉瘤样扩张。与颈肋相关的手臂血管变化，可能是由锁骨下动脉受压迫产生凝血酶形成血栓后脱落引起的外周血管栓塞。

头部和颈部静脉

脑静脉系统

脑静脉引流遵循两条途径：

1. 浅层结构，如大脑和小脑皮质，通过薄壁静脉引流到最近的可用的硬膜静脉窦。

2. 深部结构通过两侧大脑内静脉引流，在室间孔由脉络膜静脉（引流侧脑室脉络丛）和丘脑纹状体静脉（引流基底神经节）汇合形成。

两条脑内静脉汇合形成大脑大静脉（Galen 静脉），从胼胝体压部下方出现，连接下矢状窦形成直窦。

硬脑膜窦（图 214）

硬脑膜窦位于硬脑膜各层之间。硬脑膜窦接受大脑和颅骨（板障静脉）的静脉引流，并最终汇入颈内静脉。硬脑膜窦还通过导静脉穿过颅骨上的许多孔与头皮、面部和颈部的静脉连通。

上矢状窦位于大脑镰的附着边缘，末端通常与右侧横窦相续。与之相连的是许多静脉湖（外侧陷窝），其突入蛛网膜下腔中，将脑脊液过滤回血液中。

下矢状窦位于大脑镰游离缘，进入直窦。

直窦位于小脑幕与大脑镰的附着线上。其由大脑大静脉与下矢状窦的结合形成，通常向后注入左横窦。

横窦起始于枕内隆突，并沿其附着边缘在小脑幕两侧走行。在到达颞骨乳突时，每侧都向下、向前和向内形成乙状窦，然后通过颈静脉孔注入颈内静脉。

海绵窦（图 215）位于蝶骨体的两侧，紧靠在垂体窝的纤维壁上，并位于蝶骨大翼

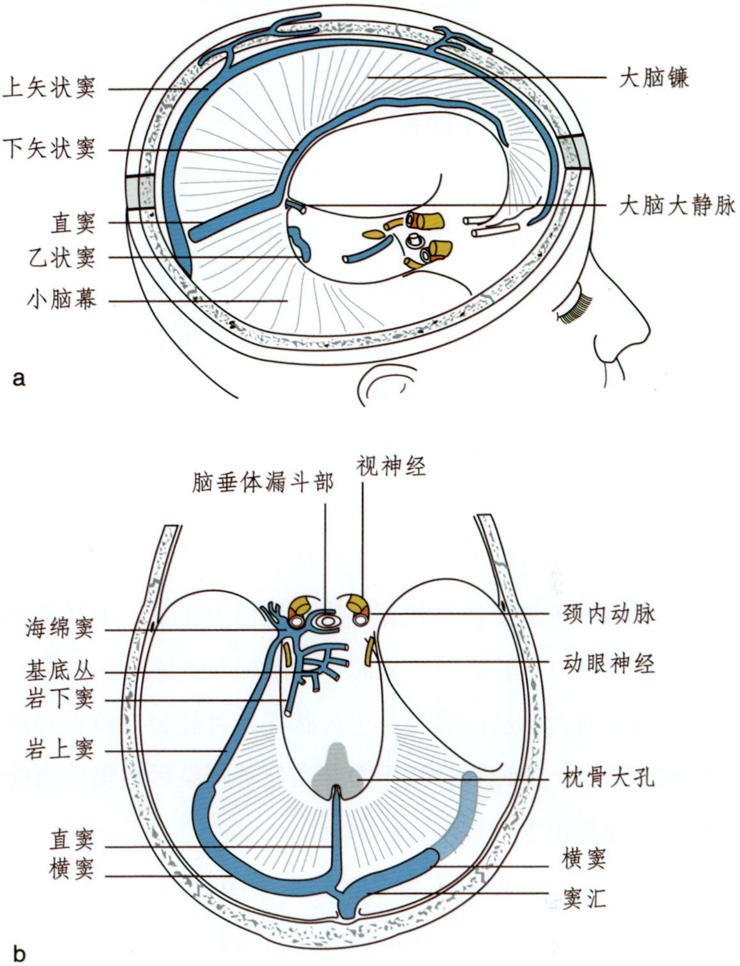

图 214 硬脑膜窦。(a)侧视图。(b)俯视图。

下方。两侧海绵窦凭借海绵间窦相互自由流通。

穿过海绵窦的是颈内动脉、动眼神经、滑车神经、三叉神经和展神经。位于海绵窦上方的是三个重要结构：视神经、大脑颞叶沟和颈内动脉，颈动脉先穿过海绵窦顶，然后再折返走行在其上方。

眼静脉流入海绵窦的前侧，并通过这些静脉与翼状静脉丛和面前静脉相连。海绵窦也接受从大脑（大脑中浅静脉）和硬脑膜（蝶顶窦）的静脉引流。然后，岩上窦和岩下窦分别将海绵窦引流到乙状窦和颈内静脉起始处。

临床特征

1. 海绵窦易发生脓毒症和形成血栓，这是由于唇部和面部的浅表感染通过前面部和眼静脉传播，或经翼状肌周围的翼状静脉丛引起的面部深部感染，或眼底静脉及其分支周围的眼眶或副鼻窦化脓性感染。一幅典型的图像显示眼眶静脉引流阻塞，导致结膜、眼睑水肿和眼球突出，显示来自颈内动脉的传导性搏动。压迫所含脑神经可导致眼肌麻痹。眼底检查显示乳头水肿、静脉充血及视网膜出血，所有这些都是由于严重阻塞的静脉引流引起的。

2. 颅骨骨折或颅底穿透性损伤，可导致海绵窦内的颈内动脉破裂，可能导致颈动脉海绵窦动静脉瘘而出现搏动性眼球突出、在眼球上方听到响亮的搏击声、眼肌麻痹、眼眶及结膜水肿，这些都是由海绵窦内静脉压升高至动脉压水平所致。

3. 临床医师常将乙状窦和横窦统称为侧窦。中耳乳突和鼻窦的密切关系使其易发生继发性中耳乳突炎，从而导致侧窦发生感染性血栓。

感染或血栓从侧窦蔓延至矢状窦，可能会导致脑脊液向矢状窦引流受阻，从而导致脑积水。这种脑脊液压力升高与耳感染后的窦性血栓形成相关的综合征被称为中耳炎性脑积水。

矢状窦血栓的形成也有可能由于颅骨、鼻、面部或头皮感染引流至导静脉所致；如果没有导静脉，面部和头皮的感染就不会导致如此凶险。

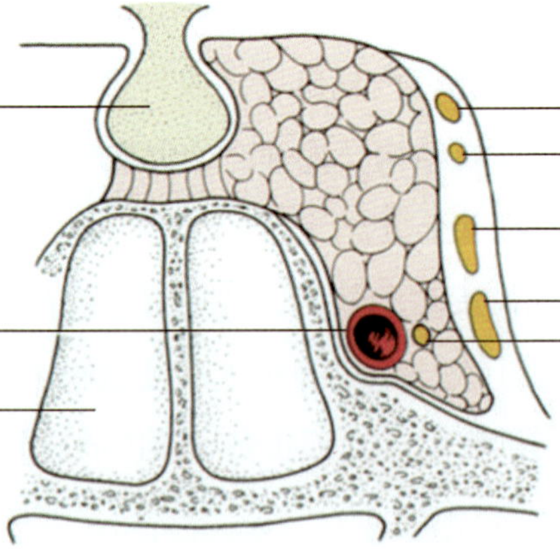

图 215　海绵窦，冠状面示意图。

颈内静脉

颈内静脉从颈静脉孔（作为乙状窦的延续）起源一直延伸到锁骨的胸骨末端，与锁骨下静脉相连形，成头臂静脉。

颈内静脉位于颈动脉鞘内的颈总动脉和颈内动脉的外侧，因此，其关系实际上与颈动脉鞘内的颈动脉的关系相同（见图 210）。颈深淋巴结链紧贴静脉，如果被恶性或炎症性疾病累及，可能会密集地附着在静脉上。因此，颈静脉撕裂在结核性颈淋巴结切除术中并不少见。

颈内静脉分支如下：

1. 咽静脉丛。
2. 面总静脉。
3. 舌静脉。
4. 甲状腺上、中静脉。

浅静脉

头颈部浅静脉的排列是可变的，但通常的结构如下（图 216）。

颞浅静脉和上颌静脉汇合形成下颌后静脉。这条分支穿过腮腺，其后段与耳后静脉一起形成颈外静脉，而前段与面静脉汇合形成共同的面静脉主干，面静脉主干与颈内静脉相通。

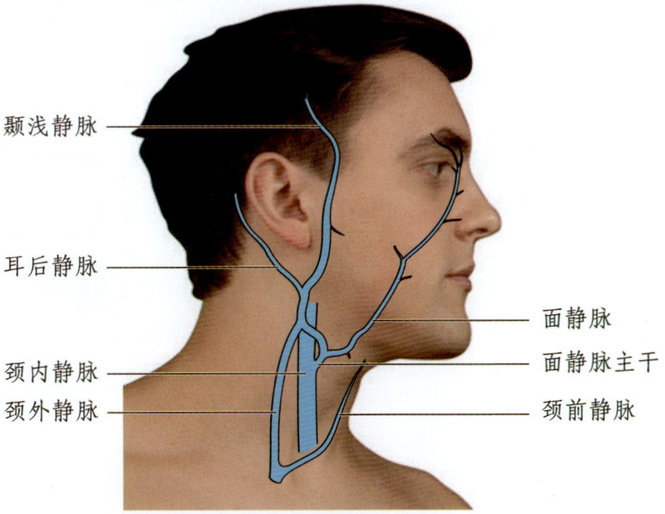

图 216　颈部静脉的通常排列。

颈外静脉在浅筋膜处穿过胸锁乳突，然后穿过后三角的顶部，再通过锁骨上方的深 2.5cm 的深筋膜处，进入锁骨下静脉。当做瓦式呼吸时，可以在镜子中观察到。有时双侧可同时观察到。

颈前静脉沿颈中线两侧向下，穿过甲状腺峡部。在胸骨上方，与其同伴接触，然后向外深入胸锁乳突肌，进入颈外静脉。

锁骨下静脉

这是腋静脉的延续，从第 1 肋外缘开始延伸到斜角前内侧边界，在此处连接颈内静脉形成头臂静脉。在较短的距离中，其横越第 1 肋的上表面，并有轻微的凹槽。其向上成拱形，然后向内、向下穿过，并略微向前到达其在锁骨关节后方的终点。在左侧，其接收胸导管的末端。其唯一的分支是颈外静脉。静脉的前部与锁骨及锁骨下肌相关（图 217）。

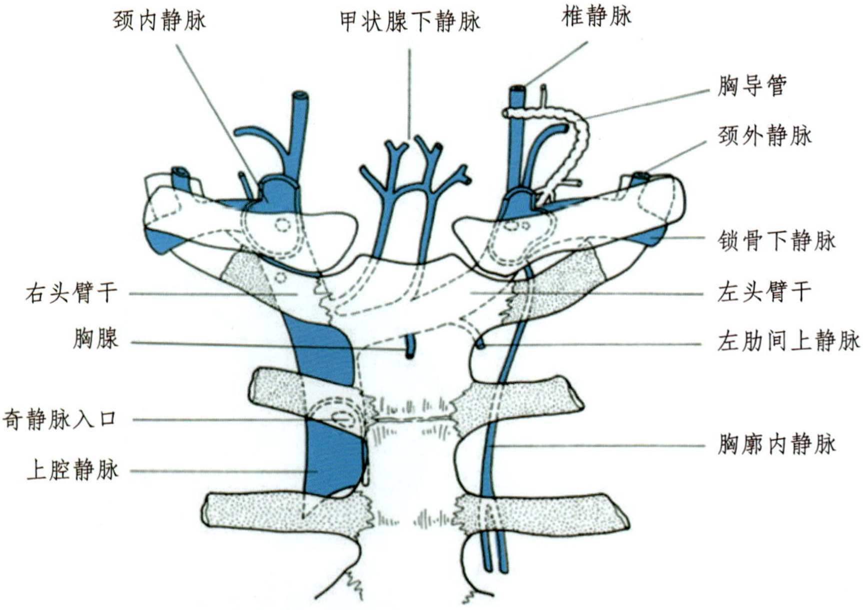

图 217　颈部大静脉及其分支。

临床特征

中心静脉置管技术对于测量中心静脉压力，实际操作中测量右心房内压力，以及允许快速血液置换和长期静脉外营养，都具有重要的临床意义。颈内静脉可直接通过锁骨上方胸锁乳突肌的胸骨与锁骨头之间的三角间隙进行穿刺。针头与皮肤表面呈 30° ~ 40° 角插入这个三角形的顶点附近，向锁骨后第 1 肋前缘的内边缘推进。血液回流证实了静脉穿刺成功。

锁骨下静脉穿刺最有效的方法是锁骨下入路（图 218）。针插入锁骨中内 1/3 处的下方。针在锁骨后沿着胸锁关节方向向内上前进，在锁骨下静脉与颈内静脉交界处穿入锁骨下静脉。当通过注射器抽吸获得自由流动的血液时，用一根不透明的塑料导管穿过针头进入头臂静脉。

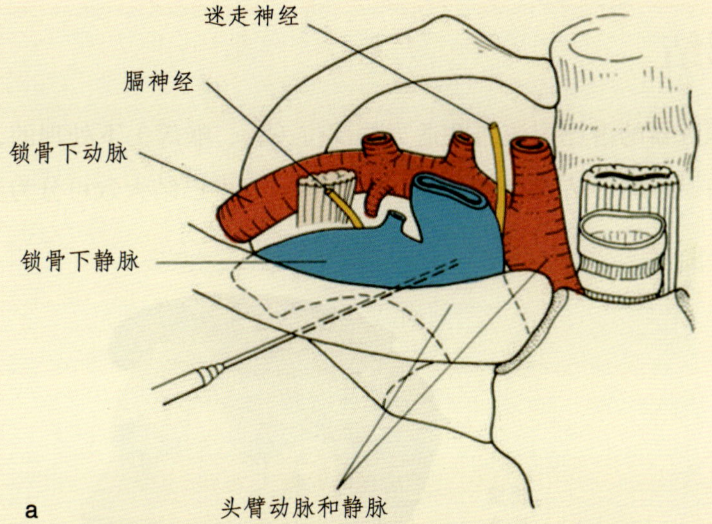

图 218 锁骨下静脉锁骨下入路解剖。(a) 前视图。(b) 矢状面。(待续)

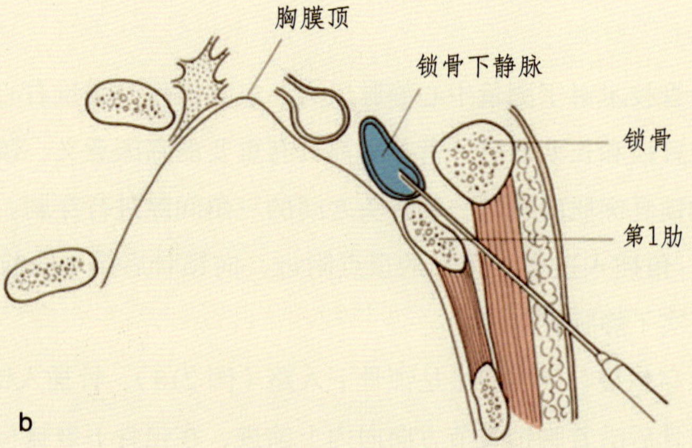

图 218 （续）。

颈部淋巴结

虽然特殊脏器的淋巴引流是在适当的部位（舌、喉等）下处理的，但在这里可以方便地总结头、颈淋巴结的整体布局（图 219）。颈淋巴结大致可分为浅表淋巴结和深

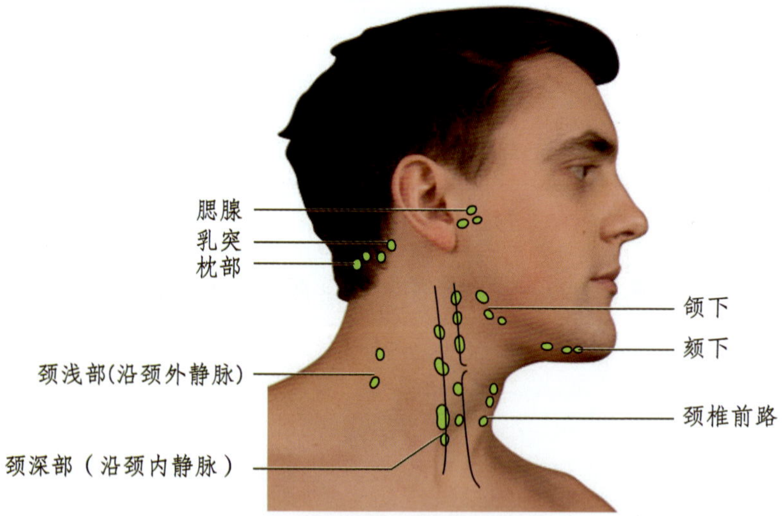

图 219 头颈部淋巴结示意图。

淋巴结两类，这取决于淋巴结是位于颈深筋膜的浅部还是深部。颈淋巴结可进一步分为水平和垂直分布的集合。

水平淋巴结围绕着头部与颈部的交界处，并按其位置命名为：颏下淋巴结、下颌下淋巴结、腮腺浅表（或耳前）淋巴结、乳突和枕下淋巴结。这些淋巴结引流头部的浅表组织和流出物，然后传递到颈深淋巴结（尽管有些淋巴管直接通过颈淋巴结，绕过水平淋巴结）。垂直淋巴结引流头部和颈部的深层结构。最重要的是颈深淋巴结，其沿着颈内静脉从颅底延伸至颈部根部（见图 198），然后通过颈静脉干到达胸导管或右淋巴管。

颈浅淋巴结沿着颈外静脉，服务于腮腺及耳下部，引流至颈深淋巴结。

沿着颈部前方是另一组垂直排列的淋巴结，舌骨下（甲状腺舌骨膜）、喉前庭、气管前和气管旁淋巴结。这些引流甲状腺、喉、气管和部分咽部，引流到颈深组。

咽后淋巴结垂直位于咽后，引流鼻、咽和咽鼓管的后部，其流出物进入上颈深部的淋巴结。

因此，头颈部的所有结构都直接或间接地通过颈深淋巴结引流。

临床特征

1. 恒定的淋巴结位于颈内静脉和面静脉的交界处，即二腹肌或扁桃体淋巴结。在扁桃体发炎时，该淋巴结会肿大，因此，这是颈部最常见的肿胀。

2. 对于恶性疾病，颈部的根治性颈清扫术或颈部清扫术是去除颈部的前三角和后三角的淋巴结及其相关的淋巴通道，以及必须切除的那些结构才能使这种淋巴切除成为可能。有时与整体切除原发肿瘤相结合。

通常切口呈 Y 形，其中心位于甲状腺软骨上缘水平，向下移至锁骨中点，向前延伸至下颌联合，后至乳突。切除的组织块从上方的下颌骨延伸至下方的锁骨，从中线前缘延伸至斜方肌后方的前缘。其由这些边界所包围的颈阔肌和气管前筋膜之间的所有结构组成，仅保留颈动脉、迷走神经、颈交感神经链和舌下神经。在解剖中去除胸锁乳突肌、肩胛舌骨肌和二腹肌。切除的组织还包括颈外静脉和颈内静脉周围与其密切相关的淋巴结，以及颌下腺和腮腺的下极，因为两者都含有潜在的累及淋巴结。

经过后三角的副神经通常是被切除的。

3. 颈部结核性疾病通常累及颈深链的上部（如扁桃体感染）。这些感染的淋巴结可能会非常牢固地附着在颈内静脉，在切除过程中可能会受损。

颈交感神经干

颈交感神经链通过穿过第 1 肋的颈部从胸部向上延伸，然后上升至颈动脉鞘的后壁至颅底（图 220）。其包含三个神经节：

1. 颈上神经节（最大）位于 C2 和 C3 椎体对侧，向 C1~C4 脊神经发出灰质支。

2. 中神经节与 C6 椎体平齐，向 C5 和 C6 神经发出灰质支。

3. 下神经节与 C7 平齐，夹在椎动脉后方。常与第 1 胸神经节融合，在第 1 肋颈部形成星状神经节。灰质支从星状神经节传递到 C7 和 C8 神经。

注意，这些神经节不接受来自颈神经的白色分支；其节前纤维来源于上胸椎的白色分支，然后在交感神经链中上升。

除了通过颈神经传递的躯体分支外，颈链还从其每个神经节发出心脏分支，并沿颈动脉、锁骨下血管和椎管发出血管丛。扩张瞳孔肌的交感神经纤维沿着颈内动脉在这个丛中运动。灰质支经上神经节至脑神经Ⅶ、Ⅸ、Ⅹ和Ⅻ。

临床特征

1. “颈交感神经切除术”是个误称，其是一种通过颈部切口进行的上胸交感神经切除术。交感神经链在第 3 胸神经节下方被分开，灰白支至第 2 节和第 3 节也被切断。通过这种方式将头部和上肢（T2、T3 和 T4 段）的运动和血管收缩通路分开，保留了与眼睑和瞳孔的交感神经连接的 T1 连接和星状神经节。上胸链也可以通过第 2 肋间隙经胸膜入路切除，也可以通过纤维内镜切除。肺被允许塌陷，这条链被认为附着在上肋骨的头部。切除 T2~T4 节段导致手部发热、干燥。

2. 霍纳氏综合征是由眼睑和瞳孔的交感神经纤维被切断所致。瞳孔收缩（瞳孔缩小，是由动眼神经无副交感神经支配所致），出现上睑下垂（提上睑肌部分麻痹），患侧面部干燥并发红（运动性和血管收缩性去神经支配）。据说可发生眼球内陷，但这还没有被眼球突出测量法证实。该综合征可与 T1 节段脊髓病变（肿瘤或脊髓空洞）、星状神经节或颈交感神经链闭合性损伤、穿透性损伤或手术损伤有关，或由颈淋巴结肿大、上纵隔肿瘤、颈动脉瘤或颈部恶性肿块所产生的链状神经节或星状神经节受压所致。

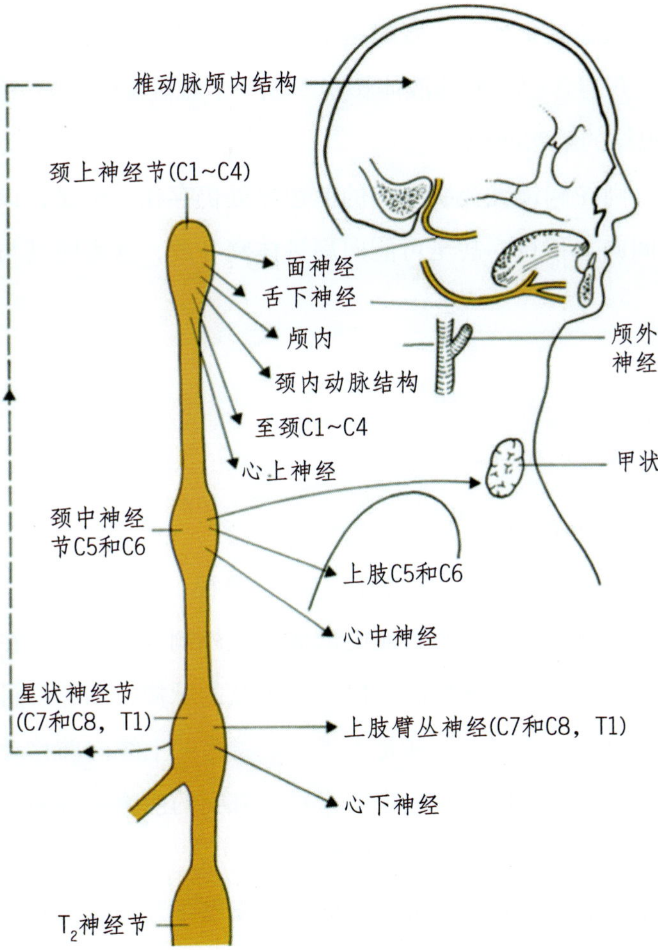

图 220　颈交感神经链。

鳃系统及其衍生物

6 个内脏弓形成于胎头的侧面，由外胚层鳃裂和内胚层咽囊分开（见图 194）。在人类胚胎中，第 5 和第 6 弓形不出现在外部，仅由正常的胚层核心来表示。

每个弓都有自己的神经支配、软骨、肌肉和动脉，尽管这些衍生物在发育过程中发生了大量的吸收和迁移。第 5 弓完全消失。

许多分支衍生物的胚胎学意义已经在适当的标题（面部、舌、甲状腺、甲状旁腺和主动脉弓的发育）下讨论过，但表 4 可以方便地将这些不同的事实结合起来。

鳃裂囊肿和瘘管

第二鳃弓向下生长，覆盖其余的弓，暂时留下一个布满鳞状上皮的空间。这通常会消失，但可能会持续，并与含胆固醇的液体膨胀形成一个鳃裂囊肿。另一种理论是，这些囊肿产生于颈部淋巴结的鳞状间隙。

如果远端融合失败，则在胸锁乳突肌原点的前边界处仍存在一个窦；该鳃瘘可在颈内动脉和颈外动脉之间向上移行，甚至可能向扁桃体窝开放，这表明其与第二鳃弓有关。

头部表面解剖和表面标记

头骨的许多重要标记都很容易被触及（图 222 和图 223）。在你自己的头骨上复习一下以下位置：枕外隆突（其顶端被称为枕外隆突尖）；鼻根，这是两个眶上边缘之间的凹陷；眉间，这是鼻根上面的脊。摸颧骨额突形成的眶外侧缘的锐边，在颧骨后方是颧弓，颞浅动脉横穿其后支，形成麻醉师可以方便触及的脉搏，不容易触及的是颧骨和额骨的颧突之间的接合点，即颈点；其是手指沿着颧弓的上缘向前移动时碰到的一大块骨头。对脑膜中动脉的表面标记有一定的帮助。乳突的前缘很容易被触及，但是其后侧面和顶端被胸锁乳突肌的插入部分所遮挡。

除了冠状突外，下颌的整个表面都是可触及的。当嘴巴张开和关闭时，髁突运动可以通过一根手指在外耳道的前面或内部感觉到。

表 4 鳃系统的衍生物（注意第 5 弓消失了）

弓	神经	内脏	外裂	内袋	底部	软骨	肌肉	动脉
Ⅰ	Ⅴ	下表面	外耳道	咽鼓管、中耳和乳突窦	前 2/3 舌	Meckel 砧骨和锤骨；蝶下颌韧带	咀嚼肌、前腹部二腹肌、腭张肌、鼓室张肌	消失
Ⅱ	Ⅶ	向下生长以覆盖剩余的裂口，形成颈部皮肤		腭扁桃体	有助于前舌；甲状腺在Ⅰ和Ⅱ之间生长	镫骨，茎突，茎舌骨韧带，舌骨体上部和舌骨小角	面部表情肌、后腹部二腹肌、茎突舌骨肌、镫骨肌	消失
Ⅲ	Ⅸ			胸腺，下甲状旁腺	后 1/3 舌	舌骨大角和舌骨体下部	茎突咽肌	普通和内部颈动脉
Ⅳ	Ⅹ（喉上）			上甲状旁腺		甲状软骨	咽、喉和腭肌	右，锁骨下；左，主动脉弓
Ⅵ	Ⅹ（喉下）				肺芽的生长	环状软骨		肺动脉和动脉导管

当牙齿咬合时，可以感觉到咬肌和颞肌分别在下颌骨支上方和颧弓上方收缩。腮腺导管可以在紧绷的咬肌上滚动，而且在口腔内的第二上磨牙水平可以看到咬肌孔。

面动脉的搏动可以感觉到，当其穿过下颌骨体的下缘时，紧跟在咬肌前面，再次与嘴角相对。在后一种情况下，如果将手指放入口腔中并将拇指放在皮肤表面上轻轻握紧脸颊，则会从嘴角感觉到脉搏略大于 1.25cm。

在第一和第二前磨牙之间垂直绘制的一条线穿过颏孔、眶下孔和眶上切迹。通过这三个位于垂直线上的开口，分别通过来自三叉神经的分支，分别是下牙槽神经的颏支、眶下神经和眶上神经。

脑膜中动脉可以由一条线表示，从颧弓的一个点向上并略微向前延伸，两个手指的宽度在 Jugal 点后方。该动脉的后支在颧弓上方向后延伸一个拇指宽度，大致平行于颧弓。

大脑中央沟对应于从中点后的 1.25cm 处向下和向前拉的一条线。

头皮

头皮的软组织排列成五层（图 221），分别是：

S，皮肤。

C，结缔组织。

A，筋膜。

L，疏松结缔组织。

P，骨膜。

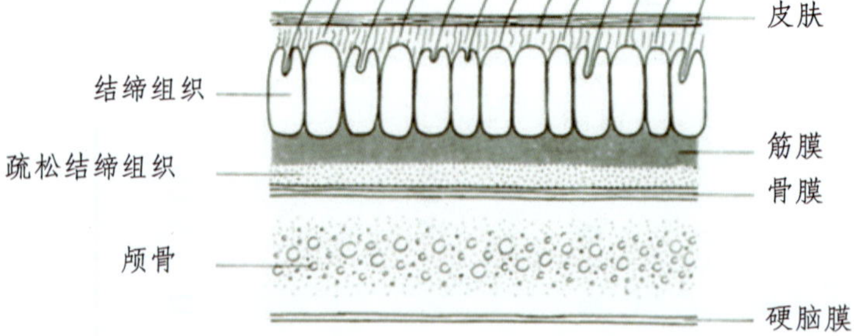

图 221　头皮的分层。

其中每一层都具有实际意义的特征。

头皮的皮肤富含皮脂腺，是皮脂腺囊肿最常见的部位。

皮下结缔组织由包裹在坚韧纤维间隔内的脂肪小叶组成，非常像手掌和足底的结缔组织。脂肪的这种密集包裹使得脂肪瘤在这三个部位极为罕见也就不足为奇了，而且即使在严重肥胖的人身上，多余的脂肪也不会聚集在任何一个部位。

头皮的血管位于这一层。当头部被撕裂时，分离的血管在纤维间隔之间收缩，不能以通常的方式被动脉钳单独拾取。止血的方法是用手指牢牢地按压伤口两侧的颅骨（从而压缩血管），将一系列动脉钳放在分开的筋膜层上，使其重量再次压迫这些血管，最后，将裂口牢固地缝合成两层（筋膜层和皮肤层）。

头皮撕裂或手术导致的出血是大量的；事实上，这个区域有身体最丰富的皮肤血供。因此，广泛的头皮撕脱通常是可行的，即使是狭窄的椎弓根仍然附着在周围的组织上。

头皮的静脉通过许多穿透颅骨的静脉与颅内静脉窦相连，并且还将这两个静脉系统与颅骨穹隆的顶部之间的双静脉连接起来。头皮的浅表感染可以通过这个系统传播，产生颅骨骨炎、脑膜炎和静脉窦血栓形成。

筋膜层是指枕额肌，其在颅顶上是纤维状的，但在枕部和额部区域是肌肉性的。这块肌肉来自枕骨的上颈线，筋膜插入颧弓，并向前插入眉毛和鼻部的皮下组织中。

筋膜下方松散的结缔组织层解释了头皮在底层骨骼上的流动性；正是在这个平面上，外科医生调动头皮皮瓣，抓住头发的机器撕裂头皮，过去的红色印第安人剥掉了受害者的头皮。

在这个松散的组织中聚集的血液或脓液在头皮下自由移动，但由于枕骨的附着，不能进入枕骨或颞下区域。然而，液体可以向前追踪进入眼眶，这就是眼眶血肿的原因，这种血肿可能在严重的头部损伤或颅脑手术后几小时内形成。

筋膜层由于其肌肉成分而处于紧张状态，当被分割时会在下方的松散层上缩回；因此，一个张开的头皮伤口必须至少通过筋膜延伸。

骨膜附着在颅骨的缝合线上；因此，在这一层下方的脓液或血液的聚集，勾勒出受影响的骨的轮廓。这在涉及颅骨的产伤（头颅血肿）中尤其明显。

头骨（图 222 至图 224）

颅骨的重要局部解剖学在适当的标题下处理（耳、鼻、副鼻窦等）。在本节中一起收集的是一些临床相关的一般事实，随后是对颅腔底部的一般描述。

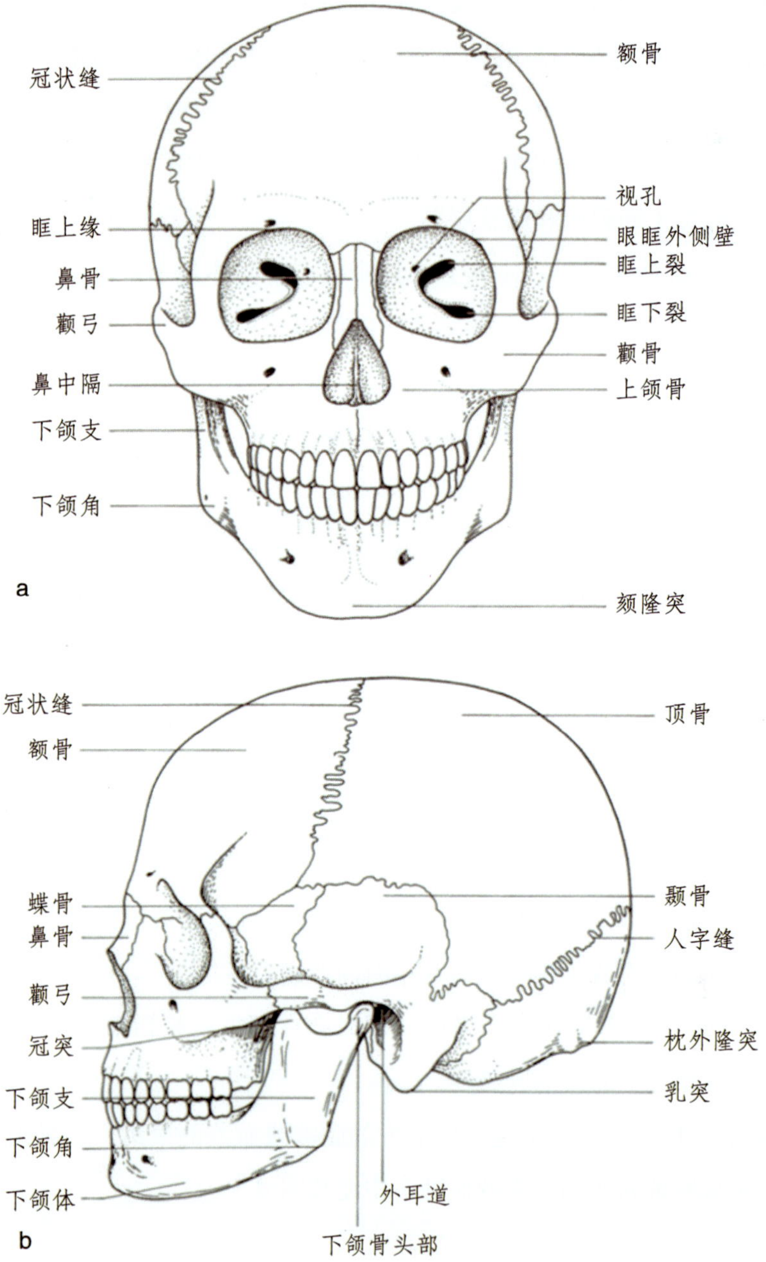

图 222　头骨。（a）前向。（b）侧向。

颅骨的骨穹隆在一致性上是相对有弹性的（特别是在婴儿期和青春期）；因此，撞击可能会在没有骨折的情况下伤害底层的大脑。在颅骨被厚厚的肌肉（枕骨的下部和颞骨的鳞状部分）保护的地方，颅骨相应地很薄；如果在光源下方，这些部位是半透明的。

头骨的可触摸标记在头部的表面解剖学部分列举。放射学上，穹隆骨之间的缝很重要，因为缝、脑膜和双极血管的血管标记可能会与骨折线混淆；然而，与通常的骨折线不同，缝是极其曲折的。冠状缝将额骨与顶骨分开，矢状缝在中线分隔顶骨，人字缝将枕骨与顶骨和颞骨分开，鳞状缝将鳞状颞骨与顶骨和蝶骨大翼分开。

在大约 8% 的病例中，额缝持续存在于两块额骨之间的中线；在其余的情况下，这种缝在大约 5 年后融合。

偶尔，被称为蚯蚓骨的顶骨和枕骨之间会出现小的不同的骨化区域，这可能再次导致放射学上的混乱。

婴儿的后囟是人字缝和矢状缝的交界处。

婴儿的前囟是矢状缝和冠状缝的交界处。

位于颅骨穹隆内外表面之间的 diploë 是成人骨骼中持续存在红骨髓的部位之一。其与骨盆、椎骨、肋骨、胸骨、肱骨上端和股骨上端有着共同的区别，然而这是另人怀疑的，因为对这些部位来说，几乎局限于骨癌和多发性骨髓瘤的继发性沉积。

颅腔底部（图 223b）

颅腔底部是颅底的上表面。在一具干燥的骨骼中，通过移除颅骨穹隆就能揭示出这一部分。颅骨穹隆由以下骨骼组成：左右额骨、左右顶骨、左右颞骨的鳞状部分和枕骨的鳞状部分。

颅腔底部呈阶梯状排列，分为前颅窝、中颅窝和后颅窝三个区域。前颅窝是三个区域中最浅和最小的，而后颅窝是三个区域中最深和最大的。

前颅窝底部的中央部分是一块薄的、略有凹陷和穿孔的骨板，即筛状板。这形成了鼻腔顶部的最高部分，并在中线的任何一侧被相应的嗅神经和筛前动脉穿过。在筛状板的两侧，前颅窝的底部隆起并起伏，构成该侧眼眶的顶部。

前颅窝除了左右嗅觉通路外，还包括大脑半球的额叶和大脑前动脉，后者位于额

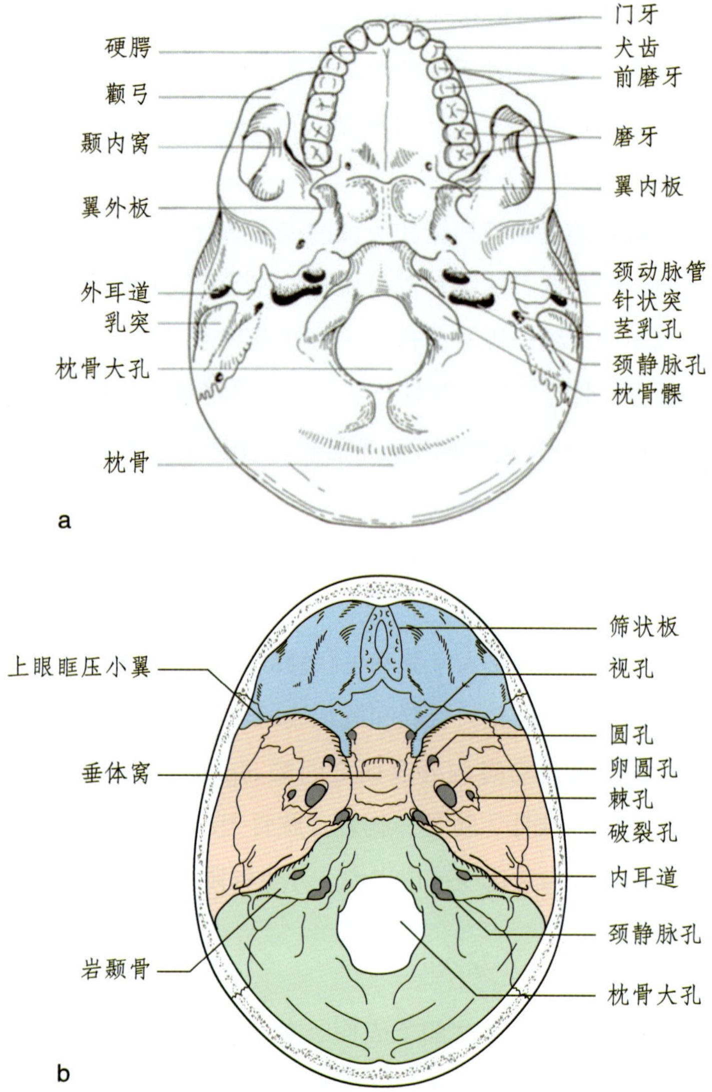

图 223 头骨。(a) 劣势方面。(b) 颅腔底部：前、中、后颅窝用彩色编码。

叶下方。

中颅窝底部中央呈平台状隆起。这是蝶骨的体部，其上表面略微凹陷，构成垂体窝。位于上方并投射到垂体窝的是垂体柄从下丘脑悬吊出来的垂体腺。在中心立面的两侧，骨板均是凹陷的，可以容纳大脑半球相应的颞叶。两侧垂体窝的后外侧是相应的三叉神经，而两侧垂体窝的外侧是海绵窦。

在前方中线的两侧，中颅窝通过两个开口与同侧眼眶相通：较大和较宽的开口为

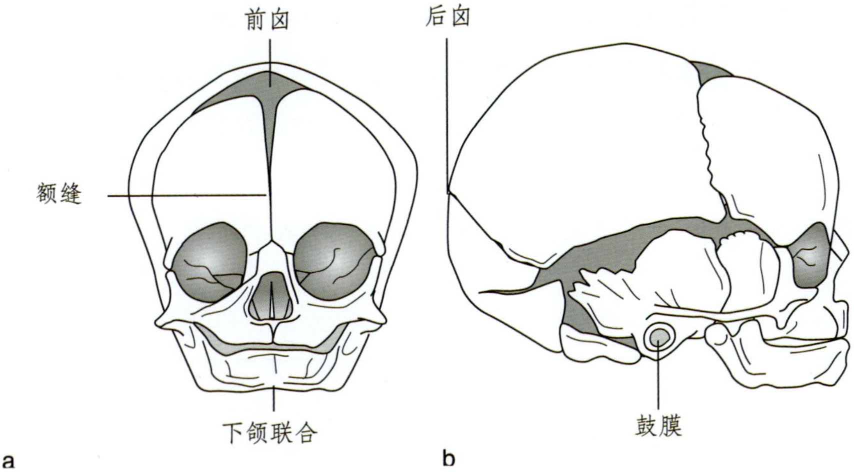

图 224 胎儿颅骨。(a)前向。(b)侧向。

眶上裂，较小的开口为视孔（见图 222a）。后者传递视神经（包裹在三层脑膜中）和眼动脉，而眶上裂传递动眼神经、滑车神经、展神经、眼神经和眼静脉。在中颅窝底部两侧显示三个明显的孔。从前至后依次为圆孔、卵圆孔和棘孔，分别传递上颌神经、下颌神经和脑膜中动脉。

后颅窝是三个颅窝中最深和最大的。其容纳了整个小脑。小脑的前方是脑干，从上至下包括中脑、脑桥和延髓。延髓通过颅底上的枕骨大孔离开后颅窝，成为脊髓。构成后颅窝前壁的骨位于脑干的前方，称为斜坡。小脑的顶端是一层大而厚的双层硬脑膜，称为小脑幕。小脑幕上方（位于后颅窝外侧）是大脑半球的枕叶。

远离后颅窝的两侧有三个重要的开口，即内耳（听觉）道、颈静脉孔和舌下神经管。第一个传递面神经和前庭蜗神经。颈静脉孔传递舌咽神经、迷走神经和副神经，同时传递乙状窦和岩下静脉窦。舌下神经管传递舌下神经。

发展

颅骨穹隆在膜上发育，颅底在软骨中发育。

出生时（见图 224），菱形的前囟和三角形的后囟是广泛开放的。后囟约 3 个月后闭合，前囟约 18 个月后闭合。在此之前，可以通过直接在中线前囟下方穿刺矢状窦来获得血液，并通过将针斜刺入侧脑室来抽吸脑脊液。

出生时脸部与颅骨的比例比成人要小得多；这是由于牙齿未萌出和发育不全，鼻窦未发育；鼻窦在大约 8 岁时明显，但只有在青少年晚期才发育完全。

乳突及其气房在第二年末发育；在此之前，面神经在其颅骨起点附近相对较浅，并且可能会受到轻微的损伤。

随着年龄的增长，由于牙齿的丢失和随后牙槽边缘的吸收，面部的相对垂直测量值再次减小。

临床特征

颅骨骨折

想象一下，头骨是一个相当有弹性的球体，完全由半流体材料填充；对这样的结构进行猛烈的打击会产生分裂效应，从打击的位置开始，并倾向于沿着阻力最小的方向移动。颅骨的底部比顶部更脆弱，因此，通常会受到此类骨折的影响。然而，颞骨的岩部形成坚固且很少涉及的颅底支撑，骨折线穿过阻力较小的区域，特别是中颅窝、垂体窝和各种基底孔。

成年人的局部严重损伤可能会导致压迫性骨折；婴儿的颅骨更具弹性，这些类似的损伤会导致“池塘”凹陷骨折，就像挤压乒乓球时产生的凹陷一样。

颅骨骨折的定位体征

前颅窝骨折可能累及额窦、筛窦和蝶窦，并伴有鼻或口出血。在这种情况下，从鼻腔漏出的脑脊液意味着脑膜撕裂的可能；因此，蛛网膜下腔通过鼻腔与外部沟通，从而有脑膜炎的风险。

涉及眼眶顶部的骨折通常与结膜下的血液追踪向前（结膜下出血）有关；这必须与直接损伤引起的结膜小的火焰状出血相鉴别。

“黑眼圈”并不一定意味着前颅窝骨折，也可能由软组织的直接挫伤或血液深达头皮的筋膜层而产生。

前部基底骨折可能涉及筛状板（由嗅球纤维破裂导致嗅觉减退、嗅觉丧失）或视孔（伴有原发性视神经萎缩和失明）。

中颅窝骨折可能导致口内出血（蝶骨受累）、耳部出血或脑脊液渗漏，以及面神经和听神经损伤。当然，耳部直接损伤会导致耳部出血，如鼓膜破裂，但不一定意味着颅骨骨折。由于外展神经较长，可能因损伤导致复视和外直肌麻痹。

后颅窝骨折偶尔伴有颅神经受累。这些骨折的临床表现是乳突区的瘀伤向下延伸至胸锁乳突部。

鼻旁窦

鼻旁窦是由纤毛上皮衬里的含气囊，并通过狭窄的、容易堵塞的开口与鼻腔相通（图 225）。上颌窦和蝶窦在出生时处于初级状态，其余的在大约 8 岁时变得明显，只有在青春期才会发育完全。

额窦

额窦包含在额骨中。其大小差异很大，偶尔会有一个或两个都不存在。在剖面上，每个都大致呈三角形，其前壁形成前额突起，其后壁与大脑额叶相邻，其底部与筛窦细胞、鼻窝顶部和眼眶相邻。

额窦由正中骨隔分隔开，每个窦又被一些不完整的骨隔进一步分开。每个窦通过

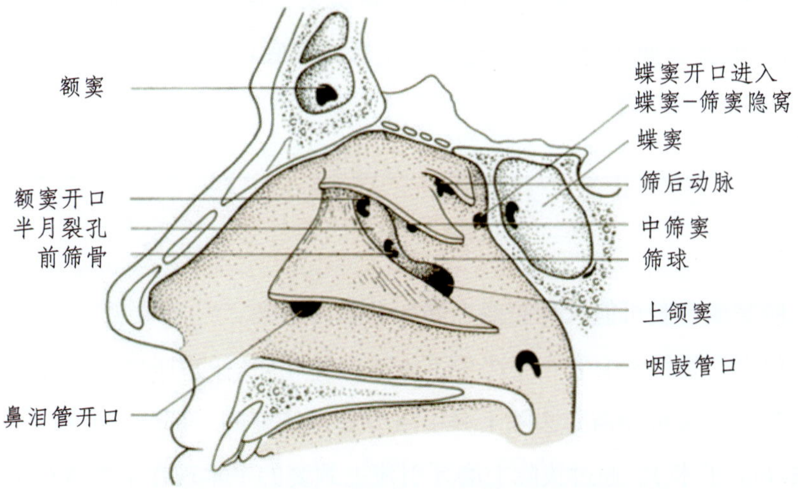

图 225　右侧鼻腔的侧壁；鼻甲已被部分切除，以显示进入鼻腔的结构。

漏斗进入半月裂孔，流入中鼻道的前部。

临床特征

1. 额窦与大脑额叶的密切关系解释了鼻窦的感染如何可能导致额叶脓肿的发展。

2. 涉及窦的骨折，严重到足以撕裂硬脑膜和蛛网膜下腔，将使蛛网膜下腔与鼻腔相通，然后可以检测到流过患侧鼻孔的脑脊液，由于这些窦可能相通，有时会发生对侧渗漏。

3. 神经外科医生在建议关闭额骨瓣时，必须考虑额窦大小和范围的巨大变化；显然，由于感染的风险，医生希望避免打开额窦。因此，医生在手术前参考患者颅骨的 X 线片，这将清楚地显示鼻窦的形态。

上颌窦（Highmore 窦）（图 226）

这是一个占据上颌骨腔的“金字塔”形窦。其内壁形成鼻腔外侧面的一部分，并在其上承载下鼻甲。在下鼻甲上方是上颌窦进入半月裂孔中的中鼻甲的开口（见图 225）。不幸的是，这个开口的放置效率不高。

眶下神经位于一个向下凸入窦顶的凹槽中，而其底部承载着上前磨牙和磨牙根的印记。这些牙根只被一层薄薄的骨头隔开，事实上，这层骨头可能是有缺陷的，因此，这样裸露的牙根就会伸入鼻窦。因此，请注意，窦底对应于肺泡的水平，而不是鼻腔的底部，其实际上比后者低 1.25cm。

临床特征

1. 上颌窦或窦腔可能从鼻腔或上磨牙的龋齿感染。

可以使用套管针和套管在下鼻甲下方沿向外和向后的方向穿过鼻腔进行穿刺。

更充分的引流可能需要去除下鼻甲下方窦内侧壁的一部分，或在牙龈襞中开窗（Caldwell-Luc 手术）。通过拔除上磨牙引流上颌窦的手术现在很少进行了。

2. 上颌窦癌可能产生的许多症状和体征在解剖学上很容易记住。

a. 鼻腔内侧受到侵袭，会造成鼻孔阻塞和鼻出血。鼻泪管阻塞可能会引起溢泪。

b. 侵入眼眶会使眼球移位并导致复视。如果眶下神经受到影响，则会出现面部疼痛，并且上颌骨处的皮肤会有麻木感。

c. 侵袭窦底可能会在腭顶产生可见的隆起甚至溃疡。

d. 横向扩散可能会导致面部肿胀或牙龈皱襞内可触及肿块。

e. 后方扩散可能涉及腭神经，并产生上颌牙齿的剧烈疼痛。

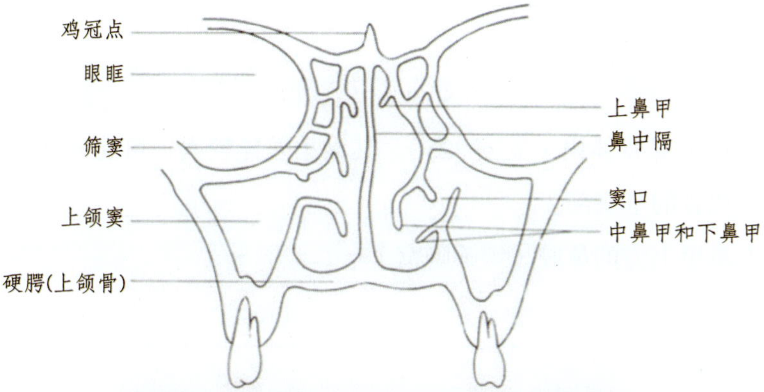

a

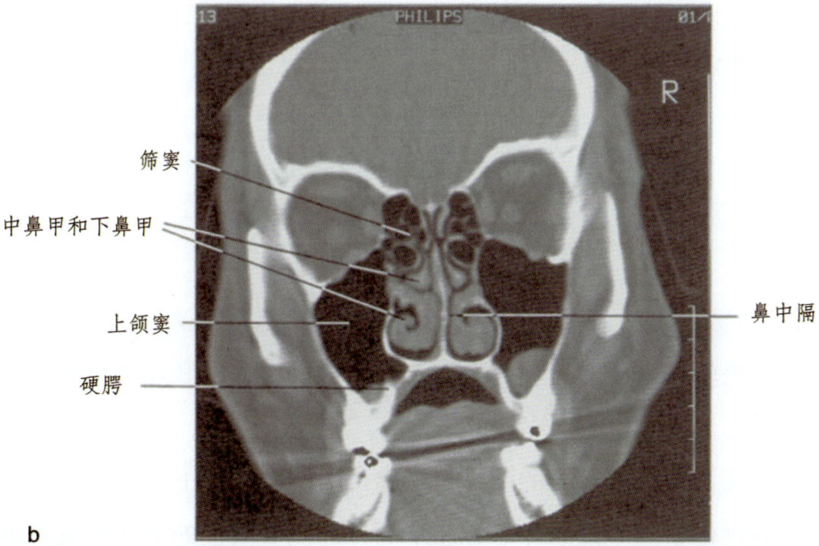

b

图 226 （a）冠状面上的上颌窦。（注意这个窦腔的低效引流及其与牙齿的紧密关系。）（b）相应的 CT 影像。

筛窦

筛窦由筛骨迷路内的8~10个气房组成，位于上鼻腔侧壁和眼眶之间（见图226）。在上方，其位于筛状板的两侧，并与大脑的额叶相关。这些气房开口于上鼻道和中鼻道（见图225）。

临床特征

与额窦一样，感染（筛窦炎）可能导致额部脑脓肿，筛窦骨折可能导致脑脊液渗入鼻腔。

蝶窦

蝶窦位于中隔两侧的蝶骨体内（见图225）。其大小差异较大，可能向外延伸至蝶骨大翼或向后延伸至枕骨的基底部。

每个蝶窦流入上鼻甲上方的鼻腔（蝶筛隐窝）。

临床特征

对于患垂体肿瘤的患者，可以通过鼻内镜经鼻、蝶窦入路进入垂体，并切除肿瘤。

下颌骨（图227）

下颌骨在两侧各有一个水平体，在颏联合处融合（融合发生在第二年）。从下颌体后部投射出下颌支，在其上端有一个冠突和一个髁突；后者是由头部和颈部组成。在冠突和髁突之间是下颌切迹。

在下颌支的内侧是三叉神经下颌分支的下牙槽支穿过的下颌孔，下牙槽支在下颌管内穿过下颌体，然后通过位于两个前磨牙下方和下颌体外侧表面上的颏孔而成为颏

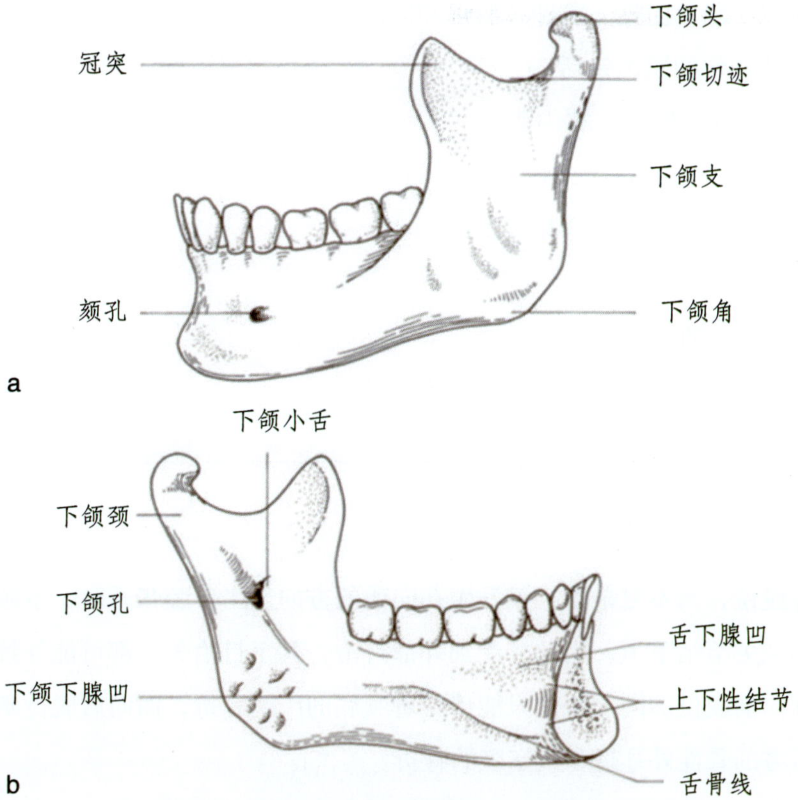

图 227　下颌骨。(a) 外侧面。(b) 内侧面。

神经。供应门齿和犬齿的神经在下颌骨向前走行，并超出切牙管。

下颌体的上缘具有 16 个牙槽或牙槽边界。

发展

下颌骨在 Meckel 软骨（第一鳃弓的软骨，也产生锤骨和砧骨的软骨）的纤维鞘中以膜骨的形式发育。软骨本身被完全吸收。下颌骨两半的骨性愈合发生在第二年。

颞下颌关节

这个关节位于下颌骨的髁突与颞骨关节窝和关节结节之间。关节表面覆盖着纤维（非透明）软骨，还有一个纤维软骨关节盘，将关节腔分成上、下两部分。

围绕关节的囊韧带由外侧颞下颌韧带和蝶下颌韧带加强，蝶下颌韧带从蝶骨脊延伸到紧邻下颌孔前方的舌突；该韧带代表原始第一鳃弓或 Meckel 软骨的一部分。

下颌可以下降、上提、前伸、后退和侧向。

影响这些动作的肌肉包括：

- 上提：颞肌、咬肌、翼内肌。
- 下降：翼外肌，以及二腹肌、下颌舌骨肌和颏舌骨肌（当你在演讲中入睡时，在重力的作用下，你的下巴会松开）。
- 后退：颞肌后纤维。
- 前伸：翼内肌和翼外肌。
- 侧向：翼内肌和翼外肌，每侧交替作用。

临床特征

颌骨脱位，当不复杂时，仅发生在向前的方向。当口腔张开时，下颌骨的髁突向前滑动到关节结节上；因此，受到外部打击，甚至打哈欠，都可能导致一侧或两侧颞下窝向前脱位。向上脱位只能伴随着颅底的广泛骨折，而向后脱位则伴随着紧邻关节后方的骨性外耳道和鼓室腔的骨折。

复位的方法是用拇指放在口腔中按压下磨牙，同时抬起下颌；前者拉伸处于痉挛状态的咬肌和颞肌，后者将下颌头复位。

牙齿

20 颗乳牙由 32 颗恒牙代替，因此，每半腭中有：

- 乳牙：2 颗门牙，1 颗犬齿，2 颗磨牙。
- 恒牙：2 颗门牙，1 颗犬齿，2 颗前磨牙，3 颗磨牙。

牙齿萌出的时间是儿童发育过程中临床有用的里程碑，也是法医感兴趣的。

作为一个粗略的指南，这些时间可以认为是 6 的倍数，因此：

- 第一颗下切牙乳牙萌出　6 个月
- 全部乳牙都萌出　24 个月
- 第一恒磨牙萌出　6 岁

- 第一恒切牙萌出　　6 岁
- 第二恒磨牙萌出　　约 12 岁
- 第三恒磨牙萌出　　18~24 岁

下齿的萌出略早于其对应的上齿。

每颗牙齿都通过牙周膜固定在牙槽中，牙周膜实际上就是骨膜。这一层是透射线的，是射线照相中每颗牙齿根部周围的暗线。

发展

牙齿的釉质冠是由牙槽上皮向下生长发育而来的，是人体中最坚韧的组织。牙齿的其余部分（牙髓、牙本质和牙骨质）与下方的中胚层结缔组织不同。

临床特征

拔牙后颌骨的骨髓炎仅限于下颌，且仅发生在恒牙期。这是一个解剖学的解释。

下颌仅由牙下动脉供应，牙下动脉与下颌管中的神经一起运行；因此，在拔除时对该动脉的损伤或在随后感染中形成血栓会导致骨坏死。另一方面，上颌接受来自上牙血管的节段垂直分支单个动脉损伤后不会引起缺血。下颌的乳牙远离下颌管，而下颌管在任何情况下都受到未萌出的恒牙的保护，因此，在拔除乳牙和恒牙时不会对动脉造成损害。

下牙槽神经阻滞

这对于牙科医生来说是一种有用的手术，因为其可以对下颌骨一侧的所有下部牙齿进行完全麻醉。针头深深地穿过下颌支内侧的最后一颗臼齿。麻醉药作用于下齿、下唇的皮肤和黏膜（通过下牙槽神经的颏支），并且常常由于麻醉液的扩散、位于牙槽神经前方的舌神经的介入而导致舌侧感觉丧失（图 254）。

脊柱

脊柱由33块椎骨组成，其中24块是离散的椎骨，9块是在骶骨和尾骨融合的椎骨。

在胚胎中，脊柱被弯曲成柔和的C形（背凸），但随着婴儿第一次抬起头，然后坐着，然后站立时发生的头部和下肢的延伸，次级向前弯曲出现在颈部和腰部，这产生了完全发育的脊柱的弯曲曲线。

基本的椎体模式（图228）是椎体前方的模式和围绕椎管的神经弓的模式。

神经弓由两侧的椎弓根组成，每个椎弓根都支撑着一个椎弓板，该椎弓板在中线后方与其相对的椎弓板相接。椎弓根上下各有一个缺口，与其相邻的缺口一起形成椎间孔。该弓包括后方棘突、侧方横突和上下关节面。

椎间孔传递节段脊神经的方式如下：C1~C7通过相应颈椎的上侧，C8通过C7和

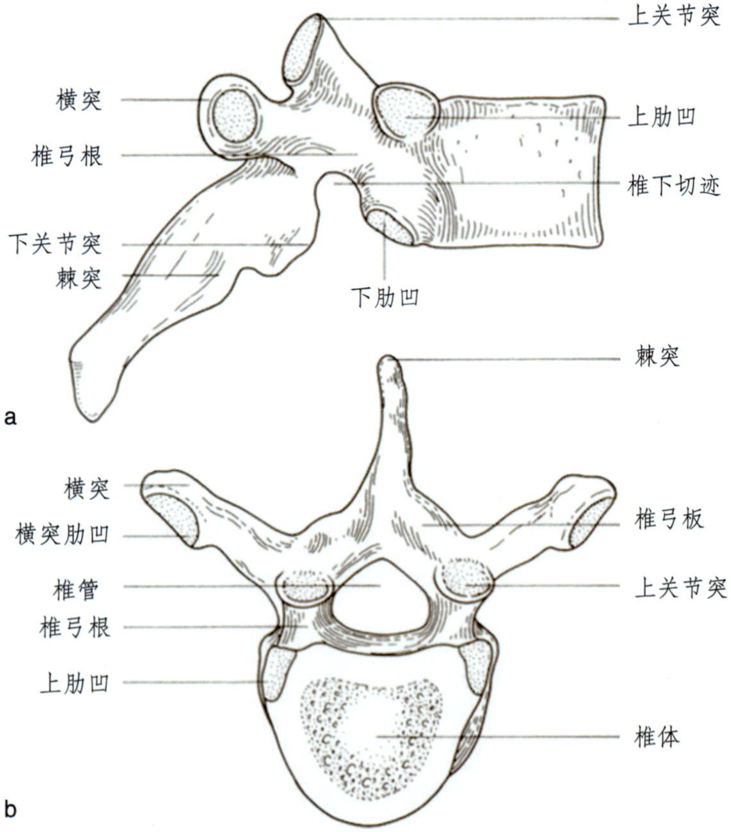

图228 典型胸椎。（a）侧面。（b）上面。

T1 之间的椎间孔，所有后续神经通过自身数量的椎体和下方的椎体。

现在依次细看单个椎骨。

颈椎（*n*=7）

颈椎很容易通过横突孔来识别。这些横突孔传递椎动脉（C7 除外）、椎静脉和交感纤维。棘突小且有分叉（C1 和 C7 除外，其棘突是单一的），关节面相对水平（图 229）。

寰椎（C1）（图 230）无椎体。寰椎两侧都有一个厚厚的侧块，其上表面上方各有一个关节面，与头骨的枕骨髁突相连接。

就在这个小关节的后方，寰椎后弓的上部在椎动脉通过内侧向上进入枕骨大孔时被椎动脉开槽。

枢椎（C2）（图 231）在其椎体的上侧有齿突，代表 C1 的分离的椎体。

点头和侧屈运动发生在寰枕关节，而颅骨的旋转发生在寰枢椎关节周围的齿突，这起到了枢轴的作用。

C7 是隆椎，之所以被称为隆椎，是因为其有相对较长且易于触摸到的未分叉的棘突；其是用手指沿着脊椎嵴向下移动第一个清晰可触摸到的脊椎，尽管紧接其下方的第 1 腰椎实际上是最突出的一个。

椎动脉几乎总是在 C6 的横突孔处进入椎骨；C7 的横突孔只传输静脉，因此，其较小，甚至有时缺失也就不足为奇了。

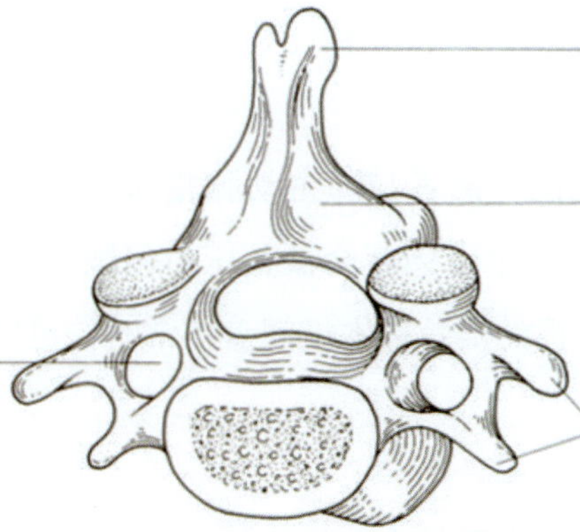

图 229　典型颈椎。

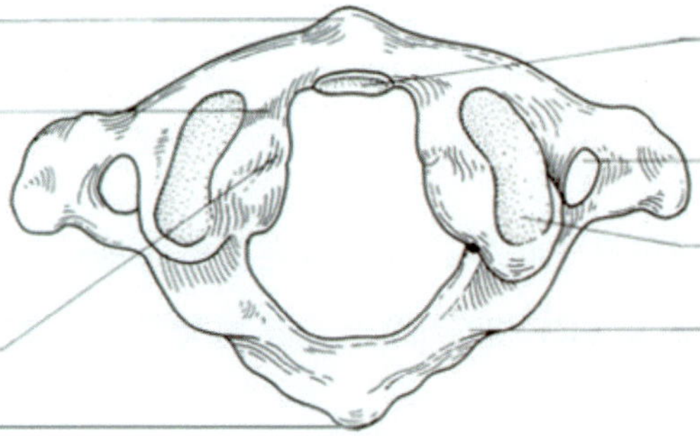

图 230 寰椎俯视图。

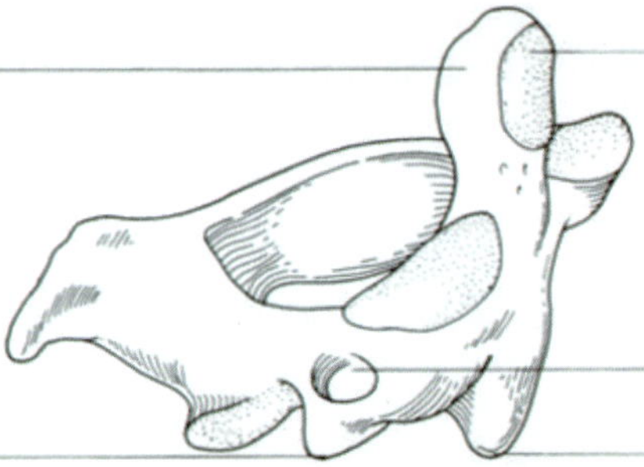

图 231 枢椎的斜侧视图。

胸椎（n=12）

这些椎骨（见图 228）的特征是椎体两侧的半平面用于与肋骨头部关节连接，以及肋骨结节横突上的小平面（下部两个或三个椎骨除外）。脊柱较长，向下倾斜，关节面也相对垂直。最低的一对在外观上与腰椎相似，在椎体的一侧有一个小平面，而在横突上没有小关节。

T5 和 T8 的椎体是值得注意的。两者与降主动脉相邻，并在左侧被其稍微压扁了一些。如果降主动脉瘤扩张，这四个椎体就会被其压力侵蚀，尽管椎体的无血管椎间盘保持完好。当看到四个部分磨损的椎骨标本椎间盘正常时，可以自信地做出诊断。

腰椎（n=5）

腰椎很大，有结实的、方形的水平棘突和位于矢状面的关节面（图 232）。

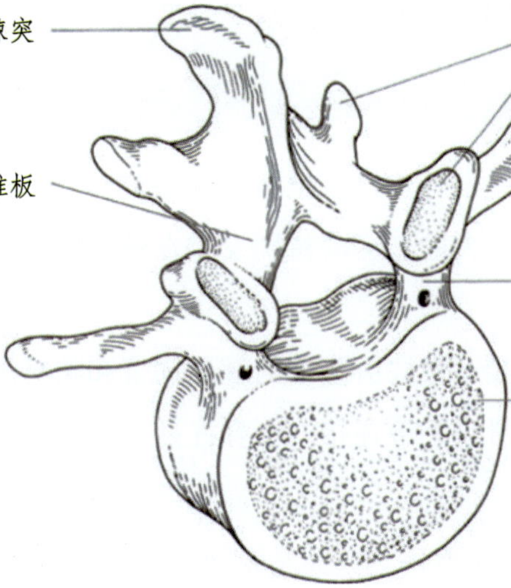

图 232 腰椎（上面观）。

L5 的特点是其巨大的横突与其椎弓根的整个外侧相连接并侵袭其椎体；其他腰椎的横突仅附着于椎弓根与椎板的连接处。

骶骨（由 5 个融合椎骨组成）

骶骨是一个三角形的骨，其上表面与 L5 的椎体关节连接，其下端与尾骨关节连接。在侧面，骶骨与相应的髋骨关节连接。

尾骨（由 3 个、4 个或 5 个融合的椎骨组成）

发展

每个椎骨从三个初级中心骨化，一个用于椎弓根的两侧，另一个用于椎体。椎体偶尔从两个中心发育而来，其中一个中心的发育失败导致半椎体的形成，从而导致先天性脊柱侧弯。两个弓形中心后方融合失败会导致脊柱裂，特别是在腰椎区域。通常，这与任何神经异常（脊柱裂隐匿性）无关，尽管在这种情况下，通常会有覆盖的浅凹、脂肪瘤或一簇毛发，以警告观察者下方的骨性异常。更罕见的是，伴有脑膜突出的一个或几个弓的严重缺损，有或没有马尾神经或脊髓的成分；这种异常可能与脑积水有关。

L5 偶尔可能与骶骨完全或部分融合（第 5 腰椎的骶化），或者，更罕见的是，骶骨的第 1 节段可能分化为单独的椎体（S1 的腰化）。

椎间关节

脊柱由单独的椎骨组成，这些椎骨连接着椎体和其关节面。虽然相邻椎骨之间的移动是轻微的，但相加效应是相当大的。运动特别发生在颈背和背腰交界处；这是两个常见的脊椎损伤部位。

椎板由弹性组织的黄韧带连接，脊柱由坚韧的棘上韧带和相对薄弱的棘间韧带连接，关节面由关节韧带围绕其小滑膜关节连接。当脊柱处于完全弯曲的位置时，所有这些韧带都起到支撑脊柱的作用。

沿着椎体的前侧和后侧贯穿整个椎体长度的是坚韧的前纵韧带和后纵韧带。

椎体还通过极其坚固的椎间盘连接（图 233）。每个椎间盘由一个外周纤维环组成，纤维环附着在椎体上的薄软骨板上，并围绕着一个胶状半流质髓核。椎间盘约占脊柱长度的 1/4，并占次曲率。

在年老时，椎间盘萎缩，导致身高收缩，并使脊柱的曲率恢复到新生儿的“C”形。

临床特征

1. 脊柱骨折最常见的是 T12、L1 和 L2。其原因通常是屈曲压缩型损伤（例如，从高处跌落到脚或臀部，或重物落在肩膀上），从而导致所涉及的椎骨楔入。如果除了受压外，还有有力的向前运动，一个椎体可能会向前移位到其下方的相邻椎体上，两者之间的关节面脱位或骨折（骨折脱位），以及棘间韧带断裂。

颈椎（特别是 C7）可能会骨折，或者更常见的是，由于头部坠落并伴有颈部的剧烈弯曲而脱臼，就像潜入浅水时可能发生的那样。当一辆汽车或飞机坠毁时，甚至可能会由于突然的向前猛击而导致脱位。请注意，颈椎的相对水平的椎间小关节允许在无骨折的情况下发生脱位，而相对垂直的胸椎和腰椎小关节几乎总是在背侧腰椎区域的前脱位中骨折。

2. 纤维环的后部相对较薄，可能由于创伤或退行性变而破裂，从而使髓核向后突出进入椎管，即所谓的“椎间盘突出”（图 233）。这有时可能发生在下颈椎椎间盘（C5/6 和 C6/7），偶尔发生在胸椎和上腰椎区域，或到目前为止最常见的 L4/5 或 L5/S1 椎间盘。MRI 的引入极大地促进了这种和其他脊柱疾病的诊断，MRI 提供了该区域极好的解剖学细节（见图 233b）。

向后外侧突出的 L4/5 椎间盘突出到坚韧的后纵韧带的一侧或另一侧，将对相应的第 5 腰椎神经根部产生压力效应。可能会导致踝关节背屈无力和小腿下部和外侧及足背的麻木（L5）。L5 的参与也可能导致踇趾伸展明显的无力（踇长伸肌）。

类似的 L5/S1 椎间盘脱出会压迫第一骶神经。在后一种情况下，疼痛指的是沿着坐骨神经分布的下肢和足部。臀部屈曲与下肢伸展（直腿抬高）是痛苦和有限的，因为这个动作对已经被刺激和伸展的神经根施加了牵引力。踝关节痉挛可能会减少或缺失，可能会出现跖屈无力。

偶尔，椎间盘直接向后脱出，如果范围较广，可能压迫整个马尾神经，导致截瘫。

3. 腰椎穿刺。

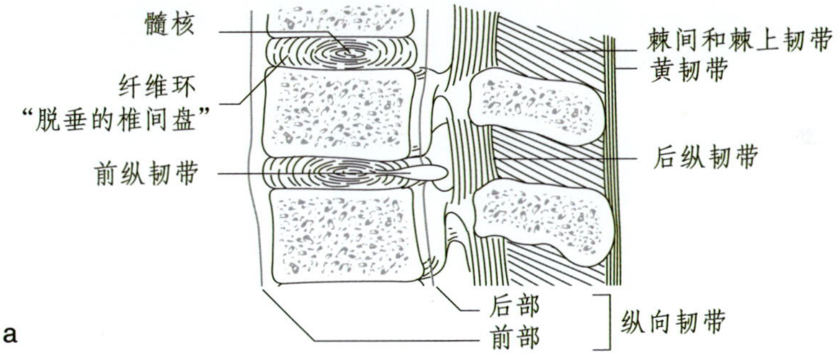

图 233 （a）通过腰椎的纵剖面图显示正常和突出的椎间盘。（b）通过正常腰椎和骶骨进行 MRI。注意出色的解剖学细节。（待续）

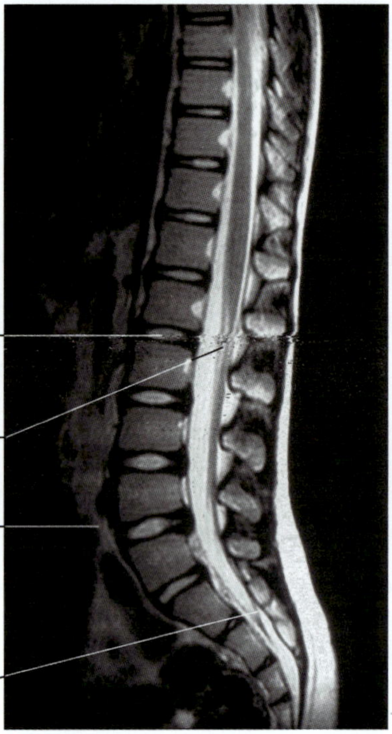

图 233（续）。

第 6 部分

神经系统

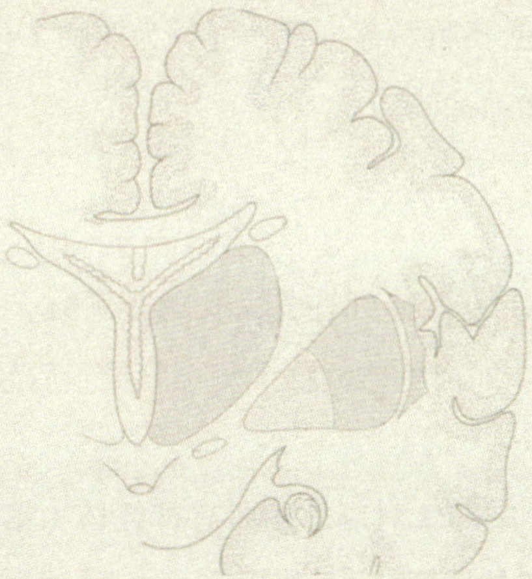

介绍

为了便于描述，神经系统可以从外形上分为两部分：中枢神经系统和周围神经系统。

中枢神经系统由脑和脊髓组成，分别位于颅腔和椎管内，并在大孔处（脑干髓质与脊髓相连的部位）彼此连续。

周围神经系统包括 12 对脑神经、31 对脊神经、与脑神经和脊神经相关的神经节及左右神经节交感链。

由于这两个“系统”是物理连接的，并且通常以集成和协调的方式运行，因此，将其划分为中枢系统和周围系统有些随意。

大脑

在功能的基础上，大脑可能由四个主要部分组成：

1. 脑干（从下到上包括延髓、脑桥和中脑）。

2. 小脑。

3. 间脑（主要包括丘脑和下丘脑）。

4. 大脑半球。

根据另一种惯例，根据胚胎发育，大脑可分为前脑（包括大脑半球和间脑）、中脑和后脑（由脑桥、延髓和小脑组成）。

脑干

脑干从幕状裂孔的正上方延伸到枕骨大孔的正下方，是一个茎状结构，上方与间脑相连，下方与脊髓相连。如前所述，脑干和小脑位于后颅窝。

脑干有三个主要功能：

1. 容纳除 12 对脑神经中的 2 对以外的所有神经核（第Ⅰ和第Ⅱ对脑神经除外，这 2 对神经可以被视为前脑的外周延伸）。

2. 充当各种神经纤维束的“通道”。进出大脑皮层的上、下行的神经束，以及出入小脑的纤维。

3. 包含网状结构（一个由神经细胞和神经纤维组成的细小而扩散的网络）和网状激活系统。网状结构横跨脑干的整个长度，包含着“生命中枢”——调节呼吸和心血管功能的重要反射中心。网状结构和网状激活系统调节个体的意识和觉醒水平。脑干上部网状结构的损伤可能导致患者长期昏迷。

延髓

延髓长 2.5cm，直径约 1.8cm。下方在枕骨大孔处与脊髓相连，上方与脑桥相连。通过左、右小脑下脚与小脑相连。

外部特征（图 234）

延髓前表面有一条前正中裂，其两侧的纵行隆起称为锥体，内含锥体束。锥体背外侧的隆起称为橄榄。锥体和橄榄之间的前外侧沟内有第Ⅻ对脑神经根丝出脑。在橄榄背外侧分别有第Ⅸ、第Ⅹ和第Ⅺ对脑神经根丝附着。脊髓后正中沟一直延伸到延髓的中部，在此处变宽，形成第四脑室菱形窝的下边界。在后正中沟的两侧，脊髓的后柱扩张形成两个不同的结节，对应薄束核和楔束核。

延髓的血液供应直接来源于椎动脉及其小脑后下支。

临床特征

延髓内包含呼吸、心脏和血管舒缩反射中心——“生命中枢”。呼吸中枢尤其容易受到压迫、损伤或脊髓灰质炎影响，并导致呼吸衰竭。

脑桥

外部特征（图 234）

脑桥位于延髓和中脑之间，通过左、右小脑中脚与左、右小脑半球相连。脑桥长 2.5cm，宽 3.8cm。其腹侧表面呈现一浅而垂直的沟和许多横向纤维，在两侧与相应的小脑中脚连续。脑桥背部表面形成第四脑室底部的一部分。腹侧面，在与延髓交接处，由内侧到外侧分别有第Ⅵ、第Ⅶ和第Ⅷ对脑神经根丝附着。靠近其上缘处，第Ⅴ对脑神经的运动根和感觉根离开脑桥的外侧部分。

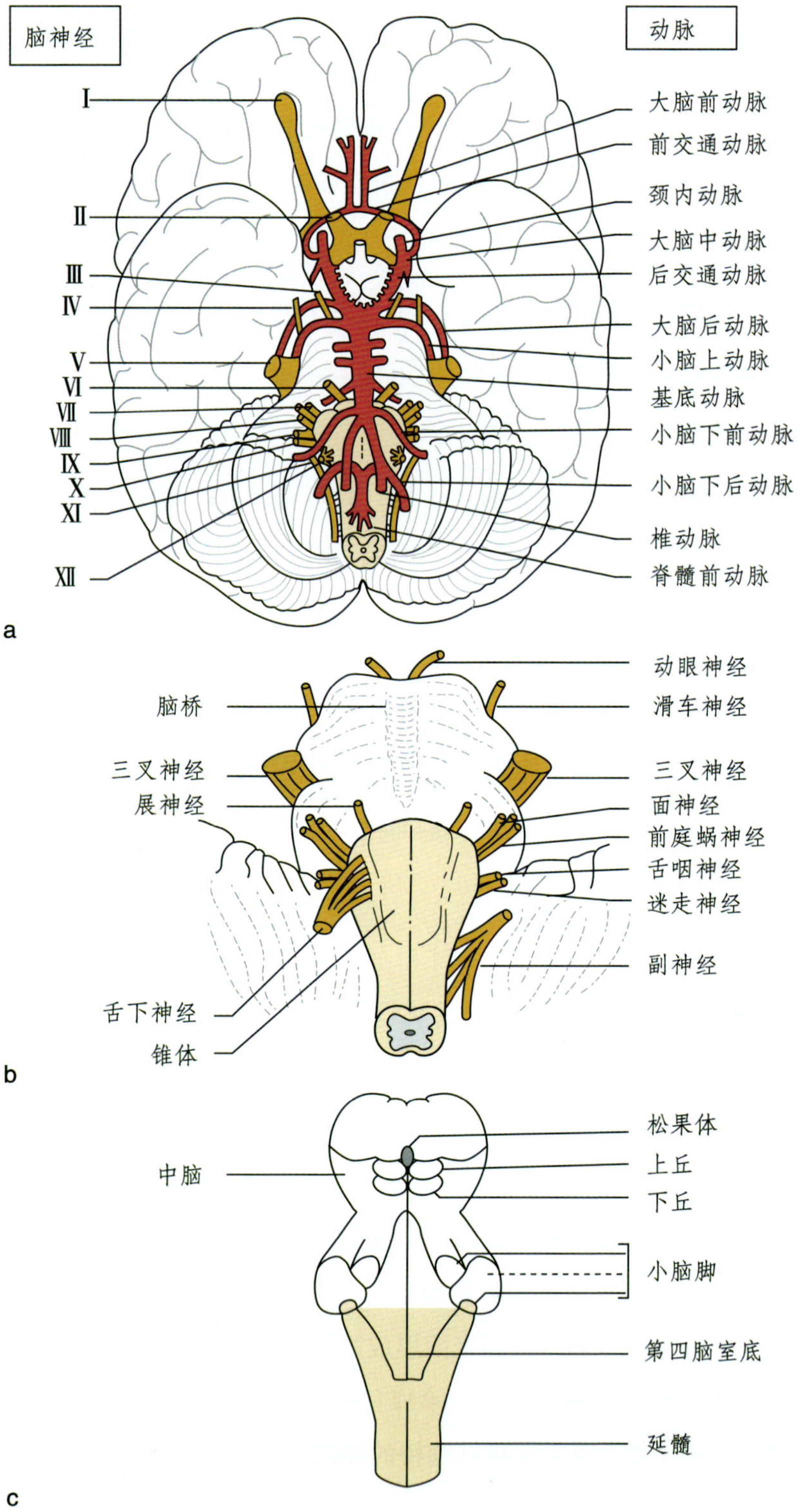

图 234 （a）显示脑神经根及其与大脑底部 Willis 环的关系。（b）脑干腹侧面。（c）脑干背侧面。

脑桥的血液供应来自基底动脉的多个脑桥分支（见图 234），基底动脉由两个椎动脉汇合而成。

中脑

中脑是脑干中最短的部分，其只有不到 2.5cm 长，连接着脑桥、小脑和间脑。其位于小脑幕裂孔（小脑幕的缝隙）内，大部分被周围的结构所隐藏。

外部特征（图 234）

中脑腹侧面唯一可见部分是两个大脑脚，两者从大脑半球的结构中出现，并向下和向内通过，连接内囊和脑桥。左、右侧动眼神经出现在两个大脑脚之间的脚间窝中。从侧面看，中脑被看作由 3 个不同的部分组成：腹侧基底，中央的中脑被盖和顶盖背侧。滑车神经，视束和大脑后动脉围绕这个部分。中脑的背侧（见图 234c）呈现 4 个丘（或四角体）和 2 个上小脑脚之间的上髓帆。松果体是中线结构。其位于 2 个上丘之间，并通过一根柄附着在丘脑的后部。松果体分泌褪黑素，并在昼夜节律中起重要作用。当松果体钙化时，很容易在颅骨 X 线片上识别。然后，这可能是大脑半球占位性病变引起侧移的重要影像学征象。

小脑

外部特征（图 234；图 236）

小脑是后脑最大的部分，占据颅后窝的大部分。其由左、右小脑半球和中间蚓部组成。从下方看，蚓部与两个半球明显分开，位于一个深裂缝的底部；最重要的是，其从半球上被标记为一个较低的高度。每个小脑半球的小部分腹侧位于其一侧的小脑脚中部，几乎与小脑的其余部分完全分离。其被称为绒球。小脑的表面被分成许多狭窄的叶，并被一些深裂分成许多小叶。这种裂缝的作用是使小脑部分呈现出一棵多分枝的树（侧柏）（图 243）。

内部结构

小脑的结构非常均匀。其由一个灰质皮质（所有传入纤维终止于此）覆盖着一团白质，深部的灰质核埋在其中。

小脑通过 3 对小脑脚与脑干相连。小脑的下脚连接到延髓的背外侧；中脚连接到脑桥；上脚连接到中脑。在腹侧面，小脑与第四脑室及延髓和脑桥有关；在侧面，延伸到乙状静脉窦和乳突窦；在后上方，被小脑幕与大脑半球分开。

小脑的血液供应源自 3 对动脉（见图 212）。椎动脉的小脑后下支供应小脑的后侧面和半球，基底动脉的小脑前下支和小脑上支分别供应小脑的前外侧和上表面。

小脑的功能

小脑的主要功能是调节和保持平衡，并协调身体的随意运动。小脑与大脑皮层、脑干网状结构、丘脑和前庭核有多种联系。通过这些错综复杂的联系，小脑不断监测来自关节、肌肉和肌腱的本体感觉输入，并相应地细化和协调骨骼肌的收缩。

然而，与主要运动区域的大脑皮层不同，小脑不能启动运动，小脑也不参与对躯体或内脏感觉的有意识感知。

临床特征

1. 由于小脑主要与平衡和姿势、肌肉张力和肌肉协调的调节有关，因此，小脑损伤导致一个或多个运动功能紊乱并不奇怪，表现为以下任何一个或多个：步态不稳、共济失调、肌张力减退、意向性震颤、眼球震颤、构音障碍和失重性运动障碍（无法快速进行交替运动，如旋后或旋前）。

小脑的损伤会引起身体同侧的症状和体征。

破坏齿状核（小脑白质内的大量细胞）或小脑上脚导致的残疾几乎与整个小脑半球的消融一样严重。

2. 小脑后下动脉（PICA）的血栓形成引起特征性综合征（PICA 综合征），以共济失调和同侧肢体张力降低为特征，因为小脑下脚和小脑皮质受累，脑神经受累（Ⅴ至Ⅹ），对侧痛觉和温觉丧失（受累于脊髓丘脑束）。

间脑

间脑主要包括下丘脑和丘脑，两者彼此连续。间脑的右半和左半之间有一个垂直排列的中位裂隙状空间，称为第三脑室（图 235）。除丘脑和下丘脑外，间脑还包括两

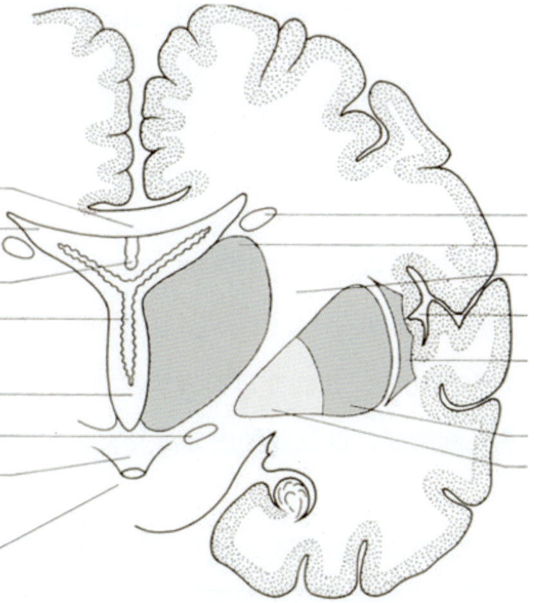

图 235 丘脑和第三脑室冠状面。

个小的但功能重要的区域：上丘脑和腹侧丘脑。上丘脑是间脑的背侧部分，包含松果体。腹侧丘脑（又称为底丘脑）包含底丘脑核，其是基底神经节之一。其被认为是其他基底神经节的主要调节器，对运动活动有重要影响。

下丘脑（图 234a 和图 235）

下丘脑形成第三脑室的底部，也形成其侧壁的下部。从下方看，可以看到下丘脑从前到后包括视交叉、灰结节、漏斗柄（通向垂体后叶）和乳头体。在这些结构中，每一个都有若干个细胞团或细胞核和纤维通路，前脑内侧束贯穿于下丘脑的全长，并将其与后下方的中脑和前上方的基底前脑区域联系起来。

Sherrington 将下丘脑描述为自主系统的头部神经节。其主要涉及自主神经活动，可分为后内侧交感区和前外侧副交感区。

下丘脑通过释放因子或释放抑制因子，在内分泌控制中起重要作用。这些物质在分泌到垂体门静脉后，影响垂体前叶细胞产生促肾上腺皮质激素、卵泡刺激素、黄体生成素、催乳素、生长激素、促甲状腺激素和促黑素。

催产素和血管加压素（抗利尿激素）由下丘脑中两种不同的神经元聚集（分别为

室旁核和视上核）产生，并在垂体后叶的轴突末端释放。因此，催产素和抗利尿激素是神经分泌物。

除了对自主神经系统和垂体功能的主要影响外，下丘脑还在温度调节、水和电解质平衡、食欲调节和睡眠－觉醒模式中起重要作用。

临床特征

1. 鉴于下丘脑的多种功能，其病变可表现为多种自主神经和非自主神经紊乱，如嗜睡、体温调节紊乱和肥胖，以及多种内分泌异常，如性腺功能减退和甲状腺功能减退。

2. 视上核或漏斗柄的损伤，通过减少分泌抗利尿激素而导致尿崩症。

丘脑（图 235 和图 237）

丘脑是一个椭圆形的灰质团，形成第三脑室侧壁的上部；其从室间孔延伸到中脑尾侧。在侧面，其与内囊相关（并通过内囊到达基底节），背侧与侧脑室底部有关。在内侧，其经常通过丘脑间黏合与其对侧相连。在后方，其呈现三个不同的隆起：枕状突起内侧和外侧膝状体，最后两个分别是听觉和视觉的中继核。

丘脑是主要的感觉传递核，其将主要感觉通路的冲动投射到大脑皮层上。这是通过内囊的丘脑辐射来实现的。

丘脑的血液供应主要来自大脑后动脉的分支，同样供应内囊的后部。通过阻塞这种血液供应导致的丘脑损伤，会引起对侧面部和身体的感觉丧失。

垂体（脑垂体）

这是一个“二合一”器官的例子，大自然似乎对其如此热衷；与肾上腺皮质和髓质的两个腺体成分，以及胰腺、睾丸和卵巢的外分泌和内分泌部分相比较。垂体包括较大的前部和较小的后叶，后者通过中空漏斗（垂体柄）连接至第三脑室底部的结节。垂体的两个叶由一个称为中间部的狭窄区域连接。

垂体位于垂体窝的腔内，由鞍膈覆盖，鞍膈是硬脑膜的一个皱褶。该皱褶具有中心孔，垂体柄通过该孔。垂体下方是蝶骨体，两侧分别有相应的海绵窦及其内容物，由硬脑膜分隔（见图 215），海绵窦在垂体前、后和下方。视交叉位于漏斗的正前方。

结构

前叶细胞非常丰富，由嫌色细胞、嗜酸性细胞和嗜碱性细胞组成。中间层包含大的胶体囊泡，使人联想到甲状腺。后叶由神经纤维组成，其细胞体位于下丘脑。

发育

后叶是间脑的憩室。前叶和中间部由胚胎颊腔顶部的 Rathke 囊发育而来。偶尔会有肿瘤从该囊的上皮残留物（颅咽管瘤）生长。这些肿瘤通常是囊性钙化的。

由于其显著不同的组织学外观和不同的胚胎起源，垂体的前叶和后叶也分别被称为腺垂体和神经垂体。

临床特征

垂体肿瘤及形成颅内占位性病变可能具有两个特征：内分泌紊乱及其与视交叉的关系。

嫌色腺瘤是最常见的垂体瘤。随着其扩大，垂体窝也不断扩张，这可以通过放射学证明。视交叉的压迫产生非常典型的双颞侧视野偏盲（参见“视神经和视觉通路”，图 251）。肿瘤本身是非分泌性的，并且能逐渐破坏有正常功能的腺体。患者发生垂体功能减退症、性功能丧失、甲状腺功能减退和肾上腺功能减退。童年时期，生长会停滞不前。随着肿瘤的扩散，下丘脑异常可能会伴有尿崩症和肥胖症。

嗜酸性粒细胞腺瘤分泌垂体生长激素。如果其发生在青春期之前，这是不正常的，会引起巨人症；如果发生在青春期之后，则会导致肢端肥大症。

嗜碱性粒细胞瘤很小，不产生压力作用，但可能与库欣综合征有关，尽管库欣综合征通常是由肾上腺皮质增生或肿瘤引起的。

垂体与蝶窦的密切关系，使得经鼻、经蝶窦入路将纤维光学器械插入垂体成为可能。这是目前垂体肿瘤手术的首选方法，而不是通过额骨骨瓣。

大脑半球

人类大脑半球已经发展出与大脑其他部分完全不相称的结构，包括大脑皮层、基底神经节及其传入和传出连接。包含脑脊液（CSF）的侧脑室位于大脑半球中心。

大脑皮层

大脑半球的皮质在位置和功能上分为四个叶：额叶、顶叶、颞叶和枕叶（图 236）。

额叶

这包括中央沟之前的所有皮层。其重要的皮层区域如下：

1. 运动皮质。主要运动区占据了中央前回的很大一部分。其接收来自前运动皮质、丘脑和小脑的传入，并与自主运动有关。刺激该区域会导致不连续的肌肉运动。

2. 运动前皮质。其位于中央前回和相邻的额下回。其也与自主运动有关，但其刺激导致具有共同功能的肌肉群的运动，因此，缺乏对肌肉运动的精确定义，这是刺激中央前回的一个特征。

3. 视觉区。位于前运动皮层前方的额叶中部。该区域的病变导致眼球运动受损，视线偏离病变一侧。

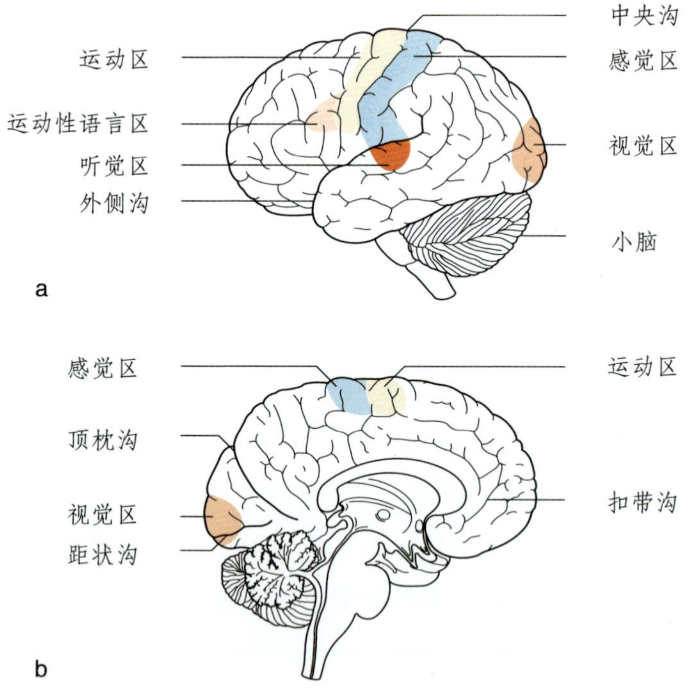

图 236 大脑皮层功能定位。
（a）外侧面。（b）内侧面。

4. 运动性语言区。优势半球（98% 的个体为左半球）额下回后部周围区域的病变影响言语中的运动成分（说话）。

5. 额叶联合皮层（临床上称为前额皮质）。这包括额叶的绝大部分，是人类大脑中显著的进化部分之一。其传入神经来自丘脑、边缘区及其他皮质区域；其可能会传出信号给丘脑和下丘脑。从功能的角度来看，额叶的侧面似乎与“智力活动”（即认知功能——分析、判断和计划）、情感（或情绪）行为和自主活动的控制有关。

顶叶

顶叶在前部被中央沟包围，在后部被从顶枕沟到外侧沟（侧裂）的后端画的线包围。顶叶的重要皮层区域如下。

1. 初级躯体感觉皮层。中央后回接受来自丘脑的传入纤维，与各种形式的躯体感觉有关。

2. 顶叶联合皮层，包括顶叶的其余部分，主要涉及躯体感觉刺激的识别及其与其他形式的感觉信息的整合。其还接收来自丘脑的传入信号，当受到损伤时，会产生比单纯感觉丧失更复杂的缺陷。无法识别躯体刺激，这被称为实体觉丧失。举个例子，把笔或硬币放在患者的手中，其能感觉到这个物体，但却无法识别这是什么。主体优势半球的顶叶下部与体感视觉和听觉联系相互作用，在语言中起着关键作用。

颞叶

通过从外侧沟的上端垂直向下画的线与枕叶分开。颞叶的重要皮层区域如下。

1. 听觉皮层。其位于大脑半球的外侧面和颞上回的上表面。其传入纤维来自内侧膝状体，与听觉刺激的感知有关。

2. 颞叶联合皮层。听觉皮层周围的区域负责听觉刺激的识别及其与其他感觉模式的整合。这个区域的损伤导致听觉失认，即无法识别或理解有意义的声音的意义。在语言理解的感觉方面，大脑半球（Wernicke 区）上此区域的正上方和正后方的皮层区域是相当重要的。枕叶的这个视觉区域与颞叶连接，并且与视觉识别有关。额叶的前下方与颞叶的内侧面相连，并与行为有关。

海马旁回是颞叶下表面最内侧的皮质，其中大部分被称为内嗅皮质。其广泛接收相关的皮质传入，是海马结构输入的重要来源。在前方，其与钩突的嗅觉皮层有关。在内侧，其与海马结构直接连续。海马占据了侧脑室下角的整个长度，并延伸到杏仁核。

海马神经纤维聚集在海马的内侧边缘以形成紧密的束，即海马伞，当其在胼胝体下拱起时，被称为穹隆。穹隆在室间孔前向前，然后向下，最后向后进入下丘脑，终止于乳头体。其也向丘脑和下丘脑发出纤维。

海马体向下丘脑的投射是边缘系统的一部分。这是情绪、行为和记忆的重要基础。这个回路是由下丘脑投射到丘脑，从丘脑投射到扣带回，再从扣带回投射到海马体。双侧海马体损伤导致无法形成新的长期记忆。

杏仁核复合体也是一个突出的颞叶结构，直接位于海马的正侧。其被方便地分为三组：皮质内侧核、中央核和基底外侧核，这些分别接受大量的嗅觉、味觉和相关的神经传入。杏仁核参与控制情绪行为和条件反射。其神经解剖学联系显然适合这样的角色，因为其能影响内分泌、自主神经和运动领域的情绪反应。杏仁核的破坏尤其与攻击行为的减少有关，而高密度的苯二氮䓬受体提示杏仁核参与了焦虑和压力及其治疗。

枕叶

枕叶位于顶叶和颞叶后方。在其内侧从侧面看，呈现 Y 形距状沟和距状后沟（见图 236）。以下皮层区域值得注意。

1. 视觉区分布在距状沟上下的皮质，并接收来自同侧丘脑外侧膝状体的传入纤维，其与对侧半视野的视觉有关（图 237）。

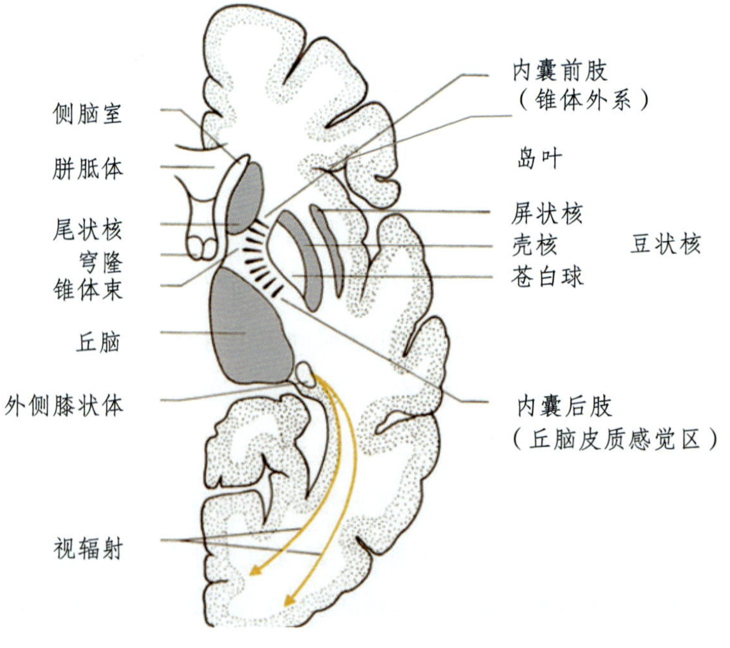

图 237　颅脑横切面上的基底节和内囊结构示意图。

2. 枕联合皮质位于视觉皮质前方。这个区域特别关注视觉刺激的识别和整合。

岛叶（图 235 和图 237）

如果将外侧沟分开，可以看到在外侧沟的底部埋有相当大的皮质区域。这个区域被称为岛叶。其被分成若干个小脑回，有大脑中动脉穿过。除了其上部与感觉皮层可能代表大脑皮层的味觉区域之外，岛叶的功能是未知的。其有刺激激发内脏效应的作用，如打嗝、唾液增加、胃蠕动和呕吐。

大脑皮层的连接

如上所述，大脑皮层主要接受来自丘脑的传入冲动，但除此之外，其还通过胼胝体与对侧大脑半球的相应区域有着很完善的连合连接。皮质内联合纤维也会与同侧大脑半球的邻近皮质区相连接，有时还会与远处的皮质相连；因此，同一侧大脑半球内的额叶、枕叶和颞叶能够通过长的联合通路直接相连。

临床特征

在这里总结下病灶累及主要大脑皮质区域时的临床表现。

1. 额叶皮层病变会造成高级精神功能和情绪的损害。

2. 中央前（运动）皮层病变会引起对侧肢体无力；低位皮质病变影响面部和上肢功能，高位病变影响腿部功能；中线病变（脑膜瘤、矢状窦血栓形成或枪击伤）可能通过累及双侧腿部对应区域导致截瘫。

3. 感觉皮层病变会导致对侧半身麻木（与运动皮层以相同的模式分布），尤其影响立体感和两点位置感等高级感觉方式。

4. 枕部皮质病变会导致对侧同向性偏盲。

5. 位于优势半球额叶、顶叶或颞叶处邻近外侧沟区的病变会导致失语症。

基底节（图 235 和图 237）

致密的团状灰质，位于大脑半球实质内的深部，包括纹状体（由尾状核、壳核和苍白球构成）、屏状核。其和小脑共同负责运动的协调和控制。

纹状体

尾状核是一大团质地均匀的灰质，包括头部（在室间孔前形成侧脑室前角侧壁）、体部（构成脑室体部侧壁）和细长的尾部（构成侧脑室下角的顶部）。其大部分通过内囊与壳核分离，但与壳核在前部相连。壳核是一个大致呈卵圆形的团块，与苍白球的侧面紧密相连。壳核与苍白球一起被称为豆状核。纹状体接受来自大脑皮层的传入冲动，并将冲动传入苍白球。苍白球的纤维投射到丘脑，然后再回到前运动皮层。多巴胺能纤维由黑质向纹状体投射，传出纤维也传递到丘脑、下丘脑、红核、黑质和下橄榄核。

长的上行和下行通路

躯体传入通路（图 238）

1. 本体感觉和触觉脉冲持续通过后根神经节，并通过脊髓的同侧后柱到达延髓下部的薄束核和楔束核。在后柱中有非常精确的传入纤维组织。来自骶骨和腰椎节段的纤维位于束的内侧，而来自胸和颈水平的纤维依次位于其外侧。这样依据躯干部位进行排列的纤维位置在薄束核和楔束核中及从这些核到对侧丘脑的传出纤维中保持不变。由薄束核和楔束核产生的纤维在髓质的感觉交叉处立即交叉到对侧，并作为一个紧密的对侧纤维束延伸到丘脑，被称为内侧丘系。

2. 负责疼痛和温度感觉的背根纤维，与一些触觉传入纤维一起，在同侧后角的胶状质终止。之后它们借助突触交叉到达对侧脊髓的前外侧柱，并传递到对侧丘脑。纤维交叉发生在脊髓白质前联合处。达脑干区后，这些纤维立刻到达内侧丘系外侧，有时被称为脊髓丘系。这些纤维终止于丘脑。

这些传入冲动从丘脑通过内囊后肢（见图 237）传递到中央后回的躯体感觉皮层。在内囊内，纤维束按照“面部、上肢、躯干和下肢”的顺序从前向后排列。在感觉皮层中也是如此，其中下肢对应区域在皮质的背部和内侧部分，躯干和上肢在中部，而面部在最下方。

皮层代表区的体积反映了周围神经支配的密度，并与受控部位的功能复杂程度相关，因此，皮质内代表区域的体积和体表面积的大小有较大差异，面部和手在皮质内的对应区域的体积明显大于四肢和躯干。

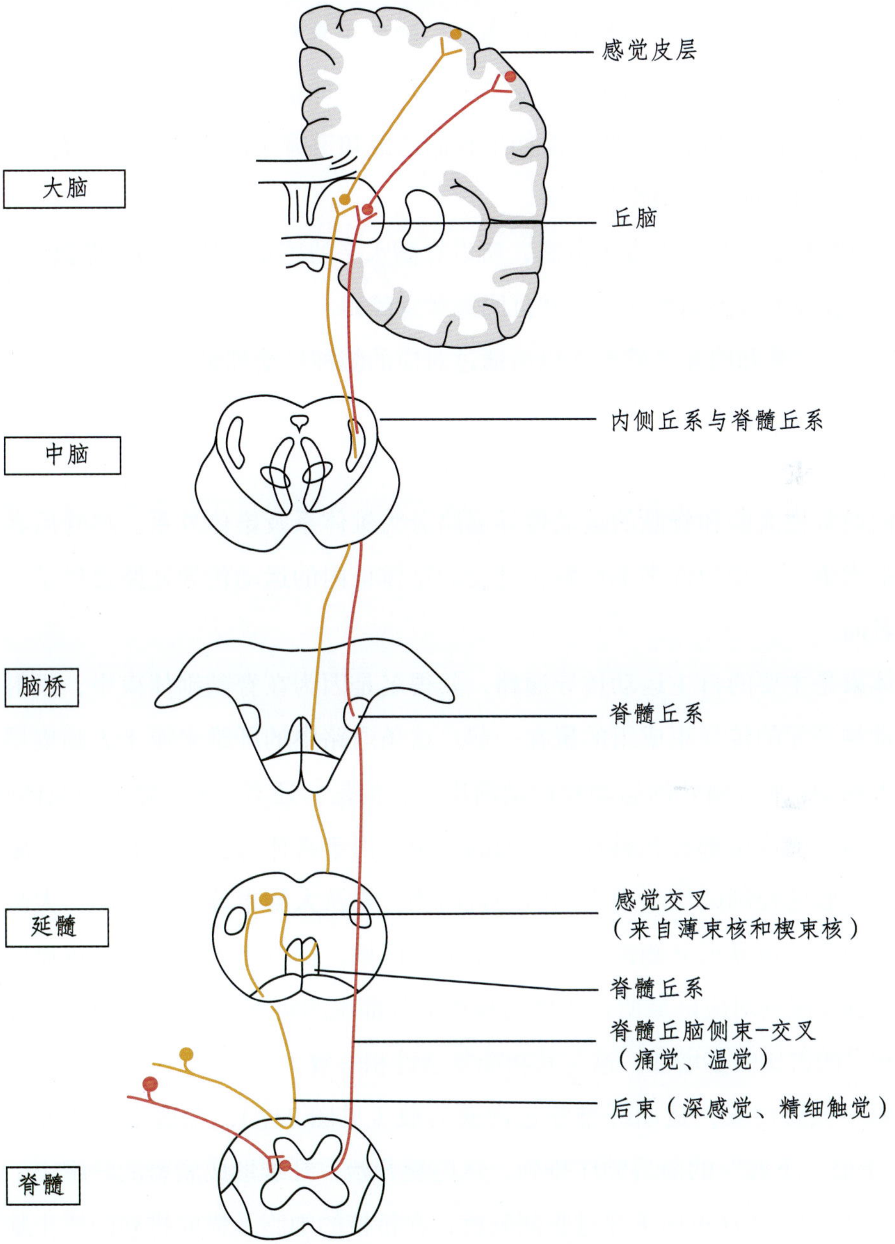

图 238　后束（黄线）和脊髓丘脑束（红线）的长上行通路。

临床特征

1. 感觉通路的损伤主要发生在内囊区，继发于多种形式的脑血管意外。如果完全损伤，会导致对侧肢体的偏身麻木。对于不完全的损伤，感觉缺失的部位取决于内囊内发生损伤 / 缺血的位置，而如果我们已经知道哪个部位的感觉缺失，通常可以大致判断内囊内发生损伤的位置。

2. 内侧丘系交叉下方发生分离，所以脊髓水平的感觉通路损伤会导致分离性感觉障碍，表现为对侧痛觉缺失，并且同侧触觉障碍。

听觉、视觉和嗅觉通路会在以后通过对应的脑神经受到影响。

运动传导通路（图 239）

我们通常把大脑和脊髓的运动传导通路分为锥体系及锥体外系。尽管后者不是一个精确的术语，其却为许多不局限在延髓的锥体束内的运动传导通路提供了一个有用的集合名词。

锥体束是主要的自主运动传导通路，其得名是因为在脊髓锥体束中，投射在脊髓内的运动神经元的传导束成组的聚在一起。这条通路中的纤维来源于大脑皮层的大片区域。大约 2/3 来自额叶的运动和运动前皮层；但是，还有 1/3 来源于初级体感皮层。在运动和运动前皮层都有和感觉区类似的组织。由于身体部位的控制区在大脑皮层是倒置的，下肢的控制区位于中央前回的背内侧，累及大脑半球的内侧面，大脑前动脉供血区。面部区域靠近外侧沟，上肢位于中央区域，都位于大脑中动脉供血区。这些部位在大脑皮层的对应区域所占比例与身体上各部位的实际大小的比例很不一致，手、唇、眼和足的占比明显增加，这与其功能复杂性相一致。

起源于大脑皮质，运动纤维穿过内囊后肢（见图 237），在这里，其再一次按照“面部、上肢、下肢”的前后顺序排列，从内囊开始，纤维形成紧密的纤维束，占据大脑脚的中央 1/3。从这里向下穿过腹侧脑桥，在桥核的细胞及横向排列的桥小脑纤维间分裂为多个小的纤维束。在靠近脑桥的下端，其再次汇合为单条纤维束；其沿着延髓的腹侧表面，形成“锥体”。当其穿过脑干，锥体系按一定间隔规律发散，到达脑神经

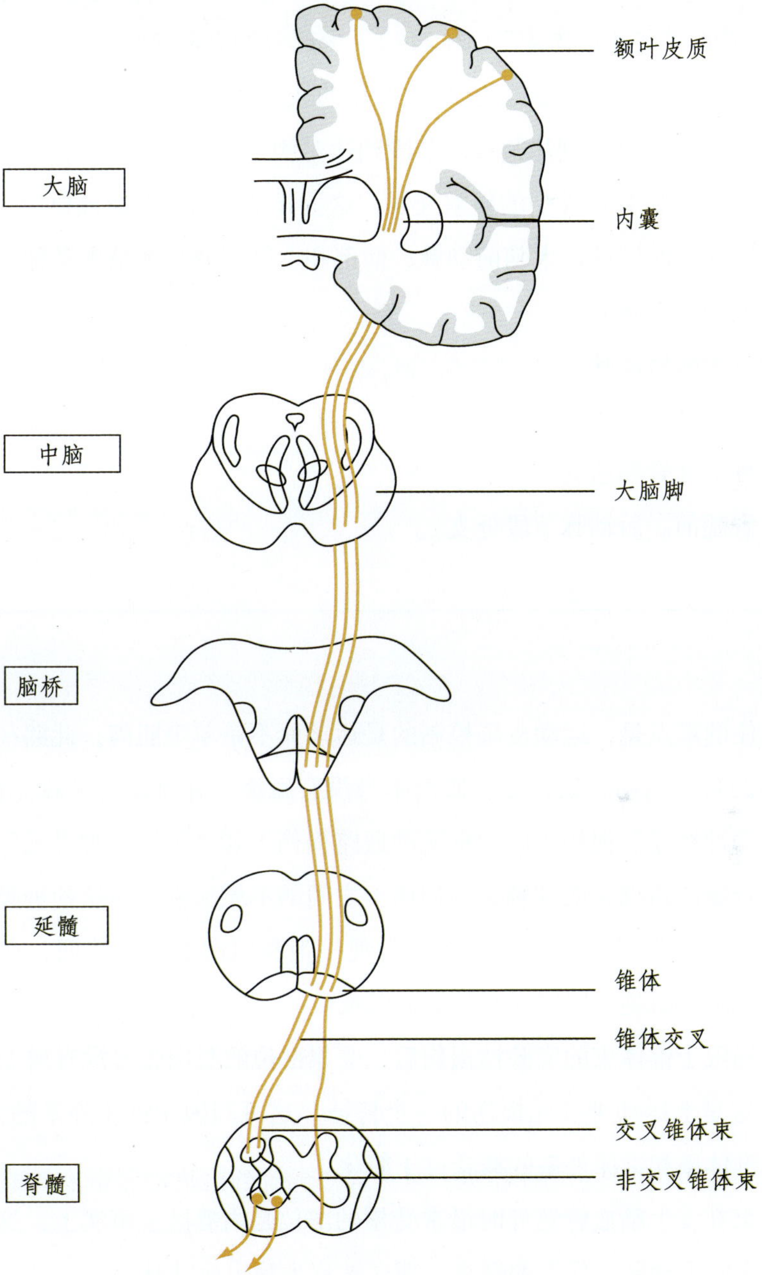

图 239 锥体束的长下行通路。

的运动神经核。大部分的皮质延髓纤维穿过脑干，但许多脑神经核是双侧神经支配的。

在延髓末端附近，绝大多数锥体束纤维交叉至对侧，并占据脊髓外侧白质束中心位置。这是所谓的“交叉锥体束”（图 245）。少部分的脊髓锥体纤维，在达到最终终止的节段水平之前，未进行交叉。这叫做直接的或不交叉的锥体束。其向下延伸，靠近脊髓的前正中裂，纤维分别从其每个节段到达对侧。

鉴于锥体束在脑血管意外中的频繁受累，这里详细列出了其血液供应：

- 运动皮层 – 下肢区域，大脑前动脉；面部和上肢区域，大脑中动脉。
- 内囊 – 大脑中动脉分支。
- 大脑脚 – 大脑后动脉。
- 脑桥 – 基底动脉脑桥支。
- 延髓 – 椎动脉脊髓前支。
- 脊髓 – 脊髓前、后动脉节段分支。

临床特征

1. 要记住的重点是，运动皮层控制的是运动而不是单个肌肉；此路径的损伤导致身体对侧的自主运动瘫痪，尽管肌肉本身没有瘫痪，并可能会导致非自主运动。这是“上运动神经元”损伤（即中枢运动通路损伤）和“下运动神经元”损伤（即脑神经核、脊髓前角细胞或其轴突的损伤）之间的本质区别。在这两种类型的肌肉瘫痪中，后者反射活动首先消失，随后出现松弛和肌肉萎缩；然而，在锥体病变中，会出现痉挛、肌腱反射增强和足底伸肌反应。

2. 严格局限于锥体束的实验性损伤后，受累部位的肌肉张力没有增加（痉挛），但在临床上这是上运动神经元损伤的一个特征，这可归因于锥体外系的共同参与。这表明单纯锥体系和锥体外系的概念过于简化。

3. 锥体束在发生脑血管意外时最常受累的部位是内囊区。事实上，这个区域的供血动脉（大脑中动脉）最大的穿支，现在被称为脑出血动脉。

4. 这里列出了锥体束每个层面受累时更重要的相关体征：

a. 皮质：此处可能出现孤立性损伤，导致自主运动丧失，比如单一对侧肢体受累，但感觉皮层经常会同时受累。优势半球病变（通常为左侧）导致的失语症并不少见，累及 Broca 和 Wernicke 区及其之间的皮质。

b. 内囊：通常所有部分的纤维束都受累及，导致完全的对侧偏瘫伴相关感觉丧失。病变可能向后延伸到视觉辐射，造成对侧同向视野缺损（偏盲）。

c. 大脑脚和中脑：动眼神经的纤维经常同时受累，因此，会有动眼神经麻痹的相关症状出现。

d. 脑桥：展神经经常会受累，单独发生或者同时累及面神经。然后，可能出现对侧上肢和下肢的偏瘫，下运动神经元出现同侧面神经麻痹，无法外展同侧眼球。

e. 延髓：因为与锥体位置接近，髓质病变经常影响到双侧肢体。病变侧舌麻痹是由舌下神经或其核受累所致。呼吸、血管运动和吞咽中枢也可能受到影响。

f. 脊髓：脊髓损伤后引起的瘫痪一般是同侧的，损伤后表现与锥体束损伤的位置水平一致。在脊髓损伤的相同位置水平可以探测到下运动神经元损伤（直接损伤）。锥体束靠近上行感觉通路，这解释了通常伴发的感觉变化发生的原因。

锥体外运动系统，从定义上讲，这应该包括所有不通过髓质锥体的运动投射。其曾被认为是平行于，并在很大程度上独立于锥体运动系统来控制肢体运动，临床上使用锥体系 / 锥体外系来区分两种运动综合征：一种是以痉挛和瘫痪为特征，另一种包括非自主运动，或无法活动，不伴有瘫痪。现在很明显，许多“锥体外系”结构，特别是基底节，实际上通过改变运动前皮质的活动从而改变锥体系运动投射来控制运动。这明显表明了两个系统之间的分界是不明确的。

锥体外系统的组成部分包括红核、前庭核、上丘脑和脑干内的网状结构，所有这些都通过弥散的通路投射到脊髓运动神经元。小脑投射也包括在内，因为其不仅影响脑干运动通路，而且还通过齿状核 - 丘脑投射影响运动皮层本身。

也许保留锥体外系这一定义的最重要的结构是基底节。新纹状体（尾状核和壳核）接受广泛的皮质传入，包括来自高阶感觉联合和运动区的传入，主要投射到苍白球。基底节主要通过苍白球传出冲动，通过丘脑腹前核，主要对运动前和运动皮层产生影响。这种连接方式表明基底节参与复杂的运动控制，包括运动计划和运动的开始。

多种运动障碍与基底节病理改变及在某些情况下存在的特定神经递质神经解剖学的离散不足有关。例如，帕金森病涉及的中脑黑质中多巴胺能神经元的退化。这种色素核为新纹状体提供了一种密集的多巴胺能神经支配，这在严重的帕金森病患者中可能会完全消失。对这种选择性化学神经病理学的了解，使对该疾病的治疗得以进展，包括口服多巴胺前体左旋多巴。

大脑和脊髓的被膜（脑膜）

大脑和脊髓周围有三层同心排列的膜，称为脑膜层或脑膜。从外到内，这三层分别是硬脑膜、蛛网膜和软脑膜。

硬脑膜是颅骨内一种致密的膜，通常被描述为双层结构。但这种描述需要一些限定条件。硬脑膜的外层紧密地附着在颅骨的内表面；内层，即真正的硬脑膜层，大部分与外层融合，部分通过颅内硬脑膜静脉窦与外层分开，在分开的部分内层向内形成四个突出的折叠层（见图 214）：

- 大脑镰。
- 小脑镰。
- 小脑幕。
- 鞍隔。

这些硬脑膜的折叠作用是将颅腔分隔开，并在大脑的不同部分之间起到分隔作用，从而实现最大程度地减少大脑通常承受的巨大扭转力的重要功能。

蛛网膜是一种纤细的膜，走行在硬脑膜内表面，并通过潜在的硬脑膜下间隙与硬脑膜分离。

软脑膜与大脑和脊髓表面紧密相连。其深入所有大脑沟里。软脑膜和蛛网膜之间的间隔称为蛛网膜下腔。这个空间包含脑脊液，有从蛛网膜到软脑膜的细纤维束小梁穿过。

脑室系统和脑脊液循环

脑脊液是由覆盖在侧脑室、第三脑室和第四脑室脉络丛的上皮细胞分泌形成的；其通过颅内的脑室系统循环，并从第四脑室顶部流入蛛网膜下腔，再被重新吸收到硬脑膜静脉系统中。

脑室系统的总体外观如图 240 所示。两个侧脑室是迄今为止该系统最大的组成部分，占据了大脑半球相当大的一部分。每个侧脑室都有一个前角（在室间孔前）、一个位于尾状核体上方和内侧的体部、枕叶中的后角和向下延伸到颞叶的下角。负责产生大部分脑脊液的侧脑室脉络丛，从下角穿过体部延伸至室间孔，在那里其与第三脑室的脉络丛相连续（见图 235）。

第三脑室是位于两侧间脑之间的中线处一个狭缝状腔。因此，第三脑室的上部位于丘脑的两侧之间，而脑室的下部位于下丘脑的两侧之间。第三脑室的底部由前至后由视交叉、灰结节、漏斗和乳头体形成。下丘脑同时参与构成第三脑室的侧壁和底部。脑脊液从第三脑室通过狭窄的中脑导水管（Sylvius 管）到达第四脑室。

从上方看，第四脑室呈菱形，从侧面看呈十字。其底部由延髓尾端形成，喙部由脑桥形成。其顶部由小脑和上髓帆形成。脑脊液从第四脑室正中孔和外侧孔（分别是 Magendie 和 Luschka）进入蛛网膜下腔，然后流经大脑和脊髓表面。

在某些区域，蛛网膜下腔会明显扩大，形成不同的脑池。其中最重要的是小脑和

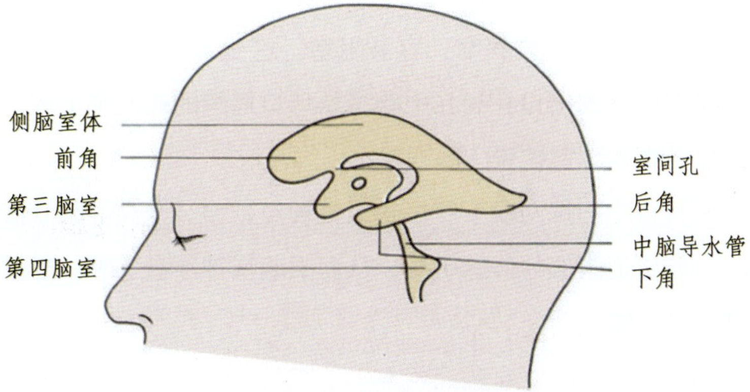

图 240 脑室系统。

延髓背侧之间的小脑延髓池；脑桥腹侧面的桥池；大脑脚之间的脚间池；位于胼胝体压部和小脑上表面（包括大脑大静脉和松果体）之间的环池；视交叉周围的交叉池。脑脊液的再吸收主要通过上矢状窦和少部分经由其他硬脑膜静脉窦，经蛛网膜颗粒贯穿硬脑膜，使脑脊液与窦间皮直接相连续。沿着上矢状窦，这些颗粒（或蛛网膜绒毛）聚集在一起形成 Pacchionian 体，沿着颅骨内侧面的正中线很容易看到点状侵蚀。

大约 1/5 的脑脊液沿类似的脊髓绒毛被吸收，或者沿着神经鞘进入淋巴管。脑脊液的吸收是被动过程，这取决于其流体静压能否高于静脉内的压力。

临床特征

1.CT 已经彻底改变了对颅内占位病变（创伤后血肿、脓肿和肿瘤）的研究，既显示了病变本身，同时又显示了脑室系统的移位。图 241 和图 242 是典型的颅脑横切面，用以说明正常的解剖特征；注意脑室解剖的细节清晰可见。

2.MRI 在产生中枢神经系统的高质量图像方面尤其有价值（图 243）。

3. 脑脊液有多种用途，包括提供保护性水套和通过改变脑血流量调节颅内压的机制。

4. 成人脑脊液的总容量约为 150 mL，其中约 25 mL 包含在脊髓膜内；其通常在侧向水平位置处承受约 100 mmH_2O（范围为 80~180mmH_2O）的压力。硬脑膜是一个简单的流体静力学系统，所以，当患者坐起来时，腰椎膜的脑脊液压力上升 350~550 mmH_2O，而脑室液压力下降到大气压以下。

5. 脑脊液通道的某些部位狭窄，容易阻塞。这些部位包括室间孔、第三脑室、中脑导水管、第四脑室的出口孔和在中脑幕状切口周围的蛛网膜下腔。脑脊液系统阻塞导致颅内压升高和脑室扩张（脑积水）。

6. 这些脑膜覆盖物和蛛网膜下腔一起沿视神经延伸。升高的脑脊液压力沿着这一空间传播，可能压迫眼部的静脉引流，从而引起视神经盘水肿。通过眼底镜检查可以发现视神经盘肿胀。

7. 腰椎穿刺。

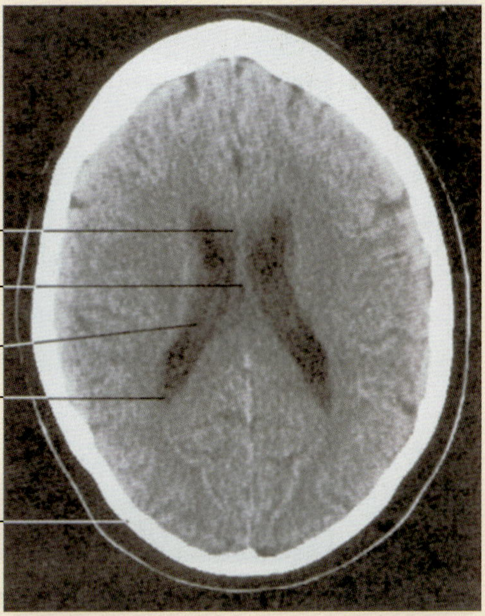

a

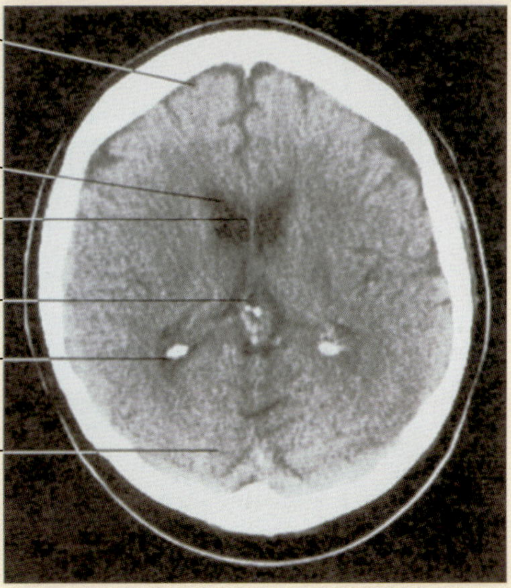

b

图 241 （a）侧脑室体部水平的颅骨 CT 图像。（b）侧脑室前角水平的 CT 图像。

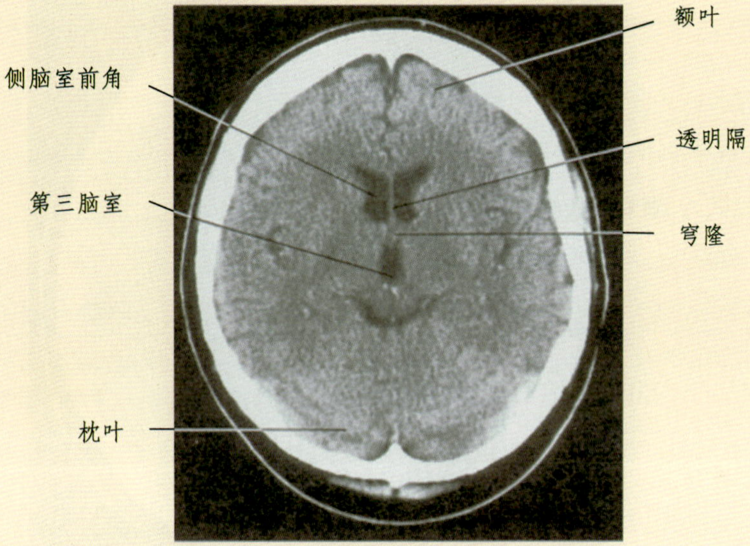

图 242 第三脑室层面的 CT 图像。

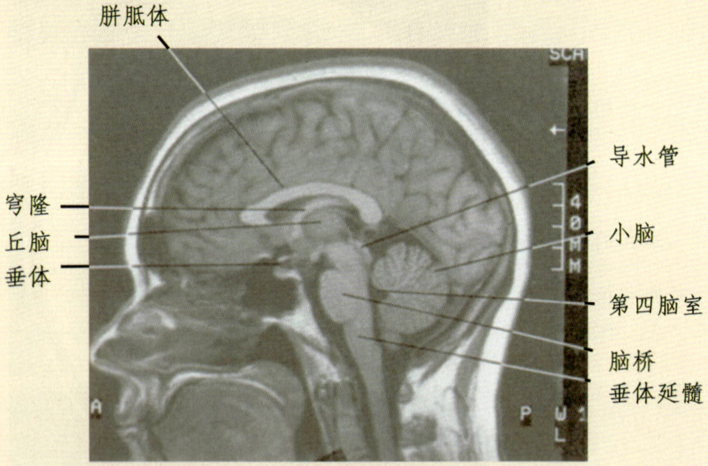

图 243 头部的 MRI 矢状切面。注意通过这种技术可以看到大脑结构的细节。

脊髓

脊髓长 45cm。其上端在枕骨大孔水平连接延髓，下端止于第 1 腰椎体下缘。脊髓下方的结构为脊髓圆锥。再往下为软脑膜的延伸结构，即终丝，其向下达尾骨，并附着在尾骨的背面。

脊髓有一个较深的前正中裂、一个较窄的后正中隔和两侧的后外侧沟，后（感觉）神经根沿后外侧沟顺序排列（图 244）。

这些后根均有一个神经节，构成感觉神经传导的第一部分（图 269）。

前（运动）神经根沿着脊髓两侧的前外侧连续出现。前、后神经根均来自脊髓的一系列神经根。

在每个椎间孔处，前、后神经根联合形成脊神经，并立即分为初级的前、后分支，每个分支均传递运动和感觉纤维。

由于脊髓和脊柱长度有差异，神经根的长度由上到下逐渐增加；在 L2 椎体水平的脊髓末端以下，腰和骶神经根继续延伸为一束，被称为马尾神经。

结构（图 244）

脊髓的横切面可见中央管，被“H”形灰质围绕，继而被白质围绕，白质内包含长的上行和下行神经纤维束。

灰质的后角被胶状质覆盖，为许多来自后神经根的感觉纤维的终止处。在灰质较大的前角中有产生前神经根纤维的运动细胞。

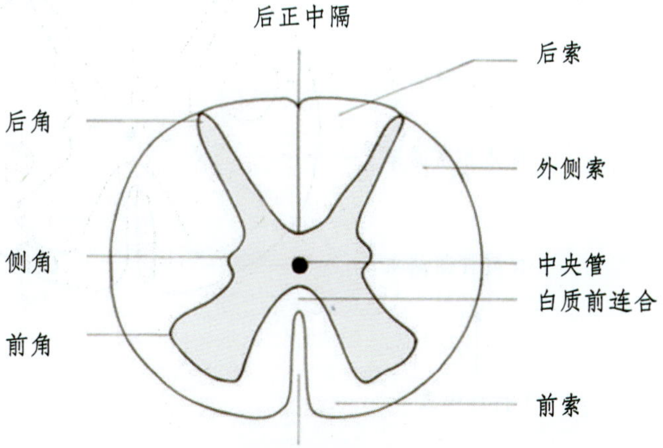

图 244 穿过胸段的脊髓横切面。

脊髓胸段和上腰段在每一侧均有侧角，内含交感神经系统的起源细胞。

下面重要介绍白质中的长神经束。

下行纤维束（图 245）

1. 皮质脊髓侧束。运动通路始于运动皮层的锥体细胞，在髓质交叉，然后沿着脊髓对侧的锥体束下降。在每个脊髓节段，纤维束进入灰质前角，并与此处的运动细胞连接，因此，随着脊髓束的下降，纤维束逐渐变细。

2. 皮质脊髓前束是一个较小的束，向下延伸，不在髓质内进行交叉。然而，在每个节段，纤维束会传递到对侧的腹侧角（前）运动细胞。

上行纤维束（图 245）

1. 脊髓小脑前、后束沿着脊髓的同一侧上升，并通过小脑上、下脚进入小脑。

2. 脊柱丘脑前、外侧束。痛觉和温觉纤维进入后根之后上升几个节段，在胶状质中延伸，然后穿过到达对侧，在这些纤维束上升到达丘脑，然后传递到感觉皮层。

3. 后索由内侧束和外侧束组成，分别称为薄束和楔束。两者传递一级感觉纤维，包括精细的触觉、振动感和本体感觉（位置感），大多数未进行交叉，到达延髓中的薄束核和楔形核，在此处经过突触后，二级纤维交叉，传递到丘脑，在经过之后的突触后，成为三级感觉纤维到达感觉皮层。一些纤维沿着小脑下脚从延髓到达小脑。

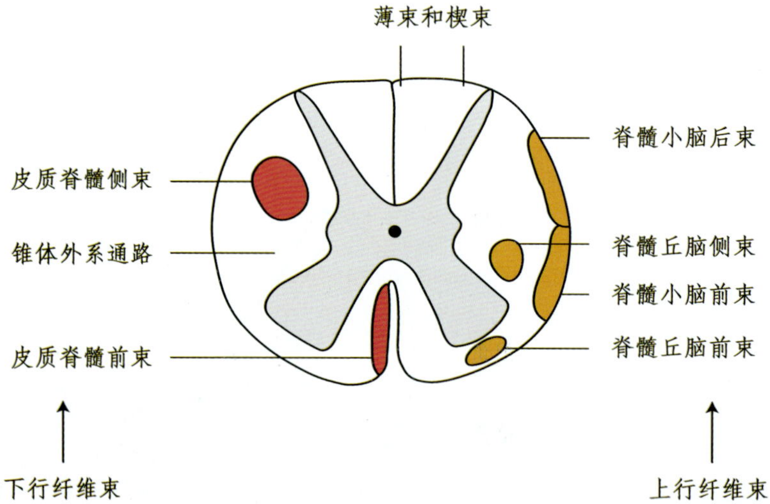

图 245 重要脊髓束的位置。（下行纤维束显示在左侧，上行纤维束显示在右侧）。

血供

脊髓前、后动脉从椎动脉颅内段开始在蛛网膜下腔内向下延伸。其由来自颈部动脉上升支、椎动脉颈部部分、肋间后动脉和腰椎动脉的脊分支供给。

临床特征

1. 脊髓完全横断后，损伤平面以下的脊髓节段控制的区域完全丧失感觉，并伴有肌肉松弛性瘫痪。当远端的脊髓从一段时间的脊髓休克中恢复时，瘫痪部分会出现痉挛和反射亢进。自主性括约肌支配丧失，但膀胱和直肠的排空反射随后又恢复，前提是位于骶部的脊髓中心没有被破坏。

2. 脊髓中央部损伤，对于脊髓空洞症和一些髓内肿瘤患者，交叉的脊髓丘脑纤维首先受累，首先引起在病变下方的双侧痛觉和温觉丧失；本体感觉和精细触觉无损害（因后索完好）。

3. 脊髓半横断后会继发 Brown-Séquard 综合征；病变同侧（锥体束）下方出现瘫痪，本体感觉和精细辨别能力丧失（后索）。在病变下方对侧肢体痛觉和温觉消失，因为受影响的脊髓丘脑束含有在脊髓半横断水平以下交叉的纤维。

4. 脊髓痨以前很常见，但现在很少见，是一种梅毒性后索和后脊神经后根退行性改变，其特征是本体感觉丧失；患者会出现共济失调，特别是当其闭上眼睛时，因为其已经失去了位置感，患者可以通过空间关系的视觉知识（Romberg 征）来补偿其部分的位置感。

5. 难治性疼痛可通过切断适当的脊神经后根（后根切断术）或通过在疼痛的对侧部位分离脊髓丘脑束（脊髓索切开术）来治疗。手术刀在齿状韧带前方穿过 3mm 的脊髓，然后从这一点向前清扫，切断脊髓丘脑束，但保留其正后方的锥体束。

6. 马尾综合征是指构成马尾的神经根受到外在压迫的情况。原因通常是椎间盘突出（L4~L5 水平或 L5~S1 水平）。这种情况也可能由肿瘤或外伤引起。不常见的原因包括椎管动静脉畸形、脓肿和血肿。临床表现包括排尿和（或）直肠 – 肛门功能障碍、鞍区麻木、下肢运动无力和腰痛。

年龄差异

在胎儿期的第 3 个月，脊髓占据了椎管的整个范围。然后，椎骨的生长速度超过了脊髓，因此，在出生时，脊髓仅达到第 3 腰椎的水平（图 246）。

到青春期为止，两者的生长差异进一步增大，使脊髓在第 1 腰椎和第 2 腰椎间盘的大致水平上达到其最终位置（图 247）。

脊髓膜（脑脊膜）（图 248）

脊髓和大脑一样，被软脑膜紧密地包裹着。其在神经根之间的两侧增厚，形成齿状韧带，并从侧面穿过，附着在硬脊膜上。软脊膜向下成为终丝，终丝穿透硬膜囊的远端并附着在尾骨上。

蛛网膜沿软脊膜排列，在蛛网膜和软脊膜之间形成扩大的蛛网膜下腔，其内含有脑脊液。软脊膜和蛛网膜沿着脊髓神经根延伸。

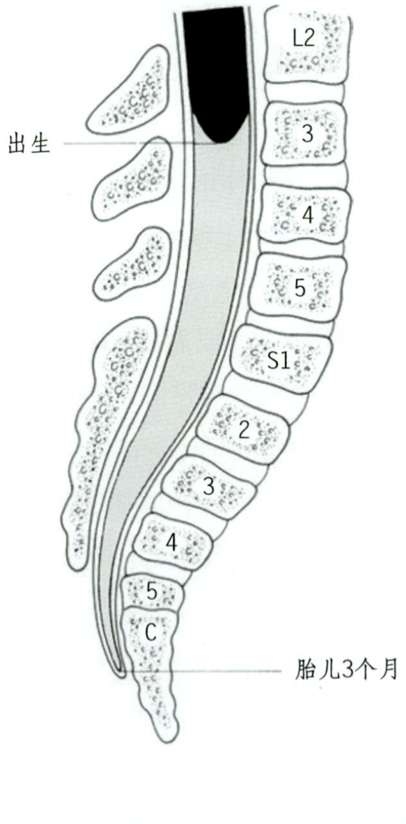

图 246　3 个月胎儿和新生儿的脊髓和椎骨之间的关系。

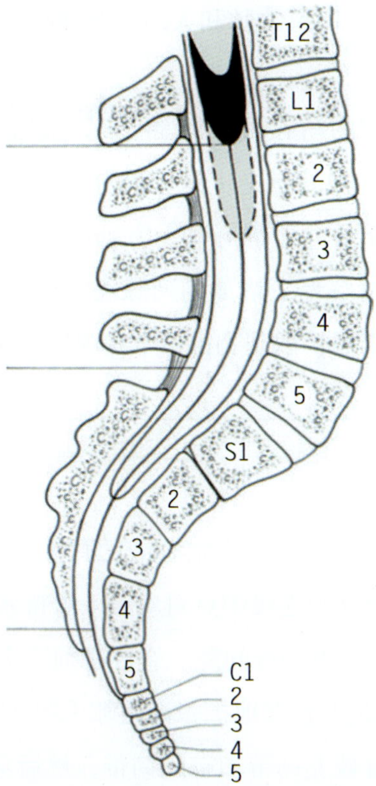

图 247 成人脊髓终末变化范围。

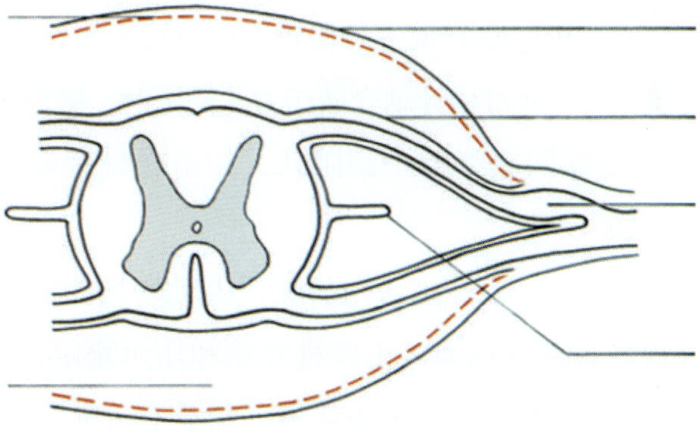

图 248 脊髓的被膜。

硬脊膜本身在脊髓外形成一个坚硬的鞘。其在第 2 骶椎的远端终止。其还沿着每个神经根延伸，并与周围神经鞘融合。

硬膜外隙是硬脊膜和椎管之间的间隔。其从枕骨大孔（硬脑膜在其上方形成两层）向下延伸到骶骨裂孔。其充满半液态脂肪，包含淋巴管（尽管在硬脑膜深处的神经系统内没有淋巴管），以及动脉和大的薄壁静脉。这可以被认为是相当于大脑静脉窦之间的两层硬脑膜。

虽然这个空间的动脉相对来说不多，但这些硬膜外静脉形成了一个丰富交通的血管网络，称为椎体内静脉丛。这个静脉丛接受来自每个椎体后部的椎体静脉。此外，椎体内静脉丛与下方盆腔静脉和上方脑内静脉相连，因此，形成了允许细菌和肿瘤细胞传播的通路。这解释了诸如前列腺癌扩散到骶骨和椎骨（Batson 的“无瓣膜椎静脉丛”）、侵袭性乳腺癌扩散到胸椎、甲状腺滤泡癌扩散到颈椎的原因。

临床特征

从脊髓蛛网膜下腔抽出脑脊液的腰椎穿刺操作必须在远离脊髓末端的地方进行。两侧髂嵴顶点的连线中点对应第 4 腰椎水平（见图 40），可以安全地使用对应该标志正上方或下方的椎间隙。脊柱必须完全弯曲（患者保持坐位或左侧卧位或右侧卧位），以便最大程度地扩张椎间隙（图 249）。针头向内，尽量在正中线，与脊柱呈直角；穿过棘上韧带和棘间韧带，然后穿透硬脊膜，后者伴有明显的穿透感。偶尔，如果马尾神经根受到损伤，会感到疼痛，但通常这些神经根会漂离针头。

腰椎穿刺时，可对脑脊液进行检查；可将抗生素、放射性不透明对比剂或麻醉剂注入蛛网膜下腔，并可估计脑脊液压力（侧卧时，脑脊液压力为 80~180 mmH_2O）。在穿刺点上方的蛛网膜下腔中的阻塞，如由脊椎肿瘤引起的，可以通过下方的 Queckenstedt 试验发现。

对颈部施加压力，以压迫颈内静脉，从而减少颅内静脉流出，提高颅内压。因此，脑脊液被转移到脊髓囊，由腰椎穿刺和压力测定，脑脊液压力迅速上升至少 40mmH_2O。如果蛛网膜下腔中存在阻塞，则看不到压力的上升。

硬膜外阻滞。硬膜外间隙可由穿过椎板间或经骶骨裂孔的针进入（骶尾部麻醉）。

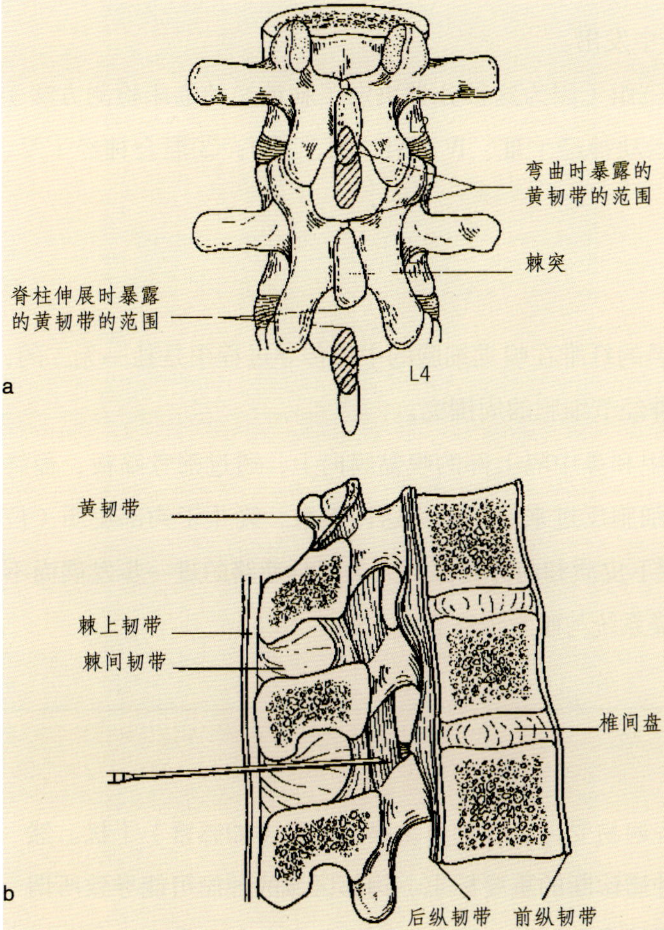

图 249 （a）脊柱弯曲时腰椎间隙；这一解剖特点使腰椎穿刺成为可能。L2 和 L4 椎体位于伸展位置时显示为交叉的阴影。（b）腰椎穿刺的解剖。

脑神经

正如 31 对脊髓神经被视为脊髓的周围神经一样，12 对脑神经也被视为大脑的周围神经。每对脑神经的名称表明神经的主要功能或神经的某些解剖特征。常用罗马数字表示。因此，脑神经 I（嗅神经）是大脑中出现在最上方的神经，脑神经Ⅻ（舌下神经）是最下方的神经。脑神经Ⅰ和Ⅱ通常被认为是前脑的延伸，而其余的脑神经（Ⅲ～Ⅻ）起源于脑干，并从脑干中发出。

临床上，将脑神经分为以下三组（因为这种分类决定了脑神经的临床检测方法）：①感觉神经（Ⅰ、Ⅱ、Ⅷ）；②运动神经（Ⅲ、Ⅳ、Ⅵ、Ⅺ、Ⅻ）；③混合神经（Ⅴ、Ⅶ、Ⅸ、Ⅹ）。

嗅神经（Ⅰ）

与其他传入纤维不同，嗅神经的纤维在嗅觉细胞的中枢传导过程中是独一无二的，是嗅细胞的中枢突，而不是中枢神经节细胞的周围突。

嗅觉感受器的中枢突从上鼻甲和鼻中隔上部的嗅黏膜向上，通过筛骨筛板，最终与嗅球细胞的树突相结合。嗅球细胞反过来通过轴突送回嗅束，终止于钩部皮质（位于颞叶前极的下侧面）、相邻的颞下皮质和前穿孔区。人类嗅觉通路的进一步发展尚不确定，但现在很明显的是海马穹隆系统与嗅觉没有直接关系。

临床特征

1. 人类的嗅觉并不发达，普遍易受可以影响鼻黏膜的因素（如感冒）干扰。然而，单侧嗅觉障碍可能是额叶肿瘤诊断的重要标志。钩部区域的肿瘤可能导致所谓的“钩”型的相应症状，其特征是嗅觉幻觉并发意识障碍和非自主咀嚼运动。

2. 头部损伤后，可能出现因嗅觉神经中断引起的双侧嗅觉障碍，特别是与前颅窝骨折有关，此时脑脊液通过筛板泄漏，可出现鼻漏。

视神经（Ⅱ）和视觉通路

视神经是传导视觉的神经。其不是真正意义的脑神经，应被认为是从大脑中抽取出的一个脑神经束。在胚胎学上，其与视网膜一起发展为前脑侧囊。由于缺少神经鞘，其纤维和其他脑组织一样，在损伤后无法再生。

从功能角度来看，视网膜可被视为由三个细胞层组成：内层为感光细胞、视杆细胞和视锥细胞；中间层为双极细胞；外层为神经节细胞层，其轴突形成视神经（图 250）。这些轴突从视网膜的各个部位汇聚在视神经盘上，从视神经盘穿过巩膜形成视神经。

视神经向后内侧进入视神经管（位于蝶骨体和蝶骨小翼之间）（见图 223b），通过视神经管到达蝶骨体背侧的视交叉前沟。在这里，来自视网膜内侧（即与颞视野有关的部分）的纤维在交叉到对侧形成视束，而来自视网膜外侧（鼻视野）的纤维则向后在视束内向后穿行到同侧。视束中绝大多数纤维终止于丘脑外侧膝状体。视辐射的纤维从外侧膝状体部横向穿越颞叶，然后向后进入枕部视觉皮层（距状沟周围的皮质）：视网膜的上半部和下半部分别位于沟的上、下边（见图 236 和图 251）。

然而，在视束中的促进瞳孔、眼和头颈部反射的一小部分纤维，绕过膝状体到达中脑的上丘和顶盖前核。在顶盖前区，纤维与两侧的 Edinger–Westphal 核相连。这一途径解释了直接和间接瞳孔对光反射（即光照在一只眼中会导致两个瞳孔收缩）。

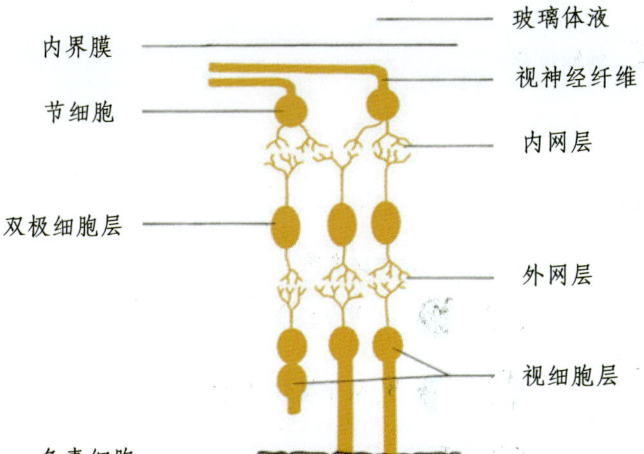

图 250 视网膜的层次。

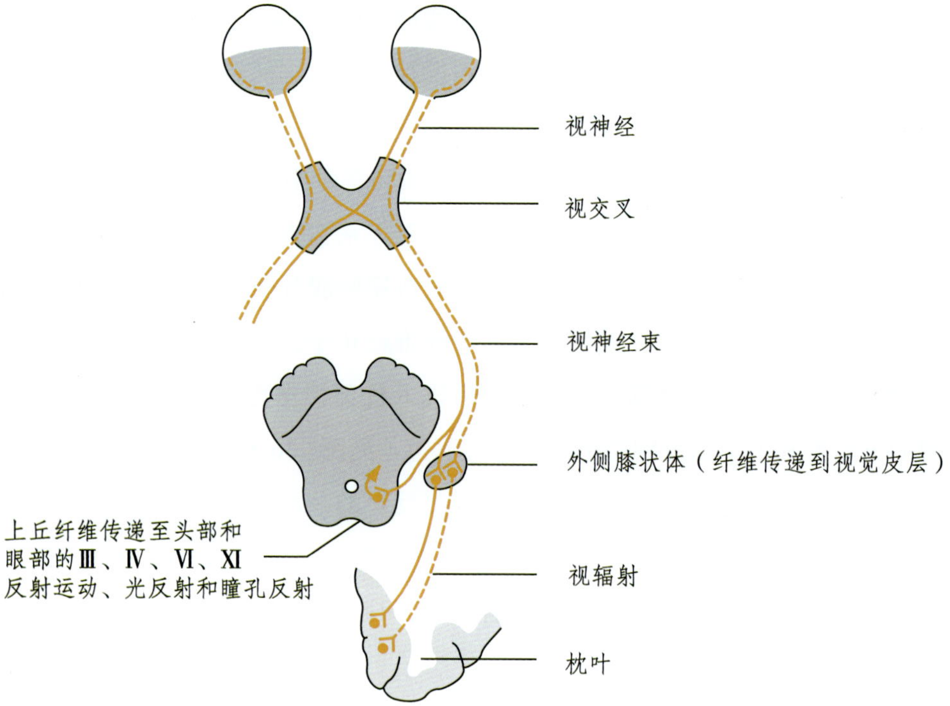

a

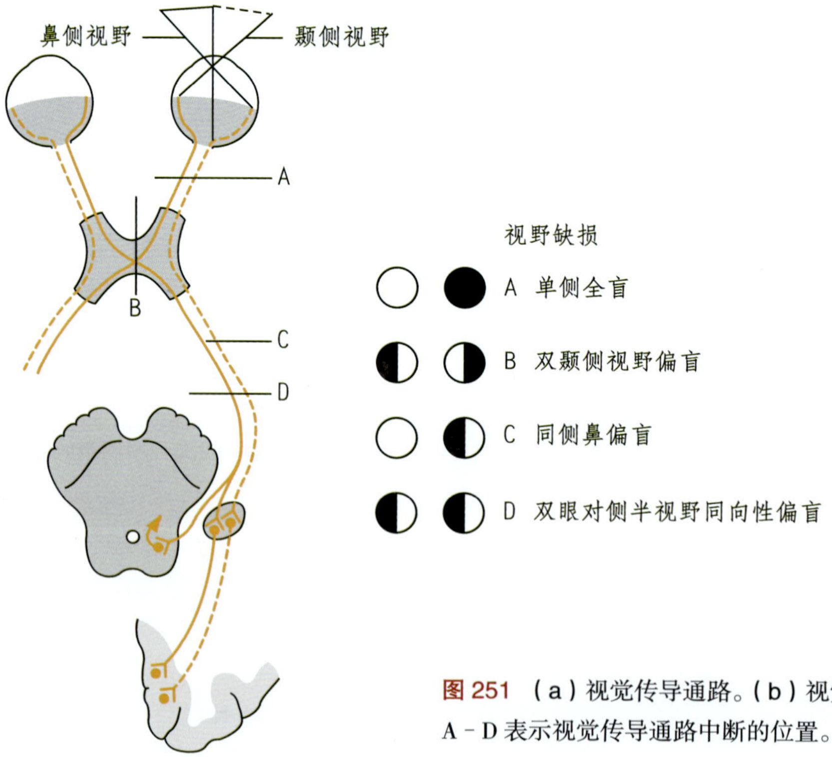

b

图 251 （a）视觉传导通路。（b）视觉缺损原理。A－D 表示视觉传导通路中断的位置。

临床特征

1. 视网膜或视神经损伤会导致受累节段同侧失明，但视束损伤导致双眼对侧半视野同向性偏盲。同样，视交叉病变（如增大的垂体肿瘤）会导致双颞侧偏盲，即两侧的颞侧视野均会失去视力。

2. 引起 Argyll Robertson 瞳孔病变被认为是在顶盖前区附近。瞳孔在近物体上缩小（即适应），但在强光下不收缩（即不对光产生反应）；现在还没有令人满意的解释可以说明为什么瞳孔对光反射消失，但瞳孔调节辐辏反射仍然会存在。这在影响到中枢神经系统的梅毒患者中常见。

动眼神经（III）

动眼神经除了支配大部分的眼外肌外，还通过睫状神经节为瞳孔括约肌传递节前副交感神经纤维。其神经核位于中脑，主要由两个部分组成：控制眼外肌的躯体运动核和发出节前副交感神经纤维的 Edinger–Westphal 核。前者称为动眼神经主核，后者称为动眼神经副核。

从这些核的纤维垂直穿过中脑被盖，走行在大脑脚的内侧。神经束在小脑上动脉和大脑后动脉之间向前穿行，穿过硬脑膜进入海绵窦侧壁（图 252），直到眶上裂。在进入裂缝之前，其分为上、下两个分支；两个分支进入眼眶（图 256）。上支经视神经外侧，供应上直肌和上睑提肌；下支供应内直肌、下直肌和下斜肌。最后一根传递副交感神经纤维至睫状神经节。

睫状神经节

这个小但重要的神经节位于视神经侧面的眶顶附近。其除了从 Edinger–Westphal 核接收节前副交感神经纤维外，还有来自颈内动脉神经丛的交感神经根（神经节后），以及来自鼻睫神经（三叉神经眼分支）的感觉根。在这些纤维中，只有神经节中的副交感神经有突触，其他的纤维直接穿过。神经节后传出纤维从神经节通过大约 10 根短的睫状神经传递到睫状肌和虹膜肌肉。刺激导致瞳孔收缩和晶状体调节。交感神经和感

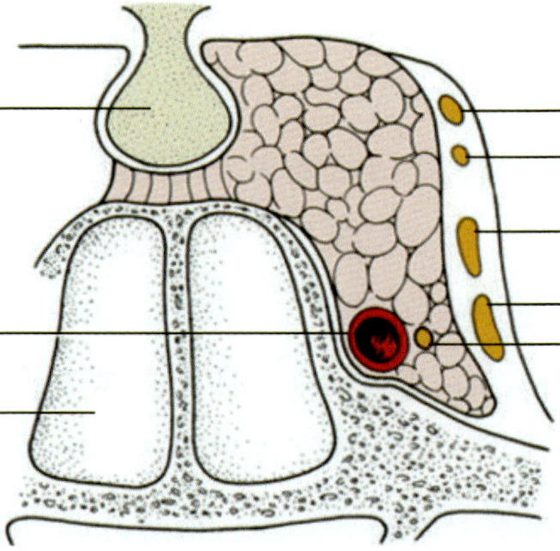

图 252 海绵窦 – 显示了脑神经Ⅲ、Ⅳ、Ⅴ、Ⅵ的关系。

觉纤维分别可引起血管收缩和瞳孔放大，传导眼球一般感觉。

（注意，大多数交感神经瞳孔放大神经纤维在鼻睫神经长的睫分支内传到眼。）

临床特征

脑神经Ⅲ的完全分离导致一组特征性的体征：

- 上睑下垂——由上睑提肌麻痹所致。
- 外斜视——由上斜肌和外直肌共同使眼球转向外侧所致。
- 瞳孔放大——交感神经纤维的扩张作用未受到抑制。
- 瞳孔调节辐辏反射及瞳孔对光反射消失——由瞳孔括约肌麻痹所致。
- 复视。

滑车神经（IV）

滑车神经是最细的脑神经，只供应眼外肌中的上斜肌。

该神经位于脑桥背侧（是脑干背侧唯一的脑神经），绕过大脑脚，在小脑上动脉和大脑后动脉之间向前穿行，进入硬脑膜。走行在动眼神经和眼神经之间的海绵窦的外侧壁（见图 252），经眶上裂入眼眶，位于直肌总腱环外侧面，自视神经内侧进入上斜肌。

临床特征

滑车神经损伤可导致上斜肌瘫痪，当患者看下方和外侧时会出现复视。或导致眼球完全瘫痪，此时的滑车神经被称作“流浪汉神经”。

三叉神经（V）（图 253 和图 254）

顾名思义，该神经由三部分组成。总体来说，分布在头面部的大部分皮肤，以及口腔、鼻和鼻旁窦黏膜的都是感觉纤维，其余小部分的运动神经支配咀嚼肌。

此外，其还与四个自主神经节有关，即睫状神经节、翼腭神经节、耳神经节和下颌下神经节。

三叉神经节

三叉神经节，又称作“半月节”，相当于脊神经的背部感觉神经节，呈“新月”

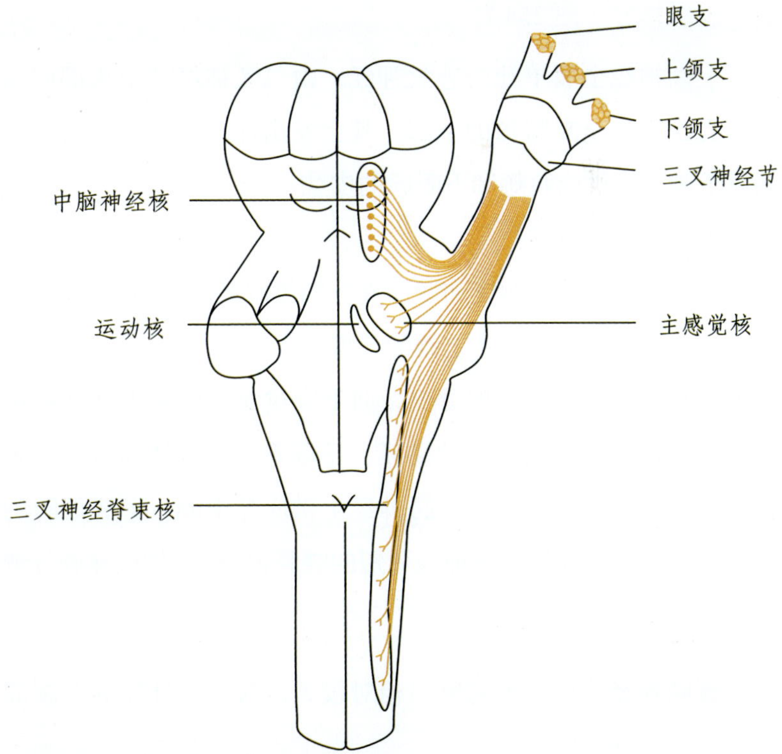

图 253 背侧三叉神经及其核团平面图。

形，位于颅中窝硬脑膜形成的间隙内，颞骨尖端附近。其运动纤维和岩大神经都在神经节的深面发出，位于大脑颞叶的海马齿状回的上方，颈内动脉和海绵窦后部之间。除本体感觉，三叉神经节作为第一级神经元接受所有感觉纤维。

V_1：眼神经（图 254）

眼神经是三叉神经中最小的感觉性分支，管理前额、上眼睑、角膜和大部分鼻部皮肤。眼神经自三叉神经节发出后向前行，并立即进入海绵窦侧壁、滑车神经的下方（见图 252）。在进入眼眶前，发出三个分支：额神经、泪腺神经和鼻睫神经。

1. 额神经：位于眼眶顶部的下方，随即分为两支：滑车上神经和眶上神经，分布于上眼睑和人字缝后部之间的头皮。

2. 泪腺神经：管理泪腺（随翼腭神经节的节后纤维，进入上颌神经）、结膜外侧和上眼睑。

3. 鼻睫神经：发出分支至睫状神经节、眼球、角膜、结膜、上眼睑的内侧半、颅前窝的硬脑膜、鼻部黏膜和皮肤。

V_2：上颌神经（图 254）

上颌神经也属单纯的感觉神经，由三叉神经节中央部向前发出，靠近海绵窦，经圆形孔出颅，至翼腭窝的上部。其会发出许多分支，然后穿过眶下裂和眶下孔，传出为眶下神经，供应脸颊和下眼睑的皮肤。

上颌神经的分支：

1. 颧神经，其颧颞支和颧面支分别供应颞区和脸颊的皮肤。

2. 上牙槽神经，到达上颌的牙齿。

3. 翼腭神经节发出的分支，向下穿过对应的腭大孔和腭小孔，分为腭大神经和腭小神经，供应硬腭和软腭的黏膜、悬雍垂、扁桃体和鼻部黏膜，咽部的分支供应鼻咽部黏膜。鼻腭神经（长的蝶腭神经）供应鼻中隔，形成硬腭的门齿管，管理中切牙后方的牙龈。后上外侧的鼻神经（短的蝶腭神经），供应鼻腔外侧壁的后上方。

翼腭神经节

翼腭神经节位于翼腭窝，相对较大，与三叉神经的上颌部分有关，接受来自面神经的分支岩大神经的副交感纤维和促进分泌的神经根。其感觉根有两部分：一部分来自上颌神经的 2 个分支；另一部分交感根来自颈内动脉神经丛，其副交感纤维发出后，通过与泪腺神经的交通支，到达泪腺，其中来自翼腭神经节的纤维也分布到鼻部黏液腺和浆液腺、上腭和鼻旁窦。感觉纤维和交感纤维（管理血管收缩）分布到鼻、鼻咽部、上腭和眼眶。

V_3：下颌神经（图 254）

下颌神经是三叉神经的三个分支中最大的一个，也是唯一一个传输运动纤维的分支。除了供应颞区皮肤、耳郭和下面部的一部分、舌前 2/3 的黏膜和口腔底部，运动纤维还分布到咀嚼肌和唾液腺。

从三叉神经节向前，立即进入卵圆孔，之后到达颞下窝，随即分为一个小的前干和一个大的后干，在分支前发出脊髓神经，分布到硬脑膜和翼内肌，止于耳神经节，运动纤维传至腭帆张肌及鼓膜张肌。

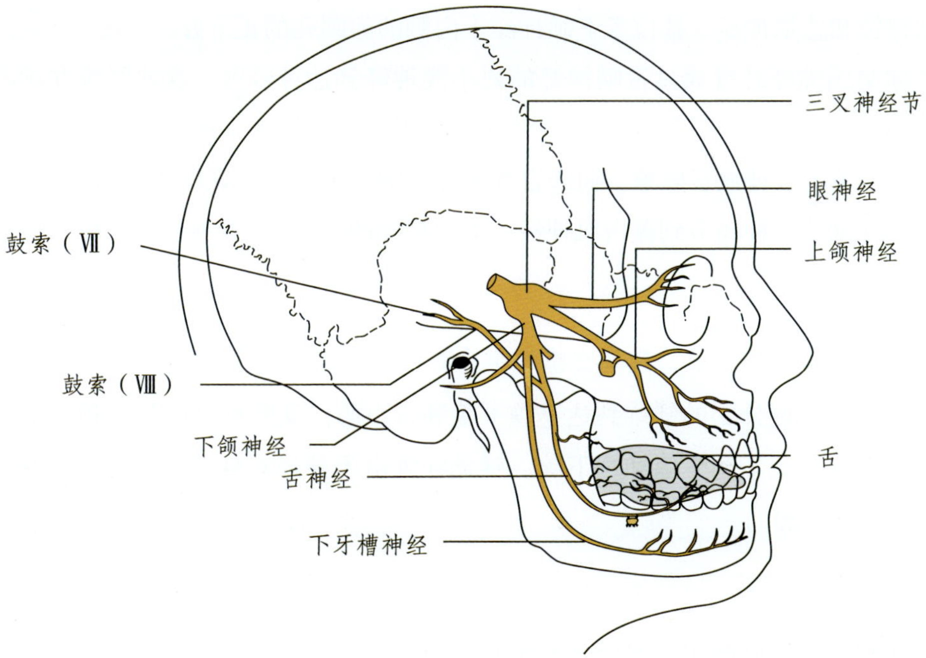

图 254　三叉神经分布。

前干发出：

1. 感觉支，即颊神经，供应部分脸颊皮肤和内侧黏膜。

2. 运动支，供应咬肌、颞肌和翼外肌。

后干主要是感觉性的，分为三个分支：

1. 耳颞神经，感觉纤维分布到颞区和耳郭的皮肤，从耳神经节传出的促分泌纤维传递到腮腺。

2. 舌神经，在下颌支的下方，向下到达舌旁（见图 197），管理口腔底部的黏膜、舌前 2/3（包括鼓索神经的味蕾纤维）、舌下腺和下颌下腺。

3. 下牙槽（牙）神经，向下进入下颌管，发出的分支供应下颌的牙齿。一个分支是颏神经，从颏孔中穿出，供应下颌的外侧牙龈、下颌和下唇的皮肤。下牙槽神经是后干唯一含有运动纤维的分支，这些运动纤维分布到下颌舌骨，下颌舌骨是下牙槽神经的另一个分支，在进入下颌孔之前发出，供应下颌舌骨肌和二腹肌的前腹。

耳神经节

耳神经节在三叉神经相关的四个神经节中是独特的，含有副交感纤维、交感纤维的运动神经和感觉神经。其位于下颌神经干内侧的卵圆孔的正下方。

其副交感神经纤维通过舌咽神经的岩小浅神经到达神经节，这些纤维在神经节中传递后通过耳颞神经到达腮腺，管理腮腺的分泌。交感纤维来源于脑膜中动脉丛周围的颈上神经节，管理血管收缩，而来自耳颞神经的感觉纤维，管理腮腺的感觉。

运动纤维从耳神经节到翼内肌神经（下颌神经的分支），管理鼓膜张肌和腭张肌。

下颌下神经节

舌神经止于此神经节，其副交感纤维来源于面神经的鼓索（图 257），通过鼓索后传入舌神经，管理分泌的纤维到达下颌下腺和舌下腺。交感纤维由颈上神经节到面动脉上丛，同样到达下颌下腺和舌下腺。感觉纤维由舌神经本身发出，管理这些唾液腺和口腔底部的黏膜。

三叉神经的中枢联系

三叉神经节细胞的中央突进入脑桥的侧面，分为上升支和下降支，终止于三叉神经感觉核的一个部分或其他部分（见图 253）。该核由三部分组成，每一部分管理不同性质的感觉：在中脑被盖中与触觉有关的感觉核；脊束核在下方，与痛觉和温觉有关；

中脑核接受本体感觉的传入纤维。三叉神经的运动根位于脑桥上部感觉核的内侧，其传出纤维与感觉纤维一起发出，加入下颌神经继续分布。

临床特征

1. 整个三叉神经的切断可导致面部、头皮前部、耳郭、鼻、口和舌前 2/3 的黏膜同侧麻痹，同时伴有同侧肌肉瘫痪和萎缩。三叉神经的单个分支损伤可导致受累神经分布区域出现相应的感觉缺陷。下颌神经损伤会导致感觉和运动障碍。

2. 三叉神经痛可能影响三个分支中的任何一个或多个，在对应的区域引起典型的急性痛、刀割样痛或阵发性疼痛（图 255）。

3. 疼痛经常从一个片段转到另一个片段。因此，患有舌癌（舌神经）的患者经常痛苦地抱怨耳痛（耳颞神经）。这种情况的经典描述是一位老先生坐在门诊部吐血，同时感觉耳朵里塞着一块棉花。

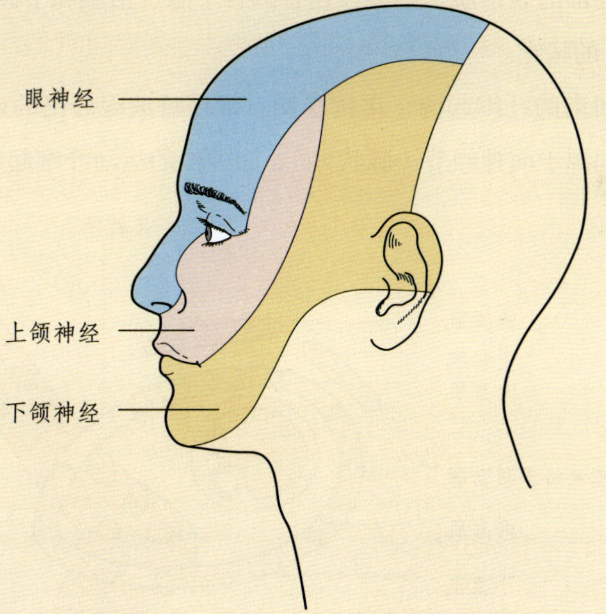

图 255 三叉神经的三个分支供应的面部和头皮区域。

展神经（VI）

与滑车神经一样，展神经只供应一块外眼肌，即外直肌。其核位于脑桥，在大脑底部的脑桥和延髓交界处发出纤维，然后向前进入海绵窦（见图 252）、颈内动脉的外侧，位于第Ⅲ、第Ⅳ和第Ⅴ对脑神经的内侧，穿经三叉神经的下方，到达眼眶，进入外直肌的深面（图 256）。

临床特征

由于其颅内的部分较长，颅底损伤常累及展神经。展神经受损后可产生复视和斜视。患者无法使眼球转向外侧。

面神经（VII）

除了管理面部的表情肌，面神经还管理舌下腺、泪腺和下颌下腺的分泌及鼻黏膜，还管理舌前 2/3 的味觉。

支配面部肌肉的纤维起源于尾桥腹侧，管理唾液腺分泌的运动纤维来源于上泌涎核，感觉纤维起源于面神经节（膝状体）。面神经的运动纤维起源于运动核，在脑桥内

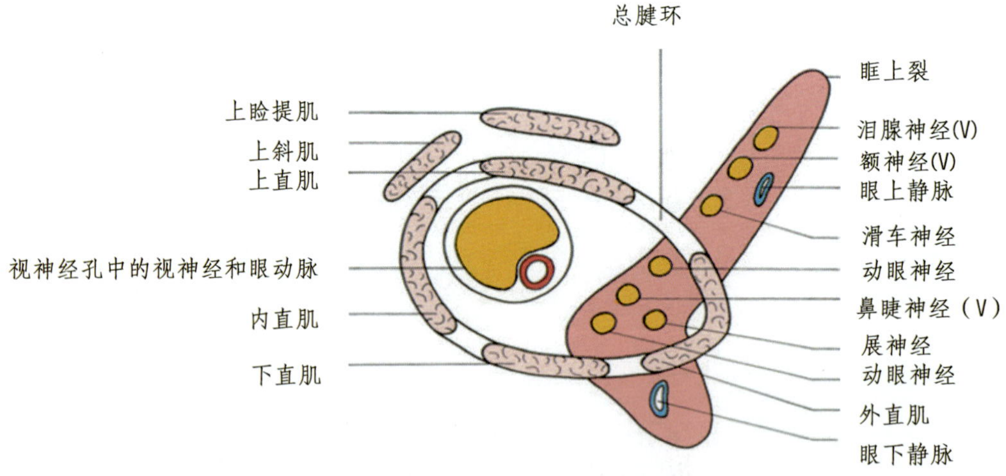

图 256 眶上裂和腱环，显示脑神经进入眼眶时的关系示意图（从前方看左眼眶）。

经过一个曲折的过程后，再从脑桥外侧与第Ⅷ对脑神经一起从小脑脚发出。

面神经的感觉纤维和运动纤维与第Ⅷ对脑神经一起由内耳道底部进入面神经管，其横向穿过前庭，然后急剧向后弯曲，越过中耳的岬。弯曲称为面神经膝，标志着面神经节的位置和管理泪腺分泌的运动纤维形成岩大神经。然后面神经向下，于中耳内侧，到达茎突孔（图 257）。

在进入茎突孔之前，面神经发出的分支称为鼓索，通过中耳锤骨和砧骨之间、颞骨的岩部和鼓部之间，进入颞下窝，汇入舌神经。因此，其味觉纤维到达舌前 2/3，其管理分泌功能的运动纤维经下颌下神经节，达下颌下腺和舌下腺。

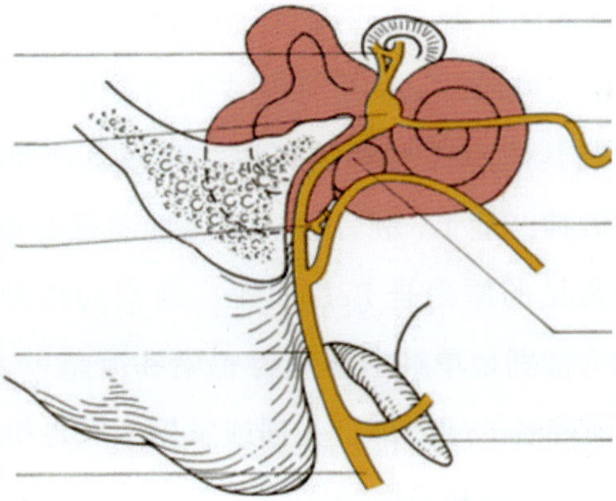

图 257　面神经在颞骨内的分布。

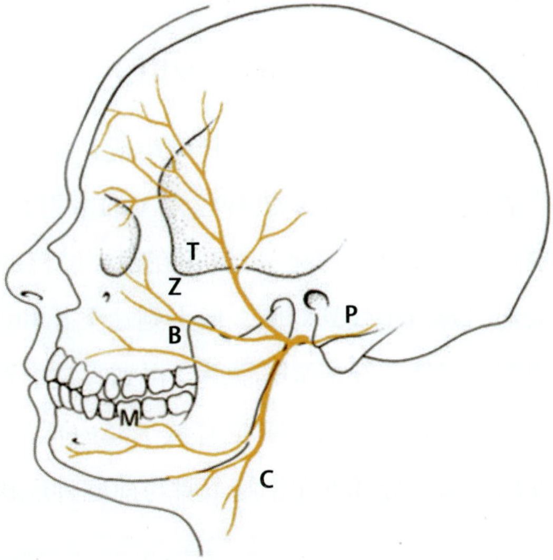

图 258　面神经分布：B，颊支；C，颈支；M，下颌支；P，耳后支；T，颞支；Z，颧支。

从茎突孔穿出后，面神经支配茎突舌骨肌和二腹肌后腹，然后进入腮腺，分为五个分支，管理面部的肌肉（表情肌）：颞支、颧支、颊支、下颌支和颈支（见图 208 和图 258）。

临床特征

1. 面神经麻痹时，重要的是区分核瘫和核下瘫，还有核上瘫。核瘫和核下瘫导致面部一侧的所有肌肉完全性瘫痪。核上瘫时，睑裂以上的肌肉不受累，因为管理这些肌肉的神经核接受双侧大脑半球的纤维。此外，在这种情况下，患者可能不自觉地使用面部肌肉，但不能主动运动。

2. 核上瘫最常见的原因是皮质脊髓束受损，如脑出血。核下瘫可发生于脊髓灰质炎或其他形式的延髓麻痹，而核下瘫可由多种原因引起，包括桥小脑角受压（如听神经瘤）、颞骨骨折和恶性腮腺肿瘤的侵袭。然而，到目前为止，导致面瘫最常见的原因是 Bell 面瘫，通常为特发性。在许多患者中，Bell 面瘫和病毒感染（特别是单纯疱疹病毒感染和流感）之间有密切联系。

当面神经的颅内部分受损或发生颅底骨折时，舌前 2/3 的味觉丧失，并伴有听力丧失（前庭蜗神经损伤）。

听（前庭蜗）神经（VIII）

第Ⅷ对脑神经由两组纤维组成：蜗神经和前庭神经。蜗神经的纤维（与听觉相关）代表的蜗神经节（双极神经元）的中枢突，穿经内耳门，到达延髓的外侧，在小脑桥脑角（和面神经一起），终止在蜗神经核的背侧核和腹侧核（见图 234b），这些纤维的大部门越过中线到对侧，向上到达下丘和内侧膝状体，下丘的纤维到达脑神经运动核，内侧膝状体的纤维至听辐射，再到听觉中枢颞上回（见图 236）。

前庭神经（与平衡觉有关）经内耳门入颅，终止于前庭神经核。这些前庭神经核发出的大部分纤维在小脑下脚与前庭神经核旁边的纤维一起进入小脑。

前庭神经的其他纤维到达Ⅲ、Ⅳ、Ⅵ和Ⅺ的神经核及上颈髓（通过前庭脊髓束）。这些纤维控制前庭反射时眼和颈部的肌肉。

临床特征

1. 蜗区病变导致耳聋，可伴或不伴耳鸣。中耳聋与耳蜗（内耳）或听神经的病变在临床上可用音叉进行鉴别诊断。空气传导（音叉置于耳的旁边）通常比骨传导（音叉置于乳突上）的声音大，如果中耳受损，反之亦然。

2. 除了耳蜗神经本身的损伤外，由于听觉投射的双侧性，听觉传导通路的单侧损伤对听力的影响不大。

3. 颞叶肿瘤侵袭听（颞上）回时，可产生幻听。

4. 迷路的前庭区或前庭小脑束损伤可导致眩晕、主观旋转感，以及恶心、共济失调和眼球震颤。

舌咽神经（Ⅸ）（图 210）

舌咽神经包含咽部和舌后 1/3（包括味蕾）的感觉纤维、茎突咽肌和腮腺分泌的运动纤维，其还管理颈动脉窦（压力感受器）和颈动脉小球（化学感受器）。舌咽神经沿着橄榄和小脑下脚之间的沟（见图 234b），以 4~5 个分支附着在延髓的上部，在颈静脉孔发出鼓室支后出颅。

在颈静脉孔的下方，舌咽神经在颈内动脉和颈内静脉之间向前下到达茎突，继而经过茎突咽肌进入咽的上、中括约肌之间，并发出终末分支，管理舌后 1/3 和咽的黏膜（包括扁桃体）。

鼓室支继续发出岩浅小神经，传递副交感神经节前纤维到耳神经节（管理腮腺分泌）。

另一个重要的分支是颈动脉神经，其位于颅骨下方，向下延伸至颈内动脉，作为压力感受器和化学感受器的传入纤维管理颈动脉小球和颈动脉窦。虽然这个分支很小，但从生理意义上讲，其可能是舌咽神经最重要的组成部分。

临床特征

舌咽神经的完整损伤可导致咽部感觉丧失、舌后 1/3 的味觉和一般感觉丧失、咽部无力和腮腺分泌障碍。然而，这种病变往往很难被发现，且很少作为孤立现象发生，而是常与迷走神经或迷走神经背核同时受损。

迷走神经（X）

迷走神经是所有脑神经中分布最广泛的，支配心脏、呼吸道和消化道的主要部分。

中枢纤维联系

迷走神经背核位于延髓，是具有内脏传入和传出纤维的混合神经，接受心脏、下呼吸道、横结肠以上的消化道的感觉纤维。此外，还发出运动性质的副交感节前纤维，到达心脏、支气管和肠道的平滑肌。

疑核的传出纤维进入咽和喉的横纹肌。

分布

迷走神经通过大约 10 根细丝与舌咽神经一列的沿着橄榄和小脑下脚之间的沟与延髓侧相连（见图 234b），这些细丝合成一束，在小脑下方进入颈静脉孔。两个感觉神经节与这部分神经有关：一个位于颈静脉孔内的上神经节，另一个位于颅骨正下方的下神经节。

迷走神经继续垂直向下进入颈部根部，位于颈动脉鞘内的颈内静脉和颈内动脉或颈总动脉的后部（见图 213）。颈部有许多重要的分支：咽支通过咽丛到咽和腭部的肌肉；喉上神经管理声带以上的喉黏膜、环甲肌和咽下缩肌；心支对心脏有抑制作用。

锁骨下动脉水平以下两侧神经的走向和关系不同。

右侧迷走神经围绕锁骨下动脉发出喉返神经，此外，迷走神经通过上纵隔下降，与大静脉紧密相连。在肺根的后方，其参与肺丛的形成，然后和食管伴行形成食管丛。

左侧迷走神经与大动脉紧密相连进入胸腔，首先位于颈总动脉外侧，然后围绕主动脉弓（见图 38），在动脉韧带下方发出左喉返神经，然后在主动脉弓后方，气管和食管之间上行（见图 34a）。迷走神经从肺根的后方经过，形成肺丛，然后进入食管，形成食管丛。食管丛有两个主干，分别称为迷走神经前、后干，每个主干由左、右迷走神经的纤维组成。

两侧的迷走神经通过膈的食管裂孔进入腹部，迷走神经前、后干分别位于胃的前、后方（见图 53）。此外，神经很难被追踪，分支到达腹腔神经丛、肝丛和肾丛，再经这些丛分布到前肠、中肠及肾脏。

临床特征

1. 迷走神经孤立性病变不常见，常与相关结构的损伤或疾病有关。

2. 对迷走神经完整性的简单测试依赖于其对上腭肌肉的神经支配。单侧瘫痪时，当患者说“啊”时，悬雍垂会偏离正常的一侧。

3. 迷走神经切断术。

4. 喉返神经损伤。

副神经（XI）（图 210 和图 234b）

副神经通常被认为具有颅根和脊神经根。根据标准的描述，颅根是由橄榄和小脑下脚之间的髓质形成的一系列小根，这些小根被认为是连接脊髓根，仅是短暂伴行，然后在颈静脉孔又分出，并与迷走神经一起管理腭、咽和喉的肌肉组织。

几年前进行的一项详细的解剖研究表明，所有脊髓根都不加入舌咽神经，而是在颈静脉孔处加入迷走神经。形成副神经的所有小根都出现在橄榄的尾部，而与颈静脉孔处的副神经和迷走神经之间没有连接。因此，根据这项研究，副神经没有颅骨成分，仅由迄今为止被称为副神经脊髓根的结构组成。

脊髓根是由上 5 个颈髓节段前角中延伸形成的核纤维组成的，在前后根之间离开脊髓后，向上进入枕骨大孔。副神经和迷走神经形成的神经根一起穿过硬脑膜鞘进入颈静脉孔。舌咽神经通过单独的硬脑膜鞘在迷走神经前方进入颈静脉孔。

副神经向后经过颈内静脉到达胸锁乳突肌，并管理胸锁乳突肌，然后穿过颈后三角进入并管理斜方肌。

脊髓附属神经表面标记

脊髓副神经颅外部分可以从耳屏到斜方肌前边界中下 1/3 交界处画一条线来标记。这条线将穿过可触及的寰椎横突（位于乳突的正下方），也穿过胸锁乳突肌后缘上、中 1/3 的交界处。然而，当神经穿过颈部后三角时，其精确位置会发生很大的变化。

临床特征

副神经的损伤会造成胸锁乳突肌和斜方肌的功能减退。例如，在大多数颈部淋巴结阻塞的解剖清扫中，在清除后三角肌的过程中神经会被破坏，副神经也可能在锁骨上淋巴结活检或该区域其他相对较小的手术过程中无意中受损。所以，必须谨慎处理以避免此类并发症发生。

切断副神经导致胸锁乳突肌和斜方肌麻痹。胸锁乳突肌的临床测试可要求受试者将面部转向医生站立的对侧，以测试其抵抗医生手部阻力的能力；而斜方肌的测试则是要求患者将肩部抬高，来测试抵抗医生手部阻力的能力。（斜方肌的瘫痪会导致同侧肩部变平和下垂。）

后三角副神经损伤可导致斜方肌麻痹，而胸锁乳突肌并不会受影响。

舌下神经（XII）

舌下神经是运动性神经，供应所有舌内肌和大部分舌外肌（除了腭舌肌）。从位于第四脑室底部的神经核开始，在延髓锥体和橄榄体之间出脑（见图 234b），经舌下神经管出颅。于颈内动脉和颈静脉之前深处下行，在下颌角的上方，继而向前通过颈内动脉和颈外动脉，并延伸出降支和甲状腺舌骨支，然后穿过舌骨和颏舌肌进入舌（图 259）。其降支（舌下神经降支）实际上来源于第 1 颈神经，之后近似垂直向下通过颈内动脉，连接第 2、第 3 颈神经（C2 和 C3），形成一个环，称颈袢，位于肩胛舌骨肌的上方。颈袢分支分布于胸骨甲状肌、胸骨舌骨肌和肩胛舌骨肌。

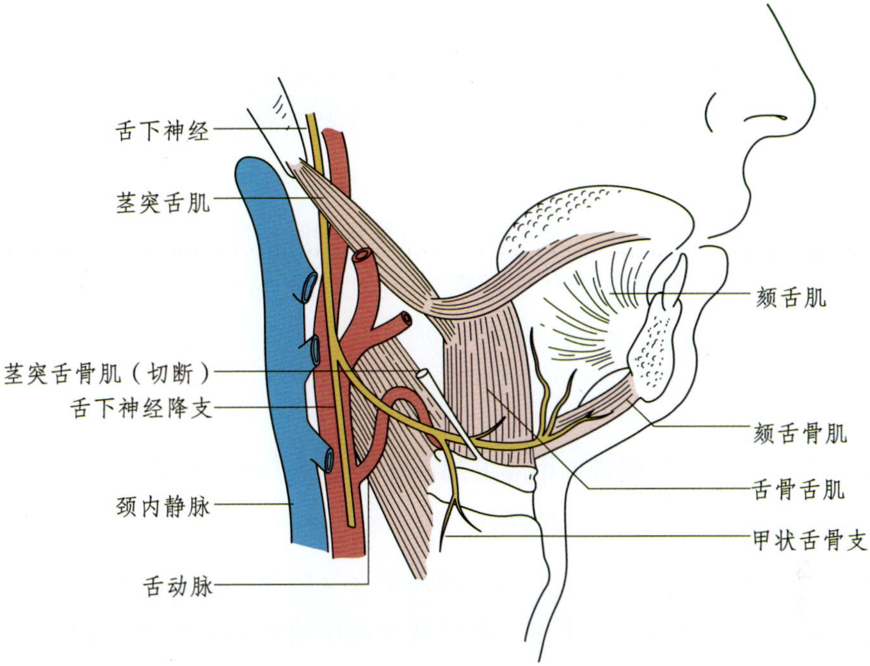

图 259 舌下神经远端。

临床特征

1. 舌下神经分裂或涉及舌下神经核的损伤，会导致同侧舌肌瘫痪，伸舌时舌尖偏向患侧；瘫痪时间过长会导致舌肌萎缩。

2. 舌下神经核核上瘫（上运动神经元损伤累及皮质核束）会造成对侧肌肉瘫痪，不伴有肌肉萎缩。

特殊感官

鼻（另见鼻旁窦）

外鼻由骨和软骨框架组成，紧密覆盖着皮肤和纤维脂肪组织。

骨框架包括两块鼻骨及上颌骨额突。鼻翼下缘主要由脂肪组织组成。鼻腔由筛骨垂直板、中隔软骨和犁骨形成的鼻中隔分为左、右两部分（图 260）。每个腔从前方的鼻孔（或鼻前孔）延伸到后方的鼻后孔，通过鼻后孔与鼻咽相通。侧壁非常不规则，是由三个鼻甲（上、中、下）（见图 225 和图 226）的凸起造成的。

筛窦后群开口于上鼻道，筛窦的前、中群与额窦开口于中鼻道，只有鼻泪管开口至下鼻道。腔体顶部的中心部分是水平的，由筛骨的筛板形成，但向前（额骨和鼻骨）和向后（蝶骨）都向下倾斜；腔体底部则与口腔顶部相对应，由上颌骨的腭突和硬腭构成。

黏膜

嗅区局限于上鼻甲和邻近的中隔上部，呈淡黄色，包含嗅觉感受器和支持细胞。剩余黏膜部分富含血管和鼻腺，是呼吸区。

眼内动脉（颈内动脉的一个分支）的筛窦支支配鼻腔上部。上颌动脉的蝶腭支是外颈动脉的末端，供应腔的下部。鼻前庭和鼻中隔的前下部分，来自面动脉的间隔支，称为 Little 区（90% 的鼻出血发生于此处）。静脉血向下流入面静脉，后流入眼静脉。

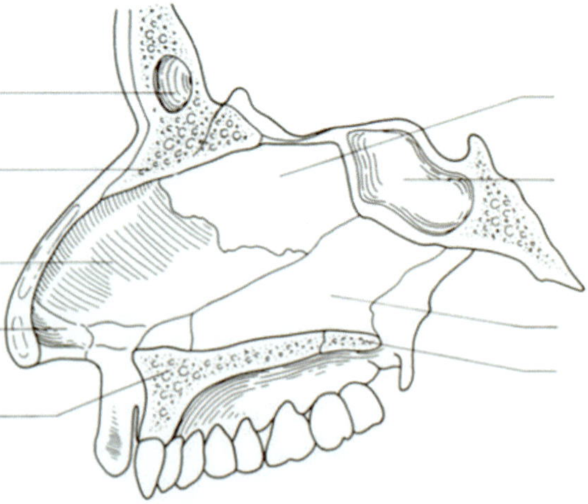

图 260　鼻中隔。

临床特征

1. 外鼻皮肤及其周围含有许多皮脂腺和毛囊，可能被阻塞和感染。面部静脉直接与眼静脉沟通，从而与颅内海绵窦沟通，由此可能继发感染。因此，该区域通常被称为“面部危险区域”。

2. 鼻腔与周围组织的广泛联系在感染的传播中起着重要作用。注意观察其与①颅前窝（通过筛骨筛板）；②鼻咽部，通过咽鼓管、中耳；③副鼻窦；④泪器和结膜的关系，两者均与鼻腔直接相连。

3. 鼻中隔经常偏向一侧，干扰鼻腔及副鼻窦的吸气和引流。

耳

外耳（图 261）

外耳包括耳郭和外耳道。耳郭大部分由软骨和紧贴的皮肤构成。描述耳部内在肌和外在肌没有太多重要意义。

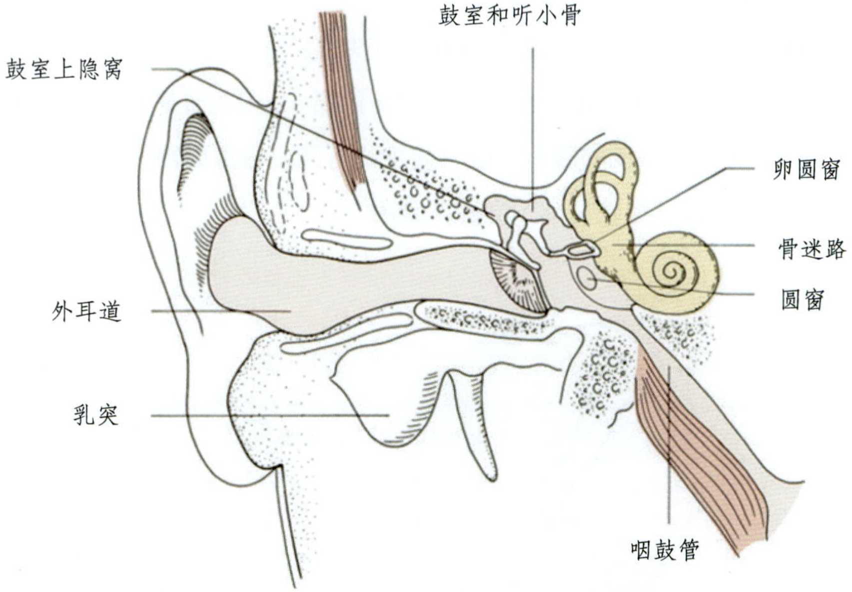

图 261 耳的总体示意图。

外耳道向内延伸至鼓膜，长约 3.7cm，呈“S”形弯曲，由外向内，先向前上，继而稍向后，然后弯向前下。外耳道外侧 1/3 是由软骨构成的，比内侧骨性部分稍宽。外耳道表面覆盖皮肤，皮肤与骨性部分紧密相连，因皮下组织中的耵聍腺与软骨部分分离。

鼓膜（图 261 和图 262）将中耳与外耳道分开。其由 3 层结构组成，外层为复层扁平上皮，与外耳道皮肤相连；中层为纤维层；内层为黏膜，与鼓室其余部分的黏膜连续。外形为椭圆形，最大（垂直）直径略＜ 1.25cm，向下和向前倾斜，向外稍凹。因为其是半透明的（除了其与外耳道内侧相连的边缘），所以，在检查时可以看到锤骨下部和部分砧骨。鼓膜的大部分是拉紧的，被称为“紧张部”，但在锤骨的侧突上方有一个小的三角形区域，此处膜薄而松弛，即松弛部。这个区域由两个明显的锤骨皱襞所包围，延伸到锤骨的侧面。鼓膜的最大凹陷处称为鼓膜脐，为锤骨柄与鼓膜的连接处。

中耳

中耳或鼓室，是颞骨岩部的狭缝状腔，包含三个听小骨：锤骨、砧骨和镫骨（见图 261）。

鼓室壁及其重要关系如下：

外侧壁主要由鼓膜形成，鼓膜将鼓室与外耳道分隔开，上方由颞骨鳞部构成；鼓膜上方的部分称为鼓室上隐窝，内含砧骨和锤骨头。

内侧壁的结构呈现由第二鼓膜封闭的蜗窗（圆窗）；由镫骨底封闭的前庭窗（卵圆窗）；由耳蜗第一个弯曲形成的隆起，岬；面神经管凸，内含面神经（见图 257）。

底壁是一块薄骨板，将鼓室与颈静脉球分隔。

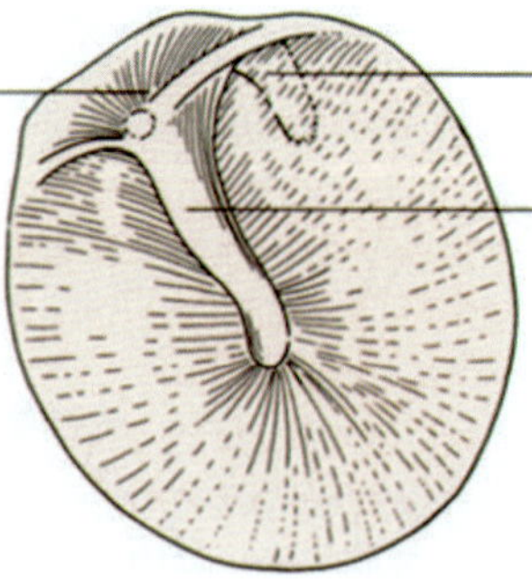

图 262 通过耳镜看到的鼓膜。

上壁由称为盖壁的薄骨片形成，分隔鼓室和颅中窝。

前壁鼓室经过咽鼓管与咽相通。

后壁鼓室与乳突内乳突小房相通。

乳突窦是位于颞骨岩部后部的一个小腔，通过狭窄的口与中耳鼓室上隐窝相连。其重要性是双重的：其与乳突小房（因此，感染可能从中耳传播到这些空间）相连，并且与乙状窦和小脑的后部密切相关，来自中耳感染都可能影响两者。

乳突小房在出生 2 年后逐渐明显。其不仅会突入乳突，还会突入颞骨鳞部。腔内覆盖黏膜，与鼓窦和鼓室的黏膜相连续。

咽鼓管从鼓室前部斜向前内下，延伸至鼻咽侧壁。咽鼓管大约 3.7cm 长，前 1.25cm 是骨性的，其余为软骨性的。其由纤毛柱状上皮组成。黏膜在骨性部分很薄，软骨部含有许多黏液腺，在其咽口附近有相当多的淋巴组织，称为咽鼓管扁桃体。感染时可能会肿胀，导致管道堵塞。该管在咽端最宽，在骨和软骨部分的交界处最窄。

声音通过中耳（经锤骨、砧骨和镫骨）传导。锤骨是三个中最大的一个，锤骨柄连接在鼓膜上，一个圆形的头，与砧骨相连，还有一个侧突，可以通过鼓膜看到，锤骨皱襞由此扩散。砧骨包括一个与锤骨连接的体和两个脚，短脚连接到中耳后，长脚与镫骨连接。镫骨有一个与砧骨关节的头部、一个颈部和一个底部，底部牢固地固定在前庭窗（卵圆窗）上。

两块小肌肉与这些骨有关：镫骨肌，附着在镫骨颈部，由面神经支配；鼓膜张肌，插入锤骨柄，受三叉神经的下颌神经支配。这两块肌肉都起到了降低振动频率的作用。

内耳（图 263）

内耳主要由骨迷路构成，前庭向后与三个骨半规管沟通，向前与螺旋状的耳蜗交通。腔内含有外淋巴液，包围膜迷路，膜迷路由椭圆囊和球囊组成，与膜半规管和蜗管相交通，充满内淋巴。

膜迷路的每一个组成部分都有专门的感觉区，分别是椭圆囊斑和球囊斑、半规管壶腹嵴和耳蜗螺旋器。

半规管在三个平面上彼此成直角，这使得迷路的这一部分特别适合分辨头部位置的信号变化。Corti 器适于感受由卵圆窗的镫骨传来的声音振动。

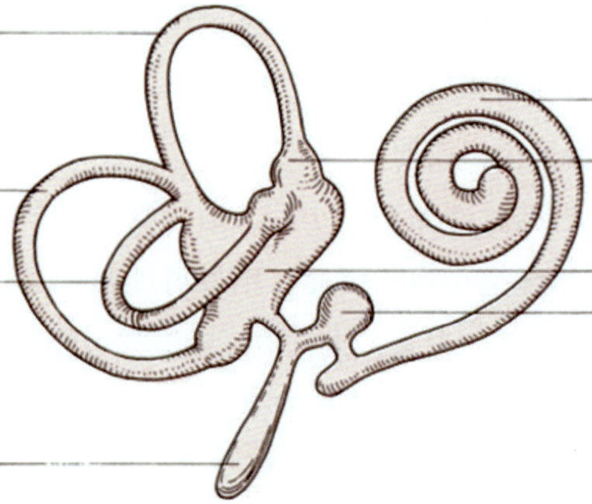

图 263 膜迷路。

眼和眼的辅助结构（视神经和视觉通路）

眼球（图 264）

眼球直径< 2.5cm，由两个大小不同的球体组成：前份透明，约占眼球的 1/6；后份不透明，约占眼球的 5/6。

视神经在大约距离后极鼻侧（内侧）3 mm 进入眼。

眼球壁由三层构成：外层纤维膜、中层血管膜和内层视网膜。

纤维膜

纤维膜包括前部透明的角膜和后部不透明的巩膜。巩膜质地坚韧，负责维持眼球的形状，并有眼外肌的附着。后方有视神经穿出，其与硬脑膜鞘相延续。

血管膜

血管膜由虹膜、睫状体和脉络膜组成。

脉络膜是一层内衬于巩膜内表面的血管膜。后有视神经穿入，前经睫状体与虹膜相连。

睫状体包括睫状环、与脉络膜相连的纤维环、睫状突（一组 60~80 个呈放射状排列的皱襞，位于睫状环和虹膜之间，并经睫状小带与晶状体相连）和睫状肌（由动眼神经的副交感神经纤维支配，调节晶状体的凸度）。

虹膜是环绕瞳孔的可收缩圆盘。其由四层组成：

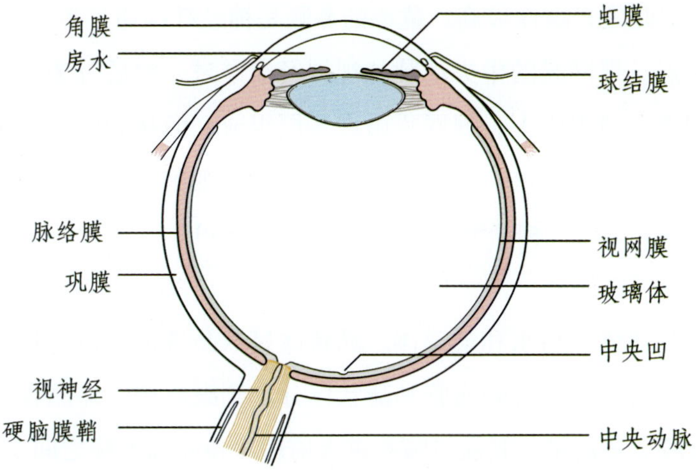

a

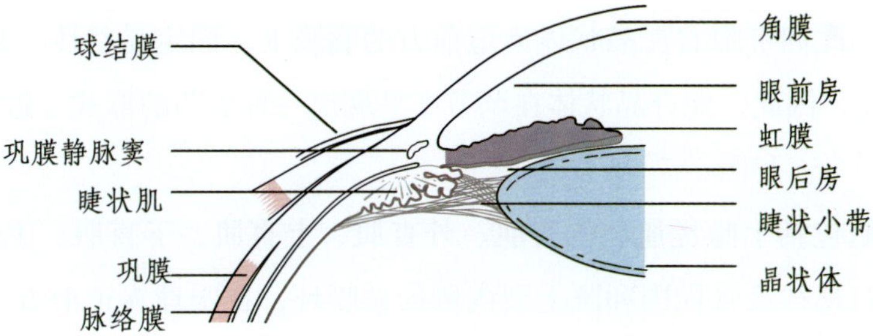

b

图 264　（a）眼球水平断面。（b）睫状体区域的细节。

1. 前表面层。

2. 含有色素细胞的结缔组织基质。

3. 一组呈放射状排列的瞳孔开大肌（由交感系统支配）和环绕瞳孔周缘排列的瞳孔括约肌（由动眼神经中的副交感神经纤维支配）。

4. 后色素细胞层。

视网膜

视网膜分两层，外层为色素上皮层，内层为神经层。介于脉络膜和玻璃体的透明膜之间。在前部，呈现出一个不规则的锯齿状边缘，而在后部，其表面的神经纤维聚集形成视神经。通过眼底镜看到的外观如图 265 所示。在其后极附近有一个淡黄色的区域，称黄斑，此处光敏性最高。黄斑的鼻侧是神经纤维通过视网膜形成的视神经盘，又称生理性盲点。视网膜的中央动脉从视神经盘穿过，然后分为上下两支，每支依次分为鼻支和颞支。组织学上，视网膜由许多层组成，但从功能角度来看，视网膜神经层可分为三层：感光细胞层，包含视锥细胞和视杆细胞；中间层为双极神经元；神经节细胞层，其轴突形成视神经纤维的表层（见图 250）。

眼球内容物

眼球内有晶状体、房水和玻璃体。晶状体呈双凸透镜，位于虹膜后方，玻璃体和房水体液之间。房水是由虹膜血管和睫状体分泌到眼后房（即晶状体和虹膜之间的空间）的血浆滤液。从这里，其通过瞳孔进入前房（角膜和虹膜之间），通过巩膜静脉窦（Schlemm 管）重新吸收到睫状静脉。玻璃体占据眼球后部的 4/5，是一个无色透明胶状物质，包含在玻璃体膜中。玻璃体膜的前部增厚，从睫状突接受附着物，并产生晶状体悬韧带。此韧带附着在晶状体赤道前方的囊膜上，固定晶状体。其通过收缩睫状肌纤维而放松，因此，允许晶状体在调节中呈现出一种更凸的形式（近距离阅读）。

眼球外肌（图 256 和图 267）

眼球外肌包括上睑提肌、内直肌、外直肌、上直肌、下直肌、上斜肌和下斜肌。四块直肌起自视神经管周围和眶上裂内侧的总腱环，在眼球赤道前方，止于巩膜。外直肌由展神经支配，其余由动眼神经支配。上斜肌在总腱环上方，通过一根长肌腱绕着位于眶顶内侧的滑车神经，止于眼球后外侧赤道后方的巩膜，由滑车神经支配。下斜肌像吊索一样从眼眶内侧绕着眼底面穿过，进入上直肌和外直肌之间的巩膜，由动

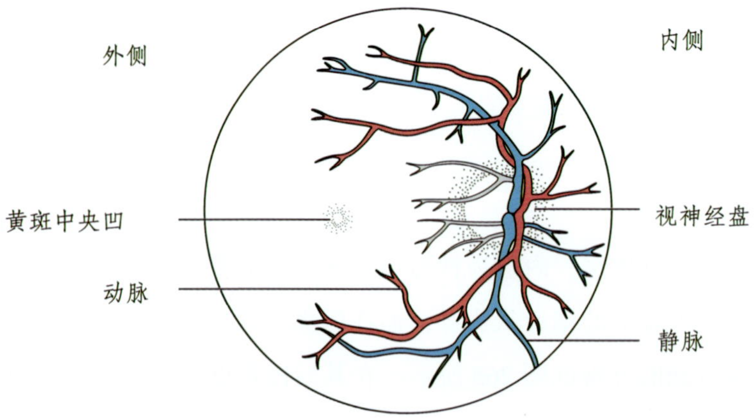

图 265　通过眼底镜看到的右眼底。

眼神经支配。

两块斜肌都止于眼球赤道的后方。

眼球可以仰视、俯视、内收、外展和旋转。内直肌和外直肌只围绕一个轴（垂直轴）移动眼球。

其他四块眼外肌在三个轴上同时移动眼球：

- 上直肌：瞳孔转向上内。
- 下直肌：瞳孔转向下内。
- 上斜肌：瞳孔转向下外。
- 下斜肌：瞳孔转向上外。

仰视或俯视是由一个直肌与其相对的斜肌共同作用而产生的。上直肌、下斜肌同时收缩造成仰视，下直肌与上斜肌共同收缩造成俯视。

一个有用的记忆方法是，上斜肌是“流浪汉（卓别林扮演的角色）的肌肉”，其能使眼睛向下和向外移动。

这些肌肉的作用如图 266 所示。

眼筋膜鞘是从视神经到角膜缘稍后方处包围眼球的纤维膜。有供应眼的血管、支配神经及眼外肌肉的肌腱穿过。

眼睑和结膜（图 267）

眼睑分上睑、下睑两部分，上睑外形与活动度较大，除了上睑存在上睑提肌外，两部分的结构基本相同。

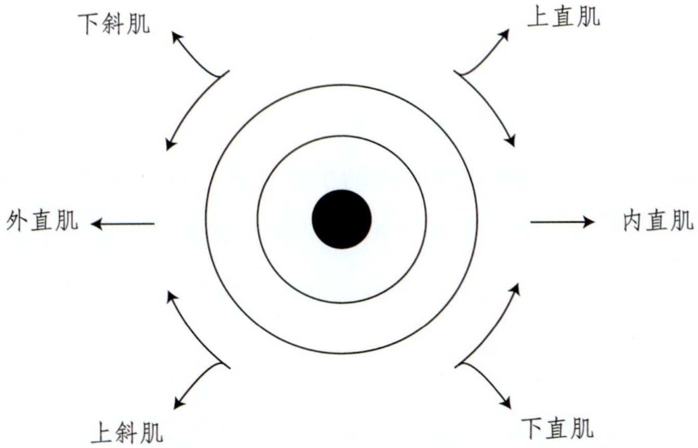

图 266　眼球附着肌肉的动作方向。

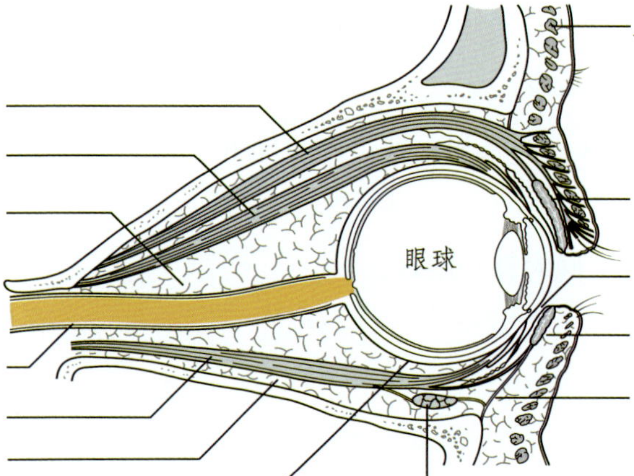

图 267　右眼眶（矢状切面）。

由浅到深包括以下结构：皮肤、疏松结缔组织、轮匝肌纤维、睑板、致密结缔组织、腺体和结膜。睫毛沿着皮肤黏膜连接处生长，紧靠睫毛后方有睑板腺的开口。腺体分泌物在闭眼时协助封闭睑裂，睁眼时在眼球表面覆盖一薄层。若睑板腺导管堵塞，则会形成睑板囊肿。

结膜是一层薄而透明的黏膜，衬在眼睑的内表面（睑结膜）及眼球表面（球结膜）。睑结膜内含丰富血管，但在巩膜上，其要薄得多，在角膜上，其形成一层上皮。从眼睑到巩膜的反射线称为结膜穹隆；泪腺的开口位于结膜上穹。

眼睑的运动因眼轮匝肌和上睑提肌引发。任何时候睑裂的宽度都取决于这些肌肉的张力和眼球的突出程度。

泪器（图 268）

泪腺位于眼眶外上部的泪腺窝。腺体大小、外形似“杏仁”，有 8~12 条排泄管开口于结膜上穹的外侧部，在眼睑的作用下扩散到眼表。

泪液通过泪小管排出，可以在上、下睑内侧边缘附近的小隆起处看到，称泪乳头，其顶部的小孔，即泪点，是泪小管的开口。上、下两个泪小管进入泪囊，泪囊位于眼眶内表面的一个小凹陷处。泪液又通过鼻泪管流入下鼻道的前部。鼻泪管的长度约为 2cm，位于骨性鼻泪管内，沿鼻腔外侧壁通向泪囊。

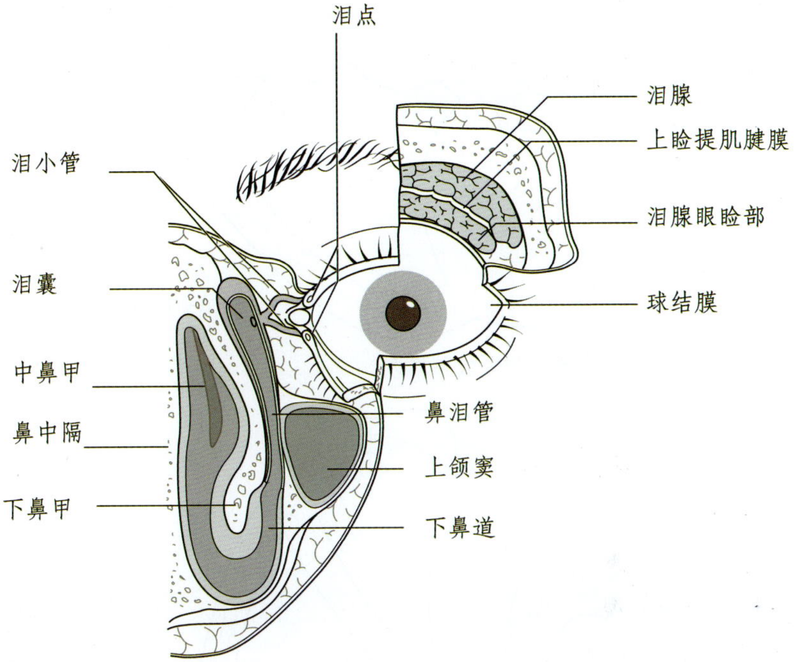

图 268　泪腺及其引流系统。

自主神经系统

神经系统分为两大类：脑脊液系统，由大脑、脊髓和周围脑神经和脊神经组成；自主神经系统（也称为植物、内脏神经系统），包括自主神经节和神经。广义上讲，脑脊液系统与机体对外界环境的反应有关。相比之下，自主神经系统是通过心脏、血管、支气管树、肠道、瞳孔的非随意肌的神经支配和腺体的分泌（包括消化液、汗腺及一个相当特殊的部位——肾上腺髓质），来控制内部环境。

这两个系统不应被视为相互独立，因为两者在解剖学和功能上是相互联系的。在解剖学上，自主神经纤维在所有的外周神经和一些脑神经中传播；此外，自主神经系统的高级连接位于脊髓和大脑中。在功能上，这两个系统在大脑和脊髓内紧密相连。

自主神经系统的特点是其传出神经以髓质纤维的形式从大脑和脊髓中发出，在其走行过程中被周围神经节的突触打断，然后以细的非髓质纤维的形式传递出去。在这方面，两者不同于躯体传出神经，后者不间断延续至末端（图 269）。

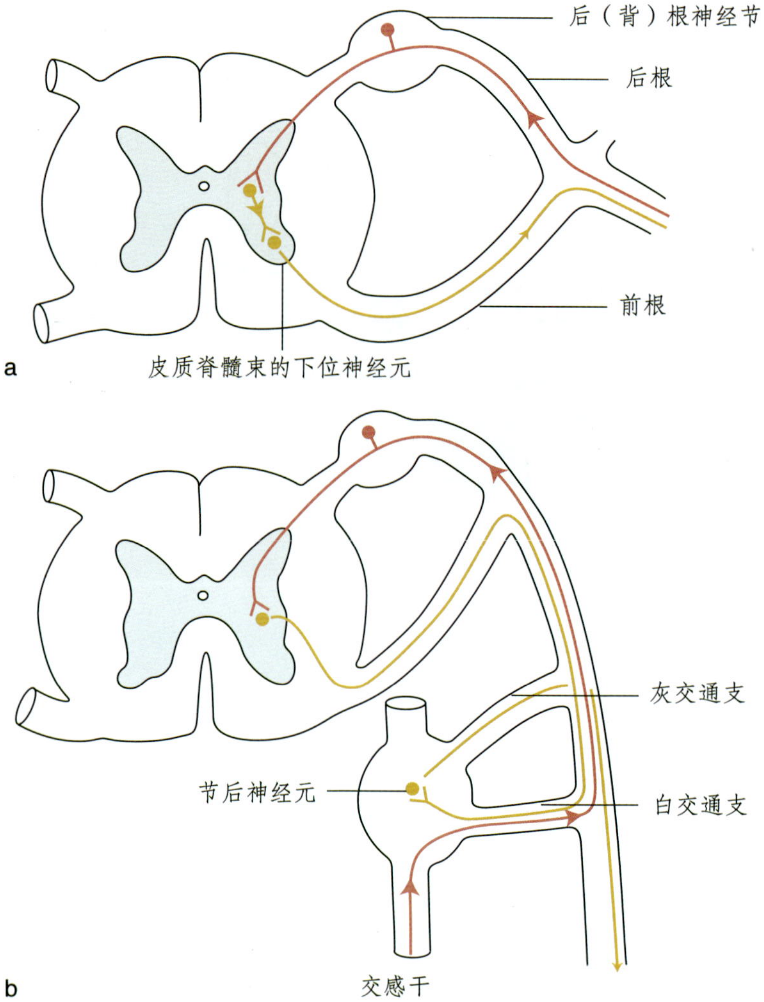

图 269 脑脊液系统和自主神经系统的本质区别：(a)脑脊液系统在中枢神经系统中有下位神经元；(b)自主神经系统在外周神经节有低级运动细胞（这里以典型的交感神经神经节为例）。红色，传入通路；黄色，传出通路。

自主神经系统在解剖学、功能和药理学方面又分为交感神经系统和副交感神经系统。

在解剖学上，交感神经系统的运动神经细胞胞体位于胸髓及上两个腰髓节段的外侧角。副交感神经系统在解剖学上的界定不那么清晰，因为其分散穿出颅腔，走行在脑神经Ⅲ、Ⅶ、Ⅸ和Ⅹ，以及骶神经。骶神经胞体位于骶部脊髓 2~4 节段。

在功能上，交感神经系统主要与身体的应激反应有关。当这个系统受到刺激时，瞳孔扩张，外周血管收缩，心脏的收缩力、心率和耗氧量增加，支气管扩张，内脏活动因蠕动抑制和括约肌张力增加而减弱，肝内发生糖原分解，肾上腺髓质被刺激分泌，还有皮肤出汗和立毛肌收缩。盆腔交感神经抑制膀胱收缩，并支配膀胱内括约肌运动。

冠状动脉血流量增加，一部分是由交感神经直接作用引起，另一部分是由间接因素引起，包括心肌收缩力增强、血管收缩减弱、舒张功能相对增加和血管舒张代谢物浓度增加。

副交感神经系统的作用与交感神经系统对抗（表 5）。其刺激导致瞳孔缩小，心率、传导和兴奋性降低，肠蠕动增加，括约肌松弛，消化腺分泌增强。此外，盆腔副交感神经抑制膀胱内括约肌，并支配膀胱逼尿肌运动。

交感神经系统倾向于产生“集体作用”效应；刺激任何一部分都会引起广泛的反应。相反，副交感神经的活动通常是离散和局部的。这种差异在一定程度上可以解释为两个系统的外周连接的解剖差异。

这两个系统作用协同。例如，心脏的反射减慢部分来自迷走神经刺激的增加，部

表 5 交感神经和副交感神经的作用

	交感神经	副交感神经
眼	瞳孔开大	瞳孔缩小晶状体调节
泪腺	收缩血管	分泌增加
心脏	心搏加快，心肌收缩力增强，传导加快，兴奋性增强	心搏减慢，心肌收缩力减弱，传导减慢，兴奋性降低
支气管和肺	支气管扩张	支气管收缩；促进黏液腺分泌
皮肤	收缩血管，立毛肌收缩，汗腺分泌	—
唾液腺	收缩血管	分泌增加
消化道	蠕动抑制	蠕动增强；括约肌松弛
胃液分泌	—	分泌增加
胰腺	—	分泌增加
肝	糖原分解	—
肾上腺髓质	分泌增加	—
膀胱	逼尿肌刺激舒张 括约肌收缩	逼尿肌收缩 括约肌舒张
子宫	收缩血管 妊娠子宫收缩	舒张血管

分来自交感神经刺激的减少。此外，有些器官仅由一个系统接受自主神经支配。例如，肾上腺髓质和皮肤小动脉仅接受交感纤维支配，而神经性胃分泌则完全由迷走神经的副交感神经支配。

在药理学上，交感节后神经纤维释放肾上腺素和去甲肾上腺素，汗腺除外，与所有副交感节后纤维一样，释放乙酰胆碱。

交感神经

交感神经系统的低级中枢位于脊髓 T1~L2 节段的灰质外柱（图 269 和图 270）。每个节段都有小的纤维进入相应的前支，通过白色交通支进入交感干。

身体各部分的交感神经支配的脊髓节段大致如下：

- 头部和颈部，T1~T2。
- 上肢，T2~T5。
- 胸部内脏，T1~T5。

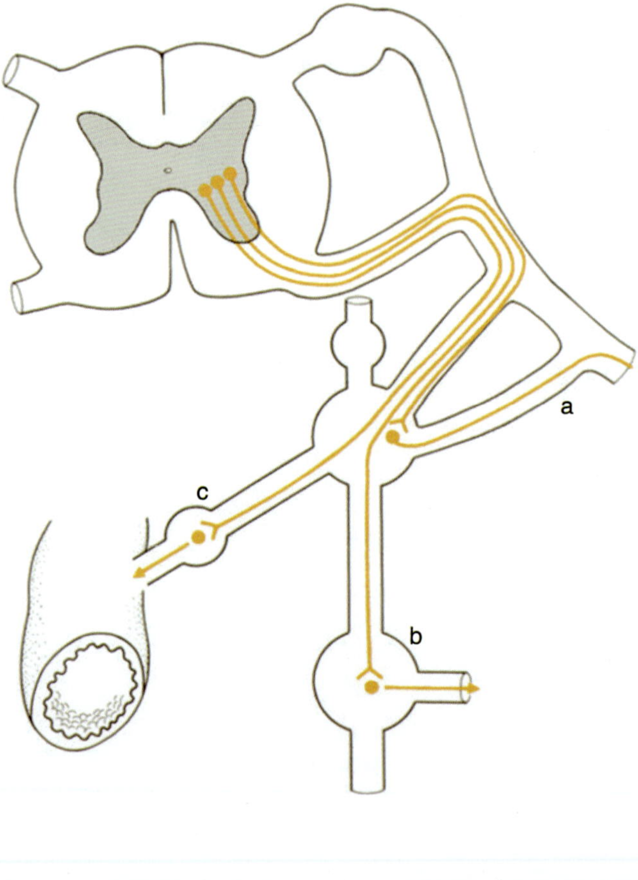

图 270 交感神经节前纤维走行模式图。这些纤维可以（a）在相应的神经节中进行传递，并传递到相应的脊神经进行分布，（b）在交感神经干中上升或下降，并在上、下神经节中进行传递，或（c）在没有突触的情况下，传递到周围神经节进行传递。

- 腹部内脏，T4~L2。
- 盆腔内脏，T10~L2。
- 下肢，T11~L2。

因此，刺激一个单一的白交通支显然会产生广泛的影响，这是交感神经刺激的“集体作用”反应的解剖学基础。

交感神经干

每侧交感神经干是一条带神经节状的神经链，从颅底延伸到尾骨，与脊柱关系密切，全程与中线保持约 2.5cm 的距离。从颅底下的颈上神经节开始，交感神经干在颈动脉鞘后壁的后方下降，在第一肋骨小头前进入胸腔，延肋骨下降，在最后三四节胸椎的侧面。然后，交感神经干穿过膈脚进入腹腔，在腰大肌和腰椎体两侧之间的凹陷中下降，左侧与腹主动脉和右侧与下腔静脉重叠。交感干在尾骨前面的奇神经节内汇合，终止于其下方。

交感神经干在其行程中有一系列神经节，其中含有运动细胞，神经节前髓质纤维与之进入突触，非髓质的神经节后轴突由此产生。在发育上，最初每个外周神经有一个神经节，但通过融合过程，这些神经节在颈部减少到 3 个，胸部减少到 12 个，腰椎减少到 2~4 个，骶神经节减少到 4 个。只有 T1~L2 的神经节直接接受白支；上部、下部神经节必须接受来自髓质神经的节前纤维，髓质神经穿过相应的神经节而无须中继，然后在交感神经链中上升或下降。还有一些节前纤维完整地通过神经节到达周围内脏神经节进行传递。

交感神经节前神经的走行有 3 个去向（图 270）：

1. 终止于相应的交感神经节，并交换神经元（这仅适用于 T1~L2 段）。
2. 在交感神经干中上升或下降，终止于上方或下方的椎旁神经节。
3. 穿过椎旁节后，至椎前节交换神经元。

在药理学上，交感节后纤维释放肾上腺素和去甲肾上腺素，汗腺除外，与所有副交感节后纤维一样，汗腺释放乙酰胆碱。

分布

交感神经节干的分支有躯体分布和内脏分布。

躯体分布

每根脊神经接受一个或多个来自交感神经节的分支，该交感神经节灰交通支将节后无髓交感纤维分布到脊神经支配的节段皮肤区。这些纤维对皮肤小动脉有收缩作用，对汗腺有促分泌作用，也作用于立毛肌。

内脏分布

头颈部和胸部内脏的节后纤维来自交感神经链的神经节细胞。头部的神经沿颈内动脉和椎动脉上升，而胸部的神经则分布在心、肺和食管神经丛。

然而，腹腔和盆腔脏器是由节后纤维提供的，这些纤维的细胞位于更外围的椎体前神经节（腹腔、腹下和盆腔神经丛）中。这些神经节从内脏神经接收节前纤维（图 271）。这些神经如图 38a 和图 38b 所示。

肾上腺髓质有一个独特的神经支配，由丰富的节前纤维丛组成，这些纤维不经腹腔神经节传递到腺体。这些纤维最终与嗜铬髓质细胞直接接触，释放乙酰胆碱，刺激肾上腺髓质分泌肾上腺素和去甲肾上腺素。

因此，肾上腺髓质的嗜铬细胞可被视为交感神经细胞；实际上，在胚胎学上，髓质和交感神经都是从神经嵴共同起源的。

传入交感神经

除了传出交感系统外，还有重要的传入交感纤维。这些起源于胸部、腹部、盆腔脏器，从临床角度来看，内脏疼痛感传导至更高的中枢非常重要。传入交感纤维从内脏壁的感受器通过，并在自主交感神经丛中上升。因此，来自内脏的传入神经与供应该器官的传出自主神经纤维沿着相同的路径走行。

这些纤维在脊神经的背根神经节交换神经元（见图 269）。

（注意，尽管传入纤维在交感神经和副交感神经中都有传递，但两者是独立的，两者不在自主神经节中传递，而像躯体感觉纤维一样，终止于脊神经和脑神经的神经节。两者只是利用自主神经作为一个方便的从周边到大脑的解剖传送系统。）

传入交感神经纤维沿着尚未确定的途径，向中央上升到下丘脑，然后再向大脑皮层和边缘系统的部分区域延伸。

通常我们意识不到内脏感觉。事实上，胸部、腹部和盆腔器官对切割或灼烧不敏

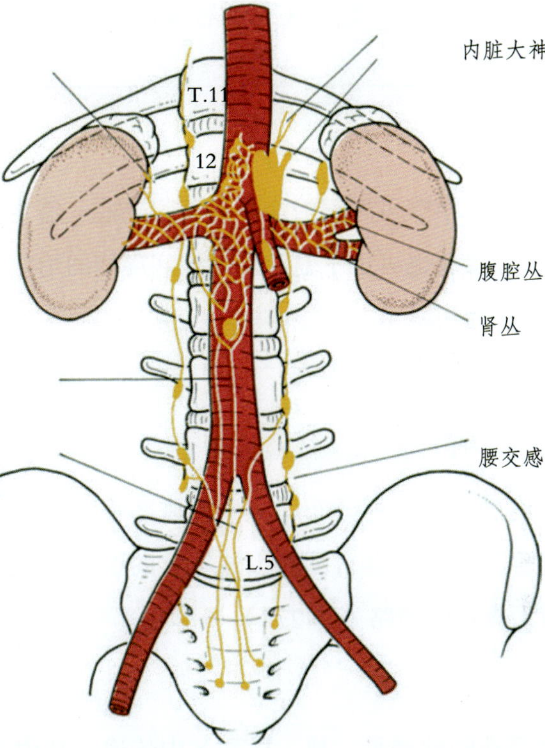

图 271 腹部交感神经丛。

感。因此，对于痔疮可以注射治疗，对于胃或结肠息肉活检和食管静脉曲张或出血性消化性溃疡可以注射给药，而患者感觉不到这一点。腹胀、牵拉、肌肉过度不自主收缩、炎症或缺血可引起内脏疼痛；因此，冠状动脉阻塞、肠梗阻、胆道或输尿管绞痛和分娩时子宫收缩等疼痛明显。

躯体疼痛通常是尖锐和局部性的，而内脏疼痛是弥散性，定位不准确。然而，部分内脏患病时将疼痛转移到对应于内脏神经节段的皮肤区域。

牵涉痛可见于：

- 心脏（T1~T5）：到左胸前、上腹部或左臂内侧。
- 胃、前肠、中肠（T5~T12）：到上腹部和上腹部（胆囊通常放射到同侧肩胛骨下极，T7）。
- 肾和输尿管（T10~T12，L1）：腰椎区、腹区、腹股沟。
- 性腺（T10~T11）：至髂窝和腰部。

- 盆腔脏器（S2~S4）：骶骨区、臀部和大腿后部。

临床特征

- 腹腔神经丛阻滞可用于治疗慢性胰腺炎或上消化道恶性肿瘤的顽固性疼痛。
- 骶前神经阻滞也可用于盆腔恶性疾病疼痛的治疗。
- 颈交感神经切除术。

副交感神经系统

副交感神经的低级中枢分布于脑干和骶部脊髓。髓质节前纤维与周围副交感神经节细胞交换神经元，位于器官的周围或器官的壁内。因此，神经节后纤维到其效应细胞只有一个短而直接的通路（图 272）。

颅部的副交感神经

副交感神经在脑神经Ⅲ、Ⅶ、Ⅸ和Ⅹ中传递，其中迷走神经（Ⅹ）最重要，分布最广。这组神经的功能可概括如下：

1. 瞳孔：瞳孔括约肌收缩，调节睫状肌。
2. 唾液腺：分泌增加。
3. 泪腺：分泌增加。
4. 心脏：抑制心脏传导、收缩、兴奋和冲动形成（导致心搏减慢和收缩力减小）。
5. 支气管与肺：支气管平滑肌收缩，黏液分泌。
6. 消化道：分布于结肠左区之前的消化道平滑肌，幽门括约肌舒张，胃和肠的腺体分泌。

Ⅲ、Ⅶ和Ⅸ的副交感神经分布是通过 4 个神经节进行的。这些神经节包括睫状神经节、翼腭神经节、下颌下神经节和耳神经节。

迷走神经走行最长，分布最广。除了眼睛的神经支配和唾液腺和泪腺的分泌供应外，其还负责上述副交感神经出颅后的所有功能。传出纤维来源于迷走神经背核，广泛分布于心、肺和消化道。神经节后纤维是由位于内脏壁的小神经节传递而来；在肠

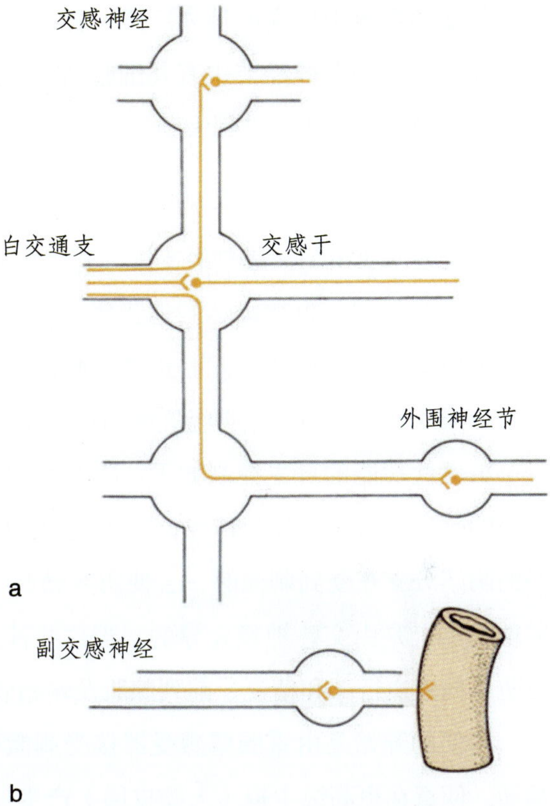

图 272　广泛交感神经和局部副交感神经反应的解剖学基础。(a)交感神经节后纤维的广泛分布。(b)副交感神经节后纤维的局部分布。

道内，其构成了黏膜下神经丛和肌间神经丛。

骶部的副交感神经

节前纤维由脊髓骶部第 2~4 节段的骶副交感神经核发出，随骶神经出骶前孔，然后从骶神经分出组成盆内脏神经，加入盆丛，并分支分布于盆腔脏器。在脏器壁内或附近的副交感神经节交换神经元。

骶部副交感神经抑制肛内括约肌；运动支分布至膀胱壁，并抑制膀胱内括约肌。此外，扩血管纤维分布至阴茎和阴蒂的勃起海绵窦。

副交感传入神经

副交感传入纤维在舌咽神经（Ⅸ）中传递，传递来自颈动脉窦的压力感受信息和来自颈动脉体的化学感受信息；传递来自心脏、肺和消化道的迷走神经（Ⅹ），并沿着盆腔内脏神经（S2、S3 和 S4）从骨盆内脏传递。

与交感系统中传递的传入纤维一样，这些纤维不在自主神经节中中继，而是在脊神经和脑神经的背神经节中有其细胞站，就像体细胞感觉纤维一样。他们只是简单地利用自主神经作为从内脏到大脑的一种方便的解剖途径。

排尿、排便及性功能的自主控制

膀胱逼尿肌由副交感神经支配。其起源于骶部脊髓的第 2、第 3 和第 4 节段，通过盆腔内脏神经和下腹神经丛到达膀胱。因此，逼尿肌收缩完全受副交感神经控制。膀胱颈平滑肌由交感神经支配。正常膀胱排空是盆腔副交感神经兴奋和交感神经抑制的结果。因此，骨盆副交感神经纤维的损伤将导致膀胱无张力和尿潴留。

男性性功能的自主控制如下：阴茎勃起是由骨盆副交感神经支配的（骨盆副交感神经的另一个名称是勃起神经；当然，副交感神经不仅调节阴茎勃起）。骨盆副交感神经的阴茎分支在受到刺激时，会使阴茎勃起组织（即海绵体）的动脉血管扩张。相反，射精基本上是由交感神经介导的。当这些神经受到刺激时，会导致膀胱颈肌收缩（从而防止精液逆行）和精囊、前列腺肌及输精管和附睾壁的肌肉同时收缩。

排便的开始是由直肠壁感受器接受刺激引起的。这会引起副交感反射反应，导致蠕动。便意在更高级中枢（大脑皮层）产生，肛门括约肌复合体由两部分组成：

1. 肛门内括约肌，为平滑肌，受交感神经控制（L1~L2 段）；肛门内括约肌通常占静息肛门张力的 40%~50%。

2. 肛门外括约肌，是两个括约肌中较大的一个。其为骨骼肌，也是随意肌。其由脊神经支配，该神经为阴部神经的直肠下支。

名词术语

尽管同名术语是“不科学的”，但在临床医生中仍然被广泛使用。这个词汇表提供了文本中提到的名字的简要解释。条目按字母顺序排序：

Addison 平面 艾迪森平面位于胸骨柄的胸骨上切迹和耻骨联合处中点的横切面，对应于第一腰椎下缘的水平。

Christopher Addison（1869—1951），谢菲尔德大学解剖学教授。随后，他开始了全职的政治生涯，于 1910 年成为国会议员。第一次世界大战结束后不久，他成为英国有史以来第一位卫生部长。

Alcock 管 坐骨直肠窝外侧壁上的筋膜腔，用来输送阴部血管和神经。

Benjamin Alcock（1801—？），解剖学教授，先在都柏林，然后在科克，后移居美国。

Argyll Robertson 瞳孔 在视近物时瞳孔缩小，但暴露在强光下时不会收缩。典型的见于神经梅毒。

Douglas Argyll Robertson（1837—1909），爱丁堡皇家医院眼科医生。

Auerbach 神经丛 肠环形和纵向肌层之间的神经丛。

Leopold Auerbach (1828—1897), 布雷斯劳病理学教授。

Ball 瓣 肛瓣连接肛管上半部分 Morgagni 柱（Q.V.）远端的瓣膜状褶皱。

Sir Charles Ball（1851—1916），都柏林雷吉斯外科教授，直肠外科的早期先驱。

Bartholin 腺 前庭大腺。

Caspar Bartholin (1655—1738), 哥本哈根解剖学教授。

Batson 神经丛 “无瓣椎静脉”与前列腺静脉丛相连，可以解释前列腺癌扩散到骨盆和腰椎。

Oscar Batson (1894—1979), 宾夕法尼亚大学解剖学教授。

Bell 麻痹 面神经病毒感染。

Sir Charles Bell (1774—1842), 伦敦米德尔塞克斯医院的外科医生。

Bennett 骨折 拇指掌根骨折脱位。

Edward Hallaran Bennett (1837—1907)，都柏林三一学院外科教授。他在 1882 年描述了这个骨折。

BigelowY 形韧带 髋关节坚硬的髂股韧带。

Henry James Bigelow (1818—1890), 波士顿哈佛医学院外科医生。

Blalock 手术 为了纠正法洛四联症的肺动脉狭窄，右锁骨下动脉端侧吻合入右肺动脉。

Alfred Blalock (1899—1964), 巴尔的摩约翰霍普金斯医院外科教授。

Bochdalek 孔 膈肌发育的胸膜－腹膜管。

Vincent Bochdalek (1801—1883), 布拉格解剖学家。

Broca 区 额下回的前部，运动性语言中枢。

Pierre Broca (1824—1880), 巴黎临床外科教授。

Brown - S é quard 综合征 由脊髓半切产生。

Charles Edouard Brown - S é quard (1817—1894), 出生于毛里求斯，是巴黎、哈佛和伦敦皇后广场的国立医院神经科医生。

Brunner 腺 十二指肠黏膜下腺。

Johann Brunner (1653—1727), 瑞士解剖学家，后来在海德堡和斯特拉斯堡成为解剖学教授。据说他的岳父 j.j.wepfer 发现了这些腺体！

Bryant 三角 用于测量臀部。

Thomas Bryant (1828—1914), 伦敦盖伊医院外科医生，英国爱尔兰皇家外科学院校长。

Burdach 柱 脊髓后柱的外侧束（楔形束）。

Charles Burdach (1776—1847), 科尼斯伯格解剖学和医学教授。

Caldwell–Luc 手术 用于上颌窦引流。

George Walter Caldwell (1866—1946), 纽约的耳鼻喉科医生。

Henri Luc (1855—1925), 巴黎耳鼻喉科医生。

Calot 三角 由肝、肝总管和胆囊管组成的三角形。

Jean François Calot (1861—1941), 巴黎罗斯柴尔德医院的外科医生，他专门从事小儿结核病的外科治疗。

Camper 筋膜 下腹壁浅筋膜的浅脂肪层。

Peter Camper (1722—1789), 阿姆斯特丹医学教授，格罗宁根医学、外科、解剖学和植物学教授。

Cannon 对骶骨副交感神经系统的描述 作为“清空的机制”。

William Bradford Cannon (1871 - 1945), 马萨诸塞州哈佛大学生理学教授。

Cloquet 腺 位于股骨管内的淋巴结。

Jules Cloquet (1790 - 1883), 巴黎解剖与外科教授。

Colles 筋膜　会阴筋膜。

Colles 骨折　桡骨下端骨折伴背侧移位。

Abraham Colles (1773—1843), 都柏林爱尔兰皇家外科学院解剖与外科教授。

Cooper 韧带　髂-腹筋膜。

Cooper 韧带群　乳腺纤维隔膜。

Sir Astley Paston Cooper (1768—1841), 伦敦盖伊医院外科医生，爱尔兰皇家外科学院院长。

Corti 器　耳蜗中的听觉感受器。

Alfonso Corti (1822—1888), 意大利组织学家，主要研究视网膜和耳。

Cowper 腺　位于阴囊的两个腺体，引流到尿道球部。

William Cowper (1666—1698), 伦敦外科医生。

Cushing 综合征　与肾上腺皮质增生或肿瘤或垂体前叶嗜碱性腺瘤相关的内分泌异常。

Harvey Cushing (1869—1939), 马萨诸塞州波士顿的 Peter Bent Brigham 医院的神经外科医生。

Denonvilliers 筋膜　把前列腺和直肠分开的筋膜。

Charles Pierre Denonvilliers (1808—1872), 巴黎解剖学教授。

Dormia 篮　一种可折叠的小篮子，可以通过内镜的侧通道，用来夹住并取出卡在胆管系统或尿路中的结石。

Enrico Dormia (1928—2009), 意大利米兰大学泌尿学教授。被公认为意大利第一位微创外科医生。

Douglas 弧线　腹直肌后鞘的下缘。

Douglas 腔　直肠子宫陷凹。

James Douglas (1675—1742), 伦敦妇产科医生。

Dupuytren 挛缩　手掌（偶尔还有足底）筋膜的收缩和纤维化。

Baron Guillaume Dupuytren (1777—1835), 巴黎医学院外科医生。

Edinger-Westphal 核　提供动眼神经的副交感纤维。

Ludwig Edinger (1855—1918), 德国解剖学家和神经学家。

Karl Westphal (1833—1890), 柏林的神经学家。

Erb-Duchenne 麻痹　臂丛神经 c5、c6 根损伤。

Wilhelm Erb (1840—1921), 海德堡神经学教授。

G. B. A. Duchenne (1806-1875), 巴黎神经学家，还描述了 Duchenne 肌营养不良症。

Eustachian 管　咽鼓管。

Bartolomeo Eustachi (1524—1574), 罗

马解剖学教授。

Fallopian 管 输卵管。

Gabrielle Fallopio (1523—1562), 解剖学教授。

Fallot 四联症 先天性心脏病，包括肺动脉狭窄、右心室肥大、室间隔缺损和主动脉骑跨。

Etienne Fallot (1850—1911), 马赛医学教授。

Galen 静脉 大脑大静脉。

Claudius Galen (130—200), 马库斯·奥雷里乌斯皇帝的医生。罗马解剖学教授。

Gartner 管 女性中肾管残余。

Hermann Gartner (1785—1827), 丹麦外科医生。

Gimbernat 韧带 腹股沟韧带的腔隙部分。

Manuel Gimbernat (1734—1816), 巴塞罗那解剖学教授。

Goll 柱 脊髓后柱的内侧束（薄束）。

Friedrich Goll (1829—1903), 神经学家和解剖学家，苏黎世解剖学教授。

Graafian 滤泡 成熟的卵泡。

Regnier de Graaf (1641—1673), 德尔夫特的医生和解剖学家。

Hartmann 囊胆 囊近颈部的胆囊扩张。

Henri Hartmann (1860—1952), 巴黎医学院外科教授。

Henry 方法 前臂桡神经骨间后支的定位方法。

Arnold Henry (1886—1962), 开罗大学外科教授，都柏林爱尔兰皇家外科学院解剖学教授。

Highmore 窦 上颌窦。

Nathaniel Highmore (1613—1685), 多塞特郡谢伯恩的医生。由于上颌窦是以前解剖学家所熟知的，达·芬奇曾绘图说明。

Hilton 定律 穿过关节的神经，作用于此关节和关节本身的肌肉。

John Hilton (1805—1878), 伦敦盖伊医院的外科医生。

Hippocratic 方法 用于肩关节脱位的复位。

Hippocrates (公元前 460—375), 住在希腊的科斯岛。被公认为医学之父。

His 束 心脏的房室传导纤维。

Wilhelm His, Jr (1863—1934), 瑞士出生的解剖学家和心脏病学家。柏林大学医学教授。

Horner 综合征 支配眼睑和瞳孔的交感神经中断引起的眼睑下垂和瞳孔收缩。

Johann Horner (1831—1886), 苏黎世眼科教授。

Houston 瓣 直肠的三个侧褶。

John Houston (1802—1845), 都柏林外科教授。

Hunter 管 大腿的中间 1/3 的腱膜腔。

John Hunter (1728—1793), 伦敦圣乔治医院的外科医生。他描述了在腘动脉瘤的股动脉结扎术。

Killian 裂 咽囊两部分内收肌之间的潜在间隙，咽囊通过该间隙突出。

Gustav Killian (1860—1921), 柏林的耳鼻喉科医生。

Klumpke 麻痹 臂丛最低根损伤。

Augusta Dejerine - Klumpke (1859—1927), 巴黎的神经学家。嫁给了另一位著名的神经学家 Joseph Dejerine。

Kocher 切口 肋下胆囊切口。

Kocher 操作 切开十二指肠外侧腹膜附着物松动。

Kocher 方法 用于肩关节脱位的复位。

Theodore Kocher (1841—1917), 伯尔尼外科教授。1909 年诺贝尔医学或生理学奖获得者。第一个获得此殊荣的外科医生。

Langerhans 岛 胰腺中分泌胰岛素的细胞团。

Paul Langerhans (1847—1888), 弗赖堡病理学教授。他在 1869 年的博士学位研究中描述了胰岛细胞，当时他 22 岁。

Latarjet 神经 供应胃窦的迷走神经纤维。

André Latarjet (1876—1947), 里昂解剖教授。

Lister 背结节 桡骨远端背表面的明显突起。拇长伸肌肌腱直接位于尺侧。

Joseph (Lord) Lister (1827—1912), 外科教授，先后就职于格拉斯哥和爱丁堡的大学和伦敦国王学院医院。

Little 区 鼻中隔前下段动脉吻合区。

James Lawrence Little (1836—1885), 新英格兰佛蒙特大学外科教授。

Louis 角 胸骨柄和胸骨体之间的连接。

Pierre Charles Louis (1787—1872), 巴黎的医生。当时他是肺结核的主要权威。

Ludwig 感染 下颌下区感染。

Wilhelm Ludwig (1790—1865), 图宾根外科教授。

Lushka 孔 第四脑室的侧面开口。

Hubert Lushka (1820—1875), 图宾根解剖学教授。

Mackenrodt 韧带 子宫主韧带。

Alwin Mackenrodt (1859—1925), 柏林妇科学教授。

Magendie 孔 第四脑室的中线开口。

François Magendie (1783—1855), 巴黎主宫医院内科医生。

Mayo 静脉 穿过幽门和十二指肠交界处的恒定静脉。

Charles Mayo (1865—1939), 与父亲和弟弟威廉一起，在明尼苏达州罗切斯特市创办了梅奥诊所。

McBurney 点 急性阑尾炎最常见的压痛部位和阑尾切除术的皮肤切口标志点。

Charles McBurney (1845—1913), 纽约外科教授。急性阑尾炎早期手术的先驱。

Meckel 软骨 第一鳃弓的软骨。

Meckel 憩室 胚胎期的残余物，约占2%。

Johann Meckel (1781—1833), 解剖学教授。他的祖父是柏林解剖学教授，描述了翼腭神经节和包含三叉神经神经节的硬脑膜间隙。Johann 的父亲也是哈利解剖学教授。

Meibomian 腺 睑板腺。如果堵塞，它们就会膨胀成睑板囊肿。

Heinrich Meibom (1638—1700), 医学教授，赫尔姆斯塔特。

Meissner 神经丛 肠黏膜下神经丛。

George Meissner (1829—1905), 解剖学家和生理学家，先后在巴塞尔、弗赖堡和哥廷根担任教授。他还描述了触觉小体，皮肤感觉末梢器官。

Montgomery 腺 乳晕区皮脂腺。

William Montgomery (1797—1859), 都柏林的产科医生。

Morgagni 柱 肛管黏膜的垂直柱。

Morgagni 孔 横膈上剑突与肋缘的间隙。

Morgagni 囊 睾丸附件。

Giovanni Morgagni (1682—1771), 帕多瓦解剖学教授，担任此职 59 年！

Morison 囊 肝肾隐窝或右肝下间隙。

James Rutherford Morison (1853—1939), 达勒姆大学外科教授。他曾为 Joseph Lister 做过外科医生。

Müllerian 管 女性生殖道的原始原基。

Johannes M ü ller (1801—1858), 柏林解剖学教授。

Naegele 骨盆 骶骨的一半缺失或发育不全，导致骨盆呈卵形。

Franz Karl Naegele (1778—1851), 产科医生，杜塞尔多夫。

Nelaton 线 连接髂前上棘和坐骨结节的线。大转子通常位于该线的远端。

Auguste Nelaton (1807—1873), 巴黎外科学教授。

Oddi 括约肌 胆总管末端括约肌。

Ruggero Oddi (1845—1906), 罗马的外科医生。这个括约肌在 17 世纪就已经被 Glisson 描述过了！

Pacchionian 体 沿上矢状窦的蛛网膜绒毛丛。

Antoine Pacchioni (1665—1726), 罗马解剖学教授。

Pancoast 综合征 肺尖肿瘤侵犯臂丛神经。

H. K. Pancoast (1875—1939)，宾夕法尼亚大学放射学教授。

Parkinson 病 因黑质病变引起的震颤和僵硬。

James Parkinson (1755—1824), 伦敦医生。他于 1817 年发表著作《An Essay on the Shaking Palsy》，主要是根据一个案例的仔细观察。

Passavant 桥 吞咽时咽上缩肌收缩产生的。

Philipp Passavant (1815—1893), 法兰克福的外科医生。

Perthes 病 儿童股骨头缺血性坏死。

Georg Perthes (1869—1927), 图宾根外科教授。

Pfannenstiel 切口 下腹横切口，通常用于骨盆手术。

Hermann Johannes Pfannenstiel (1862—1909), 布雷斯劳的妇科医生（当时是普鲁士的一部分）。

Pott 病 脊柱结核。

Pott 骨折 踝关节骨折脱位。

Percival Pott (1714—1789)，伦敦圣巴塞洛缪医院外科医生。

Poupart 韧带 腹股沟韧带。

Francois Poupart (1661—1708), 巴黎医学院外科医生。

Pringle 操作 winslow 孔压迫肝动脉控制出血。

James Hogarth Pringle (1863—1941), 格拉斯哥皇家医院的外科医生。

Purkinje 纤维 心室内膜下的特殊的横纹心肌。

Johannes Purkinje (1787—1869), 弗罗茨瓦夫生理学教授，后在布拉格。

Queckenstedt 测试 腰椎穿刺时颈内静脉压迫导致脑脊液压力升高。

H. H. G. Queckenstedt (1876—1918), 罗斯托克的神经学家。他描述了 1916 年第一次世界大战期间在德国军队服役时的测试情况。他在停战前两天死于一场交通事故。

Rathke 囊 垂体前叶起源于胚胎颅咽管根部。

Martin Heinrich Rathke (1793—1860), 普鲁士科尼斯伯格动物学和解剖学教授。

Reil 岛 大脑皮质岛。

Johann Reil (1759—1813), 哈雷医学教授。

Retzius 腔 耻骨后间隙。

Andreas Retzius (1797—1860), 斯德哥尔摩卡罗林斯卡医学院解剖学教授。

Rolando 沟 中央脑裂。

Luigi Rolando (1773—1831), 都灵解剖学教授。

Romberg 征 共济失调，当眼睛闭上时失去位置感。后柱病变特征。

Moritz Romberg (1795—1873), 柏林大学医院院长，第一本神经病学系统著作的作者。

Santorini 管 副胰管。

Giovanni Santorini (1681—1737), 威尼斯解剖学教授。

Sappey 丛 乳头下淋巴管丛。

Marie Sappey (1810—1896), 巴黎解剖学教授。

Scarpa 筋膜 下腹浅筋膜的纤维层。

Antonio Scarpa (1747—1832), 帕维亚解剖与外科教授。他的名字也附在股骨三角上。

Schlemm 管 巩膜静脉窦，从前房排出房水。

F. S. Schlemm (1795—1858), 柏林解剖学教授。

Seldinger 技术 一种动脉和其他空心管的经皮穿刺和插管的方法（在放射控制下），使用一根导丝通过一个 seldinger 导管。

Sven - Ivar Seldinger (1921—1998), 莫拉放射科医生（乌普萨拉附近）。

Semon 规律 喉返神经部分损伤时，声带外展肌受损伤程度大于内收肌。

Felix Semon (1849—1921), 毕业于柏林，移居英国，成为伦敦圣托马斯医院的喉科医生。

Sherrington 下丘脑描述 作为“自主神经系统的头神经节”。

Charles Scott Sherrington (1857—1952), 韦恩弗莱特牛津大学生理学教授。

Stensen 管 腮腺导管。

Niels Stensen (1638—1686), 哥本哈根大学解剖学教授。

Sylvius 槽 在第三脑室和第四脑室之间。

Sylvius 沟 侧脑沟。

François de la Boe Sylvius (1614—1672), 莱顿医学教授。

Tenon 囊 眼筋膜鞘。

Jacques Tenon (1724—1816), 巴黎外科医生。

Treitz 韧带 从右膈脚到十二指肠末端的腹膜皱褶。

Wenzel Treitz (1819—1872), 布拉格病理学教授。

Trendelenburg 测试 髋关节稳定性的临床试验。

Friedrich Trendelenburg (1844—1924), 莱比锡外科教授。他在1908年尝试了肺动脉栓子切除术（失败）。

Treves 皱襞 回肠皱褶。

Sir Frederick Treves (1853—1923), 伦敦医院的外科医生。1902年对爱德华七世国王阑尾脓肿引流术。

Valsalva 测试 用力呼出吸入的空气，使其抵住封闭的气道（鼻子和嘴）。

Antonio Mario Valsalva (1666—1723), 博洛尼亚医生和解剖学家。

Vater 壶腹 胆总管壶腹。

Abraham Vater (1684—1751), 维滕贝格解剖学教授。

Volkmann 挛缩 前臂肌肉缺血纤维化引起的。

Richard von Volkmann (1830—1889), 哈雷外科教授，Lister防腐外科技术的先驱之一。

Waldeyer 环 鼻咽扁桃体、腭扁桃体和舌淋巴结节组成的淋巴组织环。

Heinrich Waldeyer (1836—1921), 解剖学教授，先在斯特拉斯堡，然后在柏林。1875年他还描述了浆细胞。

Wernicke 语言区 大脑皮层颞叶的上部区域。

Karl Wernicke (1848—1904), 精神病医生，先在布雷斯劳，后是哈雷。

Wharton 管 下颌下腺的导管。

Thomas Wharton (?1616—1673), 伦敦圣托马斯医院医生。他的名字也与脐带的黏液物质有关。

Willis 环 大脑底部的动脉吻合。

Thomas Willis (1621—1675), 在牛津和伦敦从医。埋葬在威斯敏斯特教堂。

Winslow 孔 网膜囊的开口。

Winslow 韧带 膝关节的斜韧带。

Jacob Winslow (1669—1760), 出生于丹麦，后来成为巴黎解剖学和外科学教授。

Wolffian 体和管 中肾及其导管。

Caspar Wolff (1733—1794), 生于柏林；圣彼得堡解剖学教授。胚胎学的先驱之一。

Wormian 骨 顶骨和枕骨之间偶尔有缝合骨。

Ole Worm (1588—1654), 哥本哈根解剖学教授。

索 引